阿特拉斯聳聳肩 I

絕不矛盾

艾茵・蘭德 著

楊格 譯

Ayn Rand

ATLAS SHRUGGED

國際媒體瘋狂推薦

葛林斯班，美國前聯準會主席

《阿特拉斯聳聳肩》是一本宣揚生命和快樂的小說，書裡的人物都具有創造力，他們既擁有堅定目標，又以理性的方法去實現目標。

葛林斯班，美國前聯準會主席

直到遇見艾茵．蘭德，我在智慧上才茅塞頓開。

安潔莉娜裘莉，好萊塢女星

我一向對艾茵．蘭德非常著迷，已經讀完了《阿特拉斯聳聳肩》和《源泉》。我認為她有一套非常有趣的哲學，會讓你重新評價自己的人生，重新評價什麼對你是重要的。

安潔莉娜裘莉，好萊塢女星

參與這部電影（《阿特拉斯聳聳肩》），是千載難逢的機會。……在我讀過的廣泛文學裡，達格妮是我最認同的角色……達格妮是一個像男人一樣堅強的女子，對於一名好萊塢女演員來說，這絕對是一個好角色。

Albert S. Ruddy，《教父》電影製片人

達格妮是小說史上最偉大的女性角色之一。……《阿特拉斯聳聳肩》可能是二十世紀最重要的小說，卻從未被拍攝成電影。

Bennet Cerf，藍燈書屋創辦人

我認為蘭德是藍燈書屋最有趣的作者之一……她有一次去哈佛大學演講時，演講廳裡擠滿了學生，他們原本要來駁斥她，結果聽著聽著都為她喝采了。他們並不是被她改變了觀點，而是被她的真誠打動了。這是一位了不起的女人。

Michael Burns，獅門影業公司副總裁

《阿特拉斯聳聳肩》是我最喜愛的書之一，裡面具有最豐富、最多彩的角色。我九年級第一次看這本書時，就立即被它緊緊釘住、揮之不去。

《華盛頓時報》

一九五七年十月發生兩件重大事件，一是蘇聯發射第一顆人造衛星……其次則是小說《阿特拉斯聳聳肩》出版了。

Stephen Moore，資深財經專欄作家，〈在52年內從虛構變成現實〉，《華爾街日報》

只要要求每位歐巴馬政府官員與國會議員，都閱讀《阿特拉斯聳聳肩》，那麼，我相信我們會加速擺脫當前的經濟危機。

《經濟學人》

每當政府介入市場，就會造成讀者搶購《阿特拉斯聳聳肩》的現象。為什麼？理由可以用Facebook的某社群名稱來解釋……「今天看新聞了嗎？《阿特拉斯聳聳肩》的情節在現實生活中發生了。」

John Campbell，共和黨眾議員，《華盛頓獨立報》採訪

人們已經開始覺得我們生活在《阿特拉斯聳聳肩》的情節中。那些創造所有事物、對我們有益的成功者，將要進行罷工。

《紐約時報》

許多美國的財富創造者，現在正在進行金融上的罷工。去年秋天在Helen Smith博士的部落格上，將這種現象稱為"Going Galt"。這是出自艾茵．蘭德著名的小說《阿特拉斯聳聳肩》，指主角約翰．高爾特帶領企業家階層停止生產活動，迫使政府的收入短缺。

《芝加哥論壇報》

芝加哥的Rick Bail呼應某些人，鼓吹在當前的經濟困境，要求閱讀艾茵．蘭德一九五七年的小說《阿特拉斯聳聳肩》，因為政府採取了前所未有的控制銀行——這個步驟是蘭德在她大量作品中的警告之一。「我建議歐巴馬總統送給他的外國訪客的第一本書，就是艾茵．蘭德的《阿特拉斯聳聳肩》。唯一的告誡是，在他和整個內閣都已經讀過之前，不能送出這本書。」

《金融時報》

艾茵．蘭德是誰？答案的關鍵是去瞭解《阿特拉斯聳聳肩》，這位俄裔美籍作家所寫的自由派主義的一鳴驚人之作。這是一本具有龐大理念之作，在一九五七年首次出版，而且再度暢銷。它描繪了美國因干涉主義而失去活力，且華盛頓已花費了數十億在銀行與企業紓困上。

《衛報》

艾茵．蘭德自由主義的激昂理論是令人不愉快的、瘋狂的和有嚴重缺陷的。我恨它——但我卻無法放下這本書。

CNN有線電視新聞

正值信貸危機和聯邦政府的大規模紓困計畫，蘭德的作品——主張自由主義，她稱為客觀主義的自由市場哲學——得到了新的關注。

《紐約時報》

具有偉大力量的作家。她有敏銳和天才的心智，以及非常卓越、優美、和激烈的寫作能力。

《時代雜誌》

蘭德是一位大器的作家，才思敏銳，聰慧過人，其作品閃爍著無限的智慧，讀來令人痛快酣暢。

《讀者文摘》

啟發數以百萬計的讀者有關自由主義的思想……本書帶有意味深長的訊息：「人有權利得到幸福。」

John A. Allison，美國BB&T銀行總裁

我和許多《財星》雜誌（*Fortune*）五百大企業的CEO聊過，《阿特拉斯聳聳肩》對他們的商業決策有很重大的影響，即使他們並不完全同意蘭德的所有觀點。

哈里・甘姆比爾，跨聯邦LLC公司總裁及首席執行長

如果讓我推薦三本偉大的商業書，那就是：艾茵・蘭德的《阿特拉斯聳聳肩》，奧格・曼狄諾的《世界上最偉大的推銷員》和史蒂夫・法柏的《勝出》。

國際權威民調公司佐格比（Zogby）

8.1%的美國成人讀過本書，48.2%為男性，51.8%為女性，兩性幾乎相當。閱讀《阿特拉斯聳聳肩》是否能促進財務上的成功？調查指出，年薪十萬美金以上的人之中，有14%讀過本書；年薪三萬五千美金以下的人，只有2%讀過本書。

得獎紀錄

- Amazon經典文學排行榜第一名、文學小說類第一名，超過一千名讀者五星評鑑（2009）
- 美國國會圖書館與每月一書俱樂部，票選十大最具影響力書籍，本書是僅次於《聖經》、歷史上影響第二大的書籍（1991）
- 入選紐約公共圖書館世紀之書：二十世紀最重要的一百七十五本書（1995）
- 美國藍燈書屋〈當代文庫〉世紀百大小說，讀者票選第一名（前十名有四本是蘭德的小說）（1998）

- 入選美國最大連鎖書店 Barnes & Noble 的《*Book*》雜誌改變美國的二十本書（2003）
- 入選南非最大連鎖書店 Exclusive Books 讀者票選此生必讀的一〇一本書（2007）
- 獲得中國和訊華文財經圖書大獎二〇〇七年十大財經小說
- 入選《紐約客》雜誌美國人最愛的十本書（2008）
- 入選男性成長網站（Art of Manliness）男性必看的百大書籍（2008）

純粹資本主義的烏托邦，英雄靈魂的快樂居所

黃春興

I 美國最具影響力的暢銷小說

根據美國CNN有線電視新聞（2009/4/29）的報導，《阿特拉斯聳聳肩》在二〇〇九年前四個月的銷售量達二十萬本，超過前一年的總量，並連續幾個月名列亞馬遜書店前五十名暢銷書排行榜。接著指出：這本厚達一千一百頁（英文版頁數）的小說於一九五七年出版，其作者則早於一九八二年離開人世。五十二年來，它已經賣出了千萬本，而近十年的年銷售量也都有十萬本以上。

這樣暢銷的小說，讀者一定認為是《飄》或《大亨小傳》，很難想到是《阿特拉斯聳聳肩》這本書名怪異得找不到中文譯本的小說。根據一九九一年美國國會圖書館和每月一書協會的聯合調查，它被讀者群公認是影響一生最大的書——當然僅次於《聖經》。另外，維基百科引述的二〇〇七年閱讀抽樣調查也指出：十二位成年人中就有一人讀過它。這麼暢銷又深具影響力的一本小說，怎麼會長期在中文市場中缺席呢？這謎題的答案會是什麼？

原因不在於戒嚴時的政治壓迫，因為強烈反政府的《到奴役之路》並不缺席；也不能歸因於社會文化水平的低落，因為台灣書市並不缺哲學家和思想家的巨著。我想，理由應是讀者不習慣本書的寫作風格，以致企業家看不到出版它的利潤。維基百科稱這本書為「哲學小說」——令人一想到就覺得枯燥且索然無趣。之所以會如此歸類，可能出在本書作者艾茵．蘭德（以下簡稱蘭德）在第三部裡借用男主角的演說，以五十頁篇幅（英文版頁數）闡述她自己的理念。其實，蘭德已將其理念十分成功地嵌入了書中主要人物的言談舉止中，大可不必再重複。我認為她在藉機強化讀者對自由主義的印象。讀者可以略過這五十頁，

而一點也不影響原本的情節和內容；等到想更完整地認識她的思想體系時，再來閱讀這部分或她同時期寫的論文集《自私的美德》即可。當今讀者的閱讀習慣已寬廣甚多，讀者若能耐心地看完這五十頁更好，畢竟蘭德的思想早已是當代美國思想的主要成分。

II 宛如武俠小說般高潮迭起

進入小說，讀者會驚訝於它竟如此引人入勝、欲罷不能。情節像極了武俠小說：一群英雄兒女慷慨激昂，善惡纏鬥高潮迭起。作為導讀不能破壞閱讀樂趣，重要情節必須守口如瓶，介紹書中人物也只能如此大概而言之：大俠高爾特身懷絕技且剛毅不屈，俠女達格妮幹練強悍卻是情癡情種，商業才子里爾登成就非凡卻敗於婦人之仁的慈悲心腸，哲學大師阿克斯頓不時以少林老僧口吻宣揚理性價值。蘭德另外安插了幾位藉以彰顯其學說的特別人物：丹尼斯約德扮起海盜，以顛倒於廖添丁的行徑，反而搶劫窮人財富以歸還富人；法蘭西斯可偽裝成花花公子，暗地破壞自己的產業，不願意繼續提供世人產品；艾迪代表一般的就業雇員，忠誠於自己的職分，並期待獲得應有的報酬。當然，書中也有一群令人齒寒的反派人物，蘭德稱他們為「掠奪者」：他們假借「利他主義」之名要求他人得「服務社會」，藉以掠奪成功企業的資產和控制全國工業生產，終而導致整體經濟破產。

類比於武俠小說，《阿特拉斯聳聳肩》的英雄是擁有創新能力的科學家、思想家、企業家、音樂家等，他們練就的絕世武功是開創前無古人的新思想、新藝術、新事物，而他們奮鬥的目標則是要重建一個自利和自由的資本主義社會。

根據蘭德自己的說法，她寫這本小說的動機是這樣的：

「對於所有發現了《源泉》，並且就進一步擴展它的思想向我提出許多問題的讀者們，我想說，我是在這部小說中對這些問題做出回答：《源泉》只是《阿特拉斯聳聳肩》的序曲而已。」（〈作者後記〉）

《源泉》是她於一九四三年出版的成名作。它為蘭德帶來了聲名，也帶來財富。在那本小說裡，她借桀驁不馴的年輕天才建築師洛克與世俗的對抗，表明人類文明乃是創造者們的辛勤成就，而缺欠創造力的掠奪者卻一心只想掠奪他們的成就。她厭惡利他主義，因為那是掠奪者的欺騙伎倆；她呼喊自由，因為創造無法預設立場。

創造者的確帶來了新的藝術和事物；但是，沒有新的藝術和事物的世界就會走向毀滅嗎？文明就會消失嗎？為了回答這問題，蘭德嘗試從反方面去思考。大約在《源泉》出版的次年，她開始設想一個創造者們紛紛離開崗位的情節，看看世界是否會就此停擺？她自問：人類歷史上，為什麼創造者們從未曾罷工過？她想讓創造者們也來一次罷工，讓他們也能大聲說出他們的不滿：「我們這些有心智的人罷工了。我們罷工反抗的是自我犧牲。我們罷工反抗的是（你們的）不勞而獲……」（第三部，第七章）

她在《源泉》裡提到「那些偉大的創造者」時，清楚地點名是「思想家、藝術家、科學家、發明家」；但在本書裡，我們看到了一個有意義的變化：她把「企業家」也加進了創造者的行列，更以他們為情節的主體。當各產業的企業家們紛紛罷工後，鐵沒有了、煤也沒有了、火車運輸中斷了、農產品運不進城了……不只整個經濟停擺下來，連人都活不下去，社會開始動亂……。至此，蘭德思想有了大的突破，她對創新、自由、獨立、自利的理解不再那麼抽象。她知道只有建立在自利和自由的純粹資本主義，才能保障個人的自由、獨立、創新，而且也才能保證人的生存。

書中，創造者們罷工之後隱匿到「亞特蘭提斯」——一個純粹資本主義的烏托邦，是「英雄們靈魂的快樂居所……只有英雄的靈魂才能進入」（第一部，第六章）。不過，蘭德對亞特蘭提斯只粗略描述，因而招致許多誤解，甚至被類比為新形態的極權社會——「老大姐正在看著我們」的社會。其實，蘭德只是為了給罷工的創造者們一個避難基地。他們還時不時地潛回到現實世界進行破壞和招募新人，並等著重建現實世界。當現實世界的政權瓦解時，達格妮嘆道：「一切都結束了。」高爾特卻回答道：「一切剛剛開始。」（第三部，第十章）

誠如尤金・韋伯（Eugen Weber）所說：人的基本情感——性、愛、自私、幻想，都是烏托邦的計畫者想控制的，因為它們是摧毀計畫體制和秩序的源頭（〈二十世紀的反烏托邦〉）。也因此，反烏托邦論者往往把希望和信心寄託在這些基本情感之上，而其中的自私就是蘭德論述的焦點。至於認為蘭德的烏托邦也必然走向極權主義的看法是錯誤的，因為純粹資本主義不同於社會主義之處，不在於政府控制程度上的差異，而在於運作邏輯上是否能夠開放多元形態之組織。純粹資本主義社會能夠包容不同管理思想和利潤分配形態的組織，但任何一個私有產權組織的存在，都會威脅到社會主義社會的生存。

在蘭德開始構思《阿特拉斯聳聳肩》的一九四四年，經濟學家海耶克（F. A. Hayek, 1899-1992）出版《走向奴役之路》（*The Road to Serfdom*），警告世人留心自由的流失。蘭德熟悉海耶克的著作，還批評他的思想也受到社會主義毒素的侵入，說他沒修練到百毒不侵的境界。她試圖完成較海耶克更為嚴謹的論述，但身為小說家，蘭德選擇的是將抽象的見解和理論「塑造出具體的物體和事件，……用人和事件的具體形式，用小說的形式來表達」（Leonard Peikoff，〈三十五周年版序言〉）。

於是，當蘭德選擇以罷工為題材後，她著手描述罷工後所引發的經濟體制土崩瓦解的過程，就如前面提到的「火車運輸中斷了、農產品運不進城了」。這是本書第二部的主要內容，讀者仔細閱讀就會發現蘭德對這些過程的描述是何等的細膩。

III 政府控制企業的過程與結果

小說裡的發動機、油田、銅礦、合金、鐵路運輸、金融等產業先後遭到不同程度的政府控制，其過程大致如下：

1掠奪者散播利他思想，在社會形成「自利是不道德」的氛圍；

2利他氛圍鬆動部分企業家追逐利潤的意志，迷惑他們接納利他導向的投資計畫；

3掠奪者取得公會（例如國家鐵路聯盟）領導權，以公益為名提出違反競爭原則的建議案；

4掠奪者利用社會運動方式把建議案塑造成社會正義；

5立場懦弱的議員轉向掠奪者，讓議會在多數決下通過建議案；

6接二連三的社會正義法案，逐步強化政府對產業的控制，甚至國家化。

由於蘭德書寫的對象是生活在自由市場和政治民主下的美國人民，因此，她警告他們：人民長期的縱容會導致政府以暴力威脅人民（如X計畫）。在這之前，人民必須在上述程序的每一個關鍵點遏止政府權力的擴大。在這千頁的小說裡，她利用不同產業被國有化的過程指出人民失守的主要原因：喪失了維護個人生產報酬的道德和勇氣。

小說的故事從艾迪走進塔格特大樓開始。「他就感到輕鬆和安全，這是個充滿競爭和力量的地方。……塔格特泛陸運輸『連接兩座海洋』……的口號，比《聖經》中的任何一條戒律都更加耀眼和神聖。」（第一部，第一章）但是，耀眼和神聖的大公司也存在著某些弱點。塔格特公司從懷俄明州到德州的里約諾特線已經老舊，鐵軌、隧道、大橋隨時都會出狀況，以致逐漸失去客戶，讓運牛奶起家的新公司（鳳凰－杜蘭戈）搶去了大部分的市場。自由市場的競爭法則：無關公司規模與歷史，生產效率決定了勝負。幸運地，負責公司營運的達格妮是個追逐利潤又幹練的企業家，她看到了問題，計畫翻新里約諾特線的軌道和大橋來加強化公司的競爭力。她勇敢採用新發明的里爾登合金，因其強度、耐久度、成本都勝過傳統鋼鐵。

但很不幸地，她那擔任公司總裁的哥哥詹姆斯卻是個缺乏果斷的利他主義者。他宣稱：「里爾登……已經夠大了。我們應該幫助更小的人們來發展。否則，我們只是在鼓勵壟斷。……自私的貪婪是過去才有的，現在公認的是社會的整體利益必須被放在任何一個企業裡頭。」（第一部，第一章）他打算將翻新里約諾特線的資金用於興建墨西哥境內的聖塞巴斯蒂線——一項他認為可以幫助貧窮的墨西哥人民卻看不到利潤的投資。這違背了經濟原理法則的作為，不僅是塔格特公司走向失敗的開始，也是社會走向奴役的發端。

社會瀰漫著利他主義，連火車上的經濟學家也強調利他，更遑論詹姆斯了。蘭德利用里爾登的結婚周年慶宴會，以兩組對話為例說明利他主義的擴散。一位是哲學家普利切特博士，他在回答某位商人關於「機會平衡法」時說道：「……我贊成自由經濟。自由經濟離不開競爭，所以人們被迫去競爭。因此，我們必須要對人有所控制，確保他們的自由。」另一位是文學家尤班克，他對一群女士說道：「過去的文學……是一種淺薄的欺騙，為了取悅它所服務的金錢大亨們而對生活塗脂抹粉——道德、自由的意志、成就、幸福的結局，以及某種英雄人物。我們可以嘲笑所有這些東西。」（第一部，第六章）

在墨西哥政府將聖塞巴斯蒂安線收歸國有後，詹姆斯將投資失敗卸責給公司的經濟顧問。為了彌補損失，他策動國家鐵路聯盟提出「反狗咬狗條例」，企圖藉此法案消滅競爭對手。國家鐵路聯盟是個強制性公會，規定成員必須服從多數決通過的決策。反狗咬狗條例宣稱：鐵路的首要目的是公共服務，不是利潤；為了避免割喉式競爭，每個地區只能有一家公司經營，並由服務該地區最久的公司取得經營權。蘭德借用達格妮和鳳凰—杜蘭戈公司總裁丹康維的對話，表達她對企業家喪失捍衛生產道德與勇氣的憤怒：

「達格妮，現在整個世界的情況很糟，我不清楚到底哪裡出了毛病。……人們必須彼此依賴，找到出路，但除了大多數人，誰來決定走哪條路呢？……他們是對的，人必須團結在一起。」她氣得發抖……說：「如果他們當中剩下的人只是靠著毀掉我們才能生存，我們為什麼願意讓他們生存？自我奉獻式的犧牲永遠都說不通。……如果那樣是對的，我們最好現在就開始彼此屠殺吧！……」她突然明白：丹不再是一個有行動力的人了。……她坐在那裡看著他，實在搞不清是什麼能把這樣一種人擊垮了。但她知道，那不是詹姆斯（第一部，第四章）。

「那不是詹姆斯」，而是整個社會瀰漫的利他思想腐蝕了他的意志。

蘭德無法要求掠奪者停止對企業家進行心理戰，她難過的是企業家和創新者們無法讓自己的思想和他們的行動一致。他們勇於創新和開發市場，卻為何喪失捍衛生產道德和理性的勇氣？在《自私的美德》一書中，她說：「利他主義者和集體主義者正是希望人們無法認識到下列區別：交易者與掠奪者的區別，生產者與匈奴王的區別。」（頁225）在本書裡，她借用高爾特的話說：「人們一旦讓自己的美德變得模糊不清，邪惡便擁有了絕對的力量；品德高尚的人一旦丟棄了他們不屈的信念，就會被卑鄙之徒所利用——這時，出現在你們眼前的就是一幅諂媚、無賴、叛變的景象和一個自認為有權力、不肯退縮的邪惡。」（第三部，第七章）要認真地去對抗已經被毒化的社會，卻又是困難重重。丹失敗了，聰明又勤奮的里爾登也因猶豫而付出了慘痛的代價。充滿自信的達格妮也是一敗再敗。蘭德假借高爾特五十頁演說的最後，再度鼓勵她以及所有的企業家們：

「你聽到了嗎？我的愛人。為了你的美德，不要讓世界為無恥的邪惡做出犧牲。為了那些支撐著你活下去的信念，不要被醜陋、怯懦以及毫無心智的欺世盜名之徒扭曲了你對人的認識。不要丟掉你的認識。正常的人挺胸抬頭，意志堅定，腳步永遠不會停止。不要在充滿了或許、還不一定、還沒有、一點也不的泥潭裡釋放你可貴的熱情。」（第三部，第七章）

IV 蘭德的哲學思想

認真區分交易與掠奪，認真區別對與錯。蘭德堅信：「一切事物都有兩面：一面是對，另一面是錯，但只要有居中的一面，就必定是邪惡。」（第三部，第七章）拒絕了邪惡，然後才能認真捍衛理性和道德。她在書後跋文中驕傲地寫道：「『我是認真的。』我一直遵循著我在書中所表達的哲學來生活——它對我塑造的人物和我自己都同樣適用。」（〈作者後記〉）認真是對理性的信任，對生命的尊重，也是對自己的誠實。

蘭德的認真係受亞里斯多德影響。她說：「唯一令我在哲學方面受益的人便是亞里斯多德。……他對邏輯定律和人類求知手段的定義實在是了不起的成就……我在《阿特拉斯聳聳肩》一書三部的三個標題，就是獻給他的禮物。」（〈作者後記〉）亞里斯多德的邏輯學是由矛盾律、排中律、同一律三部分所組成。這本小說也分成三部，第三部的「A即是A」就是同一律，前兩部亦跟隨矛盾律和排中律來發展。讀者細讀第一部，就會發現小說裡的人物都困擾於種種矛盾。這是人們生存在現實世界中的寫照，這寫照是真實的。人們必須面對這真實，但他還擁有另一個真實可以幫他去面對，就是擁有理性的真實。她認為這些真實的存在，是客觀的存在，是無法否認的。人必須認真地面對客觀存在的真實，才能存活，才能快樂。她稱她這套哲學為「客觀主義」（objectivism）。

客觀主義是蘭德自己取的名稱，它的涵義和我們日常語言所謂的「客觀」有所差異。物理上已經存在的事物自然是客觀的真實，但是邏輯上必然會發生的未來事物，也是客觀的真實。當達格妮走進荒廢的隧道，瞥見高爾特站在隧道口，她快步前走。蘭德如此寫下此時達格妮的心思：

「『你會跟我來的』——這既不是懇求，也不是祈求或命令，而是客觀的事實，它凝聚了她全部的理解和她一生的閱歷。如果我們沒有改變，如果我們活著，如果世界還存在，如果你知道不能像其他人那樣錯過這一刻而任其隨波逐流的話，你就會跟我來。你會跟我來——她感到一種喜悅的確定，它既不是希望，也不是信心，而是對於存在邏輯的徹底崇拜。」（第三部，第五章）

高爾特還在洞口，達格妮如何能肯定他一定會追她而來？這不是一般戀人都有的期待嗎？不是也常落空的錯誤期待嗎？但蘭德認為「他會跟我來的」是「客觀的事實」，因為這不是期待，也不是預測，而是徹底地順著「存在規律」推演的邏輯結果。然而，這些邏輯和推演只能建立在她個人的理性和認知前提下，這種哲學類似於奧地利經濟學學派，但奧地利學派卻稱其哲學為「主觀主義」。也因此，奧地利經濟學派的米塞斯（L. Mises, 1881-1973）會認為蘭德的哲學和他的極其接近，而兩人都是二十世紀自由主義的主要支柱——阿特拉斯神。

不管學術名詞吧！底下我綜述一下蘭德的學說。

除了認為人有理性而外部世界的存在獨立於人的意識外，她還主張人抉擇的基本判準是存在，因為生命體必須面對不斷的抉擇：活著或是死去。若死去，就不再是生命體，就不再有抉擇。因此，活著是價值的前提，是善惡的前提，而價值的前提是對誰有價值，因為是他自己在抉擇。「只有『生命』這個概念才能讓『價值』這個概念成為可能。」（《自私的美德》，頁28）換言之，我們無法從礦石或社會或國家等非生命體去定義價值。

事實就是事實，A就是A。只有選擇活著才能存在，因此，人為自己而活著就是道德，人自食其力是道德，人為自己謀求幸福是道德。人可以幫助他人，如果他覺得快樂的話；但是，如果這會犧牲自己或帶給自己不快樂，就是不道德。

「人要生存，除了去獲取知識外，別無他法；而理性就是獲取知識唯一途徑。……一個理性的過程就是一個不斷去選擇回答……真還是假？……對還是錯？……思考是人的唯一最根本的美德，其他的一切皆因它而生。人最根本的惡習，也即是人的眾惡之源，……便是頭腦空白，主動喪失人的意志，拒絕去思考。」（第三部，第七章）因此，沒有所謂的盲目，那是人拒絕去看；也沒有無知，那是人拒絕去瞭解。

「幸福是一種處在全然沒有矛盾的快樂之中的狀態……只有理性的人才可能得到幸福……只有在理性的行動中才會感到歡樂。……在理性的人們之中，沒有人受到傷害，不存在利益衝突，不想去白拿白占，不會萌生吃掉對方的貪念他們既不會犧牲自己，也不會犧牲他人。……代表著對人類表示敬重的道德象徵是商人……依據價值而非掠奪去生活……一切都是他自己掙來的。」（第三部，第七章）「他們不會任創意流於空想，而是要讓它們成為現實。他們讓想法變成實在的物質，讓價值得以實現——他們創造了鋼鐵、鐵路和幸福。」（第三部，第三章）

V 蘭德是誰？

世人習於道聽途說、習於見字猜意，聽到「利己」就掩住耳朵遠離，看到「利他」就展開雙臂擁抱，難怪這世上有層出不窮的詐欺和誘拐。誠如蘭德所說，世人懶得去發現，拒絕去瞭解，直覺就認定個人主義就是沒有社會主義好、資本主義社會比不上福利國家。就個人言，這些直覺是可以理解的，畢竟生存是困難的，人生是孤單的。在鄉村，這些直覺也可以理解，畢竟生老病死、天災蟲害都需要左鄰右舍相互支援、共渡難關。即使進入工業時代，我們仍期待著社區的互助、國家的協助。但是，如果仔細觀察我們生活所消費的物品，有多少不是從與陌生人的交易中取得的？我們認識那些生活在中國、印度、伊拉克、挪威的生產者嗎？我們對他們的關懷有多少比例只不過是口惠而已？只有自利才可能擴大交易範圍，如果利他，則交易範圍會縮小。交易範圍越大，越能深化分工和專業化。

直到有一天，突然發現公司的訂單少了，警覺到自己的報價高過中國大陸的廠商，品質又趕不上日本產品，於是，右罵德國買主只知錙銖必較而不顧多年交情，左批美國消費者只顧高品質消費而缺乏幫助小國經濟發展的道德；而這些指責，正是假借利他之名而行掠奪之實的態度。

這些日子，全球景氣衰退，失業工人多了，社會治安也開始惡化。突然間，長期以來被謾罵的「消費主義」，竟成了各國政府的救世祕方；而那些「自私自利又沒有道德」的企業家，卻被看成聞聲救苦觀世音菩薩的千萬化身。一些高知名度的經濟學者也忙著解釋道：「緊急救難要有不同於平日的觀念，開刀也必須使用嗎啡。」是不是毒藥已無所謂，這個世界的道德已淪落至：有用則珍惜，無用則攻擊的權衡計算；政府政策隨狀況搖擺，並非依理性與規則行事，而人民賦予政府裁奪之權，不僅導致強制，也常是獨裁的起源。這是什麼樣的道德？什麼樣的秩序？「約翰．高爾特是誰？」蘭德又是誰？

寫了一長篇，還沒機會簡介這小說的作者艾茵．蘭德。在這網路發達的時代，我建議讀者直接上網去查。不論輸入中文或英文，都能搜尋到甚多的相關網頁，從她的生平、著作、粉絲到八卦，除了讚美，也充斥著許多膚淺和錯誤的陳述。底下，我僅以簡單的年譜來介紹蘭德：

一九〇五年生於俄國聖彼得堡；
一九一七年十二歲，俄國革命；
一九二四年大學畢業；
一九二六年抵達美國，就沒再回蘇聯；
一九二九年與演員法蘭克．歐康諾（Frank O Connor）結婚；
一九三七年和俄國家人聯繫中斷，俄國史達林時代；
一九四〇年幫總統候選人溫德爾．威爾基（Wendell Wilkie）助選；

一九四三年出版《源泉》並一舉成名，回好萊塢工作；
一九四四年開始構思《阿特拉斯聳聳肩》；
一九四七年為俄國第二次紅色恐怖到眾議院作證；
一九四〇—一九五〇年間在亨利．黑茲利特（Henry Hazlitt）的介紹下認識米塞斯；
一九五一年搬家到紐約市；
一九五七年出版《阿特拉斯聳聳肩》，蘇聯發射首顆人造衛星；
一九六〇年開始大學巡迴演講；
一九六四年出版《自私的美德》；
一九六六年出版論文集《資本主義：未知的理想》；
一九六〇—一九七〇年間發展她的客觀主義；
一九七四年因肺癌開刀；
一九八二年因心臟衰竭病逝。

最後，我們看看蘭德自己怎麼闡釋本書怪異的書名：

「里爾登先生，」法蘭西斯可的聲音鄭重而平靜，「假如你看到阿特拉斯神用肩膀扛起了地球，假如你看到他站立著，胸前淌著鮮血，膝蓋正在彎曲，雙臂顫抖，但還在竭盡最後的氣力高舉起地球，他越努力，地球就越沉重地向他的肩膀壓下來——你會告訴他怎麼辦？」

「我……不知道。他……能怎麼樣？你會告訴他什麼？」

「聳聳肩。」（第二部，第三章）

三十五周年版序言

艾茵．蘭德認為藝術是一種「藝術家依照自己純粹的哲學價值觀而對現實的再創造」。因此，就其本質來說，小說（就像雕塑或交響樂一樣）不需要也不允許有解釋性的前言。它本身疏離孤立於評論，自成一體，召喚讀者走入、感知和回應。

艾茵．蘭德從來不會同意在她的書前加上說教性（或者讚美）的序言，而我也無意拂逆她的願望。另一可行的是，我想為她做個鋪墊，使你瞭解她在準備寫作《阿特拉斯聳聳肩》時的一些想法。

在寫小說之前，艾茵．蘭德就主題、情節和角色做了大量筆記。她的筆記嚴格來說不是為了別人，而是為了自己——使她有清晰的理解。與《阿特拉斯聳聳肩》相關的筆記，便是她內心與行動的有力說明：探索中的自信，阻力下的執著。儘管未加整理，依然珠璣閃亮。這些筆記同樣是那些不朽的藝術作品一步步誕生的絕妙記錄。

適當的時候，艾茵．蘭德的所有作品都將出版。在為《阿特拉斯聳聳肩》面世三十五周年所出的版本中，我選擇了她四篇有代表性的筆記，作為額外的禮物呈獻給她的書迷。請允許我提醒頭一次閱讀此書的讀者們，筆記中的內容披露了書中的情節。在瞭解故事之前就讀筆記，會使欣賞這部小說的樂趣大減。

根據我的回憶，《阿特拉斯聳聳肩》是直到一九五六年在蘭德女士的丈夫建議下，才成為小說的名字。貫穿整個寫作的各個階段的題目是「罷工」（The Strike）。

蘭德女士最早為「罷工」做的筆記日期是一九四五年一月一日，大約在《源泉》（*Fountainhead*）出版一年之後。不過，她當時自然應該是想著如何使眼前這部小說與後者區分開來。

主題：當主要的推動者們罷工後，這個世界發生了什麼事。這意味著——一個失去動力的世界。表達：什麼，怎樣，為什麼。具體的步驟和事件——從人的角度，他們的情緒、動力、心理和行為——接著，從人展開，從歷史、社會和世界的角度。

主題要求：展現出誰是推動者的主體，他們為什麼，以及如何起作用。誰是他們的敵人，為什麼。仇視和奴役推動者的人們背後的動機是什麼；究竟是什麼妨礙著他們，以及妨礙的原因。

《源泉》完整地包含了上面最後這一段，洛克（Roark）和托黑（Toohey）對上述這些問題做了完整說明。因此，這不是《罷工》的直接主題——但卻是主題的一部分，必須記住並且再次重申（儘管很扼要），以使主題更加清晰完整。

首先要決定的問題是重點放在誰身上——推動者，還是這個世界的寄生者。答案是：這個世界，故事主要展現的必須是一幅整體的畫面。

就這一點來講，《罷工》與《源泉》相比，更具有「社會」意味。《源泉》是有關人們靈魂中的「個人主義」和「集體主義」；它揭示了創造者和寄生者的本質和作用，主要圍繞著洛克和托黑——表現出他們是什麼。剩下的角色是自我與他人關係這個主題的演變——是洛克和托黑這兩個極端的不同比例的混合體。故事主要關心的是角色，是人物本身——是他們的本性。他們彼此的關係——也就是社會和人、人和人的關係——是次要的。是洛克對抗托黑的一個無可避免的直接後果。但它並不是主題。

現在，關係必須是主題。因此，人物成為次要。就是說，人物只是用來釐清關係。在《源泉》裡，我讓洛克推動這個世界，吉丁（Keatings）靠他而得以生存並因此恨他，托黑則有意出來毀滅他。但是，主題是洛克，而不是洛克與世界的關係。而現在，主題將會是關係。

換句話講，我必須用實在的、具體的方式表明這個世界是被創造者所推動的，確切地說明寄生者如何依賴創造者而生存下去。這兩者都是在精神的層面——而且（最特別的是）也是在實實在在的具體事件中（專注於具體而實在的事件，但要時刻記住它們是如何從精神上開始的）。

然而，為了達到這個故事的目的，我不以表現寄生者如何在日常的現實中剝削推動者來開始，也不去刻畫一個正常的世界（它只出現在必要的回憶、倒敘或事件本身的暗示中）。我是以假想推動者們罷工的預設做開始。這是小說實際的心臟和中樞。在此，要小心留意一種差別：我並不是從讚揚推動者們出發（那是《源泉》）。我一開始，即在於表現出這個世界多麼迫切地需要推動者們，又是多麼刻薄地對待他們。我用一種假想的情況來表現——當世界失去了他們，會發生什麼事。

在《源泉》裡，除了暗示，我沒有表現出世界多麼迫切地需要洛克。我的確展現出了這個世界如何，以及為什麼惡毒地對待他。我主要表現的是他，這是洛克的故事。和主要的推動者們的關係才必定是這個世界的故事（幾乎就是——敘述身體和心靈之間關係的故事——一個貧血而亡的軀體）。

我不直接表現主要的推動者們在做什麼——而只是通過暗示來表現。我表現的是當他們不做這一切時會發生什麼（通過這一點，你看到他們工作時的情景，他們的環境和角色。這是建構故事的重要指導）。

為了完成小說，艾茵·蘭德必須完全瞭解主要的推動者們為什麼會接受寄生者寄生在他們身上——為什麼創造者從來沒有罷工。他們當中的人、甚至是最優秀的人，犯了什麼錯誤使他們被束縛在最底層。部分原因通過達格妮·塔格特——一個向罷工者宣戰的鐵路公司的女繼承人，戲劇性地體現了出來。下面這一段描述了她的心理，記於一九四六年四月十八日：

她的錯誤——以及造成她拒絕加入罷工的原因——是過分樂觀和過分自信（特別是後者）。

過分樂觀在於她把人們想得太好了，她並不真正瞭解他們，而又十分慷慨。

過分自信在於她覺得自己能夠比任何人做得更多。她覺得可以獨自撐起鐵路公司（或整個世界），可以僅憑一己之力，讓人們做她希望的、需要的，以及正確的事；她不強迫他們，當然更不用奴役和發號施令，而是通過自己旺盛的精力。她做給他們看、教育和說服他們，她太能幹了，他們一定會被她感染的（這還是對他們的理性、對理智的萬能所抱的信心。錯在哪裡呢？理性不是天生的，拒絕理性的人同樣無法被理性征服。別指望他們，也不要理會他們）。

達格妮在思考這兩點時犯了嚴重的——但可以原諒和理解的——錯誤，這是個人主義者和創造者們常犯的錯誤。這錯誤始自他們最善良的天性和原本正確的準則，只是這個準則被錯誤地運用了……錯誤在於：由於創造者相信仁慈的宇宙和依此建立的機能，他們發自心底的樂觀並沒什麼不對。只是，把這種樂觀擴展到其他某些人身上就錯了。首先，這沒有必要。創造者的生活和本性並不要求他如此，他的生活並不依賴別人。其次，人是有自由意志的生命，因此，每個人都可能善良或邪惡，想成為哪一種人完全、並且只取決於他自己（通過他的邏輯）。這樣的決定只影響他自己，而不是（並且不能、也不應該是）其他人所主要關心的。

因此，創造者固然必須崇拜人（指人自我的最高境界和天性中的自我崇尚），但他絕對不能犯那種認為必須崇拜人類（作為一個集體）的錯誤。這是兩個截然不同的概念，有著完全（巨大而相反的）不同的後果。

人的最高境界，是自我實現和滿足……無論創造者只有一個、幾個還是大多數，這都無關緊要。人數多寡與此無關。自己也好，和幾個志同道合者一起也好，他們都屬於人類，都是對人的本質的正確認識，對達到最極致、最純粹、最高境界的人的證明（行為依照與生俱來的理性而存在）。

一個人、許多人、甚至身邊所有的人都缺乏人類的理想，這對創造者來說，都不要緊，就讓他恪守自己的理想吧。這才是他所需要的對於人類的「樂觀」。但是，做到這一點異常艱難和複雜——達格妮自然而然地一直錯誤地希望人們更好（或者變得更好，或者她會教他們變得更好，再或者，其實是她渴望他們變得更好）並且被這種希望束縛在這個現實之中。

對自己和自己的能力無比自信，確信能從生活中得到自己所希望的一切，可以、並且只靠自己做成任何自己想做的事，這對創造者來說很正常（因為他是理性的，才會有這樣的感覺……），〔但是〕他必須牢記：不錯，創造者的確能夠心想事成——前提是他要依循人的本性、世間的規律以及他自身高尚的品行，就是說，他不要一廂情願地期望別人，而且不要對那些有集體性質的、和他人相關的，或主要借助他人的意志才能完成的事有所企圖和幻想（這會是一種不道德的願望和嘗試，與創造者的本性背道而馳）。如果他做這樣的嘗試，他就不再是創造者，而會成為集體主義者和寄生者。

因此，他絕不能對他想對別人做的事，以及依靠和通過別人做的事抱持信心（他不能——甚至不該希望去做這樣的嘗試，哪怕是嘗試就已經不對了）。他絕不能認為他可以……以某種方式用自己的熱情和智慧感染他們，使他們符合他的期望。他必須面對原本的他們，認可他們生來就是本性獨立的個體，不受他的影響。「他必須」用自己的方式獨立地和他們交往，處理那些根據自己的判斷適合自己的目標或標準的事（是他們自發、獨立於他所做的事）——同時，不要指望別人。

現在，在達格妮的例子裡，她的迫切願望是經營塔格特泛陸運輸公司。她看出身邊沒人符合她的目標，沒人有這個能力、獨立性和資格。她覺得自己可以和那些無能的寄生蟲共同經營，可以通過培訓他們，或者只當他們是接受她命令、缺乏主動性和責任感的機器人。而她自己，事實上則成為萌發一切創意的火花，所有責任的承擔者。這根本無法做到。這是她的關鍵性錯誤，是她失敗的根本原因。

作為小說家，艾茵·蘭德最終要表現的並非是壞人或是有缺陷的英雄人物，而是理想的人——堅定如一、完整、完美。在《阿特拉斯聳聳肩》裡，這個人物是約翰·高爾特，一個直到小說的第三部分才出現，卻是推動世界和情節發展的巨大形象。按他（以及小說）的特點，高爾特有必要成為所有人物生活的中心。在蘭德女士一九四六年六月二十七日所寫的一篇〈高爾特與其他人物關係〉的筆記中，她簡要地說明了高爾特對每個人物的意義。

對達格妮——理想。是她兩個追求的答案：既是天才，也是她愛慕的人。第一個追求通過她尋找發動機的發明者而表現出來。第二個的表現則是通過她日益堅定的信念：自己永遠不會陷入愛情……

對里爾登——朋友。這種理解和欣賞是他一直都需要，但又不知道自己需要的（或者他覺得自己已經得到了——他曾在周圍的人，他的妻子、母親和兄妹身上尋找）。

對法蘭西斯可・德安孔尼亞——貴族精英。唯一給他挑戰和激勵的人——幾乎就是「屬於他的那種」觀眾。生活中只要有如此的快樂和色彩就足以令人眩暈。

對丹尼斯約德——依靠。對於這個不安和魯莽的漂泊者，他是唯一代表土地和根的人，如同拚命抵達的目標，瘋狂出海遠航後的港口——他唯一能夠尊敬的人。

對作曲家——靈感和出色的聽眾。

對哲學家——他的抽象結果的具體化身。

對神父阿瑪迪斯——他的矛盾的源泉。痛苦地意識到高爾特是他一切努力的終點，一個品德高尚的人，一個完美的人——而在這個終點，他的方法並不適合（他正屈從於那些惡人而毀滅這個終點，毀滅他的理想）。

對詹姆斯・塔格特——永恆的威脅，神祕的恐懼，恥辱，罪疚感（他自己的罪孽）。他與高爾特並無特別的聯繫——但他有那種持續不斷的、毫無來由的、莫名的、歇斯底里的恐懼。在他聽到高爾特的講話和初次見到高爾特後，他覺察到了這種恐懼。

對教授——他的良知、恥辱和提醒，時刻折磨他的幽靈，對他的一生說「不」的那個東西。

關於以上的一些註解：里爾登的妹妹史黛西（Stacy）是一個小角色，後來從小說中刪去。法蘭西斯可（Francisco）在當時那個年代被拼寫成「Francesco」；丹尼斯約德最初的名字為伊瓦爾（Ivar），大概是沿用了瑞典「火柴大王」伊瓦爾・克魯格的名字，後者是蘭德女士的劇本《一月十六日晚上》中的人物彼揚・福克納的真實原型。

神父阿瑪迪斯是塔格特的牧師，塔格特向他懺悔。牧師本應該是獻身善事、始終奉行慈悲道義的正面人物。當蘭德女士發覺不能讓這個人物有說服力時，她告訴我，她捨棄了這個人物。

前述的「教授」是羅伯特・史塔德勒。

現在要介紹最後一個摘選。由於蘭德女士思維活躍、觀點層出，她常常被人問到她主要是哲學家還是小說家。到後來，對這個問題她已不勝其煩。然而，在一九四六年五月四日關於創造性本質的論述的筆記中，她為自己做出了回答。

看起來，我既是一個哲學理論家，又是一個小說作家。不過，還是後者更令我感興趣，前者只是後者的工具，絕對有必要，但只是工具而已，小說的故事才是最終。如果沒有對適當的哲學原則的理解和說明，我無法創作出合適的故事；但對原則的發掘之所以令我感興趣，是因為可以在我的生活裡用到所發現的這些知識。而我生活的目的是對我喜歡的世界（人和事）的創作——也就是說，它代表著人類的完美。定義人類的完美需要哲學知識。但是，我對做這種定義沒有興趣。我只是想使用它，把它運用在我的作品（還有我的生活——而我生活和全部生命的核心與目的，就是我的作品）。

我想，寫作非虛構的哲學作品的念頭令我感到乏味，原因就在這裡。這種書的目的其實是在於教導他人，是要把我的觀點表達給他們。而小說則是為我自己創造一種我寫作時願意生活於其中的世界；如果可能，也間接地讓人們在他們所能觸及的範圍內享受這個世界。

也許有人說，哲學書籍的目的是把新的知識先向自己做出澄清和說明，然後把你的知識提供給其他人。然而，我所知道的區別在於：我需要得到、並向自己說明我用過的新的哲學或概念，使其能夠通過小說具體地表現出來。我不介意把故事建立在舊有的知識主題或論點上，或者別人已經發現或說明的知識，也就是別人的哲學上（因為那些哲學是錯誤的）。從這個意義上說，我是一個抽象的哲學家（我想表現完美的人和他完美的一生——而且我還必須發掘出自己的哲學觀點，以及這種完美的定義）。

不過，當我一旦發掘出了這樣的新知識，那麼對於用抽象、泛泛的詞令，也就是用知識化的形式來表達它，我毫無興趣。我感興趣的是使用它，應用它——也就是用人和事件的具體形式，用小說的形式來表達。這一點也是我最後的目的，我的終點。哲學知識或新發現只是通向它的手段。就我的目的而言，抽象知識的非虛構形式無法引起我的興趣，然而最終在虛構和故事中的應用形式卻可以（儘管我要向自己說明這些知識，但在這個歸根究柢又回到人的循環過程中，我選擇最終的形式——表現）。

我不知道自己在多大程度上代表了這方面的一種特殊現象。我想，我代表的是一個完整的人的提煉合成。總之，這應該是我創作約翰·高爾特這個人物的線索。他同樣是抽象哲學家與實用發明家的結合，是思想和行動兩者的共同體……

在學習時，我們從具體的物體和事件中歸納出一種抽象。在創作時，我們從抽象中塑造出具體的物體和事件。我們把抽象復原回到它的特定涵義，回到具體中去。但是，抽象幫助我們得到了我們想要的那種具體。它幫助我們去創造——去根據我們的意圖重新塑造這個世界。

我忍不住再引用一段，這是出現在幾頁後的相同的談論。

作為局外的觀察者，偶然想到：如果創造性的小說寫作，是一個將抽象轉化為具體的過程，那麼這種寫作就有三種可能的等級：通過舊的小說手法（人物、事件或情景曾在同樣的意圖中，被同樣地轉化使用過）轉化一個舊的（已知的）抽象事物（主題或論點）——這是最常見的垃圾；通過新的、獨特的虛構手法轉化舊的抽象事物——這是大部分的優秀文學；創造全新的、獨特的抽象事物，並通過新的獨特的手法轉化它。這，就我所知，才是我——我的小說寫作。如果這是錯誤的自負，請上帝寬恕我吧！（隱喻！）就我目前看來，應該不是（至於第四種可能性——通過舊的手法轉化一種全新的抽象事物從定義上就行不通：如果抽象事物是新的，就不可能存在別人曾用過的轉化手法）

她的結論是「錯誤的自負」嗎？她寫下這篇筆記已經有四十五年了，而此刻，你的手中正捧著艾茵·蘭德的名著。

你來判斷吧。

——里奧那多·佩克夫

一九九一年九月

目錄

The Strikers 罷工者

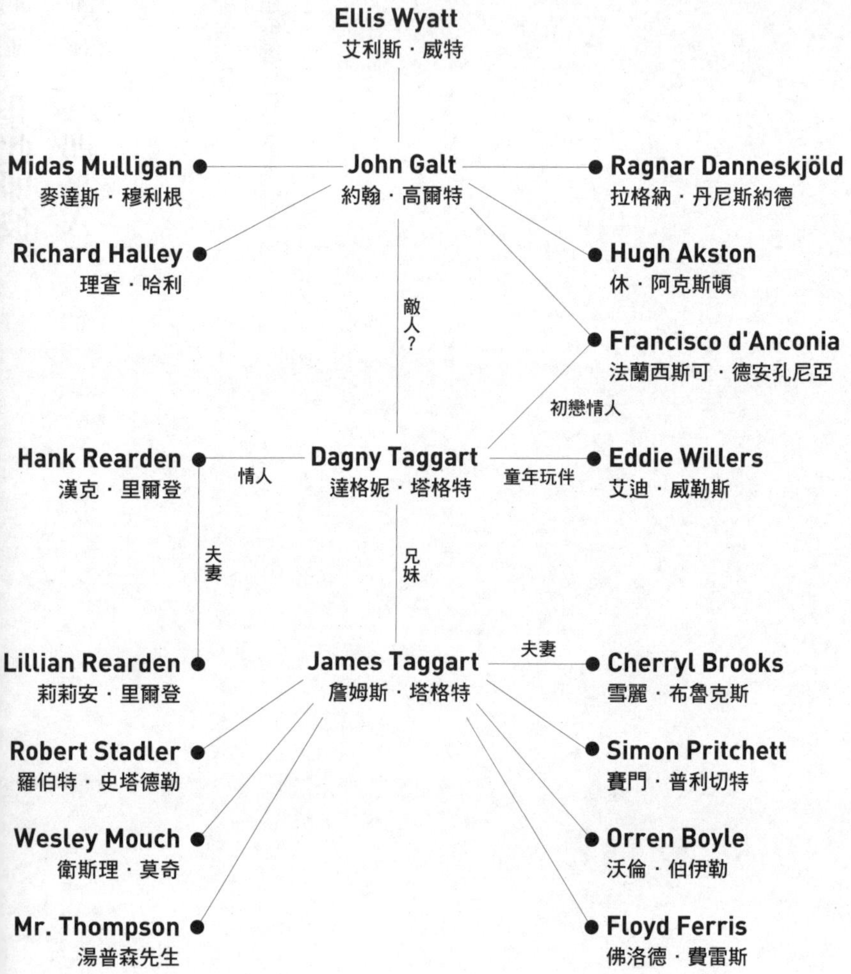
Ellis Wyatt
艾利斯・威特
John Galt
約翰・高爾特
Midas Mulligan
麥達斯・穆利根
Ragnar Danneskjöld
拉格納・丹尼斯約德
Richard Halley
理查・哈利
Hugh Akston
休・阿克斯頓
敵人？
Francisco d'Anconia
法蘭西斯可・德安孔尼亞
初戀情人
Hank Rearden
漢克・里爾登
情人
Dagny Taggart
達格妮・塔格特
童年玩伴
Eddie Willers
艾迪・威勒斯
夫妻
兄妹
Lillian Rearden
莉莉安・里爾登
James Taggart
詹姆斯・塔格特
夫妻
Cherryl Brooks
雪麗・布魯克斯
Robert Stadler
羅伯特・史塔德勒
Simon Pritchett
賽門・普利切特
Wesley Mouch
衛斯理・莫奇
Orren Boyle
沃倫・伯伊勒
Mr. Thompson
湯普森先生
Floyd Ferris
佛洛德・費雷斯

The Looters 掠奪者

I

絕不矛盾★

NON-CONTRADICTION

★ 編註

蘭德本書的三部標題皆引自亞里斯多德邏輯學的「第一原理」，作為向亞里斯多德的致敬。

「第一原理」包含不證自明的「思想三律」：

★ **同一律**：A = A，A即是A，一物在被思考的當下，恆為其自身。

★ **矛盾律**（又稱「不矛盾律」）：A ≠ – A，A 不是非 A

① 邏輯式：一個命題肯定某物而另一命題否定該物，則此二命題必有一真一偽。

② 形上學式：某物不可能同時以相同方式「屬於又不屬於」同一主體。

★ **排中律**：Av – A，一物不是 A 就是非 A，非此即彼，二者必居其一。

第一章 主題

「約翰．高爾特是誰？」

光線正暗下來，艾迪．威勒斯看不清流浪漢的面孔。流浪漢僅僅問了這句話，臉上毫無表情。不過，街道盡頭落日的金黃，在他的眼中閃爍著，這雙眼珠嘲弄而直直地盯著艾迪——似乎這問題正是針對他體內莫名的不安。

「你為什麼這麼問？」艾迪問，聲音緊張。

流浪漢斜倚著門廳過道的牆壁，身後錐形的碎玻璃映出天空金黃的色澤。

「為什麼這讓你不舒服呢？」他問道。

「沒有。」艾迪反駁著。

他急忙把手伸進口袋。流浪漢攔住他，向他要一角錢，接著就喋喋不休起來，似乎是在打發時間，並拖延下一個難題的到來。最近，在街上乞討零錢已經是司空見慣，沒有必要聽什麼解釋，而且他也不想去聆聽那個流浪漢詳述他的絕望。

「買杯咖啡去吧。」他說著，遞一角硬幣給陰影裡那張看不見的臉。

「謝謝，先生。」回話的聲音，毫無興趣。他向前探了探，飽經風霜的褐色的臉，上面佈滿了疲憊的皺紋；但一雙眼睛是聰敏的。

艾迪繼續向前走去。他奇怪為什麼每天這個時候都能感覺到——一種莫名其妙的恐懼。不，他想，不是恐懼，沒什麼好害怕的：這只是一種龐大而瀰漫開來的憂慮，毫無來由，不知所終。他已經習慣了這感覺，但卻無法解釋；可是，那個流浪漢說話時似乎知道艾迪能感覺到它，似乎認為每個人都應該感覺到它，不僅如此，似乎他還知道原因。

艾迪有意識地約束自己，把肩膀抬平。他想，必須制止這種情況。他開始想像了。他是否一直有這種感覺呢？他三十二歲了，他努力地回想著。不，沒有。但他無法記起這情形是什麼時候開始的。這種感覺突然到來，毫無規律，現在比以前來得更頻繁。他想，是黃昏，我討厭黃昏。

雲彩和它下面摩天大廈的牆柱慢慢變成黃褐色，像一幅古舊的油畫帶有的那種傑作褪萎時的顏色。長長的污漬自大廈的尖頂下方蜿蜒垂落，附著在單薄的、被煤灰侵蝕的牆壁上。在高樓上方的一側，有一條約十層樓高的裂縫，狀如靜止的閃電。一個突出的東西劃破了屋頂上的天空，那是半截尖頂，仍在承接著落日的光芒，尖頂的另一半，金葉早已脫落。日光紅而凝靜，像映照出的火光，不是那種熱烈的火焰，而是阻止不住，即將熄滅的餘燼。

不，艾迪想，眼前的城市並沒有什麼令人不安的地方，看起來一如往常。

他繼續走著，提醒自己回辦公室已經遲到了。他並不喜歡回去要做的工作，但必須得做完。因此他沒有企圖拖延，反而讓自己加快了腳步。

轉過一個彎。他從兩幢大樓黑沉沉的身影空隙中，看到一幅懸在半空的巨大日曆，像在門縫裡看到的一樣。

這是去年紐約市長在一棟大樓頂部豎起來的日曆。這樣，市民們抬頭瞧一眼公共建築，就可以像區分一天的鐘點一樣知道日期。一個白色的長方塊懸在城市上空，向下面街道的人們告知日期。在這個日落夜晚的鏽紅光線裡，長方塊顯示出：九月二日。

艾迪移開視線。他從未喜歡過那幅日曆的樣子。它以一種難以名狀的方式令他不自在。這種感覺看來融進了他的不安，兩者並無本質區別。

他突然想起有句話——類似引文的一句話，表達了日曆似乎想要提示的東西，但他記不得了。他邊走邊搜尋著這句話，這便如同懸在心中的一個空白的形狀，既不能填上，也無法丟棄。他回頭望去，白色的長方塊佇立在樓頂，顯示著固定不動的終局：九月二日。

艾迪將視線降回到街道，移向一幢褐色石屋台階前的蔬菜推車上。他看到一堆金黃色的胡蘿蔔和新鮮的綠蔥，看到一方乾淨的白窗簾，在一扇打開的窗前飄舞；他看到一輛公共汽車熟練地拐過街角。他納悶他為什麼感到安定了下來，然後，又為什麼感到一種難以言表的願望，希望這些景物沒有被留在上面那塊開闊而不受保護的空間。

當他來到第五大道，他的眼睛一直沒離開過途經的商店櫥窗。他並不需要也不想買任何東西，但他喜歡看陳列的物品，任何物品，人們製作的、將被人們使用的物品。他喜歡街道繁華的視野。平均每四家店中，不超過一家倒閉，那些商店的櫥窗黑暗而空洞。

他不明白自己為什麼突然想起了橡樹，的確是毫不相干。但是，他想起了它，還有他在塔格特莊園度過童年的夏天。他與塔格特家的孩子們，度過了童年的大半時光。現在，他成了他們的雇員，正如同他的父親和祖父是他們父輩的雇員一樣。

那棵大橡樹曾聳立在塔格特莊園一處孤零零的山丘上，俯瞰著哈德遜河。七歲的艾迪喜歡來這兒看那棵樹。它矗立在那裡已有幾百年了，他覺得它會一直屹立在那裡。樹根就像手指頭插進泥土一樣抓緊了山丘，他覺得即使是巨人抓住樹冠，也無法把它連根拔起，只能撼動山丘和整個大地，就像繩索那一頭拴緊的球一樣。在橡樹面前，他覺得安全，它是一個無法被改變和威脅的東西，是他的勇氣的偉大象徵。

一天晚上，閃電劈中了橡樹。次日早上，艾迪看到了它，倒在地上，被劈成了兩半。他像探望黑漆漆的隧道一樣向樹幹中望去。樹的軀幹只是個空殼，樹心早就腐朽殆盡，什麼也沒留下——只有一層薄薄的灰燼，任由微風吹散。失去了生命的力量，殘存的軀體無法獨自站立。

幾年後，他聽說小孩應該被保護不受驚嚇，以及有關死亡、疼痛或恐懼的最初體驗。不過，這些從來沒有嚇倒過他。當他安靜地站在那裡，向樹幹的黑洞中看去時，他感到了震驚。那是一種深深的背叛——更可怕的是，他無法確定究竟是什麼遭到了背叛。既不是他自己，也不是他的信任，他知道，是其他的事物。他站在那兒好一陣才回家，自此，他從未對任何人提起這件事。

鏽蝕的交通信號燈發出尖叫，艾迪在路邊停下腳步，搖了搖頭。他對自己有些惱怒了。今晚想起這棵橡樹完全是莫名其妙，它對他已經不再有任何意義，只是一縷淡淡的感傷——在他體內某個地方，是快速閃過並消失的一絲痛苦，如同玻璃窗上的一滴雨滴，流淌出問號的痕跡。

他不想讓童年與任何悲傷發生聯繫，他喜歡童年的記憶。他現在所能記住的其中任何一天，好像都被凝固且燦爛的陽光淹沒了。他覺得，那其中似乎只有幾縷光束穿透到了他的現在：不是光束，更像是纖細的光線，為他的工作、他孤寂的公寓，以及他默默而小心翼翼的生存帶來片刻的光彩。

他想起了自己十歲時的一個夏日。那天，在林間的空地，他那兩小無猜的玩伴，告訴他長大後他們將要做什麼。那些話聽起來如同陽光一般閃亮。他聽著，既欽佩又驚訝。當他被問到想要做什麼時，他脫口而出：「只要是對的」，然後補上一句「你應該去做大事……我是說，我們一起」。「做什麼？」她問。他說道：「我不知道，所以我們應該去找。不僅僅是你剛才說的那些，不僅僅是做生意和養活自己，而是像打勝仗、從火海裡救人或者攀登山岳。」「為什麼呢？」她問。他說：「牧師上周日說我們必須一直追求我們所擁有的最好的東西。你覺得那是什麼？」「我不知道。」「我們必須找出來。」她沒有回答，眼睛望向遠處，看到了火車鐵軌。

艾迪笑了。二十年前，他曾經說過：「只要是對的。」從此，他一直信守著這句話，而其他的問題已經淡出了他的內心，他一直忙得無暇去問了。不過，他始終認為一個人應該要做對的事，這是不證自明的，他一直不明白人們怎能做其他的，他知道他們的確這樣做過。對他來說，這依然是簡單而不可理解的：簡單在於，做的事就應該是對的，不可理解的就是，一些事並不如此。他想著，拐過街角，來到了塔格特泛陸運輸公司的大廈。

這幢大樓是街上最高、最自豪的建築。每當看到它，艾迪就會露出微笑。樓身上長長的玻璃沒有損壞，與那些相鄰的建築形成反差。直插天際的樓壁沒有破碎的牆角或磨損的邊緣，大樓似乎脫離了歲月的撫觸。它會一直矗立在那兒的，艾迪想道。

只要他走進這幢塔格特大樓，他就感到輕鬆和安全。這是個充滿競爭和力量的地方。大廳的走道地板是鏡子一般的大理石。照明是堅固的、打磨過的長方形水晶燈。成排的女職員坐在一扇扇玻璃板後面的打字機前，敲擊鍵盤的聲音如同火車車輪飛速駛過的轟鳴。時而，一股輕微的震顫彷彿是與之呼應的迴響，穿透樓壁，從大廈地下的隧道傳來。火車在那裡啟動，奔越整個大陸後再回到這裡停下，幾十年周而復始。艾迪想著，塔格特泛陸運輸，「連接兩座海洋」，他童年時代的驕傲的口號，比《聖經》中的任何一條誡律都更加耀眼和神聖。「連接海洋，直到永遠」——艾迪重新煥發出他的忠誠，穿過亮可鑑人的大廳，走進了大廈的心臟——塔格特泛陸運輸總裁詹姆斯．塔格特的辦公室。

詹姆斯坐在辦公桌後面。他看起來像是快五十歲了，似乎沒有過渡，便一下子從青春時代走進老年。他有一張小而易怒的嘴，稀疏的頭髮披在光禿的腦門上。他的姿勢有一種羸弱而失去重心的不堪，似乎是和他高大瘦削的身體作對。那身體本該具有貴族般的自信，那安適而優雅的線條，現在已經轉化為蠢人的魯鈍。他的臉蒼白而鬆弛，眼睛黯淡不清，一直不停地緩慢巡視的目光，始終帶著憎恨，掃過眼前存在的一切。他看起來頑固而沒有活力。他三十九歲。

聽到開門聲，他厭煩地抬了抬頭，「別煩我，別煩我，別煩我。」詹姆斯說道。

艾迪走向辦公桌。

「是要緊的事，吉姆。」他說道，並沒有抬高嗓門。

「好吧好吧，什麼事？」

艾迪看了看辦公室牆上的地圖。玻璃下面的地圖，顏色已經消褪——他隱隱地驚嘆究竟有多少年，有多少塔格特家族的總裁坐在這張地圖前面。從紐約到舊金山，塔格特泛陸鐵道網路的紅色線條，刻在褪色的全國版圖上，像是血管組織。看起來似乎在很久以前，血液曾貫透了動脈，並且由於自己的過度膨脹，在全國的領域內隨意蔓延開來。一條紅色的斑紋從懷俄明州的薛安市一直蜿蜒下行到德州的厄爾巴索——這是塔格特泛陸運輸的里約諾特鐵路線。最近，又加了新的標記，這條紅色條紋已經延伸到厄爾巴索以南的地點——但是，艾迪的目光剛剛觸及那一點，便急忙轉開了視線。

他看著詹姆斯，說道：「是關於里約諾特線，」他察覺到詹姆斯的目光下垂到了桌子的一角。「我們又出了一起事故。」

「鐵路事故每天都在發生。你非得拿這個來煩我嗎？」

「你懂我的意思，吉姆。里約諾特線不行了，軌道已經完蛋了，整條線都是這樣。」

「我們正在弄一條新軌道。」

艾迪繼續說下去，彷彿那個回答根本不存在一樣：「那條軌道完了。把火車開到那裡沒有意義。人們放棄使用了。」

「在我看來，全國任何一條鐵路都有幾條支線營運虧損。我們不是唯一的一家。這是全國性的狀況——一個暫時的全國狀況。」

艾迪站在那裡，靜靜地望著他。詹姆斯最不喜歡艾迪的就是這樣直視對方眼睛的習慣。艾迪的眼睛是藍色的，很寬，而且帶有疑問。他有金黃色的頭髮和方正的臉龐，很平凡，只有那種誠懇的專注和迷惑好奇的神情，會引人注意。

「你想要怎樣？」詹姆斯厲聲問道。

「我只是來告訴你，你必須知道的事情，因為總得有人告訴你。」

「就是我們又出了一起事故？」

「我們不能放棄里約諾特線。」

詹姆斯很少抬起他的頭；他看人時總撩起那雙厚重的眼皮，從他寬闊的禿腦門下面往上方看過去。

「誰想放棄里約諾特線了？」他問道，「根本不存在放棄它的問題。我討厭你說這個，非常討厭。」

「可是，我們過去六個月來一直沒有完成計畫。無論大小，我們沒有完成過一次沒有故障的行駛。我們正在失去我們的顧客，一個接著一個。我們還能挺多久？」

「你太悲觀了，艾迪。你缺乏信心，這會損害一個企業的士氣。」

「你是說對里約諾特線什麼都不做？」

「我從沒這麼說過。我們一得到新鐵軌就會做的。」

「吉姆，不會有什麼新鐵軌了，」他觀察到詹姆斯的眼皮慢慢地翻上來，「我才從聯合鋼鐵的辦公室回來。我和沃倫．伯伊勒談過了。」

「他說什麼？」

「他講了一個半小時，卻沒有給我一個直截了當的答覆。」

「你糾纏他幹嘛？我記得鐵軌的第一個訂單下個月才交貨。」

「可這之前的訂單，應該是三個月前就交貨了。」

「無法預料的情況嘛，完全不是沃倫能控制的。」

「在那之前，六個月前就該交貨了。吉姆，我們用了十三個月等聯合鋼鐵交那批鐵軌。」

「你要我怎麼辦？我又不能管沃倫的生意。」

「我想讓你明白，我們不能等了。」

詹姆斯用半帶嘲弄、半帶謹慎的語氣，緩緩地問道：「我妹妹怎麼說？」

「她明天才會回來。」

「那麼，你想要我怎麼辦？」

「這是要你來決定的。」

「好吧，無論你還要說什麼，有一件事你不要提了——就是里爾登鋼鐵。」

艾迪沒有馬上回答，然後他平靜地說：「好，吉姆，我不會提的。」

「沃倫是我的朋友，」他沒聽到回話，「我不喜歡你的態度。一旦人力可及，沃倫會交付那批鐵軌的。如果他無法交貨，沒有人能指責我們。」

「吉姆！你在說什麼？你難道不明白，里約諾特線正在垮掉——不管別人是否在指責我們！」

「他們得忍著了——如果不是因為鳳凰—杜蘭戈——他們就不得不忍。」他看到艾迪的臉繃緊了，「直到鳳凰—杜蘭戈冒出來之前，沒人抱怨過里約諾特線。」

「鳳凰—杜蘭戈做得很出色。」

「你想一下，一個叫做鳳凰—杜蘭戈的東西，和塔格特泛陸運輸競爭！十年前，它只是一個地方的牛奶運輸線。」

「現在它已經拿到了亞利桑那、新墨西哥和科羅拉多的大部分貨運業務。」詹姆斯沒有做聲。「吉姆，我們不能失去科羅拉多，那是我們最後的希望，是所有人最後的希望。如果我們不把自己整頓好，我們在那個州的每一個大客戶都會被鳳凰—杜蘭戈搶走的。我們已經丟了威特油田。」

「我搞不懂為什麼所有人都在談論威特油田。」

「因為艾利斯．威特是一個天才，他……」

「該死的艾利斯．威特！」

那些油井，艾迪忽然想道，難道與地圖上的那些血脈沒有某些共同之處嗎？這難道不就是很久以前，塔格特泛陸運輸的紅色溪流蔓延到全國的方式，而現在來看是個壯舉？他想道，油井噴出的黑色溪流，幾乎比鳳凰—杜蘭戈更能夠運載它的火車飛快地流向大陸。那油田在科羅拉多的群山之間，很早以前只是一片被廢棄的碎石地。威特的父親靠榨取這些枯油井維持餘生。現在，如同有人為山的心臟注射了激素，心臟開始像幫浦跳動，黑色的血液從岩石中噴發而出——當然，這就是血液，艾迪想，因為血供養和賦予生命，而這也就是威特油田所做的。它使空曠的山坡霎時獲得生命，為地圖上沒沒無聞的地方帶來了新的城鎮、新的電站和新的工廠。新建的工廠，艾迪想，在一個來自石油工業的運輸收入逐年下降的時候；一個富饒的新油田，在一個又一個著名油田的油泵停轉的時候；一個新興的工業州，曾經是人們除了牛和甜菜根以外，沒有其他想法的地方。有一個人做到了，他用了八年的時間做到這一切。艾迪想，這就像他在上學時從課本裡讀到過、卻又從來不太相信的故事，生活在國家早年成長歲月中的人們的故事。他希望他能見到威特。有許多關於他的談論，但很少人曾經見過他；他很少來紐約。他們說，他三十三歲，脾氣暴躁。他發現了使枯油井復甦的辦法，然後就去復甦它們。

「艾利斯·威特是個只認得錢的貪婪惡棍，」詹姆斯說，「在我看來，生活中有比賺錢更重要的事情。」

「你在說什麼呀，吉姆？這有什麼相干——」

「另外，他欺騙了我們。我們為威特油田服務了很多年，很盡心。在老威特還活著的時候，我們每周發一列油罐車。」

「現在不是老威特在的日子了，吉姆。鳳凰—杜蘭戈每天在那裡開兩列油罐車——而且很準時。」

「如果他給我們時間，和他一起發展的話——」

「他可沒有時間浪費。」

「他期望什麼？是我們把其他客戶都甩到一邊，犧牲全國的利益，把我們的貨車都給他嗎？」

「不是，他從不指望任何事，他只和鳳凰—杜蘭戈做生意。」

「我覺得他是一個有破壞力的、不講理的無賴，他是一個被過分高估的、毫不負責的暴發戶。」聽到詹姆斯毫無生氣的語調突然有了情緒，令人十分吃驚。「我不能肯定他的油田是有益的成就。在我看來，他打亂了整個國家的經濟，沒人想到科羅拉多會成為一個工業州。如果一切都在不停地變化，我們怎麼能有安全感和計畫？」

「天啊，吉姆！他是——」

「是的，我知道，我知道，他是在賺錢。但在我看來，那不是衡量一個人社會價值的標準。至於他的石油，要不是因為鳳凰—杜蘭戈，他就得來巴結我們，和其他客戶一樣排隊，而且不能提超出他的運輸合理份額的要求。如果我們想反對那類破壞性的競爭，就沒有別的辦法。沒人能指責我們。」

艾迪想，他的努力已經到了自己的胸口和太陽穴所能承受壓力的極限；他曾想把這件事弄清楚一次，而且他覺得，這事已經再清楚不過了，除非自己的表達方式有問題，否則不會有其他原因妨礙詹姆斯對這件事的理解。因此，他盡了很大的努力，但依舊徒勞無功，如同他們以往的所有討論都以他的失敗告終一樣；無論他說什麼，他們似乎從來不是在說同一件事情。

「吉姆，你在說什麼？在鐵路垮掉的時候，即使沒人指責我們，又能怎麼樣？」

詹姆斯笑了笑，淡淡的，既愉悅又冷淡。「很感人，艾迪，」他說，「你對塔格特泛陸運輸的投入——非常感人。如果你不小心的話，就真的會變成一個世襲的奴隸了。」

「我就是這樣，吉姆。」

「不過，我能問一下，你的工作是和我討論這些事情嗎？」

「不是。」

「那你難道不知道我們有各種管理部門？你為什麼不把這些報告給相關的人？你怎麼不到我親愛的妹妹那兒哭訴去？」

「是這樣，吉姆，我知道輪不到我和你說這些。可是，我不明白發生的這一切，我不知道你的那些顧問們告訴了你什麼，或者他們為什麼不能讓你明白這一切。因此，我覺得我要試著自己來告訴你。」

「我珍視我們童年的情誼，艾迪。但是，你認為這就可以讓你不打招呼進到這裡，而且想來就來嗎？想一想你的級別，難道你不應該記住我是塔格特泛陸運輸的總裁嗎？」

這次是白費了。艾迪還是像往常一樣看著他，沒有受傷，只是疑惑地問道，「那麼你不打算對里約諾特線做什麼了？」

「我沒這麼說過，我根本就沒這麼說。」詹姆斯正看著地圖上厄爾巴索以南的那條紅線，「只要等聖塞巴斯蒂安礦動工，還有我們的墨西哥支線付清了債務——」

「別說這個了，吉姆。」

詹姆斯轉過身來，他被艾迪聲音中一種從未有過的怨恨嚇了一跳：「怎麼了？」

「你知道怎麼了？你妹妹說——」

「讓我妹妹見鬼去吧！」詹姆斯說。

艾迪一動不動，他沒有回答，站在那裡凝視著前方。但是，他對詹姆斯和辦公室裡的一切視而不見。

一會兒後，他鞠躬退了出來。

下午，詹姆斯的隨從人員正在關燈，準備結束一天的工作。但祕書長哈普爾依然坐在他的桌前，擰著一個被拆散了一半的打字機橫杆。公司裡所有人都有這樣一個印象：哈普爾就是在那個角落的那張桌子前出生，而且從來不想離開。從詹姆斯的父親那時起，他就是祕書長了。

當艾迪從總裁辦公室走出來時，哈普爾瞥了他一眼。這一眼是緩緩的，意味深長的；似乎是說，他知道艾迪來到大廈的這個角落就意味著有麻煩，知道他此行毫無結果，而且他對這些無動於衷。艾迪曾經在街角的流浪漢眼中，看到過這種帶著譏諷的無動於衷。

「嘿，艾迪，知道哪兒能買到羊毛內衣嗎？」他問道，「滿城找遍了，哪兒都沒有。」

「我不知道，」艾迪停下來，說，「為什麼問我？」

「我誰都問，說不定有人會告訴我。」

艾迪有些侷促地看著這張空洞而衰老的臉，以及他頭上的白髮。

「我的關節受寒了，」哈普爾說，「今年冬天會更冷。」

「你在幹嘛？」艾迪指著被拆散的打字機問。

「這鬼東西又壞了。送去修也沒用，上次他們花了三個月才修好。也許我能搞好它，但我猜撐不了多久了。」他把拳頭放在鍵盤上，「老夥伴，你該進廢品堆了，你的日子屈指可數了。」

艾迪吃了一驚，這正是他一直極力回憶的那句話：你的日子屈指可數了。不過，他已經忘記自己當初為什麼要記起這句話。

「沒用了，艾迪。」哈普爾說。

「什麼沒用了？」

「沒什麼，隨便什麼。」

「怎麼了，哈普爾？」

「我不會再去要一個新的打字機，新的是用錫做的。等老機器沒了，就不再有打字了。今天早上地鐵裡有個事故，煞車失靈了。你應該回家去，艾迪，打開收音機聽一聽好的舞曲電台。把它忘掉吧，孩子，你的問題就是你沒有個嗜好。有人又偷了燈泡，就在我住的下面的樓梯那邊。我有胸口痛，今天早上買不到任何的咳嗽藥，我們街頭的那家藥店上周倒閉了。德州西部鐵路上個月倒閉了。他們昨天因為臨時修路關閉了皇后堡大橋。唉，有什麼用？約翰．高爾特是誰？」

$

她坐在火車車廂的窗前，向後仰著頭，一條腿伸出去，搭在對面的空座位上。窗框隨著運行的節奏搖動，窗玻璃懸掛在空曠的黑暗之中，不時，點點的燈光如同明亮的條紋劃過車窗。

她的腿被包裹在緊繃的閃亮絲襪裡，修長的線條筆直地經過弓起的腳背，停在高跟鞋內的足尖。這種女性的優雅似乎並不屬於充滿灰塵的車廂，與她渾身上下也極不和諧。她穿著一件雖然曾經價格不菲、此刻卻已經鬆垮走樣的駝毛大衣，隨意地包裹著她那瘦削而緊張的身體。衣領豎起，碰到她帽子的斜邊。一頭快要及肩的褐髮垂在腦後。她的臉瘦而有棱角，嘴部輪廓分明，富有肉感，緊緊地閉著。她的手始終在衣袋裡，姿勢僵硬，沒有女人味的溫柔，似乎她討厭固定不動，似乎她對自己的身體，一個女性的身體，毫無意識。

她坐著聽音樂，這是一首勝利的交響樂。音符洶湧著升高，不僅是在表現上升，它們本身就是上升，它們是向上的本質和形式，把人類的每一個以向上做動力的行為和思想，都體現了出來。它是烈日從雲隙中射出的聲音，衝破黑暗，傳播四方。它有著釋放的自由和具目的性的張力，把空間蕩滌得乾乾淨淨，只留下不受阻止的努力的快樂。聲音中只有一個微弱的回音，音樂擺脫了它，表達了一旦發現沒有醜惡和痛苦、而且從來就不必有醜惡和痛苦時的那種驚奇。它是一首寬廣無際的救贖之歌。

只是那麼一小會兒，她想到了——在音樂還繼續時——完全可以徹底放棄——忘掉一切，聽任你自己去感受。她想著：去吧，放下束縛，就是這樣。

在她心底的某個邊緣，在音樂後面，她聽到了列車車輪的聲音，以均勻的節奏敲打著，每到第四下都敲出一個重音，好像有意強調著一個目的。因為聽到了車輪聲，她就可以放鬆，她邊聽交響樂邊想：這就是車輪必須保持轉動的原因，這就是它們要去的地方。

她以前從未聽過這首交響樂，但知道它是理查·哈利寫的。她聽得出那種激烈和極度的緊張，聽得出主題的風格。在人們不再作曲的年代，這是一首清澈、精妙的曲子……她坐在那兒，仰望著車廂頂部，卻視若無物，渾然忘記自己身在何處。她不知道自己是在聽一部完整的管弦樂交響曲，或者只是一個主題；也許，她是在聽自己心中的管弦樂。

她隱約感到，理查·哈利的所有作品中，都預示般地迴響著這個主題，並貫穿在他漫長的掙扎——直至人到中年，名利從天而降並擊倒了他，而這——她一邊繼續聽著交響曲一邊想著——就是他為之奮鬥的目標。她記起了他的音樂中帶有暗示的內容和承諾性的樂句，旋律中斷續的、有了開頭卻不能如願以償的音符。理查·哈利在寫這個作品時，他……她一下子端坐起來，理查·哈利是什麼時候寫這部作品的呢？

與此同時，她意識到了自己所在的地方，也第一次開始納悶這音樂從何而來。

幾步以外的車廂盡頭，一個煞車手正在調節空調的控制裝置。他很年輕，有著一頭金髮，他吹的口哨，正是那首交響樂的主題。她意識到，他已經吹了有一陣子，這也正是她剛才所聽到的一切。

她懷疑地注視了他一會兒，然後高聲問道：「請告訴我你吹的是什麼？」

那男孩向她轉過身來，一個直視過來的眼神和她相遇，她看到了一抹坦蕩、熱情的笑容，似乎他正在與朋友分享著信心。她喜歡他的臉——線條結實硬朗，沒有那種她已經習慣從別人臉上看到的會讓臉走形的鬆弛肌肉。

「是哈利的協奏曲，」他笑著回答。

「是哪一首？」

「第五號。」

她有意停頓了一下，然後一字一句地緩緩說：「理查·哈利只寫過四首協奏曲。」

男孩的笑容消失了，就像她剛才一樣，似乎猛然間驚醒，回到了現實。如同快門被猛然按下，只留下一張沒有表情、毫無人氣、漠然而空洞的面孔。

「對，沒錯。」他說，「我錯了，我搞錯了。」

「那麼，這究竟是什麼？」

「是我在某個地方聽到過的。」

「什麼地方？」

「我不知道。」

「你在哪兒聽到的？」

「記不得了。」

她絕望地停住了問話。他轉過身去，也不再有興致。

「它聽上去像是哈利的曲子，」她說，「但是，我清楚他譜的每個音符，可他從沒寫過這個。」

男孩轉回來面對著她，除了臉上的一絲關注，依舊毫無表情，他問：「你喜歡理查·哈利的音樂？」

「是的，」她說，「非常喜歡。」

他端詳了她一會兒，似乎在猶豫，然後走開了。她看著他工作時熟練的動作，他只是安靜地做著。

她已經兩個晚上沒闔眼了，可是，她不能讓自己入睡。有太多的問題要考慮，時間已經不多了：火車一大早就會抵達紐約。她需要時間，但她希望火車能夠再快些。不過，這是塔格特彗星號——已經是全國最快的列車了。

她儘量去思考，但音樂依舊縈繞在心中，總是能聽到，是飽滿的和聲，如同某種執拗的腳步，無法停下來。她惱怒地搖晃著腦袋，猛地拉下帽子，點燃了一根菸。

不能睡，她想，她要堅持到明天晚上……車輪發出有節奏的撞擊聲，她對這聲音已經熟悉得可以充耳不聞，這聲音成為她身體裡的一種安詳……在她熄滅香菸的時候，她知道自己還需要一根，不過，她想還是再等一分鐘，就幾分鐘，然後再去點燃它……

她睡了過去，然後，突然驚醒，儘管不知道發生了什麼，但她明白一定出了什麼事：車輪停了下來。在夜晚幽藍的燈光下，列車無聲地停在那兒，影子模糊。她瞄了一眼手錶：不該停車啊。她向窗外望去，列車靜靜地停在空曠的原野中。

她聽到有人在走道另一側的座位上移動，就問：「我們停下來有多久了？」

一個男人漠不關心的聲音回答：「大約一個小時。」

那個男人睡眼朦朧，吃驚地看著她，因為她一躍而起，衝向了車門。

外面，是寒冷的風，和空曠的天空下空曠綿延的荒野。她聽到野草在黑暗中瑟瑟作響。遠處，她看見了站在火車頭旁的人們的身影，在他們上方，一個紅色信號燈高掛在夜空。

她迅速走過一排排靜止的車輪，向他們走去。沒人注意到她走過來。車組人員和幾個乘客聚在紅燈下，他們已經不再說話，似乎只是在平靜中等待著。

「出了什麼事？」她問道。

司機驚愕地轉過身。她的問話聽上去像是命令，不是乘客那種外行的好奇。她站在那兒，手揣在口袋裡，衣領豎起，在寒風的吹打下，幾綹頭髮在面前飛揚。

「亮紅燈，女士。」他說，用大拇指向上指著。

「亮了多久？」

「一個小時。」

「我們不是在主軌上，對不對？」

「沒錯。」

「為什麼？」

「我不知道。」

列車售票員開口了，「我覺得我們不應該被導入到支線上，那個切換裝置有問題，這個東西是徹底壞了。」他向紅燈揚揚頭。「我看，那個信號燈是不會變的，我覺得它是完蛋了。」

「那你們在幹什麼？」

「等著信號變色。」

她又驚又怒，還沒說話，司爐工竊聲笑著說：「上星期，大西洋南方的那個什麼裂縫被擱在支線上兩個小時——就是出了錯。」

「這是塔格特彗星號，」她說，「彗星號從來沒誤點過。」

「這是全國唯一沒有誤點過的了。」司機說。

「總會有第一次的。」司爐工說。

「這位女士，你不懂鐵路。」一個乘客說，「全國上下的信號系統和調度員是最不值錢的。」

她沒有回頭理會那個乘客，繼續對司機說：「如果你知道那個信號燈壞了，你打算怎麼辦？」

他不喜歡她那種權威的語氣，也不明白她怎麼就那麼自然。她看起來很年輕，只能從她的嘴和眼睛看出她已經三十多歲了。那深褐色的眼睛直率而令人不安，似乎能穿過不合理的東西，看透一切。那張面孔隱約有點熟悉，但他想不起在哪裡見過。

「女士，我可不想把脖子伸出去。」

「他的意思是，」司爐工說，「我們的職責是等候命令。」

「你的工作是開這列火車。」

「但不能違反紅燈。如果信號叫停，我們就停。」

「紅燈意味著危險，女士。」乘客說道。

「我們不會去冒險，」司機說，「如果我們動了，無論是誰該負責，他都會把責任推給我們。所以，除非有人讓我們走，不然我們就停在這裡。」

「那如果沒人這麼做呢？」

「遲早會有人的。」

「你建議等多久？」

司機聳了聳肩膀說：「約翰．高爾特是誰？」

「他的意思是，」司爐工解釋道，「不要問沒人能回答的問題。」

她看了看紅燈和沉沒在遠方未知黑暗裡的鐵軌。

她說：「小心地開到下一個信號處，如果那裡正常，上主軌道，然後在第一個開門的辦公室停下。」

「哦？誰說的？」

「我說的。」

「你是誰？」

一個短得不能再短的停頓，她被這個自己沒有料到的問題弄呆了。可是，當司機靠近看了看她的臉後，便在她回答的同時，用力地喘了口氣說：「我的天啊！」

她並沒有不悅，只是像一個很少聽到這個問題的人，回答道：「達格妮．塔格特。」

「那，我就——」司爐工說道，然後他們全都不出聲了。

她還是以同樣自然而然的權威語氣繼續說：「開到主軌道上，然後停在第一個開門的辦公室等我。」

「是，塔格特小姐。」

「你們必須把時間趕回來，就用天亮前剩下的時間，保證彗星號準點。」

「是，塔格特小姐。」

她正轉身要走，司機問：「如果出了任何問題，你會負責嗎，塔格特小姐？」

「我會。」

售票員一路跟著她，向她的車廂走去，他不知所措地說著：「可是……你就坐這麼普通的座位嗎，塔格特小姐？怎麼會呢？你怎麼不告訴我們呢？」

她隨和地一笑：「沒時間講究了。我自己的車廂是安排掛在從芝加哥開出的二十二號車上，後來在克里夫蘭下了車，但二十二號車誤點了，我就沒搭，坐了後來的彗星號，但已經沒有臥鋪了。」

售票員搖著頭：「你哥哥——他可不會坐普通座。」

她笑起來：「是呀，他才不會。」

火車頭旁的人看著她走過去，那修煞車的年輕人也在其中。他指著她的背影問：「她是誰？」

「她就是管理塔格特泛陸運輸公司的人，」司機的語氣透露出由衷的尊敬，「她是負責營運的副總裁。」

當列車猛地向前一晃，汽笛聲消散在原野上空時，她坐在窗前，點了另一根菸，心想：像這樣的漏洞在全國隨時隨地可以碰到。不過，她感受不到生氣或焦慮，她沒時間去感受。

這只是等待處理的又一件事情。她知道，那個俄亥俄分部的負責人根本就不行，可是他是詹姆斯的朋友。她之所以沒有很早就堅持撤掉他，只是因為沒有更好的人選。奇怪的是，合適的人太難找了。不過，她想她必須換掉他，而且她會把這個職位交給歐文．凱洛格，紐約塔格特車站經理的年輕助理之一。他做得很出色，實際上是凱洛格在管理這個車站。她觀察他的工作已經有一段時間了，她一直在尋找有活力的勝任者，如同採鑽人在毫無希望的荒野上探勘。凱洛格做一個分部的負責人還太年輕，她曾經想再等一年。但是已經沒時間等下去了，她一回去就要跟他談。

窗外，依稀可辨的一片片大地，現在移動得更快了，不斷融合成一道灰靄。經由大腦裡搜索枯腸的思索，她發現還是有時間去感受些什麼：就是艱苦的、令人振奮的行動的快感。

$

伴隨著空氣中的第一聲汽笛，彗星號鑽進了紐約市地下的塔格特車站隧道，這時達格妮坐直了身體。火車駛入地下時，她總能感覺到——那種迫切、希望和神祕的興奮。就像平時存在的一切，是用劣質色彩印出的醜陋照片，但這是鋒利的寥寥幾筆構成的素描，使事物看起來更乾淨、重要——而且值得去做。

她看著隧道流向身後：光光的混凝土牆壁，一堆管線，網狀的鐵軌延伸到黑洞之中，裡面掛著的紅燈、綠燈像是遠處滴落的顏色。再沒其他的東西了，沒有什麼可以用來稀釋一切，因此，人們可以去讚賞這種純粹的意圖，以及實現它絕妙的創造力。想到此時正在頭頂上的塔格特大樓，高聳入雲，她想：這些就是大廈的根，空心的根，在地下交織，養活著這座城市。

車一停，她下了車，聽到腳下高跟鞋踩到水泥地的聲響，她感到輕快、鼓舞、躍躍欲試。她邁開步子，走得飛快，好像腳步的速度可以感染她接觸到的一切。直到過了一會兒，她才意識到自己在用口哨吹著一支曲子——就是哈利第五號協奏曲的主旋律。

她感覺到有人看了她一眼，然後轉開了。那個年輕的煞車手，站在那裡緊張地盯著她。

$

她面朝著詹姆斯，坐在一個寬大的椅子扶手上。敞開的大衣下面，是發皺的旅行套裝。艾迪坐在房間另一邊，不時做著紀錄。他的職務是主管營運副總裁的特別助理，主要職責就是把她從浪費時間的瑣事中解放出來。她要求他出席這種會談的場合，這樣，她就不用隨後再向他做任何解釋。詹姆斯坐在他的桌子後面，腦袋縮在肩膀裡。

「里約諾特鐵路線是不折不扣的垃圾，」她說道，「比我想的還要糟，但我們要挽救它。」

「當然。」詹姆斯說。

「部分鋼軌還可以湊合用，不過沒多少，也用不了多久。我們要開始在山區路段鋪設新軌，從科羅拉多開始。我們要在兩個月之內拿到新鋼軌。」

「噢，沃倫．伯伊勒說過他會——」

「我已經從里爾登鋼鐵那裡訂了鋼軌。」

艾迪發出了輕微但抑制不住的聲音，那是他被壓抑的歡呼的願望。

詹姆斯沒有立即回答。「達格妮，你怎麼不好好坐在椅子上？」他終於說話了，語調大為不悅，「沒人這種樣子開會的。」

「我就是。」

她在等待。他的目光避開了她的視線，問道：「你是說你已經從里爾登訂了鋼軌？」

「昨天晚上。我從克里夫蘭給他打了電話。」

「但董事會還沒有授權這件事，我還沒有授權，你還沒徵求過我的意見。」

她探身過去，抓起他桌上的話筒，遞給了他：「打電話給里爾登，把它取消。」

詹姆斯重新坐回到椅子裡，「我沒這麼說，」他惱怒地回答，「我根本沒這麼說。」

「那就這樣了？」

「我也沒這麼說。」

她轉身說：「艾迪，讓他們草擬和里爾登鋼鐵的合約，吉姆會簽的。」她從口袋裡取出一張皺巴巴的紙團，扔給了艾迪，說：「這是數目和條款。」

詹姆斯說：「但董事會還沒——」

「董事會和這件事無關。他們十三個月前就授權你買鋼軌了，從哪兒買是你的事。」

「在做這決定之前不給董事會發表意見的機會，我覺得不妥。而且，我覺得我不該承擔這個責任。」

「我來承擔好了。」

「那關於費用——」

「里爾登的價格要比伯伊勒聯合鋼鐵的便宜。」

「好吧，那沃倫怎麼辦？」

「我已經取消了合約，我們六個月前就有權取消合約了。」

「你什麼時候取消的？」

「昨天。」

「可是，他沒打電話給我確認這件事。」

「他不會打的。」

詹姆斯坐在那裡，眼睛向下盯著辦公桌。她搞不懂他為什麼討厭和里爾登打交道，為什麼他的厭惡這麼奇怪又躲躲閃閃。他們的父親還在當鐵路公司總裁時，自從里爾登的第一個煉鋼爐生火那天，里爾登鋼鐵作為塔格特泛陸運輸的主要供應商已經十年了。十年來，他們的大多數鋼軌是來自里爾登鋼鐵。在全國，能夠按合約準時、保證品質地供貨的公司不多，里爾登是其中一家。達格妮想，除非她瘋了，才會覺得她哥哥討厭和里爾登打交道是因為里爾登絕對的高效率。但她不會這麼認為，因為她覺得這不合常理。

「這不公平。」詹姆斯說。

「什麼不公平？」

「我們總是把生意給里爾登。在我看來，我們應該也給其他人機會。里爾登不需要我們，他已經夠大了。我們應該幫助更小的人們來發展。否則，我們只是在鼓勵壟斷。」

「別扯那些沒用的，吉姆。」

「為什麼我們總是從里爾登那裡拿貨？」

「因為我們總能從他們那裡拿到。」

「我不喜歡亨利．里爾登。」

「我喜歡。但是，喜歡或不喜歡又有什麼關係？我們需要鋼軌，只有他能給我們。」

「人的因素是很重要的，你一點也沒有人的因素的意識。」

「我們是在說挽救鐵路的事，吉姆。」

「是啊，當然了，不過，你還是沒有人的因素的意識。」

「是的，我沒有。」

「如果我們給里爾登這麼大一筆鋼軌的訂單——」

「不是鋼，是里爾登合金。」

她一向避免表現個人情緒，但當她看到詹姆斯臉上的表情時，卻忍不住破了例，大笑起來。

里爾登合金是一種新型合金材料，是里爾登經過十年試驗後製造出來的。他最近才把它投入市場，連一個用戶、一個訂單都還沒有。

詹姆斯無法理解達格妮的聲音為何從爆出大笑，驟然變得冰冷而刺耳：「省省吧，吉姆，你想說什麼我都知道。以前沒人用過，沒人證實過里爾登合金，沒人感興趣，沒人想要。但是，我們的鋼軌就要用里爾登合金。」

「但是……」詹姆斯說，「但是……但是以前從來沒有人用過！」

詹姆斯滿足地看到，在惱怒面前，她不吭聲了。他喜歡觀察情緒，它們就像沿著人們未知性格的黑暗處串起的紅燈籠，顯現出脆弱的方位。不過，如何感覺人們對於一種金屬合金的情緒，這種情緒表明了什麼，這對他來說難以理解，因此，這樣的發現對他沒有絲毫的用處。

「鑄造業權威的一致意見，」他說道，「似乎是對里爾登合金高度懷疑，競爭——」

「免了吧，吉姆。」

「那，你聽誰的意見？」

「我不是來聽意見的。」

「你根據什麼這麼做？」

「判斷。」

「那麼，你依靠誰的判斷？」

「我的。」

「但你徵詢過誰？」

「沒有。」

「那你到底對里爾登合金知道些什麼？」

「那是市場上有史以來最好的產品。」

「因為它比鋼更強硬，比鋼更便宜，比現有的任何笨重金屬都更耐久。」

「為什麼？」

「可是，這是誰說的？」

「吉姆，我在大學學的是工程。我能看得出來。」

「你看到了什麼？」

「里爾登的配方公式和他讓我看的試驗。」

「那麼，如果真是好東西，就會有人用，但卻沒人用過。」他看到了憤怒，一閃而過，便緊張地繼續說，「你怎麼知道它是好東西，你怎麼能肯定？你憑什麼決定？」

「有人決定這種事情嗎？吉姆，誰呀？」

「我是說，我不認為我們非得是第一個，絕不。」

「你還想不想挽救里約諾特線？」他沒回答。「如果負擔得起，我會把整條線的每根鐵軌都拆了，換上里爾登合金。任何一處都堅持不了多久了，全都需要換。但是，我們負擔不起。我們得先從一個壞洞穴裡爬出來。你還想不想讓我們挺過這次？」

「我們還是全國最好的鐵路，其他的更糟。」

「那麼，你是不是想讓我們繼續待在洞穴裡？」

「我沒那麼說！你為什麼總是把事情過分簡單化呢？你如果擔心錢，我搞不懂你為什麼要把它浪費在里約諾特線上，鳳凰－杜蘭戈已經把我們那裡的生意搶光了。為什麼眼睜睜看著對手毀掉我們的投資時，還要繼續花錢呢？」

「因為鳳凰－杜蘭戈的鐵路很好，但我想讓里約諾特線比它更好；因為如果必要的話，我要打垮鳳凰－杜蘭戈——只是沒這個必要，因為科羅拉多的市場足夠讓兩三家鐵路一起發財；因為我要把系統抵押出去，在艾利斯．威特附近的每個區域都建立一條支線。」

「我簡直受夠聽到艾利斯．威特的名字了。」

他不喜歡她的眼睛轉動著看他的樣子，他一動不動地看著她，過了一會兒。

「我不認為有必要馬上採取什麼行動。」他似乎受到了冒犯。「對於目前的塔格特泛陸運輸，到底是什麼引起你這麼大的擔憂？」

「你的政策引起的後果，吉姆。」

「什麼政策？」

「和聯合鋼鐵花了十三個月進行的嘗試，是其中一個；你的墨西哥的災難，是另一個。」

「董事會通過了聯合鋼鐵的合約，」他急忙說，「董事會投票要建聖塞巴斯蒂安線。另外，我不明白你為什麼用災難這個詞。」

「因為，現在墨西哥政府將會隨時把你的鐵路收歸國有。」

「那是個謊言！」他幾乎尖叫起來，「純粹是惡毒的謠言！我是憑非常可靠的政府內部消息——」

「別那麼害怕，吉姆。」她輕蔑地說。

他沒有回答。

「現在，對此驚慌失措沒有任何用處。」她說道，「我們能做的是盡力緩衝這個打擊。這會是一個很慘重的打擊。四千萬元美金的損失，我們很難彌補回來。但是，塔格特泛陸運輸在過去經過了許多大風大浪，我會全力使它承受住這一次。」

「我拒絕考慮。我完全拒絕考慮聖塞巴斯蒂安鐵路國有化的可能性！」

「行啊，那就別考慮。」

她沉默了。他辯解道：「我不明白你為什麼急著把機會給艾利斯．威特，你卻認為參與開發毫無機會的貧困地區是個錯誤。」

「艾利斯．威特並非請求別人給他機會。而我也不是在做給機會的生意，我是在管理鐵路公司。」

「在我看來，這種眼光太狹窄了。我想不通為什麼我們應該去幫助一個人，而不是整個國家。」

「我對幫助任何人都沒興趣，我想賺錢。」

「這是種不切實際的態度。自私的貪婪是過去才有的，現在公認的是社會的整體利益必須被放在任何一個企業——」

「你還想再兜多久的圈子來逃避這件事，吉姆？」

「什麼事？」

「里爾登合金的訂單。」

他沒有回答，坐在那裡無聲地打量著她。她纖弱的身軀疲憊得幾乎就要倒下，是靠她平平的肩膀支撐著挺立在那兒，肩膀則靠著一股有意識的堅強努力支撐著。幾乎沒人喜歡她的臉：那張臉太冷了，眼睛太咄咄逼人，沒什麼會使她看起來能夠帶有柔和的魅力。那雙漂亮的腿，從他視線正中的椅子扶手上斜搭下來，令他氣惱，這破壞了他接下來的判斷。

她依舊沉默著，令他不得不開口問道：「你就這麼決定買了，一時興起，在電話上？」

「我六個月前就決定了。我只是在等漢克·里爾登做生產的準備。」

「別叫他漢克·里爾登，這個俗人。」

「其他人都這樣稱呼他。別轉移話題。」

「你為什麼非得昨天晚上給他打電話？」

「那個時候才找到他。」

「你為什麼不等回紐約後，並且——」

「因為我看到了里約諾特鐵路線出了狀況。」

「好吧，我需要時間來考慮，把事情提交給董事會，聽取最佳——」

「沒有時間了。」

「你還沒給我機會來形成意見。」

「我根本就不在乎你的意見。我不會和你、你的董事會，或者你的那些學者們去爭論。你只要做一個選擇，而且是現在。就說行還是不行吧。」

「這是荒唐、粗暴、專制的做法——」

「行還是不行？」

「你的問題就在這裡，總是用『是』或者『不是』。事情從來不是那麼絕對的，沒有絕對的事。」

「鐵軌，就是絕對的事；我們要或不要，也是。」

她等待著。他沒有回答。

「怎麼樣？」她問。

「你會對這件事負責嗎？」

「我會。」

「就這樣吧，」他說，又補上一句，「不過你要自己承擔風險。我不會把它取消，但不承諾我在董事會面前不說什麼。」

「你想說什麼都行。」

她起身要走。他俯過身子，不願意結束這次見面，而且是結束得這麼決斷。

「你當然瞭解，通過這件事需要一個長時間的步驟，」他說這話時好像幾乎充滿了希望，「不是那麼簡單的。」

「哦，當然，」她回答，「我會送給你詳細的報告，艾迪會準備的，而且你是不會看的。艾迪將協助你具體落實。我今晚要去費城見里爾登，我和他有好多事要做。」她補充道，「就這麼簡單，吉姆。」

在她已經轉身要走的時候，他又說話了——而且他說的話似乎莫名其妙，「對你來說是很簡單，因為你很幸運。別人就做不到了。」

「做什麼？」

「別人都是人，他們很敏感，不能把一生獻給金屬和火車頭。你很幸運——從沒有什麼感情，你從來就對一切沒有任何感覺。」

看著他的時候，她那深褐色的眼睛從驚愕慢慢變為沉靜，然後有了一種奇怪的似乎是厭倦的神情，只是在這一刻，那神情大大超出了原有的克制。

「是的，吉姆，」她平靜地說，「我想我從來就對一切沒有任何感覺。」

艾迪隨她回到了她的辦公室。只要她一回來，他就感到世界變得清朗、明瞭、容易面對——而且忘掉了他曾經有的無形的憂慮。只有他認為，她雖然是女人，但擔任這個龐大的鐵路世界的營運副總裁是自然而然的。在他十歲的時候，她告訴他說自己將來要管理鐵路公司。現在的他，就像那天在樹林間的時候一樣，對此沒有一絲驚訝。

走進她的辦公室，看到她坐下來翻看他為她留下的備忘錄時，他感覺就像當他在自己的車裡，汽車發動，車輪前進時的感覺。

離開她的辦公室前，他想起還有一件事沒有報告：「車站部門的歐文・凱洛格請我和你約個時間，他要見你。」

她驚訝地抬起頭，「這真有意思，我原來就要找他來。讓他上來，我想見他……艾迪，」她突然補充了一句，「我見他之前，讓他們替我接通艾雅斯音樂出版公司的艾雅斯的電話。」

「音樂出版公司？」他有點懷疑地重複著。

「是的，我有事要問他。」

當艾雅斯先生用彬彬有禮而熱情的聲音詢問有何可以效勞時，她問道：「你能不能告訴我，理查・哈利是不是寫了一首新的協奏曲，第五號？」

「第五號協奏曲，塔格特小姐？他當然沒有。」

「你確定？」

「非常確定，塔格特小姐。他已經八年沒寫任何東西了。」

「他還活著嗎？」

「當然啦……嗯，我倒是不能肯定。他已經徹底淡出了公眾生活——但是，如果他去世的話，我們一定會聽到消息的。」

「如果他寫了什麼，你會知道嗎？」

「當然，我們會是頭一個知道的。我們出版他所有的作品。不過，他已經停止創作了。」

「我明白了，謝謝你。」

凱洛格進入她的辦公室時，她滿意地打量著他，很高興看到自己對於他的外貌的模糊記憶是準確的。他和列車上那個年輕的煞車手有著同樣膚質的臉龐，她可以和這種臉龐的男人打交道。

「坐吧，凱洛格先生。」她說。但他還是在她的桌前垂手站著。

「你曾經要求過，一旦我決定改換工作，就要讓你知道，塔格特小姐。」他說話了，「所以我來是告訴你，我要辭職。」

她萬萬沒有料到。過了好一會兒，她才平靜地問：「為什麼？」

「個人原因。」

「你在這裡不滿意？」

「不是。」

「你要去哪一家鐵路公司？」

「我不是去任何一家鐵路公司，塔格特小姐。」

「那麼你要去做什麼工作？」

「我還沒決定。」

她有點不安地審視著他。他的神情中沒有惡意，他直視著她，回答直接而簡練。他說話時就像一個沒有任何隱藏或炫耀的人，神色有禮貌卻不帶表情。

「那你為什麼希望辭職？」

「是個人原因。」

「你病了？是健康問題？」

「不是。」

「你要離開紐約城？」

「不是。」

「你繼承了遺產，可以讓你退休了？」

「不是。」

「你還打算繼續工作來維持生活？」

「是的。」

「但是，你不想在塔格特泛陸運輸工作了？」

「不想。」

「這樣的話，一定是這裡發生了什麼事，使你做出了決定。是什麼？」

「沒有，塔格特小姐。」

「我希望你能告訴我。我有理由想知道。」

「你相信我說的話嗎，塔格特小姐？」

「是的。」

「和我在這裡工作有關的任何人或事情都不相干。」

「你對塔格特泛陸運輸沒有任何怨言嗎？」

「沒有。」

「那麼，我想你在聽到我要給你開出的條件後，也許能重新考慮。」

「很抱歉，塔格特小姐，我不能。」

「我能告訴你我想要說的嗎？」

「可以，如果你想的話。」

「你能不能相信我，在你請求見我之前，我已經決定要給你這個職位了？我想讓你知道這一點。」

「我永遠都相信你，塔格特小姐。」

「是俄亥俄州分部的主管，如果你願意的話，就是你的了。」

他的臉沒有任何反應，那些話對他，如同對一個從沒聽說過鐵路的原始人一樣，毫無意義。

「我不想，塔格特小姐。」他回答道。

過了一陣，她說話了，聲音發緊：「你來開條件吧，凱洛格，自己開個價。我想讓你留下來。我可以超過其他鐵路公司開給你的任何條件。」

「我不會去任何其他一家鐵路公司工作。」

「我本來以為你喜歡你的工作。」

這是他第一次帶有感情的跡象，但也只是略微睜大了一下他的眼睛，並在他回答時的聲音中，有一種奇怪的、輕輕的強調：「我喜歡。」

「那就告訴我，怎麼說才能留住你？」

他不自覺而且十分明顯地看著她，似乎這句話起了作用。

「也許我來這裡告訴你辭職不太合適，塔格特小姐。我知道，你讓我告訴你，是想給我一個挽留條件的機會。所以我如果來，看起來就像我是在談價錢。但我不是。我來只是因為我……我要守信用。」

他聲音裡的那個遲疑，像一道閃光告訴她，他是多麼在意她對他的興趣，以及她提出的要求，而且，他這個決定並不是可以輕易做出來的。

「凱洛格，有沒有什麼東西，是我能夠給你的？」

「沒有，塔格特小姐，沒有任何東西。」

他轉身離去。平生第一次，她感到無助和被擊潰。

「為什麼？」她問道，卻不是在問他。

他停住腳步，聳了聳肩，笑了——片刻之間，他有了生氣。那是她所見過的最奇特的笑容：有著神祕的樂趣、難忍的心碎以及無盡的苦楚。他回答道：

「約翰·高爾特是誰？」

第二章 鎖鍊

一開始，是些許燈光。當塔格特的一列火車駛向費城的時候，幾點明亮、四散的燈光出現在黑暗之中。在空寂的平原上，它們看起來漫無目的，但卻是因為太過強大而顯得毫無目的。乘客們了無興致，懶散地瞧著那些燈火。

接著，出現了一個黑色外形的建築，在夜空中幾乎難以分辨，隨後是一幢大樓，離軌道很近。大樓是黑暗的，火車燈光的反射從它牆壁上堅固的玻璃表面劃過。

迎面駛來的一列貨車擋住了視線，車窗裡填滿了急馳而過的污濁噪音。從空掛的貨車節上方帶來的突然的缺口，乘客們看到遠處模糊閃爍的紅光下的建築物。閃閃的紅光不規則地晃動，好像那些建築物正在呼吸。

貨車消失後，他們看到繚繞的蒸汽包裹下的方形建築。幾盞強光在縷縷蒸汽中間透射出一道道光束，蒸汽和天空一樣火紅。

隨後出現的物體看起來不像是建築，倒像是一個方格玻璃的外殼，它的裡面，密實的橙紅色火焰飄舞著，遮住了天橋、吊車和成綑的東西。

對這樣一個綿延數英里、無人卻又喧鬧的城市，乘客們無法理解其中的複雜。他們看到像扭曲的摩天大廈一樣的高塔，懸在半空的橋，以及從堅固的牆外忽然向內噴火的傷口；他們看到一排燒得通紅的管子在夜幕下移動著。這些管子，是又紅又燙的金屬。

一幢辦公樓出現在鐵道旁，樓頂上巨大的霓虹標誌照亮駛過的車廂內。標誌字樣是：里爾登鋼鐵。

其中一位乘客是經濟學教授，向他的同伴評論道：「在我們這個凝聚著重金屬成就的工業時代，個人還有什麼重要意義嗎？」另一個乘客是記者，為他的專欄做紀錄：「漢克．里爾登屬於不論做什麼都會留名的那類人。由此，你就可以知道漢克・里爾登是什麼樣的人了。」

當一股紅色的噴氣從一個長長的物體後面射向空中時，列車正闖進黑暗之中。旅客絲毫沒有注意到，他們從來沒有學會去關注另一爐鋼水的出爐。

這是里爾登合金第一個訂單的第一爐。

對於那些在工廠的高爐瞭望口前面的人們，這倒出的第一爐鋼水帶來的是凌晨的一種震撼。細細淌著的鋼流有陽光一樣純正的白色。黑色的蒸汽摻雜著熾烈的紅斑，一縷縷騰起。噴泉般的火花如同動脈被割斷一樣抽搐著湧出。空氣彷彿被撕成了碎片，反射著無形的烈焰，紅色的氣團在空中旋轉飛舞，似乎想衝破人類建築的束縛，毀滅頭頂上的立柱和起重機的吊車的臂膀。然而，液態的金屬卻沒有一點暴虐的跡象，它彎曲成長長的白色線條，如緞子一般光滑，閃爍著善意的微笑。它溫順地經過土質的短口，從二十英尺高的空中飛落到下面那個可容納兩百噸的大鍋。星星點點的光芒如同優雅的花邊和孩子們天真無邪的眼神，在它那沉穩平滑的表面閃爍、跳躍著。只有在近距離，才能看出這白色的綢緞是在沸騰之中，不時像水花一樣飛濺出來，落到下面地上。它們是金屬，在落地的時候開始冷卻，迸發出火苗。

兩百噸比鋼還硬的金屬，在四千度的高溫下奔流，它的威力，足以摧毀任何壁壘和靠近它的人。然而，從它前進的每一寸路線，每一磅壓力，到它身體內的每一個細胞，都是在一個對它有著十年研究的精心操作之下控制和產生。

刺眼的紅色光亮在車間的黑暗之中蕩來蕩去，不斷地映紅一個站在遠處角落的人的臉龐；他倚在一根柱子旁觀察著。耀眼的閃光像刀子一樣，不斷刺入他那雙淡藍色、有著冰一樣質地的眼睛，不斷掠過一列列黑色的鐵柱和他灰黃相間的頭髮，掠過他風衣的帶子和他揣手的衣袋。他的身體高大而瘦削，和周圍的人相比總是鶴立雞群。他的顴骨很高，幾道深深的紋路刻在臉頰上，那不是歲月的皺痕，他生來就有，這使得他在二十歲的時候看起來更老，而在四十五歲的現在卻看起來年輕。從他有記憶開始，大家就說他的臉很難看，因為它是桀驁不馴和冷酷的，因為它毫無表情。現在，他在察看著金屬的時候，依然面無表情。他，就是漢克．里爾登。

鋼水升高到了鍋頂，接著便傲慢而放肆地越過它。隨後，從一滴滴炫目的白色變成閃亮的棕色，緊接著變成黑色的金屬圓柱，斷裂開來。熔渣慢慢形成褐色的像地殼一樣厚實的硬殼。隨著硬殼的增厚，湧出了幾個破口，裡面的白色液體仍然在沸騰。

一個工人坐在上方的吊車室內，從空中轉了過來，他用一隻手熟練地牽引拉桿：鐵鍊垂下來，頂端的鋼鉤抓住了鍋柄，平穩地把它像牛奶桶一樣提起——兩百噸的金屬劃過半空，奔向一排正等待被注入的成型模具。

里爾登把身體向後一靠，閉上了眼睛。他感到柱子在吊車的隆隆聲中顫動著。工作完成了，他想。

一個工人看到了他，便像慶祝般地咧開嘴笑了，誰知道這個高個子、一頭金髮的人為什麼今晚非要跑到這裡來。里爾登回敬了他一個微笑：這是他今晚得到的唯一的祝賀。然後，他動身回自己的辦公室，又恢復了他的面無表情。

那天晚上，里爾登很晚才離開辦公室，步行回家。這條幾英里長的路要經過空蕩的野地，但他卻喜歡走，連自己也說不清原因。

他一隻手插進衣服口袋裡走著，掌心握著一隻手鐲。它用里爾登合金打造而成，是一個鏈條的形狀。他不時用手指感覺一下它的質地。用了十年的時間才做成這隻手鐲。十年，他想，真是一段漫長的時間。

黑暗的路旁邊是樹。抬頭看去，能看到星空映襯下的幾簇葉子；樹葉乾枯，打著卷，搖搖欲落。遠處，幾點燈光從散落在四野的房屋窗戶中透出來，但這燈光，卻使得道路更加孤寂。

他只有在快樂的時候才會感到孤獨。他偶爾回頭，望望身後工廠上方那片泛著紅光的夜空。

他沒有想過那過去的十年。十年後的今天晚上，只剩下一種感覺，除了安寧和莊重，他想不出能夠再如何去表達。那感覺是一個總和，而他不必再去細數其中的每一部分。然而，那些沒有被記起的部分，依舊蘊藏在感覺當中。它們是在工廠實驗室的焦爐旁度過的那些夜晚——

——那些在家裡的工作室度過的夜晚，在紙上記滿了公式，然後在失敗的惱怒中把它們捏成一團。

——那些白天，他挑選來協助自己的幾個青年科學家，像戰士準備去打一場註定失敗的戰爭，等待著他的命令，他們已經心力交瘁，依然無怨無悔，只是沉默著，讓心裡的話在空氣中飄蕩：「里爾登先生，這做不到——」

——那些吃了一半的飯，被閃電般突如其來的新主意打斷和捨棄；一個想法，必須立即去求證、去努力、去試驗、去花數月的工作在上面，然後，像放棄其他的失敗一樣放棄它。

——那些時間，扔下了會議、契約，扔下了自己要經營全國最好鋼鐵廠的責任心才擠出來的時間，帶著負罪感偷了出來，如同是為了一份祕密的愛。

——那個橫跨十年而未動搖的念頭，無時不在。當他看到城市的建築，看到鐵路，看到農舍窗裡的燈光，看到宴會上漂亮的婦人手中正在拿著的切水果的刀子，這念頭就在他的心裡：一種金屬合金，會比鋼鐵的用途更廣的念頭，一種金屬拿來與鋼相比，就如同拿鋼與鑄鐵相比一樣——

——那種當他扔掉一個希望或者樣品時的自我折磨，強迫自己忘記疲憊，不給自己時間去感覺，迫使自己承受這種痛苦：「不夠好……還是不夠好……」然後繼續說服自己有可能成功的信念。

——然後就是成功的那天，把它們的成果命名為里爾登合金。

——它們，就是那些經過了高溫、已經熔化在他身體裡的往事，而它們的合金卻是一種令人奇怪、安靜的感受，使他面對著黑暗的田野微笑，並且驚訝快樂為什麼能令人受傷。

過了一會兒，他意識到自己是在想他的過去，好像其中的某些日子鋪開在他的面前，迫使他去看。他不想去看，他把對過去的記憶蔑視為一種毫無用處的沉溺。但隨後他明白了，今夜對往事的追憶是對他衣袋裡那塊金屬的紀念，於是他便由著自己了。

他看到了那天，他站在岩石礦層上面，感到一串汗珠從頭直流到脖子。那時他十四歲，是在明尼蘇達鐵礦工作的第一天。他儘量忍著胸口的痠痛來喘氣。站在那裡，他咒罵著自己，因為他已下定了決心不能疲憊。過了一會兒，他認為疼痛不是停下來的好理由，便回去接著幹活了。

他看到了那天，站在他的辦公室窗前瞧著那些鐵礦，從那天上午起，他擁有了它們。那時他三十歲。如同那些苦痛是無關緊要的一樣，這中間過去的歲月也是無關緊要的。他曾經在礦山、鑄造廠和北面的鋼廠工作過，越來越接近他當初選擇的目標。他對於那些工作的全部記憶，就是他周圍的人似乎從不知道該去做什麼，而他卻始終很清楚。他記得自己曾經納悶，為什麼那麼多的鐵礦都關掉了，正像自己剛接收過來的鐵礦，也是瀕臨關閉。他望著遠方層疊的岩石，路口工人們正在大門上立起新的標誌：里爾登鐵礦。

他看到了一天傍晚，他疲憊不堪地躺在他辦公室的桌子上。天色已晚，他的手下員工都已經離去，因此，他可以毫無顧忌地一個人躺在那兒。他很累，似乎他是在和自己的身體進行著較量。即使他拒絕承認，所有這些令他筋疲力盡的日子，一下子捉住了他，把他放平在辦公桌上。除了不想動，他什麼都感覺不到，失去了感受——甚至忍受的力氣，他已經燃盡體內所有的能量。他曾經把那麼多的活力向四處播撒，開始了那麼多的事業——但他想問，在他感到連身體都抬不起來的現在，是否有人能夠給他最需要的活力。他向促使他開始和堅持下去的自己請求，然後，他抬起了頭，使出平生最大的努力，慢慢地起來，直到可以用一隻手抵著桌面，用一隻顫抖的手臂支撐著自己坐好。從此，他再不問這個問題。

他看到了那天，自己站在小山上，俯瞰一片舊鋼廠的骯髒廢墟。鋼廠被關閉廢棄，他前一天晚上把它買下。勁風疾吹，雲縫中擠出一絲灰白色的光亮。在這微光中，他看到吊車巨大的鋼鐵身軀上暗紅的鏽蝕，如同失了生命的血跡——還有鮮綠的叢生野草，像貪婪的食人植物，漫過了堆在缺窗少門的牆腳下的碎玻璃。他看到遠處大門附近人們的黑影，他們被一個曾經繁華、如今破敗的城鎮的小店解雇，靜靜地站在那裡，看著他停在工廠門口的那部閃耀的轎車。他們猜想，那個站在山頭上的人，是不是就是人們談論的那個漢克．里爾登，這個工廠是否真的會重新開門。「賓州鋼鐵生產的歷史性週期顯然是在走下坡，」一家報紙曾這樣報導，「專家們認為漢克．里爾登在鋼鐵行業的冒險是毫無希望的。你不久就會目睹漢克．里爾登的悲慘結局。」

那是十年以前。今晚，吹在臉上的寒風就像那天一樣。他回首望去，工廠的紅色光亮呼吸著空氣，如同日出，是一幅孕育生命的景象。

這些便是他的腳步，是生命的特快列車途經的車站。在它們之間的日子沒有給他留下特別的記憶，那些日子飛快地閃過，一片模糊。

他想，無論那是怎樣的，無論是艱辛抑或痛苦，都很值得，因為它們讓他走到了這一天——這一天，里爾登合金第一個訂單出了第一爐鋼，將用作塔格特泛陸運輸的軌道。

他摸了摸口袋裡的手鐲，這是他用第一爐金屬做成的，是做給他妻子的。

在撫摸它的時候，他突然意識到，自己想的是一個叫做「他的妻子」的抽象名詞——而不是他娶的那個女人。他感到了後悔的刺痛，開始希望自己沒有做這個手鐲，接著便對他的後悔自責起來。

他使勁晃了晃腦袋，現在不是為過去的困惑糾纏的時候。他感到他可以原諒一切，因為快樂是最好的淨化劑。他感覺一切生命都在今夜祝福著他。他很想遇到人，面對第一個陌生人，坦白而毫無戒備地說：「看看我吧。」他想，和他一樣，人們渴望能夠看到一臉喜悅的樣子——從似乎難以解釋而沒有必要的陰暗痛苦中獲得暫時的解脫。他始終不能理解，人們為什麼要不快樂。

夜路不知不覺地爬到了山頂。他停住腳步，回頭望去。西邊的遠處，紅色的閃光變成狹長的一片。從數英里外望去，它的上方，霓虹大字矗立在黑色的夜空之中：里爾登鋼鐵。

他站得筆直，彷彿面對著一位法官。他在想，今晚的黑暗之中，其他的標誌也在照亮著大地：里爾登鐵礦——里爾登煤炭——里爾登灰石。他想到了今後的日子，希望能在它們的上方再亮起一盞霓虹燈：里爾登生活。

他猛然轉身，繼續走下去。離家更近的時候，他察覺到自己的步伐慢了下來，他的情緒中，某種東西正衰退下去。他隱約覺得並不情願走進家門，但他卻不想有這種感覺。不，今晚不會的，他想，今晚，他們會明白的。但是，他不知道，也從來沒有界定過，究竟他要他們明白些什麼。

走近他的房子，他看到透過起居室窗戶的燈光。那房子建在山坡上，像一個白色的龐然大物在他面前矗立，看起來赤裸裸的，幾根半殖民風格的立柱不情願地點綴著它，有著索然無味的裸體像所帶有的一副不悅的面孔。

他不能肯定自己走進客廳時，妻子是否注意到了他。她正坐在壁爐旁說話，手臂的線條配合著她的話優雅地擺動。他聽到她的聲音有一個短暫的停頓，心想她是看到了自己。但她沒有抬頭，依舊在滔滔不絕。他不能肯定。

「——但那只不過是一個有文化的人對所謂純粹的物質創造感到無聊，」她說道，「他只是對生產鉛沒有興趣。」

然後，她掉轉了頭，看著站在長長房間的另一頭的陰影裡的里爾登，手臂優美地張開，如同她身旁的兩隻天鵝的脖頸。

「怎麼，親愛的，」她用開玩笑的輕快語氣說道，「現在回家不是太早了嗎？難道沒有掃掃碎鐵渣，或者清理一下通風孔什麼的？」

人們都轉向了他——他的母親，弟弟菲利普，還有他們的老朋友，保羅·拉爾金。

「對不起，」他回答著，「我知道我回來晚了。」

「別說對不起，」母親說，「你本來可以打個電話回來。」他瞧著她，似乎模糊地記起了什麼。「你答應了今晚回來吃飯的。」

「噢，對了，我是答應了。對不起，不過今天在廠裡，我們出了——」他戛然停住，不知道是什麼使他無法說出回家要說的那件事，只是接著說，「就是我……忘記了。」

「媽媽就是這個意思。」菲利普說道。

「噢，讓他先緩過神來吧，他現在心還在工廠呢，」他的妻子愉快地說，「亨利，把外套脫下來。」

拉爾金看著他的忠厚眼神，像害羞的狗一樣。「嗨，保羅，」里爾登招呼道，「你什麼時候來的？」

「哦，我搭了五點三十五分紐約的火車。」拉爾金感謝地笑著。

「有麻煩嗎？」

「最近誰沒麻煩啊？」拉爾金的笑變得無可奈何，表明他剛才講的只是說說罷了，「不過，沒有，這次沒什麼特別的麻煩，只是想應該順便來看看你。」

他妻子笑了起來，「你讓他失望了，保羅。」她轉向里爾登，「這是自卑的心態還是優越，亨利？你相信沒有人只是來看看你嗎？還是你相信缺了你的幫助就沒人能過得好？」

他本想生氣地反駁，但她朝他笑著，似乎這只是一句隨便說說的玩笑，他對這種無意義的談話絲毫沒有興趣，因此沒有回答。他站在那兒盯著她，對那些他一直無法理解的事感到納悶。

莉莉安·里爾登通常被認為是個美麗的女人。她身材高挑、優雅，和她嘗試穿著的帝國式樣的高腰裙搭配得正好。她的側面輪廓很精緻，屬於同一個時代雕繪的貝殼：純潔、高傲的曲線，以及她那梳理得正統簡潔、光亮而波浪般的淡褐色頭髮，都表現出一種素樸而尊貴的美。然而，當她轉過整張臉，就讓人有略微的失望。她的臉不美，眼睛是她的缺點：黯淡含混，既不是灰色，也不是褐色，缺乏生氣，空洞無神。里爾登一直納悶，她似乎經常被逗笑，可她的臉上為什麼沒有悅色？

「我們見過了，親愛的，」她回答著他沉默的審視，「儘管你似乎不太肯定。」

「你吃過晚飯了嗎，亨利？」他的母親問道，聲音中帶著自責的急切，似乎他的飢餓是對她的一種直接侮辱。

「吃了……沒有……我不餓。」

「我最好讓他們——」

「不用，媽媽，現在不用，沒關係。」

「這就是我和你一直有的問題。」她並沒看他，對空嘮叨著，「為你做什麼都沒用，你不會領情的。我永遠做不到能讓你好好地吃飯。」

「亨利，你工作得太猛了，」菲利普說，「這對你不好。」

里爾登笑了：「我喜歡這樣。」

「那是你告訴你自己喜歡，這是一種神經衰弱，你要知道。一個人沉溺在工作裡，是因為他要逃避什麼，你應該要有點愛好。」

「噢，菲爾，看在基督的分上！」他說道，並馬上就懊悔自己語氣中透出的煩惱。

菲利普的健康狀況一直不太穩定，儘管醫生並未從他鬆弛、瘦長的身體中發現特別的毛病。他三十八歲，但他反覆性的疲勞讓人覺得有時他比他哥哥還要老。

「你應該學著有些娛樂，」菲利普說，「否則，你會變得呆滯、狹隘。思維單一，你知道吧。你應該從你個人的巢穴裡出來，看看世界，你現在這樣子，會錯過生活的。」

里爾登強忍著火氣，告訴自己這是菲利普的關心，告訴自己不應該感到厭惡：他們都是在努力表達對他的關切——而他但願他們不要去關心這些。

「我今天很開心，菲爾。」他笑著回答——而且奇怪菲利普怎麼不問問他為什麼。

他希望他們有人會問問他，他開始發現注意力很難集中。鋼水流動的景象依舊在他的心中燃燒，填滿了他的意識，沒有地方給任何其他的東西了。

「你也許道過歉了，只是我應該早點知道，而不是等著你的抱歉。」這是母親的聲音，他轉過去，用那種受傷的神情看著她——毫無準備的她顯得很有耐心。

「畢坎姆夫人來吃了晚飯，」她責備地說。

「什麼？」

「畢坎姆夫人，我的朋友，畢坎姆夫人。」

「然後呢？」

「我和你說過她，說了很多次，但你從來記不住我說的話。畢坎姆夫人急著見你，但她晚飯後就得走，她等不了，畢坎姆夫人是個大忙人。她非常想告訴你我們在教區學校所做的好事，關於金屬手工課，關於那些貧民區孩子們正在親手製作的漂亮的鍛鐵門把手。」

他全神貫注地考慮後，才平和地說出：「我很抱歉讓你失望，媽媽。」

「你並不抱歉，你如果努力點是可以來的，但是，你除了為自己，什麼時候為別人努力過？你對我們之中的任何人和我們做的任何事都沒有興趣，你覺得你付了帳單就夠了，是不是？錢，你只知道錢。你給我們的只有錢，你付出過一點時間給我們嗎？」

如果這表明她想他，他思索著，那麼這就意味著感情，如果這意味著感情，那麼他就不該感到那是一種沉重和陰鬱，這迫使他沉默，免得他的聲音暴露了他厭惡的感覺。

「你不在乎，」她的聲音一半是唾棄，一半是乞求，「莉莉安今天有個重要的事需要你來，但我告訴她，等著你來討論它是沒有用的。」

「噢，媽媽，那不重要。」莉莉安說道，「對亨利來說不重要。」

他向她轉過去。他站在屋子中間，依舊穿著風衣，似乎陷入不可能變為現實的虛幻之中。

「一點也不重要，」莉莉安快活地說，他聽不出她的聲音是抱歉還是自詡，「不是生意的事，純粹是非商業性的。」

「那是什麼？」

「只是一個我要辦的聚會。」

「一個聚會？」

「噢，別看起來那麼害怕，不是明天晚上。我知道你實在太忙了，所以這在三個月以後，而且我想讓它成為一件很大、很特別的事。所以，你能不能答應我那天晚上一定在這裡，而不是在明尼蘇達、科羅拉多，或者加州？」

她怪怪地看著他，話說得既輕描淡寫，又目的明確，她的笑容過分地渲染著一種天真的氣氛，同時又

王牌。

？」他說道，「但是你知道，我沒辦法預料會有什麼緊急的業務需要我出城。」

知道！但是我難道不能早早地和你預約，就像那些鐵路總裁，汽車生產商，或者垃圾——我是
——經銷商那樣？他們說你從不錯過一次約會。當然，我會讓你根據方便選擇一個日期。」她抬頭
她的眼神，在從她低處的前額向上看到他的高度時，具有一些特殊的吸引力。她半是隨意
慎地問道，「我想的是十二月十號，不過你是不是更希望是九號，或者十一號？」

「這對我沒有差別。」

她輕柔地說：「十二月十號是我們的結婚紀念日，亨利。」

他們全都看著他的臉，假如他們期待的是內疚的神情，那麼他們看到的，是一絲感到有趣的微笑。她不可能用這個做陷阱，他想著，因為他只要拒絕接受任何對他健忘的指責，然後把她冷落在那兒，他就可以輕易脫身了。她明白，她唯一的武器，就是他對她的感情。他想，她的用意是矜持而間接地試探他的感情，並讓他接受自己的方式。社交聚會不是他的慶祝方式，但卻是她的方式。對他來講，這並不代表什麼；而對她，這意味著她給他和他們的婚姻最好的禮物。他想，他必須尊重她的意願，即使他不贊同她的標準，即使他不知道自己是否還在乎她的任何禮物。他必須讓她獲勝，他想道，因為他的憐憫已經是她此時唯一的出路。

他笑了，一個開朗、不帶厭惡感的笑容宣佈著她的勝利，「好吧，莉莉安，」他平靜地說，「我保證十二月十日的晚上在這裡。」

「謝謝你，親愛的。」她的笑裡有一種封閉的、神祕的色彩，他很奇怪，為什麼自己瞬間有了一種印象，他的態度令他們所有人都失望了。

如果她相信他，他想，如果她對他的感情還在，那麼他就要配得上她的信任。他不得不說了，話是聚焦在一個人思想上的透鏡，然而——他今晚只能說一件事。「我很抱歉我回來晚了，莉莉安，但今天在工

廠，我們煉出了第一爐里爾登合金。」

片刻的寂靜後，菲利普說道：「哦，那不錯啊。」

其他人什麼話都沒說。

他把手伸進了衣袋，一觸到手鐲，它的真實感將其他的一切一掃而光，他又有了當時看到鋼水在他面前傾瀉出來的感覺。

「我給你帶了件禮物，莉莉安。」

他不知道，當他把那個金屬鏈條掉在她膝蓋上的時候，他站得筆直，手臂的姿勢同遠征歸來的十字軍把戰利品獻給他的愛人一樣。

莉莉安拾起了它，把它套在兩個的手指上，對著燈光舉起來。鏈結的部分笨重而粗糙，金屬閃爍著一種藍綠色的奇特光澤。

「這是什麼？」她問道。

「從里爾登合金第一個訂單的第一爐鋼裡生產的第一個物品。」

「你的意思是，」她說，「它和一根鐵軌有著完全一樣的價值？」

他看著她，茫然了。

她叮噹地敲著手鐲，讓它在燈下泛著光芒。「亨利，它太完美了！多好的創意呀！我會轟動紐約的，我戴的首飾，是和那些橋的大樑、卡車的發動機、廚房的爐子、打字機用同樣的東西做成的，還有——那天你說什麼來著，親愛的——湯鍋？」

「天啊，亨利，可是你太狂妄了！」菲利普說。

莉莉安大笑著：「他是個多愁善感的人，所有的男人都是。但是，親愛的，我很欣賞它。它不是禮物，是那種意圖，我明白。」

「如果你問我的話，這意圖明明就是自私，」里爾登的母親說道，「別人如果要給妻子禮物的話，會送一個鑽石的手鐲，因為他會想到那是她的快樂，而不是他的。但亨利這麼想，只是因為他做出了一種新的鋼鐵，為什麼它對所有人一定比鑽石更重要，就因為那是他做的。他從五歲開始就是這樣——一個最自負的小子——而且我知道他長大後會成為這個地球上最自私的動物。」

「不，這很可愛，」莉莉安說道，「很迷人。」她把手鐲放在桌上，站起來，雙手扶著里爾登的肩膀，踮起腳尖，親吻了他的臉頰，說：「謝謝你，親愛的。」

他沒有動，沒有朝她低下頭去。

過了一陣，他轉過身，脫下外套，遠離其他人坐在壁爐旁。他只覺得筋疲力盡。

他沒有去聽他們在說什麼，隱隱地聽到莉莉安在爭論著什麼，替他和母親辯護著。

「我比你更瞭解他，」母親在說，「漢克．里爾登對人、動物或草都沒有興趣，除非這和他或他的工作有某種聯繫，那才是他關心的。我盡了最大努力教他謙虛，我試了一輩子，還是沒成功。」

他曾經讓母親不受任何限制地選擇她喜歡的生活方式和地點，他一直奇怪她為什麼一直堅持和他住在一起。他想，他的成功，對她並非全無意義，如果確實如此，那它就是聯結他們的紐帶，他唯一能夠承認的紐帶。如果她需要她那成功兒子家中的一塊地方，他是不會拒絕的。

「不可能讓亨利做一個聖人，媽媽，」菲利普說，「他本來就不會的。」

「噢，可是，菲利普，你錯了！」莉莉安說，「你大錯特錯了！亨利具備成為聖人的一切條件，這才是麻煩。」

他們想從他身上得到什麼？——里爾登想著——他們想要什麼呢？他從未向他們索求過什麼，是他們希望抓住他，在他身上堅持一種主張——這主張還是以感情的方式，但是，他發現這種方式比任何一種仇恨都更難以忍受。他鄙視無緣無故的感情，正如同他鄙視不勞而獲。他們聲稱出於某些不知道的原因而愛他，卻忽略了他希望自己被愛的那些地方。他不清楚他們希望用這種方式從他身上得到什麼反應——假如這反應是他們想要的。一定是的，他想，不然為什麼總是那些抱怨？總是對他的漠然不停地指責？總是那種無休止的猜忌，彷彿他們一直等著被傷害？他從不想傷害他們，但卻一直感覺得到他們那種防備和責難，看來他所說的任何話都會傷到他們，這已經不是他說什麼和做什麼的問題，幾乎……幾乎僅僅是他的存在就會傷害到他們。別胡思亂想了——他告誡著自己，同時帶著他那殘酷無情的正義感，去痛苦地面對這個謎團。他不能毫不理解地去譴責他們，然而，他無法理解。

他喜歡他們嗎？他覺得不是。他曾經想要去喜歡他們，但那不一樣。他過去曾指望去發現潛伏在人類身上的某種無須言明的品質，並以此來喜歡他們。現在，除了毫無憐憫的漠然，他從他們身上感覺不到任何東西，甚至連失去的遺憾都沒有。他需要誰成為他生活中的一部分嗎？他是否會懷念那種想要去感受的感覺？他覺得不會了。他曾經懷念過嗎？他認為是的，但那是他年輕的時候，已經再也不會了。

他的疲勞感正在加重，他意識到那其實是厭倦。他覺得自己應該出於禮貌來掩飾住——並且一動不動地坐著，抵抗著折磨他的睏意。

他快睜不開眼睛的時候，感到兩根柔軟、濕潤的手指碰了他的手：拉爾金拉了張椅子坐在他旁邊，靠近他，單獨聊起來。

「漢克，我不管業界怎麼評論，里爾登合金是個了不起的產品，很了不起，就像你能夠點石成金一樣，它會賺大錢的。」

「是啊，」里爾登回答，「它會的。」

「我只是……我只是希望你不要有麻煩。」

「什麼麻煩？」

「哦，我不知道……現在這個世道……有的人……可你怎麼知道呢……什麼都有可能……」

「什麼麻煩？」

拉爾金坐在那兒，弓著肩膀，用溫和、請求的目光仰望著他。他矮胖的身體看起來總是缺少保護而且不完整，似乎需要一個殼，被輕輕一碰就可以縮進去。他渴望的眼睛，和茫然無助的懇求的笑容就是這個殼。像是一個聽任不可理解的宇宙擺佈的小男孩那樣，他的笑可以使人打消戒心。他五十三歲。

「你的公關做得不太好，漢克，」他說，「給新聞界的印象總是很差。」

「那又怎麼樣？」

「人家不喜歡你，漢克。」

「我從客戶那裡沒聽到任何抱怨。」

「我不是這個意思。你應該雇一個好的媒體代理人，把你向大眾行銷出去。」

「為什麼？我賣的是鋼鐵。」

「但你不能讓輿論都反對你，輿論的意見，你知道——是很有分量的。」

「我不認為輿論是在反對我，而且，我也不覺得那是咒罵。」

「報紙是反對你的。」

「它們有時間可以浪費，我可沒有。」

「我可不喜歡，漢克，很不好。」

「什麼？」

「它們寫的關於你的東西。」

「它們寫我什麼了？」

「哦，你也清楚那一套，比如你身上帶刺，你冷酷無情，你在工廠管理上獨斷專行，你唯一的目標就是生產鋼鐵和賺錢。」

「可那就是我唯一的目標。」

「但是你不應該那麼說。」

「為什麼不呢？我應該怎麼說？」

「哦，我不知道……但你的工廠——」

「那些是我的工廠，對不對？」

「是的，不過——不過你不應該總是在這一點上大聲地提醒人們……你知道現在的世道……他們認為你的態度是反社會的。」

「我才不管他們怎麼認為。」

拉爾金嘆了口氣。

「怎麼了，保羅？你究竟想要說什麼？」

「沒什麼……沒有什麼特別的。只是，誰也說不這種時候會發生什麼事……一定要非常小心……」

里爾登不禁輕聲地笑了出來：「你不是在替我擔心吧，是嗎？」

「只是因為我是你的朋友，漢克，我是你的朋友，你知道我是多麼的敬佩你。」

拉爾金一直不走運，他做什麼都不順，既談不上失敗也不能算是成功。他是個生意人，但無論在哪一行都做不長久。目前，他正苦撐著一個製造採礦設備的小廠。

懷著敬畏，他多年來一直沒有離開里爾登。他會來徵詢意見，有時來借款，但也不是經常。貸款的數額都不算大，雖然不是一直準時，但總是能還清。在這種關係中，他如同一個貧血的人，僅僅是看到熱情洋溢的生命，就可以讓他得到活力的補充。

看到拉爾金的掙扎，里爾登又體會到了當他觀察到一隻壓在火柴棍下掙扎的螞蟻時的感覺。對他是這樣的困難，里爾登心裡想，對我卻是如此的輕鬆。因此，他儘量隨時地給出建議、關注以及委婉而有耐心的興趣。

「我是你的朋友，漢克。」

里爾登探詢地望著他。

拉爾金把目光移到別處，似乎心裡躊躇不決。過了一陣，他小心翼翼地問：「你那個在華盛頓的人怎麼樣？」

「還可以吧，我覺得。」

「你要很肯定才對，這很重要。」他抬頭看著里爾登，用一種強調的固執口氣重複著，彷彿正在完成一個痛苦的道德使命，「漢克，這非常重要。」

「我是這麼認為的。」

「實際上，這就是我來這裡要跟你說的。」

「有什麼特別的原因嗎？」

拉爾金思忖了一下，覺得使命已經完成了，便說道：「沒有。」

里爾登不願意談這個話題。他知道需要有人在立法機構裡維護他，所有的企業家都會雇用這樣的人。但他從來沒在這方面花太大的精力，他不能完全說服自己這件事的必要性。一種無法解釋的厭惡，一部分是因為太嚴肅，一部分是因為太令人厭倦，每每讓他對這個問題思考不下去。

「問題在於，保羅，」他一邊極力地去想，一邊說，「要從太多的人裡挑選出做這件事的人。」

拉爾金移開了視線，說：「這就是生活。」

「如果我知道才見鬼了，你能告訴我嗎？這個世界究竟出了什麼毛病？」

拉爾金傷感地聳了聳肩膀：「問這些沒有用的問題幹什麼？海洋有多深？天空有多高？約翰．高爾特是誰？」

里爾登一下子坐直了，「不，」他朗聲說道，「不，沒必要有這種感覺。」

他站了起來，在談論這些事的時候，他的疲勞消失得無影無蹤。他突然感到有一股反抗力量的迸發，他走回家時的那些對生存的看法，現在似乎正被莫名地威脅，需要他爭奪回來，並勇敢地再次堅持。

他的精力漸漸恢復，走過房間，他看著他的家人，他們是一群困惑的、不快樂的孩子——他想——他們全都是，包括他的母親，而他卻傻到去憎惡他們，他們是無助的，並非懷有惡意。他必須要讓自己學會去理解他們，因為他有太多的東西可以給予，因為他們永遠不會分享他快樂而無窮的力量。

他從房間的另一端掃視著他們。母親和菲利普在熱切地談論著什麼，不過，他注意到他們並不是熱切，他們是緊張。菲利普坐在一張矮椅上，挺著肚子，身體的重量都壓在了肩胛骨上面，好像這個難受的姿勢是為了要故意懲罰那些觀眾。

「怎麼了，菲爾？」里爾登走近他，問道，「你看起來累得不行了。」

「我今天工作很累。」菲利普悶悶不樂。

「不是就你一個人工作辛苦的，」母親說，「別人也有他們的問題——儘管不是像你的那些上億元的、跨越國際的問題。」

「當然，那很好啊，我總覺得菲爾應該找到些他自己的興趣。」

「好？你是說你願意看到你弟弟的健康垮掉？那會讓你開心，是不是？我一直覺得是這樣的。」

「怎麼會，不，媽媽，我很願意幫忙。」

「你不必非得幫忙，不必對我們任何人有任何感情。」

里爾登從來就不清楚他的弟弟在做些什麼，或者想做什麼。他供菲利普上完了大學，但菲利普一直以來就沒有什麼抱負。根據里爾登的標準，一個人不去工作賺錢肯定是有問題，但他不會把自己的標準強加給菲利普。養活他的弟弟是輕而易舉的事。讓他慢慢來吧，里爾登想過很久，還是別讓他為了生計掙扎，而是讓他能有機會選擇自己的事業。

「菲爾，你今天做什麼了？」他耐心地問道。

「你不會感興趣的。」

「我感興趣，所以才問。」

「我從這兒到瑞汀，再到威明頓，得四處去跑，見了二十個人。」

「你為什麼非要去見他們？」

「我在想辦法為全球發展盟友這個組織籌款。」

里爾登從來就沒能弄清楚菲利普加入了多少種組織，也不瞭解他們的活動。在近六個月，他聽菲利普大略說起過這個組織，似乎是一個致力於心理學、民間音樂和互助耕作的某種自由演講團體。里爾登從來就很蔑視這類團體，也就更不會打聽他們的詳情了。

他仍然沉默著，菲利普主動地補充道：「有個非常重要的計畫，我們需要一萬塊錢，但籌錢是個苦差事。人們心目裡的社會良知一點都沒了。每當我想起今天看到的那種鼓鼓的錢袋——為什麼？他們可以心血來潮就花掉比那還多的錢，我卻沒辦法從他們那裡每人擠出一百塊來，我就這點請求。他們沒有道德責任感，沒有……你笑什麼？」他突然問。里爾登站在他的面前，此時正咧著嘴笑。

簡直像小孩吵架一樣，里爾登心想，幼稚得毫無希望：暗示和羞辱一起都來了。只要把羞辱還回去，就可以把菲利普輕易地打趴下，他想——正因為這羞辱真實，所以才致命——所以他不能讓自己發出這樣的聲音。肯定的，這可憐的笨蛋明白他在我面前徹底無助，毫無還手之力，所以我沒必要那樣做，不那樣做才是最好的回答，他才不會看不出來。他究竟是活在一種怎樣的不幸之中，把自己折騰得這樣慘？

緊接著，里爾登忽然想到，他可以把菲利普無休止的不幸打破一次，給他一個驚喜，一個心灰意冷時的喜出望外。他心裡想：他想要的其實又關我什麼事呢？那是他的，就好像里爾登合金是我的一樣——這對我的意義，恐怕和他的願望在他心目中的意義一樣重要——還是讓他高興一次吧，也許能讓他領悟出一點什麼——我不是說過快樂是最好的淨化劑嗎？——我今晚是在慶祝，那就讓他也分享一下——這對他意味著很多，對我卻是不值一提。

「菲利普，」他笑著說，「明天打個電話給我辦公室的伊芙小姐，她會給你一張一萬塊的支票。」

菲利普茫然地瞪著他，那眼神既不是震驚，也不是興奮，只是像玻璃球一樣空空地瞪著。

「噢，」菲利普出了一聲，緊接著說，「我們非常感謝。」嗓音裡沒有感情，甚至連最簡單的貪婪也沒有。

里爾登無法理解他自己的感覺：似乎一個沉重而空蕩蕩的東西在身體裡轟然倒下，他能同時感到那股重量和空虛。他明白，這是失望，但他奇怪的是為什麼如此黯淡和醜陋。

「亨利，你真是太好了。」菲利普乾巴巴地說著，「我很吃驚。我沒指望從你這兒拿到這筆錢。」

「你還不明白嗎，菲爾？」莉莉安說，聲音異常地清脆和歡快，「亨利今天煉出了他的合金。」她轉向里爾登，「親愛的，要不要宣佈今天為全國的假日呀？」

「你是個好人，亨利，」母親說道，又接著說，「但不總是這樣。」

里爾登站在那兒看著菲利普，似乎在等待著。

菲利普瞧著別的地方，然後抬眼看到了里爾登的凝視，好像是接通了他自己的監視。

「你並不是真的在乎幫助那些窮人，對不對？」菲利普問道——而里爾登聽著，簡直無法相信他竟然是以責難的語氣。

「對，菲爾，我一點都不在乎，我只想讓你高興。」

「但這錢不是為了我，我不是出於個人目的籌集這筆錢。我在這件事當中沒有任何私利。」他語調冰冷，透出那種自我感覺的高尚。

里爾登扭開頭去，突然覺得噁心：不是因為這些言語太虛偽了，而是因為它們是真實的，菲利普就是這個意思。

「還有，亨利，」菲利普緊接著說，「我想請你告訴伊芙小姐給我現金，你介意嗎？」里爾登困惑地轉過身來。「是這樣，全球發展盟友是個非常進步的團體，一直認為你在全國代表了最黑暗的社會退步力量。所以，你知道，你的名字出現在我們的捐助者名單上面，會讓我們很難堪，因為會有人指責我們是被漢克．里爾登收買了。」

他想甩菲利普的耳光，但一股幾乎難以忍耐的厭惡令他閉上了眼睛。

「好吧，」他靜靜地說，「你會拿到現金的。」

他走開了，站到房間最遠的那扇窗前，眺望遠方工廠的光亮。

他聽到拉爾金在身後的叫聲：「該死的，漢克，你不該給他！」

然後是莉莉安冷冷的、幸災樂禍的聲音：「可是你錯了，保羅，你大錯特錯了！如果他不救濟我們，他的虛榮心怎麼解決？如果沒有弱者可以統治，他的力量從哪裡來？如果不讓我們靠著他，他該怎麼辦？這絕對沒什麼錯，我不是在批評他，這只是人性的法則。」

她拾起金屬手鐲，把它舉起來，讓它在燈下閃閃生輝。

「一條鎖鍊，」她說道，「很恰當，對嗎？是一條他用來捆綁我們所有人的鎖鍊。」

第三章 天上地下

屋頂像酒窖一般的沉重和低矮，壓得人們走過房間時不得不停下來，肩膀上似乎扛著拱起的房頂。深紅色的皮座包廂環繞在房間周圍，深深地凹嵌在被歲月和潮氣侵蝕的石牆裡。這裡沒有窗戶，只有細碎的藍光從磚石的凹陷處射出，死寂的藍光與黑暗很是搭配。經過向下延伸的狹窄台階才能走進這裡，像是深深地進入到地下。這是紐約最貴的一家酒吧，建在一座摩天大廈的頂層。

一張桌子旁邊圍坐著四個人。在高達六十層的城市上空，他們並沒有像是在無拘無束的氣氛中那樣高談闊論，壓低的嗓音反而像是在地窖裡面。

伯伊勒說：「吉姆，情況和局勢絕對超出了人們的控制。我們對鋼軌的生產做好了計畫，但難以預料的事情發生了，誰也防止不了。只要你能給我們機會的話，吉姆。」

詹姆斯慢吞吞地說：「不統一，看來是產生社會問題的根本原因。在某些方面，我妹妹對股東有一定的影響力，他們這種具有破壞性的策略不可能老是被擊破。」

「你剛才說的，吉姆，不統一，這才是麻煩。我絕對認為在這個複雜的工業社會中，沒有什麼企業逃得過其他企業出現的問題，並且還能成功。」

詹姆斯啜飲了一口酒，就把杯子放下了說：「真該把這個調酒師給解雇了。」

「比如，拿聯合鋼鐵來說，我們有全國最現代化的工廠和最好的組織結構，這一點，在我看來是毫無問題的，因為去年我們獲得了《環球》雜誌頒發的工業效率獎。我們已經做到了最好，誰也不能責備我們。但是，如果鐵礦的狀況是全國性的問題，我們也無能為力。我們弄不到鐵礦，吉姆。」

詹姆斯沒有說話。他坐在那裡，把兩隻手臂攤放在桌子上。桌子本來就很小，他這樣一來，就使得另外三個人更不舒服了，但他們似乎都不反對他享有這種特權。

「誰也弄不到鐵礦了，」伯伊勒說道，「你知道，鐵礦的自然枯竭，還有設備老化、材料短缺、運輸的困難和其他不可避免的情況。」

「鐵礦業的瀕臨滅亡也扼殺了採礦設備行業。」拉爾金插了一句。

「企業之間顯然是互相依存的，」伯伊勒繼續說道，「每個人都應該分擔其他人的困難。」

「我認為這是對的。」衛斯理．莫奇附和著，但是根本沒人理他。

「我的目的，」伯伊勒接著說，「是保護自由經濟。普遍的意見是，自由經濟現在正在被審判，如果不能證明它的社會價值，並且承擔它的社會責任，人們就不會容忍它的存在。如果它無法發展成一種公眾的精神，它就完了。」

五年前，伯伊勒還是無名之輩，之後就成為全國各種新聞雜誌的封面人物。他靠自己的十萬塊錢和政府的兩億貸款起家，吞併了許多小企業後，成了現在的龐然大物。他喜歡說的話就是：個人的能力在這個世界還是有機會獲得成功的。

「唯一可以為私人財富辯護的，」伯伊勒說，「就是公共服務。」

「我認為這是毫無疑問的。」莫奇又附和了一句。

伯伊勒一口吞下他的酒，發出很大的響聲。他的身材魁梧，有著壯年男性的氣度，除了他那雙細長的小黑眼睛以外，他周身上下都給人暴躁不安的感覺。

「吉姆，里爾登合金像是個聳人聽聞的騙局。」

「哼哼。」詹姆斯哼了一聲。

「我聽說沒有一個專家對這合金有贊成的結論。」

「沒有，一個也沒有。」

「我們好幾代人都一直在改良鋼軌，並增加鋼軌的重量。里爾登合金軌道真的比最廉價等級的鋼軌還要輕嗎？」

「沒錯，」詹姆斯點頭說，「是更輕。」

「但這太荒唐了，吉姆，這在物理上是不可行的。要用在你重負荷、高速度的主幹道上？」

「是啊。」

「你這可是惹禍上身。」

「是我妹妹。」

詹姆斯讓酒杯的吸管在兩個手指頭間緩緩地轉動著。大家一陣沉默。

「國家金屬工業理事會，」伯伊勒說道，「通過了一個決議，任命一個委員會調查里爾登合金的問題，因為它的應用可能會成為真正的公害。」

「依我看，這個決議很英明。」莫奇說。

「在所有人都同意，」詹姆斯的聲音突然尖得刺耳，「在大家都意見一致的時候，一個人怎麼膽敢堅持異議？憑什麼？我就想知道——憑什麼？」

伯伊勒把眼光投向詹姆斯的臉，但房間昏暗的光線令他無法看清，只瞧見黯淡發紫的一塊。

「當我們在極度短缺時，想到自然資源的時候，」伯伊勒緩和了聲音，說道，「在我們想到那些關鍵性的原材料被浪費在一個毫不負責的私人試驗上，當我們想到鐵礦……」

他有意停住，又瞄了詹姆斯一眼。但是，詹姆斯似乎知道伯伊勒在等著什麼，並且，似乎發現了保持沉默的好處。

「吉姆，公眾和自然資源有著生死攸關的利害關係，比如說鐵礦。對一個反社會的個人的不負責任和自私的浪費，他們不會聽任不管的。不管怎麼說，一切私人財富都只是為了社會的整體利益而採取的託管方式罷了。」

詹姆斯看了伯伊勒一眼，笑了，顯然是在表明他要說的話就是伯伊勒剛才所說問題的答案。「這兒的酒簡直是加了清潔劑，我想，這大概就是清靜要付的代價吧。但我的確希望他們能明白，他們是和專家在打交道。因為我是掏錢的人，我希望自己的錢花得值得，能讓我高興。」

伯伊勒沒做聲，臉色陰沉了下來，「聽著，吉姆……」他重重地說道。

詹姆斯笑著：「什麼？我在聽呢。」

「吉姆，我肯定你會同意壟斷是最有破壞性的。」

「是的，」詹姆斯說，「這是一方面；另一方面，沒有約束的競爭也會帶來災難。」

「沒錯，的確是這樣。根據我的看法，正確的道路總是在中間，所以我想，社會的職責就是要消除極端，對不對？」

「是的，」詹姆斯說，「是這樣。」

「想一想鐵礦業的景象。全國的產量看來正在可怕的下跌，威脅著整個鋼鐵行業的生存，鋼廠到處都在倒閉。只有一家採礦公司有好運不受大氣候的影響，產量充足，總能按計畫完成。但誰從中獲益呢？只有它的主人。你會把這叫做公平嗎？」

「不，」詹姆斯說，「這不公平。」

「我們大多都不擁有鐵礦，怎麼競爭得過一個占著上帝的一方資源的人呢？那麼，他總能提供鋼材，而我們卻只能掙扎和等待，丟掉客戶、關門倒閉，這還有什麼好奇怪的嗎？讓一個人毀掉整個行業，這符合公眾利益嗎？」

「不，」詹姆斯說，「不符合。」

「在我看來，國家政策的目的應該是在每個人合理的鐵礦份額內，讓每人都有一個機會，著力於保護這個行業的整體。你難道不這樣認為嗎？」

「我也這麼想。」

伯伊勒嘆了口氣，然後小心翼翼地說：「但是我想華盛頓沒有多少人能夠明白漸進的社會政策。」

詹姆斯緩緩地說：「有，不多，也不好接近，但還是有。我或許會和他們談談。」

伯伊勒拿起酒，一飲而盡，好像終於聽到了他想聽的。

「說到漸進政策，沃倫，」詹姆斯說，「或許你該問問自己，在許多鐵路倒閉、大部分地區沒有鐵路運輸的交通短缺時代，容忍重複建設的浪費，在具備歷史優先條件，而且鐵路網已經建立起來的公司的所在地區，還容忍破壞性的狗咬狗競爭——這是否符合公眾的利益？」

「嗯，對，」伯伊勒高興地說，「這似乎是個有意思的問題，我會和幾個在國家鐵路聯盟的朋友討論討論。」

「友誼，比金子更珍貴。」詹姆斯用一種閒散而漫不經心的語氣說道。突然，他轉向了拉爾金，「保羅，你不這麼認為嗎？」

「什麼……對，」拉爾金錯愕地說，「當然。」

「我就指望你了。」

「啊？」

「指望你的許多交情呀。」

他們似乎都清楚拉爾金為什麼沒有立刻回答，他的肩膀好像朝桌子沉了下去。「假如大家都朝一個共同的目標努力，就不會有人非得受到傷害不可了。」他突然以極不協調的絕望語氣喊道。看見詹姆斯正注視著他，便用請求的口氣說，「我希望我們不要去傷害任何人。」

「這是一種反社會的態度，」詹姆斯故意慢吞吞地說道，「害怕犧牲一些人的人，不配談論什麼共同的目標。」

「但我尊重歷史，」拉爾金急忙說，「我看得到歷史的需要。」

「很好。」詹姆斯說。

「不能指望我去對抗整個世界的潮流，對不對？」拉爾金似乎是在乞求，但這乞求卻不是向在座的任何一個人：「我能嗎？」

「你不能，拉爾金先生，」莫奇說，「你和我不會受到責備，假如我們——」

拉爾金猛地將頭扭開，簡直就是不寒而慄，他沒辦法去看莫奇。

「你在墨西哥玩得好嗎，沃倫？」詹姆斯突然提高了嗓門兒，放鬆地問。他們似乎都明白了，他們會談的目的已經達到，每個人想搞清楚的事，也都清楚了。

「墨西哥是個很棒的地方，」伯伊勒快活地答道，「非常刺激，很啟發人的思考。不過，他們的食品很糟糕，我在那裡病了，但他們工作非常拚命，好讓他們的國家能穩定下來。」

「那兒的情形怎麼樣？」

「好極了，在我看來是好極了。不過，就在現在，他們……但他們瞄準的是未來。墨西哥有偉大的未來，幾年後就會超過我們。」

「你去聖塞巴斯蒂安礦了嗎？」

桌前的四個人全都坐直了身子，他們全都對聖塞巴斯蒂安礦買了大量的股票。

伯伊勒沒立刻回答，因此當他的聲音突然衝出來時，顯得非常突然和做作：「噢，當然了，那是我最想看的地方。」

「然後呢？」

「什麼然後？」

「情況怎麼樣？」

「好極了，好極了。那邊山裡的銅儲量，一定是地球上最大的。」

「他們看起來很忙嗎？」

「我還從沒見過那麼繁忙的地方。」

「他們忙些什麼？」

「呃，你知道，我和他們當地說西班牙語的那個主管在一起，他說的話，我一半都聽不明白，但他們肯定是很忙。」

「有任何的……什麼麻煩嗎？」

「麻煩？聖塞巴斯蒂安那裡可沒有，這是私人財產，只不過最後一段是在墨西哥境內，可那也沒什麼差別。」

「沃倫，」詹姆斯小心地問道，「那些關於他們打算把聖塞巴斯蒂安礦國有化的傳言是怎麼回事？」

「那是誹謗，」伯伊勒氣憤了，「純粹惡毒的誹謗。我絕對確信是誹謗，我和他們的文化部長吃過晚餐，和其他人一起吃過午餐。」

「應該要有法律來對付那些不負責任的流言，」詹姆斯惱怒地說，「咱們再喝一杯。」

他對侍者急急地揮了揮手。屋子裡一個暗處的角落中有一個小酒吧，一個枯瘦的侍者站在裡面，一動不動地打發著漫長的時間。聽到招呼，他帶著一副瞧不起人的樣子磨蹭過來。他的工作就是伺候這裡的客人放鬆和高興，但他的樣子卻像一個庸醫，像受苦刑般地對付著某種惡疾。

四個人在無言中靜坐著，一直等到侍者送來他們的酒。他擺放在桌上的酒杯，在昏暗中閃爍著點點藍色的微光，像是四簇煤氣放射出的微弱火苗。詹姆斯伸手拿過他的酒杯，忽然笑了起來。

「讓我們為了由於歷史的需要所付出的犧牲，乾了這杯。」他邊說邊看著拉爾金。

一陣短暫的沉默；如果光線明亮，那就會是兩個人目光對視的競賽，但在這裡，他們只能看到對方的眼窩。接著，拉爾金拿起了他的酒杯。

「夥伴們，這可是我的聚會。」詹姆斯在眾人喝酒時說道。

大家都無話可說了，這時伯伊勒若無其事地說道：「嗨，吉姆，我想問問你，你那個聖塞巴斯蒂安鐵路線的火車到底是怎麼回事？」

「什麼，你什麼意思？那兒怎麼了？」

「呃，我不清楚，不過一天只開一趟客車是——」

「一趟車？」

「——在我看來，是沒什麼用的。而且，那是什麼火車啊！你一定是從你曾祖父那兒繼承那些車廂吧，看來他已經用得夠操的了。你到底是從哪兒找到這個燒木頭的火車頭？」

「燒木頭的？」

「是啊，燒木頭的。我只在相片裡見過。你從哪個博物館裡弄來的？別裝得好像你不知道似的，你就告訴我這裡有什麼門道吧。」

「是，我當然知道，」詹姆斯急忙說，「那只是……只是你碰巧選在我們火車頭出問題的那星期——我們已經訂購了新的火車頭，但稍微晚了幾天——你也知道我們和火車引擎製造商之間的問題——但只是暫時的。」

「當然，」伯伊勒說，「既然延誤就沒辦法了。不過話說回來，這是我坐過帶最難受的火車，幾乎把我的五臟六腑都顛出來了。」

沒過多久，他們注意到詹姆斯變得沉默寡言，好像有什麼心事。當他突然連抱歉也不說一聲地站了起來，他們也像接到命令般地起身。

拉爾金掛著過分熱情的笑容，喃喃地說：「很榮幸，吉姆，很榮幸，大計畫就是在朋友間喝酒的時候誕生的。」

「社會改革是緩慢的，需要忍耐和小心。」詹姆斯冷冷地說然了。他頭一次轉向了莫奇，說：「莫奇，我喜歡你的地方，就是你不多話。」

莫奇是里爾登安排在華盛頓的人。

詹姆斯和伯伊勒下樓到大街上時，天空中還有一絲落日的餘暉，他們並不覺得吃驚——封閉的酒吧讓人覺得已經是午夜。夜幕勾勒出一座摩天大廈的輪廓，筆直而鋒利，像一把揚起的劍。在它的遠處，懸掛著那幅日曆。

詹姆斯急匆匆地翻著大衣領，繫上鈕子擋住街上的寒風。他今晚本來並沒打算回辦公室，但現在不得不回去。他要去見他的妹妹。

「……一個艱巨的任務在我們面前，吉姆，」伯伊勒說著，「一個艱巨的任務，這麼危險和複雜，有這麼多的風險……」

詹姆斯緩緩地答道：「這全要夠靠認識能實現它的那些人……必須清楚這一點——能實現它的人。」

$

達格妮九歲的時候就下了決心，將來有一天她要管理塔格特泛陸運輸公司。當她站在鋼軌之間，看到筆直伸向遠方、匯成一點的軌道線，她向自己說出了這個決心。鋼軌橫穿樹林的樣子，使她有一種高傲的快感：它不屬於那些古樹，不屬於從樹上俯探灌木叢和野花柴，以及孤寂的細葉的那些綠色樹枝——但它卻在那裡。兩行鋼軌在太陽下是如此的燦爛，它們之間的黑色枕木彷彿是她要爬的木梯。

那並不是突然的決定，她很早就知道，那決定只是對她說過的話加上了最後的封印。她和艾迪在童年的意識初萌時，就像遵守著一個心照不宣的諾言，把自己交付給了鐵路。

她對於自己身邊的世界，對於其他的孩子和大人，都感到極度的乏味。她認為自己被囚禁在一群無聊的人中間是一個遺憾的意外，需要忍耐一陣子。她窺探到了另外一個世界，並且知道那個世界存在於某個地方。那個世界創造出了火車、大橋、電話線，以及晚上眨著眼睛的信號燈。她想，她要等著長大，到那個世界裡去。

她從沒有試圖去解釋自己喜歡鐵路的原因。無論別人怎麼想，她知道她這種情結是他們所沒有、也無法回答的。在學校，她對自己唯一喜歡的數學課也有著同樣的感受，她體會到解難題的興奮、接受挑戰並輕鬆解決它的得意，以及迎接下一個更難的考試時的躍躍欲試的心情。同時，對於這門簡潔、嚴謹、閃耀著理智光芒的科學對手，她的敬意也與日俱增。她一下子就對研究數學有了這種感覺：「人類對它的研究實在太偉大了」，「我的數學這麼好真是太棒了」。那是一種敬仰和個人的能力一起帶給她的愉悅。她對於鐵路的感覺是如此相同：尊崇創造出這一切的技能和那種巧妙、智慧的天賦，她帶著神祕而崇拜的笑容，告訴自己，有一天她會知道是怎麼去做得更好。她常常泡在鐵道和鐵道房附近，就像一個謙遜的學生，只是那謙遜裡有一股未來的驕傲，一股可以努力獲得的驕傲。

「你實在太狂妄了」，是她童年時經常聽到的兩句評語之一，儘管她從沒直接說出她的能力。另一句話則是：「你很自私」。她問這是什麼意思，但從來沒得到過回答。她看著那些大人們，奇怪他們怎麼會覺得她會為這麼模糊的指責而感到愧疚。

她告訴艾迪自己要去管理鐵路公司的時候，是十二歲。她十五歲的時候，第一次想到女人不該去管理鐵路，而且還會遭到人們的反對。見鬼去吧，她想——並且從此不再為這種念頭糾纏了。

十六歲時，她開始在塔格特泛陸運輸工作。她的父親答應了她：他只是覺得既好笑又有點好奇。一開始，她在一個鄉間小站做夜班管理員，因為白天要在大學學習工程學，頭幾年只能晚上去上班。

與此同時，詹姆斯開始了他的鐵路生涯，他當時二十一歲，開始在公關部門工作。

很快地，達格妮便從塔格特泛陸運輸管理人員中一帆風順地脫穎而出。她之所以承擔那些負有職責的工作，是因為沒有人去承擔。她周圍有一些少數天資聰穎的同事，但這樣的人卻越來越少。她的上司有權力，但卻好像害怕使用，他們的時間都是逃避做決定上面。因此，她告訴人們應該去幹什麼，人們就照辦了。她在升遷到每一個職位之前，都已經做了很久那個職位的職責範圍的工作。她彷彿走在一個空空的屋子裡，既沒人阻攔她，也沒人贊同她的前進。

他父親機似乎對她很吃驚，並感到自豪，卻不講什麼，在辦公室看到她時，眼裡有一種傷感。她二十九歲時，父親去世了。「總有一個塔格特家的人在管理這鐵路。」是他對她說的最後一句話。他看著她的眼神裡有一絲古怪：和敬意在一起的，是憐憫。

塔格特泛陸運輸的控股權留給了詹姆斯。他在三十四歲時，當上了這家鐵路公司的總裁。達格妮知道董事會選他出來，但卻一直不懂他們為什麼這麼地急不可耐。他們講到了傳統，總裁向來是塔格特家的長子。他們選出詹姆斯是因為害怕，正像他們因為害怕而不敢從梯子下面走過。他們講到了他「能夠使鐵路受歡迎」的才能，他的「良好的媒體關係」，以及他在「華盛頓方面的能力」，他似乎格外擅長於贏得國會的支持。

達格妮對「華盛頓方面的能力」以及這種能力的意義一竅不通。不過這看來似乎有必要，她也就置之不理，她想的確是有很多類似清理下水道那樣令人不快、但又需要人去做的工作，而吉姆看來喜歡做這個。

她從不渴望總裁的位子，營運部門才是她唯一關心的。她到鐵路上班的時候，那些討厭吉姆的老鐵路工們就說：「總有一個塔格特家的人在管理這鐵路」，用她父親望著她時的樣子來看著她，於是她的腦海中便總是有個信念：吉姆還沒有聰明到能對鐵路造成多大的損害，無論他造成什麼損害，她總能夠把它糾正過來。

十六歲時，她坐在管理員的桌前，看著塔格特的列車燈火通明地駛過，她曾經想，她已經進入了自己想像的那個世界。在隨後的日子裡，她明白她還沒有。她發現面前的對手根本不值一提：那不是一個令她挑戰時感到榮耀的超級高手，而是一種愚蠢——一團灰溜溜的棉花，看起來柔若無形，對一切都不妨礙，但卻成為她的障礙。她赤手空拳地站在這個謎的面前，找不到答案。

只有在頭幾年，當人類的那種純淨、剛硬、閃亮的能力在她面前驚鴻一現時，她會暗自地驚呼。她對尋找一個有著高於自己心性的朋友或敵人，有一種痛苦的渴望。她有工作要做，沒時間感受痛苦，只是偶爾才會。

詹姆斯在鐵路進行的第一步措施，是建設聖塞巴斯蒂安鐵路線。很多人為這件事負有責任，但對達格妮來說，只有一個名字貫穿了整個風險，無論她什麼時候去看，它都把其他的名字遮蓋掉。它始終出現在五年的掙扎裡，出現在浪費的數英里軌道之中，出現在記錄著塔格特泛陸運輸虧損的一頁頁數字裡，像是無法癒合的傷口裡紅色的血滴——正如同它出現在世界上每一個證券交易所的紀錄裡——出現在閃著紅色火光的熔銅爐的煙囪上——出現在醜聞的頭條消息中——出現在記錄了百年貴族的羊皮紙檔案裡——出現在遍及三個大陸的女人閨房內鮮花的卡片上。

那個名字是法蘭西斯可・德安孔尼亞。

法蘭西斯可在二十三歲時，繼承了一大筆財富，成為著名的銅業大王。如今他三十六歲，是地球上最富有也是最令人吃驚和放蕩的花花公子。他是阿根廷一個顯貴家族的後代，擁有肉牛農場、咖啡種植園，以及智利的大部分銅礦。他幾乎擁有了半個南美洲，分佈在美國的各種礦業只是他財產中的九牛一毛。

當法蘭西斯可突然買下墨西哥大片荒蕪的山地時，他發現了富銅礦的消息便傳了出去。他不費吹灰之力便賣掉了他的高風險股份。那些股份簡直是被人求著賣了出去，他只需要從申請的買主中選出他想照顧的那些人。他有非凡的理財本事，沒有人能從與他的交易中占到什麼便宜——如果他願意，他做的每一筆生意和走的每一步，都會繼續增加他已經無比龐大的財富。那些譴責他最兇的人，也正是利用了他的才能所帶來的機會的頭一批人，他們想繼續瓜分他新的財富。法蘭西斯可親自命名了聖塞巴斯蒂安礦，詹姆斯、伯伊勒，還有他們的那些朋友，是持有該項目最多股份的那一群人。

達格妮從來沒發現，到底是什麼力量促使詹姆斯從德州修建一條鐵路支線，直通到荒蕪的聖塞巴斯蒂安。看來大概他自己也不清楚這一點：他就像一個沒有遮蔽的開闊空地，迎接著所有吹來的風，而最終的結果完全依賴偶然。塔格特泛陸運輸的幾個高層主管反對這個項目：公司要把全部精力集中在重建里約諾特鐵路線，不可能兩頭兼顧。然而，詹姆斯是鐵路公司的新總裁，那是他上任的第一年。他獲得了勝利。

墨西哥非常渴望合作，這個不承認地產權的國家簽署了合約，保證了塔格特泛陸運輸公司兩百年的鐵路所有權。法蘭西斯可的礦產也得到了同樣的承諾。

達格妮堅決反對建設聖塞巴斯蒂安鐵路，她盡力去說服所有人，但她只是一個營運管理部門的助理，還太年輕，沒有任何權威，她的話也就沒有人聽。

她自始至終都無法搞清楚支持這條鐵路的那些人的動機。在一次董事會上，她作為一個少數派，像觀眾一樣無能為力地坐在那裡，感到屋子裡有一種奇怪的迴避氣氛，籠罩著每一個講話和每一次爭論，彷彿除了她，其他人對他們們做決定的真正原因早已不言自明。

他們談論著有關未來和墨西哥貿易的重要性，有關一條繁忙的貨運線路，有關獨家運輸完採之不竭的銅礦產品帶來的豐厚收入。他們引用法蘭西斯可過去的業績來證明這一點，不提任何有關聖塞巴斯蒂安礦的礦物實際資料。這方面的事實材料很少，法蘭西斯可發佈的資訊十分不具體，不過，他們好像並不需要什麼事實。

他們長篇大論地講著墨西哥人的貧困，以及對鐵路的迫切需要。「他們從來沒有過機會，」「幫助貧窮國家發展是我們的責任；在我看來，一個國家是它的鄰國的幫手。」

她坐在那兒聽著，想到塔格特泛陸運輸公司不得不放棄的許多鐵路支線，多年來，宏偉的鐵路公司的收入一直在下降。她想到了被整個系統有意忽略的那些迫切需要的維修。他們對於維修問題的政策根本就不是政策，而是像他們用橡皮筋玩弄的一場遊戲，可以拉長一點，然後再拉長一點。

「墨西哥人，在我看來，是被一個落後經濟所壓迫的勤勞民族，如果沒人幫助，他們怎麼能夠實現工業化？」「考慮投資的時候，我的意見是應該把希望寄託在人的身上，而不只是單純的物質因素。」

她想到因為連接桿出現裂縫而在約諾特鐵路線旁停置的火車，想到成噸的石土衝破坍塌的護牆，堵住了軌道，導致里約諾特線的所有交通癱瘓了五天。

「既然一個人必須要把兄弟的利益擺在自己的利益之前，在我看來，一個國家也必須要先考慮它的鄰國的利益。」

她想到了一個人們開始關注的新面孔，叫艾利斯·威特；遼闊的科羅拉多州正瀕臨死亡，他的行動成為頭一滴水，引出了即將噴發的產品洪流。里約諾特鐵路線正在被導向一條最終崩潰的道路，而現在，正是需要它使出全部能量的時候。

「物質的欲望並不是全部，還是要考慮非物質的想法，」「一想到我們有一個巨大的鐵路網，而墨西哥人民只有一兩條短缺的鐵路線，我就會羞愧地懺悔。」「自給自足的古老經濟理論早就過時了，一個國家想在到處是飢餓的世界上繁榮，是不可能的。」

她想到了很久以前，在還沒有她的時候，那時塔格特泛陸運輸公司剛剛建立，需要能用的每一根軌道、每一根釘子和每一塊美金——而可用的卻是那麼少。

他們在那次會議上的談話，還提到墨西哥政府能夠控制一切效率。他們說，墨西哥會有一個偉大的將來，在幾年後能夠成為一個危險的競爭對手。「墨西哥有紀律性。」人們在會議上總是以羨慕的語氣說。詹姆斯用說一半、留一半的話和模糊的暗示讓大家明白，他從來不提姓名的那些華盛頓的朋友，希望看到在墨西哥修築一條鐵路，這樣會對國際外交事務產生極大的幫助，而世界公眾的良好反應，將使塔格特泛陸運輸公司得到遠比它的投資更多的回報。

他們表決通過，投資三千萬美元修建聖塞巴斯蒂安鐵路。

當達格妮離開董事會議室，走在空氣清冷的街上，她聽到兩個字清楚而不間斷地在她麻木和空虛的心裡重複著：離開……離開……離開。

她聽著，嚇呆了。她無法想像自己離開塔格特泛陸運輸公司。她覺得很恐怖，並不是因為這個念頭，而是這念頭從何而來。她生氣地搖著她的腦袋，告訴自己，塔格特泛陸運輸公司比任何時候都需要她。

兩位高級主管辭職了。主管營運的副總裁也請辭，他的位置被詹姆斯的一個朋友取代了。

鋼軌鋪到了墨西哥的荒漠上——但因為軌道破舊，降低里約諾特鐵路線車速的命令也下達了。一個帶有大理石柱和鏡子的加固混凝土倉庫，建在一個墨西哥村中沒有鋪設路面、塵土瀰漫的廣場上——而里約諾特鐵路，由於一條鋼軌裂開，一列油罐車衝下護堤，撞進了燃燒的垃圾堆。威特不等法庭決定這場事故是否如詹姆斯所說的那樣是天災，就把油運的業務轉給了鳳凰－杜蘭戈，一個毫不起眼、還在拚命努力的小鐵路公司，但是它努力做得不錯。鳳凰－杜蘭戈一下子坐上火箭升了天。從那時起，它和威特石油，以及附近山谷裡的工廠一起成長起來——它的軌道以每月增加兩英里的速度在延伸，一直穿過崎嶇不平的墨西哥玉米地。

達格妮三十二歲的時候，告訴詹姆斯她想辭職。她在過去的三年裡，在沒有頭銜、功勞和權力的條件下，支撐著營運部門，吉姆的那個朋友只是空有營運副總裁的頭銜，她再也不願意把整天、整夜、整小時的時間都浪費在躲避他對她的干擾上。那個人從不制定任何政策，總是竭盡可能地阻撓她的主意，最後再把她的主意當做他自己的決定。她給她哥哥下了一份最後通牒——他喘了口氣，說：「可是，達格妮，你是個女人！一個女人做營運副總裁？從沒聽說過！董事會不會考慮的！」

「那麼我就走人。」她回答道。

她從沒想過怎麼去打發今後的生活。要離開塔格特泛陸運輸公司，如同截去她的雙腿。她覺得只能讓它發生，後面就聽天由命了。

她一直沒明白，為什麼董事會的成員們一致同意任命她為主管營運的副總裁。

是她，最後把聖塞巴斯蒂安鐵路交給了他們。她接管時，建築工程已經進行了三年，僅僅鋪設了三分之一的軌道，而費用已經超出了批准的總額。她解雇了吉姆的朋友們，找到一家承包商，用一年的時間完成了工程。

聖塞巴斯蒂安鐵路現在已經在營運，既沒有來自邊境增長的貿易，也沒有任何運銅礦的火車。每隔很久，才有只坐滿幾節車廂的列車從聖塞巴斯蒂安一路晃蕩著下山。據法蘭西斯可說，銅礦仍在開發的過程當中。塔格特泛陸運輸公司在這裡的消耗卻從未停止。

現在，她像許多個夜晚一樣，坐在她的辦公室裡，努力思考著用哪條支線，以及多少年的時間，來挽救整個系統。

里約諾特鐵路線一旦重建，就可以補救其他的損失。在她查看報表上一筆又一筆的虧損時，她不去想在墨西哥冒險的、漫長而毫無意義的痛苦，她想起了一個電話。「漢克，你能幫幫我們嗎？你能不能在最短的時間給我們鋼軌，同時給我們最長的付款期限？」一個平靜、沉著的聲音回答：「當然可以。」

她想到這，便有了一個支撐點，趴在辦公桌的檔案夾上時，忽然發覺注意力更容易集中了。至少有一件事可以指望，在需要的時候不會破碎。

詹姆斯穿過達格妮辦公室前面的接待處，半小時前在酒吧夥伴們那裡獲得的信心依然滿滿。打開她房門的時候，這信心卻消失了，他像一個被抓去受懲罰的小孩，充滿了對未來的怨恨，走到她的桌前。

她正低頭看著文件，檯燈照著她蓬亂不整的頭髮，肩頭撐起的白襯衫，鬆垮得顯出她瘦削的身體。

「什麼事，吉姆？」

「你想從聖塞巴斯蒂安鐵路線收回什麼？」

她抬起頭，說：「收回？怎麼回事？」

「我們在那裡行駛的是什麼樣的班次表，什麼樣的火車？」

她笑了，那笑聲是快活的，並稍微有些疲倦。「你真該常常讀一讀送到總裁辦公室的那些報告。」

「你什麼意思？」

「在過去的三個月，我們一直是那個班次表和那些火車。」

「一天一班客車？」

「——是在上午。每隔一天晚上有一班貨車。」

「天啊！在這麼重要的支線？」

「這麼重要的支線連那兩列車都支付不起了。」

「但墨西哥人希望從我們這裡得到真正的服務。」

「我相信。」

「他們需要火車！」

「做什麼？」

「來……幫他們發展當地的工業。如果我們不給他們運輸的話，你怎麼能指望他們發展呢？」

「我沒指望他們發展。」

「那只是你的個人意見，我不知道你有什麼權力開始減少我們的班次。僅僅運銅礦一項業務就足夠支付所有的費用了。」

「什麼時候能運銅礦？」

他看著她，臉上露出一個人要說出傷害力十足的話時的那種滿意表情，「在法蘭西斯可管理那些銅礦的時候——你從不懷疑它們會成功的，對不對？」他一邊強調著那個名字，一邊看著她。

她說：「他或許是你的朋友，但——」

「我的朋友？我覺得他是你的。」

她沉著地說：「過去十年不是。」

「太糟糕了，對吧？不過他仍然是世界上最聰明的經營者，從沒在任何一個冒險當中失手——我是說，商業冒險——況且他也把自己上百萬的錢砸到了那些礦裡，所以我們能夠信任他的判斷。」

「你什麼時候才能瞭解法蘭西斯可．德安孔尼亞已經變成了一個一文不值的混混？」

他啞然失笑：「就他的人品來說——我一直覺得他就是那樣的。但你沒聽我的意見，你的看法正好和我相反。噢，天啊，多麼截然相反呀！你肯定記得我們為此事的爭吵吧？我是不是應該引用幾句你說過他的那些話呀？我可以猜測你做過的某些事情。」

「你想談論法蘭西斯可．德安孔尼亞嗎？這就是你來這裡的目的？」

他的臉顯現出失敗的惱怒——因為從她臉上什麼也看不出來。「你絕對清楚我是為什麼來的！」他厲聲叫道，「我聽說了一些關於我們在墨西哥的火車的事，簡直難以相信。」

「什麼事？」

「你在那兒用的都是些什麼貨色？」

「我能找到的最差的。」

「你承認這一點？」

「我已經在呈交給你的報告中聲明了這一點。」

「你真的是用燒木頭的火車頭嗎？」

「那是艾迪替我在一家廢棄的火車頭倉庫裡找到的，在路易斯安那州，他連那家鐵路公司的名字都記不住。」

「你就用這個來做塔格特的火車？」

「是的。」

「這是哪門子的好主意啊？到底是怎麼回事，我要知道是怎麼回事！」

她直視著她，平靜地說：「如果你想知道，我告訴你，在聖塞巴斯蒂安鐵路那裡，除了垃圾，我盡可能地什麼都沒留下。我轉移了一切可以轉移的——轉換器，車間工具，甚至打字機和鏡子，都從墨西哥轉移出去了。」

「到底為什麼？」

「這樣，那些強盜把鐵路掠奪為國有的時候，就搶不走太多東西。」

他已經暴跳如雷了：「你這麼做不會有好下場的！這次你逃不掉了！居然敢幹出這種低級、不齒……就因為那些惡毒的謠言，而我們有兩百年效期的合約和……」

「吉姆，」她慢慢說道，「我們整個系統裡已經再擠不出哪怕一節車廂、一個火車頭或一噸煤了。」

「我不會允許的，我絕不允許對一個需要我們幫助的、友好的民族用這種蠻不講理的做法。物質的貪婪不是一切。再怎麼說，就算你不能理解，也還是有非物質的考慮因素！」

她抓起一個記事本，拿起鉛筆，說：「好吧，吉姆，你想讓我在聖塞巴斯蒂安鐵路上開幾趟車？」

「啊？」

「為了弄到柴油內燃機和鋼製車廂，你想讓我削減哪條線路、哪趟車？」

「我不想讓你削減任何車次！」

「那我從哪裡去弄設備給墨西哥？」

「這是你要解決的問題，是你的工作。」

「我做不到，你必須決定。」

「又來你的那套老把戲了——把責任推給我！」

「我是在等你的指示，吉姆。」

「我不會這樣上你的當的！」

她把筆一扔：「既然這樣，聖塞巴斯蒂安鐵路的安排就維持現狀。」

「你就等著下個月的董事會吧，我會要求，對營運部門越權的允許範圍一次性做個了斷。你到時候必須要回答這個問題。」

「我會回答的。」

不等詹姆斯關門離開，她已重新回到了她的工作中。做完後，她把文件推到一邊，抬頭凝視著，窗外是黑色的天空，城市已經變成一片沒有磚石的、流動閃光的玻璃。她不情願地站了起來。疲勞帶來的小小的挫敗感讓她很不舒服，不過今晚，她知道自己的確是累了。

外間的辦公室已經燈滅屋空，她的下屬們都走了，只有艾迪仍在他的辦公桌前，他那個玻璃圍成的隔斷在大大的房間中看來像是一格燈光。她出去時對他揮了揮手。

她沒有搭電梯到樓下的大廳，而是走塔格特車站的通道。回家的時候，她喜歡穿過這條通道。她一直覺得通道看起來像是座教堂。望著上方高高的屋頂，她看得見支撐著模糊的圓頂的花崗岩柱子，以及巨大的玻璃上端的黑暗。穹頂帶有一種大教堂的莊嚴寧靜，在高處散佈開來，保佑著下面匆匆忙忙的人們。

在通道內最醒目的位置，佇立著鐵路的創始人南森內爾・塔格特的塑像，但是，旅客們對此早已視若無睹。只有達格妮一直意識到他的存在，從不覺得那是自然而然的。在經過通道的時候看一看塑像，是她唯一的祈禱方式。

南森內爾・塔格特是個一文不名的探險者，他來自新英格蘭的某個地方，在鐵道的初始時期，修築了橫貫大陸的鐵路。他的軌道至今還在，而他的築路奮鬥慢慢成為傳奇，因為人們要不是沒辦法去理解，不然就是認為這是不可能的事蹟。

他是一個從不接受別人來阻擋他的人。他定下目標，然後就為之努力，做事的方式像他的鐵軌一樣剛直。他從不求助貸款、債權、補助、土地基金，或來自政府的立法支持。他挨家挨戶地從人們的手裡募款——從銀行家的桃木大門一直敲到孤零零的農戶用隔板做成的門板。他從來不談論公共利益，只是告訴人們，他們會從他的鐵路上獲得很高的利潤，並告訴他們為什麼，他的理由非常有說服力。經過了幾代人，塔格特泛陸運輸是少有的幾家從來沒倒閉過的鐵路公司，也是唯一一家股份依然掌握在當初出資人後代手中的公司。

在他生前，「內特・塔格特」這個名字並不響亮，卻是臭名昭彰，在帶著厭惡的好奇、而不是尊崇中被一再重複著。假如有人崇拜的話，也是像崇拜成功的強盜一樣。儘管如此，他的財富中沒有一分錢是巧取豪奪而來，如果說他有什麼罪惡感，那就是他為自己掙得了財富，並且念念不忘這是他自己的。

有許多關於他的私下傳說。據說，在荒涼的中西部，在他的鐵路修到某個州的境內一半的時候，他謀殺了一個企圖吊銷他執照的州議員；有些議員想靠賤賣塔格特的股票發財。塔格特被起訴謀殺，但他們無法證實這個指控。從此，他和議員們之間再也沒有任何麻煩了。

據說，內特・塔格特曾經多次把命都賭在了鐵路上。但有一次，他下的賭注比命還重要。在他的道路施工由於急需資金而不得不停工的時候，他把一個提議給他政府貸款的有名紳士，從三層樓高的地方扔了下去，然後用他的妻子做抵押，從一個嫉恨他、但又垂涎他妻子的富翁那裡得到了貸款。他及時還了貸款，沒有賠進他的抵押品。這筆交易得到了他妻子的答應。她是南方一個顯赫貴族家的美人兒，但被家族剝奪了繼承權，因為在內特．塔格特還是個年輕的窮冒險家的時候，她就與他私奔了。

達格妮有時候對內特．塔格特是自己的祖先感到遺憾。她對他的情感和那種由不得自己的家族血緣的感情都不一樣，她不希望那是一種人們對待自己的教父或祖父的感情。如果不是自己的選擇，她就無法去愛，而且討厭別人這樣要求她。但，如果可以選擇自己的祖先，她會懷著尊敬和感激，選擇內特．塔格特。

內特．塔格特的塑像取自一幅畫家對他的素描，也是有關他的外貌的唯一紀錄。他生活的年代太過久遠，但人們對他的印象，就是像素描中那樣的年輕人。在達格妮小的時候，他的塑像便是她對於高貴的第一個概念。她去教堂或者學校的時候，聽到人們說起這個詞，她就想到自己知道它的涵義：她就想到了那尊塑像。

這塑像是一個瘦瘦高高、臉龐瘦削的年輕人，昂著頭，彷彿他在面對挑戰，並對自己能夠面對它感到喜悅。在生活中達格妮只想要像他那樣高昂著頭。

今晚，當她走過通道，看到這塑像時，便有了片刻的安憩，彷彿一個令她說不出來的重負得到了減輕，彷彿有一陣微風在輕輕吹拂著她的額頭。

在通道入口處的一個角落，有一個小報攤。報攤的主人，是一個安詳而有禮貌的老者，有種學養，二十年來一直站在這裡。他曾經開過一家香菸廠，但它後來倒閉了，他便退下來，在這個永遠都喧囂不停的陌生人潮之中，守著這個孤獨而不起眼的小報攤。他無家無友，只有一個嗜好，也是他唯一的樂趣；他收藏世界各地的香菸，知道各種現在生產的，乃至過去曾經有過的品牌。

達格妮喜歡出門前在他的報攤停一下。他就像一條年老的看家犬，儘管衰弱得無力再去保護，也仍然忠誠地守在那裡，使主人安心，他就像是塔格特車站的一部分。他喜歡看到她走過來。只有他一個人知道這個在西服便裝和斜帽下，默默在人群中匆匆穿過的年輕女人的地位，他對此感到很有趣。

今晚，她像平常一樣停下來，買一包香菸，「蒐集得怎麼樣了？」她問道，「有什麼新的收藏嗎？」

他搖著頭，傷感地笑了笑：「沒有，塔格特小姐，世界上任何地方都沒有什麼新牌子出來，連老牌子都一個接一個地消失了，現在只剩下五六種還在賣，過去可是有好幾十種。人們不再去做新東西了。」

「他們會的，這只是暫時的。」

他瞄了她一眼，沒有回答，然後說：「我喜歡香菸，塔格特小姐，我喜歡想像火光被人們拿在手裡。火光，一股危險的力量，卻溫順地在他們的指縫中間。一個人長時間地坐著，邊凝視著煙霧邊思考，這常常讓我感到奇妙。我不知道這段時間會產生什麼絕妙的想法。當人思考時，心中會燃起一點火花——應該要有點燃的香菸來作為一種象徵，這很恰如其分。」

「他們會思考嗎？」她不禁問道，卻馬上收住口。這是個困擾著她自己的問題，她不願意去談。

老人看來留意並且明白她的停頓。不過，他沒有去談論這個話題，而是轉移了，說：「我不喜歡人們現在的樣子，塔格特小姐。」

「怎麼？」

「我不知道。但我在這裡觀察了他們二十年，而且看到了變化。他們過去是匆匆忙忙地經過這裡，看起來好極了。那是一種人們知道要去哪裡，並急著趕過去的匆忙。現在，他們趕路是因為他們害怕，是恐懼，而不是目標在驅使著他們。他們不是要到哪裡去，他們是在逃避。我也不認為他們知道想要去逃避什麼。他們不去看彼此，擦身而過時就急著互相推拉。他們笑得太浮濫了，可是那種笑是難看的：不是快樂，是乞求。我不知道這世界是怎麼了。」他聳了聳肩膀說，「哦，約翰．高爾特是誰？」

「他只是一個毫無意義的句子！」

她被自己聲音中的尖厲嚇了一跳，便抱歉地說道：「我不喜歡這句空洞的口頭禪，這是什麼意思，從哪兒來的？」

「沒人知道。」他緩緩說道。

「為什麼人們總是說這個？好像沒有人能夠解釋它表示什麼，卻都在說，好像他們知道其中的意思似的。」

「這為什麼會讓你不安呢？」他問道。

「我不喜歡他們說這句話時想要表達的意思。」

「我也不喜歡，塔格特小姐。」

$

艾迪在塔格特車站的職工餐廳吃晚飯。樓裡有一家塔格特高級主管們喜歡去的餐館，但他不喜歡。餐廳似乎是鐵路的一個部分，他更有家的感覺。

餐廳在地下，房間很大，牆上的白瓷磚反射著燈光，看起來像是銀色的綢緞。屋頂很高，玻璃和鉻合金的食品櫃台閃閃發光，讓人覺得寬敞明亮。

艾迪時常會在餐廳碰到一個鐵路工人。艾迪喜歡他的模樣。他們偶然聊過一次，從那之後，只要碰上，他們就會坐在一起吃飯。

艾迪已經記不得自己是否問過他的名字以及他是做什麼工作的了，他覺得那應該是一種下層的工作，因為那人的衣服粗舊，沾著油污。那人和他並不是同一類人，但卻靜靜地出現在那裡，對於他視為生命的一件事也懷著極大的興趣：塔格特泛陸運輸。

今晚，艾迪下來得晚了。在稀疏的餐廳裡，他看到那個工人坐在角落的一張桌旁。艾迪高興地笑了，朝他招了招手，端著餐盤走過去。

在他們這個清靜的角落，艾迪放鬆著，在漫長而緊張過後的一天，覺得很自在。他可以看著對面工人那雙專注的眼睛，說些在其他地方不會說的話，承認不會對任何人承認的事，隨便去想些什麼。

「里約諾特鐵路是我們最後的一線希望，」艾迪說，「但它會挽救我們的。至少在最需要的地方，我們會有一個情況不錯的支線，而且，那會有助於挽救其他的那些……很可笑——對不對？——講起塔格特泛陸運輸最後的一線希望。如果有人告訴你流星要毀滅地球，你會當真嗎？……我也不會……『連接海洋，直到永遠』——那是我和她小時候一直聽到的。不，他們沒說過『直到永遠』，不過就是那個意思……你知道，我根本就不是什麼偉人，我不可能修建起這樣的鐵路。如果它完了，我沒法讓它起死回生，我只能和它一起去死……別在乎我說的，我不知道我怎麼想說這些，可能只是因為今晚太累了……對，我工作得很晚。她並沒叫我留下來，但別人都走光了以後，她的門縫下面還有亮光……對，現在她已經回家了……麻煩？哦，辦公室總是會有麻煩。不過她不擔心，她知道她能帶我們渡過難關……當然了，是很糟。我們現在的事故比你聽說的要多得多。上周，又損失了兩台柴油引擎火車，一台——是年老報廢了，另一台——是迎面撞車事故……是啊，我們在聯合火車引擎工廠訂購了火車頭，但已經等了兩年，我不知道到底能不能拿到……上帝，我們真的需要呀！發動機的動力——你無法想像這有多重要，這是一切的心臟……你笑什麼？哦，就像我正在講的，糟透了。不過，至少里約諾特線是安排好了。第一批鋼軌幾個星期內就會運到，這次，什麼也阻止不了我們……當然，我知道誰去鋪軌道，克里夫蘭的邁克納馬拉。他是幫我們完成聖塞巴斯蒂安鐵路的工程商。至少有個人知道該怎麼做，所以我們還安全，可以指望他，現在沒剩多少好的承包商了……我們是太趕了，但我願意這樣。我已經是比平時早到辦公室一小時了，可她還是在我前面就來了，她一直是頭一個到的……什麼？我不清楚她晚上都做些什麼，我想沒什麼太多的吧……不，她從不和誰出去，大部分時間，她坐在家裡聽音樂，她放唱片……誰的唱片，你關心這個幹嘛？理查．哈利。她喜歡理查．哈利的音樂。那是她除了鐵路以外，唯一摯愛的事物。」

第四章 不動的推動者★

發動機的力量——黃昏時，達格妮仰望著塔格特大樓時想道——是最優先需要的，發動機的力量支撐著大廈，這樣一種動力，支持著它屹立不搖。大廈依靠的不是鑽入花崗岩的基柱，而是依靠從遼闊大陸上駛過的火車頭。

她有一絲隱約的焦慮。她剛從新澤西的聯合火車引擎工廠回來，去那裡見了這家公司的總裁，卻一無所獲：既沒有弄清交貨拖延的原因，也無法確定即將生產的柴油機的具體日期。那個總裁和她談了兩個小時，可是他的回答卻與她的問題毫不相干。只要她試圖談到具體問題，他就表現出一副原諒、謙讓、不加責備的神態，好像其實是她缺乏涵養，破壞了那些對其他人都不言而喻的規則。

在通過工廠的路上，她看到一台巨大的機床被遺棄在院子的角落裡。很久以前，那曾是一台精密機床，現在已經買不到這種樣式了。它並沒有壞掉，而是在閒置和忽略中被侵蝕，被鐵鏽和滴下的骯髒機油腐蝕。她轉過了臉，不去看它。那樣的景象總是會激起過於強烈的憤怒，使她一時失去控制。她不知道為什麼，她沒辦法明確定義自己的感覺。她只知道，她的感受中有抗議不公正的吶喊，而令她吶喊的原因，遠遠不止一台舊機器。

★編註

柏拉圖在理型論中的「推動者」是自動的，因自己的自動再去推動他物。亞里斯多德則修正認為「推動者」是不動的，它雖然不動，可是推動了其他一切向著自己運動。這個不動的推動者（The Immovable Mover）自身既是形成的第一因（First cause），又是目的因（Final cause），是運動的始點，又是運動的終點。若沒有不動的推動者，不單所有的運動不能開始，而且所有的運動也沒有目的。沒有目的因就不可能有「行為」，沒有行為就不可能有運動；所以這第一不動推動者是運動的基礎，是一切運動之所以運動的理由。

走進她外間辦公室的時候，其他人都已經走了，但艾迪還在那裡等著她。從他的神態和他隨自己走進辦公室的沉默中，她立刻知道，一定是出了什麼事。

「怎麼了，艾迪？」

「邁克納馬拉辭職了。」

她茫然地看著他，問：「你說辭職是什麼意思？」

「他走了，退休了，不做這生意了。」

「邁克納馬拉，我們的工程承包商？」

「對。」

「這不可能！」

「我知道。」

「出了什麼事，為什麼？」

「沒人知道。」

她有意地慢慢解開大衣鈕子，在桌子後面坐下，開始脫下手套，然後說：「艾迪，坐下，從頭開始說。」

他還是站著，靜靜地說：「我和他的總工程師談了，是他從克里夫蘭打長途電話告訴我們的，只說了這些，其他就什麼都不知道了。」

「他說什麼？」

「邁克納馬拉已經把生意關了，走了。」

「去哪裡？」

「他不知道。沒人知道。」

她注意到自己的一隻手正握著另一隻手上的手套的兩個手指，那手套只脫了一半，就停下了。她一把拉下來，扔在桌子上。

艾迪說：「他是扔下了一堆很大筆的合約走的，他的客戶已經把後三年的預約名單都排滿了……」她什麼也沒說，他低聲補充道：「如果我能弄明白這件事，就不會這麼害怕……但是，這件事找不出任何原因……」她依然沉默。「他是全國最好的工程承包商。」

他們彼此對視了一下，她想說的是：「哦，天啊，艾迪！」但她卻語調平穩地說，「不用擔心，我們會給里約諾特鐵路找到另一個工程承包商的。」

她離開辦公室時已經很晚了。她在樓門前的人行道上停住了腳步，望著眼前的街道。她突然感到自己的精力、目標和欲望都消失一空，像是發動機「啪」地斷裂，停止了轉動。

微弱的光線從身後的建築中融進了天空，這天空融化了無數未知的燈光，映襯著電動城市的喘息。她想休息了。去休息，她想道，從什麼地方去找些享受。

她的工作是她想要的和所有的一切。不過，也有像今晚這樣的時候，她會感到突然的、特別的空，不是空虛，而是沉寂；不是絕望，而是凝固，如同她體內的一切都完好無缺，但全都停止不動了。然後，她會產生一種願望，想在外面找到快樂，在某個作品或宏偉的景觀面前，做一個被動的旁觀者。不是去獲得，而是去接受；不是去開始，而是去應對；不是去創造，而是去讚美。我需要它來支援自己繼續下去，她想，因為快樂是一個人的燃料。

她一直是——她閉上眼睛，帶著一絲安慰而痛苦的笑容——她自己幸福的動力。她曾經想像自己能夠被別人成就的力量來推動，就像黑暗荒原上的人們，願意看到過路列車上明亮的車窗，見到力量和目標會讓他們在曠野和深夜感到安心——她也想能感受它一會兒，只要能有一個簡短的招呼，能有匆匆的一瞥，只要能揮著她的手臂說：有人要去某個地方……

她的雙手插在大衣口袋裡，放慢了腳步走著，帽沿斜邊的陰影遮住了她的半個臉。身邊的大樓高得令她的視線觸不著天際。她想：建設這個城市的耗費這麼大，它應該能提供很多快樂。

在一家商店的門的上方，收音機喇叭的黑洞正衝著街道放出聲音，那是正在城市的某個地方進行的一場交響樂演奏。那是一陣長長的、不成形的尖叫，像是衣服和肉體被胡亂地扯來扯去；那聲音支離破碎，毫無和諧可言，沒有旋律和節奏來維繫。如果音樂是情感，而情感源於思想，那這聲音就是混亂、非理性，以及人自暴自棄時的無望的尖叫。

她繼續走著，在一家書店的櫥窗前停下了腳步。櫥窗裡展示著一件褐色的夾克，綴著薄片組成的金字塔，上面刻著換毛的禿鷹。海報上寫著：「屬於我們這個世紀的小說，深入地剖析商人的貪婪，無畏地揭露人的墮落。」

她經過一家電影院，這裡的燈光照亮了半個街區，只有一幅巨型圖片和一些字母高掛在明晃晃的半空。圖片上是一個正在笑著的年輕女子，她的面孔，即使是頭一次看到，也會感覺到像是看了許多年後的那種厭煩。那些字母是：「……一齣非同尋常的戲劇，回答了重大的問題：女人應該說嗎？」

她走過一家夜總會門口。一對男女搖搖晃晃地出來，走向計程車。那女孩眼神朦朧，臉上淌著汗珠，披了條白色的貂皮披肩，漂亮的晚禮服卻像懶散的家庭主婦的浴衣那樣從肩頭滑落，袒露出一大半胸脯；但她的神態中沒有大膽和放肆，而是好像做苦工一般的漠然。她的那個男伴抓緊了她裸露的手臂，領她走著，臉上沒有男人那種期待著浪漫探險的表情，卻是男孩在院牆上塗寫污穢詞語時的那副詭祕的樣子。

她一邊繼續走一邊想，她希望發現些什麼呢？這就是人們生活中需要的東西，就是他們精神、文化和享樂的組成。許多年了，她從未在任何地方看到過例外。

在她住處的街角，她買了一份報紙，然後回家了。

她的公寓是一幢摩天高樓頂層的兩間房。她客廳拐角處的大玻璃窗，使它看起來像航行中的船頭，城市的燈火像點點磷光，閃爍在鋼鐵和石頭的黑色浪濤上。她打開燈時，幾何形狀的光線被幾個帶著棱角的傢俱切割後，在光禿的牆壁上投射下長長的三角陰影。

她站在屋子中央，獨自在天空和城市之間。只有一個東西可以帶給她那種她想體會的感覺，這是她所能找到的唯一一種享受的方式。她走到唱盤前，放上一張理查．哈利的唱片。

這是他的第四號協奏曲，也是他最後一部作品。開篇弦樂的激揚，將街道的景象從她的心中蕩滌一空。這部協奏曲是叛逆的吶喊，是扔給那漫長折磨的一個「不」字——拒絕著苦難，而這拒絕伴隨著為自由而掙扎的巨大痛楚。這音樂如同一個聲音在說：沒有痛苦的必要——那麼，為什麼最大的痛苦總是給了那些拒絕它的人們？——我們擁有愛和快樂的祕密，是誰，會因此給我們什麼樣的懲罰？折磨的聲音變得更加挑釁，痛苦的宣言變成了對遙遠未來的讚美，為了未來，忍受現在的一切，甚至這痛苦本身都是值得的。這是一首叛逆的歌——一首在絕境之中的追尋之歌。

她一動不動地坐著，閉上眼睛傾聽。

沒人知道理查．哈利後來的情況。他的生活中充滿了對英雄的詛咒，並為此付出了相當的代價。那在閣樓和地下室度過的許多年，在灰色的牆壁囚禁下，他的音樂卻洋溢出強烈的激昂；那曾是一段陰暗的抗爭，是與寓所那條長長的、沒有照明的台階抗爭，與冰凍的下水管，與散發著誘人味道的糕點房裡三明治的價格標籤抗爭，與聽眾們目光空洞的臉抗爭；那抗爭曾經狂暴而無休止，卻找不到清醒的對手，搏鬥的對手只是一面毫無聽覺的牆壁，卻有最佳的隔音性能：漠然。它吞噬了敲擊、和聲和尖叫——對於一個本來可以賦予聲音更多表現力的人來說，那是一場寂靜無聲的戰鬥，那寂靜是晦暗和孤獨的，在夜晚，當少數的樂團演奏他的作品時，他仰望夜空，知道自己的靈魂正隨著廣播中顫抖著擴散的電波蕩漾在城市的空氣中，然而，卻沒有聽眾去聆聽。

「理查．哈利的音樂有英雄色彩，這種東西已經不再適合我們的年代。」一個評論家說道，「理查．哈利的音樂與我們時代的主旋律格格不入，它帶有一種忘形的迷狂。現在誰還在意這種忘形的迷狂？」

他的生活是所有那些人生活的縮影。他們死後一百年，才得到一個公園裡豎立的紀念碑作為回報，卻已於事無補——只是理查．哈利死得還不夠早，根據默認的歷史法則，他本不該看到的那個夜晚，他卻在活著的時候看到了。當時他四十三歲，這天晚上，演出了他在二十四歲時寫的歌劇《費頓》。他按自己的目的和意思改寫了這個古老的希臘神話：太陽神赫利奧斯的兒子費頓，偷了父親的日輪戰車，膽大包天地企圖在空中駕馭太陽，他沒有像在神話中那樣死亡，在哈利的歌劇裡，費頓成功了。這個歌劇曾經在十九年前演出了一場，在一片倒彩和噓聲中停止了演出。那天晚上，理查．哈利沿著城裡的街道一直走到黎明，苦思著一個問題的答案，卻不得其解。

十九年後，這齣劇再次上演的夜晚，音樂在劇場有史以來最熱烈的觀眾喝彩聲中結束。劇院的古老院牆無法阻擋這喝彩聲衝出大廳、衝下台階、衝到大街上，衝向那個十九年前走在這街道上的男孩。

達格妮也在那晚喝彩的觀眾當中，她是幾個早就知道理查．哈利的音樂的人之一，但她從未見過他。她看到他被推到了台上，面對一大片揮舞著的手臂和喝彩鑽動的人頭。他個子很高，體格瘦弱，頭髮花白，站著一動不動，沒有鞠躬，沒有笑容，只是兀自站在那裡望著人群，臉上帶著凝視問題時安靜而認真的神情。

「理查．哈利的音樂，」一個評論家在翌日上午寫道，「屬於全人類，是人民偉大的體現。」「在理查．哈利的生活中，」一個牧師說，「有令人鼓舞的教導。他曾有過悲慘的掙扎，但那又有什麼關係呢？他的高尚和可貴就在於，他要忍受來自他的兄弟們的折磨、不公和辱罵——為了讓他們的生活更加豐富，並教導他們欣賞偉大音樂的美妙。」

演出的次日，理查．哈利引退了。

他沒有做出解釋，只是告訴了他的發行商，他的創作生涯就此結束。儘管他知道自己作品的版稅會帶給他巨大的財富，卻還是把他的作品版權以低廉的價格賣給了發行商。他離去了，沒有留下地址。那是八年前，從此再沒人見過他。

達格妮頭向後仰，閉上眼睛，聽著第四號協奏曲。她半蜷著躺在沙發裡，身體很放鬆，一動不動。在她靜止不動的臉上，嘴被壓力勾勒出一種形狀，一種用渴望的線條勾畫的感性形狀。

過了一會兒，她睜開了眼睛，注意到她掉在沙發下的報紙。她心不在焉地伸手去拿，翻過那些乏味的大標題。報紙打開了，她看到一張自己認識的面孔和一個報導的題目，便猛地合上報紙，把它甩到一邊。那個面孔是法蘭西斯可．德安孔尼亞。標題是說他到了紐約。是什麼事？她想著。她不必去見他，她已經很多年沒見到他了。

她坐在那裡看著地上的報紙，她想，別去讀，別去看。不過她心想那張臉，沒有改變。當一切都不復存在，面孔怎麼能夠依然如故呢？她但願他們沒有抓到一張他笑著的照片。那種笑容是不屬於報紙的。那是一個可以洞察、知曉和創造存在的光輝的人所擁有的笑容，是一個才華出眾的聰明頭腦所擁有的那種愚弄、挑釁的笑容。別去讀它，她想著，別在現在——別在這樣的音樂裡——哦，別在這樣的音樂裡！

她抓起報紙，打開了它。

報導上講，法蘭西斯可在他下榻的韋恩．福克蘭酒店的套房接受了報界的採訪。他說他來到紐約有兩個重要的原因：一位在幼獸俱樂部衣帽間工作的女孩，以及第三大道上牟氏糕點房的肝泥香腸。他對馬上要開庭的吉伯特．維爾夫婦的離婚案無話可說。幾個月前，有著貴族血統和非凡美貌的維爾夫人，對她那位有名的年輕丈夫開了一槍，並公開宣稱她希望甩掉他是為了她的情人，法蘭西斯可。她向媒體透露了她祕密約會的細節，包括她曾在安第斯山的德安孔尼亞別墅度過了去年的除夕夜。她的丈夫大難不死，已經訴請離婚。而她也提出了訴訟，要求分得她丈夫萬貫家財的一半，並要求她丈夫交代自己的私生活，因為據她說，與他相比，她這點事就顯得很無辜了。最近幾個星期，所有這些都已經被報紙炒得沸沸揚揚，但記者提問時，德安孔尼亞先生對此卻不置可否。他們問他是否會否認維爾夫人所說的那些事情，他回答道：「我從不否認任何事。」記者們對他忽然造訪紐約大為驚訝，他們想，在這樁醜聞即將登上頭版、造成轟動的當下，他是不會想要親臨此地的。但他們錯了。法蘭西斯可為他到來的原因又加上了一個註解：「我想親眼看看這齣鬧劇。」

達格妮任由報紙滑落到地板上，她彎著腰，頭埋在手臂裡，一動不動地這樣坐著，但垂到她膝蓋處的縷縷頭髮，卻不時地突然顫動。

哈利壯麗的音樂繼續充斥著整個房間，穿透窗戶的玻璃，飄揚到城市上空。她傾聽著這音樂，這是她的追問，她的吶喊。

$

詹姆斯環顧著他的公寓，不知道此時是什麼時間，卻懶得去找自己的手錶。他穿著起皺的睡衣，坐在扶手椅裡，光著腳，找拖鞋實在是太麻煩了。光線從灰濛濛的空中照進窗戶，刺激著他依然朦朧的睡眼。他感覺到腦袋裡面那塊討厭的沉重，即將要發作成頭痛。他有點惱怒，想不明白自己為什麼跑到了起居室，哦，對了，他記起來了，是來看時間的。

他把身體挪到扶手椅的一邊，瞧見了遠處樓頂的大鐘，現在是中午十二點二十分。

從臥室開著的門那邊，他聽到了貝蒂・波普在浴室裡刷牙的聲音。她的腰帶和其他的衣服都散落在椅子旁邊的地板上。腰帶的粉色已經褪淡，上面的橡膠繩也裂開了。

「你快點，好不好？」他不耐煩地喊道，「我得穿衣服了。」

她沒應聲，但她沒關浴室的門，他可以聽到漱口的聲音。

我為什麼要幹這種事？他想到了昨晚，可是，找答案實在是太麻煩了。

貝蒂拖著一件綢緞質料、帶紫黃格子的像小丑一樣的睡衣，慢吞吞地走進起居室。詹姆斯想道，她穿睡衣可真難看，還是穿著騎馬服、在報紙的社會版裡的照片要好看得多。她是那種瘦長的女人，全身的骨頭和鬆散的關節活動起來都不流暢。她長相平平，面色不佳，臉上帶著一種顯貴家庭才有的頤指氣使的無禮。

「噢，嗨！」她伸展著身體，隨口說道，「吉姆，你的指甲剪呢？我要修一修腳指甲。」

「不知道。我現在頭疼，你回家去弄吧。」

「你好像性趣不高啊，」她無動於衷地說道，「遲鈍得像個蝸牛。」

「你怎麼不閉嘴？」

她在屋裡漫無目的地走來走去，「我不想回家，」她的語氣中沒有什麼情感，「我討厭早晨，無所事事的一天又開始了。今天下午我要去麗姿．布萊茵那裡吃下午茶。哦，也許會好玩，因為麗姿是個妖精。」她端起一個玻璃杯，吞下杯子裡剩的飲料，「你為什麼不叫人修修你的空調？屋子裡有怪味。」

「你浴室用完了吧？我得去換衣服了，今天還有件要緊的事。」

「去吧，我不介意和你共用一間浴室，我討厭被人催。」

他刮臉的時候，看到她在敞開的浴室門前穿衣服。她花了很久才束上皮帶，繫好吊襪帶，穿上一件不好看、但很昂貴的斜紋呢套裝。那件小丑一樣的睡衣，是她看時尚雜誌廣告後買來的，她知道，這就像制服一樣，有些時候會用得著，而且她會忠實地在某種場合穿上它，然後扔掉。

他們的這種關係也是這樣，沒有激情和欲望，沒有歡愉，甚至沒有一點羞恥。對他們兩人來說，性事既不是享樂也不是罪惡，沒有任何意義。他們知道男人和女人應該在一起睡，所以他們就照辦而已。

「吉姆，要不然今晚你帶我去那家亞美尼亞餐館吧？」她問道，「我喜歡吃燒烤串。」

「我不行，」他帶著一臉肥皂沫，惱火地回答，「我今天還要忙很久。」

「你為什麼不取消它呢？」

「什麼？」

「管它是什麼。」

「很重要，親愛的，是我們的董事會議。」

「噢，別老悶在該死的鐵路裡。真枯燥。我討厭生意人，他們太乏味了。」

他沒出聲。

她狡黠地瞥他一眼，懶洋洋的聲調裡有了一分活潑：「卓克．本森說你本來就不用在鐵路上費什麼勁，因為是你妹妹在管事。」

「哦，他這麼說，是嗎？」

「我覺得你妹妹糟糕透了，我覺得令人噁心──一個女人做起事來像髒猴子一樣，而且到處擺出一副大老闆的樣子，太沒女人味了。她以為她是誰呀？」

詹姆斯跨出浴室的門，倚著門框打量起貝蒂。他的臉上暗含了一絲嘲諷和自信的笑容，心想，他們之間是有共同想法的。

「親愛的，也許你有興趣知道，」他說道，「我今天下午要讓她摔個大跟斗。」

「不會吧？」她興趣上來了，「真的？」

「所以這個董事會議很重要。」

「你真的要把她踢出去？」

「不是，那樣沒必要，也不明智，我就是要讓她難堪，這是我一直在等的機會。」

「你抓住她什麼了？醜聞？」

「不不，你不會明白的。她這次做得太過分了，會被一巴掌給打趴下的。她沒和任何人商量，就要了個無法被原諒的花樣。這對我們鄰國墨西哥非常不尊重。董事會聽到這個，就會針對營運部通過一兩條新章程，再來管她就會容易一點。」

「你很聰明，吉姆。」她說。

「我還是穿衣服吧，」他聽起來很高興，回到洗手台旁邊，他又快活地說了句，「也許我今晚會帶你出去，買些燒烤。」

電話響了起來。

他拿起話筒，接線員告訴他，是從墨西哥打來的長途電話。

電話中傳來歇斯底里的聲音，是他在墨西哥政界安排的內線。

「我無能為力，吉姆！」那個聲音上氣不接下氣地，「我無能為力呀！……我們事先沒有得到警報，我向上帝發誓，沒人起過疑心，沒人發覺。我盡了最大的努力，你不能怪我，吉姆，實在太突然了！法令是今天上午頒佈的，就在五分鐘前，他們就這樣突然襲擊我們，沒有任何通知！墨西哥政府已經把聖塞巴斯蒂安礦和聖塞巴斯蒂安鐵路收歸國有了。」

$

「……因此，我可以請董事會諸位放心，沒有驚慌的必要。今天上午發生的事非常令人遺憾，但是我有充分的信心——是基於我對華盛頓內部處理對外政策的瞭解的基礎上——我們的政府會和墨西哥政府協商出一個公平的處理方案，我們會得到對我們財產全部的、公正的補償。」

詹姆斯站在長長的會議桌前，對董事會成員們講話。他的聲音明白無誤，沒有起伏，讓人感到安全。

「然而，我要高興地向大家報告，我已經預料到了這種轉變的可能，並採取了一切可能的預防措施來保護塔格特泛陸運輸的利益。幾個月前，我指示營運部門把聖塞巴斯蒂安鐵路的班次削減到一天一班車次，並且把我們最好的動力火車引擎、原料，連同每一件可以運走的設備，從那裡撤了出來。墨西哥政府只能得到幾節木製車廂和一台落伍過時的火車。我的決定挽救了公司的幾百萬美金——我會把確切的數字統計好以後發給你們。但我的確認為，股東們有理由希望那些在這項投資中未盡職守的人，承擔他們失職的後果。因此我建議，要求我們的經濟顧問，當初提議修建聖塞巴斯蒂安鐵路的艾丁頓先生，以及我們駐墨西哥城的代表莫特先生，辭去他們的職務。」

大家圍坐在會議桌旁聽著，他們沒有去想該做些什麼，而是在盤算如何向他們所代表的股東們交代，詹姆斯的講話簡直是雪中送炭。

$

回辦公室時，伯伊勒正在等他。當周圍只剩下他們倆的時候，詹姆斯的神態變了，他無力地倚著桌子，面孔下垂、蒼白。

「怎麼了?」他問道。

伯伊勒無可奈何地攤開手:「我查過了,吉姆,顯然沒問題:德安孔尼亞在那些礦產中,自己損失了一千五百萬。不,這不是編造出來的,他沒有玩什麼手腕,他把自己的錢投了進去,現在,他這筆錢已經損失了。」

「那麼,他想怎麼辦?」

「這個——我不知道,沒人知道。」

「他不會甘心就讓自己這麼被搶了,對吧?他那麼精明,不會吃這種虧的,他肯定還藏著什麼。」

「我當然希望如此。」

「把世界上最老奸巨猾的騙子挑出來加在一起,也不是他的對手,他會對那些骯髒政客們的一紙法令束手無策嗎?他手裡肯定握著他們的什麼東西,最後他說的才會算數,我們一定要盯緊了,跟住他。」

「那要看你的了,吉姆,你是他的朋友。」

「朋友個鬼,我恨他那副德性。」

他按下叫祕書的按鈕,祕書惶恐地走進來,看起來不太高興。他很年輕,但他的蒼白和上流社會的舉止使他看起來要老很多。

「你幫我約好了法蘭西斯可·德安孔尼亞沒有?」

「沒有,先生。」

「可是,見鬼了,我告訴過你打電話給——」

「我沒辦法,先生,我試過了。」

「那就繼續試。」

「我是說,我沒辦法約下來,塔格特先生。」

「為什麼沒辦法?」

「他拒絕了。」

「你是說他拒絕見我？」

「是的，先生，我就是這意思。」

「他不肯見我？」

「對，先生，他不肯。」

「你是親自和他說的嗎？」

「不是，先生，我和他的祕書通的話。」

「他對你說什麼了？他到底說了什麼？」那個年輕人猶豫著，看起來更不高興了。「他說了什麼？」

「他說，德安孔尼亞先生說你令他厭煩，塔格特先生。」

$

他們通過的提議被稱為「反狗咬狗條例」。投票時，國家鐵路聯盟的成員們坐在深秋夜色漸濃的大廳內，誰也不看誰。

國家鐵路聯盟，是自稱為了保護鐵路工業的利益而成立的一個組織；這種保護是通過他們共同的目的來發展合作的途徑，通過它的成員保證他們的個體利益服從整體工業的利益。整體利益則由成員的多數票決定，每個成員都要服從多數人做出的決定。

「相同行業或相同領域的成員應該團結在一起，」聯盟的組織者們曾經說過，「我們都有同樣的問題，同樣的利益，和同樣的敵人。我們在相互對抗中耗費了自己的能量，而不是在世界面前表現出一致行動。如果一起努力，我們可以在一起共生共榮。」「這個聯盟是組織起來對付誰呢？」一個懷疑者曾問過。回答是：「為什麼這麼問？它不是『對付』任何人的，可是你如果願意那樣理解，它是對付運輸的客戶、供應生產商，或者任何想占我們便宜的人，任何一個聯盟的成立又是為了對抗誰呢？」「這正是我想知道的。」那個懷疑的人說。

反狗咬狗條例在年度會議上被呈交給國家鐵路聯盟的全體成員投票表決，這是它的第一次公開亮相。但所有成員都曾經聽說過這個條例，私下裡，它已經被討論了很久，在最近幾個月討論得更加集中。坐在會議大廳內的人都是各個鐵路公司的總裁，他們不喜歡反狗咬狗條例，希望永遠不要提到它。不過，一旦提到了，他們就投了贊成票。

在投票前的講話中，沒有點到任何一家鐵路公司的名字，發言涉及的都是公眾事業。發言稱，一旦公共事業面臨運輸短缺的威脅，鐵路公司就會在「殘忍的狗咬狗政策」下，使用惡性競爭來擠垮對方。在中止了鐵路服務的困難地區存在的同時，也存在著在較大地區出現兩家以上的鐵路公司，爭奪僅夠維持一家的運輸資源的情況。發言中說，在鐵路資源匱乏的地區，新生的鐵路公司有很大的機會，儘管這樣的地方目前的確沒有什麼經濟刺激，但是根據發言，作為一個有公眾精神的鐵路，應該承擔起為掙扎的居民提供運輸的責任，因為鐵路的首要目的是公共服務，而不是利潤。

隨後，發言說，大型的、已具規模的鐵路系統是公共事業的根本，一個系統的垮台將是全國性的災難。如果這樣一個系統在公眾事業的精神下，為國際友誼做出了貢獻，卻承受著巨大的虧損，那麼它有資格接受大家的支持，好幫它挺過打擊。

沒有提到任何一家公司的名字。但是，當會議主席舉起了他的手，鄭重地發出投票的信號時，大家全都看著鳳凰—杜蘭戈的總裁，丹．康維。

只有五個反對者投票否決，然而，在主席宣佈這個措施獲得通過時，卻沒有歡呼，沒有讚許的聲音，沒有動作，只有沉重的寂靜。直到最後一分鐘，每個人都在盼望著有誰能挽救發生的一切。

反狗咬狗條例被形容為一種「自願的自我約束」措施，意在「更好地執行」國家立法機構早已通過的法律。條例提出，國家鐵路聯盟的成員禁止從事屬於「破壞性競爭」的活動；只允許一家鐵路公司在被宣佈為限制的地區經營；在這類地區，已經在那裡經營時間最久的公司將得到特權，可以採用不公平競爭犯該領域的新來者，後者將在接到命令後九個月內取消經營資格；國家鐵路聯盟的執行董事會有權自行決定哪裡是限制地區。

會議休會時，人們都急著離開，沒有私下的交流，沒有朋友間的閒聊和交際，大廳少見地在極短的時間內就淨空了，沒人搭理或是看一眼丹．康維。

在門廳裡，詹姆斯碰到了伯伊勒。他們並沒有事先約好，但詹姆斯看到了大理石牆壁映襯下的那個龐大的身影，連臉都不用看就知道是伯伊勒。他們走向對方，伯伊勒臉上帶著比平時更少的欣慰，說：「我做完了，現在看你的了，吉姆。」「你不必來這裡的，為什麼要來？」詹姆斯悶悶不樂地說。「哦，就是覺得有意思。」伯伊勒答道。

丹．康維坐在空蕩蕩的座位中間，一直到女清潔工來清理大廳。她招呼他時，他順從地站了起來，拖著腳步走到門口。在走道上經過她時，他從口袋裡摸出五塊錢，默默而和緩地遞了過去，並沒有去看對方的臉。他似乎不清楚自己在做什麼，好像覺得自己是在一個需要慷慨地付了小費才能離開的地方。

達格妮正坐在辦公桌前，忽然，她的房門猛地開了，詹姆斯衝了進來。他還是頭一回用這種方式進來，一臉興奮。

自從聖塞巴斯蒂安鐵路線被國有化以後，她還沒見過他。他既沒有找她談論這件事，她也沒有對此再說些什麼。無可辯駁的事實證明了她是對的，因此她覺得沒有必要再去評論，那種一半出於禮貌、一半出於憐憫的感覺，使她沒有去對他說應該從這件事得到些什麼結論。無論如何，他只能從中得出一個結論。她聽說了他在董事會議上的講話，只是不以為然地聳了聳肩膀，覺得很好笑。不管他有什麼日的，如果她的成績能被肯定，那麼從現在開始，即使不為別的，就是為他自己他也會放手讓她去做了。

「你現在是不是覺得，只有你才能為鐵路做點什麼？」

她迷惑不解地看著他。他的語調高昂，站在她的辦公桌前，興奮得渾身緊張。

「所以你覺得我毀了公司，對不對？」他喊道，「只有你才是我們唯一的救星？覺得我沒辦法彌補在墨西哥的損失了？」

她緩緩地問道：「你想幹什麼？」

「我想告訴你一些消息。還記得幾個月前，我說過的那個鐵路聯盟的反狗咬狗提議嗎？你不喜歡這個主張，你一點也不喜歡。」

「我記得，怎麼了？」

「它已經通過了。」

「什麼通過了？」

「反狗咬狗條例。就是幾分鐘前在會議上通過的。從現在起，九個月後，科羅拉多州就不再有鳳凰－杜蘭戈鐵路公司啦！」

她驚訝得跳了起來，把桌上的玻璃菸灰缸撞翻到了地上。

「你這個卑鄙的混蛋！」

他紋絲不動地站在那裡，臉上帶著笑容。

她清楚，自己正在他的面前無力地發抖，這是他最欣賞的一幕，她對此卻並不在乎。然後她看到了他在笑——忽然間，令人喪失理智的憤怒就消失得無影無蹤，她變得毫無感覺。她用一種冷酷、客觀的好奇凝視著那個笑容。

他們站在那裡對峙。他看起來就像是第一次不再怕她。他洋洋得意。這件事對他的意義遠遠超出了擊垮一個競爭對手，這次，他不是戰勝了丹．康維，而是戰勝了她。她不清楚是什麼原因，或者是通過什麼方式，但她很肯定地感到他已經明白了這一點。

一個念頭忽然閃了出來，就在這裡，在她的面前，在詹姆斯和那個讓他笑起來的東西裡面，藏著一個她從未起過疑心的祕密，明白且清楚這一點對她是至關重要的。但是，這念頭只是一閃而過。

她急急地跑到衣櫥前，一把抓過自己的大衣。

「你去哪兒？」詹姆斯的聲調低了下來，聽起來很失望，並且有點不安。

她沒有回答，衝出了辦公室。

$

「丹，你必須和他們鬥下去，我會幫你，會盡一切力量來幫你。」

丹・康維搖了搖頭。

他坐在桌子後面，面前擺了一個大大的空白記事簿，已經有些褪色了，屋子的角落裡有一點黯淡的燈光。達格妮直接奔到了鳳凰—杜蘭戈在城裡的辦事處，康維就在那裡，從她來時一直坐到現在。看到她進來，他笑著說：「有意思，我想過你會來的。」他的語調柔和而冰冷。他們彼此並不熟悉，但在科羅拉多見過幾次面。

「不，」他回答說，「沒有用。」

「你這麼說，是不是因為你簽了的那個聯盟協議？那不會算數的，這是赤裸裸的剝削，不會得到法院的支持。如果吉姆想拿強盜慣用的『公共事業』口號當幌子，我會在法庭上作證，塔格特泛陸運輸不足以應付科羅拉多的交通需求。如果法庭做出對你不利的裁決，你可以上訴，在今後的十年不斷地上訴。」

「是的，」他說，「我可以……我不敢肯定我會贏，但我可以那樣去做，然後在鐵路業多待幾年，可是……不，無論會怎樣，我想的不是法律問題，不是這個問題。」

「那是什麼？」

「我不想鬥下去了，達格妮。」

她不敢相信地看著他，她可以確定的是，他以前從沒說出過這樣一句話。人活了半輩子，是不可能再退回去的。

丹・康維年近五十，他的臉一點也不像一個公司的總裁，卻像強悍的貨車司機那樣，方方正正、倔強而遲鈍，像一個鬥士那樣，有著年輕的、褐色的皮膚，和花白的頭髮。他接手了亞利桑那州一家搖搖欲墜的小鐵路公司，當時的收益甚至比不過一家經營良好的雜貨店。他把它造就成了西南部最好的鐵路。他沉默寡言，看書不多，從沒上過大學，他對人類所努力的一切都漠不關心，除了一件事以外。他對人們所說的文化沒有任何感覺。但是，他懂鐵路。

「你為什麼不想爭下去？」

「因為他們有權力那樣做。」

「丹，」她問道，「你是不是昏頭了？」

「我這輩子，從沒食言過，」他悶聲說，「我不在乎法庭怎麼決定，我保證過要服從大多數人，必須說到做到。」

「你指望大多數人也會同樣對待你嗎？」

「不，」那張遲鈍的臉上有一絲不易覺察的抽動，他的身體仍然無法消化那絕望無援的震驚，他沒有看著她，輕聲地說，「不，我沒指望過。我聽到他們談論這事一年多了，可是我一直不相信，甚至在他們表決的時候，我都不相信。」

「你指望什麼呢？」

「我想……他們說所有人都要維護共同的利益，我覺得我在科羅拉多所做的一切都是好事，對大家都有益。」

「哦，你這個傻瓜！你看不出來這就是你受懲罰的原因嗎——就因為那是好事！」

他搖搖頭說：「我不明白，但是我看不到出路。」

「你答應了他們要毀掉你自己嗎？」

「對我們任何人來說，似乎都別無選擇。」

「什麼意思？」

「達格妮，現在整個世界的情況都很糟，我不清楚到底哪裡出了毛病，但是問題很嚴重。人們必須彼此依靠，找到出路，但除了大多數人，誰能決定要走哪一條路呢？我覺得這是唯一公平的決定方式，也看不到其他的了。我想會有人被犧牲掉，如果那輪到我頭上，我沒權利抱怨。他們是對的，人必須要團結在一起。」

她氣得發抖，努力平靜地說：「如果這就是團結的代價，那我要是還想在這個地球上和人類一起生活，就一定是被詛咒了。如果他們當中剩下的人只是靠著毀掉我們才能生存，我們為什麼願意讓他們生存下去？自我奉獻式的犧牲永遠都說不通。他們沒有任何權利把人當成動物一樣的犧牲品，毀掉最優秀的人是不道德的，好人不能因此受到懲罰，有能力的人不能受到懲罰。如果那樣做是對的，我們最好現在就開始彼此屠殺吧，因為這世界根本就不存在什麼才是對的！」

他沒有回答，無望地看著她。

「如果是這樣的一種世界，我們怎麼能在其中生活？」她問道。

「我不知道……」他喃喃自語著。

「丹，你真覺得這是對的嗎？真的、從內心裡覺得這是對的嗎？」

他閉上了雙眼，說：「不，」然後望著她，她頭一次看到一種被折磨的神情，「我就是因此才一直坐在這裡想弄明白。我知道我應該覺得它是對的——可我不能，就好像我的舌頭說不出這句話來。我總是看到那裡的每一塊枕木，每一盞信號燈，每座橋樑，每個夜晚，在我……」他的頭垂到了手臂上，「噢，上帝呀，這太不公平了！」

「丹，」她的話從牙縫裡擠出來，「和它鬥。」

他抬起了頭，目光無神，說道：「不，那是錯的，我只是太自私了。」

「噢，這是什麼老掉牙的廢話！你完全知道這是怎麼回事！」

「我不知道……」他的聲音很疲憊，「我一直坐在這裡拚命去想這件事……我再也弄不清楚什麼是對的了……」他又加了一句，「我覺得我無所謂了。」

她突然明白，再多說什麼話都是沒用的，丹．康維不再是一個有行動力的人了。她不知道是什麼讓自己如此肯定。她茫然地說：「你以前從來沒有在需要搏鬥的時候放棄過。」

「沒有，我從來沒有過……」他的語氣中帶著一種安靜和淡漠的驚訝，「我抵抗過風暴、洪水、滑坡、軌道斷裂……我知道該怎麼做，而且喜歡去做那些……但是這種鬥爭是我不能做的。」

「為什麼？」

「我不知道，誰知道這個世界為什麼是這個樣子？哦，約翰．高爾特是誰？」

她讓步了，說：「那你打算怎麼辦？」

「我不知道……」

「我是說——」她停住了話頭。

他明白她的意思，「哦，總是有事情可做的……」他並不堅決地說，「我猜想，他們只會宣佈科羅拉多州和新墨西哥州是限制地區，我還可以經營在亞利桑那的鐵路線，」他又補充說，「就像二十年前那樣……唉，這會讓我有事做的。我累了，達格妮，我都沒注意到，但我想我是累了。」

她無話可說。

「我不會在他們不景氣的地區修鐵路，」他依然是那副漠然的語氣，「那是他們想拿來安慰我的，不過我想，那也只是說說而已。不能把鐵路修在一個方圓幾百里沒有人煙的地方，那兒只有幾家入不敷出的農戶。在那兒修路，是賺不到錢的。如果賺不到錢，誰會去？根本就說不通。他們純粹是胡說八道。」

「噢，去他們的不景氣地區吧！我是在想你的事，」她不得不說明白，「你自己怎麼辦？」

「我不知道……不過，有許多事我一直沒時間去做。比如釣魚，我一直喜歡釣魚；也許我會開始讀書，一直有這想法。也許我現在可以慢慢來了，也許我會去釣魚，亞利桑那有些好地方，平安、寧靜，幾百里都見不到人……」他抬眼看了看她，說，「忘了這事吧，你為我擔心什麼？」

「不是你，是……丹，」她突然說，「我希望你能明白，我並不是看在你的分上才想幫你。」

他笑了，是微微的、朋友之間的笑容，「我明白。」他說。

「這不是出於同情、慈善、或者類似這些醜陋的原因。你看，我是打算讓你在科羅拉多為你的生活去拚，我是打算在你的生意裡插一腳，然後把你逼到牆邊，如果有必要，把你從那裡逼走。」

他輕聲笑了一下，是感激的，「那你也得花很大的力氣。」他說。

「只是我從沒覺得那有必要，我認為那裡完全可以容得下我們兩家。」

「是的，」他說，「有足夠大的地方。」

「話說回來，如果我發現那裡沒有空間了，就會對付你。如果我能把自己的鐵路修得比你好，我就會把你打得粉碎，而且不會在乎你怎麼樣。可這……丹，現在我不想去看我們的里約諾特鐵路線了，我……天啊，丹，我不想當一個強盜！」

他默默地端詳了她一會兒，他打量的樣子很怪，像是從很遠的地方。他輕聲地說：「孩子，你應該早一百年生出來，那樣你就有機會了。」

「算了吧，我想要創造自己的機會。」

「那就是我在你這年紀時想做的。」

「你成功了。」

「是嗎？」

她呆坐在那裡，突然僵住了。

他坐直了身體，像下命令一般嚴厲地說：「你還是看看你的里約諾特鐵路線吧，最好把它完成——要儘快。在我離開之前準備好，因為如果不這樣，艾利斯．威特和那裡其他人的末日就要到了，他們可是這個國家還擁有的最優秀的一群人。你必須阻止它發生，現在全看你的了。你和你哥哥去解釋什麼沒有我在那裡競爭，你就會更艱難之類的話是毫無用處的。但是你和我明白這些，所以你就去吧。無論你做什麼，你都不會是強盜，強盜不可能在那個地方經營鐵路而且堅持下來。你在那裡無論能得到什麼，都是你掙來的。你哥哥那樣的寄生蟲當然不算，現在要靠你了。」

她坐在那裡看著他，實在搞不懂究竟是什麼能把這樣一種人擊垮了，但她知道，那不是詹姆斯。

她看到他望著自己，彷彿他也在他自己的疑惑中進行著掙扎。隨後，他笑了，而她竟然難以置信地看到，那笑容慢慢地凝固成悲哀和同情。

「你最好別替我難過，」他說道，「我想，在我們倆之間，你今後的日子更艱難，而且我覺得你會變得比我更糟。」

$

她打了電話給工廠，約好那天下午去見里爾登。剛剛放下電話，伏到鋪在辦公桌上的里約諾特鐵路線地圖前面，門就開了。達格妮抬起頭嚇了一跳，沒想到她辦公室的門會在沒有預先通知的情況下打開。進來的是個陌生人，他很年輕，高高的個子，似乎籠罩著一層殺氣。但她也說不清那是什麼，因為他給人的第一印象是近乎高傲的自我控制力。他有深色的眼睛，頭髮凌亂，衣服價格不菲，而穿起來卻像是他根本不在乎，或者沒注意。

「艾利斯．威特。」他自報了姓名。

她一下子跳了起來，同時明白了為什麼她外面的辦公室沒有人阻攔他，或者說，能夠阻攔他。

「請坐，威特先生。」她微笑著說。

「沒這個必要，」他說話的時候沒有半點笑容，「我從不開長會。」

她慢慢定了定神，坐下來，身體向後靠在椅背上，看著他。

「那麼，有什麼事嗎？」她問道。

「我來見你，是因為我覺得你是這個窩囊機構裡唯一一個還有點腦子的人。」

「我能為你做什麼？」

「你可以把這個當做是最後通牒，」他用少有的清晰口齒，一字一句地說，「我希望塔格特泛陸運輸公司，從現在起九個月後，按我的業務要求來行駛貨車。如果你們在鳳凰－杜蘭戈身上使出的卑鄙伎倆就是為了讓自己可以不費吹灰之力，那我這就告訴你們，你們別想得逞。在你們提供不出我需要的服務時，我對你們沒提任何要求，而是找到了一家可以做到的公司，現在你們想迫使我和你們打交道，讓我除了聽從你們的條件而別無選擇，讓我的生意降到你們那種不夠格的水準。我這就告訴你，你們打錯了算盤。」

她努力控制著自己，緩緩地說：「我能不能講一講我對我們在科羅拉多的打算？」

「不用，我對討論和打算沒興趣，我只想要運輸，要做什麼和怎麼做是你的事，不是我的。我只是在警告你，和我做生意的人，必須按照我的條件，否則沒得商量，我從不和不夠格的人談條件。如果想運我生產的石油來賺錢，你就必須做得和我一樣好。我希望你明白這一點。」

她平靜地說：「我明白。」

「我不想浪費時間來證明你為什麼非得把我的警告當回事，如果你有管理這個腐敗機構的水準，你就能做出自己的判斷。我們兩個都清楚，如果塔格特泛陸運輸公司仍像五年前那樣經營科羅拉多的鐵路，就會毀了我，我知道這就是你們想做的。你們想榨乾我的油水後，接著再去吃其他的，這就是現在大部分人的策略。所以，我的最後通牒是：你有毀掉我的力量，我或許會死；但我一旦要死的話，肯定會拉上你們所有的人和我一起完蛋。」

她感覺到身體裡的某個地方，在支持著她一動不動地承受責罵的麻木後面，有一個痛點，像燙傷一樣灼痛。她想告訴他，她很多年來都在尋找像他那樣可以共事的人；她想告訴他，他的敵人，也同樣是她的，她在進行著的是一場同樣的戰鬥；她想對他大喊：我和他們是不一樣的！但是，她清楚她不能那樣做，她承擔著塔格特泛陸運輸公司以及它名下的一切責任。目前，她沒有權利去為自己申辯。

她挺直了身子，帶著和對方一樣堅定而毫不掩飾的目光，不卑不亢地回答：「你會得到你需要的，威特先生。」

她覺察到他臉上的一絲驚愕，他沒料到會是這樣的態度和回答，或許，是她沒有說出來的東西才最令他吃驚：她沒有進行辯解，沒有提出藉口。他默默地打量了她好一會兒才開口，口氣也緩和了一些：

「好吧，謝謝你。再見。」

她微微地點了點頭。他鞠了個躬，離開了。

$

「這就是經過，漢克。我制定的十二個月內完成里約諾特鐵路線的計畫本來已經很難做到，可現在我必須得在九個月裡趕完。你的軌道供貨時間本來是一年，能否在九個月內完成？盡最大可能去做。否則，我就得想其他辦法去完成它了。」

里爾登坐在桌子後面，那雙冰冷的藍眼睛，在他瘦削的臉上切了兩個平行的切口，它們保持著水平的狀態，靜靜地半閉著。他平平淡淡地說：

「我可以。」

達格妮向後靠在了椅子上。這短短的回答不僅是安慰，更是一種震撼：她突然有種意識，其他的任何保證都沒必要了，她不需要證明，不需要問題，不需要解釋，這個頭腦清楚而負責的人，用三個字就將一個難題安全地化解了。

「別那麼如釋重負，」他帶著嘲弄的口氣，「別太明顯了。」他狹長的眼睛帶著察覺不出的笑意觀察著她。「會讓我認為塔格特泛陸運輸公司是握在我手裡了。」

「反正你也知道了。」

「我知道，而且我想讓你因此付出代價。」

「我準備好了，多少？」

「從明天起發的貨，每噸多加二十塊錢。」

「相當高，漢克，這是你能給我最優惠的價格了嗎？」

「不是，但這是我要的價格，我就是加一倍你也得付。」

「是的，我得付，而且你也可以要，但你不會的。」

「我為什麼不會？」

「因為你想讓這條里約諾特鐵路線修好，這是你的里爾登合金第一次亮相。」

他笑出了聲：「不錯，我喜歡和從不幻想得到恩惠的人做生意。」

「你知不知道，在你決定抓住這個機會的時候，我為什麼感到了輕鬆？」

「什麼？」

「因為這次，我是在和一個不裝作給別人恩惠的人做生意。」

現在，他的笑裡有了另一種味道：那就是愉快。「你對這點從來不掩飾，對吧？」他問道。

「我注意到了，你也一樣。」

「我以為我是唯一一個敢這麼做的。」

「要這樣說的話，漢克，我並沒有破產。」

「要這樣說的話——我想我有一天會讓你破產的。」

「為什麼？」

「我一直想這麼做。」

「你還嫌周圍的膽小鬼不夠多？」

「所以樂於一試——因為你是唯一一個例外。那麼，你覺得我應該乘你之危儘量猛賺一筆嗎？」

「當然了，我不是傻子，不會認為你是為了幫我才做生意的。」

「你希望我那樣嗎？」

「我不是要飯的，漢克。」

「你難道不覺得支付起來有困難嗎？」

「那是我的問題，和你無關。我就要鋼軌。」

「每噸多加二十塊？」

「好吧，漢克。」

「好的，你會拿到鋼軌，我也許會賺到這筆暴利——或者，塔格特泛陸運輸公司也許在我收帳之前就垮掉了。」

她收斂了笑容，說：「如果我不在九個月裡把那條鐵路線修好，塔格特泛陸運輸公司就會垮掉。」

「只要你來管，就不會。」

不笑的時候，他的臉看起來無精打采，只有眼睛是生動的，帶著冰冷和敏銳的清澈。不過她覺得，沒人可以窺到他那目光後面的想法，恐怕，連他自己都不知道。

「他們已經讓你的日子不能再難過了，對不對？」他問道。

「是的，我曾指望靠科羅拉多來拯救塔格特的系統，現在，需要我去挽救科羅拉多了。九個月後，丹．康維就要停下他的鐵路。如果到時候我的鐵路還沒就緒，再完成它也就沒意義了。那裡的人一天運輸都不能斷，更別說一周，或是一個月了。照他們發展的速度，不可能徹底停下來，然後再繼續下去，這就像要去強制煞住一台兩百英里時速的火車一樣。」

「我明白。」

「我可以管理好鐵路，可是在一個連鬱金香都種不好的農民的地方，我不可能經營好。我必須要有像艾利斯．威特那樣的人來生產出東西，裝滿我的火車，所以我即使要把剩下所有的人都轟進地獄來做這件事，也必須在九個月內給他火車和鐵路！」

他感到有趣地笑了：「你下定了決心，對不對？」

「難道你不是嗎？」

他不會回答的，但收起了笑容。

「你難道對此不關心嗎？」她幾乎是生氣地問。

「不關心。」

「那麼，你沒認識到它意味著什麼？」

「我的認識是我要把鋼軌交給你，而你要在九個月內鋪好鐵路。」

她笑了，輕鬆、疲倦，又有點內疚，「是啊，我知道我們會的，我知道跟吉姆那樣的人和他的朋友生氣沒用，也沒那時間。首先，我要把他們做的改正回來，然後——」她頓了頓，徬徨地搖了搖頭，聳聳肩膀說，「然後他們就無關緊要了。」

「對，他們就無所謂了。我聽說了反狗咬狗條例那件事，我覺得噁心，但是，不用理那些混帳東西。」

這兩個粗暴的詞聽起來讓人驚愕，因為他的面孔和聲音非常平靜。「你和我會堅持把這個國家，從他們行為的後果中挽救回來。」他站了起來，在辦公室裡踱著步子，「科羅拉多不會停下來，你會拉著它挺過去。然後，丹．康維和其他人就會回來。這種瘋狂是暫時的，長不了，那是精神錯亂，它自己就會毀了自己。只是你和我得更努力一陣子，就是這樣。」

她看著他高大的身軀在辦公室內走來走去。這房間符合他的風格，空蕩之外，只有幾件必需的傢俱，功能全都簡化到了純樸的地步，而材質和式樣卻極為考究。這房間看起來像是個發動機——一台裝在平板玻璃盒內的發動機。不過，她注意到了一個令她驚訝的細節：置於檔案櫃上方的一隻翡翠花瓶。花瓶的薄壁是由一整塊深綠色的玉石雕刻而成，平滑的曲線紋理激起人探手一觸的欲望，在房間中顯得很突兀，與其他物品的嚴厲氣氛反差鮮明：它是一抹感性的色彩。

「科羅拉多是個好地方，」他說道，「它會成為全國最好的地方。你不能肯定我對那裡關心？那個州正在成為我最好的客戶之一，如果花點時間看看你的運貨統計報告，你就會知道了。」

「我知道，我讀過那些報告。」

「我一直想幾年之內在那裡蓋一個工廠，節省掉你的運輸費用。」他瞥了她一眼，「如果我這麼做，你會損失一大批鋼材貨運量。」

「儘管做你的，能運你的那些原料、你那些工人的日常生活用品、那些隨著你過去的工廠貨物，我就滿意了——而且我也許根本沒時間注意到丟了你的生意……你笑什麼？」

「太好了。」

「什麼？」

「你的那種異於目前其他人的反應。」

「不過，我必須承認，目前你是塔格特泛陸運輸公司最重要的客戶。」

「你不認為我明白這一點嗎？」

「所以我不能理解為什麼吉姆——」她頓住了。

「——竭盡全力地破壞我的生意？因為你哥哥吉姆是個傻瓜。」

「他是，但不僅如此，這裡還有比愚蠢更壞的。」

「別浪費時間琢磨他，讓他去吐唾沫好了，他也不是什麼更大的危險。像詹姆斯這樣的人只能把世界搞亂。」

「我想是這樣。」

「順便問問，如果我告訴你不能更快交貨的話，你會怎麼辦？」

「我會把支線拆了，或者關閉一些支線，任何一條，然後用這些鋼軌按時修好里約諾特鐵路。」

他輕笑著：「所以我不擔心塔格特泛陸運輸公司。不過，只要我還做這個生意，你就不必從老的支線上拆鋼軌。」

她忽然覺得，自己以前是錯誤地認為他缺乏感情：隱藏在他表面下的，是歡樂。她意識到，只要他在旁邊，自己就會有一種愉快的輕鬆感；而且她清楚他也有同樣的感受。在她認識的人裡面，她只有和他才能無拘無束地交談。她想，這才是一個她尊重的靈魂，一個堪稱對手的人。但在他們之間，總有一絲說不出的距離感，那種大門關閉的感覺，他的舉止當中有一種超乎人性的東西，拒人千里之外。

他在窗前停下腳步，站在那裡看著外面，「你知不知道，今天要給你發送第一批鋼軌？」他問道。

「我當然知道。」

「過來。」

她走到了他的身邊。他默默地向外指了指。在遠處，工廠廠房的另一端，她看到一長串敞篷貨車停靠在鐵路的支線上，一架起重機的吊臂劃過了上方的天空，用它那巨大的磁鐵輕輕一碰，便抓起了固定在貨盤上的一綑鋼軌。灰色的雲層密密地遮住了太陽的光線，可是那鋼軌卻熠熠閃亮，似乎披上了一層來自外太空的光芒，泛著藍綠色的光澤。巨大的吊臂停在一節貨車車廂的上方，降了下去，微微地一抖，便把鋼軌放進了車廂。吊車帶著一股滿不在乎的龐然氣勢轉了回來，看起來像是一幅巨大的幾何圖形，在人和地球的上方移動著。

他們站在窗前，無聲地、全神貫注地看著。直到另一綑鋼軌從空中劃過時，她才張開口。她說的第一句話並不是關於鐵路、軌道或者按時完成的訂單，而是像迎接大自然新的傑作一樣：「里爾登合金……」

他留意到了，但沒說什麼，瞄了她一眼，便又轉向窗口。

「漢克，這太棒了。」

「對。」

他的話平淡而坦然，語氣中既沒有一點沾沾自喜，也毫不客氣。她知道，這是給她的感謝，是一個人能夠給另一個人的最難得一見的謝意：感謝對方使自己可以毫無拘束地承認自己的成就，並且知道這是被理解的。

她說：「我一想到這些金屬的那些用途和潛力……漢克，這是目前這個世界上發生的最重要的事了，可他們誰都不知道。」

「我們知道。」

他們依然看著起重機，並沒有去看對方。在遠處的火車頭前端，她能辨認出「TT」的字樣，能辨認出這條在塔格特整個系統裡最繁忙的工業運輸支線軌道。

「我一旦找到工廠，」她說，「就會訂做用里爾登合金製造的柴油內燃機。」

「你會用得上的。你們里約諾特鐵路線上的火車現在能跑多快？」

「現在？一小時能跑二十英里就不錯了。」

他指著貨車說：「這軌道鋪好以後，你如果想跑二百五十英里（編按：約四百零二公里）都可以。」

「我會的，再過幾年，等我們有了里爾登合金的車廂，就會比鋼製車廂輕一半，卻加倍安全。」

「你要注意一下那些航空公司，我們正在試造一架里爾登合金做的飛機，它沒多少重量，卻可以承載任何東西。你會看到遠程、重載的空運。」

「我已經想過合金可以用在發動機上，是任何一種發動機，也想過可以用它設計出來的其他東西。」

「想過圈雞用的鋼絲嗎？就是用里爾登合金做的普通的雞柵欄，一英里長的柵欄也就幾角錢，卻能用上兩百年；還有那些在廉價店裡買的廚具，可以一代接一代地用下去；還有連魚雷都打不穿的輪船。」

「我和你說過我正在試驗里爾登合金的電話線嗎？」

「我做的試驗實在是太多了，簡直沒法把它們的用途全都一一展示出來。」

他們談論著有關合金和它無窮無盡的各種可能，彷彿他們正站在山頂，眺望著腳下無盡的平原和四通八達的道路。只不過他們所說的是數字、重量、壓力、阻力和費用而已。

她忘掉了她的哥哥和他那個國家聯盟，把所有的問題以及人和事都忘在了身後，它們一直像烏雲一樣籠罩著她的視野，她總想儘快地跑出去，把它們掃開，從不被它們所統治，它們也從不真實。而這才是真切的現實，她想，這種清晰的輪廓感，這種目標、光明和希望的感覺。這才是她希望的生活方式——她不情願在比較遜色的世界中度過任何時光、做任何事。

她轉頭望向他的時候，恰巧與他的目光碰在了一起。他們彼此非常靠近，從他的目光裡，她看到了他有著和她同樣的感受。她想，假如歡樂是人的生存目的和核心，而那個能夠帶給別人歡樂的東西，是被緊緊守護在最深處的祕密，那麼此刻，他們已經是袒裎相見了。

他後退了一步，語氣中有一種奇怪的、不摻雜感情色彩的疑惑：「我們是一對無賴，對不對？」

「為什麼？」

「我們沒有任何精神上的追求或品質，追求的只是物質的東西，這是我們唯一關心的。」

她看著他，無法理解。但他的目光已筆直地越過她，落在遠方的起重機吊臂上。她但願他沒有說出剛才那番話。她不在乎這話裡的指責，她從不那樣去想自己，因此也無法體會到一種原罪的感覺。但她感到了一種說不出的憂慮，感到是某種帶有重大後果的東西促使他說出了這些話，這東西對他很危險。他不是隨隨便便說的，但他的聲音沒有感情，既不是辯解，也不是羞愧。他只是像宣佈一個事實那樣，說得平平淡淡。

隨後，當她注視著他的時候，這憂慮感消失了。他正透過窗子看著他的工廠，毫無疑問，他的面孔上沒有任何愧疚的神色，有的只是不折不扣的自信帶來的平靜。

「達格妮，」他說，「不管我們是誰，正是我們推動了這個世界，而且，也正是我們要讓它渡過難關。」

第五章 德安孔尼亞家族的巔峰

艾迪走進她的辦公室時，她首先注意到他手裡握著的報紙，她抬頭看時，只見他的臉色緊張而茫然。

「達格妮，你很忙嗎？」

「怎麼了？」

「我知道，你不想提起他，但這裡有樣東西我覺得你應該看看。」

她默不做聲地伸手接過報紙。

頭版新聞說，墨西哥政府在接管了聖塞巴斯蒂安的礦山後，發現它們毫無價值——徹徹底底的分文不值。投入五年的工作和數百萬美元全都泡湯，只留下辛辛苦苦挖掘的空無一物的大洞。少得可憐的銅礦量根本不值得去開發，那裡根本不存在、也不可能存在豐富的金屬礦，甚至不存在會使任何人上當的跡象。墨西哥政府處於一片憤怒的喧囂之中，他們正在針對這個發現召開緊急會議，覺得自己被騙了。

艾迪觀察著她，他知道達格妮雖然還坐在那兒盯著報紙，實際上早就把那篇報導讀完了。他明白自己恐懼的預感是正確的，儘管他也不清楚那篇報導中究竟是什麼令他恐懼。

他等待著。她抬起頭，沒有看他。她的眼珠子動也不動，全神貫注地，似乎在努力分辨著遠處的什麼東西。

他低聲說道：「法蘭西斯可再怎麼樣，就算再墮落，也不是傻子——我已經不想費力去揣測了——他不傻，不可能犯這種錯。這絕不可能，我不明白。」

「我開始明白了。」

她的身子像打了個顫抖般猛地坐直，說道：

「給他住的韋恩．福克蘭酒店打電話，告訴這個混蛋，我要見他。」

「達格妮，」他帶著傷心和責備的語氣，「他可是法蘭西斯可．德安孔尼亞。」

「以前是。」

$

在黃昏初罩的大街上，她向韋恩．福克蘭酒店走去。「他說，你隨時都可以去。」艾迪告訴她。第一點燈光從雲層下面高高的窗戶中透了出來，摩天大廈看起來像是廢棄的燈塔，向不再有航船的空曠海面送出微弱的、奄奄一息的信號。幾片雪花從空蕩的店鋪那黑暗的窗戶旁飄過，融進人行道的泥土裡。一串紅燈穿過街道，消失在陰沉的遠方。

她不知道為什麼想要飛跑，覺得應該奔跑，不，不是在這條街，是在熾熱陽光裡的綠色山邊，在塔格特山莊的腳下，緊靠著哈德遜河的路上。每當艾迪喊著：「那是法蘭西斯可．德安孔尼亞！」她就會那樣地飛跑著，兩人一起向著山下的路上開來的汽車衝下去。

在他們的童年時代，他是唯一一個每次到來都會引起轟動的客人，那是最轟動的事情。跑著去迎接他已經成為他們三個人比賽的一部分。在通向那條路一半距離的山邊，有一棵樺樹，達格妮和艾迪總是想趕在法蘭西斯可開足馬力上山和他們會合之前，拚命跑到那棵樹旁。在每一個夏天他到來的日子裡，他們從沒能趕在他前面跑到那棵樺樹，法蘭西斯可搶先一步趕到，超過它很遠以後，他們才到。法蘭西斯可總是贏，就像他總是能贏得所有的東西一樣。

他的父母是塔格特家的老朋友。他是家中唯一的兒子，從小就在周遊世界的旅行中長大，據說，他父親希望他把整個世界視為他今後的地盤。達格妮和艾迪從不清楚他是在哪裡度過冬天，但每年的夏天，他都會在一位很嚴厲的南美家庭教師的帶領下，來塔格特山莊住上一個月。

法蘭西斯可覺得選擇塔格特家的孩子做他的夥伴再自然不過了：他們是塔格特泛陸運輸公司王冠的繼承人，正如他是德安孔尼亞銅業的繼承者一樣。「我們是這個世界僅存的貴族——金錢的貴族，」他十四歲的時候，曾這樣對達格妮說過，「如果人們能夠明白的話，這才是真正的貴族，可是他們不明白。」

他有他自己的階級制度：對他來說，塔格特的孩子並不是吉姆和達格妮，而是達格妮和艾迪。他很少主動去留意吉姆的存在。艾迪曾問過他：「法蘭西斯可，你是那種很高層的貴族，對不對？」他回答說，「還不是。我的家族所以能延續這麼久，是因為我們當中沒有人可以把自己當成是天生的德安孔尼亞，我們必須努力成為德安孔尼亞。」他說出自己名字的時候，好像是希望那聲音能夠穿透聽者的臉，能夠讓聽者恍若加冕。

他的祖先塞巴斯蒂安．德安孔尼亞在幾百年前就離開了西班牙，那時西班牙還是世界上最強大的國家，而他是當時西班牙最顯赫的人物之一。他之所以離開，是因為宗教裁判所的主教不同意他的思想，並在法庭宴會上要求他改變。塞巴斯蒂安．德安孔尼亞用酒杯裡的葡萄酒，潑了那位主教一臉，然後他就在被抓住前逃掉了。他拋下了他的財富、財產、大理石宮殿，還有他心愛的姑娘──漂洋過海，去了一個新的世界。

他在阿根廷的第一間房子是坐落在安第斯山腳下的一間簡陋的木屋。火熱的太陽明晃晃地照耀著釘在木屋門板上的德安孔尼亞家族的銀色族徽，塞巴斯蒂安．德安孔尼亞則在他的第一個礦裡挖銅。他手持錘子，每天從日出到天黑，成年累月地敲打著岩石，幫忙的只有幾個無家可歸的流浪漢：從他們祖國的軍隊中跑出來的流亡者、監獄的逃犯，以及飢餓的印第安人。

離開西班牙十五年後，塞巴斯蒂安．德安孔尼亞派人去接他心愛的姑娘，她也一直在等著他。她到來的時候，看見了銀色的族徽高懸在一個大理石宮殿的入口處，看見了宏偉山莊裡的花園，還有遠方山上一處處滿是紅色礦石的礦坑。他抱著她進了家門，看起來，他比她上次見到時還要年輕。

「我的祖先和你的祖先們，」法蘭西斯可告訴達格妮，「他們一定會很喜歡對方的。」

達格妮的童年一直是生活在未來之中──在那個她渴望發現的世界，她不必再有輕蔑或厭煩的感覺。不過，她每年都會有自由自在的一個月，在這一個月當中，她可以生活在現在。當她飛跑著衝下山迎接法蘭西斯可時，就像是從監獄中釋放。

「嗨，鼻涕蟲！」

「嗨，藩仔（編按：Frisco，三藩市——舊金山的簡稱）！」

一開始，他們都恨死了自己的綽號。她曾經生氣地問他：「你到底是什麼意思？」他回答說：「如果你不知道的話，『鼻涕蟲』的意思是火車頭爐膛裡的大火。」「你從哪裡知道的？」「從站在塔格特熨斗旁邊的那位先生那兒。」他講五種語言，英文說得不帶一點口音，是那種準確、有教養，又故意夾雜著俚語的英文。作為報復，她叫他藩仔。他大笑著，既開心又有點惱火：「如果你們這些野人非得糟蹋你們這座偉大城市的名字，至少別糟蹋到我頭上來呀。」不過，他們慢慢地都喜歡上了他們的綽號。

那是從他們在一起的第二個夏季開始的，當時他十二歲，她十歲。那個夏天，藩仔每天清晨都會失蹤，沒有人發現其中的原因。他天還沒亮的時候就騎車跑掉，然後按時回到陽台，坐在午餐用的白色水晶製成的餐具面前。他很有禮貌，非常準時，還有一點兒裝作什麼都不知道的樣子。達格妮和艾迪問他的時候，他大笑著，拒絕回答。在一個涼意襲人、天剛濛濛亮的清晨，他們曾想跟蹤他，但最後只得放棄，如果他不想被人跟蹤的話，沒人能盯得住他。

過了一陣子，塔格特夫人開始擔心起來，決定搞清楚。她一直不明白他是怎麼繞過了童工法去工作的——他與調度員私下談好——負責替他在距此十英里外、塔格特泛陸運輸公司的一個分點跑腿。那個調度員被塔格特夫人的親自登門拜訪嚇呆了，他做夢也沒想到替他跑腿的居然是塔格特家的客人。當地鐵路的員工們都管這孩子叫法蘭克，而塔格特夫人也不願意把他的全名告訴他們，只是說他的工作沒有被父母許可，必須立刻停止。那個調度員很不願意他走，說法蘭克是他們用過最好的一個跑腿的。「我絕對想留下他，也許我們可以和他的父母做個交易？」他請求說。「恐怕不行。」塔格特夫人含糊地搪塞過去。

「法蘭西斯可，」她在回家的路上問，「如果你父親知道的話，他會怎麼說？」

「我父親會問我工作做得好不好？他只想知道這個。」

「拜託，我可是認真的。」

法蘭西斯可非常得體地看著她，他的彬彬有禮是出自幾個世紀累積沉澱下來的教養和禮儀薰陶，但他眼裡的某種東西，卻讓她對他的禮貌仍有所懷疑。「去年冬天，」他回答說，「我在一條運送德安孔尼亞銅產品的貨輪上當服務生，跟船一起走了。我父親找了我三個月，但我回來後，他就是那樣問的。」

「這麼說，你的冬天就都是這麼過來的了？」詹姆斯插嘴道。詹姆斯的笑裡有種勝利的味道，是找到了讓他感到輕蔑的理由的勝利。

「那是去年冬天，」法蘭西斯可愉快地說，語調還是一樣的天真和隨意，「前年冬天我是在馬德里過的，在阿爾巴公爵的家裡。」

「你為什麼想在鐵路公司工作？」達格妮問道。

他們站住，互相看著對方：她的眼睛裡有一絲欽慕，他的則是捉弄，但那不是惡意的捉弄——而是含笑的致意。

「去嘗嘗那是什麼滋味，鼻涕蟲，」他回答說，「還有就是讓你知道，我在你之前就已經在塔格特泛陸運輸公司工作過了。」

達格妮和艾迪利用冬天去學一些新的花樣，希望能讓法蘭西斯可吃驚，想贏他一次，卻從來沒成功過。他們給他一種他沒玩過的遊戲，告訴他如何用球棒去擊球，他盯著他們看了幾分鐘，然後說：「我覺得我明白了，讓我試試。」他用球棒把球打得越過整個球場，從另一端的橡樹梢上高高地飛了出去。

在吉姆得到一艘汽艇作為生日禮物時，他們全都站在碼頭上看教練教吉姆駕駛。他們以前誰都沒開過汽艇。外形像子彈一樣的汽艇，閃著白色的亮光，在水面上笨拙地搖來晃去，留下一長串顫抖的波紋，發動機像哽住一樣發出聲音，坐在吉姆身邊的教練得不斷地從他的手中搶過方向盤。吉姆突然莫名其妙地仰頭衝著法蘭西斯可人喊：「你覺得能比我開得好嗎？」「我能。」「你試試！」

船靠岸後，兩人從船上走下來，法蘭西斯可溜到方向盤後面，「等等，」他對站在岸上的教練說，

「讓我瞧瞧。」然後，教練還沒來得及動，汽艇便像從槍裡發射出去一樣，飛向了河中央，他們還沒看清楚怎麼回事，船已經閃電般地遠去。在它漸漸消失在遠處陽光裡的時候，留在達格妮畫面當中的是三條直線：船的尾跡，發動機的轟鳴，以及方向盤後面駕駛者的目標。

她注意到父親在看著快艇遠去時臉上奇怪的神情。他一言不發，站在那裡看著。她想起，曾經有一回也見到過他這個樣子。那一次，是他在檢查法蘭西斯可製作的一個複雜的滑輪系統。法蘭西斯可那時十二歲，自告奮勇去做一個可以到達岩頂的升降機。父親在教達格妮和艾迪在哈德遜河邊的岩石上跳水。法蘭西斯可計算用的紙片還扔在地上。父親把它們撿了起來，看了看，問道：「法蘭西斯可，你學了幾年代數？」「兩年。」「誰教你做這個的？」「哦，那是我想出來的。」她不知道，在他父親手裡的那幾張皺巴巴的紙上面，是粗略的偏微分方程式。

塞巴斯蒂安．德安孔尼亞的繼承者們是清一色的、可以繼承衣缽的長子。在家族傳統裡，如果哪個繼承人死了，他就是家族的恥辱，因為他所繼承的德安孔尼亞的財富無法再繼續增加。隨著家族的世代相傳，這種辱沒門庭的事還從來沒有出現過。一位阿根廷的傳奇人物曾經說，德安孔尼亞的一隻手具有和聖人一樣的魔力——只不過這力量不是用來療傷，而是用來繁衍。

德安孔尼亞的繼承人有著異於常人的能力，但法蘭西斯可卻發誓要超過他們所有人。時間的手彷彿已經用細網將家族的各種品質一一篩選，把那些不重要、不連貫、羸弱無力的東西摒棄在外，只留下了純粹的才智。終於有一次機會，成就了一個並非偶然的存在。

法蘭西斯可能做到任何他想做的事，比任何人都做得更出色，而且是輕而易舉的。他的舉止和意識中沒有自詡，從不想和誰比較。他的態度並不是：「我能比你做得更好。」而只是：「我能做。」他所指是做到完美。

無論父親為他制定的嚴格教育計畫，對他的要求多麼苛刻，無論他被要求去學哪一門功課，法蘭西斯可都可以像消遣一般，輕鬆地精通掌握。他的父親對他愛得簡直近乎崇拜，但卻小心地隱藏起來，正如他知道自己是在培養這個才華橫溢的家族中的曠世奇才，卻要隱藏起他的這份驕傲。

人們說，法蘭西斯可會是德安孔尼亞家族的巔峰。

「我不知道德安孔尼亞家族奉行的是什麼樣的座右銘，」塔格特夫人曾經說過，「不過我可以肯定，法蘭西斯可會把它變成『為了什麼？』。」這是他對別人建議他去做的任何事要問的第一個問題。他像火箭一樣，不停地在夏季裡飛行，但是如果有人在任何時候攔住他，他都能說出他在那個時刻的目的。有兩件事情對他是絕不可能的：靜下來不動，或者毫無目的地瞎跑。

「我們找找看」，或者，「我們做做看」，無論做什麼，這就是他給達格妮和艾迪的動力，是他唯一的享受方式。

「我能做到。」他在裝自己做的升降機時說道。他攀在岩壁上，手臂在熟練的節奏中揮動著，把金屬楔釘敲進石縫當中，血滴從他手腕的繃帶處滲落，他全然不覺。「不行，我們不能輪換，艾迪，你還太小，用不了錘子。你只管把野草弄走，替我把道路清出來，其餘的我來做……什麼血？哦，沒事，就是昨天割到的傷口。達格妮，去房子裡給我拿一塊乾淨紗布來。」

吉姆在看著他們。他們從不帶他一起去，卻常常看到他站在遠處，用一種特別強烈的目光注視著法蘭西斯可。

他很少當著法蘭西斯可的面說話，卻會嘲弄地笑著達格妮：「瞧瞧你一直擺出的那副樣子，裝成一個多有主見的女強人！你什麼都不是，就是個沒骨氣的破抹布。你就聽那個自以為了不起的廢物的吆喝，簡直是噁心。他可以隨意擺佈你，你卻連一點自尊都沒有。看看你，一聽到他車子喇叭響就跑過去等他的德性！你幹嘛不替他擦皮鞋？」「因為他還沒叫我去擦。」她回答說。

在當地，法蘭西斯可能贏得任何一場比賽的任何項目，但卻從不參加比賽。他完全可以在少年山地俱樂部稱霸，他們迫切希望把這個世界上最有名的繼承人招收進去，他卻對此一直不理不睬，總是離他們遠遠的。達格妮和艾迪是他僅有的朋友，他們彼此分不清是誰擁有了誰，但這又有什麼關係呢？不論怎麼樣，他們都覺得很開心。

他們三人每天早晨出發，進行他們自己的探險。一次，塔格特夫人的朋友、一位年邁的文學教授，看到他們在舊車場的廢品堆上拆報廢的汽車；他停下來，搖著頭對法蘭西斯可說：「你這種地位的年輕人應該把時間用在圖書館裡，吸取全世界的文化精髓。」「那你覺得我正在幹嘛？」法蘭西斯可問道。

周圍沒有工廠，但法蘭西斯可教會了達格妮和艾迪偷乘塔格特的列車到遠處的小鎮裡，他們翻過那裡的圍欄進到廠院裡，或者趴在玻璃門上，像其他小孩看電影那樣，看著那些機器。「等我去接管德安孔尼亞銅業的時候……」法蘭西斯可會這麼說。他們從來不必對後面的話再多解釋，他們都明白彼此的目標和動力。

鐵路收票員不時能抓住他們，接著，遠在百里以外的鐵路站長就會打電話給塔格特夫人：「我這裡有三個小流浪兒，說他們是——」塔格特夫人就會嘆息一聲，說：「是的，他們是，請把他們送回來。」

當他們一起站在塔格特車站的軌道旁邊，艾迪曾問過他一次：「法蘭西斯可，你世界各地幾乎都跑遍了，這世界上什麼是最重要的？」「這個，」法蘭西斯可指著車頭前方TT字樣的徽章，回答道，「我多希望我見過內特．塔格特。」

他注意到了達格妮的目光，沒再說什麼。但幾分鐘後，當他們穿過樹林，走在一條潮濕的、滿是蕨類植物和陽光的小路上，他說：「達格妮，我會永遠向家族的族徽鞠躬致敬，永遠崇拜貴族的象徵。我是不是就不該做貴族？我就是對那些蟲蛀的小樓和獨角獸毫無興趣。我們這代人的族徽要出現在廣告牌和流行雜誌的廣告裡。」「什麼意思？」艾迪問。「那是企業的商標，艾迪。」他答道。那年夏天，法蘭西斯可十五歲。

「等我去接管德安孔尼亞銅業的時候……」「我正在學習採礦和礦物學，因為我要準備好去管理德安孔尼亞的銅礦……」「我在學電子工程，因為電力公司是德安孔尼亞銅礦的最大客戶……」「我要去學哲學，因為我需要用它來保護德安孔尼亞銅礦……」

「你是不是除了德安孔尼亞銅礦，其他什麼都不想？」吉姆曾經問過他。

「是的。」

「在我看來，這世界上還有其他東西。」

「讓別人去想那些東西吧。」

「這難道不是一種很自私的態度嗎？」

「是的。」

「你追求的是什麼？」

「錢。」

「你有的難道還不夠嗎？」

「我的祖先在世的時候，每個人都把德安孔尼亞銅礦的產量提高了一成，我打算把它提高一倍。」

「為了什麼呢？」吉姆譏諷地模仿著法蘭西斯可的聲音。

「我死的時候，不管地獄是什麼——我只希望去天堂——而且我希望能買得起門票。」

「高尚的品德就是門票的價格。」吉姆驕傲地說。

「我說的就是這個意思，詹姆斯。所以我要準備好，去得到最高尚的美德——我賺錢了。」

「任何一個貪污的人都賺到錢了。」

「詹姆斯，你應該花點時間去學一學，文字是有精確意義的。」

法蘭西斯可笑了，是帶著嘲弄的笑。達格妮看著他倆，突然想到了法蘭西斯可和她哥哥吉姆的不同。他們兩個都是在嘲笑，但法蘭西斯可的嘲笑是因為他看得到更偉大的東西；吉姆的笑似乎是不想讓任何東西能夠繼續偉大下去。

一天夜裡，她同他和艾迪坐在林間他們生的營火旁，她又注意到了法蘭西斯可的笑容裡那股特別的味道。火光斷續跳躍的光環包圍了他們，映著樹的軀幹和枝條，還有遠空的星星。她感到在那光環之外，似乎只有漆黑的空寂和某種暗示，暗示著令人窒息和恐懼的許諾……就像是未來。但她又想到，美好的未來就像是法蘭西斯可的笑容——那裡有通向它的鑰匙，對於未來的真實目的的預警——就在他那張在松枝下和火光前的臉上——然後，她突然體會到一種無法抑制的幸福，無法抑制是因為那幸福是如此的豐滿，使她找不到其他的方式來形容。她看了一眼艾迪，他正在望著法蘭西斯可，並以他特有的安靜方式，也感受到了她的體會。

「你為什麼喜歡法蘭西斯可呢？」過了幾個星期，當法蘭西斯可離開以後，她問他。

艾迪很詫異，他從沒想過這是個問題。他說：「他讓我有安全感。」

她說：「他讓我感到了更多的興奮和危險。」

到了下一個夏天，法蘭西斯可十六歲了。那天，她和他單獨站在河邊的岩頂上，他們倆的短褲和襯衣在爬上來的時候都被刮破了，他們站在那裡，俯瞰著下面的哈德遜河。他們聽說在晴朗的日子裡，能從遠處看見紐約，可是他們只能看見河水、天空，以及太陽的光線互相交織生成的一層霧靄。

她跪在一塊石頭上，向前探出身子，竭力想要捕捉到城市的一些痕跡，風將她的頭髮吹散過她的眼睛，她轉過肩膀一瞧——發現法蘭西斯可此時沒有在看遠處：他站在那裡正看著她，那眼神很奇怪，專心致志，沒有笑意。她呆在那兒，一動也不動，兩隻手伸開撐在石頭上，手臂緊張地支撐著她的身體。不可思議的是，他的目光讓她察覺到了她的姿勢，察覺到她的肩頭從磨破的襯衣中露出來，她那修長的、被劃破和曬痛的雙腿斜放在石頭上。她氣惱地站起來，離他遠了些。她仰起頭，眼中的忿恨遇上了他的嚴厲，斷定他的眼神是非難和不懷好意的，然而卻聽到自己質問他的聲音中帶有微笑和挑釁的腔調：

「你喜歡我什麼？」

他大笑起來。她則惶然地被嚇呆了，不知道自己怎麼會說出這樣一句話。他指著遠方塔格特車站那邊閃亮的鐵軌，回答說：「那就是我喜歡你的地方。」

「那不是我的。」她失望地說。

「我喜歡的就是：那會是你的。」

她笑了，那毫不掩飾的喜悅等於承認了他的勝利。她不知道為什麼剛才他那樣奇怪地看著她，不過，她覺得他是從她的身體和內在當中，看到了某種她還無法把握住的聯繫，而它會在將來給予她管理鐵路公司的力量。

他唐突地說了聲：「看看我們能不能看見紐約吧！」便猛地抓住她的手臂，把她拉到了岩石邊。她覺得他把她的手臂拉在自己身邊的時候，根本沒注意自己抓住她的樣子，這就讓她和他緊貼著站在一起。太陽的溫暖從他腿上的肌膚傳遞到了她的身上。他們向遠方眺望，但除了亮閃閃的霧，什麼也看不到。

在那個法蘭西斯可離開後的夏天，她想，他的離開就像是跨越了告別童年的邊界：秋天，他就要去上大學，接著，就要輪到她了。她感到一陣焦躁，裡面還夾雜著害怕的激動，似乎她就要跳進一個莫名的危險之中。這就像幾年前的時候，她看著他頭一個從岩石上跳進哈德遜河，看著他消失在黑沉沉的水中，而她站在那兒，知道他馬上就會浮出來，而下一個就要輪到她了。

她驅趕著害怕的感覺，那對於法蘭西斯可，只不過是又一個精彩表現的機會罷了，他是戰無不勝、永不服輸的。接著，她想起了幾年前聽過的一段話。那話挺怪的，怪就怪在儘管她當時並不覺得它有任何意義，卻從此記住了。說這話的是位上了年紀的數學教授，是她父親的朋友，他只來過他們的山莊一次。她對他的面孔很有好感。至今仍記得，有一天傍晚，他坐在暮色瀰漫的陽台上，指著在花園裡的法蘭西斯可，對她父親說話時，眼裡有種異樣的傷感：「這孩子太脆弱了，在這個幾乎沒有用武之地的世界，他可怎麼是好？」

法蘭西斯可去上了他父親早就選好的一所有名的美國大學，這就是世界上最富盛譽的學府，位於克里夫蘭的派屈克亨利大學。儘管到紐約只要坐一晚的火車就可以，他卻沒有在那個冬天來這裡看她。他們彼此之間從來不寫信，但她知道他會在夏天來這裡過一個月。

那年冬天，她有幾次感到了一股說不出來的憂慮：那位教授的話像是一個她無法解釋的警告，不斷在她的心裡迴旋。她不去理睬它。每當想到法蘭西斯可，她就有一種踏實的放心，相信她會提前有一個月的時間去面對未來，會證明她所看到的未來將會是真實的，儘管現在圍繞著她的一切並非如此。

「嗨，鼻涕蟲！」

「嗨，藩仔！」

站在山坡旁重新見到他的頭一眼，她便一下子抓住了他們倆一起奮鬥的那個世界。在短暫的瞬間，她感覺到了風拍打著棉布裙，在她的膝蓋周圍飄舞，感覺到了眼皮上的陽光，感覺到如釋重負後，一股強大的力量推著她上升，她必須兩腳用力踩住涼鞋下的草地，因為她覺得自己會在風中輕飄飄地飛起。

那是一種突如其來的自由和安全感——因為她意識到，她對他生活中的事情一無所知，從來就不清楚，也永遠不需要去瞭解。老天安排的那個世界——家庭、飯食、學校、人們、漫無目的地背負著無名罪惡感的人們——不屬於他們，不能改變他，無關緊要。他們倆談論的，從來不是發生在他們身上的事，而是他們在想著和要去做的事……她默默地注視著他，彷彿她的身體裡有個聲音在說：不是已經存在的，而是我們將要創造的……我們是難以阻止的，你和我……假如我曾想過他們會奪去你，請原諒我的恐懼吧——請原諒我的動搖，他們不會抓住你——我再也不為你害怕了……

他也站住凝視了她一會兒——她從那目光中讀到的，不是重逢後的致意，而是一個人在一年裡的每一天，都在想著她。這一瞬間實在太過短暫，在她剛剛感覺到、還難以確定的時候，他已經指著身後的樺樹，用他們兒時遊戲的口氣說：「我希望你能學會跑快點：我得一直等著你。」

「你會等我嗎？」她快活地問。

他收了笑容，回答說：「永遠。」

在他們上山到家裡的路上，他和艾迪說著話，而她則無聲地走在他的身邊。她感覺出他們之間有了一種新的沉默，奇特的是，那也是一種新的親密感。

她沒問他大學裡的事。幾天後，她只問他是不是喜歡大學。

「他們現在在教很多胡說八道的東西，」他回答說，「不過，還有一些我喜歡的課。」

「在那兒交了什麼朋友嗎？」

「兩個。」

他只對她說了這些。

吉姆正在紐約的一所大學讀他的最後一年。他的求學彷彿讓他發現了一個新武器，給了他一種古怪的、戰戰兢兢地好鬥的性格。他曾經無端地在草地中央攔住法蘭西斯可，用一種自以為是的強硬口吻說：「我想你現在到了上大學的年齡，應該學著有點理想了。現在你已經到了忘掉自私貪婪的時候，好好想想你的社會責任，因為我覺得，你所要繼承的萬貫財富不是為了給你個人享受的，而是給予那些貧困落後者的信心，因為我覺得人類中最低級的人才不能認識到這一點。」

法蘭西斯可很有禮貌地回答：「詹姆斯，冒冒失失地去兜售自己想法的行為並不明智，等你發現這些想法在你的聽眾那裡沒有什麼價值，你會尷尬的。」

在他們走開時，達格妮問他：「是不是有很多像吉姆這樣的人？」

法蘭西斯可笑了起來：「太多了。」

「你在乎嗎？」

「不，我不是非要和他們打交道不可。問這個幹嘛？」

「因為我覺得他們在某些方面是危險的……我不知道……」

「上帝呀，達格妮！你覺得我會害怕吉姆這種人嗎？」

幾天以後，當他們獨自漫步在河岸邊的樹林中時，她問：

「法蘭西斯可，什麼是最低級的一種人？」

「沒有目標的人。」

她望著那些筆直的樹幹，挺立在豁然開闊的空地前。樹林裡幽暗、清涼，它的邊緣則被河水中熾熱、耀眼的陽光籠罩。她好奇著，她怎麼能在沒有去留意身邊的景色時，又同時享受著眼前的風景？在漫步的時候，她怎麼會如此清晰地感覺到自己身體深處的喜悅？她不想去看法蘭西斯可。把自己的視線從他身上移開，她更能感受到他那真實的存在，好像她對自己的認知是從他那裡得來，如同陽光像是從河水中射出的那樣。

「你覺得自己很優秀，對不對？」他問道。

「我一直這麼認為。」她頭也不回，自傲地回答。

「那就讓我看看你怎樣去證實它，看看你能隨著塔格特泛陸運輸向上走多遠。無論你多優秀，我都希望你在每件事上竭盡全力，努力做得更好；在你盡力到達一個目標之後，我希望你開始走向下一個。」

「你怎麼就覺得我會在乎向你去證明自己呢？」

「想讓我回答嗎？」

「不。」她輕聲地說，眼睛盯著河的對岸。

她聽到他在笑，過了一會兒，他說：「生命中沒有任何東西是重要的——除了你能把你的工作做得多好。除了這個，沒有別的。它決定了你成為什麼樣的人，是人的價值的唯一衡量標準。他們灌進你喉嚨中的所有道義準則，只是騙子們用來榨取人們美德的一堆紙錢。能力的準則才是道德體系的黃金標準。等你長大，就懂我的意思了。」

「我現在就懂，可是……法蘭西斯可，為什麼只有你和我才明白這一點呢？」

「你幹嘛要去在乎其他人？」

「因為我要把事情弄明白，關於他們的一些事情我搞不明白。」

「什麼事？」

「嗯，我在學校一直不討人喜歡，但我不在乎，可現在我找到了理由，是一個簡直不可能的理由。他們不喜歡我，不是因為我做得差，而是因為我做得好；他們不喜歡我，是因為我總拿到班上的最高分。我甚至不用怎麼學習，就一直是拿A。你是不是覺得我應該改變一下，去拿個D，變成學校裡最讓人喜歡的女孩子？」

法蘭西斯可停下腳步，看著她，甩了她一記耳光。

瞬間，她覺得腳下的大地在搖晃，心中的情緒一下子噴發出來。她知道，她會殺了任何一個動手打她的人，她感到了使她產生這股力量的暴怒——就像是法蘭西斯可動手時那種暴力的快感，她從自己麻木、火辣辣的臉頰和嘴角鮮血的味道中，也嘗到了快感；而令她感到痛快的，是她突然找到了他，找到了自己，找到了他的意圖。

她穩了穩腳步，控制住眩暈，高高把頭昂起，面對著他站定，清醒地意識到一股新的力量，她捉弄似的帶著勝利的微笑看著他，感覺到她頭一次和他平等了。

「我傷你有那麼厲害嗎？」

他驚呆了，這問題和這笑容不是出自一個孩子的。他回答了：「是的——假如這會讓你高興的話。」

「不錯。」

「不許再這麼做了，不要再亂開這種玩笑。」

「別傻了，你怎麼覺得我會在乎別人喜不喜歡呢？」

「等長大後，你就明白你剛才說的話有多惡劣了。」

「我現在就明白。」

他猛然轉過身，掏出他的手帕，浸在河水裡，「過來。」他命令道。

她向後退著，大笑起來：「噢，不，我想就這麼留著它，希望它能腫得厲害點，我喜歡。」

他久久凝視著她，慢慢地、非常認真地說：「達格妮，你太令人驚奇了。」

「我還以為你一直就這麼想呢。」她回答的聲音傲慢而不經意。

回家後，她告訴媽媽，她摔倒在石頭上劃破了嘴唇。這是她長這麼大第一次說謊。她這樣做並不是為了保護法蘭西斯可，而是出於一些令她無法否認的原因，她覺得這件事實在是一個太寶貴的祕密，不能讓別人知道。

隔年夏天，她十六歲。當法蘭西斯可來的時候，她一開始跑著下山去迎接他，但突然停住了腳步。他看見後，停了下來，他們就這樣在長長的綠色山坡兩端對望了一會兒。他慢慢地向她走上來，而她則站在原地等待著。

他走近的時候，她天真地笑了，似乎根本沒意識到任何比賽和輸贏。

「你也許想知道，我在鐵路公司有了份工作，在洛克戴爾當夜班員。」

他哈哈笑著：「好啊，塔格特泛陸運輸，現在是一場比賽了，看誰會取得更大的榮譽，是你——為內特．塔格特，還是我——為塞巴斯蒂安．德安孔尼亞。」

那年冬天，她把她的生活簡化成了最簡單的幾何圖：幾條直線——每個白天往返於城裡的工學院，每個晚上往返於她在洛克戴爾車站的工作——和她房間裡封閉的圓，那個房間到處是發動機的圖表、鋼鐵構造的藍圖，以及鐵路時刻表。

塔格特夫人對她的女兒覺得鬱悶和困惑。她可以原諒所有的疏忽，卻不能坐視一件事實不管：達格妮沒有對男人感興趣的一點跡象，沒有任何浪漫的傾向。塔格特夫人從不贊成極端行為，但是準備好在必要時採取矯枉過正的辦法來對付。她發現這次的情況更加糟糕，她不得不難為情地承認，十七歲的女兒連一個愛慕者都沒有。

「達格妮和法蘭西斯可？」她臉上帶著憂愁的笑，回答她那些朋友的好奇，「噢，不，那不是愛情，而是某種跨國的企業結合，他們關心的只有這些。」

某天晚上，塔格特夫人聽到詹姆斯在客人面前，帶著一種特別得意的腔調說：「達格妮，儘管你的名字是取自內特．塔格特美貌出眾的夫人達格妮．塔格特，但你看起來更像內特．塔格特。」達格妮像聽到誇獎一樣高興。塔格特夫人簡直弄不清楚，他們倆是誰讓自己更惱火。

塔格特夫人想，自己可能沒辦法幫女兒形成任何觀念了。達格妮只是一個在公寓匆忙進出的人，瘦瘦的身體包在豎起領子的皮夾克裡，短裙下面有著舞蹈女子一樣的長腿。她像男性一樣直愣愣地在房間裡穿行，但她敏捷、緊張的動作裡，有一種特別的、與眾不同的女性風度。

塔格特夫人有時會從達格妮的臉上察覺到一種讓她說不清楚的神態：那神態遠勝於快樂，像是從未被污染的快樂的單純，這也讓她覺得不正常：年輕姑娘不會遲鈍到對生活中的悲傷都視而不見。因此她認為，她的女兒太不感性。

「達格妮，」她有一次問道，「你難道不想放鬆一下，高興高興嗎？」達格妮疑惑地看著她，回答：「那你覺得，我現在正在幹嘛？」

塔格特夫人決定讓自己的女兒在大家面前正式亮相，並為此煞費苦心。她不知道應該向紐約各界介紹一位社交名媛，還是洛克戴爾車站的夜班員，她覺得後者更接近實際情況，而且覺得達格妮肯定會拒絕來這種場合。因此，當達格妮居然像小孩一樣帶著令人費解的熱情同意參加時，她很是吃驚。

看到達格妮為這次聚會打扮時，她再次大吃一驚。那是她第一次穿女性化的衣服——一件白色絲邊的晚禮裙，寬大的裙襬像雲彩一樣飄浮，看上去，她和塔格特夫人本來以為的樣子形成了如此顛倒的反差，達格妮像個美女一樣，看起來顯得成熟了一些，又比平時更加楚楚動人，她站在鏡子前，像內特·塔格特的夫人那樣仰著頭。

「達格妮，」塔格特夫人嗔怪般地柔聲說，「知道你能變得多漂亮了嗎？」

「知道。」達格妮一點也不覺得驚訝。

韋恩·福克蘭飯店的宴會廳在塔格特夫人的精心策畫下裝飾一新，她很有藝術品味，那天晚上的佈置也是她的傑作。「達格妮，我想你應該學會去注意一些東西，」她說，「燈光、色彩、鮮花、音樂，並不像你想的那樣可以被忽略。」「我從沒覺得應該忽略它們。」達格妮愉快地答道。塔格特夫人覺得她們之間終於有了一個共同點，達格妮正像孩子那樣充滿感激和信任地看著她。「它們使生活更美好，」塔格特夫人說，「我要讓今晚為了你格外美麗，達格妮。人一生當中的第一次舞會是最浪漫的。」

最令塔格特夫人吃驚的，是她看到達格妮站在燈光下面對著宴會廳。那不是一個孩子，也不是一個小女人，而是一個有著如此自信和威嚴的女人，塔格特夫人羨慕地盯著她。在一個充滿著隨意、諷刺和冷漠的常規的年代，在把自己當做金屬而不是肉體的人群之中——達格妮的舉止幾乎被看做是不合時宜的，因為這是幾個世紀以前女人出席宴會的方式；那個時候，為了男人的欣賞而展示出自己半裸的身體是一種大膽的行為，是頗有象徵意味的——那意味只有一種，即所有人都認為是太大膽的冒險。而這——塔格特夫人微笑著想——是一個她認為缺乏性吸引力的女孩。她感到如釋重負，想到自己因為這樣的發現而獲得解脫，她又覺得好笑。

這種解脫感只持續了幾個小時。晚會快結束的時候，她在宴會廳的一個角落看到達格妮像騎圍牆一樣坐在欄杆上，腿在晚禮裙下晃蕩著，好像穿的是休閒褲，她正和兩個不知所措的年輕人說著話，臉上露出輕蔑的冷漠。

在坐車回家的路上，達格妮和塔格特夫人全都不發一語。過了幾個小時後，塔格特夫人忽然一時衝動，來到她女兒的房間。達格妮站在窗前，仍然穿著那條白裙，像是一團雲朵，支撐著現在看起來過分纖細、肩膀鬆弛的嬌小身軀。窗外的雲彩在第一抹晨曦中現出了灰色。

達格妮轉過身來的時候，塔格特夫人從她的臉上只看出了困惑的無助，她的面孔依然平靜，但裡面的什麼東西卻讓塔格特夫人相信，但願自己從沒有希望女兒感到悲傷。

「媽媽，他們是不是覺得正好相反？」她問道。

「什麼意思？」塔格特夫人疑惑不解地問。

「就是你說過的那些，燈光和鮮花。他們覺得那些東西能讓他們變得浪漫，而不是相反嗎？」

「親愛的，你是什麼意思呀？」

「那兒沒有一個人在享受這些，」她的聲音沒有半點活力，「或者能想到、感受到任何東西。他們走來走去，說的還是到處都在講的那些無聊話。我看，他們倒是覺得燈光可以給那些話增添色彩。」

「親愛的，你太認真了。在宴會上，人不是一定要表現得多聰明，只要高興就好了。」

「怎麼高興？就是蠢得像傻子一樣嗎？」

「我的意思是，比如你難道不喜歡見到年輕男人嗎？」

「男人？像他們那樣的，我至少可以制服十個。」

幾天後，達格妮坐在洛克戴爾車站裡的辦公桌前，心情舒暢得像回到家裡。她想起了那次宴會，對她那次的失望感到可笑和自責。她抬頭看去，此時已是春天，窗外的夜色中，新葉已爬上枝頭，空氣沉靜而溫暖。她問自己，到底對那次宴會有過什麼樣的期待，她不知道。但就在此時此地，當她懨懨地伏在破舊的桌上看著窗外時，又再一次感覺到它：無以名狀的渴望，像一股熱流在她的體內慢慢湧動。她懶洋洋地趴在桌上，一點也不疲乏，卻什麼都不想做。

那個夏天，法蘭西斯可來了之後，她告訴了他那次宴會的事情，以及她的失望。他一言不發地聽著，頭一次用他看別人時的嘲諷眼神凝視著她，那目光似乎能夠看清很多東西。她覺得他從自己的言語中，聽出了連她都不知道的東西。

在一個晚上，當她早早地離開他時，又一次看到了他的這種眼神。當時，他們倆獨自坐在河邊，還有一個小時，她就要去洛克戴爾上班了。天上那一片片似火的晚霞在河水中懶懶地泛著紅光。他已經沉默了很久。她猛地站起身，說她必須走了。他沒有試著挽留，而是用手肘支撐著草地，身體仰靠在那裡，一動不動地看著她，他的目光似乎在說，他清楚她的意圖。她又氣又急地向山坡上的家裡走去，心裡還在想是什麼原因讓她離開，她並不清楚。那是一股突如其來的不安，她到現在才弄明白：是一種期待的感覺。

她每天晚上從鄉村的山莊開車五英里去洛克戴爾，等到拂曉，她回來睡上幾個小時，便隨著家裡的其他人一起起床了。她不想睡覺。迎著第一縷晨光更衣上床時，她對即將開始的一天有一種莫名的、按捺不住的緊張的興奮。

隔著網球場的球網，她又看到了法蘭西斯可嘲弄的眼神。她想不起那次比賽的開始了，他們常在一起打網球，而他總是贏。不知道從什麼時候開始，她決定要贏下這一次。一旦她意識到了這一點，那就已經不再只是一個決定或希望，而是她身體中靜靜升起的怒火。她不知道她為什麼一定要贏，不知道為什麼這似乎是如此的關鍵和急迫。她只知道她必須要贏，而且她會贏。

打球似乎很容易，就好像她的想法都消失了，是另一個人的力量在替她打球。她注視著法蘭西斯可的身體——他的身體高大而矯健，手臂被太陽曬成古銅色，被白色的短袖衫襯得更加醒目。看到他靈巧的動作，她有一種高傲的快感，因為這就是她要打敗的，所以他的每一個老練的動作，便成為她的勝利，他出色的身體也就是她身體的獲勝。

她感到筋疲力盡後不斷加劇的疼痛——她似乎已經不知道疼，直到突然的劇痛讓她頃刻間意識到了身體某一部位的存在，但立刻就被下一個部位的劇痛代替：她的臂彎——她的肩胛骨——她的臀部，白色球衣緊緊貼在了她的身上——她腿上的肌肉，在她躍過去擊球時，卻不記得她還要落回到地上——她的眼皮，在天空變得昏黃時，球從黑暗中像一團撲朔迷離的白色火焰飛來——那細細的拍弦，從她的手腕擊出，掠過她的背後，繼續揮向空中，把球擊向法蘭西斯可的身體……她感到歡欣的喜悅，因為從她身體開始的每一次疼痛都要終結在他的身體裡，因為他也像她一樣疲憊不堪——她做給自己的，也同樣做給了他——這也是他感受到的——這是她逼著他感受到的——她感覺到的不是她的疼痛或她的身體，而是他的。

她看著他的面孔時，發現他在笑著。他望著她，似乎明白這一切。他在打球，卻不是為了贏，而是給她出難題——回球刁鑽，驅動她去跑——放棄得分，看她在反手時扭過身子痛苦不堪的樣子——站著不動，讓她以為他打不到，在最後一刻隨隨便便地一揮手，把球有力地擊回去，讓她無可奈何。她覺得她已經動彈不得，再也動不了了——卻奇怪地發現她已經跑到了場地的另一側，及時地把球打了回去，似乎她要把球打成碎片，似乎她希望那球就是法蘭西斯可的臉。

再打一次，她心想，哪怕下一擊會打裂她的手臂……再打一次，哪怕她拚命吸進自己又緊又脹的喉嚨裡的空氣全都窒息不動……接著，她便渾然不覺，忘了疼痛，忘了肌肉，只有一個念頭，她必須打敗他，看到他筋疲力盡，看到他垮掉，然後，她就可以在下一刻毫無牽掛地死去。

她贏了，也許是他的笑讓他輸掉了一次。他走到網前，把球拍向依然站立不動的她摔過去，扔到了她的腳下，好像知道這就是她想要的。他走出球場，倒在草地上，頭壓在手臂上，累趴下來了。

她慢慢地走過來，站在他旁邊，低頭看著伸展在她腳旁的身體，看著他浸透汗水的衣服，和從他手臂上散落下來的一縷縷頭髮。他抬起頭，目光慢慢地向上移動，經過她的大腿，她的短褲，她的上衣，直到她的眼睛。那是一種嘲弄的目光，像是能看透她的衣服，看透她的內心。而且像是在說，他贏了。

那天晚上，她坐在洛克戴爾的辦公桌前，獨自在這個陳舊的車站裡，望著窗外的夜空。這是她最喜歡的時光，窗戶的上半邊變亮了，外面的鐵軌像模糊閃亮的銀絲，從窗戶的下端穿過。她關了燈，注視著燈火在萬籟俱寂的大地上無聲浩渺地閃動。四周凝固，連樹葉都一動不動，天空漸漸褪去了夜色，茫茫無際，像一片熾熱的水面。

此時，她的電話響也不響，似乎鐵路所有地方的活動都停止了。她聽著外面的腳步聲突兀地到了門外，法蘭西斯可走了進來。他從沒來過這裡，不過見到他並不令她吃驚。

「你這個時候怎麼還不睡？」她問道。

「我睡不著。」

「你怎麼來的，沒聽到你的汽車聲。」

「我走來的。」

過了一陣子，她才意識到她沒有問他來的原因，而且，她不想去問。

他在屋子裡晃蕩著，看了看牆上貼著的客貨運單，看了看日曆，那上面是塔格特彗星號驕傲地駛向圍觀人群的圖片。他就像在家裡一樣隨意，似乎他覺得這地方是屬於他們倆的，無論他們一起在哪裡，都一直是這種感覺。但是，他好像不想說話，只是問了問她的工作，便陷入了沉默。

外面的燈光亮了起來，鐵道上傳來了動靜，電話在寂靜中響了起來。她忙著自己的工作，他則坐在角落裡，把一條腿搭在椅子的扶手上，等待著。

她覺得腦子異常清醒，工作做得飛快，雙手的敏捷和準確讓她感到愜意。她全神貫注於電話清脆響亮的鈴聲，以及火車車號、車廂號碼、訂單號碼的數字當中，忘記了其他的一切。

但是，當薄薄的一頁紙飄落到地上、她彎腰去撿的時候，她突然一下子完完全全地意識到那個時刻，意識到她自己和她的動作。她注意到了她灰色的亞麻裙，她挽得高高的灰色上衣袖口，她伸下去撿那頁紙的裸露的手臂。她覺得自己的心臟正如人們預料的那樣，在喘息中突然停止了跳動。她拾起紙，重新坐回自己的位置。

天色接近大亮。一列火車沒有停頓，駛過了車站。在清爽的晨光裡，長長的車廂車頂融化成了一條銀鏈，火車似乎浮在地面上，破空而去。車站的地皮抖動著，窗上的玻璃發出陣陣顫響。望著列車飛馳而過，她露出了興奮的笑容。她看看法蘭西斯可，他正帶著同樣的微笑瞧著她。

值日班的人來了以後，她交接了車站的工作。他們一同出去，走進清晨的空氣。太陽還未升起，空氣似乎已經煥發著光芒。她沒有絲毫的倦意，覺得像是剛起床一樣。

她走向她的車，但法蘭西斯可說道：「我們走回家吧，以後再來取車。」

「好吧。」

她並不覺得走五英里的路有什麼不對，那是自然而然的：對於此時的情境是那麼的自然，這情境是如此清晰透徹，卻和一切分開，雖然是這樣接近，但又是可望不可即，如同明亮的小島被霧氣所環繞。這是在喝醉時才會感到的那種清晰、強烈的真實。

道路一直通向樹林，他們離開公路，走上了一條幽深蜿蜒的林間小徑。周圍沒有任何人的痕跡，古老的轍痕裡已經長滿了野草，時間和空間把人類的一切淹沒在久遠的過去。黎明時的霧氣仍在地面繚繞，但在樹幹交錯間的空隙中，枝頭的葉子閃現出一片片亮綠，似乎在照亮著森林。樹葉一動也不動。他們獨自穿過一片靜止的世界，她猛然注意到，他們已經很久沒說一句話了。

他們來到了一塊空地，這是一片岩石山壁延伸出來的低窪處。一條溪水淌過草叢，樹枝低低地垂向地面，如同綠波流曳的幔帳，潺潺的水聲襯出了特別的寂靜。遠方露出的一線天空使這裡顯得更加隱祕，前面山頂的一棵樹披上了第一縷陽光。

他們停住腳步，看著對方。她知道，只有當他做了這件事，她才知道他會這麼做。他抱住了她，她感到她的唇貼上了他的嘴，她的手臂瘋狂地回應著，抓緊了他，她第一次明白了，她是多麼渴望他這麼做。

她曾閃過短暫的反抗和一絲害怕。他堅決地抱著她，用力貼緊她的身體，一隻手撫摸著她的乳房，彷彿在她的身體上，他擁有他所熟悉的一種親昵，而這樣過分的親昵並不需要她的認可和同意。她想試圖掙脫，但卻更久地倚倒在他的臂膀裡，看著他的臉頰和笑容，這笑容告訴了她，她其實早就點頭同意了。她覺得她必須要逃開，然而，她卻再一次拉過他的頭，尋找他的雙唇。

她知道害怕是毫無用處的，他會做他想做的任何事，他主宰著一切，留給她的只有一個選擇，也是她最盼望的——服從。她不清楚他的目的，曾經有過的那一點模糊的概念已經化為烏有，此刻，她已沒辦法清醒地相信它、相信自己的判斷，她只知道她很害怕——可是，她感到自己似乎是在喊著向他懇求：別問我——噢，別問我——只管做就是了！

她想撐穩自己的腳，做點反抗，但他的嘴按住了她的，他們便一起倒在了地上，嘴唇卻始終吻在一起。她靜靜地躺著，一動不動，接著，理所當然地，他完全毫不猶豫地完成了一陣激顫，他們感受到那難以忍耐的快感，是如此的理所當然。

他在事後所說的第一句話，講到了這件事對他們兩人意味著什麼：「我們必須通過彼此來學習。」她看著躺在身邊草地上他那修長的身體。他穿了黑色的長褲和黑色的襯衫。她的視線停在了緊緊束著那細腰的皮帶上，心中湧起一股充滿驕傲的激情，為她擁有了他的身體感到驕傲。她仰頭躺著，凝視著天空，不願意動，也不願想，也不願知道還有今後，此刻即是永恆。

回家後，她一絲不掛地躺在床上，因為她的身體已經成了一個陌生的財富，珍貴得不容再去沾到睡衣；赤裸的感覺，以及想像著白床單被法蘭西斯可的身體所觸摸，令她感到興奮；她覺得她不該入睡，因為她不想休息並失去她所體驗到的最奇妙的疲憊。她腦中最後想到的，就是她曾經想要表達、卻無法表達出來的、在一瞬間超越了歡樂的那種情感，那種得到全世界最大祝福的感覺，那種戀愛了、並且知道那個人的確就存在於這個世界上的感覺，而她今天所做的，正是表達這一切的方式。這想法是不是最重要的，她不清楚。在這個世界上，沒有什麼比徹底地消除痛苦更重要的了。她沒有再去評估自己的結論，臉上掛著淡淡的微笑，在早晨光線明亮的寧靜房間裡，睡著了。

那年夏天，她和他在樹林約會、在河邊僻靜的角落、在廢棄小屋的地板上、在家裡的地下室。只有在這些時候，當她看著他們頭頂上房屋的屋樑，或者是均勻地「嗡嗡」運轉的空調機鋼板，她才開始感覺到了美。她穿著寬鬆的長褲和棉布夏裝，但當她站在他的身旁，就有了十足的女人味，她倒在他的臂彎裡，任由他的擺佈，在他帶給她的愉悅面前徹底成為俘虜。他教給她各種他能想到的享樂方式，他曾經非常直接地對她說過：「我們的身體能帶給我們這麼多的快感，這難道不是很奇妙嗎？」他們倆快活而天真，誰都不認為那快樂是一種罪惡。

他們保守著這個祕密，並不是因為那是犯罪般的羞恥，而是因為它完完全全屬於他們兩個，無須任何人去品頭論足。她清楚一般人在性方面的各種教條：什麼「性是人類低級本能的醜惡弱點」，什麼「性只能被悔恨所寬恕」。她所體會到的純潔情感使她遠離懷有這種教條的人，而不是在自己身體的欲望前退縮。

那年冬天，法蘭西斯可常常出乎意料地來紐約看她。他會事先不打招呼，從克里夫蘭搭飛機，一星期來兩次，或者是長達數月不露面。她坐在自己的房間裡，四周堆滿了表格和設計圖，聽到敲門聲，她就會叫道：「我在忙著呢！」然後聽到一個嘲弄的聲音問說：「是嗎？」她就會一下子蹦起來，把門拉開，看到他站在那兒。他們會去他在城裡一個安靜的社區租的小公寓，她有一次突然吃驚地問他：「法蘭西斯可，我是你的女主人了，對不對？」他放聲大笑著：「你就是啊。」她體會到了女人在被當成妻子時才有的那種驕傲的感覺。

在他不在的許多個月裡，她從不擔心他是否對自己忠誠，她知道他是的。儘管她還年輕，不懂得為什麼，但她知道，只有那些把性和自己看得邪惡的人才可能濫情。

她對法蘭西斯可的生活所知甚少。那是他在大學的最後一年，他很少說起，而她也從不去問。她覺得他太努力了，因為她時而會看到他臉上那種異常的神采，那種一個人的能量發揮超出了極限的愉快。她有一次曾笑他，誇口自己已經是塔格特泛陸運輸公司的老員工了，而他還沒有開始謀生的工作。他說：「在我畢業前，我父親不許我在德安孔尼亞銅業公司工作。」「你什麼時候變得開始聽話了？」「我必須尊重他的願望，他是德安孔尼亞銅業公司的主人……不過，他還不是世界上所有銅業公司的主人。」他的笑容裡，流露出一絲神祕的開心。

直到第二年秋天，他畢了業，去布宜諾斯艾利斯看望他父親之後回到紐約，她才知道了整個情況。當時，他告訴她，在過去四年內，他接受了兩門教育：一個是在派屈克亨利大學，另一個是在克里夫蘭郊區的一家鑄銅廠。「我願意去為自己學點東西。」他說。十六歲時，他開始在鑄銅廠當煉爐工──現在，二十歲的時候，他擁有了這家鑄銅廠。獲得大學畢業證書的那天，他對自己的年齡打了點馬虎眼之後，獲得了第一份財產證明。他把這兩樣東西一起送給了他的父親。

他給她看了一張鑄銅廠的照片。那工廠又小又髒，多年來經營不善，名聲不佳；在入口的大門上方懸掛著一塊標誌，像是遺棄的旗杆上飄起新的旗幟：德安銅業公司。

他父親在紐約辦公室的公共關係負責人，在驚呼聲中抱怨道：「可是，法蘭西斯可先生，你不能這樣做！大家會怎麼想？那個名──出現在這種垃圾場上？」「這是我的名字。」法蘭西斯可回答說。

他父親在布宜諾斯艾利斯的辦公室十分寬敞，佈置得有如實驗室一般嚴謹和現代化，牆上唯一的裝飾便是德安孔尼亞銅業公司所擁有的財產照片──分佈在世界各地的大型銅礦、礦石碼頭和鑄造廠。當他進入他父親辦公室的時候，他看到，正對著父親辦公桌的那面擁有特殊榮譽的牆上，是門口掛著新標誌的克里夫蘭鑄造廠的照片。

法蘭西斯可在父親桌前站好後，他父親的目光從照片移到了他的臉上。

「是不是太早了一點啊？」他父親問。

「我不可能在四年裡除了上課什麼都不做。」

「你從哪裡弄來的錢去付這筆地產的頭期款？」

「從紐約股票市場賺的。」

「什麼？誰教你的？」

「判斷哪家企業會成功或失敗並不難。」

「你玩股票的錢是從哪裡來的？」

「從你給我的生活補貼和我的工資裡。」

「你什麼時候能有時間去關注股票市場呢？」

「是在我寫論文的時候，論述的是亞里斯多德『不動的推動者』理論，對隨後出現的抽象哲學體系的影響。」

那年秋天，法蘭西斯可在紐約只待了很短的一段時間，他父親派他到蒙大拿州的一家德安孔尼亞礦去當主管助理。「噢，是這樣，」他笑著對達格妮說，「我父親覺得讓我升得太快是不明智的，我不想讓他光憑信任這麼做。如果他想要事實來證明，我就證明給他看。」到了春天，法蘭西斯可回來的時候，他已經接手主管德安孔尼亞銅業公司在紐約的辦事處。

她在隨後的兩年裡並不常見到他。每次見面後，她都從不知道第二天的他會出現在哪裡，是在哪座城市，還是在哪個大陸。他總是出其不意地出現在她面前——而她也很喜歡這樣，因為就像一道隱藏的光線可以隨時射中她一樣，這讓他在她的生活中從不缺席。

每當她在他的辦公室見到他，她就想起了他那雙曾握著汽艇方向盤的手：他以同樣平穩、危險、自如的速度操控著他的業務。只是，她的心中一直記著一件令她震驚的事：那和他的平常樣子格格不入。一天晚上，她看到他站在辦公室的窗前，望著冬季城市的褐色黃昏。他久久地一動也不動，臉色非常嚴峻，帶著一種她從不相信會在他身上出現的神情：痛苦、絕望的憤怒。他說：「這個世界有什麼地方不太對勁，總是有一些沒人說得清楚或解釋得了的東西。」他不告訴她說的是什麼。

再見到他的時候，他的舉止當中已經看不出那件事的痕跡。那是春天，他們並肩站在一家餐廳陽台的屋簷下，望著城市的街景，她穿的淺色絲綢晚裙隨風輕拂，映襯著他的黑色西裝。從他們身後餐廳室內傳出的音樂是理查．哈利的音樂會練習曲。哈利的名字並不廣為人知，但他們發現之後，便喜歡上了他的音樂。法蘭西斯可說：「我們已經沒必要再追求遠處的摩天大廈了，對不對？我們已經登上去了。」她笑著說：「我想我們已經超過它們了……我甚至有些害怕……我們是坐在一種超速電梯上面。」「當然了，怕什麼？讓它超速吧，為什麼非要限速呢？」

他二十三歲那年，父親去世了，他去布宜諾斯艾利斯接管德安孔尼亞的財產，現在，那是他的了。此後的三年中，她沒有再見過他。

一開始，他不定期地給她寫信，寫的是德安孔尼亞銅業公司、國際市場，以及影響到塔格特泛陸運輸公司利益的事情。他的信都是手寫，很簡短，通常是寫於夜裡。

他不在的日子裡，她很不開心。她也開始朝著控制一個未來王國的方向邁進，在他父親的那些企業領袖朋友們中間，她聽有人說要注意那個年輕的德安孔尼亞繼承人，如果說，那個經營銅業的公司已經很成功了，那麼在他的管理承諾下，它現在就將橫掃世界。她只是毫不驚訝地笑笑。有時，她會突如其來強烈地思念他，但那只是焦急，而不是痛苦，她把這種情緒拋在一旁，相信他們兩個都在朝未來努力著，未來會帶來一切他們夢寐以求的東西，包括他們彼此。這時，他的來信中斷了。

春季的某一天，她正夜以繼日地忙碌著，塔格特大樓她辦公室桌上的電話響了起來。「達格妮，」她馬上就辨認出了說話的聲音，「我在韋恩．福克蘭，今晚七點，過來一起吃晚飯。」他連招呼都沒打就說了這些，似乎他們是昨天才分開的。她花了好一陣才喘過這口氣來，頭一次意識到這聲音對她意味著什麼。「好的……法蘭西斯可。」她回答說。他們什麼都不必再說了，一邊放下電話聽筒，她一邊想著，他的回來正如她期待的那樣，是如此的自然而然。只是，她沒有想到她是那麼迫切地想說出他的名字，而且在說著它的時候，感到被幸福擊中。

那天晚上，她走進他酒店房間的時候，一下子愣住了。他正站在屋子中間看著她——而她看到的是一個緩緩浮現的、不情願的微笑，那樣子像是他已經不再會笑，並且對他重新笑起來感到吃驚。他難以置信地看著她，不太相信她此刻的樣子或者他的感覺。他的眼神像在乞求，像是從來不哭泣的人在哭著求助一般。她進來的時候，他已經用他們舊日打招呼的方式，開始說：「嗨——」但他沒有說完，而是過了一會兒才說道：「你真美，達格妮。」這句話似乎刺痛了他。

「法蘭西斯可，我——」

他搖搖頭，沒讓她把他們從未向對方說過的那些話說下去——儘管他們清楚，在那一時刻，他們倆都說了出來、也都聽到了。

他走了過來，伸手摟住了她，久久地吻著她、抱著她。當她抬頭看著他的臉時，他正低頭帶著自信和捉弄的笑容瞧著她。這笑容告訴她，他控制了自己，控制了她，控制了一切，並命令她忘掉初見面時所看到的。「嗨，鼻涕蟲。」他說道。

她唯一能夠明白的，就是自己不能再問什麼了。她便笑著答道：「嗨，藩仔。」

她可以洞察一切變化，但她此時卻看不出有什麼。他的臉上沒有活力，沒有開心的跡象，面孔變得執拗。他露出的那第一個笑容並不是軟弱的乞求，他已經有了一種堅定並且冷酷的氣質，表現出來的像是一個在難以承受的重壓下依然挺立的人。她看到了她曾經認為絕不可能的東西：痛苦的皺紋出現在他的臉上，使他看起來飽受折磨。

「達格妮，對我做的任何事都不要吃驚，」他說，「或者對我今後可能要做的任何事。」這是他給她的唯一解釋，然後就是一副無可解釋的樣子。

她只是隱約有一點不安，她根本不可能對他的前途感到恐懼，也不可能在他的面前感到什麼恐懼。當他笑起來的時候，她覺得他們又回到了哈德遜河畔的樹林：他沒有改變，也永遠不會改變。

晚餐是在他的房間裡準備的。在一個佈置得像是歐洲王宮的酒店房間，坐在和他相對的餐桌另一頭，她對這種與奢華匹配的冷冰冰的禮節感到好笑。

韋恩·福克蘭是全球最有名的一家酒店。它慵懶的豪華風格、絲絨帳幕、雕刻的壁板和燭光，看起來和它的功能有一種刻意的對比：除了因公來到紐約、商議決定具有舉足輕重意義的事務的人，沒有誰能享受得起它的盛情。她觀察到，伺候他們晚餐的服務人員對酒店的這位特殊客人表現出格外的順從，而法蘭西斯可對此則沒有留意。他在家時是什麼都不在乎的。他已經習慣了這樣的事實，自己就是德安孔尼亞銅業公司的那位德安孔尼亞先生。

不過，她覺得奇怪的是他並不談自己工作的事情。她本來以為那是他唯一的興趣，是他要對她說的第一件事。他沒有提及，而是引著她說，談她的工作、她的進展，以及她對塔格特泛陸運輸的感覺。她說到這些的時候，還是像她過去和他說話時的樣子，覺得只有他才理解她狂熱的投入。他不加評論，但聽得非常專心。

一個侍者打開了收音機，為晚餐播放著音樂，他們沒去注意。但是，一個聲音彷彿像從地下噴發並衝擊著牆壁一樣，忽然震動了整個房間。這衝擊並不是來自於它的音量，而是源自它聲音的品質。這是哈利的新協奏曲，是他最近寫成的第四號。

他們默默地靜坐著，聽著這充滿反抗的聲音──這是拒絕接受苦難的偉大受難者的勝利讚歌。法蘭西斯可聽著，向窗外的都市望去。

他突然毫無徵兆、不加任何修飾地問道，聲音有種奇怪的輕鬆：「達格妮，如果我讓你離開塔格特泛陸運輸，任其毀滅，反正你哥哥接管後也會如此，你會怎麼想？」

「如果你讓我去考慮自殺。我會怎麼想？」她惱怒地回答。

他沉默不語。

「你為什麼問這個？」她叫道，「我不覺得你是開玩笑的，你不是那樣的人。」

他的臉上沒有絲毫的幽默，平靜而鄭重地回答說：「當然不是，我不會開玩笑。」

她問起了他的工作，他回答著問題，卻不主動說什麼。她把那些企業家們說過的、關於他管理下的德安孔尼亞銅業的燦爛前景那番話複述給他聽。「沒錯。」他說道，聲音了無生氣。

她自己也不知道為什麼就忽然擔心起來，問道：「法蘭西斯可，你來紐約幹什麼？」

他慢慢地答道：「見一個想見我的朋友。」

「公事？」

他的目光遠遠地投向了她的身後，彷彿是在想著如何來回答他自己；他的臉上浮現出了一絲苦笑，但聲音卻異常的溫柔和傷感：

「是的。」

她睡在他的身邊，醒來的時候，已是下半夜了。下面的城市靜悄悄的，沒有半點聲響。房間裡的寂靜似乎讓生命暫時停止。她帶著滿足和筋疲力盡後的輕鬆，轉過身去，懶懶地看著他。他仰面躺著，頭陷在枕頭裡，窗外模糊閃爍的夜空映襯著他身體的輪廓。他沒有入睡，睜著眼睛，彷彿是在聽憑難以忍受的痛苦折磨一般，緊閉著嘴，毫不掩飾地忍受著。

她被嚇得不敢動彈，他感覺到了她的注視，面對著她翻過身來。他猛地哆嗦了一下，掀掉毯子，瞧著她赤裸的身體。接著，他撲倒下來，頭埋在她的胸前，絕望地抓著她的肩頭。她聽到了低低的聲音，從他伏在她胸前的嘴裡發出：

「我不能放棄！不能！」

「放棄什麼？」她輕聲地問。

「你。」

「為什麼要——」

「還有一切。」

「你為什麼要放棄？」

「達格妮，幫我挺住，幫我去抗拒，儘管他是對的！」

她平靜地問道：「抗拒什麼，法蘭西斯可？」

他不回答，只是他的臉更加使勁地壓向她。

她一動不動地躺著，只有一種最嚴重的警告出現在她的全部意識中。她一邊不斷愛撫著伏在她胸前的頭上的頭髮，一邊看著天花板，看著在黑暗中若隱若現的花環浮雕，她在恐懼帶來的渾身僵硬中等待著。

他呻吟著：「那是對的，可是這麼做實在太難了！上帝呀，這太難了！」

過了一陣子，他抬起頭，坐了起來，停止了顫抖。

「怎麼回事，法蘭西斯可？」

「我不能告訴你，」他的聲音乾脆而直率，沒有極力去掩飾痛苦，但此刻已經回到他的控制之中，「還不是你知道的時候。」

「我想幫你。」

「你幫不了。」

「你說的，要幫你去抗拒。」

「我不能抗拒。」

「那就讓我和你分擔吧。」

他搖了搖頭。

他坐在床上低頭看著她，像是在斟酌一個問題，然後又搖了搖頭，他回答著自己：「如果我自己都不一定能夠承受得住，」他的聲音中出現了異樣的溫柔語氣，「你怎麼行呢？」

她努力迫使自己不要叫喊出來，緩緩地說：「法蘭西斯可，我必須要知道。」

「你會原諒我嗎？我知道你很害怕，而且這很殘忍。但是，你能不能為了我──能不能忘了這些，把它忘掉，別問我任何事？」

「我──」

「這就是你能為我做的了，行嗎？」

「行，法蘭西斯可。」

「別害怕，就這一次，以後我再不會這樣了。會變得更輕鬆的……等到過去之後。」

「假如我可以──」

「不，去睡吧，我最心愛的。」

這是他頭一次說出這個詞。

早晨起來，他坦然地面對著她，沒有躲避她憂慮的目光，但對此什麼話都不講。她看到他平靜的臉上既沉著、又痛苦的神情，儘管他沒有笑，那神情卻像是痛苦的笑容。奇怪的是，這卻讓他看起來顯得年輕。此時的他不像一個承受著折磨的人，卻像是發現了那種折磨是值得去承受的一樣。

她沒有再去問他。離開之前，她只是說了句：「我什麼時候才會再見到你？」

他回答說：「我不知道，別等我了，達格妮，下次我們碰到的時候，你不會想見我的。我要做的事情是有原因的，但我不會把原因告訴你，而你要詛咒我也是對的。我不會卑鄙地求你相信我，你必須根據自己的經驗來判斷。你會詛咒我的，會受到傷害，不要讓它傷你太深。記住我說的這些，這也是我能告訴你的全部了。」

此後大約一年，她失去了他的音信，也沒聽到有關他的任何消息。在她開始聽到一些傳聞，並讀到報紙的報導時，她起初不相信他們說的就是法蘭西斯可。但過了一段時間，她不得不相信了。

她讀到了有關他在瓦爾帕萊索海灣的自己的遊艇上，舉行狂歡聚會的報導。來賓們身穿泳衣，香檳和人造的花瓣雨在甲板上徹夜傾瀉。

她讀到了他在阿爾及利亞沙漠的別墅舉行的聚會報導。他用薄薄的冰片搭了個大帳篷，並送給每一位女賓一件白貂皮大衣，作為出席的禮物穿著，條件是隨著冰牆的融化，她們要脫掉大衣，脫去晚裝，直至一絲不掛。

她讀到了關於他每隔很久就進行一次商業投機的報導，那些投機大獲成功，使他的競爭對手元氣大傷，他樂在其中，就像偶爾玩玩那樣，突然發起一次襲擊，然後就從企業圈中銷聲匿跡一兩年，讓他手下的雇員去打理德安孔尼亞的銅業事務。

她讀到了他在採訪中說：「我為什麼還想去賺錢？我已經有足夠的錢讓我的後三代子孫像我現在這樣地享受。」

她見過他一次，是在一個大使於紐約舉辦的招待會上。他彬彬有禮地向她鞠躬，他笑著，在他望著她的目光裡，沒有過去的半點影子。她把他拉到一旁，只說了一句話：「法蘭西斯可，為什麼？」「什麼——為什麼？」他問道。她掉頭就走。「我警告過你了。」他在她身後說，她再也沒有回頭。

她挺住了。她能經受得住，是因為她不想要承受苦難。面對突如其來的痛苦的醜陋現實，她拒絕讓它影響自己。承受苦難是一種毫無意義的意外，不屬於她眼裡的生活，她不允許痛苦發展到沉重的地步。她不知道怎麼去稱呼她的抗爭和這種抗爭的情感來源，但在她的心裡，有這樣的一句話可以來代表：它是微不足道的——不能拿它當回事。即使在她失落空虛得只想大喊大叫，即使她恨不得失去意識，不再認識到已經發生的不可能的事情，她都記得這句話。別當回事——一種無法撼動的堅定在她的內心不斷地反覆著——永遠別把痛苦和醜惡當回事。

她抗爭了，她熬過來了。時間幫助了她，在面對記憶時可以絲毫不為所動，再以後，她感到沒有再去面對它的必要了。一切已經結束，和她再也沒什麼關係了。

她的生活中沒有其他的男人，她不知道這會不會是讓她不快樂的原因。沒時間去想這些。在工作中，她找到了生命單純而又輝煌的意義。以前，法蘭西斯可曾經帶給了她同樣的意義，給過她一種在工作中和她的世界裡才有的感覺。這以後她遇到的男人，都是像她在第一次舞會上見到的那些人。

她戰勝了自己的記憶，但有一種折磨，多年來沒有被觸及，還依舊保留著。折磨著她的是一句「為什麼」。

無論法蘭西斯可遇到了怎樣的災難，他為什麼像那些下賤的酒鬼一樣，用那種醜陋的卑鄙方式去逃避？她所認識的這個男孩子不會變成一個沒用的膽小鬼，一顆無與倫比的心靈不會把才智用在那些銷魂的舞會上。但是，他已經這樣了，而且她想不出任何解釋，無法讓自己平靜地忘記他。她無法懷疑他的當初，也不能懷疑他的現在，但這兩者卻根本不可能聯繫在一起。有時，她幾乎要懷疑自己的理性，懷疑理性是否真的存在，儘管她不允許其他任何人有這樣的懷疑。可是，沒有解釋，沒有原因，沒有任何頭緒可以想像出一個原因——十年來，她沒有絲毫線索可以找到答案。

她穿過灰暗的黃昏，經過被廢棄的商店窗口，走在去韋恩·福克蘭酒店的路上。不，她想著，可能就沒有答案，她不會去找了，現在，這已經無關緊要。

劇烈思想過後的情緒餘波在她內心微微蕩漾，那不是因為她要去見的這個人，而是對邪惡抗議的吶喊——抗議對偉大的毀滅。

她從樓群的縫隙中，看到了韋恩·福克蘭。她感到自己的胸口和雙腿有點發慌，便停了片刻，隨後，沉穩地繼續向前走去。

隨著她穿過韋恩·福克蘭那鑲有大理石的大廳，上了電梯，走在鋪著絲絨地毯的寬大靜謐的走廊裡，每走一步，她都感到冰冷的憤怒在不斷增加。

敲響他房門的時候，她清楚地意識到了這股憤怒。她聽到了他的聲音：「進來。」她猛地推開門，走了進去。

法蘭西斯可．多明哥．卡洛斯．安德烈．塞巴斯蒂安．德安孔尼亞坐在地上，正玩著彈珠。

沒人會去想法蘭西斯可的長相是不是好看，那毫不重要。只要他進入一個房間，就會吸引所有人的目光。他的身材高䠷，有一種真正不凡的特殊氣質，動作輕盈，像是身披著乘風的斗篷。人們將此解釋為他身上有健康動物具備的那種活力，但他們又隱隱覺得那並不確切。他身上有的，是一個健康的人具有的活力，它十分罕見，沒人能夠辨別得出來。他有著信心的力量。

沒有人覺得他有拉丁血統的長相，但用拉丁這個詞形容他卻非常的貼切，不過，所指的不是這個詞來自現今西班牙的意思，而是它源於古羅馬的原始本意。他的身體像是嚴格地遵循一種風格設計而成，是一種由瘦削結實的肌肉、修長的雙腿，以及敏捷的動作組成的風格。他的臉龐像雕塑一樣標準，腦後披著烏黑的直髮，日光曬出的棕色皮膚更加突出了他令人吃驚的眼睛的顏色：那是一汪清澈透明的湛藍。他面容坦蕩，不斷變幻的神情彷彿毫無隱藏地將他心中的感受表露無遺，那雙藍眼睛則凝固而沒有變化，從不洩露他的一絲想法。

他身穿一件薄薄的黑色絲綢睡衣，坐在起居室的地上。散落在他周圍地毯上的彈珠都是產自他祖國的半稀有寶石：紅瑪瑙和岩水晶。達格妮進來時，他沒有起身，只是抬起頭看著她，水晶彈珠像一滴淚珠，從他的手中滑落。他笑了，那種傲氣、燦爛的笑容，和童年時一模一樣。

「嗨，鼻涕蟲！」

她聽到了自己情不自禁的、高興的回答：

「嗨，藩仔！」

她看著他的面孔，這是她熟悉的面孔，上面沒有他所經歷的那種生活留下的痕跡，也沒有上一次他們在一起時那個晚上的痕跡。他的臉上沒有悲慘，沒有痛苦，沒有壓力——只有更加成熟和明顯的揶揄的表情，那種令人不安的狡黠的開心，以及極其明朗無憂的精神的沉穩。可這，她想，這是不可能的，這比什麼都更加令人震驚。

他的眼睛在打量著她：大衣敞開著，鬆鬆垮垮地從她的肩膀上滑下來，苗條的身體裹在像是辦公室制服一樣的灰色套裝裡。

「如果你穿成這樣來這裡，是為了讓我注意不到你有多可愛的話，」他說道，「你就想錯了。你很可愛。我真想告訴你，看到這麼一張聰明的臉，哪怕是女人的，能讓我感到多麼安慰。可是你不想聽這些，你不是為了聽這些才來的。」

他的話很不恰當，卻說得如此輕巧，她被拉回到了現實，重新回到了她的憤怒和這次來的目的。她繼續站在原地，看著地上的他，面無表情，避免被他看出自己的心事，使他有冒犯她的機會。她說：「我來這裡，是想問你一個問題。」

「問吧。」

「你告訴那些記者你是來紐約看鬧劇的，你是指什麼鬧劇？」

他像是難得有機會享受到意外一樣，放聲大笑起來。

「我就是喜歡你這樣，達格妮。現在，紐約有七百萬人，在七百萬人中，只有你知道我指的不是威爾的離婚醜聞。」

「你指的是什麼？」

「你的答案是什麼？」

「聖塞巴斯蒂安的災難。」

「那可比威爾的離婚醜聞有意思多了，對吧？」

她用控訴人的那種嚴厲無情的語氣說：「你這樣做是蓄意、冷血、另有企圖。」

「你不想脫掉大衣，坐下來嗎？」

她意識到自己的失態，冷冷地轉過來，把大衣脫下，扔到一旁；他沒有起身幫她。她坐在一張椅子裡，他依然坐在原地，儘管有些距離，但看起來他似乎就坐在她的腳邊。

「我另有企圖幹什麼了？」

「整個聖塞巴斯蒂安的騙局。」

「那就是我的全部企圖？」

「這正是我想知道的。」

他被逗笑了，彷彿她是想讓他在言談之間，就把一門要投入畢生精力研究的科學解釋清楚。

「你很清楚，聖塞巴斯蒂安礦一文不值，」她繼續說，「你在整樁卑鄙的生意啟動之前就知道。」

「那我為什麼要啟動它？」

「少跟我說你沒有得到任何東西。我很清楚。我知道你丟掉了一千五百萬美金，但你有你的目的。」

「你能想出一個讓我那麼去做的動機嗎？」

「不能，這難以想像。」

「是不是？你認為我很有頭腦，很有知識，很有創造力，因此只要是我做的，就必定成功，而且你斷定我沒興趣對墨西哥人民盡自己最大的努力。很難想像，是不是？」

「你知道，在你買下那處產業之前，墨西哥是控制在一個掠奪成性的政府手中，你沒必要去為他們開始一個採礦的專案。」

「對，我是沒這個必要。」

「你才不在乎什麼墨西哥政府呢，不管它是好是壞，因為——」

「你這就錯了。」

「——因為你清楚，他們早晚會把那些礦搶走。你的目標是那些美國的股票投資人。」

「不錯，」他直視著她，收起了笑容，臉色很誠懇地說，「這是事實的一部分。」

「那其餘的呢？」

「我的目標不僅僅是他們。」

「還有什麼？」

「那要你自己去想了。」

「我來這裡，是要讓你知道，我開始明白你的目的了。」

他笑了：「如果你真明白了，就不會來了。」

「沒錯，我不明白，而且或許永遠都不會明白，我只是開始能看到它的一部分了。」

「哪一部分？」

「你已經玩夠了其他的墮落花樣，就去找新的刺激，騙吉姆和他的朋友，看他們坐立不安的樣子。我想像不出怎麼會有人墮落到用它來享受的地步，但你就是為了看這個，恰好在這時候來紐約。」

「在很大程度上，他們的坐立不安非常值得一看，特別是你哥哥詹姆斯。」

「他們是一群腐敗的笨蛋。但在這件事上面，他們所犯的唯一罪行就是相信了你，他們相信了你的名聲和信譽。」

她再一次注意到了那種懇切的表情，也再一次確信那是真實無誤的，他說：「是的，我知道他們的確如此。」

「你覺得這很好笑嗎？」

「不，一點都不好笑。」

他仍在繼續漫不經心、若無其事地玩著彈珠，時不時地瞄好、彈出去一個。她忽然注意到了他瞄準的精確無誤和手上的技巧，他只是手腕輕輕一閃，一顆彈珠便飛落下去，滾過地毯，不偏不倚地擊中了遠處的另一顆。這令她想起他小的時候，想起了曾經預見到他不論做什麼事，都會做得最好。

「不，」他說，「我不覺得好笑。你的哥哥詹姆斯和他的那群朋友對銅礦業一無所知，他們對賺錢一無所知，而且覺得沒必要去學。他們認為知識是多餘的浪費，做判斷和決定也不重要。他們注意到我在這個世界上，樹立了自己的信譽，他們覺得對此可以充分信賴。人不應該背叛這種信任，對不對？」

「但你卻有意地背叛了它？」

「那要看你怎麼認為了。是你在說起他們的信任和我的信譽，我已經再也不這麼去思考問題了……」他聳聳肩繼續說，「我根本就不在乎你哥哥詹姆斯和他那些朋友，他們那套理論也不是什麼新東西，幾百年來一直就是這樣，但那不是萬無一失的。他們只是忽略了一點，他們覺得搭我的順風車是安全的，因為他們認為我的終點就是財富，他們所有的算計都是建立在我想賺錢的基礎上。但如果我不想呢？」

「如果你不想，那你想要什麼？」

「他們從沒問過我這個問題，在他們的理論中很重要的一點就是不過問我的目標、動機或欲望。」

「如果你不想賺錢，你還可能有什麼動機？」

「很多很多，比如說，花錢。」

「把錢花在一個肯定徹底的失敗上面？」

「我怎麼會知道那些礦是肯定的、徹底的失敗呢？」

「你是怎麼不讓自己知道的？」

「很簡單，不去想它。」

「你想都不想就開始了這個項目？」

「不，不完全是那樣，不過，如果我疏忽了呢？我只是一個人，會犯下錯誤。我失誤了，做得很糟糕。」他手腕一抖，一顆亮晶晶的水晶球從地上滾過去，狠狠地撞中了屋子另一邊的一顆紫色球。

「我不信。」她說。

「不信？我連被當成人的權利都沒有了嗎？是不是所有人的錯都要算到我的頭上，而我自己卻不被允許犯任何錯誤？」

「那不像你做的事。」

「不像嗎？」他躺在地毯上，放鬆著，懶洋洋地伸展著身體，「你是不是想讓我知道，假如你認為我是有意這樣做的話，你就還是可以把這記到我的帳上。你還是不能接受我就是一個懶鬼嗎？」

她閉上了眼睛，聽到他在放聲大笑，這是世界上最快活的聲音。她急忙睜開眼睛，他的臉上沒有一絲冷酷，只有笑容。

「我的動機，達格妮？你難道不認為是最簡單的一種——一時心血來潮嗎？」

不，她想，不，不是，否則他不會發出這樣的笑聲，不會是現在這個樣子，無憂無慮的快活不屬於不負責任的蠢人，隨波逐流的人也達不到這樣平和純淨的心境。只有最深刻、最嚴肅的思考，才會產生這樣的笑聲。

看著他伸展在自己腳下的身體，她幾乎沒動一點感情，這讓她看到了回到腦海的記憶：黑色的睡衣緊貼著他修長的身體，敞開的領口露出了年輕、平滑、陽光曬過的肌膚——她想起了那個日出時，穿著黑衣黑褲躺在自己身邊的人。那時，她曾經為擁有了他的身體感到一種驕傲，她現在依然能感覺得到。她突然清晰地想起他們的那些極度親密的舉止。現在，那記憶本該很刺目才對，可卻一點也不。依舊是沒有後悔，拿它沒有一點辦法的驕傲，這感情沒有力量能再打動她，而她也沒辦法將它抹掉。

說不清為什麼，一種令她吃驚的感覺使她聯想到，自己最近也體會到了他的那種至高無上的快樂。

「法蘭西斯可，」她輕聲地說，「我們都喜歡理查．哈利的音樂……」

「我依舊喜歡。」

「你見過他嗎？」

「見過，怎麼了？」

「你知不知道他是否寫過一首第五號協奏曲？」

他完全愣在那裡。她曾覺得他會不為任何事所動，但他不是。不過她還是猜不出，為什麼在她說過的所有事情中，這是頭一件能夠打動他的事？轉瞬之間，他用平穩的語氣問道：「你怎麼會覺得他寫過？」

「呃，他寫過嗎？」

「你知道，哈利只有四首協奏曲。」

「是的，但我想弄清他是不是又寫了一首？」

「他已經停止創作了。」

「我知道。」

「那你為什麼要問？」

「只是有個想法，他現在在做什麼？他在哪裡？」

「我不知道，很久沒見過他了。你怎麼覺得會有一首第五號協奏曲呢？」

「我沒說有，只是好奇而已。」

「你剛才怎麼想起理查．哈利來了？」

「因為——」她感到自己的控制出現了裂口，「因為我的腦子沒法從理查．哈利的音樂一下子跳到……吉伯特．威爾夫人。」

他如釋重負地大笑起來：「哦，是那件事？順便說一句，如果你一直留意我在公開場合的行蹤，怎沒發現吉伯特．威爾夫人所講的故事裡，有個可笑的小紕漏嗎？」

「我不看那些東西。」

「你應該看。她的描述美極了，在我安第斯山的別墅裡，她和我一起度過了去年的新年前夜，月光照在山巔，鮮紅的花兒攀在爬進窗戶的枝頭。這畫面裡，有什麼不對勁的嗎？」

她安靜地說：「我該問你這個問題，可是我不會問的。」

「哦，我沒覺得有什麼不對勁的——只是去年的新年前夜，我是在德州的厄爾巴索，在塔格特泛陸運輸公司聖塞巴斯蒂安鐵路的開線典禮上主持儀式，儘管你不去出席那樣的場合，也應該記得。我的手臂摟著你哥哥詹姆斯和伯伊勒先生，一起照了相。」

她吸了口氣，想起的確是這樣，也想起她在報紙上看到過威爾夫人的故事。

「法蘭西斯可，什麼……這是什麼意思啊？」

他笑了起來：「你自己下結論吧……達格妮，」——他的神色很嚴肅——「你為什麼想到哈利寫了第五號協奏曲？怎麼不是新的交響曲或歌劇？為什麼偏偏是協奏曲？」

「為什麼這會讓你不安呢？」

「沒有，」他繼續柔聲地說，「我依然喜愛他的音樂，達格妮。」接著，他又換了輕佻的語氣，「不過它是屬於另一個時代的，我們這個年代有另外一種娛樂。」

他翻了個身躺著，兩手交叉放在腦後，似乎正在看屋頂放映著的鬧劇電影。

「達格妮，你難道不喜歡看墨西哥在聖塞巴斯蒂安礦上的可觀表現嗎？你看過他們政府的講話和報紙的社論沒有？他們說我是一個徹頭徹尾的騙子，欺騙了他們。他們指望得到一座成功的礦藏，我沒有權利那樣讓他們失望。你看到那個猥褻的小官僚想讓他們告我了嗎？」

他大笑起來，徹底平躺在地板上，兩隻手臂和身體擺成十字平平地伸開，他看起來心無城府，輕鬆而年輕。

「這值得我花任何代價，我看得起這齣戲。如果這是我有意安排的，我就把尼祿皇帝的紀錄比下去了。燒掉一座城市和掀起地獄的蓋子讓人們去看，又該怎麼比呢？」

他起身撿了幾顆彈珠，坐在那裡，把它們放在手中漫不經心地搖晃著，彈珠碰撞著，發出玉石才有的柔和、清脆的聲音。她突然意識到，玩彈珠並不是他固有的嗜好，而是讓他安靜不下來，他不可能安靜很長時間。

「墨西哥政府已經簽發了一份宣告，」他說，「要求它的人民保持耐心，再多克服一下困難。看來聖塞巴斯蒂安的銅礦財富，是中央計畫委員會計畫中的一部分，以此提高所有人的生活水平，讓所有的男女老少都能在每個星期日吃得起烤豬肉。現在，這些制定計畫的人讓他們的人民不要去指責政府，要去指責富人的邪惡，因為我搖身一變，成了不負責任的花花公子，而不是想像中的貪婪的資本家。他們問的是，他們怎麼可能知道我會讓他們失望呢？嗯，的確，他們怎麼可能知道呢？」

她留意到他用手指玩彈珠的樣子，他正在凝望著有些嚴峻的遠方，並非是有意識地玩，但她可以肯定，那動作也許作為一種反差，對他反而是一種安慰。他的手指緩緩地移動，享受地感觸著玉石的質地。這不僅沒有讓她覺得很粗淺，反而奇怪地吸引著她——就好像，她突然想到，感性根本不是物質上的，而是來自精神上的細微差別。

「他們不知道的還不止於此，」他說，「他們想知道得更多，有個給聖塞巴斯蒂安工人的住房協定，花費達八百萬美元。鋼結構的房子，配有地下水、供電和冷氣，還有一所學校、一座教堂、一個醫院，和一座電影院。這個協定是針對那些住在用浮木和廢棄罐頭搭成的小屋的人。作為建造它的回報，我可以保全性命逃出去，這還幸虧因為我不是墨西哥本國人。那個工人的協定也是他們計畫的一部分，是國家住宅進步的範例。哼，那些鋼結構的房子用的主要是厚紙板，塗了一層上好的防蟲油漆，再多一年都撐不下來。下水管道——還有我們的採礦設備——是從經銷商那裡採購的，他們的主要貨源是布宜諾斯艾利斯和里約熱內盧的城市垃圾。我估計那些管子還有五個月的壽命，電力系統大約是六個月。在海拔四千英尺高的石頭山上，我們為墨西哥升級建造的絕妙公路堅持不了一兩個冬天，用的是廉價水泥，沒有路基，急轉彎處的護欄只是塗了油漆的隔板，就等著來一次大山崩吧。教堂嘛，我覺得可以留得住，他們會用得上的。」

「法蘭西斯可，」她喃喃地問，「你是故意這樣做的嗎？」

他抬起了頭，她被他臉上顯現出來的無盡的疲倦嚇了一跳。「不管我是否有意，」他說，「還是馬虎，或者愚蠢，你難道不明白這沒有任何區別嗎？它們缺少的東西是相同的。」

她顫抖著，徹底失控而不顧一切地叫道：「法蘭西斯可！如果你看看這世界上正在發生的一切，如果你明白你所說的那些事，你就不能一笑置之！在所有的人裡面，你應該和他們對抗！」

「和誰？」

「那些掠奪者，還有那些縱容掠奪的人，那些在墨西哥制定計畫的人，和他們的同類。」

他的笑容裡藏著危險的鋒芒：「不，我親愛的，你才是我要對抗的人。」

她茫然地望著他：「你想要說什麼？」

「我是在說，那個聖塞巴斯蒂安工人的協定花費了八百萬美元，」他用緩慢加重的語氣，厲聲回答道，「花在紙板房上的錢本來是可以用來購買鋼架結構的，花在其他地方的錢也同樣如此，這些錢給了那些靠這種手段發財的人，這些人的錢財發不了多久。錢會進入流通的渠道，但不是流向最具生產效率的地方，而是流向最腐敗的地方。根據我們這個時代的標準，貢獻最少的人才是贏家。那些錢會在類似聖塞巴斯蒂安礦這樣的項目中蒸發殆盡。」

她鼓足了勇氣問：「這就是你的目的？」

「是的。」

「這就是你覺得有趣的？」

「是的。」

「我想起你的名字，」她說道，此時她那顆心的另外一半正在向她喊著：譴責是毫無用處的，「每一個德安孔尼亞留下的財富都會比他繼承的更大，這是你們家族的傳統。」

「哦，不錯，我的祖先具備了非凡的能力，在正確的時候做出正確的事——而且做出正確的投資。當然，『投資』是一個相對的說法，那要看你希望達到什麼目的。比方說聖塞巴斯蒂安礦，它花費了我一千五百萬美元，但這一千五百萬消除了塔格特泛陸運輸將會得到的四千萬，像詹姆斯和伯伊勒這樣的股東的三千五百萬收入，以及數以億計的間接後果。這個投資的回報還是不賴的，對不對，達格妮？」

她正襟危坐著，說：「你知不知道你在說些什麼？」

「哦，完全知道。我能不能替你說一說，而且把你想要用來譴責我的那些後果也講出來？首先，我不認為塔格特公司能回收它在那個荒唐的聖塞巴斯蒂安線的虧損。你覺得可以，但是不會。其次，聖塞巴斯蒂安的鐵路幫助你哥哥詹姆斯去毀掉鳳凰—杜蘭戈，那大概是唯一僅存下來的好的鐵路公司了。」

「你意識到這一切了？」

「還有更多的呢。」

「你——」她不知道自己為什麼一定要說出來，只是，記憶中的那張面孔，帶著烏黑、激動的眼睛，似乎正在瞪著她——「你認識艾利斯．威特嗎？」

「當然。」

「你知不知道這會給他帶來什麼？」

「知道，他是下一個要被清掃出局的。」

「你……覺得那……有趣？」

「比毀掉那些墨西哥制定計畫者有趣得多。」

她一下子站了起來。多年來，她一直認為他墮落了，她對此恐懼，前思後想，曾經努力去忘掉並不再想起，但她從來沒想到這墮落已經到了這種地步。

她沒有看他，沒有意識到她正在把他過去說的話大聲地說了出來：「……誰會獲得更大的榮譽，是你——內特．塔格特，還是我——塞巴斯蒂安．德安孔尼亞……」

「可是，你難道沒有意識到我用祖先的名字命名了那些礦嗎？我想把它當做一份禮物，他會喜歡的。」

她用了好一會兒時間才重新恢復了她的視力，她從來不知道什麼是褻瀆祖先，更不知道遇到這種情況會做何感想，現在，她知道了。

他起身，恭敬地站在一旁，朝她低下頭微笑著，那是冰冷的笑容，機械而神祕。

她渾身顫抖，但這已不再要緊。她不在乎他看到什麼，猜到什麼，或者嘲笑什麼。

「我來這裡，是因為我想知道你對你的生活所做的這一切，到底是什麼原因。」她的語調平淡，沒有絲毫的怒氣。

「我已經告訴你原因了，」他莊重地回答，「可是你不願意相信。」

「我總是把你看成過去樣子，沒辦法忘記。而你竟然會變成你現在這副樣子——這簡直有悖世上的常理。」

「是嗎？那你所看到的周圍的一切就合乎常理了？」

「你不是那種會在任何現實面前低頭的人。」

「不錯。」

「那——為什麼？」

他聳一聳肩膀：「約翰．高爾特是誰？」

「噢，少用這些低下階層的語言！」

他掃了她一眼，嘴角似乎有些笑意，但他的眼睛卻是非常的安靜和誠實，甚至在剎那之間恢復了異常的知覺。

「為什麼？」她重複著。

他的回答就像十年前的那個夜晚，也是在這家酒店裡回答的那樣：「還沒到你知道的時候。」

他沒有隨她走到門口，她的手放到門把上，轉了轉——然後停住了。他站在房間的另外一頭，凝望著她，那目光把她整個人都籠罩住了，她清楚這意味著什麼，這目光讓她動彈不得。

「我依然想和你一起睡，」他說話了，「可是，我已經不是那個充滿幸福的人了。」

「還不夠幸福？」她困惑地重複著他的話。

他大笑起來：「讓你要回答的第一件事就是這個，這合適嗎？」他等著她說話，但她繼續沉默著，「你也想，對不對？」

就在她想說「不」的時候，猛然意識到了她的真實想法比這還要糟糕。「是的，」她冷冷地應道，「但這和我想不想已經沒有關係了。」

他滿懷欣賞地笑著，承認她說出這句話需要很大的勇氣。

可是，當她打開門即將離開的時候，他收起笑容說：「你很有勇氣，達格妮，總有一天，你會足以擔負的。」

「什麼？勇氣？」

但是，他沒有回答。

第六章 非商業化

里爾登用頭頂住鏡子，努力讓自己什麼都不去想。這是唯一可以解決的辦法了，他對自己說。他把注意力集中在鏡子涼涼的觸感上，令他難以理解的是，明明理智一直都清醒而毫不留情地告訴他什麼是最重要的事情，他卻要強迫自己的腦子變得一片空白。他搞不懂，既然沒有什麼可以難住自己，為什麼現在居然沒有一點力氣，把洗過的白襯衫上面那幾顆黑色珍珠鈕釦扣好。

這是他的結婚紀念日，早在三個月前，他已經知道了慶祝聚會像莉莉安所希望的那樣，在今晚舉行。他答應了她，覺得反正還早得很，他可以從排得滿滿的日程裡脫身，像參加其他活動一樣，到時候去參加就是了。他在接下來每天十八小時工作的三個月裡，樂得把這件事拋到了腦後——直到早就過了吃晚飯時間的半小時以前，祕書走進他的辦公室，態度堅決地提醒了他：「您的聚會，里爾登先生。」他頓時跳了起來，大叫了一聲：「我的天啊！」他急急趕到家裡，衝上樓去，抓了他的衣服，開始更衣著裝，只想著快一點而忘記了做這一切的目的。然而，當他猛然徹底地意識到自己要去做什麼時，他停住了。

「除了生意，你什麼都不關心。」這句話說出來的時候，像詛咒的判決一樣，讓他聽了一輩子。他一直覺得生意是被當成了某種神祕、可恥的懺悔祭儀，不能讓它影響那些無辜的外人；覺得人們認為它是一種醜惡的必需，做歸做，但不能說出來；覺得三句話不離生意是對高雅情感的冒犯；覺得正像機器清潔工回家前要洗淨手上的油泥一樣，人們在進入起居室前，也應該把腦子裡的生意念頭清掃乾淨。他從不這樣教條，但覺得他的家人這麼想是很自然的。他覺得本來就是如此——沒什麼好說的，如同幼年時被灌輸的感覺那樣，不用去多問，也不用多想那究竟是什麼——他像某些邪教的受難者一樣，把自己獻給了他信仰的事業，那既是他的摯愛，也讓他成了人群之中的流浪者，儘管他並不想得到人們的同情。

他接受了一種說法，就是他有責任給他的妻子某種與生意無關的生活方式，但他從來沒能做到，甚至也沒有愧疚感。他既不能強迫自己改變，也不會怪她對自己的譴責。

在八年的婚姻生活裡，他有好幾個月的時間沒有和莉莉安在一起了——不對，他想，是好幾年了。他沒興趣去花時間分享她的那些樂趣，甚至連去瞭解的興趣都沒有。她有一個很大的朋友圈，他聽說這個圈子裡的人代表了全國文化界的精華，不過，他連去瞭解和認可他們成就的時間都沒有，更別說去見他們了。他只知道自己經常看到他們的名字出現在書報攤的雜誌封面上。如果莉莉安厭惡自己的態度，他想，那她是對的，如果她對自己表現出討厭的話，是他咎由自取，如果家裡人稱他無情，事實就是如此。

他從不讓自己在任何事情上分心。工廠如果出了什麼問題，他首先想到的是他出了什麼差錯，他只去找自己的錯，他對他自己要求做到完美。而此時他不會對自己心軟，他把這歸咎於自己。不過，在工廠裡，這會立刻促使他去改正差錯，而此時卻沒有任何作用……就幾分鐘，他站在鏡子前，閉著眼睛想著。

他怎麼也止不住自己腦海裡湧現出來的那些話，那簡直就像赤手空拳去把斷開的消防栓重新插好一樣。詞語和畫面混在一起，猛烈地衝擊著他的大腦……幾個小時，他想道，要花幾個小時，瞧著那些客人們在嚴肅的時候無聊得睜不開眼，一旦不嚴肅，他們又呆呆地發愣，他還要裝作什麼都沒注意到，沒話的時候絞盡腦汁地想些話出來和他們說——而他其實正需要時間去找人接替突然毫無理由就辭職了的軋鋼廠主管——他不得不立即著手去找——這樣的人實在太難找了——不是別的，正是在軋製中的塔格特鋼軌使得軋鋼廠的作業陷入了中斷……他想起了家裡的人一見到他表現出的工作熱情就會有的那種沉默的責備、控訴般的神情，以及壓抑許久的忍耐和蔑視——還有他自己徒勞的沉默，希望他們不要再覺得里爾登合金對他還像過去一般重要——如同一個酒鬼假裝對酒精無動於衷，而看著他的人帶著輕蔑的嘲笑，心裡都很清楚他那可恥的弱點……「我聽見你昨天夜裡兩點才回家，你到哪裡去了？」他母親在吃晚飯時問，而莉莉安替他回答：「怎麼，當然是在工廠裡。」就像別的妻子會說「在街角的酒吧裡」一樣；或者，莉莉安臉上半帶著精明的笑意問他：「你昨天在紐約幹什麼了？」「和那幫傢伙在宴會上。」「生意的事？」

「對。」「當然了。」——而莉莉安調過頭去，不再說什麼，卻讓他慚愧地意識到，他幾乎寧願她認為他是去了那種只有男性才去的下流場所……一艘裝載著幾千噸里爾登礦石的貨輪，在風暴中沉沒在密西根湖裡——那些船都年久失修了——如果他不親自出面幫他們找到替代船隻的話，船主就會破產，而密西根湖上已經沒有其他的運輸船隊了……「是那個角落嗎？」莉莉安指著擺在起居室的長靠背椅和咖啡桌說，「怎麼了，不是，亨利，那不是新的，不過，我應該感到榮幸的是，你只花了三個星期就注意到它了，這是我自己根據一座法國有名的宮殿裡早餐室的樣子設計的——但這種東西不可能讓你感興趣，親愛的，股票市場裡可沒有對它們的報價，根本沒有。」……他六個月前下的銅訂單，還沒有交貨，保證的日期已經被延遲了三次——「我們無能為力，里爾登先生。」——他不得不再去找另外一家公司，銅的供應越來越不穩定了……菲利普在向母親的幾個朋友講著他參加的什麼組織的時候，並沒有笑，當他抬起頭看著菲利普時，他鬆弛的臉上卻透出一絲優越的笑意，說道：「不，你不會在乎這些的，這不是生意，亨利，根本就不是生意，它是嚴格的非商業性的努力。」……一家在底特律的承包商獲得了重建一座大型工廠的工程，正在考慮用里爾登合金的結構骨架，他應該飛到底特律去和他面談——他一星期前就應該過去了——他本來今晚也可以過去的……「你沒在聽，」在早餐桌上，他母親在講著她昨晚做的夢的時候，他的腦子想著目前的煤炭價格指數，「你從不注意聽任何人的話，你只對自己感興趣，對誰都不在乎，對這個上帝創造的地球上的任何人都不在乎。」……躺在他辦公桌上列印好的是一份用里爾登合金製造的飛機發動機檢測報告——此刻，他最想做的事就是去讀這份報告——它已經在他的辦公桌上待了三天，他一直沒時間去看——他為什麼不能現在去看，並且——

他使勁地搖搖頭，睜開了眼睛，從鏡子前面向後退去。

他伸手去找襯衫的鈕子，卻看到自己的手伸向了衣櫃上的一綑信件。那是篩選出來的緊急郵件，必須今晚看完，但他在辦公室沒時間去讀，祕書在他出辦公室的時候塞進了他的口袋裡，換衣服的時候，他把它們扔在了那兒。

一塊從報紙上剪下的小紙片飄到了地上，那是一條社論，被他的祕書用紅筆氣憤地劃了一道槓，社論的題目是〈機會的平衡〉。他必須要看看了：過去三個月裡充斥著有關這個題目的討論，多得有種不祥的預兆。

他讀了起來。說話聲和笑聲從樓下傳來，在提醒著他，客人們陸續都到了，晚會就要開始，而他下去時將要面對家人怨恨的、責備的目光。

社論說道，在生產下降、市場萎縮、謀生的機會漸漸消失的時候，一個人擁有幾個企業，而其他人一無所有的狀況是極其不公平的，少數人占有全部資源而不給其他人任何機會，是有破壞性的。競爭對社會極為重要，而社會的職責就是要確保每個競爭者都沒有太多的競爭優勢。社論預言，已經被提議的一個法案將得到通過，該法案禁止任何個人和企業的規模壓倒他人和別的企業。

他安排在華盛頓的莫奇曾告訴里爾登不用擔心，他說鬥爭會非常激烈，但那項提議會遭到否決。里爾登對這種爭鬥一竅不通，任由莫奇和他的下屬去處置，他幾乎沒時間去瀏覽從華盛頓發來的報告，以及簽那些莫奇要求他為這場爭鬥付出的支票。

里爾登不相信這個議案會被通過，他沒辦法相信。他和金屬、技術、生產這個黑白分明的現實打了一輩子交道，相信人應該去關注那些理性的，而不是愚蠢瘋狂的東西——人必須要尋求正義，因為正義的答案總是會贏得勝利——那些毫無意義的、錯誤的、畸形的、不公正的東西不管用，不會勝利，只會自取滅亡。和類似這種提案去抗爭看來簡直是荒謬，甚至令他感到有些難堪，如同突然讓他去和一個用算命公式來計算鋼鐵比例的人競爭一樣。

他曾告誡過自己這是個相當危險的話題，不過，這份歇斯底里喊叫的社論沒有在他心裡掀起任何波動——而在實驗室裡，里爾登合金的測試報告中出現的一個小數點後的細微變化，都會讓他急切或者憂慮地跳起腳來。他沒有多餘的精力分散到其他事情上。

他把社論揉成一團，扔進了廢紙簍。他感覺到，在工作時從未有過的疲勞感正在沉重地襲來，這疲勞似乎一直在等待著時機，等著他把注意力轉到其他事情上。他似乎只想睡一覺，其他什麼都不想做了。

他告訴自己，必須要參加這個晚會——他的家人有權利這樣要求他——他必須學著去喜歡他們喜歡的東西，那是為了他們，而不是為他自己。

他搞不懂為什麼這個動機根本推動不了自己。在他的一生中，只要他確信行動的理由是正確的，那麼接下去把它完成就是順理成章的了。這次是怎麼了？他感到納悶，明明這件事是對的，自己卻居然感到極不情願——這難道不就是最常見的喪失良知的表現嗎？意識到了罪責，卻極其冷漠和無動於衷——這不就是對推動他生命的動力和他驕傲的自尊的背叛嗎？

他不願意再多想這個問題，只是匆匆地、冷冷地完成裝扮。

他挺直了身板，緩緩地邁步下樓，走向樓下的客廳，一條精緻的白手帕插在他晚禮服的胸前口袋，他魁梧的身軀在走動間流露出一種從容淡然的自信和不經意的威嚴，他向那些滿意地注視著自己的貴婦人望去，儼然一副企業大亨的形象。

他看見了在樓梯腳處的莉莉安，她身著檸檬黃的皇家晚禮裙，貴氣的線條襯托著她優雅的身段，矜持地站在那裡，恰到好處地掌控著周圍的一切。他笑了，他願意看到她高興，這就是晚會的目的。

他走向她——又突然停住了。她對首飾向來很有品味，從不濫用。但是今晚，她穿戴得很鮮豔：鑽石的項鍊、耳環、戒指和胸針，相形之下，她赤裸的手臂則格外惹人注目。她的右手腕上只有一件飾物，她戴了那隻里爾登合金手鐲，在渾身的珠光寶氣映襯下，那看起來像是一件廉價小店裡賣的粗鄙首飾。

當他把視線從她的手腕移到她的臉上時，發現她正在看著他，眼睛瞇成了一條縫，他無法形容那種眼神，似乎既隱祕又極有目的，有什麼東西閃爍著藏在那裡，難以被發現。

他想扯下她手腕上的手鐲，然而，卻依照她大聲歡快的宣佈和介紹，面無表情地向她身邊的貴婦人彎腰施禮。

「人？人是什麼？只不過是化學元素的合成，帶著一種了不起的錯覺而已。」普利切特博士對著屋子裡的一群客人們說道。

普利切特博士從水晶盤中取過一塊小點心，用兩個指頭夾著送進自己的嘴裡。

「人類意識中的自負，」他繼續說道，「是荒謬的，這種可悲的原罪，充滿了醜陋的概念，沒有什麼感性意義——而且還自我感覺很重要！真的，你們知道嗎，這就是世界上產生一切問題的根源。」

「可是教授，哪些概念是不醜陋和不卑鄙的呢？」一位汽車製造廠廠主的太太急切地問。

「沒有，」普利切特博士說，「在人的能力範圍內，它根本不存在。」

一個年輕人猶疑地問：「但是，如果我們沒有任何良好的概念，又怎麼知道我們有的這些概念是醜陋的？我的意思是，依據什麼標準呢？」

「根本就不存在任何標準。」

聽眾們全都啞口無言了。

普利切特博士繼續講下去：「過去的哲學家們都很膚淺，現在需要我們來重新定義哲學的目的。哲學的目的不是要去幫助人們尋找生活的意義，而是要證明它根本就不存在。」

一位父親是煤礦主的漂亮女子憤憤不平地問：「誰能告訴我們這些呢？」

「這就是我正在做的。」普利切特博士答道。他在過去的三年，一直擔任派屈克亨利大學的哲學系主任。

莉莉安走了過去，她的一身珠寶在燈下熠熠閃光。她臉上始終帶著微微的笑意，保持得像她頭上的波浪鬈髮。

「正是人對於意義的反抗讓他難以駕馭，」普利切特博士說著，「一旦他認識到他在無窮宇宙中的微不足道，他所做的一切都不可能有多重要的意義，他的生與死都無關緊要，他就會變得更加……聽話了。」

他聳聳肩膀，又抓了一塊小點心。一個商人侷促地問道：「教授，我想問你的是，你對機會平衡法案怎麼看？」

「哦，那個啊？」普利切特博士回答說，「不過，我相信自己已經清楚地表明支持它的立場，因為我贊同自由經濟，自由經濟離不開競爭，所以人們被迫去競爭，因此，我們必須要對人有所控制，確保他們的自由。」

「可是，你看……這難道不是自相矛盾嗎？」

「從更高的哲學角度來看就不是了。你必須要從老式思維的死板定義裡看出去，在宇宙裡，沒有靜止不變的東西，一切都是流動的。」

「但那可以推論出，假如——」

「我親愛的朋友，推論是所有迷信中最幼稚的，不過，至少它在我們這個時代是被廣泛接受的。」

「可我不太明白我們怎麼能——」

「你有的是常見的那種認為可以明白一切的錯覺，你沒有抓住宇宙是一個矛盾體這樣的事實。」

「和什麼矛盾？」那位太太問道。

「和它自己。」

「怎麼……怎麼會呢？」

「親愛的夫人，思想家的任務不是去解釋，而是要去表明任何東西都無法解釋。」

「是的，當然……只是……」

「哲學的目的不是尋找知識，而是去證明知識超出人的理解範疇。」

「但是，我們證明它之後，」那個年輕女子問，「又會留下什麼呢？」

「本能。」普利切特博士虔誠地答道。

在房間的另外一端，一群人正在聽尤班克講話。他挺直身體，屁股只是稍稍沾了一點兒椅子，這樣，他的臉和身體就不會因為過於放鬆而癱成一團。

「過去的文學，」尤班克講著，「是一種淺薄的欺騙，為了取悅它所服務的金錢大亨們而對生活塗脂抹粉。道德、自由的意志、成就、幸福的結局，以及某種英雄般的人物——我們可以嘲笑所有這些東西。我們的這個時代揭露了生活的實質，頭一次賦予了文學深刻的內涵。」

一個穿白裙的年輕小姐怯生生地問：「什麼是生活的實質，尤班克先生？」

尤班克回答說：「忍受苦難，失敗和受苦。」

「但是……為什麼？人們是幸福的……有時候……不是嗎？」

「這只是感情膚淺的人們的一種錯覺。」

年輕小姐臉紅了。一個繼承了煉油廠的闊婦人內疚地問：「我們怎樣才能提高人們的文學品味呢，尤班克先生？」

「這是個很大的社會問題，」尤班克答道。他被稱做這個年代的文學領袖，但他寫的書，卻從沒賣出過三千本以上。「我個人認為，機會平衡法案在文學方面的應用將是解決辦法。」

「噢，你贊成在企業界使用這項法案嗎？我對這可覺得不好。」

「我當然贊成，我們的文學已經陷入了物質論的泥沼。人們在追求物質生產和技術欺詐的同時，丟棄了所有的精神價值觀念，他們過得太舒服了。如果我們教導他們去忍受苦難，他們就能重新回到崇高的生活中來。所以，對他們在物質上的貪婪，我們應該加以限制。」

「我怎麼就沒這麼去想呢。」那個婦人歉疚地說。

「但是你打算怎樣把機會平衡法案用在文學上呢，拉爾夫？」里迪問道，「這我可是頭一次聽說。」

「我的名字是巴夫，」尤班克惱怒地說，「你第一次聽說，是因為那是我自己的想法。」

「好的好的，我不是在爭什麼，對不對？我只是問個問題。」里迪笑著，在許多時候，他都是緊張地笑著。他是個作曲家，經常為電影配些老掉牙的曲子，也給少數聽眾寫些現代派的交響樂。

「方法很簡單，」尤班克說道，「應該有法規把任何一本書的銷量限制在一萬本以內，這樣，文學市場就會開放給那些新的人才、新的觀點，以及非商業化的寫作。如果禁止人們去買上百萬本同樣的垃圾，就會逼他們去買更好的書了。」

「這想法很獨到，」里迪說，「不過，作家在銀行帳戶裡的錢會不會就有點緊了？」

「這樣才好，應該只允許那些不以賺錢為動力的人寫作。」

「可是，尤班克先生，」那位穿白裙子的年輕小姐問道，「如果有不止一萬人都想買某一本書呢？」

「一萬個讀者對任何書都足夠了。」

「我說的不是這個，我想說的是，如果他們想要，又怎麼辦呢？」

「這毫不相干。」

「可是，如果一本書裡有很好看的故事——」

「情節是文學裡一種原始粗俗的東西。」尤班克輕蔑地說道。

正打算穿過房間去吧台的普利切特博士停下了腳步，說：「的確如此，就像邏輯是哲學裡一種原始粗俗的東西一樣。」

「就像旋律是音樂裡一種原始粗俗的東西一樣。」里迪接著說道。

「吵什麼呢？」莉莉安帶著一身的珠光寶氣在他們旁邊停下問道。

「莉莉安，我的天使，」尤班克懶洋洋地打著招呼，「我跟你說過沒，我的新小說是為你寫的？」

「啊，謝謝你了，親愛的。」

「你的新小說叫什麼名字？」那位闊太太問。

「那顆心是送牛奶的人。」

「講的是什麼？」

「挫折。」

「可是，尤班克先生，」穿白裙子的小姑娘臉蛋通紅地問，「如果一切都是挫折，還有什麼值得為它去活著呢？」

「兄弟之情。」尤班克冷酷地回答。

史庫德無精打采地倚在吧台前，他那張又長又瘦的臉看起來似乎是向裡面萎縮了一樣，只剩下嘴巴和眼珠，像三個軟軟的圓球凸出在外面。他是一家名叫《未來》的雜誌編輯，曾寫過一篇題為〈章魚〉的關於漢克．里爾登的文章。

史庫德拿起空酒杯，無聲地向酒吧服務生搖了搖，示意添酒。他灌下一口新加的酒，注意到站在身邊的菲利普面前的杯子是空的，便朝服務生命令般地彎了下大拇指。他沒去注意站在菲利普另一側的貝蒂面前的空杯子。

「你看，芭德，」史庫德的眼珠朝著菲利普的方向說著，「不管你喜歡不喜歡，機會平衡法案代表了向前邁進的一大步。」

「你憑什麼認為我不喜歡它呢，史庫德先生？」菲利普低聲下氣地問。

「哼，那是會有點疼的，是不是？那隻社會的長手臂會清理一下這兒的零食開銷。」他的手朝著酒吧的方向一揮。

「你為什麼覺得我會反對？」

「你不反對？」史庫德絲毫不感興趣地反問道。

「我不反對！」菲利普激動地說，「我向來把公眾利益放在任何個人利益之上，我把我的時間和金錢都貢獻給了全球發展盟友組織，幫助他們對機會平衡法案的支持運動，我認為一個人享盡了好處，卻一點也不留給其他人是絕對不公平的。」

史庫德沉吟著打量了他一會兒，並沒有顯出什麼興趣，「是嗎，那你還真是挺不錯的。」他說道。

「的確有人在道德方面是很認真的，史庫德先生。」菲利普在說話時，稍微加重了一些驕傲的語氣。

「菲利普，他在說什麼呀？」貝蒂問，「我們認識的人當中，沒有誰擁有超過一個企業，對不對？」

「噢，你安靜點兒好不好！」史庫德不耐煩地說。

「我搞不懂為什麼對這個機會平衡法案有那麼多的大驚小怪，」貝蒂毫不讓步，帶著一種經濟學專家的口吻說，「我搞不懂為什麼那些商人會反對它，那是對他們有好處的啊。如果大家都窮，他們就不會有產品的市場，可是如果他們不再自私，把他們囤積的財富和大家分享——他們就有機會努力工作，生產出更多的東西。」

「我一點都不明白，為什麼非要去考慮那些企業家，」史庫德說，「當大部分人很貧困，但還有現成的東西時，讓人們受制於一張叫做財產契約的廢紙簡直是愚蠢。財產權只是一種迷信，一個人之所以還能擁有財產，只是因為別人沒去收繳它而已，人們隨時可以去把它收繳回來。如果他們能的話，又為什麼不應該呢？」

「他們應該，」史拉根霍普插進來說，「他們需要它，只考慮需要就夠了，如果人們需要，就必須先把它搶過來再說。」

史拉根霍普不知不覺地從史庫德旁邊湊上來，擠到他和菲利普中間。史拉根霍普個頭不高，也不胖，但卻很敦實，鼻樑還帶著傷。他是全球發展盟友組織的主席。

「飢餓不等人，」史拉根霍普說，「理想只是熱空氣，肚子空空才是實實在在的。我在所有的講話中都強調過，說太多的話沒有必要，現在的社會缺少的是商業機會，所以我們有權利把現有的這些機會奪過來，權利才是社會的財富。」

「他不是單槍匹馬就能致富的，對不對？」菲利普突然厲聲嚷嚷，「他必須雇幾百個工人，是他們做到了這一切。他憑什麼覺得自己那麼了不起？」

他身邊的兩個人都看著他，史庫德的眉毛揚了揚，史拉根霍普則面無表情。

「噢，沒錯！」貝蒂也想起了什麼。

在客廳盡頭一個光線黯淡的角落裡。里爾登站在一扇窗前，他好不容易剛擺脫了一個和他大談巫術的中年女人，此時，只想自己待一會兒。他向遠處望去，里爾登合金冶煉的火光在天邊跳動，看著它，他感到了一陣欣慰。

他回頭看著客廳。對莉莉安選的這幢房子，他一直就不喜歡。不過今晚，晚禮服的五光十色溢滿了整個房間，帶來一種歡快的色調。儘管他並不理解這種歡樂的方式，但他還是喜歡看到人們高興的樣子。

他瞧著鮮花、閃閃發亮的水晶杯、女人們赤裸的手臂和肩膀。屋外，寒風捲過空曠的原野，他看見一棵樹上單薄的樹枝被狂風吹得扭曲著，如同在揮舞求救的手臂。那棵樹的後面，就是工廠上空閃爍的光亮。

他也說不清自己突然湧上來的情緒是什麼，找不到詞語表達它的來由、特徵，以及意義。這情緒裡雖然有快樂的成分，但卻肅穆得讓他簡直想把自己的心掏出來，卻又不知道能給誰看。

他回到人群裡，臉上掛著笑容。突然，他的笑容一下子不見了，他看見了剛剛走進入口的客人：達格妮·塔格特。

莉莉安迎了上去，好奇地打量著她。她們曾見過幾次面，但當她看到身著晚裙的達格妮，還是感到很驚訝。這件黑色緊身禮服的一邊像披風般的下垂，蓋著肩頭和手臂，另一邊則沒有遮蓋，裸露的肩膀成了禮服唯一的裝飾。人們見到穿套裝的達格妮時，從來不會聯想到她的身體，這件黑色禮服顯得異常暴露——因為她肩膀的線條顯現出一種令人驚奇的孱弱和優美，而她裸露的手臂上佩戴的鑽石手鍊，使她有了最具女性化的味道：那就是被束縛了的樣子。

「塔格特小姐，見到你真是太驚喜了，」莉莉安招呼著，臉上擠出微笑，「簡直不敢想，我的邀請能讓你從那麼繁忙的公務中抽出身來，真是受寵若驚。」

詹姆斯跟隨在他妹妹身後走了進來，莉莉安對他笑著，像是頭一回注意到他一樣，急急地補上一句。

「你好，詹姆斯，這就是你太討人喜歡所要受的懲罰了——人家見到你妹妹，一吃驚就會把你漏掉了。」

「誰也比不上你那麼讓大家喜歡，莉莉安，」他微微笑著回答道，「誰都不可能漏掉你。」

「我？哦，可是我早就退居二線，把風光都留給我丈夫了，我給一個了不起的男人當妻子，能沾光就應該很知足了，你不是這麼認為嗎，塔格特小姐？」

「不，」達格妮說，「我不是。」

「這是恭維還是責怪呀，塔格特小姐？如果我承認我已經徹底放棄了，還請你原諒才是。我該給你介紹一下誰呢？這兒恐怕只有作家和藝術家，你肯定是不感興趣的。」

「我想找漢克，和他打聲招呼。」

「當然了。詹姆斯，你還記得你說過想見尤班克嗎？——哦，沒錯，他在這裡——我要告訴他你曾在惠科太太的晚宴上大談過他的上一部小說！」

穿過屋子的時候，達格妮納悶著自己進來的時候明明看到了里爾登，為什麼還假裝沒看見一樣地說想找他呢。

里爾登站在這間長長的屋子的另一端，注視著她。在她走過來的時候，他並沒有邁步上前去迎接。

「你好，漢克。」

「晚安。」

他彬彬有禮、例行公事般地鞠了個躬，動作與他那身格外正式的禮服非常匹配，他面無笑容。

「謝謝你今晚請我來。」她高興地說道。

「我恐怕並不知道你會來。」

「哦？那麼我很高興里爾登夫人還想著我，我想破個例。」

「破例？」

「我不怎麼參加晚會。」

「我很高興你選了這個場合來破例。」他沒有接著說「塔格特小姐」，但聽起來卻像說了一樣。

他這種正式的舉止大大出乎她的意料，令她難以適從，「我想慶祝一下。」她說。

「慶祝我的結婚紀念？」

「噢，是你的結婚紀念嗎？我不知道，恭喜你，漢克。」

「那你本來打算慶祝什麼？」

「我覺得我可以讓自己放鬆一下，是我自己的慶祝——為了你和我。」

「因為什麼呢？」

她想到了在科羅拉多崎嶇不平山坡上的新軌道，慢慢朝著遠處威特油田的終點鋪過去；她看到了鋼軌的藍光閃爍在冰凍的土地上，在乾枯的野草、裸露的頑石和飢餓的移民的破帳篷中間閃爍著。

「為了初次鋪設的六十英里里爾登合金軌道。」她回答說。

「我非常感激。」他的語氣倒像是在說另外一句話，「我從沒聽說過。」

她覺得像是在和一個陌生人講話那樣，發現沒什麼可說的了。

「嗨，塔格特小姐！」一聲歡快的叫喊打破了他們的沉默，「這就是我說過的，漢克．里爾登可以創造任何奇蹟！」

他們認識的一個商人高興地向她笑著走了過來。他們三個就鋼材運輸和運費的問題，經常在一起開緊急會議。此時，那人看著她，觀察到了她與以往不同的打扮後，心裡的想法立刻在臉上表現出來。她暗想，她的這個變化里爾登根本就沒留意到。

她邊笑邊與那個人寒暄，無暇顧及襲上心頭的失落，以及她不願承認的想法，她確實曾很想看看里爾登臉上會是什麼表情。她和那個人聊了幾句後，再回頭一看，里爾登已經走了。

「這麼說，她就是你那個出名的妹妹了？」尤班克遠遠地看著達格妮，問詹姆斯。

「我沒注意到我妹妹很出名。」詹姆斯的聲音裡有種不易覺察的刺痛。

「她在經濟領域裡可是個不一般的人物，人們肯定是要談論她的。你妹妹是我們這個時代疾病的一個症狀，是機器時代的頹廢作品。機器毀掉了人的人性，讓人離開了土壤，剝奪了他原有的藝術性，扼殺了他的心靈，把他變成了毫無知覺的機器人。這裡就有個例子——一個女人去管鐵路，而不去做像紡織和養孩子這樣雅致的工作。」

里爾登在客人們之中穿行，儘量不讓自己被什麼談話纏住。他看了看這個房間，找不到一個他想和與之交談的人。

「嗨，漢克．里爾登，在你自己的獅子籠裡走近看看你，你可一點都不壞，你應該經常給我們開開記者會，我們就全都會被你拉攏過來了。」

里爾登轉過身，疑惑地看著說話的人。他是那種討人厭的記者，為一家激進小報工作。他這種粗魯的舉動似乎在暗示，他之所以對里爾登無禮，是因為他知道里爾登從來不會把自己和他們這種人扯在一起。若在工廠里爾登絕對容不得他，但他是莉莉安的客人，他控制住自己，冷冷地問：「你想幹什麼？」

「你還不算太壞，你有才能，技術才能，不過當然了，關於里爾登合金，我並不同意你的看法。」

「我沒請你同意過。」

「呃，史庫德說你的政策——」那個人毫不讓步，手指著酒吧的方向說，但似乎是說溜了嘴，一下子住了口。

里爾登望著那個懶散地倚在吧台上的人。莉莉安給他們介紹過，但他根本沒去注意那個名字。他猛地轉身，像是要甩掉這個無賴一樣，快步走開了。

里爾登找到正在一群人當中的莉莉安，莉莉安仰起頭看著他。他一言不發地走到一邊，免得別人聽到他們的談話。

「這是那個《未來》雜誌的史庫德嗎？」他手指了指，問道。

「啊，是呀。」

他看著她，半天說不出話。他簡直沒法相信，甚至也找不出能讓他想明白的一點頭緒來。她一直在看著他。

「你怎麼能邀請他來這裡？」他問道。

「好了，亨利，別這麼荒唐。你不願意那麼心胸狹窄吧？你得去容忍別人的意見，尊重他們言論自由的權利。」

「在我自己的家裡？」

「噢，別自以為是了。」

他沒說話，因為他的意識此時正在被別的東西占據著，那不是什麼有條有理的語言，而是始終出現在他眼前的兩個畫面。他又看到了史庫德寫的名為〈章魚〉的文章，這篇文章不是在表達什麼見解，而是把一桶爛泥放在大眾面前——裡面沒有任何事實依據，通篇充滿了冷嘲熱諷和各種形容詞，除了毫無根據和蓄意的惡毒指責，便再沒什麼其他的了。他也看到了莉莉安側面身影的輪廓，看起來是那樣的高傲和純潔，他當初就是為此著迷而跟她結了婚。

等他再注意到莉莉安時，她正面對著他看，他明白了，那幅她的側面肖像，只是存在於自己的心裡。在他猛然清醒、回到現實的一瞬間，似乎看到她的眼中有種快意，他緊接著就想到，自己已經不可能保持理智。

「這是你第一次邀請那個……」他冷靜而準確地說了一個髒字，「到我家裡，也是最後一次。」

「你怎麼敢用那種——」

「別吵了，莉莉安，否則，我現在就把他轟出去。」

他停了一下，等著她回答、抗議或是大喊大叫。她一聲不吭，看也不看他，但她光滑的兩頰卻像洩了氣一樣，癟了進去。

他漫無目的地走過身旁的喧嘩，感到一陣冰冷的恐懼。他覺得他應該想一想莉莉安，解開她的性格之謎，因為他不可能對今天的這個意外視而不見，但他卻不是在想她，他感到恐懼，是因為他知道這答案早就不再對他有任何意義了。

疲倦又像潮水一樣升起，他覺得似乎能看見它潛在上漲的浪濤之中；它並不在他的身體裡，而是在外面，籠罩著整個房間。他感到自己有一陣子像是獨自迷失在灰色的沙漠之中，急需幫助，但又清楚沒人會來幫他。

他突然一愣，站住了。在房間另外一頭明亮的門廳處，他看見一個高大、傲慢的身影正要走進來。儘管從沒見過他，但在報紙上出現的那些臭名昭彰的面孔之中，這張臉是他所看不起的。那正是法蘭西斯可·德安孔尼亞。

里爾登從來不把像史庫德這樣的人放在心上，卻用他生命中的每一刻，用他的肉體和心靈掙扎之後的每一個緊張和驕傲的時刻，用他邁出明尼蘇達礦山、努力換來金錢的每一步，以及他對金錢和金錢的意義的高度尊重，用所有這些，來鄙視那些不配繼承豐厚財富的放蕩公子。此時出現在那裡的，他心想，就是這類人最卑劣的代表。

他看見法蘭西斯可走了進來，向莉莉安躬身致意，然後走向人群，彷彿是進入了他從未去過，但卻屬於他自己的房間。人們紛紛轉向他，好像是他睡醒後用線牽動的玩偶一般。

里爾登再次走向莉莉安，說話時已經沒有了怒氣，語調中的輕蔑已經變成了調侃似的，「我不知道你還認識那個傢伙。」

「我在幾次聚會上見過他。」

「他也是你的朋友？」

「當然不是！」她那股強烈的憎惡感絕對是實實在在的。

「那你為什麼邀請他來？」

「呃，只要他在這個國家，不邀請他，你就沒辦法搞什麼聚會——那就不算是真正的聚會。如果他來，是很討厭；如果他不來，那就是失敗的社交。」

里爾登大笑起來。她現在已經沒有任何戒備了，而通常她不會承認這類事情。「你看，」他厭倦地說，「我不想壞了你的晚會，不過，讓那個人離我遠點，別湊上來介紹，我不想見他。我也不知道該怎麼辦，但你是有經驗的女主人，這事你就去應付吧。」

達格妮一動不動地站在那裡，看著法蘭西斯可走過來。他向她彎了彎腰，走了過去。儘管他腳下沒有停，但她知道，他在內心已經止住了那一瞬。她從他臉上微微透出的笑容裡，看出他故意在強調他其實明白，只是有意不說出來罷了。她轉開了身，希望今晚能躲開他。

尤班克已經加入了圍在普利切特博士周圍的人群，正在惱怒地說著：「……不，你別指望人們能理解哲學更高的境界，那些追逐錢財者的手中不應該掌握文化，文學需要國家的資助。藝術家被像小販一樣地對待，藝術作品成為肥皂一樣的廉價貨，這太不成體統了。」

「你是在抱怨，它們不是像肥皂一樣出售嗎？」法蘭西斯可問道。

他們都沒注意到他來，談論像是被攔腰斬斷一樣戛然而止。他們中的大多數人沒有見過他，但全都一眼就認出了他。

「我的意思是——」尤班克惱怒地剛開了個頭，就閉上了他的嘴。他看到了聽眾們臉上露出迫切想知道的興趣，但那已經不再是對哲學的興趣了。

「啊，你好，教授！」法蘭西斯可向普利切特博士彎了彎腰，說道。

普利切特博士在應答著他並做引見的時候，臉上沒有一絲高興的表示。

「我們剛才正在討論一個非常有意思的話題，」那位態度誠懇的主婦說，「普利切特博士告訴我們，沒有任何東西是有意義的。」

「他應該會這麼講，毫無疑問，他對此的瞭解比任何人都多。」法蘭西斯可嚴肅地說。

「我真想不到你這麼瞭解普利切特博士，德安孔尼亞先生。」她一邊說著，一邊納悶為什麼教授對她說的話很不高興。

「我曾是派屈克亨利大學、也就是現在聘用普利切特博士的大學的學生，不過，我的老師是他的前任教授——休．阿克斯頓。」

「休．阿克斯頓！」那個漂亮的年輕女子驚呼著，「但你不可能，德安孔尼亞先生！你還不夠那個年紀，我覺得他是……是屬於上個世紀的大名鼎鼎的人物。」

「也許在精神上的確如此，但實際不是。」

「可是，我想他已經去世好多年了。」

「什麼，沒有，他還健在。」

「那我們為什麼再沒聽到過他的任何消息？」

「他九年前就退休了。」

「這奇怪不奇怪？政治家和電影明星退休的時候，我們可以從頭版讀到關於他們的消息。可是哲學家退休的時候，人們卻根本不會注意到。」

「他們慢慢會的。」

一個年輕人驚訝地說：「我以為除了在哲學史裡，已經沒人再研究休．阿克斯頓這樣的古典人物了。我最近看了一篇文章，裡面稱他是最後一位偉大的理性倡導者。」

「休．阿克斯頓教的到底是什麼？」那位婦人問道。

法蘭西斯可回答：「他是在教導人們，一切都是有意義的。」

「你對你老師的忠實非常值得欽佩，德安孔尼亞先生！」普利切特博士冷淡地說，「我們能不能把你當做他教學實際成果的一個例子？」

「我就是。」

詹姆斯走近人群，希望自己能被注意到。

「你好，法蘭西斯可。」

「晚安，詹姆斯。」

「在這裡見到你真是太巧了！我一直急著想和你談談呢。」

「這倒是新鮮事，你可不是經常如此。」

「你又開玩笑了，和過去一樣，」像是隨意地，詹姆斯慢慢從人群中踱了開去，希望法蘭西斯可能跟過來。「你知道，在這座城市裡，沒有人不想和你說話的。」

「真的？我倒懷疑恰恰相反。」法蘭西斯可聽話地跟了出來，不過卻停在了一個其他人都能聽見他們說話的地方。

「我用了各種辦法和你聯繫。」詹姆斯說，「可是……可是由於種種原因沒有成功。」

「在我面前，你是不是不想說我拒絕見你的事實？」

「呃……那是……我是說，你為什麼拒絕？」

「我想像不出來你會想和我說些什麼。」

「當然是聖塞巴斯蒂安礦的事了！」詹姆斯的嗓門升高了些。

「哦，那怎麼了？」

「可是……現在，你看看，法蘭西斯可，這是非常嚴重的，是場災難，一場空前的災難——沒人對此能講出什麼道理來。我不知道該怎麼去想，一點也不明白。我有權利知道。」

「權利？你是不是太落伍了，詹姆斯？你到底想知道些什麼？」

「呃，首先，國有化的問題——你對此有什麼打算？」

「沒有。」

「沒有?!」

「你肯定也不希望我做任何事，我的礦產和你的鐵路是被人民的意願奪走的，你不會想讓我反對人民的意願吧，對不對？」

「法蘭西斯可，這不是什麼好笑的事！」

「我從不覺得這是。」

「我有權得到一個解釋！你必須向你的股東們把這件丟臉的事情說清楚！你為什麼挑了一個一錢不值的礦？為什麼白白丟進去上百萬元？這到底是一種什麼樣的墮落騙局？」

法蘭西斯可站在那裡，很有禮貌而驚訝地看著他：「怎麼了，詹姆斯，我還以為你會同意這麼做。」

「同意?!」

「我想，你會把聖塞巴斯蒂安礦，當成一個具有最高道德水準的理想在現實中的實現，想到你和我過去經常存在著分歧，我覺得當你看到我按照你的原則行事，應該會感到欣慰。」

「你這是在說什麼呀？」

法蘭西斯可遺憾地搖了搖頭，說：「我不明白你為什麼把我的行為叫做墮落。我還以為你會承認這是一種坦誠的努力，是在實踐全世界都在宣傳的那種精神。不是所有人都認為自私是罪惡嗎？在聖塞巴斯蒂安的工程中，我徹底無私。追求個人利益不是罪惡嗎？我在這個專業中沒有任何私利。追求利潤不是罪惡嗎？我沒有去追求利潤——我承擔了損失。不是所有人都同意企業的目標與合理性並不是生產，而是它的員工的生活嗎？聖塞巴斯蒂安礦是工業歷史上最傑出的成功探索：這個專業沒有生產銅，卻讓成千上萬的人只用一天的勞動就得到了他們一生也達不到的生活；不是都說企業主是寄生蟲和剝削者，而員工們才是真正辛苦工作、並生產出產品的嗎？我沒有剝削任何人，沒有讓我毫無用處的存在去加重聖塞巴斯蒂安礦的負擔，我把礦交給了那些管用的人。我沒有把對這份資產的估價強加給別人，我把這個交給了一個礦業專家。他不是什麼優秀的專家，可是他非常需要這份工作。不是都認為在雇用人時，真正要考慮的是他的需要，而不是他的能力嗎？大家不是都認為只要是需要，就應該得到想要的東西嗎？我履行了我們這個時代當中的每一條道德規範，還指望著能得到一些感激和榮譽提名呢。我不能理解我為什麼受到譴責？」

在所有聽者的靜寂當中，只有貝蒂突然刺耳地「咯咯」笑了起來：她什麼也不明白，但卻看到了詹姆斯臉上那種氣急敗壞的惱火。

人們都在看著詹姆斯，等著他回答些什麼。他們對這件事毫無興趣，只是覺得看到一個人窘迫的樣子很有意思。詹姆斯擺出一副大度的樣子，笑著問道：

「你不會指望我拿這當真吧？」

「過去，」法蘭西斯可答道，「我是不相信有人會拿它當真。我錯了。」

「這太過分了！」詹姆斯的嗓門開始大了起來，「如此不加思考和輕率地對待你負有的公眾責任，簡直是太無禮了！」他掉頭就走。

法蘭西斯可聳了聳肩，攤開雙手：「看吧？我知道你不想和我說話。」

里爾登獨自遠遠地站在房間的另外一頭。菲利普注意到了他，邊走過來，邊向莉莉安招了招手，讓她也過來。

「莉莉安，我覺得亨利不開心啊，」他笑著說，看不出他這笑裡的嘲弄是衝著里爾登還是莉莉安，「要不要幫幫他？」

「噢，胡說八道！」里爾登說。

「我真希望能知道該怎麼做，菲利普，」莉莉安說，「我一直希望亨利能學著放鬆點，他對什麼都嚴肅得讓人害怕，實在是個太古板的清教徒。我一直想看他喝醉的樣子，哪怕只是一次。不過我放棄了，你有什麼主意？」

「哦，我才不知道呢！只是他不應該一個人站在這兒。」

「省省吧，」里爾登說道，雖然他心裡在想著不應該傷害他們的好意，還是忍不住又補上一句，「你們不明白，我費了多大勁才能讓自己一個人在這裡站一會兒。」

「瞧——你看見了吧？」莉莉安向菲利普笑著，「享受生活和與人相處不是像澆出一噸鐵水那麼容易，性情的修養是沒辦法在市場上學會的。」

菲利普笑出了聲：「我擔心的不是性情的修養，莉莉安，你對你剛才說的什麼清教徒有多肯定？如果我是你，才不會讓他那麼自在地東張西望呢，今天晚上的漂亮女人實在太多了。」

「亨利會背棄神嗎？你過獎他了，菲利普，太高估他的膽量了。」她笑著，冷冷地、狠狠地看了里爾登片刻，就走開了。

里爾登瞧著他弟弟：「你到底知不知道自己在幹什麼？」

「哦，別來清教徒那一套了，你開不得一句玩笑嗎？」

達格妮在人叢中漫無目的地移動著，納悶著她為什麼要來這個聚會，而答案卻讓她吃了一驚：因為，她很想見到里爾登。注視著他在人群之中，她頭一次感覺到了這種反差。其他人的臉看起來像是集中了可以互相替換的五官，每張面孔都可以混合成類似所有人的樣子，所有的面孔似乎都在融解。而里爾登的臉上有著瘦削分明的棱角、蒼白的藍眼睛和帶著灰顏色的金髮，有著冰一般的堅定；清晰的線條使它在其他人的面孔之中，看起來像是帶著一束光，在大霧中移動著。

她的眼神總是不由自主地回到他身上，從來沒見他朝她這邊瞥過一眼。她怎麼也不相信他是有意避開自己，這沒有任何道理。但是，她很肯定他的確是在這麼做。她很想走過去，證實是自己想錯了。但是，有什麼東西讓她停住了，沒有動，她自己也搞不懂為什麼。

里爾登正在耐著性子陪他的母親和兩位夫人談話，為了幫助談興，母親希望他能聊一聊他年輕時候的奮鬥。他一邊照辦，一邊心裡想著母親是用她自己的方式來為他自豪。但是，他隱約感到，她的言談之間似乎是暗示在奮鬥的過程中，是她在一直扶助著自己，她是成功的關鍵。他很高興母親終於放開了他，便又回到了窗前，讓自己可以喘口氣。

他倚靠著這種獨處的感覺，像是扶著什麼支撐的東西，就那樣站了一會兒。

「里爾登先生，」他身邊響起一個陌生而又平靜的聲音，「允許我介紹一下自己，我叫德安孔尼亞。」

里爾登一驚轉過身來，德安孔尼亞的談吐和聲音裡有種他以前很少見到過的氣質：一種真正的自尊。

「你好。」他回答說，聲音非常的生硬和冷淡，但他還是答話了。

「我注意到里爾登夫人一直避免把我介紹給你，我可以猜到原因。你是不是希望我離開你家？」

面對難題沒有躲開，而是直接挑明，這和他認識的人的慣常舉動真是大相逕庭，也讓他有一種突然和驚訝後的輕鬆感，他在一陣沉默中盯著法蘭西斯可的臉。法蘭西斯可簡簡單單地說出了這句話，既不是在責備，也沒有請求，但談吐間，卻不可思議地體現出里爾登和他自己的尊嚴。

「不，」里爾登回答道，「你猜其他任何原因都可以，但我沒有那麼說過。」

「謝謝你。既然如此，你得允許我和你談談。」

「你為什麼想和我談話？」

「你目前不會對我的動機感興趣的。」

「和我的這種談話，你是根本不會感興趣的。」

「里爾登先生，你對我們中的一個人，或者我們兩個，存在著誤解。我來這裡只是為了見你。」

里爾登的語調中一直有種淡淡的、感到可笑的意味，現在，它變成了一絲生硬的蔑視：「你既然已經開門見山了，就別再兜圈子。」

「我沒有。」

「你為什麼想見我？是想讓我虧本賠錢嗎？」

法蘭西斯可直視著他：「對——逐漸地。」

「這次是什麼？一座金礦？」

法蘭西斯可慢慢地搖搖頭，在這個明顯的動作裡，有一種近乎悲哀的成分。「不，」他回答，「我不想向你兜售任何東西。實際上，我也並沒有向詹姆斯．塔格特去兜售銅礦，他主動找上我，而你不會。」

里爾登不禁笑出了聲：「如果你能明白這些，我們就有了一個還算明智的談話基礎，那你就繼續說吧，如果你想的不是什麼天花亂墜的投資，為什麼要見我？」

「為了能認識你。」

「這算什麼答案，不過是文字遊戲罷了。」

「不完全是，里爾登先生。」

「除非你的意思是——為了獲得我的信任？」

「不，我討厭人們用獲得誰的信任的方式來講話和考慮問題。如果一個人的行為誠實，就不需要得到其他人事先的信任，僅僅是人們理智的感知就已經足夠。渴望得到這種品德上的空白支票的人，無論他自己是否承認，都有不誠實的企圖。」

里爾登用驚訝的眼神看著他，好像是一隻處在絕境中的手，不由自主地去抓住一些支撐的東西。他急於瞭解眼前這個人的心情，在這個眼神中一覽無遺。接著，里爾登將目光垂了下去，幾乎是慢慢地閉上了眼睛，把他的想法和需要關閉在內。他的臉色嚴峻，有一種劇烈的神情，這種劇烈的自我內心活動，看起來嚴厲而孤獨。

「好吧，」他的語氣中沒有任何感情色彩，「如果不是我的信任，那你想要什麼？」

「我想試著去瞭解你。」

「為什麼呢？」

「出於我自己的原因，目前與你無關。」

「你想瞭解我什麼？」

法蘭西斯可沉默地望著外面的黑夜，工廠的爐火漸漸熄滅，天邊只剩下一縷淡淡的紅暈，勉強把暴風中被撕得七零八落的幾塊碎雲邊緣，鍍上了些顏色。模糊的陰影不斷掃蕩著天空，然後又消失。這些樹枝的黑影，似乎使得暴怒的狂風歷歷可見。

「這個夜晚對於那些野地裡沒有遮蔽的動物來說實在是太可怕了，」法蘭西斯可開口說，「只有在這個時候，人才會對自己作為人感到幸運。」

里爾登沒有馬上回答，然後帶著不解的語氣，像是自問自答一般地說：「有意思……」

「什麼？」

「你說的，正是我剛才想到的……」

「是嗎？」

「……只是我找不出合適的話來表達它。」

「要不要我把剩下的那些話也說出來？」

「說吧。」

「你是帶著無比的驕傲站在這裡看著風暴的——因為，你可以在這樣的夜晚，讓自己的家中有夏天的鮮花和半裸的女人，來顯示你戰勝了風暴；而且，如果沒有你，這裡的大多數人就會在野地裡，毫無希望地任憑狂風摧殘了。」

「你是怎麼知道的？」

話一出口，里爾登已經意識到，面前這個人說出的並不是他的想法，而是他隱藏得最深、最私人的情感，他從來不會向任何人承認這種情感，但卻在他剛剛提出的問題中承認了。他發現法蘭西斯可的眼睛不易被察覺地微微眨了一下，似乎是笑，又像是打了個記號。

「你對那種驕傲又能瞭解多少？」里爾登嚴厲地問，似乎這後一句問話中的輕蔑，可以抹掉剛才那句問話裡的信心。

「我年輕的時候，曾經有過這樣的感受。」

里爾登注視著他，法蘭西斯可的臉上既沒有嘲諷，也沒有自憐，如雕刻般精緻的面孔和清澈的藍眼睛顯示出平靜的鎮定。他的面孔是那麼坦然，在任何打擊下都不會退縮。

里爾登一時間不由得浮起一股同情，便問：「你為什麼想談這些？」

「就算是——出於感激吧，里爾登先生。」

「對我的感激？」

「假如你接受的話。」

里爾登的聲音突然生硬了起來：「我沒要求過感激，我不需要感激。」

「我沒說你需要，但在你今晚從暴風中拯救出來的所有人裡，只有我會表示感激。」

沉默了一會兒後，里爾登用低沉得近乎是威脅的聲音問道：「你想幹什麼？」

「我是在讓你注意，看看你為他們付出的那些人到底是什麼樣子。」

「只有一輩子從沒老實工作過一天的人，才會這麼想和這麼說。」里爾登聲音的輕蔑中含著一絲欣慰。他曾經懷疑自己對這個對手的人格的判斷，並一度放鬆了警惕，而現在，他再一次堅定了自己原先的看法，「即使我告訴你，哪怕是一直拖著你這種卑鄙的傢伙，我也是在為自己而工作，你也不會理解的。現在我倒要猜猜你正想說的，你隨便去說好了，這是種罪惡，我自私、自負、沒有同情心、冷酷無情，我是。我才不想聽什麼要為其他人而工作之類的廢話，我不會。」

他從法蘭西斯可的眼睛裡頭一次看到一種帶有感情的反應，有一種渴望和朝氣。「你剛才說的只有一個錯誤，」法蘭西斯可回答道，「就是你允許人們把它叫做罪惡。」在里爾登面帶疑色的沉默當中，他指了指客廳裡的那群人，「你為什麼情願支援他們？」

「因為他們是一群苦苦求生的可憐孩子，在絕望地掙扎，而我——我甚至連一點負擔都感覺不到。」

「你怎麼不告訴他們這些？」

「什麼？」

「你不是為了他們，而是純粹為自己在工作。」

「他們明白。」

「哦，對了，他們明白，這裡的每一個人都明白，但是他們覺得你不明白，而他們所做的一切努力就是為了不讓你明白。」

「我幹嘛要在乎他們怎麼想？」

「因為這是——一場戰鬥，必須要明確立場。」

「一場戰鬥？什麼戰鬥？我手裡拿著鞭子，我不會去打赤手空拳的人。」

「可他們是嗎？他們有對付你的武器。那是他們唯一的武器，也是致命的。有時間的時候，自己想想那是什麼吧。」

「你是從哪裡看出來的？」

「就從你現在這麼鬱悶這個無可原諒的事實。」

里爾登受得了別人對他的責備、辱罵和詛咒，但他唯一不能接受的一種感情就是憐憫。一種冷冷的抗拒感讓他重新回到了此時的現實，他竭力不去承認內心湧起的真實情感，質問道：「你想做什麼厚顏無恥的勾當？你的動機何在？」

「這麼說吧——是給你一些忠告，你以後會用得著的。」

「你為什麼要跟我講這個？」

「是希望你能記住它。」

讓里爾登生氣的是，他居然鬼使神差地對這場交談有了一種享受的感覺，他隱隱地感到了一種背叛，感到一種無名的惱火，「你指望我會忘了你是什麼樣的人嗎？」他問道，同時心裡明白，他的確是已經忘記了。

「我希望你連想都不要想到我。」

里爾登拒絕承認的情感依然原封不動地隱伏在他的惱火下面，他知道那是一種傷痛。一旦面對它，他就知道自己還會聽到法蘭西斯可的聲音，「只有我會表示感激……假如你會接受的話……」他能聽到這些話，聽到這平靜的聲音奇怪地轉換成莊重的語調，並且難以理解地聽到了他自己的回答，他內心中有一種東西想要吶喊，是的，承認吧，告訴面前這個人，他承認了，他需要它——儘管他也說不出他需要什麼，但那不是感激，而且他明白，這個人所指的並不是感激。

他大聲地說：「我沒有主動要和你說什麼，是你要談的，所以你得聽著。對我來說，人類的墮落只有一種形式——沒有目標的人。」

「不錯。」

「我可以原諒其他的一切，它們並不惡毒，只是無藥可救罷了。而你——你是不可饒恕的。」

「我警告你，這可是違背了寬恕罪惡的教義。」

「你的機會比任何人都要大得多，可是你都用它做了什麼？如果你懂得你剛才所說的一切，怎麼還有臉和我講話？在你任性毀掉了那個墨西哥計畫之後，怎麼還有臉見人？」

「你完全有權利來詛咒我，如果你想這麼做的話。」

達格妮站在休息窗的角落旁，聽著他們的談話，他們誰也沒注意到她。一看見他們倆在一起，她就在無法解釋和無法抗拒的衝動下跟了過來，知道這兩個人之間談些什麼是很要緊的。

她聽到了他們最後說的幾句話。她從來沒想到法蘭西斯可居然也會甘心被罵。他此時毫不抵抗地站在那裡，她明白他並不是滿不在乎，她太熟悉他的面孔了，看得出他是用了很大的努力才保持住平靜——她看見他臉頰的肌肉隱隱地緊繃著。

「在一切依靠其他人生活的人當中，」里爾登說道，「你是一條真正的寄生蟲。」

「我給了你這樣認為的理由。」

「那你有什麼權利來說做人的意義？你已經背叛了它。」

「如果你對此感到無禮，我對自己的冒犯非常抱歉。」

法蘭西斯可鞠了個躬，轉身就要離開。里爾登不由自主地問了一句，乃至他都不清楚他的問題是在否定著自己的怒氣，還是在請求讓這個人留下來：「你想要瞭解我什麼？」

法蘭西斯可轉過身來，臉上依舊是嚴肅和尊敬的表情，回答道：「我已經知道了。」

里爾登站在那兒，看著他消失在人群裡，端著水晶盤的大廚和正在彎腰去拿點心的普利切特博士，將法蘭西斯可從他的視線中擋住。里爾登看了一眼黑暗的窗外，除了狂風，什麼也看不見。

他從休息窗前走過來時，達格妮面帶著笑容走上前去，明顯是想和他講話。他站住腳步，在她看來卻似乎極不情願。她為了打破這沉寂，連忙說：「漢克，這裡怎麼有這麼多給掠奪者當說客的文人？我是不會讓他們到我家裡的。」

她其實並不是想和他說這些，但是她也不知道想要說什麼，她以前從沒有在他面前覺得無話可說。

她看到他的眼睛像正在關閉的大門一般，慢慢地瞇成一條縫，「我不覺得不應該請他們參加聚會。」他冷冷地回答。

「哦，我並不是批評你怎麼來選擇你的客人，但是……呃，我一直克制著讓自己不去知道誰是史庫德，如果知道了，我會甩他耳光的。」她儘量若無其事地說著，「我不是想惹事，但我可不保證能不能控制我自己。別人告訴我是里爾登夫人邀請了他之後，我簡直難以相信。」

「是我邀請的。」

「但……」她的聲音沉了下去，「為什麼？」

「我從不把什麼嚴肅的事和這類場合聯繫在一起。」

「對不起，漢克，我不知道你這麼好風度，我可不行。」

他沒說話。

「我知道你不喜歡聚會，我也一樣。不過有時候我想……也許只有我們才能真正享受這些聚會。」

「恐怕我沒這個才能。」

「不是說這個，你覺得這些人裡有誰是真正開心的嗎？他們只是被折騰得比平時更愚蠢沒主見，更輕飄飄得沒有分量……你知道，我覺得只有當一個人覺得自己特別重要時，才能真正體會輕飄飄的感覺。」

「我不會知道的。」

「這只是不時騷擾我的一個想法……我想起我的第一次舞會……我一直在想，聚會應該是為了慶祝些什麼，而慶祝應該是只給那些有東西來慶祝的人。」

「我從來沒想過這些。」

他這種僵硬、拘謹的舉止令她無法適應，她沒法徹底相信，在他的辦公室的時候，他們非常輕鬆，而現在，他卻像是被箍上了一件緊身衣。

「漢克，你看看，假如你不認識這些人，那一切看起來不是就很美了嗎？漂亮的燈光和衣服，還有想像，就會使它成為可能……」她向房間內看去，沒注意到他並沒有隨著她的目光一起去看，他正在盯著她裸露在外面的肩膀，在那上面，燈光從她的長髮間隙透過，留下了一汪藍色、柔軟的影子。「我們為什麼要把這一切給那些傻瓜？那應該是屬於我們的。」

「以什麼方式？」

「我不知道……我總是希望晚會是激動人心和精彩的，就像難得的好酒一樣，」她笑了起來，那笑聲裡隱隱有種悲哀，「不過我也不喝酒，這不過是詞不達意的另外一個象徵吧。」他沉默著，她又補充了一句：「也許我們錯過了一些東西。」

「我沒注意到。」

突如其來的，她的大腦突然出現了荒蕪的空白，她隱約感到自己流露得太多了，卻弄不清楚她都表達了些什麼，只是暗自慶幸著他沒有明白回答。她聳了聳肩，肩頭的曲線微微地起伏著，「那只是我過去的幻想，」她不動聲色地說，「只不過是每一兩年就冒出來一次的情緒而已，我一看到最近的鋼鐵價格指數，就會把它忘得一乾二淨了。」

她不知道，在她走開時，他的眼睛一直沒有離開過她。

她誰也不看，慢慢地從房間走過，注意到一小群人圍在沒有生火的壁爐前。房間裡並不冷，但他們坐在那裡，彷彿像是從並不存在的爐火中得到了溫暖。

「不知道為什麼，我生下來就怕黑。不，現在不，那只是在我一個人的時候。讓我害怕的是夜晚，像這樣的夜晚。」

說話的是一個未婚的老女人，神態裡顯出幾分教養和絕望。這群人中的三個女人和兩個男人都是衣著光鮮，臉上的皮膚保養得很光滑，但舉止卻很緊張和小心，這使得他們的嗓音比正常時候要低一些，讓人難以分辨他們的年齡差別，並讓他們都有一種筋疲力盡的蒼老的感覺，和人們到處都能見到的那些有身分的人一模一樣。達格妮停下來，聽著他們的談話。

「可是親愛的，」他們中的一個人問，「你害怕什麼呢？」

「我不知道，」那個老女人答道，「我不怕像小偷和劫匪那樣的事情，可是我晚上就是睡不著，只有看到天泛白的時候才睡，很怪。每天傍晚的時候，我就有種末日的感覺，覺得天不會亮了。」

「我那個住在緬因州的表妹寫信來也這麼說。」一個女人插了句話。

「昨天夜裡，」老女人繼續說著，「我睡不著是因為槍聲，遠處的海邊整夜都有槍響，沒有閃光，什麼都看不見，只有每隔一陣才響起的槍聲，是在大西洋海面上霧氣裡的什麼地方。」

「我今天早晨從報紙上讀到了這件事，是海岸防衛隊的演習。」

「才不是呢，」老女人不為所動地說著，「住在海邊的人都知道是怎麼回事，那是拉格納·丹尼斯約德，是海岸防衛隊在抓他。」

「拉格納·丹尼斯約德在達拉威海灣嗎？」一個女人驚呼道。

「嗯，是的，他們說已經不是第一次了。」

「他們抓到他了嗎？」

「沒有。」

「沒人能抓得住他。」一個男人說。

「挪威已經懸賞一百萬美金要他的腦袋。」

「這個海盜的腦袋，可是值很大一筆錢呀。」

「可是讓一個海盜到處跑，這世界上怎麼可能還有什麼秩序、安全感和計畫呢？」

「你們知道他昨晚搶了什麼嗎？」老女人說，「是我們為法國運送救援物資的一艘大船。」

「他怎麼打發搶來的那些貨物呢？」

「哦，那個呀——沒人知道。」

「我碰到過一個被他搶過的船上的水手，他恨不得能立刻把他關進監獄。他說，丹尼斯約德長著全世界最純的金髮和最嚇人的臉，那臉上沒有任何表情。假如有人生下來就沒有心的話，那就是他了——這是那個水手說的。」

「我的一個外甥有天晚上在蘇格蘭海岸邊看到了丹尼斯約德的船，他寫信說，他簡直不敢相信，他的船比英國海軍的任何一艘船都好。」

「他們說，他躲在挪威海岸邊一個連上帝都找不到的峽灣裡，中世紀的維京人就是藏在那兒的。」

「葡萄牙政府也懸賞要他的人頭，還有土耳其。」

「他們說，這是挪威的醜聞，他們家是挪威最顯赫的家族之一，儘管好幾代以前就家道中落了，但仍然是一個貴族，他們家的城堡廢墟依然還在。他的父親是個主教，雖然和他脫離了父子關係，並且把他趕出了教會，但於事無補。」

「你們知道嗎？丹尼斯約德是在這裡上大學，而且就是派屈克亨利大學。」

「不會吧？」

「哦，沒錯的，你可以查得到。」

「讓我感到不安的是……你們知道，我是很不願意看到的。我不願意看到他此時就出現在這裡，出現在我們的水域裡。我本來以為這樣的事只會發生在荒無人煙的地方，只會發生在歐洲。可是，這麼一個罪大惡極的強盜居然就出現在達拉威，出現在我們的眼前！」

「他還在南塔克特和巴灣出現過，而且禁止報紙報導這些事。」

「為什麼？」

「他們不想讓人知道海軍對付不了他。」

「我感覺很不好，太滑稽了，這像是黑暗時代才有的東西。」

達格妮抬眼一瞧，發現法蘭西斯可站在幾步遠的地方，正用嘲諷的眼神非常好奇地看著她。

「我們生活的這個世界真是太奇怪了。」老女人聲音低沉地說道。

「我看了一篇文章，」其中一個女人木訥地說，「那上面說動盪不安的日子對我們是有好處的，人們變得貧窮是好事，安於貧困是一種美德。」

「我想是的，」另一個女人隨口附和著說。

「我們不必擔心。我聽過一個演講，它說擔心和責備任何人都是沒用的，人無法控制自己想做什麼，他生下來就是這樣的。我們什麼也管不了，必須去忍受一切。」

「到底什麼叫有用？什麼是人的命運？難道不就是一直去希望，但永遠無法做到嗎？聰明的人是不會去抱什麼希望的。」

「這才是正確的態度。」

「我不知道……我再也不知道什麼是對的了……我們又怎麼可能知道呢？」

「嗯，約翰．高爾特是誰？」

達格妮憤然轉身離開了他們，其中一個女人跟了過來。

「不過我知道。」那女人輕聲地、神祕兮兮地說道。

「你知道什麼？」

「我知道約翰．高爾特是誰。」

「誰？」達格妮停下來，緊張地問。

「我認識一個人，他和約翰·高爾特認識。這人是我伯祖母的一個朋友，他當時在那兒，看到了一切。你知道亞特蘭提斯的傳說嗎，塔格特小姐？」

「什麼傳說？」

「亞特蘭提斯。」

「怎麼了……我大致記得。」

「就是幾千年前古希臘人所稱的賜福群島。他們說，亞特蘭提斯是英雄們靈魂的快樂居所，一直不為外界所知，那個地方只有英雄的靈魂才能進入，因為他們都懂得生活的奧祕，所以他們可以活著到達那裡。即使在當時，亞特蘭提斯也是不為人們所瞭解的。但希臘人知道它曾經存在過，並試圖找到它。他們中有的人認為它在地下，藏在地球的心臟，但大多數人認為它是個島，是個坐落在大西洋上的光彩奪目的島嶼，或許他們當時想的就是美洲。他們從未找到過它，幾個世紀過去後，人們覺得這只是一個傳說，儘管他們不相信，卻一直在尋找著它，因為他們知道，它就是他們必須要找到的東西。」

「嗯，約翰·高爾特又是怎麼回事呢？」

「他找到了。」

達格妮頓時沒了興趣：「他是誰？」

「約翰·高爾特是個富翁，財富多得數不過來。有天晚上，他在大西洋上駕著遊艇，正在和一場前所未有的風暴搏鬥時，他發現了它。他看到它就在海底深處，在人無法到達的地方，看到亞特蘭提斯的燈塔在海底閃耀著光芒。那種景象可以令人只看上一眼，就再也不想去看地球上其他的地方了。約翰·高爾特沉了他的船，和全體船員一起沉了下去，他們全都心甘情願。我的那個朋友是唯一的生還者。」

「很有趣。」

「我的朋友可是親眼目睹的，」那個女人感覺到被冒犯，「只是這是許多年以前的事了，但約翰·高爾特的家人沒有聲張這件事。」

「他的財富後來怎麼樣了？我不記得聽說過什麼高爾特財產。」

「和他一起沉下去了，」她又不甘示弱地補充道，「你不信就算了。」

「塔格特小姐不信，」法蘭西斯可說，「我信。」

她們轉過身。他一直跟在後面，此刻正站在那裡看著她們，傲慢的臉上帶著非常誇張的認真表情。

「德安孔尼亞先生，你信仰過任何東西嗎？」那個女人生氣地問。

「沒有，夫人。」

他看著她憤然離開的樣子，啞然失笑。達格妮冷冷地問：「有什麼好笑的？」

「好笑的是那個女人。她都不知道她講的確實是真的。」

「你希望我相信嗎？」

「不。」

「那你覺得有什麼好笑的？」

「哦，是這裡發生的好多事，你不覺得嗎？」

「不。」

「嗯，這就是我覺得好笑的一件事。」

「法蘭西斯可，你能不能讓我一個人待會兒？」

「我是這麼做的呀，你難道沒注意今晚是你先開口和我說話的？」

「你幹嘛老跟著我？」

「好奇。」

「對什麼事？」

「你對自己不覺得好笑的事的反應。」

「你為什麼管我對什麼事有什麼反應？」

「這是我自己開心的方式，不過，你並不是這樣，對不對，達格妮？另外，你是這裡唯一值得去看的女人。」

他看著她的神態簡直要讓她一怒而逃，但她仍不服氣地站在原地，一動不動，就像她平常的樣子，緊張地挺直了身體，頭似乎不耐煩地揚起，是一種毫不女性化的姿態。但是，她裸著的肩膀暴露了她那裹在黑色晚禮服下的身體的嬌弱，而這姿勢使她更像個女人。驕傲的勇氣變成了對那股超人力量的挑戰，而她的嬌弱則在暗示著，這種挑戰將會崩潰，她並沒意識到這一點，她還從沒遇到過能看穿她的人。

他低下頭看著她的身體，說：「達格妮，這是多大的浪費啊！」

她頭一次感到全身羞得通紅，只好轉身逃掉：因為她突然發覺，這句話道出了她今晚的全部感受。

她什麼也不想地跑開了，但突然從收音機響起來的音樂聲讓她止住了腳步。她發現扭開收音機的里迪正在向他的一群朋友揮手喊著：「就是這個！就是這個！我就是想讓你們聽聽這個！」

雄渾而起的聲音正是哈利第四號協奏曲開始的樂章，在對痛苦的拒絕和對遙遠未來的讚美聲中，它隨著歷盡苦難的勝利的降臨而更加嘹亮。隨後，樂句破裂開來，音樂裡像是被扔進了一把爛泥和碎石，接踵而來的便是泥漿翻滾和滴落的聲音，哈利的協奏曲搖身一變，成了通俗的調調，原來的旋律被撕得粉碎，孔隙被打響嗝的聲音填滿，對快樂的偉大宣言變成了酒吧間裡的調笑。只是，它依舊借助著哈利那已被打碎的旋律，這旋律成了支撐著它的主幹。

「很不錯吧？」里迪帶著幾分炫耀和不安，笑著對他的朋友們說，「很不錯，呃？我得了年度最佳電影音樂獎和一份長期合約。是啊，這就是我為《後院的天堂》配的音樂。」

達格妮站在原地，向房間中怒視著，彷彿一種感官可以被另外一種所替代，彷彿視覺可以把聲音全都抹掉。她緩緩地環視四周，竭力想找到某種依靠。她看到法蘭西斯可雙手抱肩，倚著一個柱子，正直直地盯著她，大笑著。

別抖成這樣，她心裡說道，離開這裡。她無法抑制這股襲來的怒火，只是想著：什麼也別說，穩穩地走，離開這裡。

她小心地、慢慢地開始走著，莉莉安的說話聲卻讓她停了下來。今晚，莉莉安已經對這個問題回答了很多遍，但達格妮卻還是第一次聽到。

「這個嗎？」莉莉安一邊說著，一邊把戴有金屬手鐲的手伸給兩個打扮入時的女人看，「什麼，不是，不是從工具店裡買的，這是我丈夫送給我的特殊禮物。哦，當然，它是很難看，不過你看不出來嗎？它應該是無價之寶啊。當然了，我可以隨時用它來換一條普通的鑽石手鍊，只是，它雖然非常非常有價值，卻還沒人願意跟我換。為什麼？親愛的，這是用里爾登合金做成的第一樣東西。」

達格妮的視線已經看不見這個房間，她也聽不到音樂聲，只能感到死一般的寂靜緊緊地壓迫著自己的耳膜。她渾然不知身邊發生的一切，忘記了自己，忘記了莉莉安和里爾登，也忘記了自己在做什麼。這句話是她唯一聽到的，她此時盯著那隻藍色的金屬手鐲。

她感覺到有個動作從自己的手腕上褪下了什麼東西，聽到了自己異常平靜、像骷髏般冰冷而毫無感情的聲音：「如果你不是我想像中的膽小鬼的話，你就來換。」

她向莉莉安伸出的掌心裡，正是她的鑽石手鍊。

「你不是當真的吧，塔格特小姐？」一個女人的聲音說。

那不是莉莉安的聲音，她看見莉莉安的眼睛正注視著她，莉莉安知道，她是當真的。

「把那個手鐲給我。」達格妮說道，同時把她的手掌向上抬了抬，那條鑽石手鍊泛射出燦爛的光芒。

「這太可怕了！」有個女人驚呼著。奇怪的是，這叫聲居然這麼刺耳，達格妮意識到，人們站在她們周圍，全都鴉雀無聲。她現在可以聽到聲音了，甚至連音樂聲也聽見了，從很遠的地方，傳來的是哈利那首被毀得面目全非的協奏曲。

她看到了里爾登的臉，看起來，他內心裡的什麼東西也像音樂一樣被毀掉了，他不知道那是被什麼毀掉的。此時，他正盯著她們。

莉莉安的嘴角向上翹成一輪笑著的彎月，她「啪」地打開金屬手鐲，把它放在達格妮的掌心，然後拿起了鑽石手鍊。

「謝謝你，塔格特小姐，」她說。

達格妮的手指握住了金屬，除了它，她感覺不到其他任何東西。

莉莉安掉過頭去，里爾登正向她走過來，他從她手中拿起鑽石手鍊，戴在她的手腕上，並把她的手抬到唇邊吻了一下。

他沒有看達格妮。

莉莉安快活地笑起來，笑得那麼肆意和誘人，使得房間內又恢復了原來的氣氛。

「假如你改變主意了，還可以拿回去，塔格特小姐。」她說。

達格妮轉身走開，她感到平靜和自在，壓力不見了，離開這裡的想法也煙消雲散了。

她把那個金屬手鐲扣在了手腕上。她喜歡這種皮膚上有些分量的感覺。令人費解的是，她感到了一種前所未有的女性的虛榮心：渴望別人能看見自己戴著這個別致的首飾。

遠遠的，她聽到了憤憤的說話聲時斷時續地傳來：「這是我所見過最無禮的行為……太惡毒了……我很高興莉莉安沒有讓步……如果她喜歡白白花幾千美金的話，倒是正合適……」

在此後的整個晚上，里爾登一直待在他的妻子身邊，加入她的談話圈子裡，和她的朋友們一起笑著。

他突然成了一個忠實、殷勤和令人羨慕的丈夫。

他正端了一個托盤，上面放著莉莉安的朋友要的飲料，從屋子裡走過——還從來沒人見他有過如此的舉止，簡直與平常大相逕庭——達格妮迎了上去，在他面前站著，像是他們倆獨自在他的辦公室裡一樣，抬頭看著他。她仰著頭，像一個總裁那樣站在那裡。他垂下眼睛看著她，從她那隻手的指尖一直看到她的臉，目光所及，她赤裸的身上只有那隻他的金屬手鐲。

「我很抱歉，漢克。」她說道，「但我只能這麼做。」

他的眼睛依然毫無表示，但她忽然一下子清楚了他的想法：他想甩她一記耳光。

「沒必要。」他冷冷地答道，走開了。

$

里爾登走進妻子的臥室時，已經很晚了。她還沒睡，床頭亮著燈。

她背靠著淡綠色布套的枕頭倚在床上，她身上的淡綠色絲綢睡衣像櫥窗裡模特兒的穿著那麼挺，閃亮的摺痕看起來像襯墊的紙板還附在上面。蘋果色調的燈光罩在床頭的小櫃上，那上面放了一本書，一杯果汁，幾樣洗浴用品，像手術盒裡的器械一樣閃著銀光。她的手臂像瓷器一般的光滑，嘴唇上薄薄地抹了淺粉色的口紅。她看不出一點晚會後疲憊的樣子——也看不出有什麼活力會被耗盡。這裡的一切都顯示出女主人已經梳洗完畢，準備就寢，不希望再受打擾。

他依舊穿著他的禮服，領結已經鬆開，一縷頭髮垂到臉上。她瞄了他一眼，一點也不吃驚，似乎知道他剛才在他的房間裡做了些什麼。

他默默地看著她。他已經很久沒進過她的臥室了，此刻，他站在那兒，真希望自己沒有走進來。

「是不是又該聊聊了，亨利？」

「如果你想聊的話。」

「我希望你能讓你們工廠的大專家來看看我們的取暖爐。你知不知道，晚會中間它就壞了，西蒙斯花了好大功夫才把它重新弄好……威斯頓夫人說今天我們的廚師是最棒的——她特別喜歡那些點心……尤班克講了一句關於你的很有趣的話，他說你是個靠工廠煙囪的黑煙打扮起來的十字軍……我很高興你不喜歡法蘭西斯可·德安孔尼亞，我受不了他。」

他並不在乎去解釋他現在來這裡的目的，或者假裝沒受到什麼挫敗，或者乾脆用離開的方式來承認這種挫敗。忽然之間，她是如何去猜測和感覺的，對他來說已經無所謂了。他走到窗前，向外看去。

她為什麼嫁給他呢？——他心想。這是一個他在八年前結婚的那天都沒有問過自己的問題。從那時起，他在孤獨的苦悶中曾經問了無數遍，一直沒有找到答案。

他想，這不是為了地位和金錢。她的家庭淵源很深，並不缺少這兩樣東西，儘管她家並不是最有名望的，財產也只是平平，但已經足以讓她躋身於紐約的上流社會，他也正是在那裡認識了她。九年前，他的里爾登鋼鐵公司取得令人目眩的成功，讓城裡的專家們大跌眼鏡，他也因此一步進入了紐約城。真正使他備受關注的是他的無動於衷，他不懂得需要花錢打進上流社會，不知道他們正巴不得想要藉此機會，痛快地奚落他一番。他根本沒功夫去注意他們的失落。

他在幾個想靠他幫忙的人的邀請下，極不情願地參加了幾次社交活動。他並不知道，但他們很清楚，他那彬彬有禮、拒人於千里之外的舉止，大大地刺激了那些想冷落他的，以及那些說過成功的時代一去不復返的人們。

莉莉安的樸素吸引了他——是她的樸素和她的舉止之間的矛盾。他從沒喜歡過什麼人，也從沒希望過被誰喜歡，卻發覺他被這個女人吸引了，她明明是在追求他，卻又一副不情願的樣子，好像是違心，是在和自己厭惡的欲望抗爭一般。是她安排好他們見面，然後卻給他冷淡的臉色，似乎不在乎他怎麼想。她話很少，帶著一股神祕的氣質，似乎在告訴他，他永遠無法破解她驕傲的另一面；而她那種消遣的態度又在捉弄著他和她自己的欲望。

他認識的女人不多。在向著自己目標邁進的道路上，他把與這個世界和他自己無關的東西統統掃到了一邊。他對工作的奉獻就像是他經常打交道的火一樣，把一條白熾的金屬燒得沒有一絲雜質。他無法做到三心二意。但是，他有時會突然感到一股欲望，強烈得無法隨隨便便地發洩出去。在那些年裡只有極少的幾回，在他覺得喜歡的女人面前，他向這股欲望屈服過，只給他留下了憤怒的空虛——儘管他不懂那是什麼，但他是在尋找一種勝利，然而，他得到的只是一個女人對於偶然歡愉的欣然接受，他很清楚，他所得到的沒有任何意義。留給他的不是成就感，而是他自己的墮落感。他開始恨自己的欲望，與之抗爭，並開始相信這欲望純粹是生理上的，與意識無關，完全是物質的。對於他的肉體應該能夠自由選擇，而且選擇不受大腦支配的想法，他進行著反抗。他把時間都用在了礦山和工廠上，用他的大腦把一切都調理清楚——並且發現他不能容忍無法控制自己的身體。他和它對抗著，贏得了他和這個沒有生命的世界的每一場戰鬥。然而，與莉莉安的這場戰鬥他卻輸掉了。

越不容易征服，越使他想得到莉莉安。她似乎期望被尊重，而且也應該被尊重，這就更使得他想把她推倒在他的床上。把她推倒，他心裡就是這麼想的，這句話讓他感到一種黑暗的愉悅，感到這個勝利值得他去爭取。

他不明白這是為什麼——他覺得這是一種猥褻的衝突，是他身體裡某種祕密的墮落信號——為什麼與此同時，一想到要把妻子的稱呼授予一個女人，他又感到無比自豪。這感覺非常莊重而耀眼，幾乎就像他希望以占有的方式來向一個女人表示敬意。莉莉安似乎讓他悟出，他腦海中還有這麼一幅情景，他還想要去尋找。他看到了優雅、驕傲和純潔，其餘的就是他自己了，他並不清楚，他注視著的其實只是一個映像。

他記得莉莉安從紐約去他辦公室的那天，她一時興起就來了，並讓他帶她去工廠裡逛逛。她就工作問他一些問題和不斷左右顧盼的時候，他聽到她嗓音中發出的一種柔柔的、低低的、喘不過氣來的語調——一種愛慕的語調。他瞧著她在噴射的爐火前走動的優雅身段，瞧著她緊緊偎在自己身邊，穿著高跟鞋的腳在流淌的熔渣間靈巧地跳躍著；望著正在出爐的鋼水，他從她的眼睛裡找到了他自己，而她抬起雙眼注視著他的時候，也帶著同樣的眼神，只是更加緊張，讓她顯得楚楚可憐和安靜。就在那天吃晚飯的時候，他向她求了婚。

婚後，他過了一段時間才終於向自己承認這是一種折磨。他至今還記得他承認的那天晚上，他站在床邊看著莉莉安，渾身的血液還在沸騰，他告訴自己，這折磨是他應得的，而他該去忍受。莉莉安沒有看他，梳理著她的頭髮，「我現在可以睡了嗎？」她問道。

她從未反對過，從未拒絕過他任何事情，隨時順從著他的需要。似乎她是在順從著一條規定，她的責任就是要像一個沒有生命的物體那樣，隨時讓她的丈夫擺弄。

她沒有責怪他，明確地表示了她向來認為男人有一種低等的本能，用來完成婚姻裡神祕而醜陋的內容。她謙恭地容忍著，對於他體驗到的強烈感覺，她露出厭惡和感到可笑的笑容，「這是我知道的最無聊的消遣了，」她曾跟他說過一次，「但我從來沒幻想過男人會比動物更高等。」

婚後的第一個星期，他對她就失去了欲望，剩下只是他無法毀掉的需要。他從未進過妓院，他有時候想，在那種地方對自己產生的厭惡感，要比這股驅使他進入妻子臥室的感受更糟糕。

他常常會發現她在讀書，會把書放在一旁，用白絲帶做好書籤。當他筋疲力盡地躺倒，閉上眼睛還在喘氣的時候，她就會打開燈，拿起書，繼續讀下去。

他告訴自己，他應該受到折磨，因為他曾經想再也不去碰她，卻總是堅持不住，為此，他瞧不起自己。他瞧不起不帶有一點歡愉或者意義的生理需要，這已經變成僅僅是需要女人的身體，這個自己並不瞭解的身體，屬於那個他抱在手裡、卻一定要忘掉的女人。他越發相信這種需要是一種墮落。

他沒有去詛咒莉莉安，對她，他只有一種沉悶的、不偏不倚的尊重。他對自己欲望的憤恨使他越是接受了這樣一種觀念：女人是純潔的，純潔的女人無法得到生理上的享受。

在他這些年平靜而痛苦的婚姻生活中，他從不允許自己去想一個念頭：背叛的念頭。已經說了的話，他就要去兌現。這並非是對莉莉安的忠誠，他不希望背叛的並不是莉莉安這個人，而是他的妻子。

此刻，他站在窗前想著這一切。他原先沒有想來她的房間，腦子裡一直在掙扎。他明明已經知道自己今晚為什麼會忍不住，卻掙扎得更加劇烈。然而一見到她，他頓時就明白自己不會去碰她——而這恰恰是今晚促使他來到這裡的原因，也讓他明白這一切是絕不可能的了。

他的欲望散盡，靜靜地站在那裡，不再想著他的身體，不再想著這個房間，甚至不想他此時此地的存在，這讓他有了蒼涼的解脫感。他轉過身來，不再顧及她完好無暇的純潔，而是離開了她。他覺得應該對自己感到敬佩，卻覺得一陣噁心。

「……但是，普利切特博士說我們的文化正在消亡，因為大學所依賴的資助是來自那些肉類包裝批發商人、煉廢銅爛鐵的和那些徵購早餐麥片的商人。」

她為什麼嫁給他呢？——他在想。她那副明亮、清脆的嗓音所說的並不是無心之話，她很清楚他為什麼來這裡，很清楚當他看到她一邊磨著指甲，一邊興高采烈地說些冠冕堂皇的話來搪塞他的時候，心裡會怎麼想。她談著晚會上的事，卻閉口不提史庫德——或者達格妮。

她嫁給他是另有所圖嗎？他在她身上感到一種冷酷的企圖——卻找不到什麼可以詛咒的東西。她從未試圖利用過他，沒有向他提出過任何要求。

大企業的權力帶來的名望並沒有令她滿足——她對此十分藐視——她更願意和她圈子裡的朋友打交道。她並不貪圖錢——她的花費很少——對於他可以提供的那些奢侈無動於衷。他想，他沒有權利去指責她什麼，或者撕毀他們的誓約。在他們的婚姻中，她是位值得尊敬的女人，不想從他的身上獲取任何物質上的好處。他回過身，懨懨地看著她。

「下次你辦晚會的時候，」他說話了，「找你自己的那群人，別請那些你認為是我的朋友的人，我不想和他們交際應酬。」

她大笑起來，有些吃驚，又有些高興，「我不怪你，親愛的。」她說。

他走了出去，沒再說什麼。

她想要他的什麼呢？——他想，她到底想要什麼？他絞盡腦汁，還是沒有答案。

第七章 剝削者與被剝削者

鐵軌沿著陡峭的山石爬升，通向油井上方伸向天際的井架。達格妮站在橋上，仰望著山巔，陽光照亮了矗立在頂峰之上的一座井架的金屬身軀，像是威特油田被積雪覆蓋的山脊上白色的火炬。

春天的時候，她想著，軌道就會和從薛安市方向鋪過來的鐵路線交會：她的視線順著從井架那裡鋪出來的藍色鐵軌，一直看到它延伸下來，經過此刻她站立的大橋。她轉過頭，目光隨著它們伸展在遠方清澈的空氣之中，在山的一側蜿蜒盤繞。一台移動式起重機在新修軌道的盡頭，像一隻手臂，裸露著骨骼和神經，緊張地在空中揮動。

一台載有藍色金屬螺釘的拖拉機從她身旁駛過，顫抖的吼聲不斷從遠在下面的鑽孔機傳來，下面的工人們吊在鋼絲安全帶上，正在切割著從峽谷上方滾落的石頭，用來加固大橋的橋墩。她看到鐵軌這端工作的人們緊握電動砸夯機的扶手，臂膀上的肌肉繃得緊緊的。

「塔格特小姐，」工程承包商尼利對她說，「肌肉——靠它就可以建造世界上的任何東西。」

似乎到哪裡都找不到像邁克納馬拉那樣的工程承包商，她挑了一個能找到的最好人選。塔格特的員工中，實在沒有讓人放心的工程師監督這項工程，他們都對這種新型合金表示懷疑。「坦白地說，塔格特小姐，」她的總工程師曾說，「既然這種試驗從沒人做過，我覺得讓我去負責不太公平。」「我來負責。」她當時就這麼回答。他已經四十幾了，還保留著那股書生氣。塔格特泛陸運輸公司曾經有一位在所有鐵路公司中最好的總工程師，他寡言少語，有著灰白的頭髮，是自學成才的。五年前他就退休了。

她向橋下看去。這座鐵橋的下面是一條高達一千五百英尺的大壩，將大山攔腰劈開。她仍能看到下面乾枯河床的大致輪廓，看到一堆堆的大圓石和飽經滄桑、枝幹彎曲的大樹。她不禁在想那些圓石、樹幹和肌肉，究竟能否架起連接峽谷的橋樑，她納悶自己怎麼會忽然想起了原始人，他們曾經赤身裸體地在山谷底生活了一代又一代。

她又看著上面的威特油田，鐵軌在油井之間分岔成副線，可以看見一個又一個小小的換軌轉盤，星星點點地散佈在雪原上。和成千上萬遍佈在全國各處毫不起眼的轉盤一樣，它們也是金屬質地的——卻在陽光之下熠熠泛射著藍色的光芒，這是她苦口婆心說服了康乃狄克州信號公司的莫文總裁後，才好不容易達成的成果。「可是，塔格特小姐，親愛的塔格特小姐呀！我的公司已經為你的公司服務了好幾代了，你的祖父是我祖父的第一個客戶，你不要對我們的竭誠服務有任何疑慮，不過——你說轉盤是用里爾登合金做成的麼？」

「是的。」

「可是，塔格特小姐！你要考慮一下用那種合金有什麼樣的後果。你知不知道，那玩意在四千度以下是不熔的？……好極了？呃，也許對汽車生產商是好極了，可我考慮的是，這就意味著要用新式高爐，全新的步驟，工人要培訓，計畫被打亂，工作標準作廢，所有這些都像滾雪球一樣，可是誰知道做出來的東西對不對呢！……你怎麼知道，塔格特小姐？從來沒人做過，你又怎麼可能知道？……呃，我不能說這合金是好還是不好……呃，不，我不能肯定這產品到底是像你說的那樣，是出自天才之手，還是像很多人講的那樣，僅僅是一場騙局，塔格特小姐，很多人啊……呃，不，我不能說這到底會怎麼樣，要是在這種事情上冒風險的話，那我算什麼呢？」

她把訂貨單的價錢漲了一倍，里爾登派了兩名冶金專家對莫文的員工進行培訓，一步一步地教導和示範過程中的每一道環節，並且負擔了他們接受培訓期間的工資。

她看著腳下鐵軌上的路釘，想起了那天晚上，她得知唯一願意生產里爾登合金路釘的伊利諾州巔峰鑄造公司破產了，而她的一半訂單還未交貨。她連夜飛赴芝加哥，將三個律師、一個法官和一個州議員從睡夢中叫起來，打點好了其中兩個人，並對另外幾個人施加了壓力，終於獲得一份緊急簽發的許可，解決了這件棘手的法律糾紛。她叫人打開了巔峰鑄造公司已經查封上鎖的大門，在天亮之前，就臨時找了一班衣衫不整的工人，讓他們在熔爐前重新開工。工人們在塔格特的一位工程師和里爾登派來的一名冶金專家的指揮下，不間斷地工作著，里約諾特鐵路的重建得以順利進行。

她聽著鑽機的轟鳴。當對大橋橋墩鑽孔的工作停下來的時候，工程再一次不得不停頓。「我沒辦法，塔格特小姐，」尼利爭辯說，「你知道鑽頭磨損得有多快，我已經訂購了新的鑽頭，可是聯合工廠遇上了一點小麻煩，他們也無能為力。聯合鋼鐵公司延遲了給他們的鋼材交貨日期，我們除了等，什麼也做不了，生氣也沒用，塔格特小姐，我已經盡力而為了。」

「我雇用你是來工作的，而不是什麼盡力而為——不管你怎麼說。」

「這麼說太可笑了，這種態度可不好，塔格特小姐，非常不好。」

「別管什麼聯合工廠了，別管鋼材的事，訂購用里爾登合金做的鑽頭。」

「我才不會這麼做，在你這條鐵路線上，這東西給我的麻煩已經夠多的了，我不能再把我自己的設備弄砸了。」

「一個里爾登合金鑽頭的壽命可以超過三個普通鋼的。」

「也許吧。」

「我說了，就訂購這樣的鑽頭。」

「誰付這筆錢？」

「我付。」

「誰能找到生產商呢？」

她打了電話給里爾登。他找到了一家早已倒閉的工具廠，一小時之內，他把這家工廠從前任廠主的親戚手裡買了下來；一天之內，工廠重新開門生產；一個星期之內，里爾登合金鑽頭運到了在科羅拉多的這座大橋。

她看著這座橋，橋身固有的問題一直沒有很好地解決，但她過去也不得不先將就著。這座橫跨峽谷、全長一千二百英尺的鐵橋還是在內特．塔格特的兒子那個時候建造的，早已過了安全使用年限，先是用鋼製的枕木修補，接下來是用鑄鐵，再後來就是木頭了，現在已不堪修補。她曾經想過建一座里爾登合金的新橋，並讓她的總工程師提交一份設計和預算。他卻只是用這高強度的里爾登合金，把一座鐵橋蹩腳地縮小了比例而已，預算高得令人無法想像。

「請您重複一遍剛才說的話，塔格特小姐，」他爭辯道，「您說我沒有充分利用合金的特點，我不清楚是什麼意思。這是根據現有橋樑設計中最好的設計方案改良的，您還能指望怎麼樣呢？」

「一種新式的建築方法。」

「您什麼意思，新式的？」

「我是說，有了建築鋼材以後，人們不會只是用它來做舊式木橋的翻版，」她又疲倦地補上一句，「給我做一份能讓那座舊橋再堅持五年所需的預算。」

「好的，塔格特小姐。」他興高采烈地，「如果我們用鋼材來加固的話——」

「我們要用里爾登合金來加固。」

「好吧，塔格特小姐。」他冷冷地答道。

她眺望著白雪茫茫的群山。在紐約，她經常工作得很辛苦。她曾在辦公室繁忙的空檔停下來，癱坐著，絕望地感到實在無法擠出更多的時間——她的一天充滿了應接不暇的會面，商討如何解決老化的柴油內燃機、破舊的運輸車廂、失靈的信號系統，以及下滑的收入；同時，還要想著里約諾特鐵路的修建過程中最近發生的緊急情況；她在講話時腦海中總是出現兩條泛著藍光的條紋；在突然領悟一條總是在她心裡糾纏不去的新聞時，她會中斷談話，抓起話筒，打長途電話給她的工程承包商：「你是從哪裡給你的工人準備糧食？……我想也是。呃，丹佛的巴頓和鍾斯昨天宣佈破產了，如果不想讓你的工人餓死在你手上的話，最好立刻找別的供應商。」她是靠著紐約的辦公桌來修築這條鐵路的，那似乎非常艱難。而此刻，她正看著這條鐵軌一點點伸長，它會按時完工。

她聽到一陣急速的腳步聲，於是轉過頭去。一個人正沿著鐵軌走來，他個子高高的，很年輕，一頭黑黑的頭髮，在寒風中沒有戴帽子。他穿的是工人的皮夾克，但看起來並不像個工人，行走間帶著一副發號施令的氣勢。直到他走近，她才認出那張面孔，是艾利斯・威特。自從上次在她辦公室的談話後，她就一直還沒見過他。

他走上前，停下腳步，看了看她，笑了。

「嗨，達格妮。」他招呼著。

她愣了一下，立刻悟出了他這短短的兩個詞想要表達的一切，那是對她的原諒、理解和認可，是對她的致敬。

她像個孩子似的笑了起來，很高興這一切又重新走上了正軌。

「嗨。」她招呼著，伸出手去。

他用了比平常稍長的時間握住她的手，這是他們雙方消除過去的恩怨，互相理解的一種表示。

「讓尼利在格拉納達山谷口，建造一英里半的新防雪牆，」他說道，「老的那些都不行了，再一場暴風雪就會垮的。給他一台迴輪式鏟雪機，他現在用的破爛機器連後院都清不出來。大雪隨時都會來的。」

她對著他凝神想了一會兒，問道：「你多久會來一次？」

「什麼？」

「來查看工作。」

「有時間就時不時來看看，怎麼？」

「他們清理坍方的那天夜裡，你在嗎？」

「在。」

「我接到報告時，對他們能又快又好地把鐵軌清理出來還很吃驚，讓我覺得尼利比我想像中的要能幹多了。」

「他不行。」

「是你把他的食物供給送過來的？」

「當然了，他的那些人在過去把一半的時間都花在找東西上了。讓他注意水箱，這幾天晚上可能會凍住；看看能不能給他弄台新的挖掘機，我不太喜歡現在這台的樣子；檢查一下他的配線系統。」

她注視著他好一會兒，才說：「謝謝，艾利斯。」

他笑了笑，繼續向前走去。她一直望著他走過大橋，登上長長的山路，向井架走去。

「他覺得這地方是他的，對不對？」

她吃了一驚，轉過身來。尼利走到了她的身邊，正用大拇指指著艾利斯．威特。

「什麼地方？」

「這條鐵路啊，塔格特小姐，你的鐵路啊，還有全世界也說不定，他想的就是這些。」

尼利長得胖胖的，陰沉的臉上肌肉鬆弛，他的眼神偏執而空虛，在雪地泛起的發藍的光線下，他的皮膚看起來和黃油有幾分像。

「他幹嘛總在這裡轉來轉去的？」他繼續說著，「好像就只有他知道怎麼工作似的，擺什麼架子，他以為他是誰？」

「上帝在詛咒你。」達格妮不疾不徐地說，嗓門也沒有提高。

尼利永遠也搞不懂她為什麼會這麼說，但他心裡多多少少明白一點。令她大感意外的是，他並不吃驚，也什麼都沒說。

「去你那裡，」她指了指遠處的一節車廂，疲倦地吩咐著，「叫個人來做紀錄。」

「關於那些枕木，塔格特小姐，」他一邊開始走，一邊急忙地說，「你辦公室的科曼先生已經同意了，他沒提什麼樹皮的事，我不明白你為什麼覺得它們——」

「我說了，你得把它們都撤換掉。」

花了兩個小時耐心地指示和解釋後，她筋疲力盡地走出車廂，看到破舊的公路那邊停著一輛小汽車，是一輛黑色雙座，閃閃發亮的新車。在任何地方，新車都十分惹眼，因為並不常見。

她環顧周圍，在大橋腳下看到了一個高高的人影，那是漢克·里爾登，她沒想到會在科羅拉多碰到他。他手裡拿著鉛筆和小本子，像是全神貫注地在計算著什麼。他的衣著也和他的車一樣惹人注目，外面只是一件式樣簡單的風衣，頭上戴著斜邊禮帽，但質地極佳，昂貴得讓人咋舌，在滿眼都是衣著廉價的人群中，顯得鶴立雞群，更加不同凡響的是，這衣服他穿起來是那麼的貼身、自然。

她忽然意識到，自己正在向他跑過去，渾身的疲勞消失得無影無蹤。緊接著，她記起自己自從那次晚會後再也沒見過他，便收住了腳步。

他看到了她，喜出望外地朝她揮了揮手，面帶笑容，迎著她走過來。

「嗨，」他招呼著，「你是鐵路重建後第一次來這裡嗎？」

「是三個月之內的第五次了。」

「我不知道你在這裡，沒人告訴過我。」

「我還以為你有一天會忍不住大哭呢。」

「哭？」

「因為你到了這裡，看到了這一切。那就是你的合金，覺得怎麼樣？」

他看了看四周，說：「假如你一旦決定不做鐵路生意了，一定要告訴我。」

「你要給我個工作？」

「隨時都行。」

她看了他好一會兒，說：「你是半開玩笑罷了，漢克，我想，你是希望我來向你要工作，讓我做你的雇員，而不是客戶，然後對我下命令。」

「是啊，我會這樣的。」

她臉色一沉，說：「別丟掉你的鋼材生意，我不會答應給你在鐵路公司上找什麼工作的。」

他放聲大笑：「你想都別想。」

「什麼？」

「我認定的事，你別想贏。」

她沉默了，這句話讓她感到像受到一擊，並不是精神上的，而是一種湧遍全身，讓她說不出也說不清楚的愉悅感。

「順便提一句，」他接著說，「這不是我第一次來了，我昨天也在這裡。」

「是嗎？來幹嘛？」

「哦，我來科羅拉多是辦自己生意上的一點事，因此覺得應該過來看看。」

「你有什麼目的？」

「你為什麼覺得我有目的呢？」

「你不可能只是浪費時間過來看看，而且是兩次。」

他笑起來，「不錯，」用手一指大橋，「我是為這個。」

「跟這個有什麼關係？」

「它該進廢品堆了。」

「你覺得我不清楚這一點嗎？」

「我看到了你為這座橋訂的里爾登合金零件的規格，你是在浪費自己的錢。那只是能撐一兩年的權宜之計，而它和新的里爾登合金大橋一比，花費所差無幾，我不懂你為什麼還要費勁去保留這個該進博物館的東西。」

「我想過里爾登合金大橋的計畫，並且讓我的工程師們做了預估。」

「他們怎麼說？」

「兩百萬美元。」

「我的天啊！」

「你覺得要多少？」

「八十萬。」

她看著他，知道他從不會隨便說，她儘量保持住鎮靜，問道：「怎麼做？」

「就像這樣。」

他給她看筆記本，上面有他斷斷續續的記錄，許多的圖表，幾張粗略的草圖，他還沒講解完，她就明白了他的想法。不知不覺間，他們已經坐了下來，坐在了一堆被凍住的木料上，她的腿隔著粗糙的木板，感到寒意穿透了薄薄的襪子。他們一起俯身研究的那幾片紙，極有可能會決定成千上萬噸的貨物跨越半空的一道鴻溝。他用高亢清晰的聲音，講述著桁架、拉力、負荷和風壓。這將是一座跨越一千二百英尺的單體桁架橋，他設計出了一種還從未出現過的新式桁架，如果沒有里爾登合金的強度和輕盈，這樣的設計是不可能實現的。

「漢克，」她問道，「你在這兩天就把這個設計出來了嗎？」

「噢，不，在里爾登合金研製出很久以前，我就『發明』出來了，是在生產橋樑用鋼材時想出的主意，我想要的金屬，其中一個功能就是要能做到這點，這次來這裡，就是想親自看一看你的這個難題。」

他看到她緩緩地用手摀住了眼睛，嘴角浮現出酸楚，彷彿她是和什麼東西進行了一場吃力而毫無價值的戰鬥，而現在她正拚命把這東西消滅掉。他笑了。

「這只是草案，」他說，「但我相信你看到它的前景了，嗯？」

「我沒辦法把自己看到的都一一告訴你，漢克。」

「不用，我都知道。」

「你等於是在第二次挽救塔格特泛陸運輸公司。」

「你這個心理學家可不如以前了。」

「什麼意思？」

「我幹嘛要在乎拯救塔格特泛陸運輸公司？你難道不明白我是想讓所有人都來看看里爾登合金建造的大橋嗎？」

「是的，漢克，我明白。」

「有太多的人在叫喊著說里爾登合金的鐵軌不安全，所以我想給他們一個實實在在的東西，讓他們去叫吧。我要讓他們看看用里爾登合金製造的大橋。」

她瞧著他，痛快地大聲笑了起來。

「這又是怎麼了？」他問道。

「漢克，我不知道還有誰，這世界上除了你還有誰能在這種情況下想出這樣的答案來對付人。」

「那你呢？你願意和我一起實現這個答案，來面對同樣的叫囂嗎？」

「你早就知道我會的。」

「是啊，我早就知道。」

他眯著眼睛，瞄了她一眼。他沒有像她那樣大笑，但這一眼卻有著同樣的意味。

她猛然想到了他們上一次在晚會上見面的情景，那個記憶現在看來讓人難以置信。他們從彼此身上感到的那份自在——他們都明白在其他地方找不到的那種奇特的、輕飄飄的感覺——讓這種敵意無法存在。儘管如此，她明白那次晚會的情形的確發生過，而他卻像是根本沒這回事一樣。

他們走到峽谷的邊緣，一起望向對面峭壁前的深淵，望向高照著威特油田井架的太陽。她兩腳分開，頂著風穩穩地站在冰凍的岩石上，僅憑感覺就知道他的胸膛緊貼著自己的肩膀。風吹動著她的風衣下襬，打在他的腿上。

「漢克，只剩下六個月了，你覺得我們能按時完工嗎？」

「當然，這比其他任何一種大橋都節省工時。我會讓我的工程師做出一個大致的方案，然後交給你。你不必有任何顧慮，先看一看是否能負擔下來，我覺得這沒問題。然後，你就可以讓你手下的那些大學生們制定出具體細節了。」

「合金零件怎麼辦？」

「就算是要扔掉其他的訂單，我也會把零件趕出來。」

「你在這麼倉卒的時間裡把它趕出來嗎？」

「我耽誤過你的訂單嗎？」

「沒有，只是現在有許多事情，恐怕你也是愛莫能助。」

「你覺得自己是在和誰講話——沃倫．伯伊勒嗎？」

她笑了起來，「好吧，那就儘快把設計圖給我，我會看的，並且會在四十八小時內通知你。至於我手下的大學生，他們——」她停頓了一下，皺著眉頭，「漢克，怎麼現在哪一行的人才都這麼難找呢？」

「我不知道。」

他望著群山巍峨的輪廓，一股煙霧正在遠處的山谷中嫋嫋升起。

「你看到科羅拉多新建的城市和工廠了嗎？」他問道。

「看到了。」

「真了不起，是吧？——看到他們從全國各地召集來的人，都很年輕，都幾乎是白手起家，要來搬掉這些大山。」

「你決定要來搬哪座山呢？」

「什麼意思？」

「你來科羅拉多做什麼？」

他笑了笑：「來看一個礦。」

「什麼礦？」

「銅礦。」

「天啊，你還嫌自己的事情不夠多嗎？」

「我清楚這很複雜，但銅礦石的供應已經一點都靠不住了，在這一行裡，全國上下都找不出一家一流的公司——可是我又不願意和德安孔尼亞打交道，我信不過那個浪蕩公子哥兒。」

「我可以理解。」她邊說邊把視線移到了別處。

「所以，如果沒有稱職的人來做，我就必須像自己採鐵礦石那樣，自己去開採銅礦。我不能讓自己被外界的失敗和短缺給耽擱了。里爾登合金要用大量的銅礦石。」

「你買下這座銅礦了嗎？」

「還沒有，有些問題要先解決，把人、設備和運輸準備好。」

「哦！」她笑出聲來，「是不是打算和我談談建條支線呀？」

「有可能。在這個州，什麼都有可能。你知道嗎，這裡有各種各樣有待開發的資源，他們工廠是用什麼樣的態勢在發展！我來這裡，覺得年輕了十歲。」

「我沒有。」她的雙眼越過山巒，向東望去，「我在想，塔格特系統的其餘部分和這裡是多麼鮮明的對比，運輸量減少，每年的運輸噸位都在下降，就像是……漢克，這個國家到底是哪裡出了毛病？」

「我不知道。」

「我總是想起在學校時講到的太陽失去能量，每年都在變冷。我記得那時候還在想，世界末日是個什麼樣子。我想，就會像……這樣，漸漸變冷，一切都停止了。」

「我從來不相信那個說法，我想等到太陽枯竭的時候，人類會找到替代品的。」

「是嗎？有意思，我也這麼想過。」

他指著升起的煙霧：「那就是新升的太陽，它會滋養一切的。」

「假如不停下來的話。」

「你覺得它能被停下來嗎？」

她瞧了瞧腳下的鐵路，回答道：「不。」

他笑了，看了看下面的鐵路，然後視線沿著鐵軌攀上山峰，一直到遠方的井架。她的視野裡似乎只剩下了這兩樣東西：他的側影，還有在空中盤繞著的藍綠色金屬條。

「我們成功過，對不對？」他說道。

她的一切努力，她的每一個不眠之夜，她對絕望所做的每一次無聲的抵抗，都在這一時刻得到了她渴望的回報。「是的，我們成功過。」

她轉動著視線，注意到鐵道支線上停著的一台吊車，心想，它的吊索磨損得太舊了，需要換新的。這是在感受了人所能感受到的一切以後，超出了感受之外的透徹。她想，他們取得的成就和共同承認它、擁有它的這一刻——還有什麼比共同分享這些更親密的呢？現在，她心無羈絆，可以去考慮目前最簡單、最普通不過的事了，因為她眼中的一切都有了意義。

她在想著是什麼讓她這麼肯定他也有同樣的感受。他忽然轉身走向他的汽車，她跟了過去，彼此都不再去看對方。

「我一小時之後就要離開去東部了。」他說。

她指了指那輛車，說：「你從哪裡弄來這台車的？」

「從這裡，這是一輛哈蒙德，科羅拉多本地產的哈蒙德——只有他們還在生產好車。我就是這次來的時候剛買的。」

「很棒。」

「是啊。」

「打算開回紐約去？」

「不，我要把它運回去，我是坐自己的飛機過來的。」

「哦，真的？我是從薛安市開車過來的——非得來看看這條鐵路——可我急著趕回去，能帶我和你一起飛回去嗎？」

他沒有馬上回答。她注意到了這短暫的沉默。「對不起，」他急忙說道，她似乎聽出了他聲音中的唐突，「我不是要飛回紐約，我要去明尼蘇達州。」

「哦，那我還是看看今天有沒有航班吧。」

她目送著他的汽車消失在蜿蜒的路上。一小時後，她開車到了機場，這塊不大的空地建在連綿荒涼的群山之間的一個斷口，凹凸不平的硬地上還留著一片片的積雪，燈塔的柱子只剩下一個還站立著，電線一直拖拉到地上，其他的柱子已經都被風暴颳倒了。

一個閒得無聊的值班員迎了過來，「不，塔格特小姐，」他抱歉地說，「一直到後天之前都沒有飛機，你知道，橫越大陸的航班每隔兩天才有一次，今天的那班在亞利桑那州沒有飛，又是引擎故障的老毛病。」他又接著說，「可惜，你沒能早點過來，里爾登先生的私人飛機剛剛起飛去了紐約。」

「他不是飛紐約吧？」

「怎麼了，是紐約呀，他是這麼說的。」

「你肯定？」

「他說他今晚在那裡有個約會。」

她一動不動，呆呆地望著東邊的天空，腦子裡一片茫然，感到頭重腳輕，既不能思考，也難以抵抗，更無法理解。

$

「這該死的路！」詹姆斯罵道，「我們要遲到了。」

達格妮從司機的身後望去，透過擋風玻璃上雨刷劃出的半圓，她看到一串黑壓壓的污濁不堪的車頂，反射出雨雪的光亮，一動不動地停在前面。遠處，模糊的紅色信號燈表示道路正在施工。

「每條街都有毛病，」詹姆斯煩躁地說，「怎麼就沒人去修？」

她把身體靠回到座位上，將外套的領口繃緊，早上七點，她就在辦公室開始了她一天的工作，現在，她已經疲憊不堪。但今天還沒做完，她就得匆匆回家換裝，因為她答應了吉姆，要在紐約商會的晚餐上講話。「他們想讓我們談一談里爾登合金。」吉姆當時對她說，「你談這個比我強太多了，我們得好好講一講，對里爾登合金的爭議實在是太大了。」

她此時坐在他的車裡，卻後悔自己答應了他。看著紐約的街道，她想的是鋼材和時間正在進行的賽跑，里約諾特鐵路和流逝的日子正在進行的賽跑。靜止的汽車正在繃緊她的神經，在分秒必爭的時候，卻白白浪費了一個晚上，她感到非常內疚。

「現在到處都聽到對里爾登的攻擊，」詹姆斯說，「他也許需要一些朋友。」

她半信半疑地瞥了他一眼：「你是說你要支持他？」

他沒立即做聲，然後冷冷地問：「對那份全國金屬行業協會特別委員會的報告——你怎麼看？」

「你知道我怎麼看。」

「他們說里爾登合金威脅到了公共安全，說它的化學成分不對，很脆弱，會在分子部分開始分解，會毫無徵兆地突然斷裂……」他停了停，像是在乞求得到一個答案，她沒有回答。他焦急地問，「你沒改變對它的看法吧？」

「對什麼的？」

「那個合金啊。」

「沒有，吉姆，我沒改變主意。」

「可是他們是專家……那個委員會的成員們……是最好的專家……都是最大的公司裡面的首席冶金專

家，他們有一串來自全國很多大學的學位……」他悶悶地說著，似乎是在求她能夠讓他懷疑這些人，懷疑他們的定論。

她疑惑地看著他，這可不像是他呀。

車子猛地向前動了動，慢慢地駛過一片隔板，下面是挖開的一處斷裂的輸水管線。她看到在水溝的旁邊有一堆新的管子，管身上印著商標：史多克頓鑄造廠，科羅拉多州。她移開了視線，不願意回想到科羅拉多。

「我無法理解……」詹姆斯還在痛苦地說著，「全國金屬行業協會的專家……」

「誰是全國金屬行業協會的主席？沃倫．伯伊勒，對不對？」

詹姆斯沒有去看她，但一下子張開了他的下巴，「如果那個蠢貨認為他能——」他衝口而出，又停住不說了。

她抬頭看著街角的路燈，燈泡在一個球形的玻璃中，高高地懸掛在風雪中，孤零零地照射和守護著一片片的玻璃窗和滿是裂縫的人行道。在河那邊街道的盡頭，她可以從工廠的燈光中依稀辨認出發電站。一輛卡車駛過，擋住了她的視線，這是一輛發電站的運輸卡車——像坦克一樣結實，雨雪也奈何不得它身上鮮豔的油漆，在綠色的車身上，印著白色的字樣：威特石油，科羅拉多州。

「達格妮，你聽說過在底特律建築鋼材工人聯合會上的討論嗎？」

「沒有，什麼討論？」

「所有報紙都在報導這件事。他們在爭論是否應該允許他們的成員使用里爾登合金。儘管沒有達成一致，但對打算嘗試使用里爾登合金的工程承包商來說，這件事已經足夠了，他撤了訂單，而且動作很快！……如果……如果大家都反對，怎麼辦？」

「隨便他們吧。」

一點亮光直直地上升到了一座看不見的大廈頂端，那是一個大飯店的電梯。他們的汽車從飯店側面的小巷裡駛過，人們正在把一箱沉重的設備，從貨車卸到地下室，她看到了箱子上的名字：尼爾森發動機，科羅拉多州。

「我很討厭新墨西哥州小學教師大會通過的決議。」詹姆斯說。

「什麼決議？」

「他們決定，在塔格特公司的里約諾特鐵路通車後，不允許孩子們乘坐，因為不安全……他們特別強調是塔格特泛陸運輸公司的新鐵路線，我們的對外形象大受影響……達格妮，你覺得我們應該怎麼來回答他們呢？」

「在新的里約諾特鐵路線上通車。」

他沉默了良久，看起來異常沮喪。這讓她感到不可思議：他沒有幸災樂禍，沒有借住他喜歡的那些權威的意見來壓她，他似乎是希望獲得信心。

一輛車疾速地超車了過去，她只來得及瞄了它一眼——平穩自如的速度和閃亮的車身。她知道這車的來歷：哈蒙德，科羅拉多州。

「達格妮，我們……我們的鐵路線能按時完工嗎？」

很少聽到他的聲音有這樣毫無掩飾的感情，是再清楚不過的動物的那種恐懼的聲音。

「如果我們不能的話，這座城市就完了。」她回答說。

汽車拐了個彎。在城市上空黑壓壓的樓頂上，她看到那幅巨大的日曆，被雪白的照明燈打亮，上面顯示著：一月二十九日。

「丹．康維是個混蛋！」

他忍無可忍一般地吐出了這句話。

她摸不著頭腦地看著他，問：「為什麼？」

「他拒絕把鳳凰─杜蘭戈在科羅拉多州的鐵道賣給我們。」

「你沒去——」她不得不停住，強忍著把語調放平緩，而不是去叫喊，「你不會去找他要這個吧？」

「我當然去了。」

「你不會認為他……會把它……賣給你吧？」

「為什麼不會？」他又恢復了歇斯底里好鬥的樣子，「我比所有人出的價錢都好，我們可以省去把它拆掉運走的費用，原樣使用。這對我們來說也是很好的公關——我們聽取了大眾的意見，正在放棄里爾登合金鐵軌，是表達我們良好願望的一個千金難買的機會。可是那個混蛋拒絕了，還聲稱連一尺鐵軌也不會賣給塔格特公司。他正在零敲碎打地見人就賣，賣給阿肯色州，或者北達科他州的小小的破鐵路公司，甚至不惜賠本，比我給他的價錢低得多，這個混蛋！連錢都不想賺了！你真是應該瞧瞧那些傢伙，像禿鷹一樣圍在他身邊，他們知道，要買這麼便宜的鐵軌，再也沒機會了。」

她把頭壓得低低的坐著，簡直無法忍受再看到他的那副嘴臉。

「我覺得這是和反狗咬狗決議的宗旨背道而馳的，」他憤憤地說，「國家鐵路聯盟的本意是要保護重要的鐵路系統，而不是保護北達科他州的那些鄉下支線。可惜，我沒辦法讓聯盟對此進行表決了，因為他們都一窩蜂似的跑到了那裡，在互相競價收買那條鐵路！」

她極慢地、一個字一個字地說道：「我明白你為什麼想讓我為里爾登合金辯護了。」

「我不知道你在——」

「閉嘴，吉姆。」她平靜地說。

他好一陣沒有做聲，然後把腦袋縮回來，不服氣地懶懶說：「你最好還是講得漂亮一點，因為史庫德的嘴巴可不饒人。」

「史庫德？」

「他是今晚的演講人之一。」

「之一……你可沒和我說過還有其他的演講者。」

「呃……我……這有什麼區別呢？你不是怕他吧？」

「紐約商會……而你居然邀請了史庫德？」

「為什麼不呢？你不覺得這是步好棋嗎？他對商人其實沒什麼惡意，也接受了邀請。我們得有風度點，聽取各方面的意見，也許還能把他爭取過來……呃，你瞪什麼眼睛？你會把他打倒的，對不對？」

「……把他打倒？」

「是通過聲音，電台會廣播的，你和他要辯論的題目是：『里爾登合金是不是貪得無厭的致命產品？』」

她向前一探身，拉開了分隔前後排座位的玻璃，命令道，「停車！」

她沒聽見詹姆斯在說些什麼，隱約覺得他是在大聲喊叫著：「他們在等著呢！……晚餐有五百人參加，是全國性的活動啊！……你不能這麼對我吧！」他拉住她的手臂，叫道，「為什麼？」

「你這個大白癡，怎麼會覺得我認為他們的問題還值得一辯？」

車停了下來，她跳出車門，跑掉了。

過了一會兒，她最先感覺到的是腳下的涼鞋。她像平常那樣慢慢地走著，黑色緞面涼鞋的鞋底踩著冰塊的感覺很奇怪。她把散到額頭的頭髮攏到腦後，感到冰雨正在掌心慢慢地融化。

她平靜了下來，不再有狂怒，只感到沉重的疲憊。她的頭微微地發痛，感覺到餓了，才記起來她原本是準備在商會上吃晚餐的。她繼續走著，卻沒有胃口，想找個地方喝杯咖啡，然後叫計程車回家。

環顧四周，她沒看到計程車，這裡不像是什麼好的街區，她覺得很陌生。街道對面是一大片空地，那是一個被廢棄的公園，被高樓和工廠的煙囪環繞著。她看到從幾間破房子的窗戶中透出的幾點燈光，幾家又小又破的店鋪已經關了門，霧氣瀰漫的東河就在兩條街以外。

她掉頭向市中心走去，前面是一座黑乎乎的廢棄建築，很久以前，這裡曾是一座辦公大樓，透過裸露的鋼架和坍塌的磚頭廢墟的縫隙，她看到了夜晚的天空。在廢墟的陰影裡有一家小餐館，如同一片草葉在死去的龐然大物的腳下求生。餐館的窗戶裡亮著燈光，她走了進去。

餐館裡面，鍍鉻條包邊的櫃台很乾淨，有一具閃亮的煮爐和咖啡的味道。幾個無所事事的人坐在台前，櫃台後面是一個壯實的老人，乾淨的白襯衫袖口一直挽到手肘上。溫暖的氣息讓她更感覺到自己身體的寒冷，她裹緊了身上黑色的絲絨披肩，在櫃台前坐下。

「請給我一杯咖啡。」她說道。

人們漠然地打量著她，似乎對一個身著晚禮服的女人來到這個貧民窟裡的餐館，並不覺得詫異。這些日子裡，人們對所有的事都沒了興趣。店主轉身過來，淡然地為她倒著咖啡，在他的麻木漠然之中，是不問一切的憐憫。

她分不出櫃台前這四個人是乞丐還是工人，這些日子以來，從他們的穿著和舉止已經一點也分辨不出來。店主在她面前放了一杯咖啡，她用兩隻手捂著杯子，享受著溫暖。

她看看四周，出於習慣地邊算計邊想著，多好啊，只花一角錢就能買到這些。她的目光從不銹鋼咖啡煮爐的圓桶看到鐵的平底鍋，從玻璃架看到瓷釉的水池，看到攪拌器的鍍鉻鋼刃。店主正在烤土司，她很愜意地看著精緻的傳送帶緩緩地移動著，把土司片送到發紅的電爐盤上。接著，她看到烤麵包機上印著的商標：馬氏，科羅拉多州。

她的頭垂落在櫃台上。

「沒用的，女士。」她身邊一個上了歲數的遊蕩者說。

「是嗎？」她問。

「沒用，還是別想了，你只是在自己騙自己。」

「你是在說什麼？」

「任何有價值的那些事。那都是些灰塵，女士，全都是灰塵和血。別相信他們灌給你的那些夢想，你就不會受傷。」

「什麼夢想？」

「就是他們在你年輕的時候講的那些故事──有關人類的精神。根本就沒有什麼人類的精神，人不過是一種低等的動物，沒有智慧，沒有靈魂，沒有道德和良心。動物只會幹兩件事：吃和繁殖。」

在他憔悴的臉上，是凝神注視的眼睛和猥瑣的五官，它們曾經是雅致的，依然能看出一些與眾不同。他看起來像是個魁梧笨重的傳教士，或者是美學的教授，在高深晦澀的博物館中經年累月地思考和研究。她不明白是什麼背離了他，是什麼樣的偏差使一個人變成今天這副樣子。

「你用一生去追求美和偉大，追求輝煌的成就，」他說著，「可是你找到了什麼呢？淨是些外表漂亮的汽車或者裝彈簧床墊的騙人機器。」

「彈簧床墊怎麼了？」一個像貨車司機的人說道，「別理他，女士，他就喜歡嘮叨，沒什麼惡意。」

「人唯一的本領就是為滿足身體需要而使用卑鄙的手段，」那個老人繼續說，「那不需要什麼智慧，別相信那些故事，說什麼人的心靈、精神、思想，還有什麼無窮的志向。」

「我不信。」坐在櫃台邊上的一個少年人說，他穿了件肩頭撕了個洞的外套，方正的嘴巴裡似乎蘊含著一生的酸楚。

「精神？」老人說，「製造和性根本就談不上什麼精神，可是人只在乎這些。物質──這就是所有人知道和關心的，作為我們偉大工業時代的見證，我們所謂的文明的唯一成果，被那些帶著目的、利益和貪婪欲望的粗俗的物質主義者製造出來。做出十噸的卡車和流水線並不需要什麼道德。」

「什麼是道德？」她問。

「分辨是非的判斷，看清真理的眼光，以此行動的勇氣，對善的奉獻，不惜一切恪守善行的正直。可是，這哪裡有呢？」

那個少年人像是半笑半嘲諷地說：「約翰．高爾特是誰？」

她喝著咖啡，什麼都不想，只是感受著愉快，彷彿這溫暖的液體使她身體的血脈重新復甦。

「我能告訴你，」一個瘦小枯乾的流浪者答道，他的帽子低低地遮著眼睛，「我知道。」

沒人留意他在說什麼，那個少年用一種強烈而毫無意義的眼神盯著達格妮。

「你不害怕。」他突然毫無來由地對她說道，在他直率和乾巴巴的聲音裡，流露出一分驚訝。

她看著他，說：「不，我不害怕。」

「我知道約翰・高爾特是誰，」那個流浪漢繼續說，「這是個祕密，但我知道。」

「誰？」她漠然地問。

「一個探險家，」流浪漢說著，「是目前為止最了不起的探險家，是發現了青春源泉的那個人。」

「再來一杯，不加糖。」那個老人說著，把他的杯子從台子上推了過去。

「約翰・高爾特花了很多年找它，他穿過海洋和沙漠，還下到很深的、被人忘卻的礦井裡。不過，他在一座山頂上發現了它。他用了十年的時間才爬上去，渾身的骨頭都散了，手被磨掉了皮。為了這個，他捨棄了他的家庭、名望和他的愛情。但他爬上去了，找到了他想帶回去給人們的青春源泉，只是，他再也沒有回來。」

「為什麼沒回來？」她問。

「因為他發現，那根本帶不回來。」

$

坐在里爾登桌前的這個人五官長得模糊不清，舉止含混，這讓人很難對他的臉留下什麼特別的印象，也無法揣摩出他的意圖。唯一能區分的特徵似乎是他的蒜頭鼻，大得和他極不相稱。他的行為很謙恭，卻傳遞出一個不合邏輯的暗示，暗示著一種特意隱藏著的威脅，但又想要被人識破。里爾登不明白他登門拜訪的目的。他是波特博士，在國家科學院擔任著某個職務。

「你來做什麼？」里爾登第三次問道。

「我想請你考慮一下社會因素，里爾登先生，」那人柔聲地說，「我非常希望你注意一下我們現在生活的這個時代。我們的經濟條件還不允許。」

「不允許什麼？」

「我們的經濟處於一種不穩定的平衡狀態，我們都要集中力量防止它崩潰。」

「好吧，你想讓我做什麼？」

「我來就是為了讓你考慮到這些，我是從國家科學院來的，里爾登先生。」

「這你已經說過了，可你為什麼想見我？」

「國家科學院並不贊成里爾登合金。」

「這你也說過了。」

「這難道不是你必須考慮的嗎？」

「不是。」

從辦公室寬大的玻璃窗透進來的光線黯淡了下來。白天很短。里爾登看到那人的鼻子，在他臉上投下的不規則的陰影，以及正盯著自己的那雙灰眼珠。眼神依舊模糊，但明白無誤地朝著自己的方向。

「國家科學院聚集了全國最優秀的專家，里爾登先生。」

「你肯定不會拿自己的意見去和他們硬碰硬吧？」

「據說是。」

「我會的。」

來者像是乞求般地看著里爾登，似乎他打破了長久以來約定俗成的規矩。里爾登沒有絲毫表示。

「你想瞭解的就是這個嗎？」

「這只是時間的問題，里爾登先生，」來者放緩了語氣勸道，「只是暫時延後一下，讓經濟狀況可以穩定下來，如果你能再等一兩年的話——」

里爾登忍不住開心而又輕蔑地笑出聲來：「你的目的就是這個啊？想讓我把里爾登合金從市場上撤下去，為什麼？」

「就一兩年，里爾登先生，只等——」

「這樣，」里爾登說，「現在我要問你一個問題：你們的科研人員是否認為里爾登合金名不副實？」

「我們沒有下這個結論。」

「他們是否認為它不好？」

「必須要考慮的是一個產品的社會效應。我們是從全國出發來想這個問題，我們關心的是公眾的利益和目前嚴重的危機，它——」

「里爾登合金是好還是不好？」

「如果從目前嚴重的失業增長這個角度來看——」

「里爾登合金好還是不好？」

「在鋼材極度短缺的時候，我們無法允許一家產量很大的鋼鐵公司繼續膨脹，因為這會把那些小企業擠垮，因而造成經濟的失衡，從而——」

「你到底回不回答我的問題？」

來者聳了聳肩膀，說：「價值的問題是相對的。如果里爾登合金不好，就會給公眾帶來實際危害；如果好的話，就是社會危害。」

「你如果有什麼關於里爾登合金的實際危害的話，就直說，不用扯其他的，直截了當些，我不習慣你剛才說的那些話。」

「可是，社會利益的問題——」

「省省吧。」

像是腳下的地板被鑿空了一樣，那人完全茫然失措了。過了一陣子，他絕望地問：「可是，那你最關心的是什麼？」

「市場。」

「你怎麼來解釋它呢？」

「里爾登合金有市場，而我要充分利用它。」

「這市場難道不是想像出來的嗎？社會上對你這個合金的反應並不好，除了塔格特公司的訂單，你還沒接到任何大的——」

「如果社會不認可，你還有什麼好擔心的？」

「如果那樣的話，你會損失慘重的，里爾登先生。」

「那是我的事，用不著你擔心。」

「反過來，假如你採取更合作的態度，同意再等上幾年——」

「我為什麼要等？」

「我覺得已經說得很明白了，目前，國家科學院不贊成里爾登合金在冶金行業中出現。」

「我憑什麼要在乎這個？」

那人嘆息著：「你太難打交道了，里爾登先生。」

接近傍晚的午後，天色似乎在窗玻璃上加厚著，越發顯得凝重。那個人的身影陷在邊緣銳利筆直的傢俱之中，像一滴溶解的水滴。

「我同意和你見面，」里爾登說道，「因為你說有至關重要的事要商量。如果這些就是你要說的，那我要失陪了，我很忙。」

那人坐在椅子上，把身體向後一靠，「我相信你用了十年的時間來開發里爾登合金，」他說道，「你的花費是多少？」

里爾登抬起了頭，不明白為什麼轉移了話題，但那個人毫不掩飾自己的用意，聲音也強硬起來。

「一百五十萬。」里爾登回答道。

「你想要多少？」

里爾登不禁怔了一下，簡直不相信自己的耳朵，「你指什麼？」他聲音低低地問。

「指買下里爾登合金的所有權利。」

「我覺得你最好還是走吧。」里爾登說道。

「你這種態度沒必要。你是個商人，我是在和你談一筆交易，你可以出個價。」

「里爾登合金的權利是不賣的。」

「我說的可是一大筆錢，政府的錢。」

里爾登坐著不動，他緊咬牙關，眼神卻依然無動於衷，只是隱隱地透出一絲不正常的好奇。

「你是個生意人，里爾登先生，如果不理我的建議，你的損失可就太大了。首先，你下的賭注有很大風險，你是在對抗公眾的反對意見，你對里爾登合金的投資很可能血本無歸。再說，我們能夠消除你的風險和責任，而且以很高的利潤方式，是立刻到手的利潤，這比你今後二十年銷售預期的利潤大得多。」

「國家科學院是一所科學機構，不是商業性質的，」里爾登說道，「他們到底有什麼好害怕的呢？」

「你這麼說很不恰當，里爾登先生。我很努力讓我們的談話保持友好的氣氛。這件事情是很嚴肅的。」

「我開始意識到了。」

「我們給你的是一張空白支票，這你也明白，想要多少就有多少，你還想要什麼呢？開個價吧。」

「出售里爾登合金的權利根本沒什麼好談的。如果還有其他的事，請你說完就走吧。」

那個人重重地靠回到椅子背上，難以相信地瞧著里爾登，問道：「你有什麼企圖？」

「我？你什麼意思？」

「你是做生意賺錢的，對不對？」

「是的。」

「你想賺最大的利潤，對不對？」

「對。」

「那你為什麼寧願費這麼多年的功夫，一噸一噸地擠出那點利潤，也不願用里爾登合金換回一大筆錢呢？為什麼？」

「因為那是我的，你明白這個詞的意思嗎？」

那個人嘆了口氣，站起身來，「我希望你不會後悔做出的決定，里爾登先生。」他說著，但語氣卻恰恰相反。

「祝你愉快。」里爾登說。

「我覺得有必要告訴你，國家科學院會簽發一個譴責里爾登合金的聲明。」

「那是他們的特權。」

「這樣的聲明會使你的阻力更大。」

「毫無疑問。」

「至於更進一步的後果嘛……」他聳聳肩膀，「現在可不是人們拒絕合作的時候，這年頭，人人都需要朋友，你是不受歡迎的，里爾登先生。」

「你想說什麼？」

「你又不是不清楚。」

「我不清楚。」

「社會太複雜了，有很多事情還懸而未決，誰也說不好這樣的事什麼時候能決定下來，又是什麼能在這種微妙的平衡裡起決定作用。我說得夠明白了吧？」

「不夠。」

出爐鋼水的火焰映紅了黃昏的暮色，一團橘紅的深金色照在里爾登桌後的牆上，那火光嫋嫋地在他的額頭閃動，他的臉色堅定、執著。

「國家科學院是政府機構，里爾登先生。國會裡有幾項議案，隨時可能通過。商人在這種時候可是極其脆弱的。我想你明白我的意思。」

里爾登站了起來，他微笑著，像是擺脫了一切緊張和壓力。

「不，波特博士，」他說道，「我不明白，假如我明白的話，就會殺了你。」

那個人向門口走去，隨後又停下來，看著里爾登，頭一次顯現出人類那種單純、好奇的表情。里爾登兩手插著口袋，隨意地站在火光跳躍的牆前，一動不動。

「你能不能告訴我，」那人問道，「我只是好奇，想私下問問，你為什麼要這麼做？」

里爾登靜靜地答道：「我可以告訴你，但你不會瞭解。因為，里爾登合金是很棒的。」

$

達格妮難以理解莫文先生的意圖。開關和信號燈製造公司突然通知她，他們無法完成訂單。並沒有什麼事情發生，她想不出任何原因，而他們也沒有做任何解釋。

她急忙親自趕到康乃狄克州，去見莫文先生，但這次見面只是令她心中的困惑變得更加沉重和陰鬱。莫文先生宣佈，他不會繼續用里爾登合金生產開關。他迴避著她的目光，只給了她一個解釋：「實在是有太多人反對了。」

「什麼，你指的是里爾登合金，還是你製造開關的事？」

「兩者都有，我想……人們就是不願意……我不想惹麻煩。」

「什麼麻煩？」

「任何麻煩。」

「你聽到的那些有關里爾登合金的說法，有哪一個是真的？」

「噢，誰知道什麼是真的？……全國金屬行業協會的決議說——」

「想想看，你一輩子都和金屬打交道，這四個月來你也接觸了里爾登合金，難道你看不出來這是最棒的嗎？」他無言以對。「你難道不知道？」他躲避著她的目光。「你難道不知道什麼是真的嗎？」

「好了，塔格特小姐，我是做生意的，只是個小人物，就想好好賺錢而已。」

「你覺得怎樣才能賺錢？」

然而，她知道這已於事無補，看著莫文先生的面孔和他那雙躲躲閃閃的眼睛，曾有過的感受再次襲上她的心頭，那是在一段偏僻的鐵路上，風暴吹毀了電話線：通訊中斷，說的話變成了沒有意義的聲音。她心想，爭論也好，花腦筋去琢磨那些對爭論不置可否的人也好，都是毫無用處的。坐在回紐約的火車上，她難以平靜下來，並告訴自己莫文先生和其他的一切都無所謂了，關鍵是找誰來生產開關。她腦子裡翻來倒去地想著一串名字，琢磨著能說服、求助，或者拉攏誰。

一踏進她的辦公室外間，她就知道出事了。屋內的氣氛非同尋常地凝固著，手下的人都看著她，好像她的回來是他們一直等待、盼望，但又恐懼的時刻。

艾迪起身走向她的辦公室，知道她會明白而且跟過去。她看到了他的神情，無論發生了什麼，她但願他沒有這麼受傷。

當辦公室裡只有他們兩個時，他平靜地說：，「國家科學院發佈了一個聲明，警告大家不要使用里爾登合金。」他又繼續補充道，「是通過廣播發出的，下午的報紙也都登出來了。」

「他們說什麼？」

「達格妮，他們不是在說！……根本就沒真正說什麼，這是明擺著但又不挑明，這才是最要命的。」

他竭力控制著讓自己的聲音平靜，卻控制不了他說的話。這些話衝口而出，像小孩第一次看見惡魔時帶著難以置信和驚慌的憤怒在叫喊。

「他們說什麼，艾迪？」

「他們……你必須得自己看看。」他指了指留在她桌上的報紙，「他們沒說里爾登合金有什麼不好，沒說它不安全，他們幹的是……」他兩手攤開，無可奈何地垂了下來。

她瞥了報紙一眼，看到了幾句話：「頻繁使用過一段時間後，可能會突然出現裂縫，但還無法預計這段時間的長短……在目前未知的條件下，不能徹底排除分子間相互作用的可能性……儘管合金的抗拉強度可以得到明確的論證，但不能排除它在超常壓力下的性能問題……儘管沒有證據來支持禁止使用這種合金的觀點，但進一步研究它的各項指標無疑是非常重要的。」

「我們還不能回擊，它本身就是無法回答，」艾迪緩緩地說著，「不能要求撤回這項聲明，也不能給他們看我們的試驗結果，或者去證明什麼。他們沒有具體指出什麼來，沒有說出任何可以被反駁、會讓他們下不了台的事，這是一幫膽小鬼。你覺得只有騙子和敲詐勒索的人才幹得出來這種事，可是，達格妮，這是國家科學院！」

她默默地點了點頭，站在那兒，凝視著窗外的某個地方。在一條黑暗的街道盡頭，一塊霓虹燈的燈泡忽亮忽滅，像是對著她不懷好意地眨眼睛。

艾迪鼓足了勇氣，像軍人一樣地報告著：「塔格特的股票大跌，本．尼利退出了工程，全國鐵路工人聯盟禁止它的成員參與里約諾特鐵路的施工，吉姆出城了。」

她摘下帽子，脫了大衣，走過房間，有意慢慢地在她的桌後坐了下來。

她看到面前擺著一個帶有里爾登鋼鐵標誌的大黃信封。

「這是你剛離開後，專人送來的。」艾迪說道。她把手放到信封上，卻沒有打開它。她知道，這是大橋的設計圖。

過了一陣，她問：「是誰簽署那個聲明的？」

艾迪瞧了她一眼，酸楚地笑笑，搖了搖頭說：「不是，我也是那麼想的。我打了長途電話去問科學院，不是的，這是他們的助理——佛洛德．費雷斯博士辦公室簽發的。」

她無語。

「可是！史塔德勒博士是院長，他就是科學院，肯定是知道和允許了這件事，如果有什麼決定的話，都是以他的名義……羅伯特．史塔德勒博士……你還記得吧……我們上大學的時候……談起全世界的那些偉人的名字……純知識分子……我們總是把他的名字算作一個，然後——」他停住不說了，「對不起，達格妮，我知道說什麼都沒用，就是——」

她的手按著那個黃信封，端坐不動。

「達格妮，」他低聲問道，「這些人都怎麼了？這樣的聲明怎麼也能通過？這顯然是在抹黑，太明顯、太下流了，要是正人君子的話，肯定會把它扔進水溝裡。怎麼可能——」他緩和了一下，絕望而憤憤不平地說，「他們怎麼可能認可這樣的聲明呢？他們就沒讀一讀嗎，難道他們看不見，也不想一想嗎？達格妮！怎麼會聽任他們做出這種事來——我們又怎麼辦？」

「安靜，艾迪，」她開口道，「安靜。不用害怕。」

$

在新罕布夏州的一條河邊，有一座孤零零的小山，國家科學院的大樓就矗立在半山腰上。遠遠望去，它像是在原始森林中聳立著的一座孤單的紀念碑。這裡的樹都經過悉心培植，道路鋪設得像公園一樣，從這可以眺望到數英里外山谷中小鎮的屋頂。它的周圍不允許有其他的建築去破壞這座大樓的威嚴。

白色的大理石牆壁給它增添了古典的莊重，四方形的厚重結構使它像現代化工廠那樣簡潔漂亮。它的構造很有靈感，人們與它隔河相望時，無不懷著尊敬，覺得它是一座活人的紀念碑，而那人的氣質，一定是像這座建築的線條一樣高貴。入口處的大理石上刻著獻詞：「獻給無畏的心靈，獻給神聖的真理。」在一條安靜空曠的走廊裡，每個門上都有一方小小的銅製名牌，其中的一個標著：羅伯特．史塔德勒博士。

二十七歲時，史塔德勒博士寫過一篇關於宇宙射線的論文，推翻了在他之前的科學家們信奉的許多理論，而後來的人則發現，無論他們做什麼研究，都離不開他的這一成就。三十歲的時候，他被稱為他那個時代最傑出的物理學家。三十二歲時，他成為當時還頗享盛譽的派屈克亨利大學的物理系主任。一位作家曾這樣評價史塔德勒博士：「也許在他所研究的宇宙現象中，還沒有一個像他自己的大腦那樣是個奇蹟。」史塔德勒博士曾糾正過一個學生說：「自由的科學研究？這第一個形容詞是多餘的。」

四十歲時，史塔德勒博士在國家科學院的成立儀式上向全國演講：「使科學擺脫金錢的統治。」他曾呼籲道。這個話題一直無人敢碰。在暗地裡，曾有一群科學家通過漫長的努力，才推動國會考慮對此立法，但大家曾對這項法案猶豫不決，部分人還抱著懷疑的態度，有一種說不明白的擔心。史塔德勒博士的呼籲正像他所研究的宇宙射線一樣，不可阻擋地照亮了全國。國家因此為這位偉人修建了這座白色的大理石建築。

史塔德勒博士在科學院的辦公室是個很小的房間，看起來和一個小公司的會計室沒什麼區別。裡面有一張便宜又難看的黃色橡木桌，一個檔案櫃，兩把椅子，和一面用粉筆塗滿了數學算式的黑板。坐在面朝空空牆壁的椅子上，達格妮覺得這間辦公室集賣弄和典雅之風於一體：賣弄之處在於，它似乎有意在暗示著主人的偉大，因此置身這樣的陋室已經無所謂了；典雅卻也正因如此，他的確是不需要任何其他的東西來點綴了。

她和史塔德勒博士見過幾次面，都是在商界有頭有臉的人物或工程界以各種名目舉辦的宴會上。她和他一樣不喜歡參加這類活動，不過發現他很喜歡和她交談。「塔格特小姐，」他有一次曾對她說，「我對遇到聰明人從來不抱什麼希望，而在這裡，我實在是太驚訝和欣慰了！」她來到了他的辦公室，腦海裡還記得他說的這句話。她坐下來，以科學家的心態注視著他，不做臆想猜測，拋開感情的雜念，專心致志地去觀察和理解。

「塔格特小姐，」他愉快地說，「我對你很好奇，只要有任何東西打破了常規，我就很好奇。通常，接待來訪者對我來說簡直就是個負擔，但令我驚訝的是，你的來訪卻使我感到特別愉快。一個人可以暢所欲言，不用擔心對方聽不懂，你知道這是什麼感覺嗎？」

他高高興興地往桌邊上一坐，一副輕鬆隨意的樣子。他個頭不高，修長的身材使他充滿了孩子般的朝氣，從他瘦削的面孔上看不出年齡，這張面孔很普通，但那飽滿的前額和大大的灰眼睛中所蘊含著的智慧，卻十分引人注目。幽默和風趣隱藏在他眼角的皺紋裡，嘴角則含著一絲淡淡的苦澀。除了稍稍灰白的頭髮，他一點也不像是五十幾歲的人。

「多談談你自己，」他說，「我一直想問你為什麼要做和你相差這麼遠的重工業，你又是怎麼和那些人打交道的。」

「我不能多耽擱你的時間，史塔德勒博士。」她說話的口吻既非常禮貌，又公事公辦，「我要談的這件事極其重要。」

他笑了起來：「這就是商人的作風——馬上就要直奔主題。好吧，當然了。不過別擔心，我的時間都是你的。你說想要談什麼來著？噢，對了，里爾登合金。儘管我對這件事不是最清楚的，但如果能幫什麼忙的話——」他用手做了個邀請的姿勢。

「你知不知道科學院針對里爾登合金發表的聲明？」

他微微蹙了蹙眉頭，說：「對，我聽說過。」

「你看了嗎？」

「沒有。」

「它想禁止對里爾登合金的應用。」

「對對，好像是這麼回事。」

「能不能給我一個理由？」

他把手一攤。他那雙瘦長的手非常好看，那裡面似乎蘊藏著神經亢奮的能量和勇氣。「這我還真不想知道，那是歸費雷斯博士管的，我想他肯定有他的理由。你想和費雷斯博士談談嗎？」

「不，你熟悉里爾登合金的冶煉情況嗎，史塔德勒博士？」

「怎麼了，是的，知道一點。不過告訴我，你為什麼對這件事這麼關心？」

一絲詫異從她的眼中一掠而過，她依然用不含感情成分的聲音回答道：「我正在用里爾登合金的鐵軌建一條支線，那——」

「哦，原來如此！我確實聽說過。請原諒，我應該多讀讀報紙。是你的鐵路公司正在建的那條新支線，對吧？」

「我的鐵路公司能不能繼續存在，就全要看這條支線能不能完工了——而且，我認為，它也會逐漸決定著這個國家的存亡。」

他眼角開心的皺紋更深了：「你能把話說得這麼肯定，塔格特小姐？我可不行。」

「針對這件事嗎？」

「針對任何事。誰也說不清國家的未來會是什麼樣子，這不是什麼能計算出來的趨勢，而是一種走一步看一步的混亂狀態，什麼事都有可能發生。」

「你是不是認為生產創造對於國家的存在是很有必要的，史塔德勒博士？」

「哦，是啊是啊，當然了。」

「我們支線的修建正是被這家科學院的聲明給停了下來。」

他既沒有笑，也沒回答。

「這份聲明是不是代表了你對里爾登合金的意見？」她問。

「我說過了，我還沒看過它。」他的聲音透出了一分嚴厲。

她打開皮包，取出一份剪下來的報紙，向他遞了過去：「你能不能看一看，然後告訴我這是不是一種科學的說法？」

他掃了一眼剪報，輕蔑地笑了笑，厭惡地把它堆到一旁：「很噁心，是不是？」他說，「可是一旦和人打交道，你又能怎麼樣呢？」

她不解地看著他：「你不贊成這份聲明？」

他聳聳肩：「這和我贊成與否沒任何關係。」

「你對於里爾登合金是否有自己的觀點？」

「唔，冶金方面並不完全是——怎麼說呢——我的專長。」

「你檢查過里爾登合金的資料沒有？」

「塔格特小姐，這種問題沒有任何意義。」他的語氣有些不耐煩了。

「我想知道你個人對里爾登合金的判斷。」

「為什麼？」

「這樣，我就可以向報界公佈。」

他一下子站起來：「這絕對不可能。」

她竭力控制著自己的聲音，想讓對方明白：「我會把做出全面判斷所需的一切資料都給你。」

「我不能就此發表任何公開的聲明。」

「為什麼？」

「情況太複雜，沒辦法在這種場合解釋。」

「可是，如果你發現里爾登合金的確是一種非常有價值的產品，就——」

「這不是問題的關鍵。」

「里爾登合金的價值不是問題的關鍵？」

「除了事實，還牽扯到其他的問題。」

她幾乎不相信自己所聽到的，問道：「除了事實，科學還會考慮什麼其他問題？」

他嘴角浮現出苦澀的笑：「塔格特小姐，你不理解科學家所面臨的問題。」

她緩緩說著，似乎突然從自己的話中發現了什麼：「我相信，你一定知道里爾登合金的真實情況。」

他聳了聳肩，「不錯，我知道。根據我看到的資料，它很不一般。就技術而言，是很了不起的成就。」他煩躁地在辦公室裡踱著步子，「其實，我都想能夠有一天訂購一台特殊的實驗用發動機，能像里爾登合金那樣耐高溫。這對於我想要觀測的一些現象將非常有幫助。我發現，當把粒子加速到接近光速的時候，它們——」

「史塔德勒博士，」她緩慢地說，「你瞭解事實，卻不當眾說出來？」

「塔格特小姐，你說得太抽象了，我們面對的是實用的現實。」

「我們面對的是科學。」

「科學？你是不是混淆了這裡涉及的標準？只有在純粹的科學範疇內，事實才是絕對的標準。而面對應用科學、面對技術時——我們是在和人打交道；和人打交道的時候，除了事實，還要考慮其他因素。」

「什麼因素？」

「我不是技術人員，塔格特小姐，既沒才能也沒興趣和人打交道。我無法參與到所謂的現實事物中。」

「那份聲明是以你的名義發表的。」

「我和它沒有任何關係！」

「你要對這所研究院的聲譽負責。」

「這是個根本站不住腳的揣測。」

「人們認為你的名字就是這個研究院一切行為的保證。」

「即使他們真的去想，我也沒法去管！」

「他們認可了你的聲明，但那是謊言。」

「一個人怎麼可能同時去面對真理和公眾呢？」

「我不明白你說的。」她靜靜地說道。

「有關真理的問題是不會進入到社會裡面的。還沒有一個準則能對社會產生任何作用。」

「那麼，又是什麼在左右著人的行為呢？」

他聳了聳肩膀，說：「眼前的利益。」

「史塔德勒博士，我想我必須讓你瞭解我的支線目前停工所產生的事實上的後果。他們憑著公共安全的名義逼我停工，因為我在使用至今能生產出的最好的鐵軌。如果六個月之內我不能完工，全國最有活力的工業區就會失去交通運輸，就會被毀掉，因為它是最優秀的，而有人就想趁機搶奪它的財富。」

「唔，那倒是很惡毒、不公和不幸的——但這就是社會，總有人成為不公平法則的犧牲品，在人群中生活沒有別的辦法，誰又能夠做什麼呢？」

「你可以講出里爾登合金的真相。」

他沒有回答。

「為了挽救我，我可以去求你這麼做，為了避免全國性的災難，我可以去求你這麼做。但我不會，這些都不是什麼真正的理由。理由只有一個：你必須講出來，因為它是事實。」

「他們根本沒和我商量聲明的事！」一聲大喊被逼得衝了出來，「我是不可能讓它通過的！我和你一樣反對！但我不能公開去否定它！」

「沒和你商量？那你難道不應該查一查聲明幕後的原因嗎？」

「我現在不能把科學院毀掉！」

「你難道不想找出原因嗎？」

「我知道原因！他們不會告訴我的，但我很清楚，而且，我也不能責怪他們。」

「你能不能告訴我？」

「假如你想知道，我就告訴你。這就是你要求的真相，對不對？如果那些投票撥款給科學院的蠢貨們，只會盯著他們所稱的成果，費雷斯博士也無能為力。那些人無法理解抽象科學，只會用給他們做出來的那些最新的小玩意來衡量。我不知道費雷斯博士怎麼能夠一直維持著這個科學院，我只能對他的活動能力感到驚嘆。我從不認為他是個一流的科學家——但他是一個難能可貴的科學的僕人！我知道他最近面臨著一個大難題，他不讓我介入，從不讓我在這件事上傷腦筋。不過，我可以聽到傳言。科學院一直遭受非議，因為他們說我們創造的還不夠。大眾對經濟有很高的期望，像現在這種時候，他們那肥得流油的生活一旦受到威脅，科學肯定是首當其衝地會被犧牲掉。這是目前僅存的一個研究機構，私人的研究機構實際上早就不存在了。看一看那些操縱著工業界的無賴，你不能指望他們支持科學事業。」

「現在誰在支持著你們？」她低聲問道。

他聳聳肩，說：「社會。」

她鼓了鼓勇氣，再次問道：「你要告訴我那份聲明背後的原因。」

「這你應該很容易就能推想出來。你想一想，這所科學院的冶金研究部門已經存在了十三年，花掉了兩千多萬元的經費，成果卻只有一個新的銀器拋光和一個新式的防腐預處理，而且我覺得還不如以前的好用，你就可以想像得到，一旦私人企業推出足以變革冶金行業的產品，並且大獲成功的話，大眾會是一種什麼樣的反應。」

她的頭深深地埋了下去，沒有出聲。

「我不埋怨我們的冶金部門！」他憤怒地說，「我知道不能對類似這種產品做時間上的預期，但大家不會理解。到那個時候，我們應該犧牲誰？一個精煉成功的完美產品，還是地球上的最後一座科學研究中心，以及人類智慧的未來？這只能二選一。」

她垂著頭坐在那裡，過了一陣，她開口說：「好吧，史塔德勒博士，我不和你爭了。」

他看她摸索著她的皮包，似乎忘記了怎麼才能站起來。

「塔格特小姐。」他幾乎是請求般地輕輕說了一聲，她抬起頭，臉色鎮靜，面無表情。

他挨近了一些，俯過身去，一隻手拄著她頭頂上的牆壁，像是要把她包圍在他的手臂中一樣。「塔格特小姐，」他的聲音中有一種輕柔、苦澀的說服力，「我比你年長，相信我，在這個世界上沒有別的活法，人們不接受真理和理智，理性說服不了他們，頭腦在他們面前毫無用處。但是我們還得和他們打交道，如果想做什麼的話，我們就得誘惑他們讓我們把它完成，或者強迫他們完成。除此以外，他們不懂其他的了。別指望他們會支持智慧和精神的探索。他們只是兇惡的動物而已，只是貪婪、自我放縱和拜金的掠奪者——」

「我就是拜金者之一，史塔德勒博士。」她低聲地說。

「你是個非同尋常的聰明孩子，還太年輕，無法徹底看清人愚蠢的面目，我這一輩子都在和它鬥，非常累……」他的語氣是真誠的。他慢慢地從她身邊走開，「看到他們把世界糟蹋成這副悲慘的樣子，我曾經想大喊，求他們聽一聽——我可以教導他們過更好的日子——但沒人聽我的，他們不需要聽我說什麼……智慧？那只是人們偶爾產生的念頭，一閃就過去了，並不知道它從哪裡來，到哪裡去……甚至不知道它的滅亡。」

她準備起身。

「別走，塔格特小姐，我希望你能明白。」

她聽話地抬起頭看著他，她的臉色並不灰白，但臉上的輪廓卻奇特地細緻而分明，似乎皮膚已經失去了色澤。

「你還年輕，」他接著說，「像你這麼大的時候，我也一樣堅信理智的威力是無窮的，一樣把人看做是理性的存在。我的幻想一次次地破滅，當我見識了太多的東西……我只想跟你說一個故事。」

他在辦公室的窗前站下。夜幕已經降臨，夜色像是從黑漆漆的河水深處瀰漫了上來，河面上搖蕩著對面山間的幾點燈光。天空依舊是夜晚濃重的深藍，一顆孤星，低低地倚在曠野之上，大得幾乎不真實，也使得這夜空顯得更加黑暗。

「我在派屈克亨利大學的時候，」他講到，「曾有三個學生。我過去也有過不少聰明的學生，但這三個是身為老師所夢寐以求的天賜。如果你想過，在人類最完美的心靈正具雛形的時候，就把他們像禮物一樣送給你來調教，那他們就是這禮物了，他們所擁有的智慧在未來可以翻天覆地。他們的出身各不相同，但卻是密不可分的朋友。他們在學業上的選擇也很奇特，同時進修兩門專業——一門是我的，另外一門是休·阿克斯頓的。物理和哲學，現在已經見不到這樣的興趣組合了。休·阿克斯頓是個卓越的思想家……完全不像後來接替他的那個讓人難以置信的東西……阿克斯頓和我為了這三個學生還爭風吃醋，那是一種我們之間的競賽，不過是很友好的，因為我們都瞭解對方。有一天，我聽到阿克斯頓說把他們當做了他的兒子，我有點氣不過……因為我也是這麼想的……」

他轉身看著她，此刻，可以看到歲月的痕跡浮現在他的臉頰上。他繼續講下去：「當我支持建立這所研究院時，被他們其中的一個人詛咒，從此我再也沒見過他。最初的幾年裡，這事總在困擾著我，我常常想他也許是對的……現在，我已經不再為此煩惱了。」

他笑了笑，此刻，他的笑容和臉上，已經滿是酸楚。

「這三個人，這三個天賦異秉、肩負希望、前途遠大的人——一個是法蘭西斯可·德安孔尼亞，已經淪為紈袴公子；另一個是拉格納·丹尼斯約德，成了不折不扣的強盜。這就是所謂人類的希望。」

「第三個是誰？」她忍不住問。

他聳了聳肩膀，說：「這第三個連臭名昭彰的地步都達不到。他消失得無影無蹤，成了平庸之輩，說不定變成了某個地方的助理會計員。」

$

「這是謊言！我沒有臨陣脫逃！」詹姆斯喊叫著，「我到這裡來是因為我正好生病了，可以去問威爾遜醫生，我得的是感冒，他可以證明。你又是怎麼知道我在這裡的呢？」

達格妮站在房子中央，外套的領子和帽沿上還帶著尚未融化掉的雪花。她茫然四顧，悲涼的感覺油然而生。

這是在哈德遜河邊，老塔格特莊園裡的一間房子。吉姆繼承了這個地方，卻很少來。這裡曾經是他們童年時期父親的書房，如今，因為少有人長住，瀰漫著一股荒涼的氣息。除了兩把椅子，所有的傢俱都蒙上了罩子，壁爐冰冷，電熱器的電源線橫拖在地板上，散出的熱也顯得淒涼。一張桌子表面的玻璃板也已經不見。

吉姆躺在沙發上，毛巾像圍巾一樣裹在他的脖子四周。她看到他身旁的椅子上有一隻滿是菸頭的菸灰缸，一瓶威士忌酒和一隻舊紙杯。地上散落著兩天前的報紙。一幅他們祖父的全身畫像掛在壁爐上方，畫像已經褪色的背景裡是一座鐵路大橋。

「我沒時間爭論，吉姆。」

「這是你的主意！我希望你向董事會承認這是你的主意，這就是你那個混帳的里爾登合金給我們帶來的後果！假如我們多等等沃倫．伯伊勒……」他的臉上鬍子沒有修剪，已經被幾股交織在一起的情緒扭曲：驚慌、仇恨、戰勝後的一絲快意、向一個受害者喊叫之後的發洩——還有，就是在看到救援的希望後，露出的不易察覺、小心翼翼的乞求的目光。

他有意地頓了一下，但她並沒有回答。她把手往外衣口袋裡一插，站在那兒看著他。

「我們已經山窮水盡了！」他哀叫著，「我試過給華盛頓打電話，希望他們能基於這種緊急情況，把鳳凰—杜蘭戈的鐵路給沒收掉，然後交給我們，可是他們連一點商量的餘地都沒有，說是太多的人反對，害怕以前有過的各種先例！……我讓全國鐵路聯盟延後了最後的期限，允許丹．康維再經營一年他的鐵路——那樣就會給我們一些時間——但他居然拒絕了！我想讓艾利斯．威特和他在科羅拉多州的那幫朋友向華盛頓提出要求，命令康維繼續營運——可是康維和其他那些混蛋們全都一口回絕了！這可是他們的身家性命啊，肯定會跟著完蛋，比我們可慘多了——可是，他們拒絕了！」

她簡單地一笑，依然一發不語。

「現在，我們已經走投無路了！我們被徹底困住，既不能放棄那條鐵路，又無法完工，既不能停下來，又走不下去。我們沒有資金了，沒人願意拉我們一把！除了里約諾特鐵路，我們還有什麼？可我們沒法把它做完。我們會遭到抵制，會被勒索。那個鐵路工人的工會會告我們。他們一定會，這方面是有法律規定的。我們沒辦法建成那條鐵路了！天啊！我們可怎麼辦哪？」

她又等了等，「說完了嗎，吉姆？」她冷冷地問了一句。「如果你說完了，我就告訴你我們應該怎麼辦。」

他默不做聲，只是用眼睛從他那厚厚的眼皮下面瞧著她。

「這不是建議，吉姆，這是最後通牒，只管聽好了然後接受就是。我去完成里約諾特鐵路的工程，是我自己，而不是塔格特公司。我會暫時離開現在的副總裁工作，以我自己的名義成立一家公司。你們董事會把里約諾特鐵路交給我，由我來全權負責，進行工程的施工和資金的籌措，我可以按時完工。等你們見識了里爾登合金鐵軌的使用之後，我就會把這條鐵路再轉回到塔格特公司的名下，回來接著做我的事。就這樣。」

他看著她，沒有說話，拖鞋掛在他的腳趾頭上，晃來晃去。她從沒想到會在一個男人的臉上看到如此醜陋的希望的神情，裡面還夾雜著狡詐。她把目光從他的身上移開，實在想不通為什麼都到了這種時候，他先想到的還是對她耍心眼。

最終，他帶著焦慮的口氣張口說：「可是同時，由誰來負責塔格特公司的運作呢？」

她一下子笑出聲來，這笑聲裡飽含著的辛酸令她自己都感到吃驚。她回答說：「艾迪．威勒斯。」

「噢，不行！他不行！」

她毫不掩飾自己的悲傷，冷笑起來：「我還以為你在這方面會比我精明。艾迪就是代理副總裁，他就用我的辦公室，坐我的位子。不過，你覺得應該讓誰來負責公司的運作？」

「可我並不覺得——」

「我可以搭飛機在艾迪的辦公室和科羅拉多之間往返，同時，還可以用長途電話聯繫。我做的和過去沒什麼不同，一切都跟以前一模一樣，只是你得在你的朋友面前演戲……還有就是我會稍微辛苦一些。」

「演什麼戲？」

「你心裡明白，吉姆。我不知道你和你的那幫董事會成員們陷進了什麼麻煩，也不知道你到底是腳踩著多少隻船，有多少真真假假的東西。我不清楚，也不在乎。你儘管躲在我後面就是了，假如你和那些被里爾登合金威脅到的人有什麼交易，因此感到害怕的話——這就給了你一個機會，可以讓他們放心，你和這事沒什麼瓜葛了，你不再做這件事了——是我在做。你可以和他們一起來罵我、譴責我，可以全都待在家裡，既不冒任何風險，也不結什麼仇人。只要別妨礙我就行。」

「呃……」他慢吞吞地說，「那當然，這麼大的鐵路系統牽扯到的政策問題是很複雜的……而個人名義下的獨立小公司就能夠——」

「對，吉姆，沒錯，這我都知道。你一旦宣佈把里約諾特鐵路轉交給我，塔格特的股價就會回升，那些臭蟲就不會四處亂爬了，因為讓他們咬著大公司不放的誘惑已經沒有了。在他們盤算好怎麼對付我之前，我就會把鐵路建好。至於我這方面，我不想再對你和你的董事會負責和爭論什麼，再去請求什麼許可。要做必須做的事，就沒時間去顧及那些。因此，我要自己來做。」

「那……如果你失敗了？」

「如果失敗，我只會自己完蛋。」

「你明白嗎？一旦這樣的話，塔格特公司可是什麼忙都不能幫。」

「我明白。」

「你不會指望我們？」

「不會。」

「你會斷絕和我們的一切正式關係，不借助我們的名聲？」

「對。」

「我覺得應該達成一致的是，一旦你失敗或者是鬧出什麼醜聞，你暫時的離職就會變成永久性的……就是說，別指望再回來當副總裁了。」

她閉上雙眼，過了一會兒說：「好吧，吉姆，在這種情況下，我不會回來。」

「在把里約諾特鐵路轉交給你之前，必須有書面的協議，規定這條鐵路一旦成功，你就會把它按成本價轉交回來。否則，因為我們需要這條鐵路，你可能就會敲我們一大筆。」

一絲震驚在她的眼中只是轉瞬即逝，她隨即漠然地回答，說出的話像是扔出去的施捨：「當然了，吉姆，可以把它寫下來。」

「至於接替你的人選……」

「怎麼？」

「你不是真的想讓艾迪．威勒斯來接吧？」

「我是認真的。」

「可是他根本就不像一個副總！他沒有那種氣勢、那種風度、那種——」

「他瞭解他和我的工作，瞭解我的想法，我信任他，能和他配合工作。」

「難道你不覺得從更優秀的年輕人裡選一個更好嗎，找一個出身好的，社會關係更好的，而且——」

「就是艾迪．威勒斯，吉姆。」

他嘆了口氣，說：「好吧，只是……只是我們得小心點……不能讓人覺得還是你在掌管著塔格特公司。不能讓任何人知道。」

「所有的人都心知肚明，吉姆。不過，既然不會有人公開承認這一點，大家就會滿意了。」

「可我們要注意影響。」

「哦，當然了！如果願意的話，你在街上可以裝作不認識我，你可以說以前從沒見過我，我會說從來沒聽說過塔格特公司。」

他沒說話，盯著地板在想些什麼。

她轉過身，向窗外望去。天空是一片冬季蒼白的灰色。在遠處哈德遜的河岸上，是那條她在過去看著法蘭西斯可的汽車駛來的小路——她看到了河邊的山崖，他們曾爬上去眺望紐約的高樓——在樹林那邊就是通向洛克戴爾的小徑。大地已經被白雪覆蓋，此刻留下來的像是她記憶中鄉村的殘骸——一枝光禿禿的軀幹單薄地從雪地伸向天空，灰白的顏色像是一張照片，本來希望它能留住記憶，但它卻已經無力地褪了色，再也喚不回任何東西。

「你準備叫它什麼？」

她一驚，轉回頭來，說：「什麼？」

「你準備給你的公司取什麼名字？」

「哦……達格妮・塔格特鐵路公司吧，也許。」

「不過……這樣好嗎？可能會有誤會，塔格特可能容易被當做——」

「那，你想讓我取什麼名字？」她不由得生氣了，厲聲說道，「叫無名小姐？叫X夫人？還是叫約翰・高爾特？」她一下子停住，臉上忽然露出冰冷、燦爛、危險的笑容。「我就取這個名字了：約翰・高爾特鐵路公司。」

「天啊，不行！」

「行。」

「可這……這只是一句隨便的口頭語！」

「是的。」

「你不能拿這麼嚴肅的工程開玩笑！……你不能這麼粗俗……這麼有失體統！」

「難道不行嗎？」

「可是，到底為什麼呢？」

「因為，就像你現在驚慌成這個樣子，它可以把他們全都震驚。」

「我從沒見你開過這麼大的玩笑。」

「我這次就是。」

「可……」他一下子降低了聲音，幾乎是迷信地說：「達格妮，你知道，這是……這是要倒楣的……它代表的意思是……」他頓在那裡。

「它代表什麼意思？」

「我不知道……但人們說起來的時候，總是帶著……」

「恐懼？絕望？毫無用處？」

「對……對，就是這個意思。」

「我就是要把這些丟到他們臉上去！」

她眼中閃亮的怒火和肆意享受的樣子讓他明白，自己還是什麼都不要說了。

「按照約翰·高爾特的名字，準備好一切文件和手續。」

他嘆了口氣：「好吧，反正這是你的公司。」

「它當然是我的！」

他向她瞄了一眼，驚奇地發現她已經全然沒了副總裁的風度，看起來，她對工廠和當建築工更感到輕鬆愜意。

「至於文件和法律方面，」他說道，「也許會有困難，我們得申請許可——」

她猛地轉過臉面對著他，面孔上的餘興依然未消，但那並不是高興，她也並沒有笑，那副古怪和原始的神情讓他一見之下，再也不想看到第二眼。

「聽著，吉姆，」她開始說道，他從未聽到過人的聲音中能有這樣的語調，「有一件事你可以做到，你最好還是去做：讓你的那幫華盛頓的傢伙閉嘴，務必把所有的許可證、授權書、章程和他們的那些法律要求的廢紙統統給我，別讓他們礙我的事。如果他們想試試的話……吉姆，人家都說我們的祖先內特·塔格特殺死過一個政客，因為那個政客拒絕簽發一份根本用不著他去要的許可。我不知道內特·塔格特是不是真的做了那件事，但是我告訴你：如果他那麼做了的話，我能體會他的感受；如果他沒那麼做——我可能會替他去做，補上家族傳說中的這個空白。我是當真的，吉姆。」

$

法蘭西斯可坐在她的桌前，面無表情。達格妮用商務會談一般清晰而不帶感情的語氣，向他介紹了自己建立鐵路公司的打算和目的，他的臉便一直是毫無表情的樣子，他只是聽著，不發一語。她從沒見過他這種乾巴巴的表情，沒有嘲弄，沒有消遣，沒有敵意，似乎他此時此刻根本不屬於這裡。但他的眼睛從沒離開過她，好像能看到超出她想像的東西。那雙眼睛讓她聯想到單向的玻璃，吸進所有的光線，卻一點也不放射出來。

「法蘭西斯可，我請你來，是因為我想讓你看看我在辦公室的樣子。你還沒見過，它以前還對你有點意義。」

他的眼睛慢慢地掃視房間。空空的牆壁上只掛了三樣東西：一張塔格特公司的地圖，一幅內特·塔格特的畫像原件，曾被用來參照製作他的塑像，以及一張很大的鐵路日曆表，用了粗糙而對比鮮明的顏色，上面的圖片是塔格特鐵路沿線的各個車站，每年都輪流變換重印，這也正是她最初在洛克戴爾工作時掛過的那種日曆。

他站起來，靜靜地說道：「達格妮，看在你的分上，也——」他有一個幾乎察覺不出來的停頓，「也看在你同情我的分上，別提那些你想提的要求。別。讓我走吧。」

這一點也不像是他，不像是他說的話。她沉了沉，問：「為什麼？」

「我無法回答你，無法回答任何問題，這也是最好不要去談這件事的原因。」

「你知道我會提什麼要求？」

「是的，」她依舊動人而又不甘心地望著他，他只得又加上一句，「我知道我會拒絕的。」

「為什麼？」

他慘然一笑，伸開手去，似乎表明這正是他所預料和想避免的。

她平靜地說：「我必須試試，法蘭西斯可，我一定要提這個要求，這是我的事，你要怎麼做是你的事。但這樣我就會明白我已經嘗試所有的努力了。」

他站著沒動，只是把頭微微一傾，表示贊同，說：「如果能對你有所幫助，那我就聽聽。」

「我需要一千五百萬元的資金來建設里約諾特鐵路。我把自己手上的塔格特股票全部賣掉，籌到了七百萬，現在已經再也籌不到錢了。我會以我新公司的名義發行八百萬元的債券，我找你來，是想要你買下這些債券。」

他沒有回答。

「我只是個乞丐，法蘭西斯可，我是在向你討錢。我向來認為商場上是不能去乞討的，一個人應該依靠他擁有的價值，平等交換。但現在早就不是這樣了，儘管我難以理解為什麼我們換了做事的規則，還能夠繼續生存。根據任何一個客觀的事實來判斷，里約諾特都會是全國最好的鐵路線；根據任何現有的標準來衡量，這都是最好的投資。而正是這些，讓我遭到了懲罰。我無法通過向人們提供良好商業機會的方式籌到資金：人們之所以拒絕它，恰恰就是因為它的出色。沒有一家銀行會買進我的公司債券，因此，我不能說它有什麼價值，我只能去懇求。」

她像機器一樣精確地說完了這些話，停了停，等著他回答。他依舊沉默著。

「我知道我沒什麼可以給你的，」她繼續說下去，「我沒法和你談什麼投資，你對賺錢根本無所謂，早就不關心什麼工業項目了。所以，我不會把它當做公平的交換，我就是在乞討。」她深深地吸了口氣，說道，「你就把錢當成施捨給我吧，反正錢對你沒有任何意義。」

「別這樣。」他低低地說。她分不清這奇怪的聲音是痛苦還是氣憤。他垂下了眼睛。

片刻之後，她又說：「我找你來，並不是覺得你會同意，而是因為只有你能明白我在說什麼，所以我必須得爭取一下。」她嗓音低沉了下來，像是希望以此來掩飾她的情感，「你知道，我不相信你真的變了個人……因為我知道你還能聽得到我說的話，你生活的方式墮落了，但你的舉止並不是，甚至你說起那些的時候，都不是的……我非得試試不可……只是，我再也不能拚命地去想你是怎麼回事了。」

「我給你個提示。矛盾其實並不存在，你無論在什麼時候遇到矛盾，檢查一下你有哪些前提，就會發現其中一個是錯的。」

「法蘭西斯可，」她柔聲地說道，「你為什麼不告訴我在你身上到底發生了什麼事？」

「在目前，答案會比疑惑更加讓你受到傷害。」

「有那麼可怕嗎？」

「這個答案必須要你自己找出來。」

她搖了搖頭：「我不知道能給你些什麼，不知道在你的眼裡，什麼還會有價值。你難道不明白哪怕是乞丐也會付出些東西作為報答，也會給你一些幫助他的理由？……唉，我曾經認為……成功對你有很重要的意義，是實業的成功。還記得我們過去談到這些嗎？你曾經很嚴厲，對我有很多期望。你對我說，我一定不能辜負這些期望。我做到了。你不知道我能在塔格特公司做成什麼樣子，」她用手指了指辦公室，「這就是我現在做成的……所以我想……如果你記憶當中曾經珍惜過的一切還有什麼意義的話，哪怕只是有趣，或者是傷感，或者就像……就像把花放到墳墓上……你都可能會把錢給我……就憑著這一點。」

「不會。」

她咬了咬牙，繼續說道：「這錢對你沒有一點意義——你已經在那些沒用的聚會上揮霍了這麼多——你在聖塞巴斯蒂安礦上揮霍掉了更多——」

他抬起眼，直視著她的目光。在他的眼睛裡，她終於看到了鮮活的閃光，這眼神明亮、冷酷，有著令人難以置信的驕傲：彷彿正是被這樣的譴責注入了力量。

「哦，是的，」她幽幽地說道，似乎在回答著他心中的想法，「我意識到了。因為銅礦的事，我詛咒你，譴責你，徹底看不起你，而現在，我又為了錢回來找你，我和吉姆，以及你遇到過的那些乞討的人沒什麼兩樣。我知道這對你來說是個勝利，我知道你可以嘲笑我，也完全有理由蔑視我。嗯——也許這些是我能夠給你的。假如你就是想尋開心，假如你看到吉姆和墨西哥政府那些人跪在地上爬的樣子很滿足，你難道不會因為折磨我而開心嗎？這難道不會讓你覺得享受嗎？你不就是想聽到我在你面前認輸嗎？你想讓我怎麼認輸都行。」

他身子一閃，動作快得讓她來不及看清楚，只覺得他像是渾身震動了一下，就已經繞過了她的辦公桌，舉起了她的手，放到他的唇邊。這似乎是最莊重的致意，似乎是要鼓舞她的勇氣；但當他的嘴唇和臉壓在她的手上時，她就明白了，他是在從她的手上尋求勇氣。

他放開了她的手，低頭看著她的臉，看著她驚恐得呆住的眼睛，他笑了，他的痛苦、憤怒和柔情在這笑容裡一覽無遺。

「達格妮，你想要爬？你還沒有體驗、也永遠不會體驗到這個詞。敢這麼坦承它的人是不會爬的。你是用盡了平生最大的勇氣才會來求我，你覺得我不知道嗎？可是……別求我，達格妮。」

「如果我對你曾經意味著什麼……」她低聲說道，「如果我在你的內心還留下了些什麼，就看在它的分上吧。」

剎那間，她又看到了他和她最後一次躺在床上時，凝望著城市夜空的那股神情，聽到了他的一聲哭喊，一聲他以前從沒有爆發過的哭喊：

「我的愛人呵，我不能！」

隨即，他們都被驚呆了，彼此望著對方，默默無語，她看到了他的臉像是裝上了開關，硬生生地一下子換了個表情。他大笑著從她身邊走開，完全用一種刺耳的玩世不恭的聲音說著：

「請原諒我混亂的表達方式，我跟很多女人都這麼說，只是情況不同罷了。」

她的頭垂了下去，坐在椅子上，毫不理會他的注視，把她的身體緊緊縮成了一團。

當她再度抬起頭，看著他的眼光已然漠然，「好了，法蘭西斯可，演得真好，都讓我相信了。如果你是用這種方式來拿我開心，那你已經做到了。我不會再求你任何事了。」

「我警告過你。」

「我不知道你站在哪一邊，這看起來似乎不太可能——但你是和伯伊勒、史庫德，還有你過去的老師站在一邊的。」

「我過去的老師？」他高聲問道。

「羅伯特．史塔德勒博士。」

他如釋重負地笑出聲來：「哦，是他？為了他自己的目的，他就認為可以心安理得地控制我的想法。」他停了停，接著說道：「你知道，達格妮，我希望你記住你說過我是站在哪一邊的話。到時候，我會提醒你，而且看你是不是還想重複這句話。」

「你用不著提醒我。」

他轉過身準備要走，把手一抬，隨便做了個敬禮的姿勢：「如果里約諾特鐵路可以建成的話，我祝它好運。」

「它會建成的，而且它會被命名為約翰．高爾特鐵路。」

「什麼?!」

這簡直就是一聲驚叫。她嘲笑地說：「約翰．高爾特鐵路。」

「達格妮，這到底為什麼？」

「難道你不喜歡這名字嗎？」

「你怎麼就挑了這個名字呢？」

「這比叫尼莫先生或是零先生好聽，不是嗎？」

「達格妮，為什麼非得叫這名字？」

「因為它讓你害怕了。」

「你覺得它是什麼意思？」

「不可能的，無法實現的。你們全都害怕我的這條鐵路，就像害怕這個名字一樣。」

他開始大笑起來，他笑的時候並沒有看著她，她奇怪地感覺到，他肯定已經把她忘得一乾二淨，肯定是在一個遙遠的地方，在無盡的快活和酸楚中，大聲嘲笑著一個與她無關的東西。

他轉身面對著她，懇切地說：「達格妮，如果我是你的話，絕不用這個名字。」

她聳了聳肩膀：「吉姆也不喜歡這名字。」

「那你喜歡它什麼呢？」

「我恨它！我恨你們都在等著看的這個厄運，恨這樣的放棄，恨這個總是像求救一樣的、莫名其妙的問題。我煩透了人們總在問約翰．高爾特，我要和他鬥一鬥。」

他靜靜地說：「你已經這麼做了。」

「我要為他建一條鐵路線，讓他來把它拿走。」

他淒慘地一笑，點了點頭：「他會的。」

$

煉鋼的火光映照著天花板，沿著它拐上了另一面牆。里爾登坐在他的辦公桌後，桌子上亮著一盞檯燈，在燈光的圓暈之外，辦公室內的黑暗和外面的夜色緊緊交融。他感到這空間是這樣的曠寂，彷彿爐光可以隨意來去和蕩漾，桌子彷彿是一葉小舟，在半空中飄蕩，把兩個人禁錮在一塊無人打擾的地方。此時，達格妮正坐在他的桌前。

她把外套脫在身後的椅子上，在灰色的套裝下，她那苗條和繃緊的身體在寬大的扶手椅中微微向前傾著，她只有放在桌上的一隻手是在燈光之下，在那後面，他隱隱看到她蒼白的面孔，白色的上衣，還有翻開的三角形衣領。

「好吧，漢克，」她說道，「我們要建這座里爾登合金大橋，這是約翰．高爾特鐵路公司的負責人正式給你的訂單。」

他笑了，低頭看了看鋪在桌上和燈光下的大橋藍圖，說：「你檢查過我們提交的方案嗎？」

「是的，我的意見或讚賞，都在訂單裡面。」

「很好，謝謝你。我會開始生產的。」

「你不想問問約翰．高爾特鐵路有能力訂貨和運作嗎？」

「我不需要，你來這裡就已經回答這問題了。」

她笑了：「沒錯，都準備好了，漢克。我來就是告訴你這個的，同時和你當面談談大橋的細節。」

「好啊，我只是好奇，是誰買了約翰．高爾特鐵路的債券？」

「我覺得他們誰也買不起，他們的企業都在成長階段，都需要資金去解決自己的問題，但是，他們需要這條鐵路，他們沒求任何人。」她從包包裡取出一張紙，「這就是約翰．高爾特公司。」她說著，把紙從桌子上遞了過去。

他認得名單上的大部分名字：「艾利斯．威特，科羅拉多州威特石油；泰德．尼爾森，科羅拉多州尼爾森發動機廠；勞倫斯．哈蒙德，科羅拉多州哈蒙德汽車公司；安德魯．史托克頓，科羅拉多州斯托克頓鑄造公司。」還有幾個是從其他州來的，他注意到了「肯尼斯．達納格，賓州達納哥煤炭公司」的名字。

他們認購的金額從五位數到六位數不等。

他拿出自己的鋼筆，在名單最後寫下了「亨利．里爾登，賓州里爾登鋼鐵公司──$1,000,000」，然後把這張紙還給了她。

「漢克，」她冷靜地說，「我不想讓你牽扯到這裡面來，你已經在里爾登合金上投了鉅資，現在比我們都緊張，不能再冒險了。」

「我從不白白接受好處。」他冷冷地說。

「什麼意思？」

「在我的投資專案裡，我不讓別人比我自己冒更大的風險。如果這是一場賭注，我下的注不會比任何人少。你不是說過這鐵軌是我的第一次亮相嗎？」

她點了點頭，莊重地說：「那好吧，謝謝你了。」

「附帶一提，我可不想白白失去這筆錢。我知道我可以選擇把債券換成股票，因此，我希望能獲得豐厚的回報──而你，就是要替我把它賺回來。」

她大笑著：「上帝呀，漢克，我和一群傻瓜說太多話，簡直都被他們傳染了，總想著這條鐵路線會虧本！謝謝你提醒了我。是啊，我認為我會給你贏得豐厚的回報的。」

「如果不是因為那群傻瓜，根本就不會有任何風險，但我們必須要打敗他們，也一定會的。」他從桌上的檔案中取出兩份電報，「不過，還是有聰明人的，」他把電報遞了過去，「我想你會對這個感興趣。」

一份電報上寫著：「我本想過兩年再做此工程，但國家科學院的聲明迫使我決定立即開始。特此同意在科羅拉多到堪薩斯的六百英里輸油管道中，使用以里爾登合金為材料的十二英寸口徑鋼管。細節隨後附上。艾利斯．威特。」

另一份寫著：「有關我們前議之訂單，繼續執行。肯．達納格。」

他解釋說：「他也沒打算馬上做的，這個八千噸的里爾登合金訂單，是給煤礦用的建築合金材料。」

他們對視一笑，一切盡在不言之中。

她把電報遞回來的時候，他低頭去接，只見她伸在桌邊的手在燈光下顯得晶瑩剔透，這是一隻年輕女孩的手，手指纖細、修長，此時，非常的放鬆和柔軟。

「科羅拉多州的史托克頓鑄造公司，」她說道，「會把開關和信號燈製造公司放棄的訂單繼續完成，他們會就合金的事和你聯繫。」

「他們已經聯繫過了，你是怎麼安排那個建築隊的？」

「尼利手下的工程師，我把我需要的那些最好的留下來了，留下的還有大部分領班。讓他們接著做並不困難，尼利反正也沒什麼用。」

「工人呢？」

「供大於求。我覺得工會不會干預的，大多數來求職的工人用的都是假名，他們都是工會的成員，非常需要這份工作。我會在鐵路線佈置些保安人員，但應該不會有什麼麻煩。」

「你哥哥吉姆的董事會呢？」

「他們都一窩蜂地在報紙上澄清自己和約翰．高爾特鐵路沒有任何關係，說他們認為這個工程是如何如何應該受到譴責。他們答應了我的所有要求。」

她肩膀上的線條鬆弛自如，似乎做好了飛翔的準備。緊張似乎是她的天性，那並不代表著焦慮，而是表示她在享受；在灰色的套裝之下，她繃緊的身體在黑暗中半隱半現。

「艾迪．威勒斯已經接管了營運副總裁的辦公室，」她說著，「需要什麼的話就和他聯繫，我今晚就去科羅拉多了。」

「今晚？」

「是啊，我們得抓緊時間，已經損失了一個星期了。」

「坐自己的飛機去？」

「對，我大概十天後回來，打算一個月回紐約一兩次。」

「你在那裡住什麼地方？」

「就住工地，我自己的火車車廂裡，那個其實是艾迪的，我借來用用。」

「你覺得安全嗎？」

「有什麼不安全的？」她吃驚地笑了起來，「怎麼了，漢克，你這是頭一次沒把我看成一個男人，我當然會很安全。」

他沒看著她，而是看著桌上的一頁報表，「我讓我的工程人員準備了一份大橋造價的明細費用表，」他說道，「以及建築所需的大致時間。我想和你談的就是這個。」他把檔案遞了過去，她靠在椅子上讀了起來。

一縷燈光照在她的臉上，讓他看到了那張輪廓分明、豐滿和性感的嘴。她的身子稍稍向後仰了仰，他只能隱約辨認出她的嘴形和她在陰影裡垂下的黑睫毛。

我想過沒有——他思索著，我是不是從第一次見到你就這樣想過了？是不是兩年來就沒有去想別的任何事情？……他一動不動地望著她。他聽到了以前從不允許自己去想的那些話，他明明有感覺，也知道，但從沒去正視，他從來不讓這些話在自己的腦子裡跑出來，而是想著能讓它消失。此刻，卻像他突然親口對她講出來一樣，令人震驚……自從第一次見到你……我的眼裡只有你的身體，你的嘴，和你看著我的眼睛……通過和你說的每一句話，和你覺得非常放心的每一次會面，還有那些我們商量過的重要的事情……你相信我，對不對？去發現你的優秀？在心裡想著你——把你當做男人那樣？……你難道不認為我已經背叛了太多嗎？我生命中唯一閃亮的遭遇——我唯一敬佩的人——我所認識的最出色的企業家——我的盟友——和我一起浴血奮鬥的夥伴……最低層的欲望——是我對最高尚所做的回答……你知道我是什麼嗎？我想過這問題，因為它應該是不可想像的，這麼丟臉的需要，永遠不該觸碰到你，我只想要你……我從不知道會有、會需要這樣的感覺，直到我第一次看見了你。我曾經想：這不是我，我不會被它擊垮……從那時起……兩年了……一刻也無法安寧……你知道這種想得到的滋味嗎？當我看著你時……當我在午夜醒來……當我在話筒中聽到你的聲音……你想不想聽聽我再也無法趕開的那些想法？……讓你去看看你想像不到的東西，讓你知道它們都是我做成的；把你只看成一副血肉之軀，讓你體驗最原始的快感，看你對它的渴望，看你對我乞求，還想得到更多，看你那高貴的靈魂逃脫不了放蕩的飢渴；看你面對著世界，那股純淨而高傲的勇氣後面真實的樣子——然後看著你在我的床上，在我令人羞恥的幻想面前臣服，我做的一切都是為了看到你那羞辱的樣子，看到你向不可言喻的激情投降……我想要得到你——上天呀，詛咒我吧！

她在黑暗中讀著文件——他看到外面爐火的反光輕輕觸摸著她的頭髮，在她的肩膀上跳躍，順著她的臂膀，一直遊移到她露在外面的手腕上。

……你知道此時我在想些什麼？……你那灰色的套裝和敞開的領口……你看起來是那麼年輕，那麼嚴謹，那麼有自信……如果我把你的頭扳向後面，把你那身套裝扒下，掀起你的裙子，那又會怎麼樣呢——

她抬頭看了他一眼，他低頭看著桌上的文件。過了一會兒，他說：「大橋的實際成本低於我們原先的估計，你會注意到，再加一條鐵軌，橋的強度也可以承受得住，這一帶的發展在幾年之內就可以把這樣的成本收回來，假如你把費用平攤到——」

他講著，而她則看著他在檯燈下的面孔，他的後面是辦公室裡空曠的黑暗。檯燈並不在她的視線之內，這讓她感覺到像是他的臉照亮了桌上的那些檔案。他的臉，此時她在想著他的聲音、他的思想、他執著單純的動力中那種冷峻而光亮的清澈。他的面孔就像他的語言——彷彿一個思路是從他堅定的眼神中爆發，經過瘦削的臉頰，直到他嘴角那微微有些輕蔑和下撇的線條——這是無情的苦行僧式的思路。

$

災難性的消息揭開了新的一天：南大西洋鐵路公司的貨車，與一列客車在新墨西哥州山區的一個急轉彎處迎面相撞，貨車車廂散落得滿山坡都是。這些車廂裡裝的是從亞利桑那州的一家銅礦運往里爾登鋼廠的五千噸銅礦石。

里爾登致電給南大西洋鐵路公司的總經理，得到的答復卻是：「哦，天啊，里爾登先生，我們怎麼知道？誰知道需要多久才能把事故現場清理好？這是我們遇到過的最嚴重的事故之一……我不知道，里爾登先生。在那一塊地方沒有其他的鐵路線。毀壞了一千兩百英尺長的鐵軌，那裡發生過滑坡，失事的火車開不過去，我不知道用什麼辦法，以及什麼時候才能把那些車廂重新弄上鐵軌。至少兩周以內是不可能的……三天？不可能，里爾登先生！……但我們也沒辦法！……不過你當然可以告訴你的客戶這是場天災人禍！你要是耽誤了他們的訂單怎麼辦？發生這種情況，怎麼能怪你呢！」

接下來的兩個小時內，里爾登在他的祕書和運輸部門的兩名年輕工程師的協助下，靠地圖和長途電話調集了一隊卡車開往出事地點，在距那裡最近的一個南大西洋鐵路車站，安排了一列拖車與卡車車隊會合。拖車是從塔格特公司借來的，卡車則是從新墨西哥州、亞利桑那州及科羅拉多州徵集而來。里爾登的下屬一時之間對私人卡車公司打來的電話應接不暇，為了不和他們囉嗦，便一律答應付錢給他們。

里爾登訂購了三批銅礦石，這是最後一批。前兩個訂單都沒交貨：一家公司倒閉了，另外一家還在無可奈何地請求延期交貨。

他對這件事的處理並沒有將日程安排打亂，他沒有急得提高嗓門說話，一點也看不出有什麼緊張不安和擔心。他像突然遭到襲擊的軍隊指揮官一樣，反應敏捷，判斷準確，而他的祕書格雯·伊芙則像是他身邊鎮定自若的副手。她不到三十歲，有著一副像辦公的儀器一般冷靜、堅硬而又和藹的面孔，是他最鐵面無私的下屬之一。她辦事幹練，在工作中從不摻雜半點個人感情。

處置完緊急情況之後，她只說了一句：「里爾登先生，我認為應該要求所有的供應商都通過塔格特公司來發貨。」「我也這麼想，」他答道，又補充了一句，「給科羅拉多的弗萊明發電報，告訴他我要買那個銅礦的股份。」

他回到辦公桌前坐下，用兩部電話與他的主管和採購經理同時進行交談，核對著日期和手上現有的鐵礦石數量——他絕不允許冶煉中再出現哪怕一小時的延誤，這是約翰·高爾特鐵路線的最後一批鐵軌。這時，通話器響了，傳來伊芙小姐的聲音。他的母親正在外面要見他。

他曾告訴家裡人來工廠一定要預約，他們一直非常討厭這裡，很少來他的辦公室，他也暗自感到高興。此刻，他只感到一股強烈的讓母親離開這裡的衝動，但他卻用著比處理火車事故更大的努力抑制著自己，淡淡地說：「好吧，請她進來。」

他的母親氣勢洶洶地走了進來，故意四下打量著辦公室，似乎知道他會怎麼想，似乎對他不把自己當回事感到十分憎惡。她磨磨蹭蹭地坐進扶手椅，反覆擺弄著她的小皮包、手套和裙子上的皺褶，然後悶聲說道：「真不錯啊，當母親的得在外面房間等著，經過一個速記員的同意才能見到她的兒子——」

「媽媽，有什麼重要的事嗎？我今天很忙。」

「又不是只有你才會有麻煩，當然是重要的事情了。否則，你覺得我費那麼大勁跑到這個地方來幹什麼？」

「什麼事？」

「是菲利普的事。」

「是嗎？」

「菲利普不開心了。」

「怎麼了？」

「他覺得總是靠你的救濟、自己一分錢不賺是不對的。」

「哦！」他吃驚地一笑，「他總算認識到了。」

「這種狀況對一個敏感的人是很不好的。」

「當然不好。」

「我很高興你也這麼想。所以，你要給他一份工作。」

「一份……什麼？」

「你必須給他一個工作，就在這兒，在工廠裡，但當然得是體面乾淨的工作了，有自己的房間和辦公桌，薪水要高，不用去和你的那些工人和難聞的爐子打交道。」

他聽得很真切，簡直不敢相信：「媽媽，你不是認真的吧。」

「我當然是了。我只是偶然發現他是這樣想的，只是他太好面子，不好意思來求你。不過，如果你主動提出來，讓這一切看起來像是你在求他——我知道他會很樂意接受的。所以我才來這裡和你談這件事，他就不會想到是我讓你這麼做的。」

他簡直無法理解自己聽到的這一切。一個本能的反應像聚光燈一樣閃在他的腦子裡，他搞不懂居然有人看不到它，他大惑不解地喊道：「可是他對鋼鐵純粹是外行！」

「這又有什麼關係？他只需要一份工作而已。」

「可是他做不了什麼。」

「他需要獲得自信，而不去貶低自己。」

「可他什麼都不會。」

「他需要一種他還有用的感覺。」

「在這裡嗎？我能用他做什麼呢？」

「你可是雇了很多素不相識的人。」

「我雇的是能工作的人，他能幹什麼？」

「他是你弟弟，對吧？」

「那又怎麼樣呢？」

她張口結舌，難以置信地瞪著他。他們彷彿中間隔了遙遠的銀河，互相望著，沉默了一會兒。

「他是你弟弟。」她的聲音如同一張唱片，重複著她堅信不疑的神奇的信條，「他需要在這個世界上有自己的位置，需要薪水，這樣他就會覺得這錢是他賺來的，而不是什麼施捨。」

「他賺的？可是他對我一文不值。」

「你首先想到的就是這個嗎？你的利潤？我是在請你幫助你的弟弟，你卻在算計從他身上能賺多少錢，一旦沒什麼利潤，你就不會去幫他——是不是這樣？」她看見了他眼裡的神態，卻把視線移開，迫不及待地高聲說道，「是啊，當然了，你是在幫他——就像你幫助乞丐一樣。物質的幫助——你就只懂這個。你有沒有想過他的精神需要，他現在的狀況對他的自尊有什麼影響？他不願意像乞丐一樣生活，他不願意依賴你。」

「難道就憑他從我這裡白拿錢，還做不了什麼事？」

「這根本就看不出來，你手下有夠多人替你賺那些錢了。」

「你是不是想讓我幫他去演騙人的把戲？」

「你用不著這麼說。」

「這是騙人的，是不是？」

「我就是因為這樣才沒辦法和你談什麼——因為你不通人情，對你的弟弟毫無憐憫，沒有感情，沒有同情心。」

「這是不是騙人？」

「你一點慈悲心腸也沒有。」

「你覺得這樣去騙人合理嗎？」

「你簡直是個最不道德的人——只想著合理合法！根本就沒有愛的感覺！」

他突然站了起來，一副會客完畢、請客出門的樣子：「媽媽，我經營的是一家鋼鐵廠，不是妓院。」

「亨利！」他的用詞招來了一聲憤怒的叫喊。

「別再跟我提菲利普工作的事了，我連爐渣清潔工的工作都不給他，我不會允許他在工廠裡，希望你能徹底明白這一點。你愛怎麼幫他都可以，但別想用我的工廠來做工具。」

她鬆弛的臉頰上的皺紋擠成了一股冷笑：「你的工廠是什麼——難道是什麼神廟嗎？」

「呃……是的。」他輕聲地說著，這個說法讓他愣住了。

「你難道從不去考慮人，不去考慮你的道德使命嗎？」

「我不知道你指的道德是什麼。不錯，我不去考慮人——只是，我一旦給了菲利普工作，就沒臉去見那些能勝任並且需要工作的人了。」

她站起身來，頭縮在肩膀裡，用滿腔怨毒的聲音，衝著他高大挺拔的身軀說：「這就是你的殘忍，這就是你吝嗇和自私的地方。如果你愛你的弟弟，你會把不該給他的工作也給他，恰恰是因為他不該得到它——那才是真正的愛、寬厚和兄弟之情。除此以外，愛還有什麼用呢？如果一個人理應得到一份工作，那麼把這份工作給他就算不上什麼美德。美德就是給予那些原本不該得到的。」

他看著她的樣子，像是小孩在看一場噩夢，懷疑地不想讓它變得更恐怖，他緩緩地說：「媽媽，你自己都不知道自己在說什麼，如果我相信你真是這個意思的話，就實在是太瞧不起你了。」

真正讓他吃驚的是她臉上的神情：夾雜在挫敗中間的，還有一種怪異的嘲諷和狡黠，似乎她此刻掌握了世間的智慧，可以在股掌之中玩弄他的無知。

這個神情一直留在了他的心裡，時刻提醒著他要把剛才注意到的這件事弄明白。但他無法總是想著它，總覺得這事不值得多慮，除了隱隱的不安和厭惡的反應外，他什麼頭緒都沒有——而且，他也沒時間，此刻，他不得不把它拋在一邊，去面對坐在桌前的下一個來訪者，聽著他求救的哀求。

儘管來訪者並沒那麼說，但里爾登明白這件事有多重要，那個人在口頭上只是想要五百噸鋼材。

他是明尼蘇達州沃德收割機公司的沃德先生，這家公司實實在在，安分守己，是那種既不太可能做大，又絕不會倒閉的企業。沃德先生的家族一直在苦心經營著一個工廠，到他這裡，已經是第四代了。他年過五十，方頭大臉，顯得有些遲鈍。他一看就知道是極好面子的，想讓他臉上流露痛苦的表情，簡直就像是讓他當眾脫掉衣服一樣有傷大雅。他用生意人那種乾澀的聲音解釋著，他的父親和他一直跟一家小鋼廠做生意，這家小廠現在被伯伊勒的聯合鋼鐵公司吞併，他的上一個鋼材訂單已經等了一年還沒交貨。上個月，他費了好大的勁才預約到了和里爾登面談的機會。

「我知道你的工廠生產負荷已經滿了，里爾登先生。我也知道，你作為全國唯一的一家體面的——我的意思是可靠的鋼材生產商，已經沒有餘力再接新的訂單，你那些最大和關係最久的客戶都只能排隊了。我都想不出什麼理由能讓你破例來管我這件事。可是，除了徹底關門，我已經走投無路了，而我——」他的聲音有些哽咽——「我又不甘心就此罷休……至少現在還不……所以我想來見你，儘管希望渺茫……我也必須盡一切努力。」

這番話，里爾登完全能夠理解，他說：「我也想幫你，但現在是最不巧的時候，因為有個非常大、非常特殊的訂單，要排在所有其他的生產前面。」

「我知道，但能不能就聽我說說，里爾登先生？」

「當然。」

「如果只是錢的問題，你要多少我給多少。如果那樣能補償你的話，只要能給我鋼材，你想收多少額外的費用，甚至按原價加一倍都行。今年，哪怕我賠本賣那些收割機，只要能維持不關門就行。為了能挺住，如果有必要的話，我可以拿自己的積蓄賠本堅持一兩年——因為我想這種狀況不會長久，形勢會好起來，必須好起來，否則我們就——」他沒有說下去，而是堅決地把話頭一轉，「必須要好起來。」

「會好的。」里爾登說道。

伴隨著他信心十足的聲音，約翰．高爾特鐵路的念頭像和聲一般從他的心頭閃過，鐵路線正在不斷延伸，對他的合金的攻擊已經停止了。他感覺到自己和達格妮遠隔千里，站在一個空蕩蕩的世界裡，腳下沒有了任何阻礙，可以盡情地去完成他們的工作。他想著，他們不會阻撓我們了。這句話像是他心中的戰歌：他們不會阻撓我們了。

「我們工廠的年生產力是一千台收割機，」沃德先生繼續說著，「去年，我們生產了三百台，我從破產企業的廉價出售處弄了些鋼材，到處去求那些大公司，東拼西湊了一些，簡直像撿破爛的一樣，什麼地方都去找——算了，我也不想讓你聽這些沒意思的事，只不過，我從沒想到在自己的有生之年居然走到了這一步。伯伊勒先生總是向我許諾下個星期就交貨。但他生產的那些鋼，全都到了他的新客戶手裡，而且這事大家還都不去說，只是我聽到一些傳言，那些人都是有些政治背景的。現在，我連伯伊勒先生的影子都找不著了。他在華盛頓待了一個多月了，他辦公室的人只會跟我說，他們也無能為力，因為他們弄不到鐵礦石。」

「別在他們那裡浪費時間了，」里爾登說，「你從那種地方什麼也別想得到。」

「你很明白，里爾登先生，」他彷彿有了什麼難以置信的發現一般，「我覺得伯伊勒先生做生意的方式有點不對勁，我不明白他有什麼目的。他們把一半的鋼爐停掉了，可是上個月，報紙上全是有關聯合鋼鐵公司的特別報導。關於他們的產量？才不是呢——是有關伯伊勒先生為他的工人建造的住宅工程。上周，伯伊勒先生送給所有的高中一部影片，放映的是鋼鐵生產的過程，以及鋼鐵為每個人帶來的服務和利益。現在他上了一個電台的節目，講的是鋼鐵工業對國家的重要性，而且他們總是在說，我們必須要將鋼鐵工業作為一個整體加以保護。我不明白他所說的『作為一個整體』是指什麼。」

「我明白。別去想它了，他不會有什麼好下場的。」

「你很明白，里爾登先生。我不喜歡人們講太多他們是如何為了別人的利益而去做每件事，根本就不是這樣，我覺得即便是這樣也是不對的。所以我要說的是，我需要這些鋼材來挽救我自己的生意，因為這是我的，因為我一旦把它關了……哎，算了，現在沒人瞭解這些。」

「我瞭解。」

「是啊……是的，我想你會的……所以，你瞧，我首先考慮的就是這個。同時，還有我的那些客戶，他們和我打了多年的交道，對我很信任，現在簡直哪兒都弄不到什麼像樣的設備。在明尼蘇達，因為機器壞了，又沒有零配件，農民收割到一半就沒了工具，你能想像得出那會怎樣嗎……只有沃倫先生的影片還在講著什麼……唉……然後還有我的那些工人，有些人從我父親那代就跟著我們一起工作了，沒別的地方可去，至少現在沒有。」

里爾登在想，在今後這六個月的緊急訂單中，已經連一台高爐、一個小時、一噸鋼材都抽不出來了。但是……他想到了約翰．高爾特鐵路，他能做這個，就沒有什麼做不成的……他感覺到自己好像是希望同時去解決十個新難題，覺得他彷彿在一個他無所不能的世界。

「這樣吧，」他伸手去抓電話，「我再問問我底下的主管，看一下我們下幾周的冶煉計畫。也許我能想想辦法，從現有的生產中擠出幾噸來──」

沃德先生一下子把頭轉到旁邊，但里爾登還是捕捉到了一絲他臉上的表情。對他是如此的重要，里爾登心想，對我卻是如此的微不足道。

他剛提起電話，又不得不放下了，因為他辦公室的門一下子被推開，伊芙一頭衝了進來。簡直無法想像伊芙小姐會如此魯莽，她平常鎮靜的臉現在不自然地扭曲著，像瞎子一樣，腳步蹣跚，全沒了往常規律有序的步調。她一進門就說：「請原諒我的打攪，里爾登先生。」他明白，此時她已視辦公室的一切與沃德先生於不顧，只是在看著他，「我覺得必須告訴你，國會剛剛通過了機會平衡法案。」

木訥的沃德先生驚叫道：「哦，我的天！不，哦，不！」他瞪著里爾登。

里爾登一下子站了起來，肩膀的一側向前探去，身體彆扭地躬著。一瞬間，他像是恢復了視力一般地看看四周，視線觸到了伊芙小姐和沃德先生，說了句「對不起！」便重又坐定。

「這個議案被提交討論通過時，我們沒有得到消息吧？」他控制著自己的聲音，淡淡地問。

「沒有，里爾登先生。這顯然是一個令人措手不及的行動，只用了四十五分鐘就通過了。」

「莫奇那邊有什麼消息嗎？」

「沒有，里爾登先生。」她特意加重了「沒有」兩個字的語氣，「是五樓的一個職員剛聽到廣播後跑來告訴我的，我打電話和報社確認過了。我和華盛頓的莫奇聯繫，他辦公室沒人接電話。」

「上次有他的消息是什麼時候？」

「十天前，里爾登先生。」

「好了，謝謝你，格雯，繼續和他的辦公室聯繫。」

「好的，里爾登先生。」

她走了出去。沃德先生手裡抓著帽子站在那裡，喃喃地說：「我想我最好還是——」

「坐下！」里爾登大喝一聲。

沃德先生聽話地坐了下來，兩眼盯著他。

「我們不是有生意要做嗎？」里爾登說道，沃德先生實在看不出他在說這話時，嘴巴是被什麼情緒而扭曲著，「沃德先生，這幫混蛋到底為什麼拚命詆毀我們？哦，對對，是為了我們『生意照常進行』這句座右銘。那好吧——生意照常進行，沃德先生！」

他拿起電話去詢問他底下的主管：「是這樣，皮特……什麼？……是的，我聽說了，先別管，以後再說這件事。我想知道的是，能不能在後幾周的計畫外再多出五百噸鋼？……是，我知道……我知道很困難……把日期和數字報給我。」他邊聽邊飛快地在紙上記錄著，然後說了聲「謝謝你！」便放下了電話。

他琢磨了一下記下來的數字，在紙端大略粗算了一下，然後抬起了頭。

「好了，沃德先生，」他說，「你的鋼材十天後可以完成。」

沃德先生離開後，里爾登走到外面房間，聲音如常地對伊芙小姐交代說：「給科羅拉多的弗萊明發電報，他會明白我為什麼撤股的。」她沒去看他的眼睛，順從地點了點頭。

他朝下一個來訪者向他的辦公室做了個邀請的手勢，說：「你好。請進吧。」

他心想，稍後再去想這件事，人要一步一步地走，不能停。現在，他異常清醒，腦子裡什麼都不想，只有一個念頭存在於他的意識之中：這絕不能阻止住我。這句話只是無頭無尾地浮現在他心裡，他沒去想究竟是什麼不能阻止他，以及這句話為何會如此重要，他只是順從地讓它支撐著自己。他按部就班地進行，完了他的約見。

當他見完了最後一個訪客，走出辦公室的時候，天色已經很晚，其他的職員都已經回家了，伊芙小姐孤身一人坐在空蕩的房間內。她坐得筆直僵硬，兩手放在膝蓋上，扣得緊緊的。她並沒有低下頭，而是直直地挺著，臉如同凝固了一般。淚水不顧她的抵抗，無聲地在她沒有表情的面頰上流著。

她看見了他，並沒有試圖徒勞地掩飾自己的面容，只是帶著愧疚的歉意淡淡地說了聲：「對不起，里爾登先生。」

他走上來，柔聲說：「謝謝你。」

她吃驚地抬頭看了看他。

他笑了笑：「你不覺得太小看我了嗎，格雯？現在就替我哭是不是早了點兒？」

「我其他什麼都不管，」她輕聲說道，「可他們——」她指了指桌子上的報紙——「他們稱這為反貪婪的勝利。」

他大笑著：「現在我總算知道濫用英文可以讓你生這麼大的氣了。不過，還有什麼？」

她看著他的時候，嘴巴稍微不那麼緊張了，在她周圍的一切趨於崩潰之際，這個她無法去保護的受害者是她唯一的安慰。

他的手輕輕地撫上了她的前額，全然不同於他往常的不苟言笑，同時，也是默默認可了他沒有去嘲笑的一切。「回家去吧，格雯，今晚我這裡不需要你幫忙了。我一會兒也要回家了，不想讓你在這裡等。」

他一直坐在桌前，面前放著約翰·高爾特鐵路的大橋藍圖，直到午夜過後，再也無法躲開的感情，像麻醉完清醒過後的刺痛一樣突然湧了上來，讓他一下子停住了手裡的工作。他雖然還掙扎著坐在那裡，但身體已經頓然沉下去了一截，他用胸口頂著桌邊勉力支撐著自己，低垂著頭，彷彿他現在唯一還可能做到的，就是不讓頭趴到桌子上。他就這樣坐了一會兒，只感到一陣傷痛，一陣莫名的無邊刺痛——他坐在那裡，不知道迫使自己思路停下來的劇痛，究竟是來自自己的身體還是心裡。

過了一會兒，一切恢復平靜。他抬起頭，靜靜地把身體坐正，然後靠在椅子上。此刻，他看到了在延遲它到來的過去幾小時裡，他並不覺得有任何逃避的內疚：他從來沒想過，因為沒什麼好想的。

思想是人行動的武器，他靜靜地告訴自己。他不可能採取任何行動。思想是幫助人做出選擇的工具。他面前沒有任何選擇。思想確立了人的目標和達到目標的道路。他的生活正在被一點點地撕碎，他卻始終無話可說，沒有目的，沒有方向，沒有一點抵抗。

他在震驚中想到了這些，頭一次看清了他之所以能毫無畏懼，是因為無論任何災禍降臨，他都用無所不能的行動作為抵禦。不——他想，不可能有什麼勝利的保障——誰能有這樣的保證？——對任何人來說，只要能行動起來就足夠了。此時，他跳出個人的圈子，生平第一次思考起恐怖的真正涵義：那就是把人的雙手反綁在身後，送上毀滅之途。

那麼，好吧，你的手繼續綁著，他接著想下去，繼續被囚禁著，但這絕不能阻止你……然而，另一個聲音則在說著他不願意聽的話，他便反擊著、大喊著抗議：想這個毫無意義……沒用……能怎麼樣呢？……別管它就是了！

他無法把這個念頭壓下去。他坐在約翰．高爾特鐵路大橋的藍圖面前，一動不動，眼前浮起了畫面，耳畔響起了聲音：他們沒經過他就決定了……他們沒有叫他，沒有來詢問，不讓他說話……甚至都沒有通知他一聲——好讓他知道他們正在毀掉他的生活，讓他能對今後的艱難做好準備……不管這些相關的人是誰，不管他們出於什麼原因，什麼目的，他們早就置他於不顧了。

里爾登鐵礦的招牌高高地懸掛在長路的盡頭。在它下面，是一堆又一堆的鐵礦石……是一年又一年的夜以繼日……是他的心血隨著歲月的流逝……他用自己的努力和勇氣，智慧和希望，為了將來的一天，為了能留下自己的足跡，而心甘情願地付出自己的血汗……這一切卻被一些只是整天坐在那兒投票的人，隨隨便便就給毀掉了……誰知道他們是怎麼想的？……誰知道是什麼在左右著他們的意志？——他們有什麼動機？——他們又懂什麼？——他們之中有誰能獨自從地下挖出一塊鐵礦石來？……這一切被那些他從不認識、也從未見過礦石堆的人，隨隨便便就給毀掉了……只是因為他們就那麼決定了，憑什麼？

他搖搖頭，心想，有些事還是別去琢磨，想得太多了，就會沾染上魔鬼的邪惡。人的視野應該有個限度才好，他絕不能去想、去看、去追根究柢。

在平靜和空虛中，他勸慰自己明天就將一如往常。他可以原諒自己今晚的脆弱，如同允許一個人在葬禮上潸然淚下，或者學習如何帶著未痊癒的創傷，或帶著受到重創的工廠，繼續生活下去。

他站起來，走到窗前，工廠像是一片荒漠，寂靜無聲。他看到了黑色的煙囪上方殘留著的淡淡的暗紅，盤旋繚繞著的蒸汽，以及縱橫交錯的吊車和天橋。

一種從未有過的蒼涼和孤寂湧上他的心頭。他想，伊芙和沃德先生可以從他這裡找到希望，找到安慰，重新獲得勇氣，他又能從誰身上得到這些呢？他也同樣需要這些勇氣。他真希望可以在一個朋友面前毫不掩飾、無所顧忌地把自己的痛苦發洩出來，哪怕只是倚靠一會兒，說一聲「我累極了！」然後得到片刻的休憩。在他認識的所有人當中，他此刻希望誰在他的身邊呢？他旋即聽到自己心中令人震驚的回答：法蘭西斯可・德安孔尼亞。

他的氣惱使他清醒了過來，如此荒唐的渴望讓他一下子冷靜下來，心想，這就是對你頹廢後的報應。

他站在窗前，竭力地什麼都不去想，卻無法揮去心中的聲音：里爾登鐵礦……里爾登煤礦……里爾登鋼鐵……里爾登合金……有什麼用呢？他為什麼做了這些事？他怎麼可能還想做任何事呢？

他站在礦層的第一天……佇立在風中，看著下面一座鋼廠的廢墟……那天，他站在現在的辦公室裡，就在這扇窗前，想到用很少的金屬橫樑就應該可以建造承受力很高的大橋，如果把桁架與拱形結構結合起來，如果做成對角的支柱，支柱上部彎曲成——

他愣在了那裡，那天，他從沒想過要把桁架與拱形結構結合在一起。

他疾速來到桌前，伏下身子，來不及去坐好，就一條腿跪在椅子上，也不管用的是藍圖、記事簿，還是誰的信紙，立刻畫起了直線、曲線、三角和一列列的算式。

一小時後，他接通了長途電話。停靠在鐵路支線上的一節鐵路車廂裡，床邊的電話響了起來。他說：「達格妮！我們的那座橋——把我以前給你的設計圖都扔掉，因為……什麼？……哦，那件事？讓它見鬼去吧！不用管那些強盜和他們的法律！那件事不用再想了！達格妮，我們還在乎什麼呢！聽著，還記得那個你很欣賞，稱它為里爾登桁架的設計嗎？它已經作廢了。我想出了一種迄今最棒的桁架！你的大橋將能夠同時運行四列火車，使用三百年，造價比挖地溝都還便宜。我兩天後會把設計圖送過去，但我現在就想和你說。你瞧，就是把桁架和拱形結構結合在一起就行了。如果我們用對角的立柱，然後……什麼？……我聽不到你說話。你感冒了？……現在謝我幹什麼？等我解釋給你聽。」

第八章　約翰・高爾特鐵路線

工人望著桌對面的艾迪，笑了。

「我感覺就像逃犯一樣，」艾迪說，「我想，你明白我為什麼幾個月都沒來這裡吧？」他說著，指了指這個地下餐廳，「我現在應該算是個副總裁了，負責營運的副總。得了，別太當真，我儘量撐著吧，事情完成後就跑得遠遠的，哪怕是一個晚上也好……我回來這裡吃晚飯的時候，剛得到所謂的升職，他們全都拚命盯著我，弄得我都不敢再來了。好，讓他們盯著吧，你是不會的，讓我高興的就是你不會因此就和平時不一樣……沒有，我已經兩個星期沒見到她了，不過我每天都和她通電話，有時候一天打兩次……是啊，我知道她心裡怎麼想：她高興死了。我們在電話裡聽到的是什麼——聲波，對吧？她的聲音聽起來像是變成了光波——你明白我說的意思吧。她很喜歡孤軍奮戰，然後打贏這場惡仗……哦，對對，她已經占上風了！你知道為什麼報紙在這段時間沒有報導約翰・高爾特鐵路嗎？因為它進展得很順利……只是……里爾登合金的鐵軌是至今為止最好的軌道了，但如果沒有足夠強勁的機車能發揮它的優勢，又有什麼用？看看我們剩下的那些燃煤的破車——就算是在舊電車的軌道上，它們什麼都拖不動也跑不快……不過，還是有希望的。聯合發動機工廠已經破產了，這是讓我們近幾年來最開心的一件事，因為他們的工廠已經被桑德斯買下了。他是個非常聰明和年輕的工程師，全國唯一一家不錯的飛機製造廠就是他開的。為了拿下聯合發動機工廠，他不得不把飛機製造廠賣給了他的哥哥，這還不是因為那個機會平衡法案。當然了，那只是他們兄弟之間的一種安排而已，但你能怪他嗎？不管怎麼說，我們現在將會看到聯合機車廠生產的柴油機火車頭了，桑德斯會開始做的……是啊，她在指望著他呢，你為什麼問這個？……對，他現在對我們至關重要，我們已經和他簽了合約，訂了他首批將生產的十台柴油機火車頭。我打電話告訴她簽合約的事情時，她高興地說：『你瞧，有必要害怕嗎？』……她這麼說，是因為她心裡知道——我從沒跟她講過，但她知道——我很害怕……是啊，我是害怕……我不知道……一旦我知道是怎麼回事，我就不會害怕，因為我可以做點什麼。可這次……告訴我，你是不是特別瞧不起我這個營運副總？……但你看不出來這是很危險的嗎？……什麼榮譽？我都不知道到底是什麼了：是個小丑、幽靈、替身，還是個下三濫的配角。我坐在她的辦公室裡，坐在她辦公桌後的椅子的時候，感覺更糟糕：我覺得自己是個幫兇……當然了，我明白我應該就是她的配角——那是很值得感到榮幸的——可是……可是我的這種糟糕的感覺連我自己也說不好，我像是吉姆的配角。她為什麼非得找個配角？她為什麼非要躲起來呢？他們為什麼把她趕出了這棟大樓？你知道嗎，她只好搬到我們快速通道和行李入口對面的那條後街的一個小屋子裡。你應該有空去看一眼，那就是約翰．高爾特公司的辦公室。然而，大家都知道她還在管理著塔格特公司。她為什麼要從她這麼好的工作中逃出去呢？他們為什麼不念著她的好？為什麼把她的成果占為己有——還讓我成了分贓的。因為有了她，他們才免於毀滅，為什麼他們還拚命阻撓她的成功？為什麼她救了他們，他們卻反過來對她進行摧殘？……你怎麼了？幹嘛這樣看著我？……是啊，我想你是明白的……我搞不懂這裡的一些事，一些醜惡的事。所以我害怕……我不覺得有誰可以不把這當回事……你知道，這很奇怪，不過我想，吉姆他們這群膽小鬼，還有樓裡的這些人也清楚這一點，這裡整個有一種犯罪和卑鄙的感覺，犯罪和卑鄙——還有死氣沉沉。塔格特公司現在像是個丟掉靈魂的人……背叛了他的靈魂……不，她不在乎。上次她意外地回紐約來，我正在辦公室裡，在她的辦公室裡——門突然一開，她就出現了。她走進來說：『威勒斯先生，我想找個車站調度員的工作，能給個機會嗎？』我想把他們全都臭罵一頓，可我還是忍不住笑了，看到她真的是太好了，她笑得非常開心。她是從機場直接過來的——穿著長褲和飛行夾克——她看起來好極了——皮膚被風吹得紅紅的，看起來像是去度假曬的一樣。她讓我繼續坐她的椅子，而她卻隨便往桌上一坐，就講起了約翰．高爾特鐵路線上新建的大橋……不，沒有，我從沒問過她為什麼選了這個名字……我不知道這對她意味著什麼，我猜，可能是某種挑戰吧……我不知道是向誰……哦，這無所謂，沒什麼意義，從來就沒有過什麼約翰．高爾特，不過，我還是希望她當初沒用這個名字。我不喜歡，你呢？……你喜歡？可是，聽你說起它的時候並不是很高興啊。」

$

約翰・高爾特鐵路公司辦公室的窗戶面對著一條暗巷。達格妮從她的辦公桌看出去，視線便被外面突兀的高樓阻隔，看不到天空，這建築便是塔格特公司的摩天大廈。

她新的辦公總部是在一個破舊的建築底層，只有兩個房間。出於安全的考慮，這座搖搖欲墜的樓房頂層已經被清空，樓房裡的租戶們也和這座建築一樣潦倒不堪，只是苟延殘喘而已。

她覺得這地方不錯：省錢。房間裡已經佈置得不能再簡單了，她從廢墟裡撿來了傢俱，湊齊了能用的人手。她來紐約的時間不多，也沒功夫去注意她工作的環境，只要能用就足夠了。

今晚，她不知為什麼停了下來，看著雨水打落在大街對面高樓的玻璃上。

過了午夜，手下的幾個人已經下班回家，凌晨三點時，她要坐自己的飛機趕回科羅拉多。這時，除了還有幾份艾迪的報告要看，她已經把事情處理得差不多了。她突然從緊張的忙碌中停了下來，再也做不下去了。她已經沒有精力去讀這些報告，現在回家去睡覺已經太晚了，去機場又還早。你是累了，她用苛刻而瞧不起的眼光審視著自己的情緒，心裡很清楚，過一會兒就好了。

她這次來紐約很突然。從新聞廣播中聽到一條簡短的消息之後，她只用了二十分鐘就匆匆坐上了飛機。廣播中說，桑德斯沒有任何解釋，便突然退出了商界。她趕到紐約來就是為了找到他並阻止他這麼做。不過，她還在空中的時候，就感覺到找到他的機會實際上是非常的渺茫。

春雨像一層薄霧，靜靜地籠罩著窗外。她坐在那兒，望著塔格特火車站快速通道和行李的入口處，那裡天棚的鋼架上亮著幾盞燈泡，一些行李堆在破舊的水泥地上，看起來，這地方像是荒廢了一般死氣沉沉。

她瞥了一眼辦公室牆壁上的鋸齒形裂縫，四周一片寂靜，她知道，這座廢墟一樣的樓裡此時只有她一個人，似乎整個城市裡也只是她孤身一人。多年前的感覺又再度襲來：那種寂寞遠遠超過了此時，超過了這房間和泛著濕漉漉夜光的街道所散發出的沉寂，那是一種在荒涼的廢墟中找不到任何希望的寂寞，是她童年時感受過的寂寞。

她站起身，走到窗前，把臉伏在玻璃上，她可以看得見整幢大廈，看到它的樓身迅速地會聚成高空中的塔尖。她抬頭望著曾是她辦公室的那扇漆黑的窗戶，覺得自己像被永遠地放逐了，似乎阻隔在自己和這座大樓之間的，絕不僅僅是一扇玻璃、一簾雨水，和幾個月的時光。

她站在用灰漿塗滿牆壁的屋子裡，仰望著自己深愛過、卻又遙不可及的一切。她說不清自己孤獨的原因，唯一能夠表達出來的就是：這不是我所期望的世界。

在她十六歲時，有一次看見塔格特長長的鐵軌就像眼前這座大樓的線條一樣，交會在遠方的一點，她曾告訴艾迪，她總覺得那些鐵軌是被一個遠遠站在地平線另一端的人握在了手中——不過，那不是他的父親，也不是辦公室裡的任何一個人——有一天，她會見到這個人的。

她搖了搖頭，轉身離開了窗戶。

她回到辦公桌前，伸手去拿那幾份報告，卻忽然手臂抱著頭，伏倒在了桌子上。不要這樣，她心想，但卻沒有動。沒關係的，反正也沒別人看見。

這是一種她從來就不允許自己去承認的渴望，此時，她面對它了。她想，如果感情是對周圍一切所做出的回應，如果她把自己愛的情感給了鐵軌，給了這座大樓和更多的東西：如果她也愛著自己的這種情感，她還是缺少一種最大的回應。她想找到一種感情，能夠包容和詮釋她所深愛的一切……找到一種像她一樣的靈魂，讓自己和他成為彼此的世界……不，他不是法蘭西斯可，不是里爾登，不是她認識和尊敬的任何人……他只存在於她所認識到的一種從未感受過的情感之中，但卻會賦予她生命，讓她能夠去體驗……她的胸脯緊緊地壓著桌子，身體緩慢而輕微地扭動著，感覺到來自她的肌肉和神經的那種欲望。

這就是你想要的？就這麼簡單嗎？她心裡想著，同時清楚地知道並不是這麼簡單。在她對工作的摯愛和她身體的欲望之間，有一些扯不斷的聯繫，彷彿是其中一個給予了她另外一個的權利和意義，彷彿這兩者結合在一起才是完整的——這欲望在遇到同樣偉大的靈魂之前，永遠無法得到滿足。

她的臉壓在手臂上，否定地搖了搖她的頭，她永遠找不到了。她對自己所希望的生活的想法，就是她對這個世界的全部要求。只是想法而已——還有極少的一些瞬間，像幾盞路上的燈光，照著她去探求，去把握，去繼續到底……

她抬起了頭。

在她窗外小巷的人行道上，她看到一個站在她辦公室門外的人影。

那門有幾步遠，她既看不到那個人，也看不到他身後的街燈，只能看到他投在人行道石板上的陰影。他站在那裡，一動也不動。

他站得離門那樣近，好像要進來一樣，她甚至在等著他來敲門。可是，她看到那影子倏地一晃，似乎他猛然後退了一步，然後便轉身走開。他停下來的時候，地上只留下他帽沿和肩膀的影子，這影子凝固了一會兒，搖曳著，然後伸得越來越長，他又走了回來。

她並不感到害怕，一動不動地坐在桌前，詫異地注視著。他在門口停下，隨即又退開，他站在小巷中的某個地方，來回不安地踱著步子，然後又收住腳步。他的影子在人行道上像鐘擺一樣晃來晃去，看得出在進行著無聲的爭執：是進門，還是逃掉，他躊躇不決。

她像一個局外人那樣，沒有應對的能力，只有在一邊旁觀。她遠遠地看著，陷入了茫然：他是誰？是不是一直躲在黑暗的角落裡窺視她？他是不是從沒有遮擋、亮著燈的窗戶中看到了她頹然伏在桌子上？是不是像她現在觀察他那樣，也看到了她無助的寂寞？她什麼也感覺不到。他們獨自在城市死去一般的沉寂中，她覺得他很遙遠，像一個忍受折磨的無名英雄，也像她一樣地倖存下來，但遇到的難題卻和她的完全不同。他一會兒走出她的視線，一會兒又走了回來。她坐在那裡，看著這被莫名的苦惱所困擾的身影，閃現在漆黑的小巷中泛著夜色的人行道上。

那個影子再一次走開了，她等待著，卻不見它回來，她一躍而起。她想等著看這場較量的結果，現在他是贏了，還是輸了——她突然急切地想要知道他的身份和目的。她跑過外面的房間，打開門，向外看去。

小巷空無一人，在幾盞街燈的照射下，人行道像一面潮濕的鏡子，漸漸在遠處消失成一點，連一個人影也看不到。她看到一家廢棄的商店窗戶上黑黑的破洞，再過去，是幾家大宅院的門，街道的另一側是一扇開著的大門，從大門陰影上方的燈光裡，可以看到雨水淅淅瀝瀝地淌落著，穿過這扇門，便是塔格特公司的地下通道。

$

里爾登把簽完的一堆紙往桌對面一推，便不再去看了，心裡想著以後可以不用再惦記這些東西了，恨不得把這一切立刻拋到腦後。

拉爾金猶豫地伸手接了過來，他有意做出一副無可奈何的樣子，「這只是例行的法律手續，漢克。」他說道，「你知道，我會一直把這些鐵礦認作是你的。」

里爾登慢慢地搖了搖頭，像只是脖子動了動，他的臉彷彿是對著陌生人一樣，絲毫不為所動。「不，」他說道，「我的財產失去了就是失去了。」

「但……但是你知道你可以相信我，不用擔心你的鐵礦供應，我們說好了，你知道我是靠得住的。」

「我不知道，我希望是這樣。」

「可是我已經答應了你。」

「我從來就沒依靠過別人的承諾。」

「怎麼……你為什麼這樣說呢？我們是朋友，我可以為你做任何事。我所有的產量都會給你的，礦還是你的——和你的沒任何區別。你不用擔心什麼，我會……漢克，怎麼了？」

「別說了。」

「可……可是怎麼了？」

「我不喜歡什麼保證，不想假裝覺得自己有多麼安全，沒有安全這回事。我無法強迫執行我們之間的協定，我想讓你知道的是，我很清楚自己的處境。如果你想守信用的話，不用說，做就是了。」

「你看我的樣子，怎麼倒像是我做錯了什麼？這讓我感覺很不好，你也知道。我是因為想幫助你，才把這些礦買下來——我是說，我覺得如果能賣給朋友，就不會把它們賣給陌生人。這不是我的錯，我不喜歡那個糟透了的機會平衡法案，我不知道這是誰主使的，做夢都沒想到他們居然能批准，我太吃驚了，他們——」

「算了。」

「可我只是——」

「你幹嘛非要說這件事？」

「我……」拉爾金用乞求的聲音說，「我出了最好的價錢給你，漢克。法律的規定是『合理的補償』。我的出價比其他人都要高。」

里爾登看了看依舊躺在桌上的檔案，他在想他的這些鐵礦賣出去能得到的收入，拉爾金從政府那裡拿到了相當於總金額三分之二的貸款，新的法案對這項貸款做了如此的規定，「是為了給以前沒有出路的新業主公平的機會」。餘下數額的三分之二是他自己貸款給了拉爾金，他接受了分期付款的方式賣出自己的礦產……政府的錢，他突然想，支付給他礦產的這筆錢又是從哪裡來的呢？這錢又是誰賺來的？

「你不用擔心，漢克，」拉爾金的聲音中還是那種令人費解的、堅信乞求能成功的語調，「這只是手續而已。」

里爾登隱隱地琢磨著拉爾金究竟想從他身上得到什麼。他覺得眼前這個人除了買賣成交的事實，還在等別的什麼，是一些他——里爾登——應該要說的話，是一些他應該做出的慈善慷慨的舉動。在這個最好的發財時機面前，拉爾金的眼睛越發像個乞丐了。

「你為什麼要生氣呢，漢克？這只不過是法律規定換了個形式而已，只是一個新的歷史情況，對此，大家都無能為力。不能去責備任何一個人，不過要想彼此相處好還總是有辦法的。看看別人，他們不在乎，他們——」

「他們是安排了聽話的自己人，來繼續控制自己被敲詐走的財產。我——」

「你怎麼這麼說話呢？」

「我還要告訴你——而且我想你也知道——我並不擅長玩這類遊戲。我既沒時間，也沒花腦筋去想什麼勒索的花招來套住你，並通過你去控制我的礦產。我從不和誰分享產權，也不希望靠著你的怯懦，靠不斷地矇騙或者威脅你來一直擁有它。我從不這麼做生意，而且從不和懦夫打交道。礦產是你的了。如果你想讓我得到所有的鐵礦產量，你就會那麼做；如果你想矇騙我，也是你的事。」

拉爾金一副很受傷的神情，「你太不公平了，」他乾巴巴的聲音中帶有一分正義的譴責，「我從沒有失信於你。」他匆忙拿起了桌上的文件。

里爾登看著文件被裝進了拉爾金上衣的內側口袋，他看見了他襯衫張開的領口，看見起皺的背心緊緊地裹著他鬆弛的腹部，以及腋下襯衫上的汗漬。

他的心中頓時浮現出那張他二十七年前見到過的臉龐，那是個他在街邊遇到的牧師，他已經想不起是在哪一座城市了，留在記憶中的，只有貧民窟黑黑的牆壁、秋夜的雨和那人充滿正義和怨恨的嘴巴，在深夜中張得大大的，叫喊著：「最高尚的美德——是人們都像兄弟一樣互相照顧，強者為弱者勞作，有能力者為那些沒有能力的人服務……」

接著，他看到了十八歲的漢克．里爾登，看到了他臉上的迫切，腳步如飛，渾身陶醉在不眠的興奮之中，看到他驕傲揚起的頭，清亮、堅定、毫不留情的眼睛，這雙眼睛屬於一個為達到目的而毫不憐憫自己的人。然後，他看到了拉爾金當時可能的樣子——一個年輕人，卻有一副蒼老的娃娃臉，擠出逢迎的乾笑，乞求著寬恕，乞求這世界能給他個機會。如果有人告訴那時的里爾登，你今後會遇到這個年輕人，他會把你疼痛的肌肉中的能量再榨乾，他會怎麼——

這念頭給了他的腦袋實實在在的一拳，當他清醒過來後，立刻明白了當時的里爾登會有什麼樣的感受：他想把拉爾金這個無恥的東西踩在腳下，碾得粉碎。

他還從未體驗過這種感受，過了半晌，他才意識到這就是人們所說的仇恨。

他觀察到，當拉爾金起身離去、向他嘟囔著告辭時，緊閉著嘴，一副受傷和埋怨的模樣，彷彿他拉爾金才是受害者一樣。

不知為什麼，當里爾登把煤礦賣給賓州最大的煤礦主達納格的時候，卻一點也不難受，也感覺不到仇恨。達納格是礦工出身，已經五十多歲的年紀，面容剛毅沉穩。

里爾登把契約遞給他的時候，達納格面無表情地說：「我想我還沒告訴你，你以後從我這兒買的煤，一律按成本價。」

里爾登吃驚地看了他一眼：「這是違法的。」

「我在你客廳裡把現金給你，誰又能發現呢？」

「你是說回扣。」

「對。」

「那就更違法了，如果被他們查出來，你比我還慘。」

「當然了，所以你不用擔心——我不是在施捨你。」

里爾登笑了，那是開心的笑，但他像挨打一樣閉上眼睛，然後搖了搖頭，說：「謝謝，我不是他們那種人，我不希望任何人給我成本價。」

「我也不是他們那種人，」達納格生氣了，「你想想，里爾登，你難道不覺得我知道自己是在不勞而獲嗎？這點錢根本補不回你的損失，至少目前不能。」

「你並沒有主動來買我的礦產，是我請你買下的。我多希望鐵礦業裡也有你這樣的人來接管我的鐵礦，可是沒有啊。如果想幫我的話，別給我回扣，只要給我機會，讓我能夠付給你比別人更高的價錢，無論你想怎麼治我都沒關係，只要能讓我頭一個拿到煤就行。我會料理我這邊的事，只要給我煤就行。」

「你會得到的。」

里爾登曾經納悶為什麼沒有莫奇的音信。他給華盛頓打的電話一直沒人回，隨後就收到了一封信，裡面只有短短的一句話，通知他莫奇先生已經從這裡辭職了。兩周後，他從報紙上獲悉，莫奇已經被任命為國家經濟計畫和資源局的助理協調員。

別去糾纏這些了——在無數個沉寂的夜晚，里爾登和他所厭惡的這股驟然新湧上來的思潮進行著搏鬥——你知道，這個世界上存在著一個難以言喻的邪惡勢力，和它糾纏這些細節毫無用處。你必須再努力一下，只要再努力一下——不能讓它得逞。

里爾登合金大橋所用的鋼樑和桁架，每天都在源源不斷地從軋鋼廠生產出來，然後被運往約翰·高爾特鐵路線的工地，在初春的陽光下，鋼鐵大橋的雛形泛著藍綠色的光澤，橫跨在峽谷上空。他沒有痛苦的時間，沒有憤怒的餘力。再過幾個星期，一切就都過去了，使人喪失理智的仇恨的刺痛已經停止，再也不會感受到了。

那天晚上，當他打電話給艾迪時，已經重新充滿了信心和自控：「艾迪，我在紐約的韋恩·福克蘭飯店，明天早上過來一起用早餐吧，我想和你商量點事。」

艾迪帶著沉重的愧疚感去赴約，他還沒從機會平衡法案的打擊中擺脫出來，像是挨打後留下的淤青，他的心中依然隱隱作痛。他不喜歡眼前的城市：似乎裡面隱藏著莫名而惡毒的威脅；他害怕見到這個法案的受害人：他簡直覺得他自己，艾迪·威勒斯，對此負有一種他都說不清的可怕的責任。

他一見到里爾登，這種感覺立即煙消雲散，里爾登的舉止之間，根本不像受害的樣子。客房的窗外，全城的玻璃都在春天的晨光裡熠熠生輝，天色還早，還是淡淡的淺藍，辦公室還都沒開門，城市看起來並不像窩藏了什麼惡意，似乎和里爾登一樣，已經愉快地準備好，去迎接一片生機。里爾登看起來睡得不壞，容光煥發，穿著家常的睡袍，像是不願意因為更衣而延後他談生意的時間。

「早安，艾迪，很抱歉讓你一大早就出來。我只有這會兒有時間，早餐後得馬上趕回費城，咱們邊吃邊談吧。」

他穿的是深藍色的法蘭絨睡袍，胸前的口袋上繡了白色的名字縮寫「HR」。他看起來年輕而放鬆，在這個房間，乃至整個世界，他像是在自己家裡一樣自在。

艾迪瞧著服務生熟練地將早餐車推了進來，感到精神為之一振。他發現，眼前筆挺潔淨的白桌布，沐浴在陽光下的銀餐具，和盛著柳橙汁的冰桶都是那麼賞心悅目，他還從沒發現這些東西居然能讓他神清氣爽。「我不想為這件事打電話給達格妮，」里爾登說道，「她夠忙的了，你和我只用幾分鐘就可以把這件事搞定。」

「只要我有這個權力。」

里爾登笑了：「你當然有。」他朝桌子傾了傾身子，說：「艾迪，現在塔格特公司的財務狀況如何？是不是很緊張？」

「比你想像得到的更糟，里爾登先生。」

「還發得出工資嗎？」

「不太能。我們儘量對媒體保密，不過我想大家已經都知道了。公司上下到處在拖欠付款，吉姆已經用完了所有的藉口。」

「你知不知道，你們購買里爾登合金鐵軌的第一筆款下周就要付了？」

「對，我知道。」

「嗯，那麼還是延期付款吧，一直到約翰·高爾特鐵路線開通後六個月之前，你們什麼都不用付。」

艾迪「砰」的一聲放下了手中的咖啡，一時竟說不出話來。

里爾登忍不住笑了起來：「怎麼了？你總該有接受的權力吧。」

「里爾登先生……我不知道……該說什麼才好。」

「這有什麼，說句『好的』就夠了。」

「好的，里爾登先生。」艾迪的聲音小得幾乎聽不到。

「我把檔案準備好以後就送給你，你可以告訴吉姆，讓他簽個字。」

「好的，里爾登先生。」

「我不喜歡和吉姆打交道，他可以浪費掉兩個小時讓他自己相信，他是給了我面子才答應接受的。」

艾迪坐著沒動，只是低頭看著他的盤子。

「怎麼了？」

「里爾登先生，我想……向你表示感謝……可是怎麼都不足以來──」

「好了，艾迪，你其實可以是個很出色的生意人，所以你一定要把幾個問題想清楚。這種情況沒什麼好感謝的，我這麼做不是為了塔格特公司，而是完全為我自己的實際利益考慮。現在向你們要帳，就可能會逼你們垮掉，我為什麼要那麼做？如果你們的公司一無是處，我就會去收錢，而且越快越好。我不是慈善機構，也不會把寶押在無能的人身上，但你們仍然是全國最好的鐵路，約翰．高爾特線一旦完成，你們的財務狀況會是最理想的，因此我完全有理由等一等。另外，你們是因為用了我的合金才有了麻煩，我希望能看到你們成功。」

「我還是要感謝你，里爾登先生……這比慈善事業的意義更大。」

「不，你還不明白？我剛得了一大筆錢……儘管我不想要。我不能拿它去投資，對我一點用都沒有……所以，一方面來說，我很高興在這場較量中把錢用來對付他們，正是他們讓我能夠再給你們寬限，幫你們去對付他們。」

他看到艾迪退縮著，似乎被戳中了傷口：「最可怕的就是這個！」

「什麼？」

「他們對你做出的那些事——和你反過來在做的事情。我的意思是——」他頓了頓，「對不起，里爾登先生，我知道做生意不是這樣的。」

里爾登笑了：「謝謝，艾迪，我明白你的意思，不過還是忘了它，讓他們見鬼去吧。」

「嗯，只是……里爾登先生，我能不能跟你說說？我知道這很不合適，因此也不是以副總的身分和你說這些話。」

「請吧。」

「你的提議對達格妮、對我，以及對塔格特公司每一個正直的人所具有的意義，我就不必多說了，這你都清楚，你也知道是可以信賴我們的。但……但我覺得最要命的是詹姆斯也會因此受益，你是在挽救他和他那一夥人，而他們——」

里爾登大笑，說：「艾迪，管他們幹什麼？我們開著特快車，他們坐在車頂上，嚷嚷著該如何當領導者，我們何必在乎？反正我們有足夠的力量，可以載他們前進，不是嗎？」

$

「它撐不住。」

夏日的太陽明晃晃地照在城市的窗戶上，穿過街道的灰塵，留下一片片耀眼的亮斑。熱浪透過空氣，自樓頂蒸騰，升到那幅巨大的白色日曆上。日曆的馬達繼續轉著，正在抹去六月最後的一天。

「它撐不住，」人們議論著，「他們在約翰・高爾特鐵路上運行第一列火車的時候，鐵軌會分家的，根本就走不到大橋。如果他們走得到，大橋也會被火車壓塌。」

在科羅拉多州的山坡上，貨車從鳳凰—杜蘭戈的軌道上經塔格特公司的主幹線，北上懷俄明州；向南，經過南大西洋鐵路公司的幹線通往新墨西哥州。一串串油罐車，從威特油田向遠在四面八方的各州駛去。沒有人談論它們，在大眾的眼裡，這些油罐車只是像光線一般地移動著，也正如光線一般，它們只有在變成燈光、變成爐子的熱氣、變成轉動的發動機時才會被人注意。但即使如此，它們仍被視為是理所當然的。

鳳凰─杜蘭戈鐵路公司將於七月二十五日停止運作。「漢克．里爾登是隻貪婪的野獸，」人們議論說，「瞧瞧他賺的那些錢，他向社會回報過任何東西嗎？是不是他從來就沒有任何社會的良知？他只知道賺錢，為了錢什麼都做得出來。如果他的橋塌了，導致出人命，他會在乎嗎？」

「塔格特家的人世代都是這麼貪得無厭，」人們議論說，「他們天性就是如此，別忘了這個家族的創始人是內特．塔格特，他是有史以來最惡名昭彰的仇視社會的惡棍，把國家敲詐一空來積聚自己的財富，可以肯定的是，只要能賺錢，塔格特家的人絕對不會顧及他人的生命。他們買下了劣質鐵軌，因為價錢比鋼更便宜──賺到運費之後，他們怎麼會在乎那些災難和血肉模糊的屍體呢？」

人們並不知道這些說法的來由，更不知道為什麼這些說法如此盛行，只是鸚鵡學舌一般地繼續傳說著，既不去解釋，也不問緣由。普利切特博士曾告訴過他們：「理由，是最低級的一種迷信。」

「民意的來源嗎？」史拉根霍普在一次廣播講話中說，「並沒有什麼民意的來源，那是一種普遍的自發意識，是集體智慧的本能反應。」

伯伊勒接受了發行量最大的《環球》新聞雜誌的訪問，專訪強調了金屬所起的重要作用，以及人們對其質量的依賴，討論的主題便是冶金家們所負的重大的社會責任。「在我看來，不應該為了推出一種新產品，就把人當成白老鼠那樣去做實驗。」他不點名地說道。

「什麼，沒有，我沒說那橋會塌，」聯合鋼鐵公司的冶金總工程師在一次電視節目裡說，「我根本就沒那麼說，我只是說如果我有小孩的話，絕不允許他們去坐頭一趟經過大橋的火車。不過，這僅僅是我個人的選擇，我就是太喜歡孩子了。」

「我沒說過里爾登─塔格特的設計會垮，」史庫德在《未來》雜誌的文章中寫道，「也許會，也許不會，這並不重要。重要的是：這兩個極度放縱自己而又傲慢、自私、貪婪的人，顯然是一直就缺乏大眾意識，為了防範他們，社會又有什麼樣的保障措施呢？他們兩個狂妄地想要證明自己，而去對抗絕大多數著名專家的意見，顯然也會置他們手下人的生命於不顧。這是不是應該被社會所允許？如果它一旦塌了，再採取預防措施是不是就太晚了？這不就像是馬都跑光了才去鎖上馬場的大門嗎？本專欄一直認為，對某些馬，就應該用社會的規範進行管束和制約。」

一個自稱為「無私公民委員會」的團體徵集了簽名，請求政府專家在通車之前，對約翰・高爾特鐵路進行為期一年的勘察。這個請願聲稱，所有的簽名者除了懷著「公民的責任感」，再無其他動機。最先簽名的是尤班克和里迪。所有的報紙都對這次請願做了大篇幅的報導和評論，使它備受尊崇，因為它是來自於無私的人們。

報紙對於約翰・高爾特鐵路建設的進展卻隻字不提，沒有派任何記者到現場去看，五年前，一位知名的編輯就道出了新聞界的總體原則。「沒有客觀的事實，」他這樣說道，「所有關於事實的報導都只是某些人的看法而已，因此，對事實進行描述毫無用處。」

一些商人覺得或許應該考慮一下里爾登合金的商業價值，他們就這個問題進行了統計調查，既沒有雇冶金專家來檢驗樣品，也沒有請工程人員實地考察，而是進行了民意測驗，要求一萬名經過嚴格篩選、確實代表了各類群體的人回答這一個問題：「你會不會乘坐約翰・高爾特鐵路線的火車？」壓倒多數的回答是：「不會，絕對不會！」

在公開的場合裡沒有為里爾登辯護的聲音，也沒人把塔格特公司的股票在不知不覺中慢慢地上漲當回事。有人在進行觀察，並小心翼翼地操作著。莫文先生以他妹妹的名義買了塔格特股票；本・尼利是用他表親的名字；拉爾金則是用了化名。「我不相信那些一直在升溫的爭議事件。」他們當中的一個人說。「哦，不錯，施工當然是按照進度進行，」詹姆斯聳著肩膀對他的董事會成員們說道，「是的，你們完全可以放心，我那親愛的妹妹恰好不是一般人，而是一台內燃機，因此，她獲得成功是毫無疑問的。」

當詹姆斯聽說部分大橋的桁樑出現斷裂倒塌，三個工人因此喪命時，他跳起腳來，跑到祕書的辦公室，命令他打電話到科羅拉多。他在一旁等待的時候，身體倚著祕書的辦公桌，似乎在尋求著什麼保護；他的眼神惶恐不安，但嘴巴卻突然笑一樣地咧開，說道，「我現在就想看看里爾登是什麼表情。」當聽到這傳聞只是謠言時，他長嘆一聲：「感謝上帝！」但聲音中卻流露出了一絲失望。

「哦，是嗎！」菲利普聽到同樣的傳言時，對他的朋友們說，「也許他也有失敗的時候，也許我那偉大的哥哥並不像他自己認為的那麼偉大。」

「親愛的，」莉莉安對丈夫說，「我昨天在吃午茶的時候可為你說話了，那些女人們說達格妮．塔格特是你的情婦……哦，天啊，別那麼看著我行不行！我知道這很荒唐，就狠狠地教訓了她們一頓。那些笨女人就是不能想像，為什麼一個女人能夠為了你的合金而跟所有的人都翻臉。當然了，我對這點很清楚。我知道那個塔格特家的女人根本就沒有性吸引力，她才不把你當回事呢——再說了，親愛的，我知道你沒這個膽子，但假如你真想做那件事的話，你也不會去找一個穿得那麼古板的機器，你想要的是那些金髮、有女人味兒的女人——噢，不過亨利，我只是在開玩笑！——別那麼看著我行不行！」

$

「達格妮，」詹姆斯慘兮兮地說道，「我們到底會怎麼樣？塔格特公司越來越不被看好了。」

達格妮笑了起來，她不僅是現在很開心，快樂的情緒在她的心中像源源不斷的暗流，隨時可以溢出來。她是那麼愛笑，輕鬆地張大了嘴笑著，潔白的牙齒在她被太陽曬焦的臉龐的映襯下更加醒目。野外的生活令她的眼神更加深邃。他發現她最近幾次回紐約時，瞧著他的樣子，彷彿是已經對他視而不見了。

「我們怎麼辦？輿論幾乎全都在反對我們！」

「吉姆，還記得他們提起過的那個內特．塔格特的故事嗎？他曾經說，只有他的某個對手讓他感到羨慕，因為那個人說過：『讓輿論見鬼去吧！』他希望這話是他說出來的。」

在城市凝重的夏夜裡，在公園的椅子上，在街頭和敞開的窗旁，人們開始從報紙上看到有關約翰・高爾特鐵路進展的簡要報導，他們望著這都市時，突然感受到一股愛的情感。年輕人感覺到這就是他們盼望出現的事情；而老人則已經目睹了從前發生過的類似的事情。他們並不關心什麼鐵路，對做生意知之寥寥，他們只知道，有人在幾乎不可能的情況下正一步步走向勝利。對這些鬥士的目標，他們並不欣賞，他們相信的是輿論的聲音。儘管如此，當他們讀到這條鐵路在一點點延伸的時候，便在剎那間感受到了一股活力，不知為什麼就覺得他們自己所面臨的難題變得容易了。

約翰・高爾特鐵路首發列車要承載的貨物，源源不斷地運到了貨場，預訂車廂的訂單像雪片一樣堆積起來，而這一切，只有塔格特公司在薛安市和約翰・高爾特鐵路公司的辦公室才清楚。達格妮已經宣佈，和以往的習慣不同，首發的列車將不會是滿載著各界名流政要的旅客特快車，而是一趟特別貨車。貨物來自農場、木場和全國各地的礦廠，來自把生存的希望全部寄託在科羅拉多新工廠的偏遠地區。沒有人對這些貨主做出任何報導，因為他們不屬於那些無私的人。

鳳凰—杜蘭戈鐵路將於七月二十五日關閉，約翰・高爾特鐵路的首發車將於七月二十二日運行。

「嗯，是這樣的，塔格特小姐，」火車司機工會的代表說，「我們不允許你運行那趟車。」

達格妮坐在她破舊的辦公桌旁，身後是她辦公室的那面斑駁剝落的牆壁。她動也不動地說道：「給我出去。」

那人從沒有在鐵路總裁們講究的辦公室裡聽過這樣的話，他不知所措地說：「我來是告訴你——」

「如果有事要告訴我，就重新說。」

「什麼？」

「少跟我說你們要允許我去做什麼。」

「噢，我的意思是，我們不會允許我們的會員駕駛你的火車。」

「那就是另一回事了。」

「嗯，我們就是這麼決定的。」

「誰決定的？」

「是委員會。你所做的一切，是違反人權的。你不能為了自己賺錢而強迫他們去冒大橋倒塌的生命危險。」

她找出一張白紙，遞了過去：「把它寫下來，然後我們簽一份契約。」

「什麼契約？」

「約翰．高爾特鐵路永遠不雇用你們工會的會員。」

「什麼……等等……我從沒說過——」

「你不想簽這個合約？」

「不是，我——」

「為什麼不簽呢，你不是知道那橋會塌嗎？」

「我只是想——」

「我知道你想什麼，你想用我給他們的工作來威脅你的會員們，同時用你的會員們來威脅我。你想讓我提供就業機會，同時又不想讓我真的給出什麼工作。我現在讓你選擇。火車是一定要開的，這你別無選擇。但是你可以選擇是否允許你的會員來開。如果你不允許他們，就算我自己上去，車也還是要照開。那麼，假如橋塌了，反正也不會再有任何鐵路公司能存在了；但如果它沒塌，你們工會的任何成員都別想在約翰．高爾特鐵路工作。如果你覺得是我更需要你們的人，你可以依此做選擇；如果你知道我會開火車，但他們卻不會建鐵路，你也可以根據這個來選擇。那麼現在，你是不是要禁止你們的人開這趟車？」

「我沒說我們要禁止，我從沒說過要禁止。但……但你不能強迫人去冒生命危險。」

「我不會強迫任何人開那趟車。」

「那你打算怎麼辦？」

「我要找自願者。」

「如果沒人願意呢？」

「那就是我的問題了，不用你操心。」

「那，我告訴你，我會建議他們拒絕的。」

「請便吧，想怎麼建議就怎麼建議，你怎麼去說都行。但要給他們選擇的權利，別想禁止。」

出現在塔格特公司所有車庫裡的通知上，都有「艾迪．威勒斯——營運副總裁」的簽名，此通知要求，凡願意駕駛約翰．高爾特鐵路首發車的司機，應在七月十五日上午十一點之前通知威勒斯辦公室。

七月十五日上午十一點一刻，達格妮辦公室的電話響了起來。是艾迪從她窗外高高的塔格特大樓打來的。「達格妮，你最好過來一下。」他的聲音有些反常。

她急急忙忙穿過大街，經過鋪著大理石的大廳，來到窗上還掛著「達格妮．塔格特」名牌的門前，推開了門。

辦公室的外面房間裡擠得滿滿的，桌旁和牆邊站滿了人。她一進來，人們全都摘下帽子，頓時鴉雀無聲。她看到的是一群灰白頭髮的頭頂和壯實的肩膀，看到她手下職員臉上的笑容和在房間另一頭的艾迪。大家全都明白了。

艾迪站在她辦公室敞開的門旁，人群閃開，讓她走了過去，他用手指了指房間，然後又指了指一堆信件和電報。

「達格妮，他們之中的每個人，塔格特公司的每個火車司機，只要能來的，都在這裡了，有的是從芝加哥分部趕來的。」他指著郵件說，「其他人都在這兒了。確切地說，只有三個人沒消息，一個正在北部山區休假，一個住院，還有一個因為開汽車時危險駕駛，正在監獄裡。」

她看著這些人，他們莊重的臉上還帶著抑制不住的笑容。她向他們點頭示意，低下頭垂立了一會兒，似乎在接受一個判決，她明白這判決將影響到她和房間中的每個人，影響到這座大樓之外的整個世界。

「謝謝你們。」她開口說道。

他們中的大多數人經常見到她，當她抬起頭來的時候，許多人卻看著她，暗自驚訝不已，他們頭一次發現，他們的營運副總有著一張美麗的女人的面容。

後面有人突然興奮地喊了一聲：「讓吉姆．塔格特見鬼去吧！」

人群立刻沸騰了，人們大笑著，歡呼著，鼓起掌來。這句話本來不會產生如此強烈的反應，但它給了他們一個藉口，他們似乎是在為那個高聲叫喊的人鼓掌，來展現他們對權威的蔑視。但房間中所有人都明白他們是在為誰而歡呼。

她抬了抬手，「現在還太早呢，」她笑著說，「再過一個星期，到那時我們才應該慶祝，相信我，我們一定會慶祝的！」

他們用抽籤來決定誰去駕駛。她從寫著他們姓名的摺疊好的紙條堆裡抽出了一個。抽中彩的派特不在現場，不過，他在塔格特的內布拉斯加州分公司駕駛彗星特快客車，是全公司最好的火車司機之一。

「發電報給派特，跟他說他已經被降級開貨車了，」她對艾迪吩咐道，隨後，又像是臨時想起什麼一樣漫不經心地補充了一句，但大家都明白她絕對不是隨便說說的，「哦，對了，告訴他，我要和他一起坐在駕駛室裡。」

她身旁的一個上了年紀的司機咧嘴一笑：「我想你就會這麼做的，塔格特小姐。」

$

達格妮打了個電話給在紐約的里爾登：「漢克，我明天要開一個新聞發表會。」

他大笑起來：「不會吧！」

「是啊，」她的語氣認真得讓人覺得有一點害怕，「報紙突然找到了我，問了很多問題，我打算答覆他們。」

「祝你一切順利。」

「我會的，你明天在城裡嗎？我希望你能來。」

「好的，我也不想錯過這個機會。」

前來約翰·高爾特公司辦公室參加新聞發佈會的記者們年紀都不大，他們在工作中所受的訓練是如何在全世界面前去掩蓋事實的真相。他們的日常行程是為那些公眾人物捧場當觀眾，聽那些人用精雕細琢、讓人不知所云的講話來談論著大眾的利益；他們的日常工作則是玩弄文字遊戲，只要擺弄出來的文字不要把事情說得明確和具體就好。他們根本無法理解眼前的這場發表會。

達格妮在她那間像貧民窟地下室一樣的辦公室裡坐定。她穿了漂亮考究的深藍色套裝，再加上一件白色的外套，透出一種莊重和近乎軍人般的風範。她正襟危坐，神態威嚴，只是稍稍有點過於威嚴了。

里爾登大大剌剌地躺坐在房間一個角落內的椅子裡，他把兩條長長的腿蹺起來，搭在椅子的扶手上，身體的方向和其他的人都相反，一副輕鬆隨意的樣子，只是顯得有點太隨便了。

達格妮兩眼直視著面前的人們，用軍人報到般清晰而毫無起伏的聲音敘述了約翰·高爾特鐵路的技術情況，一一給出了鐵軌性能的確切資料、大橋的運載能力、建築方法以及造價。隨後，她像銀行家那樣，用不帶感情的語氣說了這條鐵路的財政前景，並指出了她預計會得到的巨大收益。「就這樣。」她結束了講話。

「就這些嗎？」一個記者問道，「你難道不想對大家說些什麼嗎？」

「這就是我要說的。」

「可——我的意思是，你不想為自己做些辯解嗎？」

「辯解什麼？」

「你難道不想給我們一些東西，以此證明你的鐵路嗎？」

「我已經給了。」

一個嘴上總是掛著冷笑的人問道：「那麼，我想知道的是，正如史庫德所說，如果你的鐵路不安全，我們能得到什麼樣的保障？」

「別坐就是了。」

另一個問：「你不打算告訴我們修築那條鐵路的動機嗎？」

「這我已經說過了：就是我預期的收益。」

「哦，塔格特小姐，別這麼說！」一個年輕人嚷了起來。他是一個還忠實於自己職責的新人，對達格妮有種莫名其妙的好感，「你不該這麼說，他們就是在這一點上對你有意見。」

「是嗎？」

「我想，你肯定不是這意思，而且……而且你肯定想澄清這一點。」

「哦，既然你這麼想，那好吧。一直以來，鐵路的平均利潤是全部資金投入的百分之二，這種巨大的付出和微薄的收入，對於一個企業來說是很不合理的。我前面已經講過，對比一下約翰．高爾特鐵路的成本，和它今後可承載的運輸量，我預計可以獲得不少於投資額百分之十五的利潤。當然，按現今的標準，任何企業如果得到高於百分之四的利潤都會被視為暴利。儘管如此，如果可能的話，我會盡力讓約翰．高爾特鐵路為我賺來百分之二十的利潤。這就是我修建這條鐵路的動機。我說得夠清楚了吧？」

那個年輕人絕望地看著她，說：「你的意思不是說要為你賺取利潤吧，塔格特小姐？你其實是說，是為了你的那些股東們，對嗎？」他希望能給她一個提醒。

「當然不是了。我恰好就是塔格特公司最大的股東，因此我的利潤分成是最多的一個。目前，里爾登先生的情況更有利，因為沒有其他的股東可以瓜分他的利潤——要不要你自己說說，里爾登先生？」

「我當然很樂意。」里爾登接了過來，「因為里爾登合金的成分配方是屬於我個人的商業機密，鑑於該合金的生產成本比你們諸位所能想像出的還要低很多，我預期在今後幾年可以從大眾身上賺到百分之二十五的利潤。」

「你所說的，從大眾身上，是什麼意思，里爾登先生？」一個人質問說，「如果真像你廣告裡所說，你的合金比起其他材料的壽命能延長三倍，而價格卻便宜一半的話，大眾不就會因此得到好處嗎？」

「哦，你也發現了？」里爾登回答說。

「你們倆知不知道你們說的話是會見報的？」那個帶著冷笑的人問道。

「霍普金斯先生，」達格妮不失禮貌地反譏說，「如果不是因為要見報，我們為什麼要和你們說這些？」

「你想讓我們把你們剛才說的都登出去嗎？」

「我巴不得你能一五一十地照登不誤。你想讓我逐字逐句地說嗎？」她停了停，看他們把筆都準備好以後，便開始口述說道，「塔格特小姐說──引號開始──我希望能靠約翰・高爾特鐵路賺大錢，我會賺到的。引號結束。謝謝你們。」

「先生們，還有問題嗎？」里爾登問。

再也沒人問什麼問題了。

「現在，我必須要告訴你們約翰・高爾特鐵路通車的事情。」達格妮說道，「首發車將於七月二十二日下午四點，從塔格特公司在懷俄明州的薛安車站發出，是掛有八十節車廂的特別貨車。作為驅動的是我從塔格特公司借用的、功率為八千馬力的四體柴油火車頭。這趟車將以平均一百英里的時速，一路不停，直達科羅拉多州的威特交叉口。對不起，你說什麼？」她問那個低聲長噓的人。

「你剛剛說什麼，塔格特小姐？」

「我說的是，一百英里的時速，把坡度、轉彎和所有路況都算上。」

「你難道不想把速度減到比正常更低的水準，而不是……塔格特小姐，你難道對公眾的看法從來都不考慮嗎？」

「就是因為我考慮了，如果不是為了顧及這一點，平均時速六十五英里本來就夠了。」

「由誰來操作這趟車？」

「我在這個問題上很傷腦筋。塔格特公司的所有司機、司爐工和列車長都自願報了名，我們只好抽籤決定這趟列車的每一名車務人員。由塔格特彗星特快車的派特擔任司機，司爐工是麥金姆，我在駕駛室，和他們一起出車。」

「真的呀！」

「請一定要來參加通車典禮，是七月二十二號，我們最想邀請的就是媒體。和我平時的作風不同，我現在很想多曝光。真的，我想看到閃光燈、麥克風、照相機都出現在那裡。我建議你們在大橋附近多佈置些照相機，大橋倒塌的鏡頭一定很有意思。」

「塔格特小姐，」里爾登問了一句，「你怎麼沒說我也要搭乘這趟列車呢？」

她向房間那邊的他望去，一時間，房裡只剩下他們兩人，彼此的目光緊緊相纏。

「當然了，里爾登先生。」她回答道。

$

七月二十二日，她和他又一次在薛安市的塔格特車站站台上相見了。

她走上站台時，並沒有從人群中去尋找誰：除了感到震顫和燈光，她的全部知覺都被吞沒在混在一起的天空、太陽和巨大的人群喧囂之中。

然而，他是她看見的第一個人，也是唯一的一個人，連她也說不清楚已經有多久了。他站在約翰·高爾特列車旁邊，聽不見他正和別人說些什麼。他穿著寬大的灰布褲和襯衫，看起來像個經驗豐富的修理工，但他周圍的人全都盯著他看，因為他正是里爾登鋼鐵公司的漢克·里爾登。在他的頭頂上方，是銀色的車頭前端的兩個字母：ＴＴ。火車頭的線條微微後傾，直指天空。

儘管他們之間隔了距離和人群，但她的出現立即吸引了他的目光。他們彼此對望著，她明白，他和她心有靈犀。這不是繫他們的命運於一線的重大冒險，而僅僅是他們享受的時刻。他們的任務已經完成了，此時，他們想的不是以後，而只是來之不易的現在。

她曾經告訴過他，人只有體會了莊重，才能感受到真正的輕鬆。無論這次通車對其他人意味著什麼，對他們倆來說，今天的全部意義只是他們自己；無論別人在生活中追求什麼，他們倆只希望能夠感受到此時此刻。他們彷彿是隔著月台，把這些話告訴了對方。

隨後，她從他的身上移開了視線。

她注意到，她自己也是人群包圍和關注的目標，她大聲地笑著，回答著他們的提問。

她沒想到會來這麼多人，站台和鐵道兩側以及車站外的廣場擠滿了人，支線的貨車車廂頂上和周圍住家的窗戶旁也全都是人。他們是被一種東西吸引了過來，這種東西使得詹姆斯到了最後一刻也忍不住決定來參加通車典禮，她阻止了他：「如果你來的話，吉姆，我會從你自己的塔格特車站把你給趕出去，我不會讓你看到這一切的。」然後，她讓艾迪作為塔格特公司的代表來出席這個儀式。

她看著人群，對人們都盯著她看感到愕然，因為這本來是屬於她自己的事，根本無法和其他人交流；同時，她又對他們能來、對他們可以目睹這一切感到欣慰，因為這樣的成就是一個人能為別人獻上的最珍貴的禮物。

她不生任何人的氣，曾經難以忍受的一切現在已經如退潮一般，消退成了遠遠的水霧，傷痛雖然還在，但已奈何她不得。過去的事在此刻的現實面前紛紛瓦解，這一天的意義，正如潑灑在銀色的火車頭前的陽光般絢爛而清澈，讓所有人都能真真切切地目睹，她誰都不恨。

艾迪正注視著她，他站在站台上，身邊簇擁著塔格特高層和分部的主管們和市政官員，以及被說服、收買或威脅的地方官員，他們弄到了允許火車以百英里的時速通過市區的許可。在這一天，在這個場合，他名副其實地擔當起副總裁的頭銜。他一邊和身邊的人說話，眼睛卻始終沒有離開過人群中的達格妮。她身著寬鬆的藍色褲子和襯衫，對所有場面上的事都漠不關心，統統交給了他去處理。此時，她簡直就像是這趟車的一名車務人員，火車就是她心目中的一切。

她發現了他，走上來握住了他的手，她的笑容已經包含了他們所做的一切，無須再多說什麼：「嗯，艾迪，你現在可就是塔格特公司了。」

「是，」他低聲莊重地回答。

圍上來的記者們把他們分開了，他們也向他提著各種問題：「威勒斯先生，塔格特公司對這條鐵路的政策如何？」「所以，塔格特公司只是一個旁觀者，對嗎，威勒斯先生？」他一邊儘量去回答，一邊看著照在柴油火車上的太陽，但此時他眼裡的，是林間草地上的太陽和那個十二歲的小姑娘，對他說，將來有一天，他要幫她一起管理鐵路公司。

他遠遠地看著列車的車組人員在火車頭前站成一列，閃光燈立時亮成了一片，達格妮和里爾登微笑著，如同是在夏天的假日裡留影。擔任司機的派特個頭不高，非常壯實，他的頭髮花白，臉上帶著謎一般淡然而輕蔑的嗤笑。擔任司爐工的麥金姆是個高大健壯的小伙子，高傲的笑容裡還有幾分拘謹。車組的其他人似乎都快被相機閃花眼了，一個攝影師笑著說：「你們難道不會做出點要倒帽的樣子嗎？我知道編輯就是想要這個。」

達格妮和里爾登正在答覆記者們的問題。此時，他們的回答裡已經不再有捉弄和怨恨，他們在享受著這一切，好像那些問題也都變得善意起來，不知不覺間，也的確如此了。

「你覺得這趟車會發生什麼情況？」記者問其中一個司爐工，「你認為能到目的地嗎？」

「我認為我們會到的，」那個司爐工回答說，「你也是這麼想的，朋友。」

「洛根先生，你有小孩嗎？你有沒有額外買了保險？你知道，我說的是那座橋。」

「在我到那裡之前，你們還是別過大橋了。」洛根輕蔑地回答說。

「里爾登先生，你怎麼知道你的鐵軌能承受得住？」

里爾登答道：「教會大家印報紙的那個人，他是怎麼知道如何印報紙的呢？」

「告訴我，塔格特小姐，三千噸的大橋憑什麼能支撐七千噸的火車呢？」

「憑我的判斷。」她答道。

不知為什麼，那些沒拿自己的職業當回事的記者們，卻陶醉在今天的採訪之中。一個常年靠寫醜聞而出名的年輕記者，臉上的嘲諷神情使他看起來比實際年齡整整大了一倍，他突然說了一句：「我知道我想成為什麼樣的人了：我希望我能報導新聞！」

車站樓頂的大鐘指向了三點四十五分，人群開始向遠處的車尾湧去，走動和喧嘩聲漸漸平息下來，在不知不覺間，人們紛紛駐足靜立著。

跨越了崇山峻嶺，通往三百英里外威特油田的鐵道沿途車站都已經向調度發來了信號。調度走到車站的樓外，望著達格妮，做出了可以通行的手勢。達格妮站在火車頭旁邊，舉起手重複著他的手勢，表示命令收到，一切明白。

貨車的車廂井然有序地銜掛在一起，像一條長長的脊椎，延伸開去。另一端的車長在空中一揮手，她揮動著手臂表示回答。

里爾登、洛根和麥金姆如同立正一般肅穆地站著，讓她第一個上車。當她正踩著踏板登上火車頭時，一個記者想起了一個他還沒問過的問題。

「塔格特小姐，」他在她身後叫道，「約翰・高爾特是誰？」

她轉過身來，一隻手抓著鐵扶手，將身體懸在眾人頭頂上的半空之中。

「我們就是！」她回答道。

洛根跟在她身後上了駕駛室，接著是麥金姆，里爾登是最後一個。隨後，火車頭的鐵門便被徹底緊緊地關上了。

信號台顯示出綠色的指示燈，在鐵軌兩側的地面上，也有兩排綠燈順著軌道延伸，在遠方的拐彎處，夏日的綠草掩映著挺立其間的一點綠燈，彷彿它們也都成了綠燈一樣。

兩個人在火車頭前方的鐵軌之間拉起了一道白色的絲綢條幅，他們是科羅拉多分部的主管和一直留下來的尼利的總工程師。艾迪要去剪斷這個條幅，然後宣佈新鐵路線的開通。

攝影師們在精心選取著拍攝的鏡頭。他手拿剪刀，背對著火車頭。攝影師們為了捕捉到更好的鏡頭，讓他重複做幾次剪綵的動作，並準備好了另外一束嶄新的緞帶。他在準備開始時停了下來，「不，」他突然說，「這不能造假。」

他帶著副總裁冷靜威嚴的口吻，指著一排大大小小的攝影鏡頭，命令道：「向後退，退得遠遠的，我剪綵的時候你們只有一次拍攝的機會，然後就趕快讓開。」

他們聽話地急忙向後退著，只剩下一分鐘了。艾迪轉過身，背對攝影師、面朝著火車頭，站在鐵軌中間，把剪刀放在白綢帶上準備好，把帽子摘下，扔到了一邊。他抬頭仰望著火車頭，微風輕拂著他的金髮，車頭那巨大的銀色面板上刻著內特．塔格特的標記。

車站的大鐘指向四點的那一刻，艾迪舉起了他的手。

「發車吧，派特！」他高喊了一聲。

當火車向前開動的一剎那，他剪斷了白緞帶，躍下了鐵軌。

站在支線的軌道上，他看到了從面前經過的駕駛室，看到達格妮在向他揮手致意。接著，火車頭駛遠了，他隔著一節節的車廂，看著對面站台上時隱時現的人群。

$

彷彿是從地平線後面同一點發射出的兩架噴氣飛機，藍綠色的鐵軌向他們撲面而來。枕木在車輪的碾軋下，融化成了順滑的溪流。在靠近地面的火車兩側，隱隱可見映出的亮痕。大樹和電線桿猛地閃進視線之中，然後又一下子被甩到了後面。綠野伸展著，優閒地飄浮過去。天邊，起伏的山巒減緩了速度，似乎是跟著火車在跑。

她感覺不到腳下的車輪，列車如同乘著氣流，懸浮於鐵軌之上，在源源不斷的推動下順暢地飛行；她失去了速度感，好像很奇怪，那些綠色的信號燈怎麼會每隔幾十秒就出現一次，她清楚得很，這些信號燈之間的間隔是兩英里。

派特面前的時速表指針停在一百英里的位置。

她坐在司爐工的座位上，不時轉頭瞄一眼洛根。他輕鬆地坐在那裡，身體稍稍向前傾著，一隻手似乎隨便地搭在氣閥門上，但眼睛卻始終不離前方的軌道。他表現出行家般的自如，自信得像若無其事一樣，但那自如後面，是高度的全神貫注，專注於眼前不容半點閃失的任務。麥金姆坐在他們身後的凳子上，里爾登則站在駕駛室中央。

他雙腳分開保持著平衡，兩隻手插在口袋裡，站立著望向前方。他顧不得看鐵道兩旁的一切：他盯著的是鐵軌。

所有權——她回頭瞧了他一眼，心想——不是有人不清楚它的意義、並懷疑它的存在嗎？不，它絕不是靠公文、印章、授權和批准組成的，它——就在他的眼中。

充斥在駕駛室裡的聲響似乎也成了他們正在穿越的一部分。發動機在低沉地嗡嗡作響——是由許多零件發出的響亮的金屬撞擊聲混合在一起，以及從顫動的玻璃窗那兒傳來的高亢尖銳的呼嘯。

景物風馳電掣般閃過——一座水塔，一棵大樹，一個大棚，一座米倉，它們的動作都像車窗的雨刷一樣：劃著一道曲線漸漸升高，然後再跌落到後面。電線正和火車賽跑，它們在柱子之間有規律地一起一伏，像在空中劃出的一條穩定的心電圖曲線。

她看著前方那吞沒了遠處鐵軌的朦朧，似乎災難隨時會扯開它，從裡面橫衝出來。她說不出為什麼覺得比坐在汽車裡感到安全。這裡更加安全，彷彿一旦有什麼障礙物橫亙在眼前，火車的胸膛和車窗就會先直接撞上去。她找到了答案，並露出笑容：這種安全感的存在，正是因為她是頭一個完全瞭解和掌握所有過程的人，而不是被莫名的力量盲目地拉進一片未知之中。這是最美好的一種存在的感覺：不是盲目地相信，而是靠著瞭解。

玻璃車窗使得不斷延伸的原野看起來更加浩瀚：目光所及，是那麼的開闊，然而，一切又都並非遙不可及。她剛剛看到前方一片波光粼粼的湖水，轉眼間它就出現在身邊，然後落到了後面。

視覺和觸覺之間的距離被奇特地縮短了，她想到了願望和實現之間的距離，接著猛然一頓，詞語從腦海中清晰地一躍而出——靈魂和肉體之間的距離。

首先有了想像中的畫面，然後就是具體地把它表現出來；首先有了想法，然後就是一心一意地沿著筆直而單純的路線到達選擇的目標。如果兩者缺少了一個，還有什麼意義呢？不付諸實施的空想，或者漫無目的的行動，豈不是很不幸嗎？究竟是誰把惡毒蔓延到了這個世界上，拚命地把這兩者拆散，並讓它們彼此對立？

她搖了搖頭，對於身後的世界為何會是如此，她實在不願意去想了，她不在乎，現在她正以一百英里的時速飛離它。她倚著身旁敞開的車窗，感覺著呼嘯而來的風吹亂了額前的頭髮。她向後仰去，一心感覺著自己的陶醉。

然而，她的腦子仍在飛速地轉動，斷斷續續的想法像軌道邊的電線桿一樣，從她的記憶當中閃過。物質的享受嗎？她想著，這列鋼鐵的火車……在里爾登合金軌道上的賓士……用燃油和發電機驅動……這是對空間物質運動的一種物質體驗……但它是我此刻這種感覺的原因和意義嗎？……下面的鐵軌如果現在裂得粉碎——儘管不可能，但我不在乎，因為我已經感受到了這一切，那他們是不是認為這就是低級的動物才有的快感，一種低等、現實、物質，以及可恥的身體的愉悅？

她閉著眼睛，面帶笑容，風從她的髮際間穿過。

她睜開眼，只見里爾登站在面前，正低頭用他剛才看著鐵軌的眼神注視著她。她只覺得自己的意志在直接的一擊之下徹底垮了，身體竟然動彈不得。她向後仰靠在椅子上，和他對視著，薄薄的襯衫被風吹得緊緊地貼裹著她的身體。

他移開了眼睛，她也再次把頭轉向窗外撲面而來的大地。

雖然她不願去想，但念頭像火車隆隆的發動機一樣，不斷在她的腦子裡轟鳴。她打量著機車室，車頂上面密實的金屬網，在四角用來固定焊接鋼板的一排排鉚釘，是誰造出來的？是靠人強健的肌肉嗎？洛根前面的四塊轉盤和三根桿控制著他們身後十六台發動機的能量，使人僅憑單手就可以輕而易舉地操控，這又是誰的傑作呢？

這些東西，以及它們所具備的能力，就是人們認為的罪惡嗎？這是不是他們稱之為卑鄙的物質追求呢？這是不是被物質所奴役，是不是人的精神向肉體屈服了呢？

她用力地搖著頭，似乎想把這些念頭扔出窗外，讓它們在鐵軌上摔得粉碎。她看著夏日原野上的太陽，發覺根本沒必要去想這些。這些問題，不過是她早已懂得的真理的細節而已，就讓它們像電線桿一樣閃過去吧，她所瞭解的一切，就像飛過頭頂的電線般不會間斷。代表著它和這次征程、代表著她和全人類感受的那句話就是：這一切本來就是這麼簡單和正確！

她看著外面的田野，不知從什麼時候開始，她已經注意到軌道邊上每隔不遠就會出現一些人影，只是他們全都是一晃而過，她看不清他們在做什麼，忽然，彷彿是電影裡漸漸顯現的全景一般，她恍然大悟。她曾經派人從鐵路竣工後就負責看守，但她從沒雇過這麼多沿線的人。每一英里的路碑旁都站著一個人，有的是年輕的孩子，其餘的則是老人，天空映襯出他們身體那微微彎曲的輪廓。在他們的手中，從價格不菲的步槍到老古董的長槍，凡是能找到的武器都拿來了，所有的人都頭戴鐵路公司的帽子。他們有的是塔格特員工的兒子，有的是在塔格特公司服務了一輩子、已經退休的老人，他們都是自願前來守護這趟列車的。每個人在火車經過時，都筆直地立正站好，用軍隊行禮的方式舉起槍來致敬。

當她明白了這一切後，情不自禁地突然放聲笑了起來，她像孩子似的笑得渾身顫動，聽起來像是發洩般的啜泣。洛根對她微笑著點點頭，他早就注意到路邊守護的人們了。她伏在車窗前，勝利般地向鐵道旁的人們用力揮手。

在遠處的山頭上，她看見一群人把手舉在天空中搖擺著，在他們腳下的山谷中，零零落落地散佈著山村裡灰色的房屋，那些房子彷彿是放上去之後便就此被遺忘了，傾斜的屋頂無力地下垂著，牆壁的顏色早已隨著歲月褪盡。或許，他們就是這樣世代居住在那裡，太陽的東升西落便是他們一天的標記。現在，這些人爬上了山，來看一顆銀頭彗星穿過他們的平原，如同一聲打破了恆久沉寂的號角。

房屋越來越多，離鐵道也越來越近，她看見了那些湊在窗前、聚集在門廊、站在遠處屋頂上的人們，她看見了交叉路口斜坡上擠滿的人群，街道像風扇的葉片一閃而過，讓她看不清人們的臉，但她看見了他們向列車高舉著的手臂，彷彿是隨風搖曳的樹枝。他們在閃爍的紅燈和標誌下等候著，標誌上寫著：「停，看，聽。」

他們以一百英里的時速穿過的城鎮和車站，從站台到屋頂到處是塑像一般湧動的人群，她看到的是搖晃揮舞的手臂、拋向空中的帽子和向列車投擲過來的花束。

在一路的轟隆聲中，列車筆直不停地駛過一座座城鎮，一群群的人跑出來，就是為了看一看，並因此歡呼雀躍，充滿了希望。她看到花環堆放在陳舊的車站飽經煙塵薰染的屋簷下面，被歲月打磨得千瘡百孔的牆壁上掛著星條旗。眼前的情景就像她當初從鐵路史課本裡看到並羨慕的那個時代，人們聚集在一起迎接第一列火車的誕生；就像內特．塔格特橫越全國的時代，沿途的人們渴望著能夠目睹偉大的成就。她心想，那個時代已經成為了歷史，幾代人過去，卻再也沒什麼好迎接的了，除了看到一道道裂縫在當初內特．塔格特建造的牆壁上日漸增加，便再也見不到什麼了。然而，和他那個時候的人一樣，大家還是懷著同樣的心情出來了。

她瞧了一眼里爾登，他站在車廂的牆壁旁邊，似乎並未去注意人群，對他們的歡迎也無動於衷。他懷著濃厚的專業興趣，內行地觀察著軌道的狀況，他的神態似乎在說，他才不管什麼「他們很喜歡」之類的念頭，他心裡想的只是：「成功了！」

他那在灰色的長褲和襯衫下高大的身軀似乎躍躍欲動，長褲令他頎長的雙腿線條更加分明，輕盈穩健、輕鬆自如地站在那裡，卻又彷彿可以隨時躍向前方；他瘦削有力的手臂露在襯衫的短袖外面，從領口處可以看到他緊繃的胸肌。

她忽然覺察到自己總是在轉頭看他，便把身體轉了回來。然而，這一天既不屬於過去，也和今後沒有關係——她產生不了任何聯想——看不到任何含意，唯一的強烈感覺，就是此時她和他一起禁閉在同一方狹小的空間之內。正如他的鐵軌令人不由得想到列車的飛馳，他在身邊如此的貼近，使她對這一天有了更深切的感受。

她有意轉回頭去瞧他，他也正看著她。他沒有轉開眼睛，冷靜而全神貫注地迎著她的目光。她不甘示弱地笑了笑，卻不敢去多想這笑裡的含意，只是清楚地知道，對這張頑固的面孔，這已經是她能夠做出的最有力的回擊了。突然，她有一種想看到他發抖、逼著他大喊出來的欲望。她不禁覺得好笑，同時感到自己喘不過氣來，便緩緩地把頭調開。

她靠在椅子上坐著，凝視著前方，心裡知道他對她的感覺，也正如她對他一樣。這種特殊的自我感知令她很舒服。每當她蹺起腿來，每當她用支在窗沿的手倚著身體、用手拂弄著額前的頭髮時，她身體的每一個動作都被一種她所不承認的感覺支配著：他是不是正在看著呢？

列車已經遠離了城鎮，鐵軌在一片更加險惡的野地裡爬升。軌道經常被轉彎所隱沒，山脊也越來越逼近鐵道，平原像是被摺成了褶狀物。科羅拉多層層疊疊的岩石開始出現在鐵道的兩旁，群山起伏的藍色峰巒漸漸吞噬了遠方的天空。

他們的視線裡出現了工廠煙囪中的煙霧，接著就是一座電廠縱橫交錯的網絡，和一座鋼鐵建築物頂端矗立著的針狀天線。他們馬上要到丹佛了。

她瞧了瞧洛根，他此時身體更加前傾，他的眼睛和握緊的手指顯出一絲緊張，他和她都清楚以目前這種高速通過城市的危險。

不到一分鐘的時間卻讓他們感到如此的漫長。首先進入眼簾、掠過窗外的是一座座工廠，然後就是成片的街道，接著，面前交錯展開的軌道像張開的漏斗一般，把他們吞進了塔格特車站，只有路邊沿線的綠燈能給他們帶來一些安全感。從高高的控制室看出去，旁邊鐵軌上的貨車車廂像一條用屋頂組成的扁平帶子一般蜿蜒而過，光線從車頂上的小孔裡穿透下來，從他們的面孔上飛速閃過。在站台的玻璃穹頂下，車輪的聲音震耳欲聾，歡呼高喊的人群像一滴水珠，在黑暗中的立柱之間晃動，他們就在這一陣陣轟鳴聲中疾馳，向前面閃著光亮的半圓形站台出口，和遠處空中閃耀的綠光衝去，那些綠燈如同空中的把手，為他們開啟了面前一道又一道的大門。旋即，川流不息的街道、人影晃動的窗戶，以及嘶鳴的警笛聲暫時消失在了身後，遠處的一座高樓頂上，有人停了下來，看著這粒銀色的彈頭飛過市區，然後像天女散花一般，從樓頂撒下了一大團碎紙片。

他們又衝向了野外，行駛到了一片崎嶇的山坡上。彷彿是從城市直直地摔向一面花崗岩的峭壁，然後幸運地被一塊凸出的岩層接住，高山，陡然聳立在他們的眼前。他們現在正行駛在峭壁邊緣，腳下是延展墜落的深淵，猙獰的巨石重重疊疊地從上方凸出，遮住了陽光，他們失去了天空和大地，只能在泛著藍曦的黃昏之中急馳。

鐵軌圍繞著峭壁盤旋上升，迎面撲來的峭壁簡直要把他們從路上掀翻擠下去，但鐵軌所到之處，山卻被劈開，像是張開了兩翼一般閃向兩旁。山的一側佈滿了向上挺立的松枝，整片松林如同一層層密實的地毯，山的另一側則裸露著紅褐色的岩石。

她從打開的車窗望去，只見火車頭塗了銀色的一邊吊在了半空。下面的溪流遠遠看去如同一縷薄薄的絲帶，在山脊間跌宕流淌，沉浸在水旁的苔蘚就是白樺樹亮閃閃的樹梢；火車尾部的一節節車廂緊貼著花崗石的山壁蜿蜒迴曲，在綿延數里的山石之下，藍綠色的鐵軌盤山而上，在火車的身後一點點鋪展開去。

一片岩石從上方突伸出來，像屋簷一般遮住了他們的道路，占據了整個擋風玻璃的視野，車內頓時一片黑暗，距離如此接近，彷彿根本就不允許他們逃脫。但她聽到車輪在拐彎處發出「吱吱」的摩擦聲，光線一下子恢復了——她的眼前是一段從狹窄的山道上延伸出去的鐵軌，消失在了空中，火車頭正直衝雲霄。

除了鋪在山路上那兩條彎彎曲曲的藍綠色鐵軌，什麼都無法阻擋他們。

要承受十六台發動機的強力震撼，她心裡想道，要經得住七千噸鋼鐵和貨物的重壓，能夠在轉彎時把它們大幅度地甩動後又牢牢地控制住，兩條距離還不及她手臂長度的鐵軌簡直完成了一個不可思議的壯舉。是什麼使這一切成為可能？是什麼使這些肉眼看不見的分子結構足以讓他們以生命相託，足以支撐起維繫著多少人生命的八十車貨物？她看到，一個人的面孔和雙手浮現在實驗室爐火的閃光，和流淌著的白色樣品合金的熔液之中。

她再也無法抑制湧上心頭的情感，轉過身去，一把拉開了發動機室的門，伴隨著撲面而來的呼嘯聲，進入火車心臟發出的沉重撞擊之中。

在一段時間裡，除了聽覺，她身上所有的感官似乎全部失靈，迴蕩在她耳朵裡的只是一陣悠長起伏的嘶鳴。她置身在一個不停地搖晃著的封閉鐵室裡，凝視著巨大的發電機組。她一直想親眼來看一看，正是它們，正是她對它們的熱愛，正是這生命的意義——也就是她所選擇的工作，使得她的內心充滿了勝利感。伴隨著這劇烈的情感，她異常清晰地發覺，她幾乎快要抓住了她一直苦求而不得的東西。她放聲大笑，那笑聲立即淹沒在機器隆隆的巨響之中，「約翰・高爾特鐵路！」她高喊道，體驗著這聲音從她的唇邊滑過的快樂。

她沿著發動機和牆壁之間的狹窄通道慢慢地挪動著，有一種冒冒失失闖進來的感覺，她彷彿是掉進了一個動物的身體內部，在它銀色的皮膚下，看到生命的搏動是靠著鉛色的汽缸、彎曲的線圈、密閉的鋼管和接線埠裡急速旋轉的觸片。她頭頂上的這個龐然大物連接著看不見的管道，把它的狂暴輸給了玻璃刻度表上的孱弱指標，輸給了控制台上閃爍著的紅綠指示燈，輸給了刻有「高壓」字樣、高大扁平的電櫃。

她想，為什麼一看到機器她就有了快活的自信感？在這些龐然大物中，全然找不到其他沒有生命的物體具備的兩個特徵：沒有緣故，漫無目的。如同她所敬仰的人對人生課程做出的一步步選擇，對於「為什麼？」和「做什麼用？」這樣的問題，機器的每一個零件都是再具體不過的答案。這些機器就是澆鑄在鋼鐵裡的道德標準。

她心想，它們是活生生的，因為是它們體現了生命力量的行動，表達出了那個掌握它的繁雜、設計它的用途，並讓它成為現實的靈魂。在她的眼裡，機器一瞬間似乎變得透明，她看得見它們的神經網絡，這張佈滿節點的網絡比它們所有的線路都更複雜和重要：人類的靈魂頭一次使它們的每一部分都有了理性的關聯。

它們是有生命的，她不停地想，只是它們的靈魂是用遙控的方式在控制著它們。它們的靈魂屬於每一個能夠取得這種成就的人。一旦這靈魂從世界上消失，機器就會停止轉動，因為正是它在支撐著它們的運轉。沒有了它，她腳底地板下面的機油，就會退化成遠古時代的爛泥；鋼鐵製成的汽缸，就會變成戰慄的原始人洞穴石壁上的鐵鏽。支撐它們的，是有生命的思想的力量——是思考、選擇，和目標的力量。

她轉身返回駕駛室，只覺得她想大笑，想跪在地上或是高舉起雙手，把她的感受統統釋放出去，這一切，沒有任何形式能夠表達。

她看見里爾登正站在門邊的台階上，便停住了腳步。他注視著她，似乎知道她為什麼逃開，知道她此刻的感受。他們一動不動地站著，從狹窄的走道上看著彼此的身體。她的心跳得和發動機一樣劇烈，只感覺到這兩種脈搏都是來自於他的身上，撞擊的節奏徹底摧垮了她的意志。他們默默無語地回到駕駛室，剛才發生的一幕，他們誰都不會再去觸及，對這一點，他們彼此都心照不宣。

前方的峭壁呈現出流金般明亮的色彩，一條條陰影在下面的峽谷裡越拉越長了。太陽正從西邊的山峰落下，他們迎著西邊的落日，一路駛上山來。

天色漸濃，顯出鐵軌般藍綠的色調，他們遠遠地看見了山谷裡的煙囪群。這是科羅拉多的新興城鎮之一，如同威特油田延伸的輻射一樣成長了起來。她的視野中出現了有稜有角的新式房屋，平坦的房頂和大片的玻璃窗，由於距離太遠，還看不清人群。就在她想到人們還不可能從這麼遠的地方看到火車時，一枚焰火從建築群中躥上了城市的半空，像噴泉一樣，在暮色中綻放出金黃色的點點星光。那些她看不到的人們正遠觀著在山邊行駛的列車，送上一份致意，一束黃昏中孤單的火花，作為慶祝或是求助的象徵。

轉過下一個彎，她的眼前豁然開闊，只見遠處的低空中有一白一紅的兩點燈光。那不是飛機，她看到了燈光下面支撐的錐形鋼架，她剛意識到那些是威特石油公司的起重機，山已經一下子向兩側閃開，大地驟然平坦寬闊，鐵軌順著地勢，一路向下伸展出去。在路的盡頭，在幽暗的峽谷對面的威特小山腳下，她看到了用里爾登合金修建的大橋。

他們在向下飛奔著，她顧不得去想當初精心設計、減緩下衝力量的斜坡大轉彎，只覺得他們正頭朝下衝了下去，眼看大橋正離他們越來越近——這是一座用鋼鐵鏤空、小巧的方形隧道，鋼鐵的橫樑閃爍著藍綠色的光芒橫跨在空中，夕陽從山頂缺口透過，把一道長長的光線灑在橋身上。橋旁邊黑壓壓地擠了一大群人，但她的意識裡只有車輪越來越響的加速聲；伴隨著車輪的節奏，她的腦海裡迴響起音樂的旋律，越發高亢，猛然間在車廂內爆發出來，但她知道這音樂只存在她的心中：理查・哈利的第五號協奏曲。她心想：他會不會正是為了這一刻而寫了這首曲子？他是不是也有過這樣的感受？他們的速度更快了，她覺得他們已經騰空而起，用山峰做跳板，滑翔到了空中。這樣的測試可不太公平，她想，我們連橋身都沒沾一下。她看到里爾登的面孔在自己的頭頂上方，她瞧著他的眼睛，把頭向後靠去，讓自己的臉靜靜地停在他臉龐下的空氣之中。他們聽到響亮的金屬撞擊聲和腳下車軸的旋轉，大橋的鋼索在車窗外掠過，響起鐵棒滑過柵欄時發出的聲音。隨後，窗外忽然清靜了下來，向下俯衝的餘勢帶著他們衝上山坡，前方便是威特油田的起重機，正在運作。洛根回過身來，眼裡含著笑瞧了瞧里爾登。里爾登開口說：「就是這樣。」

房頂上掛著的牌子寫著：威特交叉口。她盯著它，覺得有什麼地方不對勁，隨即才明白：原來是牌子定在那裡原地不動。經過這一段馳騁，此時火車紋絲不動地停下來卻讓人很不適應。

她聽到有說話聲傳來，向下一望，看見了站台上的人們。緊接著，控制室的門被猛地推開了。她知道她必須得領頭下車，便來到了門邊。在一瞬間，她感到了自己身體的瘦弱，站在撲面而來的風中是那麼的輕盈。她抓住鐵扶手，從台階上走下來。才下到一半，她感覺到腰被什麼人的手掌一把攬住，雙腳便離開了台階，身體不由得騰空，隨後被放到了地上。她簡直難以相信，這個此時在她面前大笑著的年輕人正是艾迪，她記憶中那張帶著輕蔑、時刻繃緊的臉，此刻完全像夢想成真的孩子的臉一般，充滿了天真無邪和熱切的歡快。

她覺得在靜止的大地上竟然有點站立不穩，便倚著他的肩膀，靠在他的臂彎裡，邊笑邊聽他說著，同時回話：「難道你不知道我們會成功嗎？」

她慢慢地看清了周圍的人們，他們是來自尼爾森發動機公司、哈蒙德汽車製造廠、史托克頓鑄造廠等，在約翰．高爾特鐵路投資的股東們。她握著他們的手，沒有再說什麼。她站在艾利斯．威特身前，稍顯勞頓，拂開垂在眼前的頭髮，露出了額頭上煤煙留下的污跡。她和車組的人員一一握手，大家沒有說一句話，但臉上的笑容已經說明了一切。閃光燈在他們周圍不停地閃著，在山坡井架上的人們向這裡不停地招著手。落日的最後一絲餘暉，此刻正映照著她和眾人頭頂上方車頭銀色盾牌上的字母TT。

威特控制了局面，用手臂從人群中分開一條路，領著她向前走去。一個手持相機的人擠到他們身邊，喊道：「塔格特小姐，能不能對大家說句話？」威特用手指了指長長的貨車，說：「她已經說過了。」

隨後，她坐進了一輛轎車的後座，開上山去。坐在她身邊的是里爾登，威特親自駕車。

他們在一座山崖邊的屋子前停下，整個油田都在下面的山坡上，一覽無遺。

「今晚你們當然要住在我這裡，」威特邊走邊和他們說，「你們還想住哪兒？」

她笑著說：「我不知道，還真沒想過。」

「從這兒到最近的城裡開車得一小時，你們的車組人員都已經過去了，你們分部乃至全城的人都要為他們辦個慶祝活動。不過我告訴了尼爾森和其他人，就不為你辦什麼宴會和儀式了，除非你想要。」

「噢，不！」她忙說，「謝謝了，艾利斯。」

他們坐在餐桌前的時候，天已經黑了。房間用寬大的玻璃窗和幾件昂貴的傢俱裝飾，服侍他們晚餐的是一個身穿白上衣的沉默的印度侍者，他是這座房子裡除主人以外的唯一一個人，不苟言笑，謙恭有禮。

幾點光亮交相輝映著房間：那是桌上的燭火、窗外起重機吊臂上的燈光和天上的星星。

「你覺得你現在事情夠多嗎？」威特說著，「給我一年的時間，我就能讓你忙不過來，每天兩列油罐車，達格妮？到時候會是四趟、六趟，你想要多少就有多少。」他的聲音在山裡的燈火之上迴蕩著，「這個嗎？和我要做的相比實在是小意思。」他向西一指，「離這裡五英里遠的布宜那・艾斯帕蘭薩山谷，大家都不知道我準備拿它做什麼。是油葉岩，人們嫌採油成本太高而放棄了它，已經有多少年了？嗯，等著瞧我想出來的辦法吧，會把它變成最廉價的石油，而且是取之不盡，和它源源不斷的供應相比，最大的油田也不過是個小泥塘而已。我是不是還沒訂購輸油管呢？漢克，你和我得一起建造四通八達的輸油管線……哦，對不起，我在車站和你講話的時候還沒做自我介紹，連名字都還沒告訴你。」

里爾登張嘴一笑：「我現在已經猜出來了。」

「抱歉，我不想這麼粗心，實在是太興奮了。」

「你興奮什麼？」達格妮的眼睛捉弄般地眯成一條縫，問道。

威特盯著她看了好一會兒，用莊重卻又含著笑意的聲音回答：「是為了我自找的那一記最漂亮的耳光。」

「你指的是，我們的第一次會面？」

「我說的就是我們的第一次會面。」

「別這樣，你當時做得很對。」

「我當時的確是對的，只是把你看走眼了。達格妮，經過這麼多年，想發現一個與眾不同的……噢，去他們的吧！想不想聽聽今晚他們在收音機裡是怎麼議論你們倆的？」

「不想。」

「很好，我不想聽。讓他們自己去說去吧。現在，他們都在往戲台上爬呢，而我們就是樂隊。」他瞥了一眼里爾登，「你笑什麼？」

「我一直特別想看看你是個什麼樣的人。」

「也只有在今晚，我才有機會能夠像自己希望的那樣。」

「你就像這樣，獨自在遠離一切的地方生活？」

威特一指窗外，說：「我和一切只有隔幾步遠而已。」

「那和其他人呢？」

「我為了來談生意的人準備了客房，對其他人，我想離他們越遠越好。」他傾過身子，把他們的酒杯倒滿。「漢克，你幹嘛不搬到科羅拉多來？讓紐約和東海岸都下地獄去吧！這裡才是文化復興之都，這第二次復興的不是油畫和大教堂，而是用里爾登合金製造的石油井架、電站和發動機。人們經歷了石器時代和鐵器時代，現在他們會把它稱為里爾登合金時代，因為你的合金讓一切都變得可能。」

「我打算在賓州買幾英畝地，」里爾登說，「在工廠的周圍。如果照我想的那樣，在這裡建個分廠，成本就低多了，但你清楚我為什麼不能那麼做，去他們的吧！反正他們也競爭不過我。我計畫擴建工廠，如果她能保證我的貨三天內到科羅拉多，我倒要讓你看看，哪裡才是文化復興之都！」

「給我一年時間，」達格妮說，「讓我來管約翰．高爾特鐵路，給我點時間重新調整塔格特系統，我就能保證，用里爾登合金的鐵軌，橫跨整個大陸的貨運都可以在三天內到達。」

「是誰說過他需要一個槓桿來著？」威特接著說，「只要保證我道路暢通，我就讓他們看看怎麼去搬動地球！」

她說不清為什麼那麼喜歡威特的笑聲。他們說話的聲音，甚至連同她自己的，都有一種她從未聽到過的音調。當他們從桌旁站起身來的時候，她驚異地發覺房間裡唯一的照明只有蠟燭，她卻一直感覺自己是坐在耀眼的燈光裡。

威特舉起酒杯，看著他們說：「為此時在我們眼前的這個世界乾杯！」

他一飲而盡。

她看到一股氣流迴蕩——從他微弓的身體、揚起的手臂到憤怒地將酒杯甩出去的手，與此同時，聽到了酒杯在對面牆上撞得粉碎的聲音。這可不是平時慶祝的姿態，而是在發洩著反抗的怒火，是用惡狠狠的動作代替了痛苦的吶喊。

「艾利斯，」她輕聲叫道，「怎麼了？」

他回過身來看她，正像他突如其來的狂暴一樣，他雙眼清澈透亮，臉色平靜，看到他溫柔的笑，她反而感到害怕。「對不起，」他道歉，「別介意啊，我們就儘量去想著這世界能一直如此吧。」

月光流淌在山下的大地上，威特帶他們上了屋外通向二樓的台階，來到客房的走廊門口，跟他們說了晚安。他們聽著他下樓的腳步聲，月光似乎不僅吸走了色彩，也吸走了聲音，腳步聲漸漸消失在遙遠的過去，當徹底聽不見的時候，寂靜便恢復了它長久以來的孤獨，似乎周圍根本沒有人存在。

她沒有走向她的房門，他也沒動。他們的腳下是一條薄薄的欄杆和瀰散的空氣。陡峭的岩層下，井架投出方格般的陰影，縱橫交叉，在泛著微光的岩石上布下一條條黑印。幾點白色和紅色的燈光在清冽的空中閃爍，像是落在鐵架上的雨滴。遠處的三滴是綠色的，沿著塔格特的鐵道排開。在更遠的天邊，在泛白的地平線上，便是那座有著網孔一樣的長方形的大橋。

她感覺到一陣無聲無息的韻律，一種沉重的撞擊感，彷彿約翰·高爾特鐵路上的車輪仍在飛奔。面對無聲的召喚，她欲拒還迎地慢慢轉過身來，看著他。

從他臉上的表情，她終於明白她其實早就知道這將會是此行的終點。這不是人們該有的那種表情，不是那種放鬆的肌肉、下垂的嘴唇和不理智的飢渴。他面孔上的線條緊繃，使它有一股特別的純淨，輪廓分明，看起來俐落而年輕。他的嘴唇緊閉，微微向裡收攏，線條看得更加清晰。只有他的眼睛是模糊的，下眼皮腫脹了起來，眼神中流露出憤恨和痛苦。

驚愕變成麻木，傳遍了她的全身——她感到喉嚨和腹部發緊，只覺得一陣無聲的痙攣，令她難以呼吸。但她不能用語言表達的感受卻是：是的，漢克，就是現在——因為這屬於同一場戰鬥，用一種我說不出的方式……因為這就是我們的存在和他們的對抗……我們偉大的力量，快樂的力量，他們因此才折磨我們……現在，就像這樣，無須再說什麼、問什麼……因為，我們想要……

彷彿仇恨一般地，像是抽開皮肉的鞭子圍在了她的身上，她感到他的手臂擁住了她，感到她的腿被拉過去貼緊了他，她的胸膛被他壓得向後彎去，他的嘴吻上了她的唇。

她的手從他的肩膀摸向他的腰和大腿，釋放著她每次和他見面時不曾承認的欲望。她把嘴奮力和他分開時，已經是在無聲地、勝利地笑著，似乎在說：漢克．里爾登——你這個不食人間煙火、難以接近、像僧人一樣、整天在辦公室、在開會、厲聲討價還價的漢克．里爾登——你現在還記得他嗎？我現在想的就是這個，看到我把你變成現在這樣子，我有一種快感。他並沒有笑，緊繃著的臉像敵人一樣，猛地拉過她的頭，再一次補捉到了她的嘴唇，彷彿他是在製造出一個傷口。

她感覺到了他渾身的顫抖，她想道，這就是她想從他身上扯下的那種哭聲——他的抵抗被一點點折磨、撕碎，就這樣投降。同時她明白，她的勝利也是他的，她的笑正是給他的禮物，她的抵抗正是對他的歸順，她的拚命掙扎只是讓他的勝利更加輝煌。他緊緊地壓住她的身體，似乎顯示著他的信念，讓她明白她現在只是一個滿足他——滿足他的欲望和戰勝感的工具，讓她知道，他如此對待她，正是她希望的。無論我是什麼，她想，無論我保持著什麼做人的尊嚴，無論我在勇氣、工作、心靈和自由上保持著怎樣的尊嚴——這就是我能給你的身體帶來的享受，這就是我想要奉獻給你的——而你想用它來享受就是對我最大的獎勵。

他們身後的兩個房間都亮著燈，他握住她的手腕，不由分說就把她拉進了他的房間，鎖上房門，注視著她的臉。她迎著他的目光，筆直地站著，伸手熄滅了桌上的檯燈。他走上前來，手腕輕蔑地一扭，又把燈打開。她頭一次看到他笑了，這是一種緩慢的、帶有捉弄和欲望的笑，再清楚不過地表明他的意圖。

他抱著半蜷曲在床上的她，把她的衣服扯了下來；她的臉緊緊地壓在他的身上，嘴從他的脖子遊移到他的肩膀。她知道，她每一次對他充滿欲望的舉動都會給他沉重的一擊，他身體內有種難以置信的憤怒的顫抖，但毫無舉動又會滿足他尋找她的欲望的那種貪心。

他低下頭看著她赤裸的身體，俯下身來。她聽到了他的聲音——與其說是問，不如說是獲勝後輕蔑的宣言：「你想要嗎？」她閉上了雙眼，嘴唇微啟，喘息著說出：「想。」

她知道，她手臂的肌膚觸到的是他的襯衫，她的嘴碰到的是他的唇，但她身體的其他部分已經和他難以分開了，因為身體和靈魂沒有分野。這些年，他們憑著忠誠的勇氣所選擇和走過的道路：他們熱愛存在，儘管知道得不到什麼，知道必須要創造出自己的欲望，實現它的每一分——用他們鍛造出的鋼鐵、鐵軌，和發動機，他們被一個人們因為覺得享受而去改造世界的想法、被人類根據自己的選擇，而把意義賦予毫無生命的東西的這種精神所感動。在對一個人最崇高的價值做出回答時，在對只選擇用這種方式來做證明的敬仰中，這條道路帶領著他們來到了此刻，人的精神可以把身體變成貢獻，作為證明、作為約束、作為獎賞，再鑄成為一種充滿如此快樂的特殊情感，根本不再需要任何其他的存在方式。在同一瞬間，他聽到了她呻吟的喘息，她感到了他身體的顫動。

第九章　神聖與世俗

她看到照在自己手上的光環，像手鐲一樣，從手腕上一圈圈直套到肩膀，陽光從陌生房間裡的威尼斯式百葉窗透了進來。她發現手肘上面有塊淤青，曾經滲血的地方已經發青。她的手臂現在正搭在蓋著的毛毯外面，她對自己的腿和臀部還有感覺，但身體的其他部位卻輕飄飄的，彷彿她是在一個充滿陽光的籠子裡，徹底放鬆地在空氣中飄浮。

轉身看著他，她不禁想著：一個冷淡、與世隔絕一般地正經和高傲得向來無動於衷的他，如今成了躺在她床邊的里爾登，既沒有言語，也無法在光天化日下描述他們剛剛經歷的長達幾個小時的瘋狂，只是，這一切依然存在於他們彼此對視的眼睛裡，他們依然想要去表達和強調，想要對方永遠地記住。

他看到了一張年輕姑娘的臉龐，嘴角含著笑意，好像她最自然放鬆的樣子就是這般的容光煥發；一縷長髮繞過她的臉頰，拂在她露在外面的圓滑肩頭上，正像她對他所做的一切都來者不拒一樣，她看著他的眼神似乎表明，她可以接受他想要說的任何話。

他伸出手，小心翼翼地撥開她臉頰邊的頭髮，像是怕弄壞嬌貴的東西，用手指拈著，凝視著她的臉。隨即，他忽然緊緊握住了她的頭髮，把它舉到了唇邊，他用嘴抵著它的時候是如此的輕柔，用手抓住它的樣子卻又是如此的絕望。

他一頭躺在枕頭上，閉上眼睛，一動也不動；他的面孔顯得年輕、安詳。她就這樣放鬆地看了一會兒，忽然意識到了他一直以來所承受的抑鬱，但現在都過去了，她想，已經過去了。

他沒有去看她，逕自起了床，臉上又恢復了冷漠緊閉的神情。他從地上撿起衣服，站在房間中央，稍微背對著她，開始穿了起來。他不是有意忽略她的存在，而是根本不被她所影響，他繫襯衫鈕釦和腰帶的動作，快速而準確，有條不紊。

她躺靠在枕頭上看著他，欣賞著他身體的動作。她喜歡那條灰色的褲子和襯衫——這個約翰．高爾特鐵路的熟練技工，她心想，在太陽的光線和陰影籠罩下，像是鐵柵欄裡的犯人。但是，鐵柵欄已經不復存在，那只是被約翰．高爾特鐵路衝開的牆上的一道道裂口，是外面的一切，穿過百葉窗提前向他們傾瀉了進來。她想到了乘坐由威特交叉口發出的第一趟列車，沿著嶄新的鐵軌回到她在塔格特大樓的辦公室，所有成功的大門現在都向她敞開，不過，她已經不需要急著去想這些了；此刻，她想的是他的第一次親吻，她自由自在、心無旁騖地回味著，面對百葉窗外的天空露出了驕傲的笑容。

「我要告訴你。」

他穿著完畢，站在床前，低下頭看著她，聲音異常的平穩清晰，毫無起伏。她則是乖乖地看著他。他說道：

「我對你的感覺就是輕蔑，不過，比起我對自己的蔑視來，這算不了什麼。我不愛你，我從沒愛過任何人。我從第一眼看到你的時候就想要你了，這和人想要妓女有著同樣的原因和目的。兩年來，我一直詛咒我自己，因為我覺得你是高於這個層次的。但你不是，你和我一樣屬於可恥的動物，我本來應該厭惡自己的這個發現，但我沒有。昨天，如果有人跟我說，你會做我已經讓你做的這一切，我簡直就會把他殺了。今天，我就是死也不會讓你改變現在的性感的婊子模樣。我在你身上發現的所有的偉大之處，都換不來你像野獸那樣享受肉欲的淫穢能力。你和我，我們是兩個偉大的生命，對自己的能力引以為傲，對吧？看來，我們現在也只剩下這個了——我不想自欺欺人。」

他說話的速度非常緩慢，像是在用這些話鞭打著他自己。他的聲音裡沒有情感色彩，只是機械般費力地向外擠，像盡義務一樣用難聽和受罪的語調，一點也不情願地講著。

「我以自己不需要任何人為榮，可是我需要你。我向來按自己的意念做事並為此驕傲，但卻在我所唾棄的欲望面前低下了頭。這欲望把我的心、我的意志、我這個人和我生存的力量降低到了一種對你可悲的依賴，這依賴甚至還不是對我所敬佩的達格妮．塔格特，而是對你的身體、你的手、你的嘴唇，和你身體那幾秒鐘的顫動。我從不食言，卻違背了我一生的誓言。我從沒做過什麼躲躲藏藏的事，現在，我要去撒謊，要偷偷摸摸和東躲西藏了。無論我想要什麼，我都可以盡情地高聲宣佈，並當著全世界的面去獲得它。現在，我自己說起這僅有的欲望都覺得噁心。但我唯一的希望就是想擁有你——為了它，我可以放棄一切，放棄礦山、合金和我畢生的成就。為了得到你，我願意付出任何代價，哪怕把我自己也賠進去，哪怕犧牲我的自尊，我都想讓你知道這一點。對於我們所做的一切，我不想偽裝和逃避，不想什麼表示也沒有。我不想為愛、價值、忠誠和尊重找什麼藉口，我們之間的這份榮耀，我一點也不想隱藏。我從沒乞求過憐憫，是我選擇這麼做的，我會承擔一切的後果，包括徹底承認我的選擇。我會把它認為是墮落來接受，然而，為了得到它，我會放棄一切高尚的美德。現在，如果你想甩我的耳光，就來吧，我希望你能打我。」

她直直地坐在那裡，用下巴抵著緊緊裹住全身的毯子，聽他說著。起初，他看到她的眼睛在難以置信的驚愕中漸漸黯淡了下去。隨後，他似乎覺得她聽得更專注了，儘管一直盯著他的臉，但她的眼睛好像看到了更多的東西。看來，她像是在聚精會神地研究著她從未對付過的新發現。他感覺照在臉上的光線似乎更加強烈了，因為他看到這光線折射到了她在端詳著他的臉上。他發現她的驚愕褪去了，隨後出現的是迷惑，他看到一種奇怪的沉靜浮現在她的臉上，看起來既平靜，又閃爍著光芒。

他一停下來，她就放聲大笑了起來。

讓他震驚的是他從她的笑聲中聽不到任何憤怒。她只是放鬆而開心地笑著，全然不像是解決了難題後的歡笑，而像是發現了根本就不存在什麼難題一樣。

她有意地一揮手，掀掉毯子，站了起來，看到她的衣服扔在地上，便抬腳把它們踢到了一邊。她全身赤裸，和他面對面站著，開口說：

「我想要你，漢克，我的動物本能比你想像的更強。見到你的第一眼，我就想要你了，唯一令我感到羞愧的就是那時我根本沒意識到。不知為什麼，我發現自己這兩年來最舒暢的時候都是在你的辦公室裡，在那裡，我可以仰起頭來看著你。你在我身邊時，我不知道我的那種感受到底是什麼，也不清楚產生這種感受的原因。現在我知道了。我想要的就是這些，漢克。我想和你一起在我的床上，想要你今後在我面前無拘無束。你完全不必有什麼偽裝，不用考慮我，不用想，不用在乎。我不需要你的心、你的意志、你這個人或者你的靈魂，只要你帶著最原始的欲望來到我的身邊。我是個動物，除了被你唾棄的快感，別的什麼都不想要——只是，我想從你身上來得到。你為了它可以放棄所有高尚的品德，而我——我都沒什麼可以用來放棄的。我既不追求、也不希望達到什麼高尚，我實在是太卑賤了，甚至會拿全世界最美的景致來交換，只要能看到你在火車廂裡的身影。一看到它，我就沒辦法無動於衷。你不用擔心會對我有依賴，現在是我在依賴著你的每一個怪念頭。你在任何時間、任何地方、用任何條件都可以得到我。你說過，這是我淫賤的能力，對吧？正因為這樣，我才比你所擁有的任何其他財產都更安全。如果你願意，可以把我甩了——我並不害怕承認這一點——我對你毫不設防，毫無保留。你覺得這對你的成就是個威脅，但對我可不是。我依然會在辦公桌前工作，如果周圍的事情讓我實在忍受不了，我就會想，我會得到晚上和你一起在床上的獎賞。你把這叫做墮落嗎？我比你墮落得多：你把這看成你的罪惡，而我卻把這當成我的驕傲。這比我所做的任何事、建造成的任何鐵路都更令我驕傲。如果有人讓我指出我最值得驕傲的成就，我會說：我和漢克．里爾登一起睡過覺，那是我賺來的。」

他把她扔到了床上，他們的身體發出的聲音，在房間中互相碰撞：一個是他痛苦的呻吟，一個是她的笑聲。

$

漆黑的街道上，看不見在下雨，但街燈下，雨絲像檯燈燈罩四周閃亮的流蘇一樣垂落。詹姆斯在口袋裡翻來翻去，發現手帕不知丟到哪裡去了。他惡狠狠地破口罵出聲來，彷彿他丟了東西，下雨以及頭疼都是有人對他的陰謀陷害。

人行道上有一攤爛泥，他覺得腳下黏黏的，一股寒意從脖子直透下來，他走也不是，停也不是，無路可去。

在董事會畢離開辦公室的時候，他突然意識到沒有其他任何安排了，前面是等著他的漫漫長夜，沒人陪他去消磨時光。報紙的頭版都在驚呼著約翰·高爾特鐵路線的成功，對此，昨天電台已經嚷嚷了一天一夜。帶有塔格特公司名字的通欄標題像它的鐵路線一樣，已經遍及全國上下，他也笑著回答了那些祝賀。他笑著坐在董事會長桌的一頭，董事們談論著塔格特的股價在證券交易所急速竄升；小心翼翼地詢問他和他妹妹簽訂的合約。萬一，他們一邊說著，一邊表示著沒什麼問題，合約滴水不漏，她毫無疑問地會把鐵路立即交還給塔格特公司；他們談論著一片大好的前景，以及公司對詹姆斯的感激之情。

他坐在會議室時，盼著會議趕快結束，他好回家。隨後，當他走在了大街上，才發現家卻是他今晚不敢回去的地方。接下去的幾個小時，他不能獨自一個人過，但又沒什麼人可找。他不願意見到人，面前總是出現董事會上那些人在講到他功勞時的眼神：一種詭祕、朦朧、懷著對他的輕蔑的眼神，更可怕的是，這種輕蔑也針對著他們自己。

他垂下頭走著，雨滴像針一樣時不時地刺中他的脖子。只要一見到書報攤，他就把臉轉開，那些報紙似乎在向他尖聲叫喊著約翰·高爾特鐵路的名字，同時，他也不想聽到另外一個名字：拉格納·丹尼斯約德。昨天夜裡，一艘滿載緊急捐贈的車床物資的輪船，在開往挪威的路上被丹尼斯約德搶走了。這消息使他個人產生了一種很難解釋的不安，這情緒和他對約翰·高爾特鐵路的感受有著某種一致感。

這是因為他感冒了，他想，如果沒感冒的話，他就不會有這種感覺，感冒的人不可能有什麼好的狀態——他也沒辦法——他們今晚還想要他怎麼樣，唱歌跳舞嗎？——他憤憤地朝審視著他那未被察覺到的情緒的無名法官質問著。他又四處找起手帕來，一邊罵一邊想，最好還是去哪裡買點紙巾算了。

經過一個曾經很繁華的街區廣場時，他看到對面一家便利店的窗子亮著燈。這麼晚了，這家店還不甘心關門。很快又要有一家倒閉的了，他心裡一邊想著，一邊穿過廣場，這想法讓他感到很愜意。

店裡的燈光明晃晃的，幾個女店員在一排髒亂的櫃台之間晃蕩著，留聲機刺耳地播放著唱片，只有一個顧客成了它孤單的聽眾，無精打采地在角落裡徘徊。音樂聲吞沒了詹姆斯尖銳的嗓音：他索取紙巾的那個腔調，倒像是把他的感冒歸罪到了女店員的身上。那女孩轉向她身後的櫃台，但又回過頭，飛快地朝他的臉上瞄了一眼。她取了一小包後，猶豫地停住手，十分好奇地打量著他。

「你是詹姆斯・塔格特？」她開口問。

「是！」他不耐煩地回道，「怎麼了？」

「噢！」

她像看到焰火的小孩那樣發出了一聲驚嘆，看著他的那副眼神，使他覺得自己像是電影明星一樣。

「我在今天早上的報紙看到過你的照片，塔格特先生，」她急急地說著，臉頰上掠過了一絲淡淡的紅暈，「那上面說這是件很了不起的成就，說這一切其實都是你做的，只不過你不想讓人知道就是了。」

「哦。」詹姆斯應道，他笑了。

「你和照片上一模一樣，」她異常驚訝地說著，又補上一句，「真想不到，你本人居然會來這裡！」

「不應該嗎？」他的語氣輕鬆了起來。

「我是說，全國都在談論這件事，而你就是那個人，居然在這裡出現了！我從沒見過什麼重要人物，從沒和任何重要的事沾過邊，我是指報紙上登的新聞。」

他還從不知道他的出現能夠讓一個地方蓬蓽生輝：那女孩子的疲勞看起來一掃而光，這家便利店裡的場景彷彿成了充滿戲劇和神奇色彩的一幕。

「塔格特先生，他們在報紙上說你的那些事，是真的嗎？」

「他們說什麼了？」

「關於你的祕密。」

「什麼祕密？」

「嗯，他們說，大家都在爭論你的大橋會不會倒，你沒和他們爭，只是持續地做，因為別人都不相信的時候，你也知道它能挺得住——所以，這條鐵路其實是塔格特的計畫，你是幕後的指揮，但你沒有聲張，因為你不在乎這功勞是不是你的。」

他曾經看過公關部印出的那條新聞，他說道：「對，沒錯。」她看著他的那副樣子讓他覺得事情似乎就是這樣的。

「你真了不起，塔格特先生。」

「你總是能記住從報紙上看的東西嗎，而且那麼清楚，那麼詳細？」

「是啊，我覺得吧——但都是有意思的事，大事，我很喜歡看。我從沒經歷過什麼大事。」

她笑嘻嘻地說著，一點也不自慚，聲音裡有一股朝氣、率直和活力。她有一頭紅褐色的鬈髮，眼距很寬，翹翹的鼻頭上有幾粒雀斑。他覺得如果有人注意看的話，會覺得這張臉挺漂亮，但誰也不會平白無故地去注意。那不過是一張普通小巧的臉，只是有一點機靈和急切的好奇，覺得這世界到處都隱藏著令人興奮的祕密。

「塔格特先生，當偉人是什麼感覺？」

「當個小女孩是什麼感覺？」

她樂了：「啊，好極了呀。」

「那你比我強多了。」

「哦，你怎麼這麼說——」

「也許，你和報紙登的那些大事一點邊都不沾才是幸運的。大事，你覺得什麼才算是大事？」

「當然是……重要的。」

「什麼是重要的？」

「這應該是你來告訴我呀，塔格特先生。」

「什麼都不重要。」

她簡直不敢相信地瞪著他：「還從來沒人說出你今晚這種話！」

「我一點也不覺得有什麼好的，如果你想知道的話，我這輩子，也從沒覺得有什麼不好的。」

他吃驚地發現，她正以一種別人從未給過他的關切向他打量著，「你是累壞了，塔格特先生，」她誠懇地說，「他們都該去下地獄。」

「誰？」

「凡是那些拖累你的人。這樣是不對的。」

「什麼不對？」

「你的這種感覺不對。你很不容易，畢竟把他們都打敗了啊，你現在應該享受一下自己的成果。」

「那麼，你覺得我自己該怎麼享受呢？」

「哦，我不知道。不過，我覺得你今晚應該好好慶祝慶祝，辦個派對，把那些大人物都叫來，有香檳，還有授予你城市鑰匙之類的東西，就是特別出鋒頭的那種慶祝——而不是你一個人閒晃，做些買紙巾這種沒意思的事！」

「趁你還沒忘，先把紙巾給我，」他遞過去一毛錢，「至於辦派對、出鋒頭，你不覺得我今天晚上也許不想見任何人嗎？」

她認真想了想，說：「沒有，我沒想過，不過，我看得出是為什麼。」

「為什麼？」這個問題他都不知怎麼回答。

「因為沒人配得上你，塔格特先生。」她回答得非常簡單，覺得本來就是這樣，沒有一點恭維。

「你這麼認為嗎？」

「我覺得我不太喜歡別人，塔格特先生，至少是大多數人。」

「我也是，沒一個喜歡的。」

「我想到像你這樣的人——你不知道他們會有多卑鄙，如果你不管的話，他們會有多想踩在你身上，讓你一直背對著他們。我覺得這世上的大人物可以甩掉他們，不會總是當跳蚤的誘餌，不過我也許想錯了。」

「跳蚤的誘餌，什麼意思？」

「哦，那只是我難過的時候說給自己聽的——我得從那些很噁心，像是總被跳蚤叮咬的地方逃出去，但也許到哪兒都是一樣的，只不過跳蚤更大一點而已。」

「是大得多。」

她沉默不語，像是思考著什麼，「有意思，」她有些傷感地自言自語。

「什麼事有意思？」

「我看過一本書，上面說偉人總是不快樂的，越偉大就越不快樂。這對我根本就講不通，不過也許真是這樣。」

「這比你能想像到的還要真實。」

她轉頭看著別處，流露出不安的神情。

「你為什麼那麼擔心這些偉人？」他問道，「你是什麼呢，是那種崇拜英雄的人嗎？」

她回過身來看著他，從她依然十分肅穆的面孔上，他看到了她發自內心的笑容，這是他所見過別人投給他的最動人的眼神了，而她回答的語氣非常平靜，沒有任何感情色彩：「塔格特先生，還有別的什麼值得崇拜嗎？」

一陣尖叫聲突然響起，既不是鈴，也不是嗡嗡的信號，刺耳得讓人難以忍受。

她像被鬧鐘吵醒了一樣，猛地晃了晃腦袋，然後嘆了口氣：「關門了，塔格特先生。」她惋惜地說。

「去拿你的帽子——我在外面等你。」他說。

她直愣愣地瞪著他，似乎無論如何也想不到有這種可能。

「不是開玩笑？」她喃喃地。

「不是開玩笑。」

她歡快地轉過身，飛一樣地跑向員工區，把她的櫃台和職責扔到了腦後，徹底忘記了女性在接受男人邀請時，不能表現得太積極。

他站在原地，瞇起眼睛望著她看了好一會兒。他並沒有深究自己的這種感受——從不確定某種感情，這是他生活中唯一堅持的原則，他只是去感覺，而現在那感覺很舒服，這對他就夠了。不過，這感覺是來自他說不出口的想法。他遇到過不少生活在下層的女孩子，她們總是裝出一副崇拜他的樣子，她們迫不及待和露骨的吹捧，用意是再明顯不過了。他對她們談不上喜歡和討厭，只是無聊地和她們逢場作戲而已。這個女孩子不一樣，他心裡暗暗地說道：這個小傻瓜是認真了。

他一邊站在人行道旁的雨裡，等得不耐煩，一邊又覺得他今晚需要有這樣一個人陪；他並不覺得這感覺有什麼不對和矛盾的地方，他從不去把自己的需要弄清楚，因此就能避免那些沒有明確和未說出口的東西發生衝突。

她出來的時候，他發現她高高揚起的臉上有一股羞澀。她穿的雨衣很蹩腳，更不協調的是她領口上別著的廉價裝飾，以及與她的一頭鬈髮並不搭配的小花絨帽。但奇怪的是，她高昂的頭令這身裝束很吸引人，這樣的一身裝扮，她也照樣能穿出魅力。

「想去我那裡喝點什麼嗎？」他問道。

她沉默而嚴肅地點了下頭，像是不相信自己能找到更好的接受方式。隨即，她沒有看著他，而像是自言自語地說：「你今晚誰都不想見，但是想見我……」這樣莊重驕傲的語氣，他還是頭一次聽到。

在計程車裡，她默默地坐在他的身旁，看著旁邊的高樓大廈。過了一會兒，她開口說：「我聽說過這種事情會在紐約發生，但沒想到會發生在我身上。」

「你是哪裡人？」

「水牛城。」

「有家人嗎？」

她猶豫了一下：「我想有吧，在水牛城。」

「你覺得有，這什麼意思？」

「我是離家出走的。」

「為什麼？」

「因為我想如果我要做點什麼的話，就必須徹底離開他們。」

「怎麼了？發生什麼事了嗎？」

「沒什麼，也發生不了什麼事，這才是讓我受不了的。」

「什麼意思？」

「嗯，他們……唉，我還是跟你說實話吧，塔格特先生。我老爸什麼都不會做，我媽也根本不管，我們家七口人裡面，只有我還打份工，其他人總是沒有運氣，還老是有各種各樣的藉口，我實在是受夠了。要是不出去的話，我也會被傳染上，和他們一樣徹底爛掉。有一天，我就買了張火車票，沒有告別就走了，我打算出走，他們事先連一點感覺都沒有。」她突然想起什麼，不禁笑了出來，「塔格特先生，我坐的是塔格特的火車。」

「你是什麼時候到這裡來的？」

「六個月前。」

「就你一個人？」

「是啊。」她快活地說。

「你原本打算做什麼呢？」

「嗯——自己能做點什麼，去個什麼地方。」

「去哪裡？」

「哦，這我還不知道，不過……不過，人在這個世界上總是要做點什麼吧。我看到紐約的照片後就想，」──她用手一指車窗外雨幕後的高樓──「有人建了這些大樓，他一定不會整天坐著抱怨什麼廚房有多髒、屋頂漏水、下水道堵了、整個一團糟，以及……塔格特先生，」她的頭突然一下轉過去，直直地看著他說：「我們一貧如洗，而且什麼都不在乎。我受不了的就是這一點──他們真是一點也不在乎了，連手指頭都懶得動，垃圾桶都懶得倒，我隔壁的女人還說我有責任去幫助他們，說我、她，還有我們大家再怎麼樣都沒用，因為其實誰都不能怎麼樣！」在她明亮的目光下面，他看到了她內心所受的傷害和痛苦。「我不想說他們了，」她繼續講著，「不想和你再說他們，這是──我見到你，我的意思是──這對他們是不可能的，我可不想還把這機會給他們，它是我的，不是他們的。」

「你幾歲了？」他問。

「十九。」

在客廳的燈光下，他發現如果她再多吃點，身材會很不錯，就她的身高和骨架來說，她實在是太單薄了。她穿了一件破舊的黑色緊身裙，為了掩飾，她的手腕鬆鬆地戴著耀眼但又俗氣的塑膠手鐲。站在他的房間裡，她那樣像是進了博物館，什麼都不敢碰，同時又虔誠地想要把每樣東西都記在心裡。

「你叫什麼名字？」他問道。

「雪麗．布魯克斯。」

「好，坐下吧。」

他不再出聲，調著飲料，而她則聽話地挨著椅子邊坐下等著。他把一杯飲料遞了過去，她象徵性地喝了幾口，便把杯子拿在手上。他知道，她根本沒喝出什麼味道，注意力也根本沒在那上面。

他灌了一大口，嗆得放下了杯子，和她一樣，他也並不想喝什麼。他悶悶不樂地在屋子裡踱來踱去，心裡很清楚她的視線正跟隨著他，對此他感到很愜意，非常得意：他的動作、他的袖夾和鞋帶、他的燈罩和菸灰缸都會在那溫柔和順從的眼神中，具有一種非同凡響的意義。

「塔格特先生，是什麼讓你這麼不開心呢？」

「你幹嘛要管我開不開心？」

「因為……嗯，如果連你都不能開心和自豪，那誰還能呢？」

「這正是我想知道的——誰還能？」他猛地轉向她，像是保險絲被燒斷，他肆無忌憚地咆哮起來，「又不是他發明了鐵礦石和吹風爐，對不對？」

「誰呀？」

「里爾登。冶煉、化工和空氣壓縮又不是他發明的，如果沒有成千上萬人的勞動，他不可能發明他的合金。他的合金！他憑什麼認為這是他的？憑什麼認為是他的發明？每個人都是在利用其他人的勞動成果，從來就沒有誰能自己發明任何東西。」

她疑惑地說：「可是，鐵礦石和其他那些東西本來一直就有啊，除了里爾登，別人怎麼就沒做出合金來呢？」

「他這麼做，沒有一點良好的用意，只是為了他自己營利，他所做的一切都是出於這個原因。」

「這有什麼不對嗎，塔格特先生？」隨即她像恍然大悟般輕聲笑了起來，「廢話，塔格特先生，你說的不是這意思。你知道，里爾登先生和你一樣是自己去賺那些利潤的，你這麼說只是謙虛罷了，特別是大家都知道你們完成了一件多麼了不起的事——是你和里爾登先生，還有你的妹妹，她一定非常出色！」

「是嗎？也就只有你這麼想。她是個一點也不溫柔、感覺遲鈍的女人，一輩子只知道修鐵路和大橋，不是為了什麼遠大的理想，而僅僅是因為她就喜歡做這個。如果她只是喜歡的話，又有什麼好崇拜的呢？這是不是很了不起，我看很難講——在很多困難地區的窮人需要解決交通的情況下，卻為那些科羅拉多的商業大亨們修這一條鐵路。」

「可是，塔格特先生，是你力爭去修那條鐵路的呀。」

「沒錯，因為我要對公司、對股東和員工們負責，但我根本就不喜歡這個專案。這是不是個偉大的工程還不見得呢——在這麼多國家還需要普通鋼材的情況下，卻要為這麼複雜的新合金投資——為什麼，你知不知道，中國連蓋房子用的鐵釘都還不夠用？」

「可……可是我不覺得那是你的錯。」

「總得有人去管吧，總得有人能看到這些，而不是僅僅盯著自己口袋裡的錢。這年頭，有同情心的人在看到我們身邊有這麼多人受罪的時候，絕不會浪費他十年的時間，用來琢磨那些金屬玩意。你覺得那很了不起嗎？哼，這沒什麼，只不過是隱藏得太深罷了，即使把成噸他自己造的合金澆上去，也砸不破他的腦袋！這世界上有很多能人，但他們從不出現在報紙的頭版上，也不會讓你張著嘴呆立在鐵道路口上看他們，因為當他們的精神成為人類苦難的寄託時，他們不會去發明什麼坍塌不了的大橋！」

她沉默而尊敬地看著他，原來歡快的渴望漸漸低落，眼神也被壓抑得黯淡下去。他感覺好些了。

他拿起飲料灌了一口，猛地想起了什麼，忽然笑出了聲。

「不過，還是挺可笑的，」他的語調變得像和老朋友聊天般隨意、活躍了起來，「昨天，收音機裡一傳來威特油田的消息，你真應該看看伯伊勒的樣子！他臉色發青——我是說，就像魚離開水時間太長了後的那種青色。你知道他聽說這個壞消息後幹什麼去了？他在瓦哈拉酒店開了個套房——你明白了吧——目前我知道的就是他現在還在那裡，和他的一幫朋友喝得大醉，還叫了阿姆斯特丹街上的一半女人！」

「伯伊勒先生是誰呀？」她糊裡糊塗地問道。

「哦，是個總也貪心不足的胖糊塗蟲，有時候聰明得過了頭。你是沒見到他昨天那副表情！我被他那副樣子嚇了一跳。還有費雷斯博士——那個八面玲瓏的傢伙，來自國家科學院的高雅的費雷斯博士，他是人民的公僕，能言善辯，對此也絲毫看不上，簡直是一點都看不上！不過，我必須承認他的應對還是挺得體的，只不過他的不安還是能從他講話的段落中流露出來——我指的是他今天上午的採訪，他說：『國家將合金給予了里爾登，現在我們期待他也能夠回報給國家一些東西。』這話說得多妙啊，想一想有誰在乘坐著那列賺取暴利的火車，並且……嗯，想一想吧。他說的比史庫德強多了。在他的出版界同僚們請他發表感想時，史庫德先生除了『無可置評』外，什麼都想不出來了。『無可置評』出自史庫德之口，他可是從生下來就對你所問的一切、甚至連你沒問的，無論是阿比西尼亞詩歌還是紡織行業的女廁所，都能滔滔不絕一番！還有普利切特博士，這個老傻瓜還四處在說他確切地知道那合金不是里爾登發明的——因為據他可靠的不知名的消息來源，里爾登謀殺了一個潦倒的發明家，並從他手裡剽竊了產品配方！」

他得意地笑著。她彷彿是在聽一堂高等數學課，別說內容，甚至連這種講話的方式都不懂，這種方式更增添了她心裡的神祕感，因為她可以肯定——既然此話是他講出來的，就絕不會是像在其他地方聽到的那種意思。

他重新斟滿酒杯，又是一飲而盡。但是，他的快活感忽然之間消散得無影無蹤。他一屁股跌坐進椅子裡，從他光禿禿的前額下，他的視線模糊不清，由下而上，向對面的她看去。

「她明天就要回來了。」他乾笑道，語氣中沒有一絲輕鬆。

「誰？」

「我妹妹，我那個親愛的妹妹。哦，她會覺得她很了不起，對吧？」

「你不喜歡你妹妹，塔格特先生？」他又乾笑了一聲，那意思已經讓她覺得再明白不過了。

「為什麼？」她問。

「因為她認為自己很出色，她憑什麼這麼認為？誰又有權利覺得自己很出色？其實誰都不怎麼樣。」

「你不是真這麼認為的，塔格特先生。」

「我是說，我們不過是人而已，而人又是什麼？是一種軟弱、醜陋、充滿罪惡的動物，從一生下來、在骨子裡面就是這樣。所以謙遜才是人應該奉行的一種操守，人應該終身匍匐在地，為自己不潔的存在乞求寬恕。當一個人覺得自己很好了，那就是他已經墮落了。無論人做了什麼，驕傲都是萬惡之最。」

「可是，如果人知道他所做的是件好事呢？」

「那他就應該為此道歉。」

「向誰？」

「向那些沒去做這件事的人們。」

「我……我不明白。」

「你當然不明白了，這是要靠對更高的精神境界進行許多年的研習才成。你聽說過賽門・普利切特博士所說的宇宙裡的抽象矛盾嗎？」她害怕地搖了搖頭。「你怎麼可能明白什麼是好呢？誰知道什麼是好？誰又能知道？正像普利切特博士所做出的不容辯駁的證明所說──絕對是根本就不存在的。沒有什麼是絕對的，任何事都只是一種觀點而已。你怎麼知道那橋沒有塌過？你只是認為它沒塌過罷了。你怎麼知道那裡到底有沒有橋呢？你是不是認為像普利切特博士的那種哲學體系只是學術上的東西，遙遠而不實際？但它不是，絕對不是！」

「可是，塔格特先生，你修的那條鐵路──」

「哦，那條鐵路又算什麼？不過是一個物質成果罷了。它有什麼大不了？任何物質的東西又能有什麼大不了的？只有低等的動物才會在那座大橋前面驚訝，而生活當中還有許多更高境界的東西。但更高境界的事物會得到認可嗎？哦，不會的！你瞧瞧這些人，對這些花稍的破爛東西能如此大張旗鼓，他們會去關心高尚的事業嗎？他們會用頭版去報導一條有關精神方面的美德嗎？他們會去注意或是讚賞一個更有感覺的人嗎？你會不由得去想，在這個世風日下的社會，偉人會不會註定就是不幸的！」他向前傾了傾身子，熱切地盯著她，「我告訴你……我告訴你吧……不幸就是美德的證書。如果誰是不快樂的，真的非常的不快樂，那就意味著他屬於異常優秀的一類人。」

他看到她臉上迷惑而焦慮的表情。「但是，塔格特先生，你已經有了你想要的一切，現在還擁有全國最好的鐵路線，報紙說你是這個時代最成功的企業管理者，他們說你的公司股票一夜之間就給你帶來了巨大的財富，你想要的一切都得到了──你難道不高興嗎？」

從他回答的停頓中，她察覺到了他身體裡突如其來的恐懼，她感到很可怕。他回答道：「沒錯。」不覺之間，她的聲音如耳語一般輕聲地低了下去：「你寧願那座橋塌掉？」

「我沒那麼說！」他厲聲道，隨後，聳了聳肩，把手輕蔑地擺了擺，「你不明白。」

「對不起……哦，我知道我還有好多東西得學！」

「我說的是一種飢渴，遠遠超過了那座橋的意義，是一種任何物質都無法滿足的飢渴。」

「是什麼，塔格特先生？你要的究竟是什麼？」

「噢，你看你！你一問『是什麼』，就又回到了那個把一切都掛上標籤進行估量的、原始的物質世界。我所說的東西是不能用物質化的語言來表達的……是人類永遠難以企及的精神的更高境界……說到底，人類究竟又完成過什麼事呢？地球不過是一個在宇宙裡旋轉的微粒——那座橋對於太陽系來說，又有多重要呢？」

一股猛然間恍然大悟的快樂令她的眼睛重新明亮起來：「塔格特先生，你真是太偉大了，你從不滿足於自己已經取得的成就。我想，無論你前進到了哪一步，你仍然想繼續走得更遠。你很有野心，這就是我最崇拜的地方：野心。我是說，在做事情，不是停下來或放棄，而是一直做下去。我明白了，塔格特先生……雖然我對那些很大的想法還沒瞭解。」

「你會學到的。」

「噢，我會努力去學的！」

她目光裡的敬慕一直沒有改變。他在房間裡走過時，那眼神便像一盞溫柔的聚光燈一般。他走過去斟滿了酒杯。一面鏡子掛在可移式吧台後面的櫥壁上，他瞧了一眼自己的樣子：高高的身軀被困頓委靡的姿勢扭曲著，像是在有意拒絕接受人類的優雅；稀疏的頭髮；疲軟而陰沉的嘴巴。他猛然發現，她其實根本就沒真正看到他：她的眼中是一個建設者英雄般的身影，有著傲然挺立的肩膀和被風吹打的頭髮。他放聲地笑了出來，覺得這對她真是個莫大的玩笑，隱隱感到了一種勝利般的滿足：是能把某種東西施加給她的優越感。

他一邊喝著酒，一邊瞧了瞧他臥室的門，心裡在想著這種獵奇過程通常的結局，並覺得易如反掌：這女孩充滿了敬畏，根本不會反抗。在一盞燈下，她正低頭坐著，他看到了她頭髮上泛出紅銅般的光澤，和肩頭上一片平滑光潔的肌膚。他移開了眼睛，心想，何苦呢？

他所感到的這點欲望與身體的不適毫無區別。在他的腦子裡，不斷促使他行動的那股最強烈的衝動，並不是對這個女孩的浮想，而是想起了所有那些不會放過這個機會的男人們。他自己承認，她比貝蒂強多了，恐怕算是他能上手的女人中的佼佼者。這種認可令他無動於衷。這與他對貝蒂所產生的欲望並無二致，他感到麻木。對嘗試快感的期待並不值得他費這個勁，他並沒有體驗快感的欲望。

「天色不早了，」他說道，「你住哪裡？再喝一杯，然後我送你回家。」

在一所位於貧民區的破出租房子門口，當他向她道別時，她猶豫著，竭力不去問她早已迫不及待地想問的問題。

「我能……」她欲言又止。

「什麼？」

「沒，沒什麼，沒什麼！」

他很清楚那個問題就是：「我能再見到你嗎？」儘管他知道她會問這個問題，但覺得還是不去回答它讓他感覺更舒服。

她再一次抬頭看了看他，彷彿這會是最後一次，然後用低低的嗓音，真心地說：「塔格特先生，我很感激你，因為你……我是說，其他的任何一個男人都會想要……我是說，他們想的就是這個。可是你比他們強得太多了，噢，簡直強太多了。」

他隱約露出一種好奇的笑容，朝她俯過身去，問：「你會嗎？」

她從他面前退避開，突然感到她自己說出的話令她恐懼，「噢，我不是那個意思！」她喘了口氣，

「哦，天啊，我不是在暗示或者……或者……」她氣惱得羞紅了臉，急速轉身逃開，消失在出租房裡狹長陡峭的樓梯上方。

他站立在路旁，感到了一股奇怪的、沉重而莫名其妙的滿足：彷彿他剛剛完成了一次道德的壯舉，又像是對圍著三百英里長的約翰・高爾特鐵路歡呼的所有人進行了報復。

$

列車一到費城，里爾登便一言未發地離開了她。擁擠的站台和火車穿梭來往的白天，是他所敬重的現實生活，而他們在歸途中度過的夜晚，則似乎無須在此提及。她獨自繼續回到了紐約。不過，在當天的深夜，正如達格妮所期盼的那樣，她公寓的門鈴響了。

他進門時沒說一句話。他看著她，他默默的現身對她是比言語更親密的問候。他的臉上有一絲瞧不起人的笑容，頓時顯示出他早就知道她已等不及了，也同時在嘲笑著他自己的迫不及待。他站在客廳中央，慢慢地環顧著四周。這就是她的公寓，是這座城市裡的那個折磨了他兩年，令他不敢想、無法進入的地方，現在卻像主人一般無須通報就能進來。他在一張椅子上坐下，把腿向前一伸，而她卻站在他面前，簡直像是她必須等候他的同意才可以坐，而這種等候又給她帶來愉悅。

「要不要我告訴你，你修那條鐵路是做了一件多漂亮的事？」他問。她吃驚地看了他一眼，他還從未給過她這樣的讚揚，他語氣中的敬佩發自內心，但臉上還留著捉弄的神情。這讓她覺得，他這麼講有著她所猜不出的目的。「我一整天都在回答關於你、關於那條鐵路線合金以及將來的問題，就是忙這個，還有數合金的訂單。這些訂單以每小時成千上萬噸的頻率湧進來。那是什麼時候來著，九個月前？我連一個回覆都沒有。現在，我不得不把電話關掉，才能不去理那些要親自和我講話、急等著里爾登合金的人。你今天都做了什麼？」

「我不知道。只是聽了艾迪的報告，儘量避開人，儘量去再弄些鋼材，好多生產一些火車投入到約翰·高爾特鐵路上去，因為我以前排好的運輸行程，連僅僅這三天累積的運輸量都應付不了。」

「想見你的人多得不得了，對不對？」

「嗯，是的。」

「只要能和你說上一句話，他們什麼代價都願意付，對不對？」

「我……我覺得是吧。」

「記者們總是在問我你是個什麼樣的人。有個地方報的小伙子一直在說，你是個了不起的女人，他就算是有機會，也沒膽量和你說話。他說得不錯。他們議論並為之顫抖的那個前景，將要完全取決於你的創造，因為你有他們任何人都無法想像的勇氣。是你的力量為他們開闢了財富之路，這力量可以抗拒所有人，不用向自己以外的任何意志低頭。」

她捕捉到自己呼吸中正在下沉的喘息：她明白他的用意。她站得筆直，雙手垂在體側，神情肅穆，如同是在無所畏懼地承受著什麼，她站在這樣的讚美面前，像是在經受侮辱的鞭打。

「他們也不斷問你問題，對吧？」他的身體俯過來，急切地問道，「而且他們看你的時候，眼神裡帶著仰慕，似乎你是站在山巔之上，他們只能遠遠地仰望，並向你脫帽致敬，對吧？」

「是的。」她輕聲道。

「他們看著你時，應該是覺得不會有人能接近你、在你面前講話，或能沾一下你的衣角。他們知道這一點，也的確是如此。他們是很尊敬地來看待你，對吧，對你非常欽佩？」

他抓過她的手臂，把她按得跪在地上，將她的身體扭轉在自己的腿前，彎腰去吻她的嘴。她無聲地像惡作劇般地笑著，但卻雙目微閉，隱隱地透出滿足。

幾個小時後，他們一起躺在床上。他的手摩挲著她的身體，猛地把她放平在自己的臂彎裡，將身體壓在她上方，冷不防地問了一句話。從他認真的表情和雖然低沉平穩但還是有些急喘的聲音中，她明白這問題已經在他心中憋了好幾個小時了。

「你還和哪些人在一起過？」

他注視著她，彷彿這問題是一幅細節分明的情景，一幅他不願意看到，卻又不願放棄的畫面。她從他的聲音中聽到了輕蔑、仇恨和痛苦，還有像是與折磨無關的一種奇怪的渴望。他緊緊地抱住了她，問了這個問題。

她語氣平穩地回答著，但他卻看到她的眼睛危險地眨了一下，似乎是在警告，她太明白他的心思了，她回答：「只有過一個人，漢克。」

「什麼時候？」

「我十七歲的時候。」

「一直持續著嗎？」

「有幾年吧。」

「他是誰？」

她把身體躺回到他的手臂裡。他俯得更近了一些，緊繃著面孔。她迎著他的目光，說：「我不會告訴你的。」

「你愛他嗎？」

「我不會回答的。」

「你喜歡和他一起睡嗎？」

「喜歡！」

她眼裡含笑，使得這回答如同是甩在他臉上的一記耳光，這笑意表明，她知道這回答是他既害怕又想知道的。

他把她的雙手反壓在她身後，令她動彈不得，她的胸部與他的緊緊壓在一起。她感覺到肩頭撕裂般的疼痛，聽到他話語中的憤怒和聲音裡沙啞的愉悅：「他是誰？」

她沒有回答。她望著他，眼睛漆黑，閃著奇怪的光澤。他發現她因痛苦而扭曲的嘴巴，卻是譏諷地嘲笑的形狀。

他感到在他雙唇的壓力之下，她嘴巴的形狀變得臣服。他抱著她，似乎這種猛烈而絕望的擁抱，可以將他的對手消滅於無形，將其從她的過去中趕走，並且還不止於此：彷彿這能夠把她身體的任何一部分，甚至那個對手，都變成讓他得到快感的工具。從她的手臂抓緊他的那種渴望中，他明白這正是她想要的。

$

滾動的傳送帶在空中一道道火光的映襯下顯得輪廓分明，將煤炭送上高處的塔頂，彷彿有取之不盡的黑色煤塊，不斷自地下沿著斜亙在落日前的一條線湧上來。遠處，嘎嘎作響的鏈條不斷發出刺耳的聲音，一個身穿藍色工作罩衫的年輕工人正把鏈條向機器上拴，把它固定在停靠在康乃狄克州昆氏滾珠軸承公司運輸道旁的平底貨車上。

道路的另一側，開關和信號燈製造公司的莫文先生正駐足觀望。在從工廠回家的路上，他停下來看著。一件淺色的外套緊繃著他粗矮的身體和挺起的大肚子，他灰白和金黃色頭髮混雜的腦袋上，戴了一頂圓邊的騎馬帽。九月的空氣中有了一點最初的微涼。昆氏工廠內建築的所有大門一律敞開著，工人們和吊車將機器設備搬運出來。就像是把重要的器官都拿出來，而把屍體留下一樣，莫文想道。

「又一個？」莫文先生朝廠子的方向翹了翹拇指，明知故問道。

「什麼？」年輕人並沒注意到他站在那裡。

「又是一個要搬到科羅拉多的工廠？」

「嗯。」

「這是最近兩個星期內從康乃狄克搬走的第三家了。」莫文先生說道，「要是你再看看新澤西、羅德島、麻塞諸塞，還有整個大西洋沿岸……」那個年輕人看也不看，似乎沒在聽他說什麼，「這就像漏水的水龍頭一樣，」莫文先生說，「所有的水都流到科羅拉多去了，所有的錢。」年輕人把繩索拋到對面，自己跟著爬過帆布蓋住的貨包。「你覺得人們應該對他們土生土長的家鄉有點感情，有點忠心……但他們卻跑走了。我不知道大家都怎麼了。」

「都是因為那個法案。」年輕人說。

「什麼法案？」

「就是那個機會平衡法案。」

「怎麼說？」

「我聽說，昆先生一年前就打算在科羅拉多開一家分廠了，那個法案讓這計畫泡了湯。所以現在他下決心搬過去，把所有家當都帶走。」

「我可看不出這有什麼對的。那個法案是有必要的。簡直是恥辱啊——那些已經在這裡幾輩子的老企業……應該有個法律……」

年輕人自如而熟練地工作著，似乎很喜歡他所做的一切。他身後的傳送帶在天空的映襯下，繼續「嘩嘩」地不斷爬升。遠方的四根煙囪像旗杆一樣地聳立著，煙霧嫋嫋地環繞在它們身旁，彷彿是傍晚紅彤彤的亮光中降下一半的旗幟。

從他的祖父輩起，莫文先生就與這高聳入雲的每一根煙囪朝夕為伍。三十年來，他一直從他辦公室的窗戶那裡看著這條傳送帶。昆氏滾珠軸承公司要從街道的那邊消失，實在是難以想像的。他早就知道昆的打算，卻一直就不相信。或者說，他只是像對待他所聽到和說過的每一句話那樣，全當做耳旁風。那些話無法與現實緊密地聯繫起來。現在他明白這一切是真的了。他站在路邊的貨車旁，就好像仍有機會阻止它們一樣。

「這不對，」他對著遠方的天際說道，然而這只有站在上方的那個年輕人才能聽得到。「我父親那時候可不是這樣的。我不是什麼大人物，不想和任何人作對，這世界到底是怎麼了？」沒有人回答。「那麼就說你吧，他們要把你帶到科羅拉多去嗎？」

「我？不，我不在這裡工作，只是臨時打個工，幫忙把這些東西運走。」

「那麼，他們搬走以後你打算去哪兒？」

「還沒想好呢。」

「如果有更多人搬走，你打算怎麼辦？」

「再看看吧。」

莫文先生滿腹狐疑地向上看了一眼，他不知道這回答是有意針對他，還是針對那個年輕人。不過，那個年輕人正專心致志地工作著，沒有朝下看，並挪向下一節貨車上的包裹。莫文先生跟著走了過去，邊抬頭看著他，邊向頭頂上方的空中乞求著：「我有權利，對不對？我出生在這裡，在我成長時就盼著這些老企業留在這裡。我盼著能像我父親那樣親手經營工廠。人是他所在社區的一部分，有權利依靠它，對不對？……應該要對此做點什麼吧。」

「要對什麼？」

「哦，我知道，你覺得這太好了，是吧？塔格特的發達和里爾登合金，還有科羅拉多的淘金熱和那裡的狂歡，而威特和他那幫人，則像燒開的水壺一樣擴大他們的生產！所有人都覺得這太好了——無論走到哪裡，聽到的全是這些——人們拍手慶祝，像放假的六歲小孩子一樣做著計畫——你會覺得這是舉國上下在度蜜月，要不就是永久性的七月四號國慶日！」

年輕人什麼都沒說。

「可是，我不這樣認為，」莫文先生說道，他壓低了嗓門，「報紙上也不這麼說，我提醒你，報紙上什麼都沒說。」

除了繩索鏗然作響的聲音，莫文先生聽不到任何回音。

「他們幹嘛都跑到科羅拉多去？」他問，「他們在那裡到底能得到什麼我們這裡沒有的？」

年輕人咧嘴一笑：「也許是你有的東西，而他們沒有呢。」

「什麼？」那個年輕人沒出聲。「我可沒看出來。那是個落後、野蠻、未開化的地方，他們甚至連現代意義的政府都還沒有，那是所有州裡最差勁的政府，最懶惰，除了維持一個法庭和警察局，什麼都不幹，不為人們做任何事情，不幫助任何人。我實在看不出我們最優秀的企業為什麼都一股腦跑過去？」

年輕人向下瞥了他一眼，還是默不作答。

莫文先生嘆了口氣，「事情不對勁，」他說道，「機會平衡法案是個挺好的主意，每個人都要有機會才對。如果像昆這樣的人也占這種便宜，真是莫大的恥辱。他為什麼不讓其他人在科羅拉多生產軸承？……我還希望科羅拉多人別來管我們的事呢。那裡的史托克頓鑄造廠根本就沒權利插手開關和信號的生意，這是我做了多少年的生意了。我可是老資格，這不公平，是狗咬狗的競爭。不該允許新來的人硬闖進來。我的開關和信號還能在哪裡賣？科羅拉多原來有兩家大的鐵路公司。現在沒有了鳳凰－杜蘭戈，只剩下了塔格特公司。他們趕走丹．康維是不公平的。必須有競爭的空間才對……我等伯伊勒的鋼材訂貨已經等六個月了，可現在他說他不能答應我任何事，因為里爾登合金把他的市場徹底摧垮了，現在市場競爭激烈，伯伊勒不得不節省開支。允許里爾登這樣毀掉別人的市場，這不公平……我也想要點里爾登合金，我是需要，可是你試試看能不能拿到！要貨的隊伍能排出三個州那麼長，除了像威特和達納格那樣的他的老朋友，別人連片鋼坯也拿不到。這不公平。這是歧視。我和其他人一樣，應該得到我的那部分鋼材。」

年輕人向上看，「我上周在賓州，」他說，「看見了里爾登的工廠。那個地方可真夠忙的！他們正在新建四座煉鋼平爐，另外還有六個在等著建……新的煉鋼爐。」他邊說邊向南方望去，「過去五年，誰也沒在大西洋沿岸新建過一座煉鋼爐……」在天空的襯托下，他站在一台包裝好的機器上，如同遙望遠方的愛人那樣，眺望著暮色，臉上露出一絲渴望和嚮往的微笑。「他們真忙啊……」他說道。

隨即，他的笑容倏地不見了，手中拉繩索的動作頭一回不那麼流暢和熟練，看起來像是生氣的一拖。

莫文先生望著天邊，望著傳送帶、齒輪和濃煙。在傍晚的空中，濃煙沉靜地化作長長的塵霧，一直蜿蜒伸展到了落日後面的紐約城上空。想到環繞著紐約的神聖的火焰、煙囪和天然氣罐、起重機吊臂和高壓線，他的心便安定了下來，感到一股電流湧過了他所熟悉的街道上每一處骯髒的角落。他喜歡這個正在上方的年輕人的身影，他工作的樣子裡有一種踏實的感覺，有種與天際融合在一起的東西……儘管如此，莫文先生還是納悶，為什麼自己會覺得有個裂縫正在吞噬這牢固而永恆的牆壁。

「不能袖手旁觀，」莫文先生開口道，「上周，我的一個朋友停止營業了，他是做石油生意的，在奧克拉荷馬州有一兩口油井，他沒辦法和艾利斯．威特競爭。這不公平。應該給小人物們一個機會，應該限制威特的產量，不能讓他的產量大得把別人都擠出了市場……我昨天陷在紐約，只好把我的車扔在那兒，搭了別人的車才回到家。因為加不到油了，他們說城裡的油短缺……這樣下去不對，應該做點什麼……」

莫文望著天，搞不清楚這無名的威脅究竟是什麼，又有誰能夠粉碎它。

「你想做什麼呢？」年輕人問。

「誰，我嗎？」莫文先生答道，「我哪裡知道，我又不是什麼大人物，不能解決國家的問題，我只是想維持生計。我只是知道，得有人去對這做些什麼……這事情不對勁……聽著——你叫什麼名字？」

「歐文．凱洛格。」

「聽著，凱洛格，你覺得這世上會發生什麼事？」

「這你是不會在乎的。」

遠處的樓頂上響起了汽笛聲，這是夜班的汽笛。莫文先生發現天色已經不早了。他嘆了口氣，穿上外套，轉身要走。

「嗯，事情正在做著，」他說，「正在採取著步驟，很有建設性的步驟。議會已經通過了一項法案，給予經濟計畫和國家資源局更廣泛的權力。他們已經任命了一個很有才能的人當首席協調員。以前似乎沒聽說過這個人，不過報紙上說他很值得關注。他叫衛斯理．莫奇。」

$

達格妮站在她客廳的窗前眺望著城市。夜色已深，燈光如同燈火裡剩下來的火星，在漆黑的餘燼中閃爍著。

她感到安寧，而且希望她能夠停下思想，好讓自己的感情追上來，好好地審視一下過去這個月，從她身邊飛馳而過的每一個瞬間。她無暇去感受自己又回到了她在塔格特公司的辦公室，太多的事情使她忘記了自己剛剛從流放中歸來。她不記得吉姆對她的回來都說了些什麼，甚至是否說了些什麼。她想知道的只是一個人對此的反應。她打電話去韋恩・福克蘭飯店，卻被告知法蘭西斯可已經回布宜諾斯艾利斯去了。

她記起了當初自己在一篇長長的法律文件上簽名的時刻。那一時刻宣告了約翰・高爾特鐵路線的結束，現在，它又變回為塔格特公司的里約・諾特鐵路線了——只是列車的車組人員拒絕放棄它原先的名字。她本人也發現實在是難以割捨。她強迫自己不去稱它為「約翰・高爾特鐵路線」，卻不知為什麼這麼困難，也不知為什麼會隱約感到悲傷和痛苦。

一天晚上，她忽然心血來潮，轉過塔格特大樓，去看最後一眼坐落在小巷內的約翰・高爾特公司辦公室。她漫無目的，只是想去看看。沿著人行道豎起了一排木製的隔離牆，這座老建築正在拆掉。它終於再也難以為繼了。她爬過木板，站在曾經將陌生人的身影投射在人行道的街燈下，透過她過去辦公室的窗戶向裡面張望。一層的地面空空如也，什麼都沒剩下。隔間已經被拆掉，斷開的管道從天花板拉下來，地上是一堆碎磚石。沒什麼可看的了。

她曾經問過里爾登，是否在去年春天的一個夜晚他來過這裡，站在她的窗外，克制著要進去的衝動。但還沒等他回答，她就明白他並沒有來過。她沒告訴他問這個問題的原因，不知為什麼，這記憶至今還時而困擾著她。

在她客廳的窗外，長方形的日曆板被點亮了，高掛在夜空中，宛如一塊小小的發貨標籤。上面顯示著：九月二日。她挑釁地笑了笑，想起了自己和它不斷翻動的日期之間展開的競賽。現在，沒有限期了，她想，沒有了阻礙，沒有了威脅，沒有了束縛。

她聽到公寓大門傳來的鑰匙轉動聲，這正是她今晚所等待、想聽到的聲音。里爾登走了進來，他已經來了多次，她給他的鑰匙是他進門唯一打的招呼。他用慣常的方式把帽子和外套扔到椅子上，裡面穿了晚宴用的正式禮服。

「嗨。」她招呼道。

「我還在等著看你哪天不在呢。」他回答說。

「那你可就得給塔格特公司的辦公室打電話了。」

「每天晚上嗎？不去其他地方？」

「嫉妒啦，漢克？」

「沒有，只好奇那是什麼感覺而已。」

他站在房間的一頭看著她，不讓自己去走近她，他知道自己可以隨時這樣做，因此有意地讓這種快樂延長。她穿了一條灰色緊身的辦公套裙，和一件透明的白色寬鬆上衣，剪裁得像是件男襯衫。上衣自她的腰部形成向下的喇叭口狀，勾勒出她緊實的臀部。她身後的檯燈燈光使他可以看到上衣裡她那苗條身段的輪廓。

「宴會怎麼樣？」她問道。

「很好。我儘量早早地就逃走了。你怎麼不來？你是被邀請的。」

「我不想在公開場合見到你。」

他瞥了她一眼，似乎表示他捕捉到了她回答裡的全部含意，然後，他臉上的線條轉變成一種開心的微笑：「你可錯過了好多東西，全國金屬行業理事會可不會再這麼痛苦地讓我做嘉賓了，能不讓就不讓。」

「怎麼了？」

「沒什麼，就是一堆講話。」

「對你是痛苦的嗎？」

「不……也算是吧……我本來很想去開心的。」

「我給你倒點喝的？」

「嗯，行嗎？」

她轉身正要走，卻被他攔住。他從後面攬住了她的肩膀，把她的頭向後扳過來，吻住了她的嘴。當他抬起頭來的時候，她不由分說，像主人一般地又把他拉了下來，彷彿是在表明她有這個權利。隨後，她從他身旁踱開了。

「別弄喝的了，」他說道，「我其實不想喝，只是想看你伺候我。」

「哦，那麼就讓我伺候你吧。」

「不。」

他笑了，在沙發裡躺下，兩手交叉放在腦後，把身體伸展開。他覺得像在家裡一樣，這是他有生以來找到的第一個家。

「你知道，這個宴會最糟糕的就是，每個人都希望它能早點結束，」他說，「我不明白的是他們到底為什麼要辦這個宴會。他們也沒必要，肯定不是因為我。」

她拿起一盒菸遞給他，然後用一副有意伺候他的樣子，舉起點燃的打火機湊到他的菸上。她笑著回應著他的忍俊不禁，接著便坐在房間對面的椅子扶手上。

「你為什麼要接受他們的邀請，漢克？」她問，「你向來是拒絕與他們為伍的。」

「我不想拒絕一個講和的邀請——我已經把他們痛打了一頓，他們很清楚。我永遠不會加入到他們當中去，但當嘉賓去露面的一個邀請——唉，我想他們還輸得起，覺得他們還是很大方的。」

「他們？」

「你是要說我嗎？」

「漢克！在他們做了那麼多阻止你的事情之後——」

「我贏了，對嗎？所以我想……你知道，我並不怪他們沒有更早地認識到合金的價值——只要他們最後能看到就行。每個人都是用自己的方式和時間來學會東西的。當然，我明白這裡面有很多懦弱、很多嫉妒和偽善，不過我覺得那只是表面上的——現在，當我證明了自己，證明得這麼轟動，我覺得他們邀請我的真正用意，就是他們對合金的賞識，而且——」

在他停頓的瞬間，她笑了。她知道，他收住口沒說的那句話是：「而且，就為這，我會原諒任何人、任何事。」

「但事實卻不是這樣，」他接著說，「而我也搞不清他們的目的何在。達格妮，我覺得他們根本就沒有任何目的。他們用不著辦個宴會來討好我，想從我這兒得到什麼好處，或是在輿論面前保住顏面。這宴會根本就沒任何目的，一點意義都沒有。他們在對合金進行誹謗的時候就滿不在乎，現在他們還是不在乎。他們並不太害怕我會把他們從市場上趕走——他們甚至對這都不太在乎。你知道這宴會像什麼樣子嗎？就像是他們聽說了有什麼值得尊敬的東西，而宴會就是這種尊敬的方式，所以他們就像被某個好日子裡的遙遠的回聲喚醒的鬼魂，行動了起來。我……我真受不了。」

她表情嚴肅地說：「而且你不覺得你是大方的！」

他抬頭看了看她，臉上現出一種感到有趣的神情，眼睛為之一亮：「他們怎麼會讓你這麼生氣呢？」

她用低沉的嗓音掩飾著流露出的溫柔：「你本想去開心的……」

「也許是我自作自受，我本來就不該指望什麼。我都不知道我想要的到底是什麼。」

「我知道。」

「我從來就不喜歡那種場合，不知道為什麼我覺得這次會有所不同……你知道，我去的時候，幾乎就覺得這合金改變了一切，甚至包括人。」

「是啊，漢克，我知道！」

「哼，期望從那兒找到些什麼可是選錯了地方……還記得嗎？你曾經說過，慶祝只屬於那些真正需要慶祝的人。」

她點燃的菸頭停在了半空。她愣坐在那裡。她從未和他談起過那次聚會或是任何有關他家的事。沉默了片刻，她靜靜地回答：「我記得。」

「我明白你的意思……就在那時我也明白。」

他緊盯著她，她則垂下了眼睛。

他默不做聲，再開口的時候，語調歡快了起來。「人最糟糕的時候，並不是大家都來侮辱你，而是去奉承你。我受不了他們今晚滔滔不絕的好話，特別是他們一直在說所有人都需要我。我想，這是指他們、這座城市、這個國家，乃至全世界。顯然，他們所認為的至高榮耀就是和需要他們的人打交道。我可受不了別人需要我。」他斜了她一眼，「你需要我嗎？」

她由衷地回答：「非常瘋狂地。」

他大笑道：「不是，我不是這意思。你和他們說的樣子不一樣。」

「我是怎麼說的呢？」

「像是個商人——為自己想得到的去付錢。他們則像個乞丐，用罐頭盒子去要錢。」

「我……付錢，漢克？」

「別一副無辜的樣子，你很清楚我的意思。」

「是啊。」她面帶笑容，喃喃地說著。

「嗨，讓他們下地獄去吧！」他快活地把腿一伸，把自己在沙發裡的姿勢換了一下，特意顯示出放鬆的優越感。「我當不了什麼公眾人物。不管怎麼樣，現在都無所謂了。我們不用管他們怎麼看，他們不會再煩我們了，前面暢通無阻。下面要做什麼，副總裁先生？」

「用里爾登合金鋪成一條橫跨全國的鐵路。」

「你打算多久建成？」

「從現在起，我要用三年時間建好。」

「你覺得用三年能建好？」

「如果約翰．高爾特……如果里約諾特鐵路能保持像現在一樣出色的表現。」

「它會越來越棒的，現在只不過是才開始。」

「我做好了一個分期計畫。隨著資金的到位，我就會開始分段拆掉主線，把里爾登合金軌道換上去。」

「好啊，你想什麼時候開始都行。」

「我要不斷地把舊鐵軌換到支線上去——假如不這樣的話，那些支線就維持不了多久了。三年內，如果誰想在舊金山宴請你的話，你就可以在自己的鋼軌上，一直行駛到那裡。」

「三年內，我要在科羅拉多、密西根和愛達荷州擁有鑄造里爾登合金的工廠，這是我的分期計畫。」

「你自己的工廠？分廠？」

「嗯。」

「那個機會平衡法案呢？」

「你不會認為從現在開始它還能存在三年吧？我們已經給他們上了這麼一課，所有那些破爛都會被清除一空。全國上下都站在我們這邊，現在誰還會想阻攔？誰還會信那些鬼話？目前，華盛頓有一班人還不錯，他們正在努力，在下次議會的時候把這個平衡法案廢除。」

「我……希望是這樣。」

「我最近忙得要死，前幾個星期忙著去搞新的爐子，不過現在一切就緒，正在建造。我可以輕鬆一下，坐在桌子旁邊收錢，像懶人一般的優閒，瞧著合金的訂單蜂擁進來，四處施捨……對了，你們明天早上去費城的第一班火車是什麼時間？」

「哦，我不清楚。」

「你不清楚？營運副總裁是幹嘛的？我明天一早七點前要趕回工廠裡。六點左右有車嗎？」

「我記得首班車是五點半。」

「你打算及時把我叫醒呢，還是讓那列車等我？」

「我會叫醒你。」

她坐在那裡，看著他不再說話了。他進門的時候顯得很疲乏，現在，他臉上的困頓一掃而光。

「達格妮，」他忽然開口道，聲音也變了腔調，語氣裡流露出一種竭力掩飾的迫切，「你為什麼不想和我在公眾場合一起露面？」

「我不願意成為你……正式生活的一部分。」

他默不做聲。過了一陣，他隨意地問道：「你上次休假是什麼時候？」

「我想是兩年……不，三年以前了。」

「都做了什麼？」

「是想去阿迪隆達克斯山一個月，結果一周就回來了。」

「我是五年前休的假，不過是去的奧勒岡。」他平躺下來，望著天花板。「達格妮，咱們一起去度假吧，一起開我的車，離開幾個星期，去哪裡都行，沿著小路一直開下去，到個沒人認識我們的地方。我們不留下地址，不看報紙，不碰電話——我們徹底擺脫掉正式的生活。」

她站起來，走向他，站在沙發邊上低頭看著他，將檯燈擋在身後。她不想讓他看清她的臉，以及她正強自忍住的歡笑。

「你能休息幾個星期，對吧？」他繼續說，「現在事情都進入了正軌，不用擔心了。今後三年不會再有這樣的機會了。」

「好吧，漢克。」她努力使自己的聲音顯得平靜而不帶任何色彩。

「行嗎？」

「你打算什麼時候開始？」

「星期一早上。」

「好。」

她轉身正要走開，他一把抓住她的手腕，把她推倒，讓她完全躺在了他的身體上面。他彆扭地將她按住，她倒下的時候，他的一隻手插進了她的頭髮，將她的嘴向自己的按去，另一隻手從她薄薄的上衣下面伸入，從肩頭移向她的腰腹，再到她的雙腿。她輕聲地喘息著：「你還說我不需要你……」

她從他的懷裡抽出身，站了起來，撩起垂在臉上的頭髮。他一動不動地躺著，凝視著她。他的眼睛瞇成了一條縫，在裡面，有某種意趣一閃一閃地跳動著，既認真而又有點像在捉弄。她向下一瞧：胸罩的一根帶子斷開了，一頭還吊在她的肩膀上，另一頭垂在她的身體旁邊，他的目光穿過她透明的外衣，看著她的胸部。她抬起手去調整胸罩，他一把將她的手打掉。她會心地笑了，作為對他的捉弄的回應。她慢慢地踱了開去，故意穿過房間，靠在一張桌子前面，面朝著他，兩手扶著桌邊，肩膀向後一揚。他喜歡的正是這種對比——衣服的嚴肅與半裸的身體，鐵路公司的總裁成了他的女人。

他坐了起來，舒服地靠在沙發上，兩腿搭在一起向前伸著，雙手插口袋，用評估財產一般的眼神端詳著她。

「你說過要用里爾登合金來鋪一條橫跨全國的鐵路嗎，副總裁先生？」他問，「我如果不給你怎麼辦？我現在可以挑選客戶，任意開價。換作一年前，我是不會要求你用和我上床來進行交換的。」

「我倒希望你要求過。」

「那你會那麼做嗎？」

「當然。」

「當成一樁生意？一次銷售？」

「假如你是買主的話。你會喜歡的，對不對？」

「你呢？」

「我喜歡……」她輕聲道。

他走近她，抓住她的肩膀，把他的嘴隔著她薄薄的上衣，按在了她的胸前。

隨後，他抱住她，默默地凝視了她許久。「你拿那個手鐲做什麼用了？」他問。

他們從沒有談起過這件事，過了好一會兒，她才讓自己的聲音恢復了平穩，「我擁有了它。」她回答。

「我想讓你戴上它。」

「如果別人看出來的話，你可就比我更難堪了。」

「戴上它。」

她取出那隻里爾登合金製成的手鐲，緊緊地盯著他的眼睛，一言不發地向他遞了過去。這藍綠色的鍊子在她的手掌裡熠熠閃光。他迎著她的目光，把手鐲扣在了她的手腕上。在扣子「啪」地一下被他的手指合上時，她把頭埋了下去，親吻著他的手。

$

大地在車身下奔騰。威斯康辛州起伏的丘陵中伸展出的高速公路，是這裡人類活動留下的唯一痕跡，一座危橋橫跨在灌木、雜草和樹叢匯成的海洋之上。這海洋緩緩地起伏，在湛藍的天空下，放射出橘黃色，山坡旁偶爾可見幾株滿是紅葉的大樹拔地而起，低窪處則到處是一汪汪殘存的綠。置身在明信片一樣的色彩中，車身彷彿是一件珠寶商的傑作，陽光在鉻合金的表面泛著光亮，黑色的琺瑯映照著天空。

達格妮靠在車窗旁，向前伸直了雙腿。她喜歡這樣寬大、舒服的座椅和肩頭上陽光的溫暖。她感覺這鄉間真是美極了。

里爾登說：「我想看的，是個大廣告招牌。」

她放聲笑了起來，他回答了她心裡未說明的想法。「賣什麼，賣給誰啊？一個小時了，我們連一輛車、一座房子都沒看到。」

「這就是我不喜歡的地方，」他向前伏了伏身，雙手握著方向盤，皺著眉頭，「看看這路。」長長的混凝土路已褪成沙漠遺骨般的灰白，太陽和雪彷彿把車轍、油漬和碳痕吞蝕一空，不停地打磨著它。綠色的雜草從混凝土斷裂的縫隙裡鑽了出來。許多年來，這條路一直少有人光顧和維修，但裂縫卻很少。

「這條路不錯，」里爾登說，「修得很棒，築路的人一定堅信它往後會很繁忙。」

「是呀……」

「我不喜歡它這副樣子。」

「我也不喜歡。」她隨即笑了，「可是想一想，我們常聽到人們抱怨說廣告招牌破壞了鄉間的景色。嗯，這就是沒有被破壞的鄉間，留著給他們欣賞。」她又加上一句，「我恨的就是這些人。」

她不願意去想這些令她不舒服的事，它們像是細縫，在她此刻的愜意下面斷裂。過去三周以來，當她看到從車頭前方流淌而過的鄉間景象時，她時常能感受到這種不舒服。她笑了：在她的視野當中，大地在流逝，唯一不變的就是車頭。在一個模糊和不斷消散的世界裡，這車頭就是一切的中心，就是她的焦點和保障……她前方的車頭，以及身邊的里爾登握著方向盤的雙手……她笑了，覺得由這些來組成她的世界，她感到很滿足。

他們開車出來隨意地逛了一周後，他曾在一天早晨出發時對她說：「達格妮，休息的時候非得是什麼都不做嗎？」她大笑著回答說：「不是啊，你打算去看哪家工廠？」不必有什麼內疚，也無須做什麼解釋，他笑了，答道：「我聽說在薩吉瑙灣附近有個廢礦場，據說已經開採光了。」

他們便開車穿過了密西根州向那個礦場駛去。走在一個空礦坑中的礦石層上，一台吊車的殘骸從他們頭頂上空俯視下來，一隻鏽蝕的午餐盒「哐當」響著被他們踢開。她感覺到一陣比悲哀更甚的不舒服向她襲來，但里爾登卻高興地說：「採光了，胡說！我要讓他們瞧瞧，我還能從這裡挖出多少噸、多少錢的礦石！」走回到他們的汽車時他說：「假如能找到合適的人，我明天一早就把這礦買下來，讓他開工。」

第二天，在他們朝著西南方的伊利諾州平原開去時，他突然打破了長時間的沉默，說：「不，我必須先得等他們廢除了那個法案。能對付那個礦場的人不需要我去教，而需要我的人，連一文都不值。」

他們可以一如往常地談論工作上的事，深知所說的一切對方都會理解。但他們卻從沒談及彼此。他表現得像是把他們熾熱的情感當做無名的客觀存在，而不必在兩個心靈之間的交流中明說出來。每天晚上，她都像是躺在一個陌生人的臂彎裡，他會讓她看到他體內湧現的充滿激情的戰慄，卻從不允許她知道這些震盪是否得到了他身體裡回應的顫動。她赤裸地躺在他的身邊，手腕上面有一隻里爾登合金的手鐲。

她明白，他極不願意忍受在路旁破舊的旅館登記表填上所謂的「史密斯夫婦」。在某些夜晚，她注意到當他按意料中的欺瞞計畫，去簽寫那意料中的姓名時，他咬緊的嘴唇掠過不易察覺的憤怒的抽動。他是對那些逼得他只好如此的人感到惱怒。她不動聲色地從旅館店員的舉止中，觀察到他們明白一切的狡黠神情，這神情似乎是在暗示，旅客和店員一樣，都在參與這樁可恥的劣行：偷歡的劣行。不過她知道，當他們獨自在一起的時候他就沒事了，他會抱住她待一會兒，而她可以看到他的眼睛充滿生氣，毫無愧疚。

他們駛過小鎮，穿過偏僻的小路和他們多年都沒有見到過的地方。小鎮的景象令她不安。過了許多天，她才意識到最令她感到恍然若失的東西，就是能夠看一眼新粉刷的油漆。房屋矗立著，像穿著皺巴巴西裝的人，已經失去了挺起腰桿站直的念頭，房子的屋簷像是垂頭喪氣的肩膀，翹曲的門廊階梯像是開線的縫邊，破裂的窗戶被隔板像補丁一樣釘起來。街上的人瞪著他們這輛新車的樣子，不像是在盯著什麼稀罕景象，這輛閃亮的黑東西倒像是來自另一個世界的不可思議的景觀。街上的車輛稀少，其中很多還是馬車。她早已忘記了馬是怎麼用的，不願意看到它又回到了現實。

那天，在一個鐵道路口上，里爾登指著什麼輕笑著，她看到一列當地小公司的列車，從山後踉蹌著拐了出來，牽引它的火車頭已經年邁古老，從它高高的煙囪裡喘著黑煙。她沒有笑。

「噢，天啊，漢克，這沒什麼好笑的！」

「我知道。」他說。

過了一小時，他們開車出去七十英里後，她說：「漢克，你能想像塔格特的彗星特快車被這種燒煤的東西拖著跑遍全國嗎？」

「你沒事吧？別胡思亂想。」

「對不起……只是我一直在想，如果找不到人來生產柴油機，如果不能很快找到的話，所有我的那些新鐵軌和你的煉鋼爐，就都白費了。」

「科羅拉多的尼爾森就是你要找的人。」

「沒錯，如果他能想辦法開個新廠的話。他為約翰・高爾特鐵路的債券砸進了過多的資金。」

「結果那成了一項回報很高的投資，不是嗎？」

「對，但他被拴在上面了。現在他萬事俱備，卻沒有機床。無論在哪兒，用什麼價錢，都弄不到機床。他除了承諾和延期，什麼都得不到。他從關閉的工廠裡找可以利用的舊設備，把全國都翻遍了，如果他不儘快開工的話——」

「他會的，現在誰能阻止得了他？」

「漢克，」她忽然說，「我想讓你去看個地方，行嗎？」

「當然了，任何地方。要去哪裡？」

「在威斯康辛州，那裡過去有個很不錯的發動機公司，是在我父親的名下，它的業務一直是靠著我們的一條支線來支撐，但我們七年前停了那條鐵路線，他們也就關了那家工廠。我想，它是現在那些被毀掉的地區之一。或許那裡還有一些設備留下，尼爾森能派上用場。那兒可能會被疏忽掉，人們早就忘了這個地方，根本沒有交通工具去那裡。」

「我能找得到路。那個公司叫什麼名字？」

「二十世紀發動機公司。」

「噢，可不是嘛！那是我年輕時最棒的發動機公司之一，也許是最好的。我記得它關門的時候，好像是有什麼不對勁的……記不得是什麼事了。」

他們花了三天去打聽，卻找到了這條被風化和遺忘的公路。現在，他們正經過一片像金幣一樣閃亮的黃色秋葉的海洋，向二十世紀發動機公司駛去。

「漢克，如果尼爾森出了什麼事怎麼辦？」在行駛的靜默中，她突然問了一句。

「他為什麼會出事呢？」

「我不知道，但是……你瞧桑德斯，他就消失了。聯合發動機工廠現在不存在了，而其他的廠還不具備生產柴油機的條件，我已經再不聽什麼承諾了。那……鐵路沒了發動機還有什麼用呢？」

「如果這麼說的話，沒了發動機，還有什麼是有用的呢？」

樹葉在風中搖曳閃亮，它們綿延數英里，從草地漫到木叢，再鋪到樹上，充滿了動感和火焰的種種色彩，似乎在歡慶一個完成了的使命。它們不被注意，乏人問津，但是在盡情地燃燒。

里爾登笑了：「大自然中還是有些令人稱道的東西，我開始喜歡它了。無人發現的新的疆域。」她快活地點著頭：「土壤多好啊，看看這些東西長的樣子。我想把木叢清除掉，然後想建一個——」

隨即，他們止住了笑。他們在路旁的雜草叢中看到的殘骸，是一截帶著碎玻璃的鏽鋼管——這是一個殘缺的輸油幫浦。

這些是唯一還在視覺中殘留的景象。燒焦的柱子、混凝土板以及閃亮的碎玻璃碴——一個加油站被木叢淹沒，不仔細看根本不會發現，在這之後的一年又將沒有人會看見了。

他們掉轉視線，不想再探究那綿延數英里的野草後面還藏著什麼東西，繼續向前駛去。在彼此沉重的靜默中，他們想到了同樣沉重的問題：野草到底是以什麼樣的速度、吞沒了多少東西？

轉過了一個山彎，道路戛然而止，路的盡頭長長地凹陷下去，裡面混合著瀝青和泥巴，幾塊混凝土落在上面。混凝土路面被人砸碎後運走，再往前，是一片連野草都難以生長的荒地。一根電線桿背襯著天空，孤零零地歪立在遠處的山頂上，如同是曠野墓地上方的十字架。

他們用低檔緩慢地爬行，穿過沒有道路的荒地和水溝，然後沿著留下的馬車轍印，費了三個小時，一個車胎也被刺爆，總算開到插著電線桿的山頭後面，來到了這個位於山谷深處的廢棄工廠。

在這個過去的工業小鎮的廢墟裡，有些房屋依然還在。所有能搬走的東西都被搬走了，但有些人留了下來。空蕩的房架成了豎立著的碎石堆，侵蝕它們的並不是歲月，而是人們：房板被隨意拆走，房子的屋頂殘缺不全，毀掉的地下室裡只剩下了大洞。看起來像是被人們的手到處亂抓，只要是當時覺得合適的東西都被掠奪一空，根本不去想未來要如何生存。還有人居住的那些房子胡亂地散落在廢墟之中，從煙囪裡冒出的煙是這個小鎮唯一可見的動靜。小鎮的邊界上，立著一個空蕩蕩的水泥房，那曾是學校的房子。它看起來像是個骷髏，眼窩就是玻璃全無的窗戶，斷落的電線則是垂下來的幾縷頭髮。

在小鎮後面遠處的山丘之上，便是二十世紀發動機公司的工廠。它的牆壁、房頂的線條和煙囪看起來很整齊，堅固得像座城堡。如果不是那個向旁邊歪斜的銀灰色水塔，它的外表看來幾乎完好無損。

他們從密密麻麻的樹林和山丘的各面都找不到通向工廠的路，便停在了眼前冒著青煙的第一戶人家門口。門開著，一個老婦人聽到汽車聲，便拖著腳步，慢吞吞地走了出來。她躬著背，身體浮腫，赤著兩隻腳，穿了件麵粉粗麻袋一樣的衣服。她打量著汽車，沒有驚訝和好奇，那漠然空洞的眼神，是一個筋疲力盡得已經失去任何感覺的人才會有的。

「能告訴我去工廠的路嗎？」里爾登問道。

老婦人沒有立即作答，她的眼神看起來像是不會說英語一樣。「什麼工廠？」她問。

里爾登用手一指：「那個。」

「它已經關了。」

「我知道它關了，不過有沒有路可以過去？」

「我不知道。」

「任何路都沒有嗎？」

「林子裡有些路。」

「能讓車開過去？」

「也許吧。」

「那好，該走哪條路呢？」

「我不知道。」

他們從打開的房門可以看到屋子的裡面。裡面有一個沒用的煤氣爐，爐膛裡塞著破布，當成了壁櫥來用。角落裡有一個用石頭做成的火爐，幾塊木柴在破舊的水壺下燃著火苗，牆壁上留下了長長的煙熏痕跡。一件白色的東西靠著桌腳躺在地上：這是一隻陶瓷洗手盆，不知是從哪個浴室的牆上拆下來的，裡面裝著乾枯的白菜。一根牛油蠟燭插在桌上的瓶內。地板上的油漆剝落得一點不剩，木板被磨成了黯淡的灰色，活脫脫地映照出眼前這個人深入骨髓的痛苦，她的腰被壓彎，被折磨得再也無力去對付那些滲入地板的灰塵。

一群衣衫襤褸的孩子們，一個接一個無聲地聚集在了門口的婦人身後，他們瞪著汽車，眼裡沒有孩子的那種明亮的好奇，卻有著未見過世面的原始人的那種緊張，危險一出現，隨時準備逃之夭夭。

「這裡離工廠有多遠？」里爾登問。

「十英里，」婦人答道，接著又說，「也許五英里。」

「從這裡到下一個城鎮還有多遠？」

「這兒哪有什麼下一個城鎮？」

「其他什麼地方總有別的城鎮，我想問的是有多遠？」

「是啊，其他的什麼地方。」

在房子旁邊的空地上，他們看到破布搭在晾衣繩上，而這繩子原來是一截電話線。園子裡有三隻雞在凹凸不平的菜圃裡啄食，另外一隻伏在一截原本是下水道的管子上打盹。兩頭豬搖搖擺擺地晃進一攤混著泥漿和廢棄物的污泥裡。那上面鋪的墊腳石則是公路上的混凝土塊。

他們聽到遠處傳來咯吱的響聲，只見一個人正在公用的水井旁邊用轆轤搖上水來。他們注視著他慢慢地順著街道走過來，他提的兩桶水對他細細的手臂而言顯得太重了。看不出他的年齡。他走近，停下來，瞧著汽車。他迅速地向陌生人看了一眼，隨即詭祕而可疑地移開了視線。

里爾登取出十元錢向他遞了過去，問：「你能不能告訴我們去工廠怎麼走？」

那人陰沉地盯著錢，無動於衷地動也不動，沒有伸手去接，依然抓緊了那兩個水桶。如果誰曾經見過全無貪念的人，達格妮心想，那他就是了。

「我們在這兒不需要錢。」他回答。

「你難道不靠工作餬口嗎？」

「是啊。」

「那麼，你用錢來做什麼呢？」

那人放下了水桶，好像才發現沒必要提著這麼重的東西站在這裡。「我們不需要什麼錢。」他說，「我們互相交換東西來用。」

「你和其他城鎮的人怎麼交換呢？」

「我們不去什麼其他的地方。」

「看來你們在這兒的日子並不好過。」

「跟你有什麼關係？」

「沒什麼，只是好奇而已。你們為什麼待在這裡呢？」

「我爸過去在這裡有個雜貨店，只是後來工廠關了。」

「你怎麼不搬走呢？」

「去哪兒？」

「隨便什麼地方。」

「有什麼用？」

達格妮盯著這兩個水桶在看：這是兩個裝了繩把手的方口鐵罐，原來曾是油罐。

里爾登說：「嘿，能不能告訴我們是否有路去工廠？」

「路很多呀。」

「有沒有能開車的路？」

「我想有吧。」

「哪一條？」

那人認真地想了一陣，「嗯，如果你在學校這座房子左轉，」他開口說，「一直走到那棵歪歪的橡樹，那裡有一條上去的路，如果一兩個星期沒下雨的話還能走。」

「上次下雨是什麼時候？」

「昨天。」

「有其他的路嗎？」

「嗯，你可以開過漢森的牧場，穿過樹林後就有條不錯的硬實水泥路，一直可以開到小溪。」

「小溪上有橋嗎？」

「沒有。」

「其他的路呢？」

「哦，如果你想找開車的路，在米勒家那塊地的另一邊有一條，是鋪好的，開車最好了，只要從學校的房子向右轉，然後——」

「但那條路不去工廠，是不是？」

「不，不是去工廠的。」

「好吧，」里爾登說，「看來我們得自己找路了。」

他剛一發動車，一塊石頭便砸到了擋風玻璃上。玻璃是防碎的，但立刻有了放射狀的裂紋。他們看到一個小流氓尖聲地笑著消失在拐角處，然後聽見從某些窗戶和牆縫後，傳來的小孩們回應他的刺耳笑聲。里爾登強忍住一句罵人的話。那人皺了皺眉，毫無興致地向街對面看了看。那個老婦人毫無反應地繼續看著這一切。她一直無聲地站在那裡注視著，既沒有興趣，又沒有什麼目的，如同洗膠捲盤子裡的化學試劑，只是被動地將影像吸收，卻無法形成她自己視野裡的景物。

達格妮已經觀察了她好幾分鐘。婦人臃腫得看不出身材的身體，不像是因為上了年紀和疏於照顧，而像是懷了孕。這似乎不可能。但靠近觀察，達格妮發現她被灰塵沾染的頭髮並非灰白，臉上也幾乎沒有皺紋。只是她那茫然的眼睛、佝僂的肩膀和慢吞吞的舉止，使她顯得老態龍鍾。

達格妮往前傾身，問道：「你幾歲了？」

那婦人看著她，並不生氣，只是像面對一個毫無意義的問題一樣回答說：「三十七。」

直到他們開出了相當於五個街區那麼遠，達格妮才開口說話。

「漢克，」她驚恐地說，「那個女人只比我大兩歲！」

「是的。」

「天啊，他們怎麼會落到這步田地？」

他聳了聳肩說：「約翰．高爾特是誰？」

他們離開這座城鎮時見到的最後一樣東西是一面廣告招牌。上面的色彩已經褪去，只剩下了死氣沉沉的灰色。從斑駁的印刷條紋中，還可看出原先的圖案。這是一幅洗衣機的廣告。

他們在城外遠處的曠野裡，看到一個人在一點一點地挪動著，身形因為過度用力而扭曲，他正用手在推犁。

他們花了兩小時，走了兩英里，來到了二十世紀發動機公司的工廠。才攀上小山，他們就知道自己的這番尋找是白費勁了。一把生鏽的鐵鎖掛在入口的大門上，但寬大的玻璃都已粉碎，整個地方事實上是門戶洞開，裡面殘枝遍地，野兔穿行，枯葉堆積。

工廠早就被騰空了。大部分設備是被搬運走的，水泥地上還留著設備基座的整齊洞口。其他的東西則被搶掠一空，除了連飢不擇食的乞丐都不感興趣的廢物，什麼都沒剩下。成堆的捲曲生鏽的廢鐵皮、板子、石膏和玻璃碎片，還有鋼製的樓梯，當初修得非常牢固，此時依然向上盤旋著，直通到天花板。

他們在大廳停下腳步，一縷光線射過天花板的縫隙，斜斜地照下來，他們腳步的回聲在四周迴響，然後消失在一排排空蕩蕩的房間內。一隻鳥從屋頂的鋼樑上像箭一樣地躍出，然後拍打著翅膀，飛快地衝了出去。

「我們最好還是看看，說不定還有什麼留著，」達格妮說，「你去車間，我去旁邊的房子裡。我們儘快看完。」

「我不想讓你一個人在這兒逛。我不太放心這些地板和樓梯的安全。」

「哦，別囉嗦了！我在工廠裡，甚至是廢船墟裡找路都沒有問題，還是把事情做完吧，我想儘快離開這兒。」

她走過靜寂的空廠區，鋼鐵的天橋依然吊在頭頂，在天空的襯托下，還能夠看出它們完好無損的外形。她此時唯一的希望就是不要看到它們，但她還是強迫自己去看。這如同是對自己所愛的人進行屍體解剖一樣。她的目光像一架探照燈般地轉動著，牙關緊緊地咬在一起。她走得飛快，這裡沒有任何地方值得停留。

她在一間曾經是實驗室的房間停下。讓她停住腳步的是一捲鐵絲。它從一堆廢棄物中冒了出來。她從沒見過編排成這種形狀的線圈，但似乎又有些眼熟，彷彿是碰撞到她某些細微而遙遠的記憶。她伸手去拉線圈，可是拉不動，好像是連著埋在裡面的什麼東西。

她看到牆上被毀壞後剩下的殘留物：很多插座、幾節粗電纜、鉛導電管、玻璃管，以及嵌進牆壁的、沒有架板和門的櫥櫃。如果她判斷正確，這個房間看來曾是一個實驗室。這裡堆積著大量廢舊的玻璃、橡膠品、塑膠和金屬，以及原來做黑板的黑灰色碎石屑。地板上堆滿了被風吹得瑟瑟作響的廢紙片。這裡還有不屬於原先的主人遺棄的東西：爆米花的包裝盒，一隻威士忌酒瓶，一本虛構傳記雜誌。

她試著把那捲線圈從廢物堆當中拉出來，卻拉不動。它連在一個很大的東西上。她跪下來，開始挖起廢品堆。

她的手被劃破了。當她重新站起來打量著這件被清理出來的物體時，已是滿身灰塵。這是一個殘缺不全的發動機模型，大部分零件已經缺失，但現有的樣子還是能讓人看出它最初的形狀和設計意圖。

她從沒見過這種發動機或者是類似的東西。對於它各個部分的獨特設計和試圖達到的功能，她一點也看不懂。

她仔細察看著髒污的管子和連接著的奇怪造型，腦海裡翻過她所熟知的每一種發動機的樣子以及上面零件可能的用途，竭力猜測著這些它們的功能。但這個模型與那些猜測都對不上。它看起來像是個電動發動機，可是她搞不明白它用的是什麼燃料。它不是為蒸汽、汽油以及她能想到的任何東西來設計的。

她無聲的喘息忽然急促起來，猛地一頭紮進了廢品堆。她手足並用，在廢墟裡爬來爬去，抓起能找到的每張紙片，隨後扔掉，接著再繼續找下去。她的雙手抖個不停。

她發現，她希望找到的那樣東西有一部分還在。這是用打字機打出來、夾在一起的薄薄一疊紙——殘存的底稿。開頭和結尾的部分已經不見，從被夾住的狹窄紙邊來看，這底稿原本頁數很厚。紙張已經又黃又乾，這是發動機說明書的草稿。

正在空蕩的工廠發電室內的里爾登聽到了她的驚呼：「漢克！」聲音聽起來像是恐怖的尖叫。

他朝著呼喊的方向跑去，發現她站在一間屋子中央，手上流著血，長統襪被撕破，衣服上滿是灰塵，手裡緊緊抓著一疊紙。

「漢克，這東西像什麼？」她指著腳下一件奇形怪狀的殘缺物件問道。她聲音裡透出的緊張和著魔，如同一個人被驚得目瞪口呆，徹底脫離了現實一般。「這像什麼？」

「你受傷了嗎？出了什麼事？」

「不是！……哦，沒事，別看我！我很好。看這個。你知道這是什麼嗎？」

「你剛才都做什麼了？」

「我得把它挖出來，我沒事。」

「你在發抖。」

「你等一下也會的，漢克！瞧瞧這個，你看看，然後說你覺得它是什麼。」

他向下瞥了一眼，立刻專注地看了起來，然後坐在地上，仔細地研究著這個東西。「這麼裝發動機很不合常理呀。」他蹙著眉說道。

「讀讀這個。」她把那疊紙遞了過去。

他讀罷，抬頭叫道：「我的天啊！」

她和他並肩坐在地上，許久，別的什麼都說不出來。

「是線圈，」她感覺到她的心在狂奔，無法追趕上眼前驟然看到的一切，言語則爭先恐後地向外飛馳而出，「我最先注意到的是線圈，因為我很多年前在學校時見到過類似的設計圖，不完全相同，但有點像。是在一本舊書上，很久以前，人們認為這不可能，就放棄了。可是我喜歡去讀能找到的所有關於火車發動機的東西。那本書上說，人們曾經有過這種想法，並為此努力，花了許多年去做實驗，但他們沒做出來，就放棄了。它已經被好幾代人都遺忘了。我覺得現在沒有一個活著的科學家還能想起它來。但還是有人想了，有人把它做出來了，就是現在，今天！……漢克，你明白嗎？很久以前，有些人嘗試著發明一種發動機，能吸收空氣裡的靜電，經過轉化，邊運行邊生成自身的動力。他們沒做成，就放棄了。」她指了指那個破損的物體，「但它現在就在這裡。」

他點了點頭，臉上沒有笑容。他坐在那兒瞧著這殘骸，專注在他自己的想法上，那想法看來並不令人開心。

「漢克！你難道不明白這件事的意義嗎？這是發動機歷史上自從內燃機以來最偉大的革命——比那個還要偉大！它讓一切都成為了歷史，又讓一切都成為可能。讓桑德斯和他們所有人都見鬼去吧！誰還想要什麼柴油機⁈誰願意再去為石油、煤和燃料站操心？我說的這些你都明白嗎？一台嶄新的火車頭，只有一台柴油機火車頭體積的一半，卻有十倍的馬力。自己生成動力，只靠一點點燃油就能開始工作，能產生無窮的能量。有史以來最清潔、最快速、最廉價的動力來源。你能看出大約一年之後，它會為全國和我們的運輸系統帶來什麼嗎？」

他的臉上沒有絲毫興奮的跡象。他緩緩地說：「是誰設計的？為什麼留在了這裡？」

「我們會知道的。」

他沉思著，將這疊紙放在手中掂量了一下，「達格妮，」他問道，「如果你找不到製作它的人，你能根據現有的這些東西重新做出這台發動機嗎？」

她過了良久，兩個字才沉重地掉了下來：「不行。」

「沒人能。他把它都做好了，根據他在這裡的紀錄，是能用的。這是我親眼看到過的最了不起的東西，的確如此。我們沒辦法恢復它。得是一個像他一樣傑出的偉人，才能把這裡缺少的東西補上。」

「我會找到他的——即使放下現在我手裡的所有事也要找到他。」

「——而且，是他如果還活著的話。」

她聽出了他的話外之音。「你幹嘛要這麼說？」

「我不認為他還活著。如果他還在，會讓這種發明在垃圾堆裡爛掉嗎？他會扔掉這麼大的一個成果？如果他還健在，在幾年前早就已經會有這種能自行產生動力的火車了。而你也不會到處去找他，因為他的名字早就聞名於世了。」

「我不覺得這個模型是太久以前做成的。」

他看了看稿紙和鏽蝕得失去光澤的發動機，說：「我猜測大約有十年了，或許更久。」

「我們必須找到他，或者找到認識他的人。這比——」

「比現在任何人擁有或生產的東西都重要。我不認為我們會找到他。如果我們找不到的話，沒有人能重現他的成果。沒人能再造他的發動機。上面所剩的東西太少，只是一條線索，一條無價的線索，可是完成它所需要的人才，一個世紀才能出現一個。你覺得我們現有的發動機設計師行嗎？」

「不行。」

「現在一個一流的設計師都沒有，發動機行業裡多少年來都沒有任何創新。這是個瀕臨死亡——或者說已經死亡的行業。」

「漢克，你知道這台發動機一旦做成會意味著什麼嗎？」

他笑了笑，說：「那我得說，全國每個人的壽命都會延長大約十年吧——如果考慮到它會讓多少東西的生產變得更容易和廉價，把人的勞動力解放出多少個小時去做其他的事，而因此又能得到多少更大的回報。火車嗎？那麼用這種發動機的汽車、輪船和飛機呢？還有拖拉機，還有電站，全都使用一種無窮無盡的能源，不用花錢買燃料，只需要用幾毛錢的成本來維持轉換器的運轉就行了。這個發動機能讓全國都如火如荼地動起來，就能讓家家都有電燈，甚至是我們在山谷裡看到的那些人家。」

「它就能？它會的。我要找到它的製造者。」

「我們是要想辦法找。」

他忽然站了起來，但又停住，瞧了一眼地上的殘骸，沒有半點快活地笑道：「這本來是該用在約翰·高爾特鐵路上的發動機。」

隨後，他用了大老闆那種不容分說的口吻說：「首先，我們試試能不能在這裡找到他們的人事部辦公室，如果有資料留下的話，就去查。我們需要的是他們研究人員和工程師的名字。我不知道這個地方現在屬於誰，不過我想很難找到這裡的主人，否則，他們不會讓這個地方變成現在這樣。然後，我們把實驗室的每個房間都查一遍。以後我們再找些工程師飛過來，把其他地方徹底檢查一遍。」

他們開始行動。但她在門口停了片刻，「漢克，這台發動機是工廠裡最有價值的東西，」她壓低了嗓門說，「比整個工廠和裡面所有的東西都值錢。可是卻沒被注意到，扔到了廢品堆裡。它是個沒人願意搬走的東西。」

「讓我感到恐懼的也正是這件事。」他回答道。

他們沒多久就找到了人事部辦公室。他們是發現了門上的標誌才找到的，但這卻是唯一留在那裡的東西。裡面沒有傢俱，沒有紙張，除了打破的窗戶玻璃，一無所有。

他們重新回到了找到發動機的房間，手足並用，趴在地上，仔細檢查地面留下的每一片垃圾。幾乎沒什麼收穫。他們把寫有實驗室紀錄的紙張放在一邊，但那些紀錄裡根本沒有提到發動機，也沒有底稿的缺頁。爆米花的包裝和威士忌酒瓶，證實了闖入的人群曾像潮水般找遍了屋內，把損毀的東西徹底翻遍了。

他們把有可能是發動機零件的幾塊金屬放在一邊，但它們實在是小得沒什麼價值。看起來，發動機的某些部分是被生敲硬扯下來的，也許是有人想改做他用。殘存的部分面目全非，引不起人的一點興趣。

她跪得膝蓋發疼，兩隻手掌平伸在滿是沙礫的地面，感覺到身體裡有一股戰慄的憤怒，這傷痛而絕望的憤怒是對眼前的這種玷污做出的反應。她在想，會不會誰家晾尿布的繩子就是發動機上丟失的電線，發動機的輪子是不是成了公用水井的繩索滑輪，它的汽缸是不是被那個拎著威士忌酒瓶的人的老婆拿去當成花盆，種了天竺葵放在窗台上。

山頂還有餘光，但一團藍旺旺的霧氣正向山谷瀰漫而來，紅色和金色的樹葉在落日光線的照耀下伸向空中。

他們做完時天已經黑了。她站起身來，靠在一扇空空的窗前，讓前額感受一下涼爽的空氣。夜空是深藍色的。「它能讓全國都如火如荼地動起來。」她低頭看了看發動機，抬頭看著外面的原野，突然被一個長長的戰慄擊中，呻吟了出來。她的頭垂在手臂上，倚著窗框站在那裡。

「怎麼了？」他問。

她沒有回答。

他向外望去。在遠處的山谷裡，夜色沉凝之中，有幾點牛油蠟燭的微光，正蒼白地搖曳著。

第十章 威特的火炬

「我們得求上帝的憐憫了，夫人！」紀錄廳的職員嘟囔著，「沒人知道那家工廠現在的主人是誰。我想是不會有人知道了。」

這個職員坐在位於一層辦公室的桌後。灰塵在文件上鋪了厚厚一層。很少有人造訪這裡。他瞭望窗外，一部閃亮的汽車停在泥濘的小廣場上，這廣場曾是繁華的縣城中心。他帶著一絲好奇打量著兩位陌生的訪客。

「為什麼？」達格妮問。

他無可奈何地指了指拿出來的一大綑檔案，說：「得靠法庭來裁決誰是主人，我認為哪個法庭也裁決不了。即使法庭真想做決定，也做不出來。」

「為什麼？是怎麼回事？」

「嗯，它是被賣掉的——我是說二十世紀……二十世紀發動機公司。同時被轉賣過兩次，賣給了兩批不同的買主。這在當時，兩年以前，算是件很轟動的醜聞，而現在，它不過是——」他用手一指，「不過是一堆紙，等著法庭去審理。我可看不出有哪個法官能解決得了這件產權糾紛案——或許到底還有沒有產權都很難說。」

「能不能請你告訴我到底是怎麼一回事？」

「呃，這個工廠的上一個合法擁有者，是威斯康辛州羅馬市的人民抵押貸款公司。那個城市就在工廠以北三十英里的地方。這家抵押貸款公司是那種四處宣傳的機構，做了很多簡便貸款的廣告。馬克·揚茲是公司老闆，沒人知道他的來歷，也沒人知道他現在跑到哪兒去了。不過就在人民抵押貸款公司破產的當天上午，他們發現揚茲已經把二十世紀發動機公司，賣給了南達科他州的一幫人，同時又用它做擔保，從伊利諾州的一家銀行貸了一筆款。他們去看工廠的時候，發現他已經搬空了裡面所有的設備，零敲碎打的都給賣了，老天才知道是賣到哪裡、賣給誰了。所以好像誰都是這個廠的主人，誰又都不是。目前就是這個狀況。南達科他州的買主、銀行，還有代表人民抵押貸款公司債主的律師們，互相告來告去，全都想要這家廠，但誰都無權去動裡面的一個輪子，只不過裡面現在連一個輪子都沒了。」

「在賣掉之前，揚茲經營這家工廠嗎？」

「絕對沒有，夫人！他才不是那種做事的人呢。他不是想去賺錢，只是想拿到錢。看來他也得到了，比其他人從那個廠裡賺的都要多。」

他納悶著，為什麼這個長著一頭金髮、面孔僵硬的人和這位女士，坐在他的桌旁時，會厭惡地看著窗外他們的汽車，看著汽車敞開的後車廂內用繩子和帆布緊緊包住的一件大東西。

「工廠的紀錄怎麼樣了？」

「你是指哪方面的，夫人？」

「他們的生產紀錄、工作紀錄，他們的……人事資料。」

「哦，那些現在都沒了。洗劫和搶奪一直不斷。那些各種各樣的買主們，把他們能拖走的傢俱和東西都搶走了，就算郡裡的治安官員在大門上鎖也沒用。紙張這類東西嘛，我想全被史坦斯村的人拿光了。那個地方就在山谷裡，他們現在生活得很艱難。他們很可能是用這些東西生火了。」

「這裡還有沒有曾在工廠裡工作過的人？」里爾登問。

「沒有，先生，這一帶沒有。他們全都住在史坦斯村。」

「全都？」達格妮不禁喃喃地說道，她想到了那片荒涼的廢墟，「那些……工程師們也在？」

「是啊，夫人，那就是工廠的小鎮，他們很早就都過去了。」

「你還能不能記得在那兒工作過的人的名字？」

「不能，夫人。」

「經營工廠的最後一個廠主是誰？」里爾登問。

「這我說不出來，先生。自從傑德．史坦斯死後，那邊就一直糾紛不斷，管事的人像走馬燈一樣換來換去。老傑德當初建了這家廠，那裡的整個一片都是他建起來的。他十二年前死了。」

「你能不能告訴我們那之後所有的廠主姓名？」

「不行，先生。老法院失過一場火，大約是三年前了，所有舊的紀錄都燒光了。我不知道你們現在怎麼才能找到他們。」

「你不知道這個揚茲是怎麼接管工廠的嗎？」

「這個我知道。他是從羅馬市的巴斯康市長手裡買下來的，至於工廠是怎麼到了巴斯康姆市長手裡，我就不清楚了。」

「巴斯康市長現在在哪兒？」

「還在羅馬市。」

「多謝你了，」里爾登站起身來，「我們會去找他的。」

他們走到門口時，那個職員問道：「先生，你們到底在找什麼？」

「我們在找一個朋友，」里爾登回答，「一位失去音訊的朋友，他曾經在這家工廠工作過。」

$

威斯康辛州羅馬市的市長巴斯康仰靠在椅子裡。他的胸脯和肚子在髒兮兮的襯衫下像桃子一樣鼓起。空氣交織著陽光和塵土，低低地籠罩在他家的門廊上方。他揮了揮手，手指上大大的黃玉戒指發出劣質的閃光。

「沒用，沒用，女士，絕對沒用。」他說道，「去問住在這一帶的人，完全是浪費時間。工廠的人都走了，而且誰也不太記得他們。很多人家都搬走了，留下的全是沒用的，我也是這麼說我自己的，一點也沒用，不過是給這群廢物當個市長而已。」

他給兩位客人讓了座，不過如果這位女士願意站在門廊的欄杆前，他也不在意。他向後一靠，端詳著她修長的身材。高級貨色，他心想，不過，這樣看起來她旁邊的那個男人顯然是很闊綽。

達格妮站在那裡，看著羅馬市裡的街道。這裡有房屋、人行道、燈柱，甚至還有飲料廣告的宣傳標誌，但這座城鎮看起來就要落到和史坦斯村一樣的情景了。

「喏，工廠的紀錄都沒了，」巴斯康市長說，「假如這就是你們想找的，夫人，還是算了吧。這簡直是在風暴裡追逐樹葉。誰還在乎那些檔案呢？現在這世道，人們要的是實實在在的、物質上的好東西，必須現實一點。」

透過滿是灰塵的窗玻璃，他們看得到他家的客廳：鼓脹的木地板上鋪了波斯地毯，鉻條包邊的移動式吧台緊靠著一面被陳年雨水侵蝕的牆壁，吧台上擺著一台昂貴的收音機，上面放著一盞舊煤油燈。

「是，我把工廠賣給了馬克．揚茲。馬克是個不錯的傢伙，一個善良、活躍、精力充沛的傢伙。是，他有點滑頭，可誰不是這樣呢？當然了，他是有些過分了，這我可沒料到。我覺得他這麼聰明的人應該知道守法——無論現在是什麼樣。」

巴斯康市長笑了，用一副平靜而坦率的樣子瞧著他倆。他的眼神精明卻缺乏智慧，帶著好意的笑容卻並不親切。

「我看你們不像是偵探，」他說，「不過就算你們是，我也無所謂。我沒從馬克那裡得到什麼好處，他幹一切勾當都不讓我參與，我根本不知道他現在跑到哪兒去了。」他嘆了口氣，「我喜歡這傢伙，希望他會留下來。別對禮拜日的說教太在意。他總得生活呀，對吧？他並不比其他人更壞，只是更聰明些罷了。有些人被逮住，有些人就不會——只是這點區別而已……不，我不知道他買工廠的時候打算拿它去幹什麼。他出的錢比這個爛攤子的價值可高多了。是，他買工廠的時候其實是幫了我的忙。不，我可沒有任何逼他買的意思，沒必要啊。我以前幫過他一些忙，很多法律其實都像橡皮一樣有彈性，當市長的就可以替朋友把它們拉得鬆一點嘛。哼，管他呢？在這個世道，人要想富有就只能這樣，」——他瞄了一眼那輛豪華的黑色汽車——「這你們應該懂。」

「你是在跟我們講這家工廠。」里爾登竭力控制著他自己。

「我受不了的，」巴斯康市長說，「就是講原則的人。原則不會流到任何人的牛奶瓶裡去。生活裡唯一管用的就是實實在在的物質財產。當我們身邊什麼都沒了的時候，就沒時間去講什麼理論。嗯，我——我可沒打算過窮日子。讓他們守著他們的理想吧，而我就要那家工廠。我不需要什麼理想，我只想每天吃三頓飽。」

「你為什麼買那家廠？」

「人們為什麼要去做生意？還不是為了把它的油水榨乾。我看得出什麼是好機會。那是椿破產拋售，沒人願意在這團亂上出什麼好價錢。所以我就撿了個便宜。也不用在手裡放太久——馬克在兩三個月之內就把它拿走了。是啊，讓我自己說的話，這也是樁聰明的買賣。商業大亨來操作也不過如此。」

「你接管的時候，工廠還在運作嗎？」

「不，已經關門了。」

「你試過重新開張嗎？」

「我才不呢，我是很實際的。」

「你能想得起在那裡工作過的人的姓名嗎？」

「不，從來沒見過他們。」

「你從廠裡搬走過什麼東西嗎？」

「嗯，我跟你說吧。我四下轉了轉，我喜歡的是老傑德的桌子。老傑德．史坦斯在他那個年代，可是個鼎鼎有名的大人物。那桌子真棒，是很結實的桃花心木。我就把它運回家了。有個主管，我也不知道他是誰，在他的浴室內裝了個淋浴間，那式樣我從沒見過。在玻璃門上刻著一條玻璃的美人魚，絕對的藝術品，也很值錢，比任何油畫都值錢。我就把那個淋浴間拆掉搬回來了。管它呢，是我的了，對吧？我有資格要那個廠裡的值錢東西。」

「你買那個廠的時候，是誰在破產出售？」

「哦，那是麥迪森社區國民銀行的一次大地震。好傢伙，動靜可真大！幾乎轟動了整個威斯康辛州——這肯定是轟動了。有的說是這家發動機廠讓銀行破了產，可其他人說這不過是裂掉的水桶裡淌出的最後一滴水了，因為社區國民銀行在三四個州的投資都已經虧光了。洛森是銀行老闆，他們稱他是有慈善心腸的銀行家。兩三年前，他在這一帶很有名氣。」

「洛森在經營這家廠嗎？」

「沒有，他不過是在上面投了一大筆錢而已，遠比他希望從這個廢物堆裡收回的要多。工廠的倒閉，就成了壓倒洛森的最後一根稻草，銀行三個月後就破產了。」他嘆了口氣，「這讓這一帶的人們很震驚，他們全都把一生的積蓄存在了社區國民銀行。」

巴斯康市長的目光遺憾地穿過門廊的欄杆，望著他自己的城鎮。他對著街對面的一個人晃了晃大拇指。那是個白頭髮的女傭人，正痛苦地跪著挪動，用力擦洗著一戶人家的台階。

「看到那個女人了嗎？他們過去日子很富裕，很受尊敬。她丈夫開一家乾貨店，一輩子工作就是為了她的後半生做準備，而他在死的時候也做到了——只是那些錢存在了社區國民銀行。」

「工廠倒閉的時候是誰在經營？」

「哦，那是一家名叫合併服務公司的短命機構。不過是朵蒲公英，毫無根基，轉眼就沒了。」

「它的成員呢？」

「蒲公英散開的時候，上面那些東西都跑到哪兒去了？試著在全美國找找看，你試試。」

「洛森在哪兒？」

「哦，他嗎？他一切都好，在華盛頓找到工作——是在經濟計畫和國家資源局。」

里爾登氣得一下子站了起來，隨即，他控制著自己，說：「謝謝你說的這些情況。」

「不用客氣，朋友，不用客氣。」巴斯康市長滿足地說，「我不清楚你找什麼，不過聽我一句，算了吧。那個工廠已經沒什麼油水了。」

「我跟你說過，我們是在找一個朋友。」

「好啊，隨你便吧，你們——你和這位不是你太太的迷人女士，費了這麼大勁來找，肯定是個很好的朋友了。」

達格妮見到里爾登的臉色頓時煞白，連他的嘴唇都變得像雕塑一般，和他的膚色難以區分開來。「閉上你的髒——」他開口道，但她站到了他們二人中間。

「你為什麼覺得我不是他太太呢？」她平靜地發問。

巴斯康市長看來被里爾登的反應嚇呆了。他說那句話時並無惡意，只是如同一個人對他同伴的不軌行為開個玩笑罷了。

「女士，我這輩子見多了，」他善意地說，「結婚的人在看對方的時候，不會像是心裡似乎還想著上床的。在這個世界上，你要嘛就有德行，要嘛就有快樂，不能兩樣都占著，女士，不能兩樣都占著。」

「我問了他一個問題，」她對里爾登說道，及時讓他平息了下來，「他給了我一個富有教導意義的解釋。」

「如果想要建議的話，女士，」巴斯康市長說，「從便利店買一個結婚戒指戴上。這不一定靈，但還有點用。」

「謝謝你，」她說，「再見。」

她堅決而異常鎮靜的神態便是一道命令，使得里爾登隨著她默默無語地回到了車上。

他們離開城鎮幾英里後，里爾登才開口說話，他的眼睛沒有看著她，聲音急切而低沉：「達格妮，達格妮，達格妮……我很抱歉！」

「我可不抱歉。」

過了一會兒，當她看見他恢復了冷靜，才說：「永遠不要對說實話的人發怒。」

「可這關他什麼事。」

「他對這怎麼想，和你我都不相干。」

他從牙縫裡擠出來的已經不是回答，而像是一直撞擊著他大腦的念頭爆發出了他不願聽到的聲音：「我沒能保護你不受那個不齒的小——」

「我不需要保護。」

他沉默了，沒去看她。

「漢克，等你平息下這股火氣之後，明天也好，下周也好，就去想一想那個人的解釋，想想看那些話裡有什麼是你能認同的。」

他忽地轉過頭去瞧著她，但什麼話都沒說。

當他過了許久之後再開口時，已經是一種疲憊而沒有起伏的聲音了：「我們不能打電話去紐約，讓工程師們來查這個工廠。我們不能在這裡見他們，不能讓人們知道這個發動機是我們在一起時發現的……在山上……那個實驗室裡……我把這些都給忘了。」

「找到電話後，我和艾迪聯繫一下，讓他從塔格特的員工裡派兩個工程師過來。他們會知道我是自己在這裡度假，他們也只需要知道這些。」

他們開出去了兩百英里才找到一個能打長途電話的地方。當她給艾迪打電話時，他一聽到她的聲音就呼出了一口氣。

「達格妮！我的老天爺，你在哪兒？」

「在威斯康辛，怎麼了？」

「我不知道去哪兒找你，你最好馬上回來，儘快。」

「出什麼事了？」

「現在還沒，不過一直有動靜……假如你，或者無論是誰能夠的話，最好馬上就去阻止它們。」

「什麼動靜？」

「你沒看報紙嗎？」

「沒有。」

「我沒辦法在電話裡說，沒法告訴你詳細的情況。達格妮，你會覺得我瘋了，但我想他們正在策畫徹底毀掉科羅拉多。」

「我馬上趕回來。」她回答。

$

穿過曼哈頓地底的花崗岩，在塔格特火車站下面是曾經用來鋪路的隧道。當初，每天每小時都有滿載的車流在車站的每一條幹道上面，轟隆地穿梭往返。隨著交通一年年地萎縮，對空間的需要也下降了，這些鋪路的隧道於是像乾涸的河床一樣被遺棄。裡面只保留著一些照明燈，一塊塊鋼板被扔在軌道兩側上方的花崗岩路面上，慢慢生鏽。

達格妮把發動機的殘骸放進了其中一條隧道的地下室裡。這間地下室以前放置著一台備用的發電機，早已被搬走。她信不過在塔格特公司做研究的那些沒用的年輕人。在他們當中，只有兩個有才幹的工程師能夠欣賞她的發現。她把這祕密告訴了他們兩個，並把他們派到威斯康辛州去檢查那座工廠。接著，她就把這台發動機藏進了這個不為人知的地方。

當工人們把發動機抬進地下室並離開以後，她準備隨他們出來，然後鎖上大鐵門。她手握著鑰匙停了下來，安靜和孤寂似乎突然把她扔回了最近一直面臨的問題前，彷彿此時就是她要做決定的時候。

她的辦公車廂掛在幾分鐘後就要開往華盛頓的列車後面，正停在車站的一個站台前等候著她。她約好了去見洛森。不過，她告訴自己，對於她在返回紐約的途中發現的，也就是艾迪力求她抗爭的那些情況，一旦她想出抗衡的辦法，就會取消約會，暫緩她的拜訪。

她努力地想過，卻發現根本沒有對抗的辦法，沒有搏鬥的規則，沒有武器。這種無可奈何的感覺很是奇怪，她從未有過。她一直不覺得去面對現實並且做出決定有什麼困難，但這次她面對的不是具體的事情——這是一團無形無據的迷霧，其中的某些東西，如同是黏稠的液體中半凝半散的塊狀物，在被發現之前不斷地聚合和變幻。如同她的眼睛退化到只能看到兩側的物體，儘管她能感覺到災難正模糊地向她席捲過來，她卻無法轉動她的目光，甚至沒有任何目光可以去轉動和注視。

火車工程師聯合會正在要求約翰·高爾特鐵路上所有列車的最高時速，降低到六十英里。鐵路司機和煞車工聯合會正在要求約翰·高爾特鐵路上的所有貨車長度，降低到六十節車廂。

懷俄明、新墨西哥、猶他、亞利桑那等州，則要求在科羅拉多州行駛的火車數量，不超過它任何一個鄰州所行駛的火車數量。

以伯伊勒為首的一群人要求通過生活保障法，規定里爾登合金的生產不能超過任何一家同等水平鋼廠的產量。

莫文先生帶頭要求通過公平分配法，讓每一個需要里爾登合金的顧客都得到平等的供應。

史庫德領頭要求通過社會穩定法，禁止在東部的商家從本州內遷出。

在經濟計畫和國家資源局擔任首席協調員的莫奇，發佈了數不清的聲明。很難說這些聲明的內容和用意究竟是什麼，但文中每隔幾行，「緊急控制權」和「失衡的經濟」這樣的字眼就會赫然出現在眼前。

「達格妮，憑什麼？」艾迪這樣問過她，他的聲音很平靜，但句句話都像是在叫喊。「他們憑什麼這麼做？憑什麼？」

她和詹姆斯在他的辦公室裡衝突起來：「吉姆，現在這仗該你去打了，我的已經打完了。對付這些搶劫的無賴，你應該很有辦法，去制止他們。」

詹姆斯說話時的眼睛並不看著她：「你不能為了自己的方便，就去管國家的經濟吧。」

「我不想管國家的經濟！我是想讓你的那些國家經濟管理者們別來管我！我有鐵路公司要去管，而且我很清楚一旦我的鐵路垮掉，會給你們的國家經濟造成什麼後果！」

「我覺得沒必要驚慌。」

「吉姆，我們的全部收入都來自里約諾特鐵路，它的每一分錢、每一張車票價和每節車廂，我們都必須儘快賺到手，這些還用我和你解釋嗎？」他默不做聲，「我們把所有破舊的柴油發動機都用上了，還是無法供應科羅拉多州的需求，一旦我們再降低時速和貨車長度，會是什麼的後果？」

「呃，有些事也需要從他們的角度來看。他們覺得，有這麼多的鐵路公司倒閉沒生意，而你還在里約諾特鐵路上提高速度，這不公平；他們覺得應該增加火車的數量，把運輸量分攤一下；他們覺得我們獨占新鐵軌的種種好處，實在是不公平，他們也想要一份。」

「誰想要一份？他們想負擔什麼？」他沒回答。「誰會在經營一家公司的同時卻要負擔兩家的費用？」他沒回答。「你打算從哪兒去弄車廂和火車頭？」他沒回答。「那些人把塔格特公司毀掉之後，我們還能幹什麼？」

「我完全是想維護塔格特公司的利益。」

「怎麼維護？」他不出聲了。「如果你毀掉科羅拉多，又怎麼維護？」

「我覺得，在給某些人擴展的機會之前，我們應該為那些只是需要生存機會的人們想想。」

「如果你毀掉科羅拉多，你那些搶東西的無賴們還能靠什麼生存？」

「你總是和每次的社會變革措施對立。我記得，在我們通過反狗咬狗的條例時，你說災難即將臨頭，但災難卻沒有來。」

「因為是我救了你，你這個大白癡！這次我可救不了你！」他聳了下肩膀，眼睛還是不去看她。「如果我救不了你，有誰會？」他沒回答。

此時站在地下，這一切就顯得不真實。她在這裡想到這些時，就知道她不可能加入吉姆的行動中去。對那些模糊的念頭、不明的動機、隱晦的目的，以及不清楚的品行，她無法採取任何行動。她對他們無話可說——既沒有人聽，也得不到回答。她想，在一個理性已不再能作為武器的領域，又能拿什麼當做武器呢？這是個她無法進入的領域，只能留給吉姆，指望著他能夠為了個人的利益去做些努力。隱隱約約的，她感到有一個念頭令她不寒而慄，個人利益並不是吉姆的動機。

她看著眼前裝了發動機殘骸的玻璃箱，忽然想到了製造這台發動機的人，這想法如同絕望的吶喊一般降臨。她感覺到如此無助，渴望能找到他，倚靠著他，讓他告訴自己該怎麼做。他這樣的頭腦一定會想出致勝的辦法。

她看看四周，在地下隧道這個乾淨而有條理的世界裡，沒有其他的事，比尋找發動機的製造者有更加緊迫的重要意義。她想：能否把這件事放下，而先去和伯伊勒辯論，和莫文先生講理，或去懇求史庫德呢？她看見了一台做好的發動機，安裝在火車頭裡，拖著一列掛了兩百節車廂的火車，以兩百英里的時速行駛在里爾登的合金鐵軌上。在這幅畫面觸手可及、非常可能實現的時候，她卻要放棄它，為了六十英里、六十節車廂而花時間去爭吵嗎？她無法把自己降低到即使大腦炸開，也要強忍著與那些無能之人為伍的地步。她無法遵從這樣一條規矩：順從點——不要強出頭——慢下來——別去盡力，根本就不需要！

她毅然轉身離開了地下室，去搭乘那列開往華盛頓的火車。

她在給鐵門上鎖的時候，似乎聽到了微弱的腳步聲。她上下看了看黑暗彎曲的隧道，眼前一個人也沒有，只有一串藍色的燈泡在潮濕的花崗岩牆壁上閃爍。

$

里爾登無法去對付那幫要求通過法案的人。他能選擇的是，要嘛和他們鬥，要嘛顧著自己的工廠。他已經失去了鐵礦砂的供應。在這兩場鬥爭中，他只能放棄一個，有限的時間不允許他兩者兼顧。

他一回來就發現，有一批訂好的礦石沒有到貨。從拉爾金那兒聽不到一句話或解釋。里爾登來找他時，他比約好的日期晚了三天才露面，而且沒有表示歉意。他緊緊地撇著嘴，擺出一副恨恨的高傲姿態，也不看里爾登，說道：

「不管怎麼樣，你不能自己什麼時候想起來了，就命令別人立刻跑到你的辦公室來。」

里爾登緩緩地、小心地開口說：「礦石為什麼沒運到？」

「我不接受被冤枉，我絕不能為了那些我也無能為力的事情被冤枉。我經營鐵礦和你經營得一樣好，一點都不差，你做的一切我都做了——我不知道為什麼總是會出意料之外的問題，那可怨不到我頭上。」

「你上個月運了礦石給誰？」

「我是想把你的那批運給你的，我絕對是這麼想的，可是整個明尼蘇達北部的大暴雨，造成上個月我們停產十天，我實在沒辦法——我是想運礦石給你，你不能怪我，因為我確確實實是這麼想的。」

「假如我的一台煉鋼爐停了，我能把你的想法填進去，讓它重新運轉起來嗎？」

「這就是為什麼沒人能和你打交道或者說話——因為你不通人情。」

「我剛剛聽說，在過去三個月，你一直沒用船去運礦石，而是用鐵路。為什麼？」

「呃，不管怎樣，我有權用我認為適合的方式來經營。」

「你為什麼情願去付額外的費用？」

「你操什麼心？我又沒向你收這筆錢。」

「一旦你付不起鐵路運輸的費用，又發現內陸湖的運輸也被你毀了，你怎麼辦？」

「我想，除了錢，你一定不會了解其他任何考慮，但還是有人會想到他們的社會責任以及愛國的熱忱。」

「什麼責任？」

「嗯，我認為塔格特那樣的鐵路公司是國家利益所不可或缺的，所以大家有責任去支持吉姆在明尼蘇達的鐵路，現在它是虧損的。」

里爾登的上身向辦公桌前一探，他開始看出自己始終弄不懂的一串事情之間的聯繫。「你上個月把礦石運給誰了？」他語氣平平地問。

「呃，不管怎麼說，那是我個人的事——」

「運給了伯伊勒，是不是？」

「你不能讓別人把國家的整個鋼鐵行業，都犧牲在你自私的利益上，而——」

「出去。」里爾登平靜地說，事情的前後經過他已經徹底清楚了。

「別誤會我，我不是想——」

「出去。」

拉爾金退了出去。

接下來，就是用電話、電報甚至飛機，沒日沒夜地在全國尋找已經廢棄和即將廢棄的鐵礦，沒日沒夜地在小餐館裡陰暗角落的桌旁進行緊張匆忙的會面。里爾登必須僅憑桌子對面那個人的相貌、舉止和聲調來決定他投資的風險大小，他恨透了這種渴望得到誠實像渴望得到恩惠一樣的感覺，但還是要冒險將大把錢塞到那些素不相識的手裡，換來毫無憑據的承諾，把沒有簽字、沒有記錄的貸款，投給那些落魄的礦廠主，匿名的現金像罪犯在交換東西般，在偷偷摸摸中轉手；錢流進了無法強迫執行的合約裡——雙方都明白，一旦有欺詐發生，倒楣的不是詐騙的一方，而是被騙者。但只有這樣，礦石才能源源不斷地湧進鋼爐裡，鋼爐才會繼續源源不斷地煉出白色的鋼水。

「里爾登先生，」他工廠裡的採購經理問，「如果你這樣下去的話，利潤從哪裡來呢？」

「我們可以靠產量彌補回來，」里爾登疲倦地回答，「里爾登合金有無窮無盡的市場。」

採購經理是一個頭髮灰白的老人，臉又瘦又乾，人們說，他的心思全都用在了算計如何把一分硬幣榨出最後的一滴油。他站在里爾登的桌前，沒有再說什麼，冷冰冰的雙眼瞇起來，直直地盯著里爾登。這是里爾登所見過的最具同情的目光。

沒有別的辦法，里爾登心想，他已經思考了無數個日夜了。對於他想要的東西，他只知道花錢才能買到，以價抵價，他從不指望大自然能夠讓他不勞而獲，從不指望人能夠白白給他東西。他想，如果連價值都再也不起作用了，還有什麼能管用呢？

「無窮無盡的市場嗎，里爾登先生？」採購經理冷冷地問。

里爾登抬起眼瞧著他：「看來我還是不夠聰明，玩不動現在需要的這些把戲。」他這句話算是對懸在桌子對面那個無聲的想法的回答。

採購經理搖了搖頭，說：「不，里爾登先生，只能占一樣，同一種大腦做不了兩樣事。你要嘛擅於在工廠經營，要嘛擅於在華盛頓鑽營。」

「或許我該學學他們那一套。」

「你學不會，而且這對你也沒任何好處。那些把戲你哪樣都贏不了，還不明白嗎？你就是那個富有而註定要挨搶的人。」

當里爾登又獨自一人的時候，感到一股令人眩暈的怒火上沖，就像他以前有過的那樣，痛苦而不摻雜任何別的色彩，像被電擊一樣的突然。這怒火的發作，是因為他認識到人鬥不過純粹的邪惡，這種赤裸裸而且完全清醒的邪惡既沒有、也不需要理由。但當他產生了在正當的自衛中去搏鬥和殺戮的念頭時，他看到了巴斯康市長那張肥胖的笑臉，聽到了那個故意慢吞吞的聲音在說：「……你和這位不是你夫人的迷人女士。」

就這樣，一切正當的理由全都不見了，憤怒的痛漸漸化為屈服之下羞愧的痛。他想，他沒有權利得到道義上的認可，去譴責任何人，抨擊任何事，去戰鬥並且快樂地死去。違背的諾言、未曾坦白的欲念、背叛、欺騙、謊言、詭計，這些罪過他全都有，他還能去嘲笑什麼樣的墮落呢？程度是無關緊要的，他想，誰也不會一尺一寸地去計較邪惡的深淺。

他所不知道的是，在他垂頭喪氣地坐在桌前，去想他再也不能保持的正直和他失去的正義感時，恰恰是他古板的正直和無情的正義感，使他丟掉了手裡的武器。他要和那些掠奪者鬥爭，但沒有了狂怒和火氣。他會去鬥爭，但卻只是作為一個有罪過的可憐的傢伙，去對付和他同樣的人。他沒有把這些話說出來，但痛苦卻和言語並無二致。醜陋的痛苦似乎在說：我要朝誰扔這第一塊石頭？

他趴在了桌上……達格妮，他想，達格妮，如果這就是我要付出的代價，那我會付出的……他還是那副商人的樣子，除了知道為欲望去付出全部的代價，其他就一概不知了。

他很晚才回家，悄無聲息地快步上樓到了他的臥室。他討厭自己淪落到要偷偷摸摸的地步，但好幾個月來，他在大多數晚上都是如此。看到家裡的一切已經變得讓他難以忍受，他也說不清原因。不要因為你的罪過而恨他們，他這樣對自己說過，不過卻隱隱地知道這並不是他仇恨的根源。

他像獲得了喘息的機會的罪犯一樣，關上了臥室的門。他小心翼翼地挪動著脫下衣服，不想發出一點聲音讓家人知道他的存在，不想和他們有任何接觸，連心裡的接觸都不願意。

他換上睡衣，停下來點了根菸，這時臥室的門開了。那個唯一不須敲門而能夠進入他房間的人，從沒主動進來過，因此他吃驚地盯了好半天才相信進來的真是莉莉安。

她穿了一件羅馬式的淡黃綠色連衣裙，褶裙自高高的腰際優雅地垂下，很難一下看出這是件晚禮裙還是家常睡衣；這就是一件睡衣。她在門口停了一下，身後的燈光映襯出了她誘人的身材。

「我知道我其實不應該向陌生人自我介紹，」她輕聲說，「可我必須這麼做：我是里爾登夫人。」他聽不出這話是諷刺還是懇求。

她進了屋，傲慢地隨手一帶，將門關上，一副主人的神氣。

「怎麼了，莉莉安？」他平靜地問道。

「親愛的，你用不著承認得這麼直率，這麼多。」她漫不經心地踱過房間，走過他的床，在一張椅子上坐了下來，「而且這麼冷冰冰的，這就是承認我得有特殊的理由才能占用你的時間。我是不是應該通過你的祕書預約時間？」

他站在房間中央，手夾著菸停在嘴邊，望著她，沒有回答的意思。

她大笑著：「我的理由實在太特別了，我知道在你身上是從來不會發生的。親愛的，是孤獨。你在乎把你那寶貴的注意力扔給乞丐一點碎渣嗎？你會不會介意我沒有任何正式理由地待在這兒呢？」

「不，」他平靜地說，「如果你想的話，我不介意。」

「我沒什麼重要的事和你商量——不是上百萬的訂單，不是大生意，不是鐵路，不是大橋，甚至連新聞都不是，我只是想像個女人那樣，聊點無關緊要的事。」

「說吧。」

「亨利，這是阻止我最好的說詞了，對不對？」她露出無可奈何的樣子，看起來很是誠懇，「我還能接著說些什麼呢？假如我想告訴你尤班克正寫的新小說——他是要把它獻給我的——你會感興趣嗎？」

「如果你要聽實話——一點也沒興趣。」

她大笑著：「如果我想聽的不是實話呢？」

「那我就不知道該說什麼了，」他回答——隨即感到血液猛地向大腦湧上來，他突然意識到為了證明誠實而說的謊言，兩面都不討好。他說的時候是誠心誠意的，但卻意味著他已經再沒有以此炫耀的權利了。

「不是實話，你為什麼還想要？」他問，「有什麼用？」

「看吧，這就是有良心的人殘酷的一面。如果我回答你，真正的奉獻包括故意撒謊、欺騙和假裝，只要這一切能讓另一個人快樂，如果他不喜歡已經存在的一切，就能給他製造一個他想要的現實，你是不會懂的，對不對？」

「不會，」他緩緩地說，「我不會懂的。」

「這其實很簡單。如果你告訴一個漂亮女人她很美的話，你給了她什麼呢？不過是事實而已，沒花你任何東西。但如果你告訴一個醜女人她很美，你就是在表示對她的尊崇，尊崇得顛覆了美的概念。因為女人的美德而去愛她是沒意義的，這是她名副其實爭取來的，不是禮物。但因為她的缺點而愛上她才是真正的禮物，她沒有去爭取來，也不配。愛上她的缺點就是要為了她而去詆毀所有的美德——而這才是愛真正的禮物，因為你犧牲了你的良知、你的理智、你的正直以及你高貴的自尊。」

他茫然地瞧著她。這聽來像是一種令人根本無法相信的畸形的墮落。他唯一感到不解的是，說出這樣的話來究竟意義何在？

「親愛的，如果沒有自我犧牲的話，那愛又是什麼呢？」她帶著一種客廳裡高談闊論的語調，輕快地繼續說著，「除非一個人犧牲他最寶貴和最重要的東西，又還有什麼能稱得上是自我犧牲呢？不過我沒有指望你去理解這些，你這樣一塵不染的清教徒可不行。這就是清教徒最大的自私之處，你寧願全世界都腐爛掉，也不想讓你清白的自身染上一點令你蒙羞的污漬。」

他的聲音裡透出一種不尋常的壓力和嚴肅，緩緩地說：「我從沒自稱清白。」

她笑了，「你現在這副樣子是什麼？你是在誠實地回答我，對嗎？」她裸露的肩頭聳了聳，「哦，親愛的，別太當真！我只是說說。」

他把菸摁滅在菸灰缸裡，沒有回答。

「親愛的，」她說，「其實我來這兒只是因為我老是在想，我有個丈夫，我想看看他究竟是什麼樣子。」

她打量著站在房間對面的他。在素色的藍黑睡衣襯托之下，他的身體顯得更加高大、挺拔和結實。

「你很有魅力，」她開口道，「最近這幾個月來，你的氣色看起來好了很多。更年輕，我是不是應該說更快樂了？你看起來不那麼緊張了。噢，我知道你比以前更忙，忙得像指揮空襲一樣。不過那都是表面現象，你的心裡沒那麼緊張了。」

他吃驚地看著她，她說得對，他一直不知道，一直不承認。他對她的觀察力很驚訝。最近這幾個月她很少見到他。從科羅拉多回來以後，他從沒進過她的臥室。他一直認為她喜歡他們彼此分開。現在，他納悶著她為什麼對他的變化如此敏感——除非是她的感情遠遠超出了他的預料。

「我沒意識到。」他說。

「這很好，親愛的，而且很令人驚訝，因為你的日子一直很艱難。」

他不清楚這是不是算在發問。她頓了一下，像是在等待著回答，但她並沒有逼他，而是高興地繼續說下去：

「我知道你的工廠一直麻煩不斷，然後政局也在惡化，對吧？假如那些他們正在議論的法案通過，就會對你打擊很大，對不對？」

「是的，會這樣，可這不是你感興趣的話題，莉莉安，對嗎？」

「噢，當然是了！」她抬起頭來直視著他，眼睛裡是他以前見到過的空洞而半藏半露的目光，一種故作神祕、知道他無法去解開的自信神情。「我很感興趣……儘管不是因為任何錢財上可能會出現的損失。」她輕聲補充了一句。

他平生第一次開始懷疑，她的刁難和譏諷，她在笑容的掩蓋下表現出傲慢侮辱的怯懦的樣子，還是不是和他以前認為的一樣。那並不是一種折磨人的方式，而是一種扭曲了的絕望的表現；並不是存心想讓他難受，而是在供認她自己的痛苦；那是為了維護一個不被愛的妻子的自尊，是一個隱藏著的乞求——因此，她舉止中的狡猾、暗示、圓滑和她苦求被理解的東西，並非是公開的惡意，而是隱藏的情愛。他想到這裡，頓感驚駭，這使得他的愧疚比他一直以來所深思的更加重了。

「如果我們說的是政治，亨利，我有個有趣的想法。你所代表的那一方——你們總在用的口號、你堅持的座右銘是什麼來著？『契約的神聖不可侵犯』——是這個嗎？」

她看到他的眼神飛快地一瞥，他眼睛裡的專注，這是她看到的第一個回應，她大笑了起來。

「接著說。」他的語調低沉，帶著威脅的口氣。

「親愛的，這是幹什麼？你很瞭解我這個人。」

「你到底想要說什麼？」他的聲音嚴厲而明確，毫無情緒。

「你真希望讓我受到抱怨的屈辱嗎？這抱怨已經太濫，也太普通了——儘管我確實認為，我有一個自視為不比常人的傲氣的丈夫。想要我提醒你嗎？你曾經發誓把我的幸福當做你一生的目標。而你都不能真正確定我是否幸福，因為你甚至都沒問問我是不是還存在。」

這一切都不可能似的一起朝他湧來，他真切地感到它們是一種痛。她的話是一種乞求，他心想，感覺到了愧疚陰暗灼熱的湧動。他感到了憐憫——冷冷的、沒有感情的、醜陋的憐憫；他感到了隱隱的怒氣，如同他竭力壓抑著在極度厭惡下喊出的聲音：為什麼我要去應付她扭曲的謊言？為什麼我要為了憐憫而忍受折磨？為什麼要我來扛起這無望的重負，去保留這種我無法知道或明白、猜不出來、而她也不會承認的情感？如果她愛我的話，這個可惡的膽小鬼為什麼不說出來，好讓我們能把它攤開來去面對？他聽到了另外一個更響亮的聲音，語調平平地說道：不要把罪責轉嫁到她身上，這是所有懦夫最慣用的伎倆了——你有罪——無論她做了什麼，都比不上你的罪責——她是對的——知道了她才是對的，是不是讓你很受苦？那就讓你這個姦夫受苦去吧——她才是對的！

「什麼能讓你幸福，莉莉安？」他悶聲問道。

她笑了，放鬆地向後靠在椅背上；她一直在專注地觀察著他的表情。

「哎呀，親愛的！」她像是很無趣地說，「這是不擇手段的律師才會問的問題，是個漏洞，是逃避的條款。」

她站起身，雙臂隨著肩膀一聳，便放了下來，楚楚可憐地用輕柔而優雅的姿勢伸展著身體。

「什麼能讓我幸福，亨利？這應該是你來告訴我的，應該是由你去為我發現。我不知道。你應該去把它創造出來，然後給我。那是你的職責，你的義務，你的責任。不過，你不是第一個不履行承諾的男人，這是所有債務中最容易被賴掉的。哦，對於運給你的鐵礦石，你從來不會賴帳不還，你逃避的只是生活上的義務。」

她隨意地在房間內走動著，黃綠色的裙襬如長長的波浪一般，在她的身旁起伏著。

「我知道做出這樣的要求不合實際，」她說，「我沒有把你做抵押，沒有擔保，沒有槍，沒有鎖鍊。我對你沒有一點控制權，亨利——有的只是你的名譽。」

他站在那兒看著她，似乎用了他所有的努力使目光停留在她的臉上，一直看著她，忍受他看到的一切。「你想要怎麼樣？」他問。

「親愛的，如果你真的希望瞭解我想要什麼的話，有很多東西是你自己都能猜出來的。比如說，如果你幾個月來總是這麼明顯地迴避我，我難道不想知道原因嗎？」

「我一直很忙。」

她聳了聳肩：「妻子應該是她丈夫生活中最先關心的——即使是在你發誓放棄其他一切時，這一切還不包括煉鋼爐——我沒有感覺到這點關心。」

她走上前來，臉上那饒有趣味的笑容像是在戲弄著他們兩人，伸出手臂纏住了他。

如同一個年輕的新郎在被妓女主動接近後，所做出的迅速、本能而兇猛的反應一樣，他掙開她的手，把她推到了一邊。

他被自己野蠻的反應驚得呆立在原地。她瞪著他，沒有神祕，沒有做作，沒有保護，只是一臉的迷亂，她萬萬沒有料到會是這樣。

「對不起，莉莉安……」他的聲音很低，帶著誠懇和痛苦。

她沒有回答。

「對不起……我只是太累了，」他又加上一句，聲音死氣沉沉。他被三重謊言給擊垮了，其中一個是讓他難以面對的背叛，它不是對莉莉安的背叛。

她乾笑了一聲：「哦，假如工作對你產生的是這樣的效果，我會支持的。請原諒我，我只是想盡自己的本分而已。我還以為你是個超越不了原始動物本能的好色之徒，我可不是像那些有動物本能的妓女一樣。」她不假思索、心不在焉地把這些話乾巴巴地一口氣說完。她的心裡有了一個疑問，正苦索地尋找著答案。

她說的最後一句話讓他突然面對著她，簡單地、直直地面對著她，再不是被動抵擋的樣子，「莉莉安，你活著的目的是什麼？」他問道。

「這麼愚昧的問題！文明人根本不會問這種問題。」

「哦，那麼文明人是怎樣生活的？」

「也許他們不會企圖去做任何事。那才是他們開竅了呢。」

「他們怎麼打發時間呢？」

「他們肯定不會把時間花在造下水管道上。」

「告訴我，你為什麼老是發這些牢騷？我知道你看不起下水管，這你早就說過了。你的輕蔑對我沒有任何意義。為什麼還老重複這些？」

令他不解的是這話一下子擊中了她，他不清楚是怎麼回事，但他知道這話起了作用。他感到奇怪的是，他為什麼絕對有把握地覺得，這才是應該要說的話。

她冷冷地問道：「幹嘛突然問這個？」

他簡潔地答道：「我想知道是不是有什麼東西是你真正想得到的。如果有的話，只要我能夠，我想把它給你。」

「你想買嗎？你只知道花錢買東西。這樣你心裡就容易過得去了，對嗎？錯了，沒那麼簡單。我想要的東西不是物質上的。」

「是什麼？」

「你。」

「你什麼意思，莉莉安？你不是說肉體上的吧。」

「不，不是肉體上的。」

「那，是什麼？」

她站在門口，轉過身，抬頭看著他，冷笑著。

「你不會明白的。」她說了這句話，便走了出去。

依然折磨他的，是他知道她永遠不想離開他，而他永遠不會有離開她的權利——是想到他至少虧欠著對她的憐憫之情的最微薄的認可，對一種他既不能理解也無法回報的感情的尊重——是知道他從她身上找不出蔑視之外的任何東西，這種奇怪、徹底、沒有道理的蔑視，是可憐、責備，以及他自己對公正的乞求都無法代替的——還有，也是最難忍受的，就是那股強烈的高傲，它在反抗著他自己的結論，反抗著他比自己所瞧不起的女人更下流的想法。

隨後，他不再把它當回事了，這一切都消逝得遠遠的，剩下的只是他願意去忍受一切的念頭，留給他的是一種既緊張又平靜的狀態——因為他躺在床上，臉緊緊地貼向枕頭，想著達格妮，想著她苗條敏感的身體在他身邊張開，在他手指的觸摸下顫抖。他希望她回到紐約，這樣，他就會在此時的深夜立刻趕過去。

$

洛森坐在他的辦公桌前，彷彿那是主宰著下面陸地的轟炸機的控制板。不過他有時會想不起這一點，便沒精打采地坐著，西裝下面的肌肉鬆懈，好像他在對著這世界生悶氣。嘴巴是他的身體上一塊任何時候都繃不緊的部位，彆扭地凸顯在他的瘦臉上，吸引著聽他講話的人的視線：當他講話時，下嘴唇不停地動，潮濕的唇肉被扭動得生生地歪了過去。

「我對此並不慚愧，」洛森說道，「塔格特小姐，我想告訴你，我對過去擔任麥迪森社區國民銀行總裁的那段職業生涯毫不慚愧。」

「我沒提過慚愧不慚愧的事。」達格妮冷冷地說。

「道德的罪責和我根本扯不上邊，因為我所有的一切，都隨著那家銀行的毀滅而失去了。我覺得我應該對做出這樣的犧牲而感到驕傲。」

「我只是想問你一些關於二十世紀發動機公司的問題——」

「我會很樂意回答任何問題，我沒有什麼好隱瞞的，我問心無愧。如果你認為這個話題會讓我難堪，你就錯了。」

「我想瞭解的是在你提供貸款的時候，當時那些工廠業主的情況——」

「他們一點問題都沒有，不過，當然啦，那是一樁很值得去冒的風險，我是在用普通人的說話方式，而不是你從銀行家那裡習慣聽到的冷冰冰的談論錢的語言。我把購買工廠的錢貸給他們是因為他們需要。如果人們需要錢，對我來說就是足夠的理由了，需要就是我的標準，塔格特小姐。需要，而不是貪婪。我的祖先們開這個社區國民銀行只是為他們自己聚斂財富。我用他們的財富服務於一個更高的理想。我不坐在錢堆上向需要錢的窮人索取擔保。人心就是我的擔保。當然，在這個物質就是一切的社會，我不指望誰能瞭解我。我得到的報償不是塔格特小姐你這個階層的人所認同的。人們過去在銀行裡坐在我桌前的時候，可不是像你這種坐法的，塔格特小姐。他們是厚道、猶豫、小心翼翼、不敢說話的。我的回報就是他們眼中感激的淚水、顫抖的聲音、保佑的祝福和拿到貸款後吻我手的那位婦人——她求遍了其他所有地方，都無濟於事。」

「能不能請你告訴我這家發動機工廠業主們的姓名？」

「那家廠對當地很重要，絕對是不可或缺的。我有充分的理由貸出那筆款。它為成千上萬沒有其他生活途徑的工人提供了就業機會。」

「工廠的那些人裡，你有沒有認識的？」

「當然了，他們我都認識。我感興趣的是人，不是機器。我關心的是企業裡人的一面，不是收銀機的那一面。」

她急切地從桌上探過身子，問：「你認不認識在那兒工作的工程師？」

「工程師？不，不，我可比那要平民得多。我感興趣的是真正的工人，普通人，他們看到我都能認出來。我以前到車庫裡，他們就揮著手喊，『你好，金。』他們就是這樣招呼我——金。不過我肯定你不會對這些感興趣。這些都是過去的歷史了。假如你現在來華盛頓真是為了和我談你鐵路公司的事」——他一下子坐直了身體，恢復了操縱轟炸機的神態——「我不知道是否能答應你任何特殊的考慮，因為我必須把國家利益放得高於任何私人特權或利益——」

「我來不是和你談我的公司的，」她困惑地看著他，「我沒興趣和你談論我的公司。」

「沒有嗎？」他聽起來有點失望。

「沒有。我來是想瞭解發動機工廠的情況。你能不能想起任何一個曾在那裡工作的工程師的名字？」

「我想我從沒問過他們的名字。我對辦公室和實驗室的那些寄生蟲從不關心。我關心的是真正的工人——那些手上長著老繭、維持工廠運轉的人。他們才是我的朋友。」

「你能給我幾個他們的名字嗎？誰的名字都行，任何一個在那裡工作過的人？」

「親愛的塔格特小姐，時間太久了，那兒曾有成千上萬的人，我怎麼會記得住？」

「你難道一個都想不起來嗎，任何一個？」

「我肯定想不起來。我的生活裡充滿了這麼多的人，不可能記得大海裡的一滴水。」

「你熟不熟悉工廠裡的生產，以及他們所做的工作——或者計畫？」

「當然。我對我所有的投資都有自己的興趣。我經常去考察那家廠，他們做得特別出色，是在完成奇蹟。工人的住房條件是全國頂尖的。我在每一扇窗戶上都見到過繡花窗簾，窗台上都有花。每家都有一塊地用來做花園。他們為孩子們建了一所新的校舍。」

「你瞭解工廠實驗室的任何情況嗎？」

「是啊是啊，他們有一個很棒的實驗室，非常先進，非常活躍，很有前瞻性，計畫得很好。」

「你……記不記得或聽說過任何有關……生產一種新式發動機的任何計畫？」

「發動機？什麼發動機，塔格特小姐？我沒功夫留心這些細節。我的目標是社會的進步，世界的繁榮，人類的友誼和愛。愛，塔格特小姐。這是一切的關鍵。假如人學會了彼此去愛，他們所有的問題就解決了。」

她轉過了臉，不想去看他濕答答的嘴在那兒蠕動。

辦公室一角的架子上放著一塊刻有埃及象形文字的石頭——壁櫥裡擺著一個印度的千手觀音——牆上掛了一幅巨大而讓人眼花繚亂的數學圖表，像是郵購商的銷售表。

「因此，如果你想的是你的鐵路公司，塔格特小姐——你當然是在構想著幾種發展的可能性——我必須告訴你，雖然國家的幸福是我首先要考慮的，而且我會毫不猶豫地犧牲任何人的利益，但我從沒拒絕去聽那些乞求仁慈的呼聲和——」

她看著他，明白了他在她身上的企圖，明白了他這一套後面的動機。

「我不想談鐵路公司的事，」她竭力使自己的聲音平淡得沒有任何起伏，而這同時她卻噁心得想大叫出來，「你要談這件事的話，請和我的哥哥，詹姆斯．塔格特去談吧。」

「我想，在這種時候，你是不會放過一個難得的機會來為你自己辯護的——」

「你是不是保存了與發動機工廠有關的任何紀錄？」她坐得筆直，兩手緊緊扣在一起。

「什麼紀錄？我記得告訴過你，我所有的一切都在銀行毀掉的時候失去了。」他的身體又一次癱軟了下去，興趣也消失了。「但我不在乎，我失去的只是物質財產。我又不是歷史上頭一個為了理想受苦的人，我被身邊那些人自私的貪欲打敗了，在一個到處都是賺錢斂財者的國家，我只想在一個小小的州裡建立起友愛的社會都辦不到。這不是我的錯，但我不會被他們打倒的，誰也阻止不了我，因為有幸能夠為大家服務，我現在是在一個更大的領域裡鬥爭。紀錄，塔格特小姐？當我離開麥迪森的時候，留下的紀錄都銘記在了那些以前從沒有過半點生機的窮人的心中。」

她一個多餘的字也不想說了，但那個擦洗台階的女傭總在眼前出現，她無法止住自己，「從那以後，你又到過那一帶嗎？」她問。

「這不是我的過錯！」他咆哮著，「這是那些富人的過錯，他們仍然有錢，卻不願意犧牲它來挽救我的銀行和威斯康辛州的人民！你不能責備我！我的一切都失去了！」

「洛森先生，」她克制著自己，「你或許還記得曾經擁有那家工廠的公司主人的名字？就是你同意貸款的那家公司。它是叫合併服務公司，對吧？總裁是誰？」

「哦，他呀？是的，我記得他。他叫漢薩克，是個非常難得的年輕人，受了很大的打擊。」

「他現在在哪裡？你知道他的地址嗎？」

「當然——我想他是住在奧勒岡的什麼地方，奧勒岡的格蘭治村。我祕書會給你他的地址。可我不覺得這有什麼意思……塔格特小姐，如果你是想去見莫奇先生，那我告訴你，莫奇先生很器重我的意見，比如對於鐵路和其他的……」

「我對見莫奇先生沒有興趣。」她說著便站起身來。

「可是，我不明白……你來這裡真正的目的是什麼？」

「我想找一個以前在二十世紀發動機公司工作過的人。」

「你為什麼要找他？」

「我想讓他在我的鐵路公司工作。」

他兩手一攤，顯出一副難以置信和有點生氣的樣子：「在這種關鍵時刻，你還浪費時間去找一個雇員？相信我吧，你公司的命運更多的是要依靠莫奇先生，而不是任何一個你要找到的雇員。」

「再見。」她說道。

她已經轉身要走的時候，他開口了，話音急迫而尖厲：「你沒有任何權利瞧不起我。」

她停下來看了看他，說：「我沒有表示過任何意見。」

「我太無辜了，因為我失去了我的錢財，我為了一個良好的願望而失去了我自己的錢財，我的目的是純潔的，我自己什麼都不想得到，從沒為我自己撈任何東西。塔格特小姐，我可以自豪地說，我一輩子從來都沒有謀過利！」

她的聲音平靜、沉著而嚴肅：

「洛森先生，我應該告訴你，所有人說的話裡，這是我認為最卑劣的一句。」

$

「我從來就沒機會！」漢薩克說道。

他坐在廚房中央，桌旁全是亂七八糟的紙片。他需要刮刮鬍子，他的襯衫需要洗一洗。很難判斷出他的年紀：他腫胖的臉上平滑而空白，沒有風霜，灰色的頭髮和模糊的眼睛看來像是被疲勞累垮了。他四十二歲。

「沒有人給過我機會，但願他們見到我現在這副樣子就能滿意了。但是，別以為我不知道，原本天生就屬於我的權利都被騙走了。別聽信他們吹噓他們有多好心。他們是一群臭不可聞的偽君子。」

「是誰？」達格妮問。

「所有人，」漢薩克說，「人的內心裡面全都是畜生，裝什麼都沒用。正義？哈！看看吧！」他的手向周圍一掃，「像我這樣的人居然落到這步田地。」

窗外，正午的日光宛如灰沉的薄暮，籠罩著蕭瑟的房頂和光禿禿的樹梢，這個地方既非鄉村，卻也永遠趕不上城市的模樣。暮色和濕氣似乎浸透了廚房的牆壁，一疊早餐的盤子堆在水池內；爐子上燉了一口鍋，飄著一陣陣廉價的肉所發出的肥膩的味道；一架灰塵滿面的打字機埋在桌上的紙堆裡。

「二十世紀發動機公司，」漢薩克說道，「是美國歷史上最響亮的名字之一。我是那家公司的總裁，我擁有那家工廠，但他們卻不給我機會。」

「你不是二十世紀發動機公司的總裁，對吧？我想你應該是那家叫做合併服務公司的老闆？」

「對，對，這是一樣的。我們買下了他們的廠。我們打算做得和他們一樣好，甚至更好。我們有同樣的能力。那個傑德．史坦斯究竟又算得了什麼呢？不過是個鄉下修理工罷了──你知不知道他就是這麼起家的？──一點背景都沒有。我家曾經是紐約的四百個大家族之一。我爺爺是國會的成員之一。我父親送我上學時買不起車給我，那可不能怪我。所有其他的男孩子都有車，我家的名望和他們都是一樣的。我上大學的時候──」他突然大叫道，「你說你是從哪家報社來的？」

她說過自己的名字；不知為什麼，她很高興他沒有認出她來，而她也有意不說明。「我沒說我是從報社來的，」她回答說，「由於我個人的原因，我想瞭解那家發動機工廠的一些情況，並不是為了出版。」

「哦，」他看起來有些失落，沉著臉繼續說下去，彷彿她是故意冒犯了他而有罪一樣。「我覺得你是提前來採訪的，因為我正在寫我的自傳。」他指了指桌子上的紙，「而且我有很多想說的。我想──哦，糟糕！」他像是想起什麼似的忽然叫道。

他衝到爐子前，掀起鍋蓋，恨恨地攪了攪燉著的東西，根本不在意自己的這些舉動。他把濕濕的湯匙朝爐子上一扔，也不去管油湯會滴進煤氣爐裡，就回到桌旁。

「是啊，如果誰給我機會的話，我就要寫自傳，」他說，「我不得不去忙這種事的時候，怎麼能把精力集中到重要的工作上呢？」他朝爐子那邊晃了晃腦袋。「朋友，哈！那些人這麼想只是因為他們拉我下水，像剝削中國勞工那樣剝削我！就因為我沒別的地方可去，我過去的這些好朋友們，他們可是輕鬆了。他在家裡連一個手指頭都不動，只會整天坐在他的店裡，那個小破文具店──它的重要性能和我正在寫的這本書相比嗎？而她出去逛商店，讓我替她看著燉鍋。她知道寫作的人需要安靜和注意力集中，可她在乎嗎？你知道今天她幹了什麼嗎？」他神祕地將身體從桌子另一邊俯過來，指著池子裡的盤子，「她去逛市場，把早晨的盤子都留在池子裡，想讓我洗。哼，我要氣氣她，就留它們在那裡，一動不動。」

「能不能允許我問幾個有關發動機工廠的問題？」

「別把那家發動機工廠想成是我生活裡唯一的東西。我以前擔任過許多重要的職務。我在不同的階段與生產手術器械、紙箱、男士帽子和吸塵器的企業，都保持聯繫。當然，那些玩意沒給我帶來什麼機會。不過發動機廠——那才是我的一次好機會。我等的就是這個。」

「你是怎麼收購它的？」

「它註定就是我的，是我的夢想成真。那家工廠被關閉了——是破產。傑德·史坦斯的後代很快就經營不下去了。我不清楚到底是因為什麼，不過裡面一直有些事不太對勁，所以那個公司就破產了。鐵路公司的人把他們的支線停了，那地方沒人想要，沒人出價去買。可這是一家好廠啊，所有的設備，所有的機床，所有讓傑德·史坦斯發財致富的東西都在，那就是我想要的，那種屬於我的機會。因此我找了幾個朋友，一起組成了合併服務有限公司，籌了點錢。不過我們的資金不夠，需要貸款來啟動。這個投資絕對穩當。我們是開創偉大事業的年輕人，對未來充滿了熱情和希望。但你認為會有人支持我們嗎？沒有。那些貪婪的特權人物才不會！沒有人支持我們開工廠，我們又怎麼能成功？我們沒辦法去和那些把全部生產廠家都繼承下來的小開們競爭，對吧？我們是不是也應該享受同樣的權利呢？噢，別跟我提什麼正義了！我就像狗一樣拚命去找人給我們貸款，可是麥達斯·穆利根那個混蛋卻勒索我們。」

她坐直了身體，「麥達斯·穆利根？」

「是啊——一個長相和做事都像卡車司機的銀行家。」

「你認識麥達斯·穆利根？」

「我認識他？我是唯一揍過他的人——並不是因為這能給我帶來什麼好處！」

她忽然奇怪地感到心神不安，並納悶起來——正像她對在海上發現漂流遺棄的船隻，或者不知來自何處的光束射向天空感到好奇一樣，她對於穆利根的消失也充滿了好奇。她不明白自己為什麼覺得非要去解開這些謎，唯一的理由就是這些神祕根本就與神祕無關：它們不可能是無緣無故的，但已知的原因又都無法解釋它們。

麥達斯．穆利根一度是全國最富有，也因此最受譴責的人。他的投資從來沒賠過錢，簡直是點石成金。「那是因為我知道該去碰什麼。」他說。他的投資方式讓人捉摸不定：他拒絕做那些被認為是毫無風險的交易，卻在其他的銀行家都不會碰的風險項目上投入鉅資。長久以來，他成為槍上的扳機，把一發又一發出人意料、嘆為觀止的取得商業成功的子彈射向全國各地。是他在里爾登合金剛起步時就注入了資金，里爾登因此得以完成對賓州一處廢鋼廠的收購。有位經濟學家曾稱他為厚顏無恥的賭徒，穆利根則說：「你永遠富裕不起來的原因，就是你認為我在賭博。」

人們傳說，要想和穆利根做生意，必須遵守某種不成文的規定：假如貸款的申請者流露出半點個人需要或個人感情，見面立即結束，他就再也沒有和穆利根先生講話的機會了。

「哦，我當然可以了，」當穆利根被問到他還能不能找出比沒有同情心更惡毒的人時，他回答道，「利用別人的同情的人。」

在他漫長的職業生涯中，他向來對輿論的攻擊置之不理，只有一次例外。他的原名叫麥克，一個人道主義團體的專欄作者，給他起了個綽號叫麥達斯．穆利根（譯註：麥達斯為希臘神話人物，被賦予了點石成金的神力）之後，這名字便成為一種侮辱，甩也甩不掉。於是穆利根便走上法庭，請求正式將他的名字改為麥達斯，這項請求得到了批准。

在那些與他同時代的人們看來，他犯下了無法饒恕的罪惡：他以財富為榮。

這些就是達格妮聽說的有關穆利根的事情，她從未見過他。七年前，穆利根突然消失了。有一天早晨，他離開了家，從此杳無音訊。第二天，穆利根銀行的儲戶們收到了通知，要他們把錢全部取走，因為銀行即將停業。隨後進行的調查發現，穆利根事先就策畫好了詳細到以分鐘計算的停業安排，他的雇員們只是奉命執行而已。這是全國上下所見到過的最井然有序的銀行行動。每一位儲戶收到的存款精確到了實際應付利息的最後一位小數點，所有銀行的資產都被分散賣給了不同的金融機構。最後核帳時，發現收支正好相抵，只多出了幾分錢，穆利根銀行什麼都沒留下，從此消失。

有關穆利根的動機、去向或者他的萬貫財產，全無線索。這個人連同他的財富消失得彷彿從來就不曾存在過一樣。他的這項決定沒有警告過任何人，也找不到任何事情能夠對此做出解釋。人們曾經猜想，假如他打算退休的話，為什麼不把他所有的一切高價賣出——這他完全可以做到，但卻選擇毀掉了呢？沒人知道答案。他沒有成家，沒有朋友，他的傭人們什麼都不知道：他那天早上像平常一樣出了門，然後沒回來，就是這樣。

達格妮曾經不安地想過很多年，穆利根失蹤這件事裡有著某種不可能的成分。這如同是紐約城裡的一幢摩天大廈，在一夜之間消失一空，除了在街角剩下的一塊空地，什麼都沒留下。像穆利根這樣的人，以及他帶走的這筆財富，什麼地方都藏不住。一幢摩天大廈不可能就沒了，一定會在它選擇藏身的平原或森林裡高高地聳立著；即使被毀掉，留下的成堆廢墟也不會不被發現。但穆利根的確是不見了——從此以後的七年間，儘管有許多謠言、猜測、推理、號外消息，以及在世界各地自稱親眼見過他的人，卻沒發現任何線索能夠形成令人信服的解釋。

在眾多傳聞中，有一個簡直離譜得荒謬，達格妮卻相信那是真的：穆利根的天性是任何人都無法憑空編造的。據說在他失蹤的那個春天的早晨，最後見過他的人是一個在芝加哥的街角、穆利根銀行旁邊賣花的老婦人。她敘述說他停了下來，買了一束當年最早的風信子；他一臉的快樂是她從沒見過的，有著年輕人那種奔向眼前燦爛無阻的生活的神情；傷痛和緊張的烙印，歲月在人臉上的沉積全都一掃而光，留下的只是喜悅的憧憬和安詳。他似乎是心血來潮般地拿了一束花，向老婦人眨了眨眼，似乎要和她分享一個開心的笑話。他說：「你知道我一直有多愛它嗎——充滿了活力？」她困惑地瞪著他，而他則拿著花像小球一樣在手裡拋來拋去，然後走開了——一副寬闊挺拔的身材，罩在一件沉穩而價格不菲的大衣內，迎著在辦公樓窗戶上閃爍發光的春日，走向遠離辦公樓群的遠方。

「麥達斯．穆利根是個心已經被金錢的符號蓋上戳印的惡棍，」在燉鍋冒出的嗆人臭氣裡，漢薩克說，「我全部的未來都指望這可憐的五十萬元，這對他不過是九牛一毛，但我申請貸款時，他很乾脆地就拒絕了——只是因為我沒什麼可以用來做擔保。沒人給我好機會的話，我怎麼能存下來任何可以做擔保的東西呢？他為什麼把錢借給別人，而不給我？這是赤裸裸的歧視。他甚至連我的心情都不顧及——說我過去失敗的紀錄讓我連擁有賣菜的推車的資格都沒有，更不用提發動機工廠了。什麼失敗？那麼多無知的食品商對我的紙箱不合作，我又有什麼辦法。他憑什麼來判斷我的能力？我自己的未來為什麼要依賴一個自私壟斷專制的人的意見？我才不會忍這口氣呢，我就去告他了。」

「你做了什麼？」

「嗯，沒錯，」他得意地說，「我起訴了。我知道對於你們那些死板的東部各州來說，是有些奇怪，但伊利諾州有非常人道、非常進步的法律，在這個法律下，我可以告他。我得說那是這類案子裡的頭一例，但我有個非常聰明和開明的律師，為我們找到了打官司的辦法。那是一個經濟緊急法案，規定凡涉及人的生計，禁止以任何理由和方式歧視任何人。那是用在保護勞工的工作，但也能用在我和我的合夥人身上，對吧？我們就上了法庭，作證聲明我們過去所受的打擊，我援引了穆利根所說的我連賣菜推車都不能有的那句話，我們證明所有合作服務有限公司的成員都沒有名望，沒有信用，沒有謀生的方法——因此，購買發動機工廠就是我們謀生的唯一機會——因此，麥達斯．穆利根無權歧視我們——因此，我們有權依據法律要求他貸款。噢，我們的案子絕對是完美無缺的，但負責審理的是納拉岡賽特法官，是法律界裡一個保守得不食人間煙火的老傢伙，像數學家那樣算計，從來就不近人情。在審判過程中，他從頭到尾就像一座大理石像一樣坐著。最後，他讓陪審團拿出了一份宣佈麥達斯．穆利根勝訴的判決——而且他還對我和我的同伴們嚴加斥責。但是我們向上級法院上訴——上級法院更改了判決，下令穆利根按我們的條件貸款。他有三個月的時間履行判決，但三個月快到的時候就出了事，誰也料不到，他和他的銀行全都蒸發了。銀行沒有一分錢能讓我們收回應得的權益。我們白費了許多錢雇用偵探，想找到他——誰又不想呢？——但我們還是放棄了。」

不——達格妮想——不，儘管這事讓她覺得噁心，但這個案子並不比穆利根多年來承受的其他任何一件事糟糕多少。他在類似的法律判決下承擔了很多損失，種種的規定和法令讓他損失了比這多出許多的錢財；他忍受著這些，更加拚命地去抗爭和工作；像這樣的一件案子不太可能把他打倒。

「納拉岡賽特法官後來怎麼樣了？」她極不情願地問道，心裡在想是什麼樣的下意識讓她問出了這句話。她對納拉岡賽特法官所知甚少，不過她聽說過，並記住了他的名字，因為這個名字絕對是北美大陸所獨有的。此時，她忽然意識到已經有好幾年沒聽到他的消息了。

「哦，他退休了。」漢薩克回答。

「真的？」她幾乎是驚呼著問道。

「是啊。」

「什麼時候？」

「哦，大約退休六個月了吧。」

「他退休之後做什麼？」

「我不知道，我想從那以後沒人聽到過他的消息了。」

他奇怪她為什麼看起來像是很害怕。令她感到恐懼的其中一部分，就在於她也說不清其中的原因。

「請講一講發動機工廠的事情吧。」她努力地說出這句話來。

「呃，麥迪森社區國民銀行的洛森，終於把買工廠的貸款給了我們——但他是個麻煩的吝嗇鬼。他沒有足夠的資金支撐我們徹底做完，在我們破產的時候幫不上忙。那不是我們的過錯。從一開始所有的事情就都和我們唱反調，我們沒了鐵路線還怎麼經營這家工廠？難道我們不該有鐵路嗎？我爭取過讓他們重開這條支線，可是那些混帳的塔格特公——」他停住話，「哎，你不是塔格特家的吧？」

「我是塔格特公司的營運副總裁。」

有好一會兒，他茫然發呆地瞪著她；從他含混不清的眼睛裡，她看到了恐懼、諂媚和仇恨交織在一起的掙扎。最終是一聲突如其來的咆哮：「你們這些大人物我一個都不需要！別以為我會怕了你，別指望我求你給份工作，我誰都不求。我肯定你不習慣聽到別人和你這麼講話，是不是？」

「漢薩克先生，如果你能把我需要的工廠情況告訴我，我將十分感謝。」

「你現在感興趣有點晚了。怎麼了？你的良心讓你不安了嗎？你們這些人讓傑德．史坦斯靠那家工廠發了不義之財，卻一點機會也不給我們。還是那家廠，我們做的和他一樣，我們一開始就是生產那種他過去最賺錢的發動機。然後一個從沒聽說過的新人在科羅拉多開了個小破廠，叫尼爾森發動機工廠，推出了和史坦斯的型號相同級別的新發動機，卻是一半的價格！我們也沒辦法，對吧？史坦斯一切都順利，他那時候沒有冒出有殺傷力的競爭對手，可我們該怎麼辦？沒人把能夠和他競爭的發動機給我們，我們怎麼打得過尼爾森？」

「你接管了史坦斯的研究實驗室嗎？」

「是啊，是啊，那個是還在，所有東西都在。」

「他的員工也在嗎？」

「哦，有一部分吧，很多人在工廠關門後就走了。」

「他的研究人員呢？」

「他們都走了。」

「你雇過自己的研究人員嗎？」

「是啊，是的，有一些——不過我告訴你吧，我資金緊張得連氣都喘不過來，就沒那麼多錢花在實驗室上面。我甚至連必要的現代化和重新裝修欠下的帳單都沒辦法付——從人的效率觀點來看，那個工廠實在是太丟臉和落伍了。總裁辦公室裡是沒粉刷過的灰泥牆和一個小洗手間，任何一個現代心理學家都會告訴你，誰也不可能在這樣壓抑的環境裡發揮出最大的效率。我不得不把我的辦公室粉刷成明快的色調，做出一個漂亮而現代化的、附浴室的洗手間。這還不算，我花了很多錢為工人蓋了一個新的餐廳、一間遊戲室和洗手間。我們得講道德，對吧？每個受過教育的人都知道，人是被生活環境裡的物質因素塑造成的，人的內心要靠勞動工具來形成。可是他們卻等不及經濟決定一切的法則在我們身上實現。我們以前從沒經營過發動機工廠，必須要讓這些工具慢慢去磨合我們的內心，對吧？但是，誰都不給我們一點時間。」

「你能說說研究人員的工作情況嗎？」

「哦，我的那群年輕人都很有希望，他們都有頂尖大學的畢業證書。不過，這些並沒給我帶來什麼效益。我不清楚他們在做些什麼。我認為他們只是成天坐著混工資。」

「你的實驗室由誰負責？」

「嗨，我現在怎麼可能還記得？」

「你還能不能想起哪一個研究人員的名字？」

「你覺得我會有時間親自去見每一個雇員嗎？」

「他們當中有沒有誰向你提到過關於……關於一種全新的發動機的試驗？」

「什麼發動機？我跟你說吧，像我這種地位的老闆是不會泡在實驗室裡的。我把大部分時間都花在了紐約和芝加哥，去盡力籌錢維持這個廠。」

「誰是工廠的總經理？」

「他叫卡寧漢，非常能幹。去年死於一場車禍，據說他是酒醉駕車。」

「你能告訴我任何一個你合夥人的姓名和地址嗎？任何一個你能想起的人？」

「我不知道他們都怎麼樣了，我沒心情去盯著這些事。」

「你保存了任何工廠的紀錄沒有？」

「當然有了。」

她急切地說：「能讓我看看嗎？」

「那還用說！」

他看來很急於滿足她的要求，馬上起身跑出了房間。他回來後放在她面前的是一本厚厚的剪報冊子：

裡面蒐集著報紙對他的採訪，和他發佈的新聞稿。

「我也曾經是有名的企業家之一呢，」他得意地說著，「你看，我是個全國有名的人物，我的人生可以寫成一部具有深刻人文意義的書。如果有合適的工具，我早就寫好了。」他氣惱地在打字機上重重地一拍，「我沒有辦法用這破玩意工作，它會跳格。我怎麼可能用一台跳格的打字機獲得靈感，寫成一部暢銷書呢？」

「謝謝你，漢薩克先生，」她說，「我想你能告訴我的就是這些了——」她站起身，「想必你不會知道史坦斯的後代後來怎麼樣了？」

「哦，他們廢棄了那家工廠後，就跑掉躲起來了。他們是兩個兒子、一個女兒，一共三個人。最後一次我聽說的是，他們隱姓埋名住在路易斯安那州的杜蘭斯。」

她轉身離去時最後看了漢薩克一眼，只見他突然蹦了起來，衝到爐前，掀開鍋蓋，然後把它扔到了地上，他的手指頭被燙著了，嘴裡咒罵著；而那鍋燉肉已經焦了。

$

史坦斯的財富所剩無幾，留給下一代的就更少得可憐。

「塔格特小姐，你還是別去見他們了，」路易斯安那州杜蘭斯市的警察局長說道。他已經上了年紀，行動不快，但很果斷；神態間的痛楚並不是由於無端的怨恨，而是出自對嚴明的法律的忠誠。「這世上有各種各樣的人可以看，有殺人犯和犯罪狂——但不知怎麼回事，我認為體面的人不該去見史坦斯家的人。他們是很壞的那一類，塔格特小姐。病態，而且壞透了……是的，他們還住在城裡——我是說他們中的兩個。另一個死了，是自殺，那是四年前的事了，很噁心。他叫艾瑞克·史坦斯，是三個人裡最小的。他是那種早就四十多歲了，卻還沒完沒了地哀嘆自己的感情有多脆弱的人，用他的話說，他需要愛。只要找得到，他就依靠那些比他大的女人來養活他。後來他開始追一個十六歲的女孩子。那是個好姑娘，不願意跟他沾上關係，嫁給了一個已經和她訂婚的年輕人。在他們成婚那天，艾瑞克溜進了他們家。他們從教堂舉行的婚禮結束後一回來，就發現他在他們的臥室裡，死得很難看，割了手腕……我要說，也許一個安靜地殺死自己的人會得到寬恕，誰能對別人遭受的罪和他所能承受的極限亂下結論呢？但這個殺死自己，為了傷害別人而拿自己的死去作秀的人，這個把生命給了惡毒詛咒的人——對他沒有寬恕，沒有藉口。他是爛到底了，他的下場是人們一想到他就會唾棄，而不是像他希望的那樣為他感到惋惜和悲痛……哼，這就是艾瑞克。如果你希望的話，我可以告訴你那兩個人住在哪裡。」

她在一家廉價旅社內找到了傑拉德·史坦斯，他躺在一張簡單的小床鋪上，半蜷著身體。他的頭髮依舊是黑色，但下巴的白色鬍子卻像雜草一樣長在荒蕪的臉上。他喝得昏沉沉的，說話時不斷嘶啞地笑著，聲音裡始終帶著四處挑釁的惡毒。

「那個大工廠破掉了，就這麼回事，就這麼飄上去，然後破掉了。這讓你不舒服嗎？這工廠爛了，所有人都爛了，我應該要去求別人原諒的，可我不會。我才不在乎呢。它已經全都爛掉了，爛得發黑，人們還到處找東西去維持它，車輛、建築還有人，可是再怎樣都沒用了。你真應該瞧瞧我吹著口哨把一切像麵團一樣捏來捏去的時候，那些知識分子是怎麼倒來倒去的。教授、詩人、知識分子、救世主們以及宣稱博愛的人。不管怎麼樣，我還是吹著口哨好好地痛快了一次。我曾經想做些好事，但現在我不這麼想了，根本就不存在任何好的事物，在這個該死的世界上沒什麼好東西。如果我不想的話，就不會投資失敗，就這麼回事。你想瞭解工廠的事，就去問我姐吧。我那個好姐姐有個信託基金，別人動不了，所以她算是安全脫身了。儘管她現在也淪落到靠漢堡而不是美味的蛋黃醬煎肉片來度日，可她會給她哥哥一分錢嗎？她當初和我一樣積極地搞這個破滅了的完美計畫，但她會給我哪怕一分錢嗎？哈！去看看那位公爵夫人吧，好好地看看。那個工廠還有什麼可讓我在乎的？不過是一堆油膩膩的機器罷了。只要有杯酒喝，我可以把我所有的利益、要求和所有權都賣給你。我是史坦斯名下的最後一人了，這名字曾經多輝煌啊——史坦斯。我可以把它賣給你。你覺得我是個臭到家的懶骨頭，其他人，還有像你這樣的闊太太都一樣。我曾想過為人類做點貢獻。哈！但願他們都下油鍋，那就好玩了。我希望他們會窒息，那又怎麼樣？還能有什麼是大不了的？」

旁邊的另一張窄床上，一個滿頭白髮、滿臉皺紋的流浪漢，在睡夢中呻吟著翻了個身，一枚五分硬幣從他襤褸的衣衫裡滾落到地上。傑拉德把它拾起來放入自己的口袋內。他斜了達格妮一眼，臉上的皺紋現出怨毒的笑。

「打算把他叫醒找麻煩嗎？」他問，「如果你這麼做，我就會說你在撒謊。」

愛芙·史坦斯所住的小平房坐落在密西西比河畔的城市邊緣，有股怪異的氣味。懸垂的苔蘚和植物結成的灰白色網塊，看起來像是正淌著的口涎。狹小的房間裡掛了過多同一種式樣的窗簾，垂在凝固的空中。那怪味來自未經打掃的角落，和歪歪扭扭的東方神像腳下銀罐內燃燒著的香氣混合在一起。愛芙如同一尊大佛，坐在一隻枕頭上。在她那張年過五十的鬆懈黯淡的女人面孔上，是略彎而緊繃的嘴巴，那嘴巴像是不斷要被哄的小孩一樣，隨時會發怒。她的眼睛是一對死氣沉沉的水坑，說話的聲音像下雨時均勻滴落的雨滴一樣單調：

「小姐，我不能回答你的這些問題。研究實驗室？技術人員？我為什麼要記得那些？應該是我父親，而不是我，才會對這種事感興趣。我父親是個罪人，除了生意什麼都不關心。他的時間都花在錢上面，從來不會用於愛。我和我弟弟生活在另外一種思維空間，我們的目標不是去製造什麼小玩意出來，而是行善。我們給這個工廠帶來了一個嶄新的宏偉計畫。那是十一年前了。我們是被人類的貪婪、自私和原始的動物本性打倒了。這是精神與物質、靈魂與肉體之間永恆的矛盾。他們不會放棄肉體，而這就是我們對他們的唯一要求。那些人我誰都不記得，我根本不會在乎去記住他們……技術人員？我相信他們就是這個血友病的起因……沒錯，我就是這麼說：血友病——緩慢滲出、無法止住的失血。他們最先跑掉了，一個接一個地拋棄我們……我們的計畫嗎？我們是去實踐前人的高尚格言：從按各人能力，改為按各人需要。在工廠裡，從女傭人到總裁，都拿同樣的工資——基本的最低工資。每年兩次，我們都在一起開會，每個人把他的需要講給大家聽，大家對每個人的要求進行投票，根據大多數人的意見決定每個人的需求和能力，相應地將工廠的收入分發出去。根據需要產生獎勵，根據能力產生懲罰。那些需求得到投票最多的人就會分得最多，那些被投票認為沒有盡到最大能力去勞動的人，則要無償地加班作為懲罰。這就是我們的計畫，它是建立在無私的原則上，要求人們把兄弟間的友愛，而不是個人的索取作為動力。」

達格妮聽到了自己內心一個冷漠和執拗的聲音在說：記住它吧——好好記住——純粹的邪惡不是能常見得到的——看看吧——記住——有一天你會發現能揭示它本質的詞語……這個聲音之後，又響起了另一個在極度絕望中的叫喊：這不算什麼——這我以前聽到過——到處都在聽到——不過還是那老一套廢話而已——我怎麼就受不了呢？——我受不了它——我受不了！

「你怎麼了，小姐？你幹嘛這樣跳起來？你為什麼發抖？……什麼？說大聲點，我聽不見你說什麼……這個計畫是怎麼實行的？說一說這個我不會介意的。情況的確是相當惡劣，而且一年比一年糟，讓我對人性失去了信心。在四年內，一個不是用冷冰冰的精心算計，而是帶著心裡純粹的愛意構思出的計畫，被員警、律師和破產訴訟這些卑鄙的勾當給終止了。不過，我發現了自己的錯誤，不會再犯了。我已經受夠了這個充滿機器、製造商和金錢的世界，這個被物質奴役的世界。我正在像印度偉大的奧祕所啟示的那樣，學著釋放自己的靈魂，這是對肉體束縛的解脫，是對自然本性的戰勝，是靈魂對物質取得的勝利。」

透過憤怒那令人目眩的雪亮閃光，達格妮眼前出現了一截長長的混凝土：它曾是一條路，裂縫裡長出了雜草，還有一個手持耙犁、身體歪歪扭扭的人的身影。

「但是，小姐，我說過我不記得……我不知道他們的名字，我不知道任何姓名，我不知道我父親在那個實驗室裡嘗試過些什麼！你沒聽到我說的嗎？我不習慣被這樣提問……別老重複這問題。你難道只會說『工程師』這個詞嗎？你究竟有沒有聽我說？你是怎麼回事啊？我——我不喜歡你這張臉，你……別來煩我了。我不知道你是誰，從沒傷害過你，我是個老太太了，別那樣看著我，我……站回去！別靠近我，否則我要喊人了！我要……哦，對了對了，我認識那個人！那個總工程師，對了，他是實驗室的頭兒，對，威廉．哈斯亭，這是他的名字——威廉．哈斯亭。我記得。他去了懷俄明州的布蘭登，是在我們宣佈了計畫後的第二天辭職的。他是第二個辭職的……不不，我不記得誰是第一個了。他不是什麼重要人物。」

$

開門的婦人頭髮灰白，神態安詳，外表看起來非常整潔，達格妮打量了一下才發現，她穿的只是一條簡單的家居棉布裙。

「我能見一見威廉．哈斯亭先生嗎？」

婦人在難以覺察的停頓中看了看她，那眼神很怪，既帶有疑問又不失穩重：「請問你是誰？」

「我是塔格特公司的達格妮．塔格特。」

「哦，請進吧，塔格特小姐，我是威廉．哈斯亭的太太。」她所發的每一個音節都帶著適當的慎重，像是警告一般。她的舉止彬彬有禮，但沒有笑容。

這是一所普通的房子，坐落在一個工業城市的郊區。光禿禿的樹幹劃過明亮而寒冷的藍天，樹梢伸向房頂。客廳的牆壁是銀灰色的，陽光投在頂著白燈罩的水晶玻璃燈座上，在一扇開著的門裡面，是鋪好了白底紅點桌布的早餐台。

「你和我丈夫是在工作中認識的嗎，塔格特小姐？」

「不，我從沒見過哈斯亭先生。不過我想和他談一件極其重要的工作上的事。」

「我丈夫五年前去世了，塔格特小姐。」

達格妮閉上了眼睛，這凝滯、沉落的震驚，包含在她不須用言語來表達的結論當中：那麼，他就是她要找的那個人了，里爾登是對的，這就是為什麼那個發動機被扔在垃圾堆裡而沒有人去拿。

「我很抱歉。」她說道，既是對哈斯亭太太，也是對她自己。

哈斯亭太太臉上的一絲笑意凝結成了傷感，但那面孔裡不見悲慘的痕跡，只有一副堅毅、沉默、安詳的莊重神情。

「哈斯亭太太，能允許我問你一些問題嗎？」

「當然，請坐。」

「你知道一些你丈夫的科學研究工作嗎？」

「很少，應該是沒有。他在家從不談這些。」

「他曾經是二十世紀發動機公司的總工程師？」

「是的，他們雇了他十八年。」

「我本來是想問哈斯亭先生有關他在那裡的工作情況，以及他後來放棄的原因。如果你能告訴我的話，我想知道那家工廠發生了什麼事。」

悲傷的笑容和自嘲的幽默在哈斯亭太太的臉上流露了出來，「這是我自己也想知道的，」她說道，「不過，恐怕我永遠也無法瞭解了。我知道他為什麼離開工廠，那是因為傑德．史坦斯的子女在那裡施行的一項蠻不講理的計畫。他不願意在這種條件下、為這樣的人工作。不過，還有其他一些事。我總覺得二十世紀發動機公司發生過一些事，不過他不告訴我。」

「我非常急切地想瞭解你願意告訴我的任何線索。」

「我一點頭緒都沒有。我試過去猜想，但是放棄了。對此我無法理解和解釋，但我知道是有事情發生的。我丈夫離開二十世紀公司後，我們來了這裡，他當上了極限發動機公司的技術部門主管。當時這是個正在發展的很成功的公司，他們給了我丈夫一份他喜歡的工作。他不是一個經常內心苦惱的人，對他所做的一切總是很確定，心態平和。但在離開威斯康辛州後的整整一年裡，他像是被什麼東西折磨著，像是掙扎在一個他解決不了的個人問題之中。到了那年年底，他有天早晨告訴我說，他已經從極限發動機公司辭職了，他要退休，不再去任何其他地方工作。他熱愛他的工作，那是他的全部生活。但他看起來很平靜、自信和快樂，那可是我們來到這裡後的第一次。他不讓我去問他做這決定的原因。我沒有問他，也沒有反對。我們有這所房子，有積蓄，足夠今後平平常常地過日子。我從來就不知道他的原因是什麼。我們繼續在這裡過著安寧而非常快樂的生活。他似乎格外滿足，精神上非常平和，是我以前從沒見過的。他一切如常，只是有時會偶爾出去而不告訴我他去了哪裡，見了什麼人。在他生前的最後兩年，他每個夏天都外出一個月，沒告訴過我去了哪兒。除此以外，他一切和從前一樣。他鑽研了很多東西，在我們的地下室裡工作，把時間用在他自己的技術研究。我不知道他把他的筆記和實驗模型弄到哪裡去了，他死了以後，我在地下室找不到一點痕跡。他五年前去世了，是死於已經折磨了他一陣子的心臟病。」

達格妮不抱希望地問道：「你瞭解他實驗的情況嗎？」

「不，我對技術上的事懂得很少。」

「他的同行朋友或同事裡，你有沒有認識誰或許熟悉他的研究呢？」

「沒有。他在二十世紀發動機公司的時候，工作的時間很長，我們很少有在一起的時間，因此有時間我們總是在一塊。我們根本沒有社交生活。他從不把同事帶到家裡來。」

「他在二十世紀公司的時候，有沒有和你提到過他設計的一種發動機，一種能夠改變整個工業進程的全新發動機？」

「發動機？對，對，他說過幾次。他說那是一個重要性難以估量的發明。不過那不是他設計的，那是他一個年輕助手的發明。」

她看到了達格妮臉上的表情，然後緩緩地、怪異地補充了一句，話語中沒有責備，只是傷感地自嘲：「我明白了。」

「噢，對不起！」達格妮意識到她的心情都反映在了臉上，顯而易見的笑容像是如釋重負後的叫喊。

「沒事，我理解。你感興趣的是那個發動機。我雖然不清楚他是不是還活著，可我至少沒理由覺得他死了。」

「我會用半輩子來確定他還活著，並且找到他，就是這麼重要，哈斯亭太太。他是誰？」

「我不認識，我不知道他的名字以及他的任何情況。我從來不認識我丈夫手下的任何人。他只說過他有個年輕的工程師，早晚有一天會徹底改變這個世界。我丈夫只關心人的才能。我覺得那是他唯一喜愛過的年輕人。他沒那樣說過，但我從他一談起這個年輕助手的時候就看得出來。我記得——那天他告訴我那台發動機完成了——當他說這句話的時候，聲音是多麼地興奮：『他才二十六歲！』那大約是傑德．史坦斯去世前的一個月，從那以後，他再沒提起過那台發動機和那個年輕工程師。」

「你不知道那個年輕工程師的下落嗎？」

「不知道。」

「能不能建議一下怎麼去找他？」

「不能。」

「難道沒有任何頭緒和線索能幫忙找出他的名字？」

「沒有。你告訴我，那台發動機非常有價值嗎？」

「比我能給你的任何估計都更有價值。」

「這就怪了，因為，在我們離開威斯康辛州幾年後，我還想到過這件事，並且問我丈夫他提到過的那個偉大發明怎麼樣了，還要做些什麼。他看我的樣子很怪異，回答我說：『沒什麼。』」

「為什麼呢？」

「他不告訴我。」

「你能不能記起任何一個曾在二十世紀公司工作過的人？任何一個認識那個年輕工程師的人？他的任何一個朋友？」

「沒有，我……等等！等等，我想我能給你提供一條線索，我可以告訴你去哪裡找他的一個朋友。我甚至連那個朋友的名字也不知道，但我知道他的地址。這事說來蹊蹺，我還是來解釋一下。有天晚上，大概是我們來這兒兩年後，我丈夫要出去，而我那天夜裡要用車，他就讓我晚飯後到火車站的餐廳去接他。

他沒說是和誰一起吃晚飯。我開到車站的時候，看見他和兩個人站在餐廳外面。其中一個很年輕，個子高高的，另一個是上了年紀的，看起來卓越不凡。我到哪兒都能認出他們來，他們的面孔讓人一見就忘不了。我丈夫看到了我，就離開了他們。他們向站台方向走了過去。有列火車正在進站。我丈夫指著那個年輕人的背影說：『看見他了嗎？這就是我說過的那個小伙子。』『是做發動機的那個？』『就是他。』」

「他沒再說別的？」

「沒有，這是九年前的事了。去年春天，我到薛安市去看我哥哥。有一天下午，他帶全家出去，開了很長的路，一直開到洛磯山上的一個很偏僻的地方，然後停在路邊的一家餐廳旁。在吧台後面站著一個灰白頭髮的人，很特別。他為我們準備三明治和咖啡的時候，我一直盯著他看，因為我知道這張臉我以前見過，卻想不起來是在哪裡。我們繼續開下去，過了那家餐廳好遠以後，我想起來了。你最好還是去那裡，是山裡的八十六號公路，在薛安的西邊，靠近雷諾克鑄銅廠的一個工業小區。這似乎挺怪的，但我可以肯定：那家餐廳的廚師，就是我在車站見到的，和我丈夫所崇拜的那個年輕人在一起的人。」

$

那家餐廳矗立在一條又長又陡的山路頂頭。滿目的山石和松柏順著陡峭的斷壁向下展開，直接天邊的落日，景色倒映在餐廳的玻璃牆面上。山下已經昏暗，但餐廳內依舊留有一抹均勻而閃亮的光線，如同退落的潮汐身後未帶走的一窪淺水。

達格妮坐在吧台的一角吃著漢堡三明治。這是她吃過的食物中做得最好的，配料簡單，但廚技不凡。兩個工人的晚飯已經快吃完了，她在等著他們離開。

她打量了站在吧台後面的那個人。他又瘦又高，頭髮很有特色，這樣的頭髮應該是在古代城堡或者銀行高層人員的辦公室裡看到，但他的獨特魅力就在於即使是在一家餐廳的吧台後面，他的這種特色看起來也很和諧。他穿著廚師的白上衣，像是穿了一套禮服；他工作時的樣子老練而嫻熟，動作輕巧、聰明得一點多餘的力氣都不須多費；他的臉龐清瘦，灰色的頭髮與他冷靜的藍眼睛色調正好搭配；在他彬彬有禮、不苟言笑的神情背後，有一股幽默的意味，但只是淺淺的，在人想去看清楚之前就倏然隱去了。

兩個工人吃完飯，付款離開，各留了一角錢當小費。她看著他收起他們的盤子，把小費放進他白色的上衣口袋裡，擦拭著吧台，工作做得快而不亂。隨後，他轉過身來看著她，眼神平常，並無意和她交談。不過，她確信他早就留意到了她身上穿的紐約套裝和高跟鞋，她身上帶著的那種從不浪費時間的女人的氣息；他冷靜而富洞察力的眼睛似乎在告訴她，他明白她不是本地人，而他正等著去揭開她的意圖。

「生意怎麼樣？」她問。

「很糟。他們下個星期就要把雷諾克鑄銅廠關掉了，所以我也要很快關門了，準備繼續做點別的吧。」他的聲音清晰，帶著慣有的誠懇。

「去哪兒？」

「我還沒決定。」

「打算做點什麼？」

「不知道。要是能在哪兒找到合適的地方，我想開個修理廠。」

「噢，不要！你改行太可惜了。你去做什麼都不如做廚師。」

一絲奇怪、細微的笑容掠過他的嘴角，「不要？」他禮貌地反問。

「不要！你覺得在紐約工作怎麼樣？」他吃驚地看著她。「我是認真的，我能讓你在一個大鐵路公司工作，主管餐車部門。」

「我能問問你為什麼要這麼做嗎？」

她舉起白紙巾裡的漢堡三明治，說：「這就是理由之一。」

「謝謝。還有呢？」

「我想你沒在大城市生活過，或者你並不知道，無論是什麼工作，要想找到稱職能幹的人有多難。」

「這我知道一點。」

「噢？那怎麼樣？想不想來紐約工作，工資每年一萬？」

「不想。」

她一直陶醉在自己的發現和能夠給予獎賞所帶來的喜悅中，她在驚愕中默默地看著他，「我想你沒有明白我的意思。」她開口道。

「我明白。」

「這樣的機會你還拒絕？」

「是的。」

「可是，為什麼呢？」

「那是我的私事。」

「你能有一份更好的工作的時候，為什麼還要做這個？」

「我並沒有想要找更好的工作。」

「你難道不想有個機會提升和賺錢嗎？」

「不想。你為什麼要堅持這樣？」

「因為我恨看到有才幹的人被埋沒。」

他緩慢而誠懇地說：「我也是。」

他說這話的樣子讓她感覺到他們有同樣深沉的情感被束縛，也打破了她從不開口求助的戒律。「他們真讓我噁心！」她的聲音把她自己嚇了一跳：這是一種身不由己的喊叫。「我是像餓瘋了一樣地去找任何一個能把事情做好的人！」

她用手背抵住雙眼，竭力擋住她一直抑制著的絕望的發作；她從來不知道這絕望有多大，也幾乎不知道在這抑制當中，她還剩下幾分忍耐力。

「對不起。」他聲音低沉地說道，聽起來不是道歉，而是熱情的聲明。

她抬眼看了看他，他笑了。她明白，這笑容表示他想去衝破這個他也感覺得到的束縛；這笑容裡有一絲親切的捉弄。他說道：「不過我不相信你這麼遠從紐約來，只是為了在山裡為鐵路公司找個廚師。」

「不是的。我來是為別的事情。」她向前傾著身體，兩隻手臂緊緊地抱住吧台，感到再次平靜和恢復了理智，也感覺到了一個危險的對手。「你認不認識大約十年以前，曾在二十世紀發動機公司工作的一個年輕工程師？」

她在數著沉默的時間；她難以分辨出他看著她的眼神有什麼意味，但看得出他有一種特別的注意。

「是的，我認識。」

「能不能告訴我他的名字和地址？」

「為什麼？」

「找到他至關重要。」

「那個人？他有什麼重要的？」

「他是全世界最重要的人。」

「真的？為什麼？」

「你知道任何有關他的工作嗎？」

「知道。」

「你是否知道，他有過一個能產生重大影響的想法？」

他停頓了一下：「可以告訴我你是誰嗎？」

「達格妮・塔格特，我是副總——」

「知道了，塔格特小姐，我知道你是誰。」

他語氣裡的尊敬並非因她而有，但看來他似乎找到了他心裡那些疑問的答案，也不再感到吃驚了。

「那麼你知道我感興趣的不是懶惰的人，」她說，「我能把他想要的機會給他，而且我做好了答應他任何條件的準備。」

「我能問問你對他的什麼感興趣？」

「他的發動機。」

「你是怎麼知道他的發動機的呢？」

「我在二十世紀工廠的廢墟裡找到了一個殘體，缺的東西太多了，沒辦法重新做一個出來，或者弄明白它的工作原理，但現有的一切足以說明它能用，而且這個發明可以挽救我的鐵路公司，挽救這個國家和全世界的經濟。現在不用問我是順著什麼線索來找這台發動機和它的發明者的，那些不重要，目前，我的生活和工作也不重要。除了我必須找到他以外，什麼都是無關緊要的。別問我是怎麼來到你這裡的。你是這條路的終點。告訴我他的名字吧。」

他一動不動地聽著，直直地盯著她看，眼裡表現出的關注像是在把她所講的每個詞都拿起來，再小心翼翼地存放到別處，而不把他的意圖暴露給她。他長久地一動不動，然後開口說：「算了吧，塔格特小姐，你是找不到他的。」

「他叫什麼？」

「我不能告訴你關於他的任何情況。」

「他還活著嗎？」

「我什麼都不能告訴你。」

「你叫什麼名字？」

「休・阿克斯頓。」

她在一片的空白之中努力恢復著自己的心智，不斷地對自己說：你太可笑了……別胡思亂想了……這名字不過是巧合——與此同時，在麻木和無法解釋的恐懼之中，她非常確定地知道，這人正是那個休．阿克斯頓。

「休．阿克斯頓？」她結結巴巴地說，「是那個哲學家？……最後一個提倡理性的人？」

「怎麼啦，是啊，」他愉快地回答，「或者說是他們當中重返的第一個人。」

他看來並沒有被她的震驚給嚇一跳，但卻覺得沒必要。他的舉止平淡，是很友善的，彷彿他覺得沒有掩飾自己身分的必要，而對身分的暴露也不以為意。

「我沒想到還有哪個年輕人能認出我的名字，或把它和什麼意義聯繫起來，特別是現在。」他說。

「可……可是你在這裡幹什麼？」她的手向屋子裡一掃，「這說不通啊！」

「你真這麼想？」

「這是怎麼回事？表演嗎？是實驗？祕密行動？是不是你出於特殊的目的在研究什麼？」

「不是，塔格特小姐。我在謀生。」這句話和聲音再簡單真實不過了。

「阿克斯頓博士，我……這太難以想像了，這是……你是……你是個哲學家……在世最偉大的哲學家……一個不朽的人……你為什麼做這個？」

「因為我是個哲學家，塔格特小姐。」

她可以肯定的是——儘管她覺得自己已經喪失了確認和理解的能力——她不會從他那裡得到幫助，提問是徒勞的，無論是關於發明者還是他自己的命運，他都不會給她什麼解釋。

「放棄吧，塔格特小姐，」他平靜地說著，像是在證明他能猜出她的想法，也正如她所料。「這種尋找毫無希望，更毫無希望的是你還沒想到你所選擇的是一個不可能完成的任務。如果你想絞盡腦汁，找出一些能讓我把你想要的情況告訴你的理由、招數或者請求，我願意奉陪。但聽我的吧：這做不到。你說過，我是你這條路的終點。這是條沒有結果的小路，塔格特小姐。不要試圖把你的錢和努力去浪費在其他的、更常用的方法上了：別去雇偵探。他們什麼都找不到。你可以不管我的警告，但我認為你是個智商很高的人，知道我不會隨便說話。放棄吧。你想要解開的那個祕密涉及更大的——遠比用空氣中的靜電做動力的發動機這個發明還要大得多的祕密。只有一個有益的建議是我能夠給你的：根據存在的本質和特性，矛盾是無法存在的。如果你覺得天才的發明被遺棄在廢墟，以及哲學家願意在餐廳裡當廚師不可思議的話——就去檢查一下你的前提。你會發現有一個前提是錯誤的。」

她吃了一驚：她記得以前聽到過這樣的話，而說這話的是法蘭西斯可。接著她想起來，這個人曾經是法蘭西斯可的老師。

「那好吧，阿克斯頓博士，」她說道，「關於這件事，我不會試圖問你什麼了。但你能允許我就一個完全不同的話題，向你問個問題嗎？」

「當然。」

「羅伯特．史塔德勒博士告訴過我，你在派屈克亨利大學的時候，有三個學生是你和他最得意的，你對這三個才華橫溢的心靈寄予了很大的希望。他們其中一個是法蘭西斯可．德安孔尼亞。」

「對，另一個是拉格納．丹尼斯約德。」

「那不意外——這並不是我的問題——第三個是誰？」

「他的名字對你沒有任何意義，他沒什麼名氣。」

「史塔德勒博士說，為了這三個學生，你和他變成了死對頭，因為你們都把他們當成自己的兒子一樣。」

「什麼對手？他從來就沒有得到過他們。」

「告訴我，你對這三個人後來的成長感到自豪嗎？」

他的目光移開，投向遠方，凝視著最遠處的岩石上落日沉墜後的火紅；他的臉上有了一種父親看著兒子們血灑戰場的神情。他回答道：

「比我當初想到的更自豪。」

天幾乎黑了。他猛然轉過身，從衣袋裡掏出一盒菸，拿了一根，似乎他在一段時間裡把它給忘了；想起她在一旁，他又停下來，把菸盒遞了過去。她拿了一根菸，他劃著了火柴，然後熄滅。在這間玻璃房的黑暗之中，在屋外綿延不斷的崇山峻嶺之間，只有這兩點小小的亮光。

她站起身，付了帳，然後說：「謝謝你，阿克斯頓博士。我不會換個方法來打攪或請求你，不會雇偵探，但我要告訴你，我不會放棄。我必須找到發動機的發明者，我會找到他的。」

「在他主動去找你之前——他會這麼做，而你是找不到他的。」

她走向自己的汽車。他把餐廳裡的燈打開。令人難以置信的是，她在路旁的信箱上發現「休．阿克斯頓」的名字赫然寫在上面。

她順著山路蜿蜒而下，走了很遠，餐廳的燈光早已從視線裡消失，這時，她留意到自己還在享受著他給她的那支香菸的味道：和她以前吸過的任何菸都不一樣。她把未抽完的菸湊到儀錶板的光亮前，去看香菸的名字。上面沒有名字，只有一個商標。用金色印在薄薄的白菸紙上的，是一個美元的符號。

她好奇地端詳起來：她以前從沒聽說過這個牌子。隨即，她想起了在塔格特火車站前擺菸攤的老人，想到這可以加入到他的收藏品當中，就笑了起來。她捻滅了菸，把煙頭放進了自己的皮包。

她到達薛安的時候，五十七號列車已經停靠在軌道上，準備好開往威特中轉站。她把汽車停在租好的車庫內，邁步走上了塔格特車站的站台。她等待的東行去紐約的火車還有半小時才會來。她走到站台的一頭，疲倦地倚在一個燈柱上；她不想被車站的員工看到並認出來，不想和任何人講話，她需要休息。一些人三三兩兩地站在冷清的站台上，隱約傳來交談的聲音，報紙也比平時更加醒目。

她望著五十七號列車明亮的車窗——眼前這幅勝利的成果的景象讓她感到了片刻的輕鬆。五十七號列車要從約翰．高爾特鐵路線發車，穿越市區，穿越起伏的山嶺，經過人們曾簇擁歡呼過的綠色信號燈，以及曾在夏天的空中升起過煙火的山谷。列車車頂上方的樹幹上殘留著枯捲的樹葉，乘客們裹著厚厚的皮衣和圍巾登上列車。他們像往常一樣的輕鬆隨意，對列車的運行早就習以為常，毫不擔心……我們做到了——她心想——至少已經做到了這些。

在她身後不知什麼地方，兩個人偶然的談話突然引起了她的注意。

「但法律不應該這麼通過，太快了。」

「那不是法律，是規定。」

「那它就是非法的。」

「不違法，因為議會上個月通過了一項法案，給了他發佈規定的權力。」

「我不認為規定可以這麼隨便傷人，無緣無故的，像是在鼻子上打一拳。」

「呃，在全國緊急狀態的時候，就沒工夫多說什麼了。」

「可我認為這不對，這是會被笑話的。里爾登又能怎麼樣？這裡明明說——」

「你替里爾登操什麼心？他那麼有錢，不管幹什麼都能找到辦法。」

她馬上衝到離她最近的一個報攤前，抓起一份當天的晚報。

在頭版上，經濟計畫和國家資源局的首席協調員莫奇以報上稱之為「出人意料的，在全國緊急狀態的名義下」簽了一系列規定，內容占據了整整一欄：

全國的鐵路公司被勒令將所有列車的最高時速，降低到每小時六十英里——將所有的列車長度降低到六十節車廂——在由鄰近的五個州所組成的分區內，各州之間要保持行駛同樣的列車次數，為此，全國的分區正在進行。

全國鋼鐵廠被勒令，任何一種金屬合金的最大產量，不得超過其他同等規模鋼廠的另外的合金產量——須將任何一種金屬合金的合理數量，提供給所有希望得到金屬合金的顧客。

全國所有的生產企業，無論形式和規模如何，都被嚴禁從目前的所在地搬遷，除非得到經濟計畫和國家資源局的特別批准。

為補償國家鐵路所負擔的相關額外費用，以及「緩衝調整的過程」，宣佈對所有鐵路債券的本金和利息，無論是否已經保險，能否轉換，都可以延期到五年後再給付。

為撥出資金給相關人員以保證這些規定實施，對科羅拉多州徵收特種稅，「因為該州最有能力幫助那些貧困的州，承擔全國緊急狀態所帶來的衝擊」，稅收來自科羅拉多工業總銷售額的百分之五。

她發出的驚呼聲是她以前從來不曾有過的，因為她自己總是用勇氣去回答一切——但她看見幾步之外正站著一個人，她並沒把他看做是一個衣衫襤褸的流浪漢，她的叫喊只是因為她想要找到解釋，她只是將他看做是一個人。

「我們怎麼辦？」

流浪漢苦笑著聳了聳肩膀：

「約翰．高爾特是誰？」

最令她感到害怕的不是塔格特公司，不是想到被綁在刑架上越拖越遠的漢克．里爾登——而是艾利斯．威特。有兩幅畫面橫掃一切，填滿了她的意識，讓言語無處立足，使思索失去了時間，成了她還來不及去問就劈頭響起的回答：威特在她桌前恨恨不平的身影，他說著：「你現在可以毀掉我，我或許會完蛋；但如果我完蛋的話，一定會把你們所有的人都拉上。」——還有威特把酒杯摔碎在牆上時猛烈轉動的身體。

這些畫面留給她的唯一意識，就是感到某種難以想像的災難正在逼近，以及感到她必須要搶在它們前面。她必須趕到威特那裡去阻止他，她不清楚她要防止的是什麼，只知道她必須去攔住他。

因為她曾在大廈的廢墟下忍受過，曾被狂轟濫炸得支離破碎，但只要她還活著，她就明白不管一個人感覺如何，最首要的必須是行動——因此，她跑過站台，找到了站長並命令他：「讓五十七號車等等我！」——然後跑進站台盡頭黑暗之中的一個電話亭，把艾利斯．威特家的電話號碼告訴了長途接線員。

她靠在電話亭的牆上，閉著眼，聽著金屬急速地振動，那是某處正在響起的鈴聲。沒人接。鈴聲痙攣般地響個不停，像鑽頭一樣穿透了她的耳朵、她的身體。她不自覺地緊抓著聽筒，彷彿那仍然是某種聯繫的方式。她希望這鈴聲更響一些，忘記了她所聽到的並不是在他家裡響起的鈴聲。她完全不覺地大喊道：

「艾利斯，不要！不要！不要！」直至她聽見接線員冰冷責備的聲音傳來：「對方無人接聽。」

她坐在五十七號列車一節車廂的車窗前，聽著車輪在里爾登合金軌道上的滾動聲。她坐在那裡，任身體隨著列車的行進搖晃著。漆黑的車窗外是她不願意看一眼的原野。這是她第二次搭乘約翰・高爾特鐵路，而她努力不去想那第一次。

債券的持有人，她想道，約翰・高爾特鐵路的債券持有人們，他們衝著她的信譽才把他們的錢、他們日積月累的積蓄和勞動所得投了進來，他們相信她的能力才冒了這個風險，他們依賴著她和他們自己所做的工作——而她卻被搞得背叛了他們，讓他們陷入了掠奪者的圈套：運輸將失去列車和血液，約翰・高爾特鐵路只是一條吸管，成全了詹姆斯，不勞而獲就把他們的財產吸到了他自己的腰包裡，作為交換，他讓其他的人再去吸榨他的鐵路——約翰・高爾特鐵路的債券，這個到今天上午還一直是股東們的安全和未來的信心保證，不到一小時，就成了沒人願意買的一堆廢紙，毫無價值、毫無希望、毫無力量。把力量用於停業，用於停下國家最後一線希望的車輪——塔格特公司並不是一個靠著它工作所生產出的血液來生存的植物，而是曇花一現的食人者，吞噬著還未出生的下一代的遠大前程。

對科羅拉多的徵稅，她想道，向威特徵的稅，是為了那些工作要靠著他，卻又讓他活不下去的人們，那些時刻盯著不讓他得到一列火車、一節車廂、一根里爾登合金鋼管的人們的生存——威特，被剝奪了自衛的權利，沒有說話權，沒有武器，更糟的是：他被變成了自我毀滅的工具，變成了一個毀滅他自己的支持者，還為他們提供糧食和武器——威特，被他燃燒的能量所做成的繩索勒住了他自己——威特，這個曾想要發掘無窮的葉岩石油、談論過第二次文化復興的人……

她彎下身子坐在那裡，頭枕著手臂，癱在車窗邊上——而此刻，那些藍綠色的鐵軌、山巒、峽谷、科羅拉多新興的城鎮，正在黑暗中駛過，隱晦不見。

突然的煞車震動讓她一下子坐直了身體，這並不是計畫中的停靠，小鎮的站台上擠滿了人，都在朝一個方向望去。她身邊的乘客們全都擠到窗前，向外張望著。她猛地站起來，跑過走道，下了台階，站在冷風掃蕩的站台上。

在她還未看到它的剎那之間，伴隨著她壓過人群喧囂的尖叫聲，她已經明白，她早就知道自己要來看的是什麼了。在群山的縫隙之間，騰空而起的閃光照亮了夜空，在車站的屋頂和牆壁上搖曳晃動。威特石油所在的山丘，已經成了一大片實心的火焰。

後來他們告訴她，艾利斯．威特消失了，除了他在山腳下的木桿上釘的一塊板子，什麼都沒有留下；她看著他在板子上的筆跡，感覺到自己幾乎知道會是這樣的話：

「我依當初發現它的樣子把它留下。拿走吧，是你的了。」

國家圖書館出版品預行編目（CIP）資料

阿特拉斯聳聳肩 . 第一部 , 絕不矛盾 / 艾茵 . 蘭德
(Ayn Rand) 著 ; 楊格譯 . -- 二版 . -- 臺北市 :
太陽社出版 : 早安財經文化發行 , 2012.09
面 ; 公分 . -- (Fiction ; 2)
譯自 : Atlas shrugged
ISBN 978-986-85388-9-4(平裝)

874.57　　101017032

Fiction 2

阿特拉斯聳聳肩

絕不矛盾

Atlas Shrugged

作　　者：艾茵・蘭德 Ayn Rand
譯　　者：楊格
封面設計：Bert.design
內文排版：陳文德・王思驊
校　　對：李鳳珠
責任編輯：柳淑惠
行銷企畫：陳威豪、陳怡佳

發 行 人：沈雲驄
特　　助：戴志靜、黃靜怡
出　　版：太陽社出版有限公司
太陽社部落格：http://heliosstudio.pixnet.net
發　　行：早安財經文化有限公司
台北市郵政 30-178 號信箱
電話：(02) 2368-6840　傳真：(02) 2368-7115
早安財經網站：http://www.morningnet.com.tw
早安財經部落格：http://blog.udn.com/gmpress
早安財經粉絲專頁：http://www.facebook.com/gmpress

郵撥帳號：19708033　戶名：早安財經文化有限公司
讀者服務專線：(02) 2368-6840　服務時間：週一至週五 10:00~18:00
24 小時傳真服務：(02) 2368-7115
讀者服務信箱：service@morningnet.com.tw

總 經 銷：大和書報圖書股份有限公司
電話：(02)8990-2588
製版印刷：微印事業股份有限公司
二版 1 刷：2012 年 9 月

定　　價：350 元
I S B N：978-986-85388-9-4（平裝）